落红庄传

蓝锡麟 著

牛翁 题字

重庆出版集团

重庆出版社

图书在版编目(CIP)数据

落红片片 / 蓝锡麟著. —重庆：重庆出版社,2011.4
ISBN 978-7-229-03973-8

Ⅰ.落… Ⅱ.蓝… Ⅲ.中国文学:当代文学—作品综合集
Ⅳ.I217.2

中国版本图书馆 CIP 数据核字(2011)第 066227 号

落红片片
LUOHONG PIANPIAN
蓝锡麟 著

出 版 人:罗小卫
责任编辑:曾海龙 汪小瑞
责任校对:夏则斌
装帧设计:重庆出版集团艺术设计有限公司·吴庆渝

 重庆出版集团
重庆出版社 出版

重庆长江二路 205 号 邮政编码:400016 http://www.cqph.com
重庆出版集团艺术设计有限公司制版
四川外语学院印刷厂印刷
重庆出版集团图书发行有限公司发行
E-MAIL:fxchu@cqph.com 邮购电话:023-68809452
全国新华书店经销

开本:787mm×1 092mm 1/16 印张:30 字数:350 千
2011 年 5 月第 1 版 2011 年 5 月第 2 次印刷
ISBN 978-7-229-03973-8
定价:52.00 元

如有印装质量问题,请向本集团图书发行有限公司调换:023-68706683

前言

人生易老，转眼望七。

活到这一把年纪，偶或难免会记起孔子的话："七十而从心所欲，不逾矩。"那前面还说过："吾，十有五而志于学，三十而立，四十而不惑，五十而知天命，六十而耳顺。"文字俱见《论语·为政》。

我自不能妄比先师。天资的差距多大多远姑且不论，在生的经历就决然地无法与之同日而语。十五岁那年正赶上"反右"，父罹祸而子遭殃，由兹二十余年摆脱不了另册的阴霾，无论怎样努力求学，北京大学之类名校都注定了高不可企。年届三十，又遭际"文革"，痛失的十年哪里补得回来？真能顺心顺意、尽心尽力做些有价值的事，的的确确实实在在是在党的十一届三中全会以后。即便那样，在职期间依然必须把公务放在首位，大体归为"志于学"的事只能退到业余时间去做。我的书大多出在退休之后的八九年，不是什么余热犹在，而是特定历史所支配的特定经历所造成的。这一切加起来，就决定了我个人的望七另是一种境况。

尽管如此，我这个人终究有一点难移的秉性，那就是无论顺逆、通穷、显微、荣辱，都把"志于学"看得至高无上，坚韧进取，决不懈怠。身在教育界之时，任课、务公之余，总爱把夜晚、假日利用起来，将就自己的一勺之得、一叶之见，写一点泛及语法修辞、古代文学、

1

文艺理论、人文历史的长短文章,其间也涉笔杂文和评论。转入文艺界之后,履职、熬会之外,杂文日渐写得多了,评论则由单一文学延伸到多门艺术,并尝试过写诗、画漫画和创作报告文学,也仍然未曾疏离古代文学。这两界当中,都还写点旧体诗词什么的,通常都是乘兴随意。退休这八九年,兴趣指向转移到文史双修,终于有了自以为聊堪称为成果的著述产生。回首来路,固然未能与若干先贤时彦颉颃,到底算得上没有荒废既往人生。

半年前,《最重庆》杂志记者来家采访,问过我如何评价自己的既往作品。当时我说,我讲三国历史和《水浒》小说的两本书,自信几十上百年以后,偶尔还会有后来人翻一翻的。至于其他的成册之作和零散之作,大多数当属一时一地因应之作,时过境迁或者尘封湮没或者零落作尘,十分正常。我从来不是一个故作谦逊的人,那些话,悉皆发自肺腑。作出那样的自我评估,我坦然相信,与没有荒废既往人生毫不矛盾。

大多数之外,少数或个别的作品也并没有旋生旋灭,一个足堪自慰的例证出在 2006 年。当年忽然收到中国作协权益保障机构的一份函件,告以人民教育出版社委托他们与我联系,明确该社已将我的署名文章《读〈五人墓碑记〉》收入 2006 年版的中师语文教学参考书。五年来,我逐年收到仍由他们转汇来的用稿酬金,却迄今未能记起是哪一年,在什么刊物上,发表了那一篇文章的。自己早已失忆的一篇文章,若干年后仍能对中师语文教学有所助益,我不会不有点得意。

另一个例证出在 2010 年。重庆中国三峡博物馆的一位文史专家当面告诉我,他随团去台湾,参观了台湾的"国史馆",看见了我主编的《溯游抗战重庆》系列丛书全套十册都陈列着。这又是一个令我高兴的文化讯息。这一套丛书,以及其先其后我主编的,有的其间还有我的个人著述的《巴渝文化》丛书、《重庆古镇》丛书和《重庆旧闻录》丛书，在大陆，在重庆市内市外，不时有人提及或参阅，证明了我的工夫没有白下。

　　既往我写过的好几百万文字中，还有没有一些可以有益当世，流布一段时间的在呢？当此望七之际，我萌生出搜寻之意。但是，绝大多数零散篇章我都未曾保存过，一时半会儿无从觅得。只有历年写过的若干诗词、对联、碑赋、剧本、序跋、评论、杂说，或靠旧稿，或凭记忆，或由友朋提供，或因勒石刊刻，或在某人书中用过，可以重新汇集拢来编次为一册。不排除敝帚自珍因素，但我也颇自信，殊非这样四个字可以了得。

　　汇集成册就得命名。第一时间内，我想到了清人龚自珍《己亥杂诗》里的名句："落红不是无情物，化作春泥更护花。"我的那些欲选作品，岂不就像是一些"落红"么？是不是都配称"护花"的"春泥"无关宏旨，要紧的是在我眼里它们确实"不是无情物"。于是便有了《落红片片》这一个书名。成书之后，但愿有人愿意一顾，那样就真叫幸甚至哉了。

2011 年 1 月 30 日于淡水轩

目录

1

二 对 联

Luohong Pianpian

落红片片

Luohong Pianpian

落红片片

一

诗词

满 江 红

敬和王仲镛先生

俯仰流年,有多少风潇雨歇。众芳笑,景阳佳气,唤谁留得。聚散匆匆真共假,古今莽莽曲和直。任溪边尖角踏如草,休言说。

鲤庭训,程门雪。心向党,志若铁。求真识主谛,天涯咫尺。欲挺弱肩承道义,强支瘦骨留清白。待山头野卉红于火,赋新阕。

1964 年 6 月

〔追记〕川师毕业分配前夕,恩师王仲镛先生惠赐《满江红·读〈南方来信〉》一阕(公开发表于当年八月号《四川文学》),词章与书法双璧合一。序有"留别"二字,遂知留校已成泡影。随即大致依其韵填出此词,书以报先生,略抒己怀。此实为我平生所填第一首词。先生墨宝及己词原稿,"文革"初已失,多年以来惟余记忆。今凭记忆重新写出,个别语词或非初貌,但十之八九依然无改动。置诸《落红片片》之首,感师恩,思华年,当已尽在不言之中。

诗词

诉衷情

我国第一颗原子弹爆炸成功志喜

惊雷万里起红云,反掌摒妖氛。三家蜜约何在? 肠断正酸辛。
嗤旧梦,谱新闻,厉千军。举天同唱,国际高歌,把鬼蛇焚!

1964 年 10 月

题朱晔画墨竹并红杜鹃

劲节凌烟秀,丹英变晓霞。
何当遣壮士,一色染天涯。

1965 年 6 月 8 日

4

春夜月明遥念文品

欲望巴山系锦城，东风有意雁无声。

殷勤觅处君知否？为我嫦娥舞袖轻。

1966 年 3 月 30 日

怀 念 鲁 迅

当年匹马决幽燕，飒沓弦惊裂悍鹯。

碧血一因黔首帜，犀毫横断霸王鞭。

风寒万仞树犹好，浪打千遭石更坚。

激电奔雷催羯鼓，江声不尽向东天。

1966 年 11 月 3 日

浣 溪 沙

敬题《毛主席诗词歌曲选》

雪里梅花暖正融,中华儿女竞奇雄,旄头指处晓云彤。

争道这边风景好,喜听宇内炮声隆,五洲唱彻东方红。

1968 年元旦

赞赴云南支边青年

红岩革命种,撒向滇南隈。

沃土催新芽,甘霖育美材。

风狂根自固,雨猛花常开。

可信十年树,葱茏接未来。

1972 年 4 月

五、六句用支边青年语意。他们表示："要像大青树一样扎根边疆,要像英雄花一样永远鲜艳!"

〔追记〕后来的轨迹虽然不一样,但那一代青年,确实具备那样的情怀,那样的追求,迄今仍然值得珍视。而且,"艰难困苦,玉汝于成",支边或者下乡过程中,不少知识青年确实久经磨炼而成长起来。

沉痛悼念周恩来总理

　　总理长逝,痛何如之? 白花黑纱,难寄深意。因赋五章,以志悼念。

一

噩耗惊传维柱倾,云沉海黯哭英灵。
从此怕听一月八,总将缟素慰新春。

二

撕心欲逐灵车飞,翘足难迎总理回。
桂花宜应秋风酿,何物可堪入酒杯?

三

火红肝胆映昆仑,环拱北辰星最明。
鞠躬尽瘁寻常语,传诵至今始是真。

四

五十余年不世功,古今雄杰几多同?
何意鸥枭号不住,阴声阳气谑"周公"!

五

骨灰分撒遗河山,肠热一生死未寒。
神州但有人心处,永矗丰碑接九天。

1976 年 1 月

深切缅怀朱委员长

夺朱非正色,载德自从容。
司令井岗上,扬威草地中。
立军多老本,强国足新功。
底事小风寒,翻成雪压松?

1976 年 7 月

木兰花慢

写在毛主席追悼大会后

　　一声哀乐震,心欲碎,泪横飞。更五井山低,延河水咽,天地含悲。兼沧海,绝霄壤,引挽联亿丈情难追。伟绩金琛不朽,丰功日月同辉。

　　且将深痛化崔嵬,紧聚党周围。赖航向开通,长缨在握,永着征衣。争朝夕,傲霜雪,举雄文四卷奋旌旗。扫却风刀雨箭,赢来绿瘦红肥。

1976 年 9 月

[追记] 那一年,周恩来、朱德、毛泽东相继逝世,社会历史遭逢大地震。一如既成诗词所写,我当时就是那样的感受。三十多年以后的今天,某些认识肯定改变了,然而不能改变已写成的文字。

粉碎"四人帮"二首

（仿赵朴初作）

拟《好了歌》

四人都晓"红旗"好，篡党夺权少不了。

宗师两秃在何方？黑土黄沙掩没了。

四人都晓行帮好，合股营私少不了。

翻云覆雨任纵横，账目未清垮架了。

四人都晓阴谋好，换代改朝少不了。

浓妆淡抹舌如簧，假面揭开露馅了。

四人都晓洋妈好，壮胆撑腰少不了。

"左派领袖"刚封许，贺电草成没用了。

拟《好了歌注》

舞榭歌堂，当年眉飞扬。

狗洞洋场，树幡早投降。

伙伴儿结定江张，文痞工贼又添姚王。

说什么脂最浓、粉最香，

野心挂在钓钩上。

昨日白骨堆中取经卷，

今宵太虚境里扮女皇。

钢满仓,帽满仓,结怨神州沸街巷。

犹叹他人命太长,何期自己归来丧?

恨无枪,鸡毛令点火叫"烧荒"。

排班行,三花脸装正生齐跳梁。

哪管明训在,但遣狼毫狂;

惟嫌纱帽小,自续紫蟒长。

乱哄哄你吹他打闹登场,

总认梦乡作故乡。

甚荒唐——

到头来只剩则天式样衮龙裳!

1976 年 12 月

即兴赞女

　　蓝焱八岁半,割扁桃。术前屡道:"中国人死都不怕,还怕割扁桃吗?"壮其言,而虑行之不逮。及术,果然含笑径自入室,半小时复含笑而出,医护咸夸勇敢。于心窃喜,即得四句。

革命从来不怕死,前仆后继万夫雄。

天真只道丫头小,可爱依稀有烈风。

1977 年 1 月 11 日

三十五岁生日自题

五七三十五，难遇此良辰。

诞日同佳期，长歌近半生。

朦胧少小时，愚钝促荆榛。

华夏风雪吼，从兹草木春。

骄阳照隅陲，喜雨沐丹心。

翘首蓝天阔，欲求主义真。

读书多益寡，劳动粗尤精。

马列周行直，工农美恶淳。

殷殷勤学步，耿耿讵非伦？

愿化水珠细，长随巨浪奔。

方今大治年，遵道复何云？

驽驾康庄路，敢怜太瘦身！

1977 年 5 月 7 日

敬和叶副主席《七律·八十书怀》

捧读华章说废兴,折冲多赖护旗人。
旋天转地逐轻骑,扫怪降妖弭秽尘。
伊吕德才殷瞩望,灌周谈笑免沉沦。
长歌一曲黄昏颂,放眼秋光分外明。

1977 年 7 月 15 日

偶　记

　　晚八时,中央人民广播电台全文播发了中共中央关于召开全国科学大会的通知。当此际,正教蓝焱将日前发表的叶副主席《攻关》诗熟读成诵,并抄写一遍。适听通知,更血热衷肠,即步《攻关》韵奉和以记之。

治学如攻坚,苦钻便不难。
从来有志者,险阻正阳关。

1977 年 9 月 22 日　　　13

送宪光赴京攻读研究生

今夜送君行，一杯酒味浓。
无关渭邑雨，总爱蓉都风。
莫道春花异，可怜秋月同。
何期再抵足，挥扇论荆公。

1978 年 9 月 27 日

〔**原注**〕三年前，盛暑中，与宪光侈谈荆公诗，同榻挥扇，不知夜永。
于今思之，恍如昨日。自今往后，其能再乎？当年宪光考研，
也曾邀约过我。但我上有老，下有小，贤妻娇女均体弱，实在
不敢一别三年去苦读攻关。当时的惆怅，尽在不言中。

水调歌头

读毛泽东给青年人的两封信

少有拿云志，肯信奋飞难？指看天宇空阔，好鸟任盘旋。击水

三千余里，自古人生乐事，岂用轻弦弹。健翮成风翼，海运且狂颠。

情怀壮，征程远，起势艰。等闲休笑痴迷，功业永无边。尽管争雄拼搏，莫负扶摇羊角，一览九重天。待到白头时，意兴更联翩。

1978 年 12 月 15 日

南疆英雄赞

南疆春早木棉红，骄女健儿唱大风。
小试宁边初纵马，长驱破敌共争雄。
投缨不逾三旬日，射虏才弯一石弓。
磨洗床头铁未冷，河山百代郁青葱。

1979 年 4 月 9 日

题田来周岁照

友人刘武，青年从军抗美援朝，退伍后考入重庆大学求学，1957年被划"右派"，其后逃入贵州深山变为"黑人"。历尽艰难困窘，中年始得成家。终育一女，从母姓田，以"来"为名，谐音"甜来"。见田来周岁照，委实聪慧可爱，乃以"慧哉田来"四字入诗题照。

秀女何其多智慧，分明学语矣焉哉。

15

双眸直待凌心田,好问儿翁喜自来。

1979 年 7 月 5 日

〔追记〕刘武的确是个奇人。1975 年他曾给宪光和我相面,预言宪
　　　　光 36 岁将改变命运,我 57 岁要过一道坎,后来居然都应
　　　　验了。

题报冠群

　　冠群示以《散文诗稿》《琐记》二则,拜读一过,不能自已,联成
四句,聊以报之。

杨朔案头花自好,郭风笔下草常妍。
映阶不失葱葱色,忍教春苔学牡丹?

1979 年 9 月 5 日

〔原注〕《散文诗稿》题句:"苔花虽然小,也学牡丹开。"

离亭宴煞

江青及其同伙受审爰作此以刺之

黄沙滚过林安在？浓烟扫尽江何态？

堪忆风云十载，恶狠狠乱中华，

疯癫癫逐势利，密匝匝拉帮派。

最羡那家尼践九五，

凭人骂野雉成精怪。

今日里终于上了台！

打水竹篮空，观花铜镜绿，对审多埋汰。

难寻那美梦踪，怎抵这山河债？

暗叫一声康生老蟹，

你独自早逃脱，

俺愁肠向谁解！

1980 年 11 月 21 日

诗词

17

藏头诗

为重庆市中语教研会二届年会作

开襟岂为寻常吟？展望宏图胆气增。
语欲求真耻守旧，文期入格贵翻新。
教同时雨沐芳芽，学拟骄阳弥秀林。
研理日精璞不没，究习无已竞躬行。
头藏"开展语文教学研究"八字

1982 年 12 月 13 日

陪广州友人登会仙楼观山城夜景

万家灯火两江收，高下几重楼外楼。
织女来邀山水趣，银河半遣泻渝州。

1987 年 8 月 6 日

悼 克 芹

庸才我未死,俊杰兄先亡。
人海失珠玉,文坛折栋梁。
天何迷醉眼?地岂成青盲?
促膝惟神在,燃烟话夏长。

周克芹病逝次日晨写于高缨家中

〔附录〕

血红的月亮

假若我未曾亲眼看见过,我绝不相信,月亮会呈血红色。然而我的确亲眼看见过,其时仅在六年前,周克芹病逝次日那个晚上。

克芹病逝当天,我便同梁上泉一起,连夜驱车赶往成都。次日上午,在省作协设置的灵堂,我俩成为最早一批吊唁者。上泉和我各送上了一首挽诗。我迄今记得,我那首五律头两句是"庸才我未死,俊杰兄先亡"。

诗是在高缨家临时冒出来的。我说不清楚,为什么会用那样两句开头。但在那个时候,我硬就是那样想的,一开了头,以后的六句立即出来了。及至肃立在克芹遗像前,凝视着他清癯的形容,我只觉得他真的不该先我而去。

就在三个月前,在克芹家里,我还同他摆谈过。他几乎不停地抽着劣质烟,哭着脸,对我这个新朋友诉说心情的困惑。他说他感到很累,构思并且动笔已久的一部小说总也不能如意完卷。他说他早想辞去主要职务,但看到别的同志也在苦心撑持局面,话又说不出口。他说……

想不到,才过三个月,克芹就被肝癌夺去了生命,临死口里还强自包着一口鲜血。

一个多么好的人死了。一个多么优秀的作家死了。我那天接触过的所有人,陈之光、叶延滨、化石、包川……无不痛惜他的早逝。有的说,他不该离开简阳,来成都当专业作家。有的说,专业作家也可以当的,不该当的是党组副书记,还要兼任刊物主编,该担的责任不该担的责任全压在头上,生活拉扯地硬给压垮了。还有的说……

说得最绝的,是他病重住院前不久主持一个会议,有个作家暗自给他看相,竟然断言他"活不过今年"。看相者传言者并非咒他死,而是惋惜他工作压力太重,生存环境太差,个人又太能忍辱负重,委曲求全,内外夹击难以永年。想不到,这断言居然成了谶语!

带着无以名状的惆怅,那天晚饭后,我同上泉乘车返渝。晚风阵阵,夜色沉沉,我不知道自己是清醒,是迷糊。猛然间,我发现一个怪异现象——天边那一轮半月既不黄,也不白,而像化验肝功所抽出的静脉血。我赶紧指给上泉看,他也惊诧不已。沉吟有顷,他说,那该是沱江的上空。

哦,沱江的上空!克芹就在那里生,那里长,就在那里度过了他从青年到壮年的困厄岁月,就在那里写出了他的流芳之作《许茂和他的女儿们》。听上泉一说,我当即想到,难道天亦未老,让月亮为克芹奔涌血泪了么?至今回忆起来,我的心灵仍在为之震颤。

忆及的触机,在于六年后的今天忽然读到一篇关于克芹的文章,言及"《许茂》之后,周克芹写过一些好的短篇,还参与四川作协的领导工作,但是生活本身和文艺圈子特有的各种矛盾,重重困惑包围着他,加之天不假年,最可惜的是他早有构思也是读者盼望的《许茂》续篇未能动笔。对一个作家来说,没有比这更大的遗憾了"。我觉得,对于克芹早逝的原因,这些话比我去成都吊唁当日听到过的任何一说都中肯綮。

好一个"生活本身和文艺圈子特有的各种矛盾",不吃这个梨子,难解个中滋味。克芹与世长辞六年了,方有圈内解人撰文公开说出来,他若有灵在天定当引为知音。我猜想,凭着他那仁厚质朴的秉性,他一定会祈祷这些并非天意而是人为的矛盾不要再此消彼长,以免什么时候月亮又在天际啼血。

(原载 1996 年 10 月 17 日《重庆晚报》)

诗
词

绍兴杂咏五首

大禹陵

八年胼胝功非罪,一朝冕旒罪亦功。
功罪千秋一垒土,可曾休憩念儿翁?

越王台

龙山顶上旧时亭,飞阁无言存废兴。
尝胆卧薪属底事,十年生计总关情。

兰亭

白鹅已随书圣去，游客仍因墨池来。
流觞曲水笑相问，几放形神几举杯？

青藤书屋

清贫何处太狂生，傲骨依稀照眼明。
他日若为门下狗，艺林应许逐轻尘。

咸亨酒店

名声远播袖珍店，酒热豆香户半开。
革履西装纷出入，勾魂一句多乎哉。

（原载 1991 年 11 月 4 日《重庆晚报》）

戏论诗文四首

一

东鲁春风竟日熏，南华秋水半漪沦。
无精打采难承道，信口开河好作文。

二

魏晋风神啸吐芳，娇歌逐软绕齐梁。
美女名篇浑异趣，宜亲子建爱萧纲？

三

宗唐祖宗四时波，李杜苏黄被女萝。

耳食何须争解训，前途更见一千河。

四

卡拉 OK 唱游仙，锦瑟难翻五十弦。
洋气而今入土味，江西社里亦茫然！

（原载 1992 年 6 月 12 日《重庆晚报》）

题大昭寺

汉家公主藏中王，背土填湖遗白羊。
历尽沧桑碑碣在，弟兄合掌共焚香。

（原载 1993 年 1 月 13 日《中国文化报》）

感事重读《水浒》二首

一

白虎堂前刀剑影，蜈蚣岭上月黄昏。
秀才无耻称强梁，和尚正经爱妇人。

诗词

23

兄弟兴兵上下手，夫妻设店阴阳行。

几多古道稀奇事，谁见疑云飘到今？

二

宜亲可憎孔方兄，善恶倩谁分异同？

积担争荣寿一相，封金显义放七雄。

勇夫得免杀威棒，帝子难逃化骨风。

何处不逢推磨鬼，判官发狠命尤凶。

（原载 1993 年 11 月 25 日《公民报》）

乞上泉兄《观画钟馗》

墨焦气足笔锋扬，好似钟馗怒发张。

但遣法书长属我，妖魔岂敢逾门墙？

1998 年 5 月

〔**原注**〕后两句化用柳亚子"但使名园长属我，躬耕原不恋吴江"。

致 久 明

世道多荆榛,慎言理废兴。
风来略辨向,雨住且兼程。
路窄侧身过,山高徐步行。
披襟千仞上,弥望莽原平。

1998 年 8 月

〔**追记**〕五、六两句其来有自。1993 年夏天,陪冯骥才游览大足石刻,游过宝顶后他应邀在阁内作书。当其上联写出"路窄侧身过",下联写出"山高"二字,我即应以"徐步行"三字,彼此会心一笑。大冯写完后,即题赠给我,非是预先安排。五年后致意久明,感觉正合适,于是顺手拈来。

诗词

25

《水浒》歹人漫像（十二选六）

高　俅

王侯将相本无种，一蹴踢成人上人。
从此肺肝黑更厚，正经不懂懂尿经。

牛　二

从来市井泼皮多，命系发端衅鼓锣。
义勇难求青面兽，法如废纸奈他何？

张文远

籍在官衙脸奶油，友朋妻妾惯能偷。
张三喜作第三者，水逐杨花风也流。

西门庆

大款倚财霸一方，坑蒙拐骗悉当行。
冤家错过都头武，许向官门充栋梁。

黄文炳

舌如锯齿笔如刀，蜂刺毒深秉性刁。
行走不离算计人，十家文痞九招摇。

李　鬼

剪径乔扮黑旋风，假冒犹非始作俑。

子子孙孙传未尽,偏他成了瘟鸡公。

（原载 1998 年 12 月 30 日至 1999 年 1 月 10 日《重庆晚报》,原作自配漫画）

新　年

携风伴雨入新年,门外冷清室内欢。
骄女淳真承语后,稚孙无赖绕膝前。
荧光板上涂山水,电视屏间味暖寒。
铃响忽然听问候,香茗品过又燃烟。

（原载 1999 年 3 月 1 日《重庆晨报》）

自咏二首

五七自乐

载阳春日应天约,五七逢双世几多?
最喜顽童拍手唱,人生乐趣更如何。

五八初度

谐音岂信真吾发,错失朝云爱夕花。
但得身心重属我,出今入古妄称家。

（原载 1999 年 5 月 24 日《重庆晨报》）

斥诗二首

斥李登辉

民族振兴赖统一,中华儿女共良知。
逆徒竟敢伸螳臂,梦破终将作腐泥!

斥"两国"论

独夫意欲搞台独,"两国"邪说行状孤。
华夏源流长万古,人心所向岂容殊?

（原载 1999 年 8 月 9 日《重庆晨报》）

望解放碑有得自贺

挺拔何须高入云，市称标志人为根。
十年悟得佳名意，瘦骨平添精气神。

1999 年 10 月去职一日后作

晏老世纪之禧志贺

白衣笑傲凌烟侯，浓抹春山淡写秋。
期颐犹欣风骨健，丹青共引几人侪。

（原载 1999 年 11 月 4 日《重庆晚报》）

题贺岁卡

欣逢千岁禧,难得万方春。

且共驼铃响,送君一瓣馨。

己卯岁末

[追记]2000 年新春将至,中国文联为全体委员印制个性化贺岁卡,可以个人留影题辞。我乃选定 1999 年 9 月出席西部文联年会时,在敦煌骑骆驼的一张照片,并且题诗四句。此贺岁卡分送市内外友朋,当是一份特殊的纪念。

退休杂咏

2002 年 5 月 7 日活至 60 周岁,遵制退休,诚为快事。李白诗谓:"弃我去者昨日之日不可留,乱我心者今日之日多烦忧。"我取其上句,而摒其下句,凑杂成咏,因以为纪。

一

韶光易逝如灯旋,花甲逢周又马年。

回首几多弯与直,抚心无计苦和甜。

衷肠许剩三分热,朽肺宁输一寸丹?

早得闲山邻淡水,着陆深幸报平安。

二

放眼青山云上头,临窗仍是艳阳秋。

室温正好无须控,侪辈真诚信可酬。

遣兴能翻太史简,消闲略学醉翁讴。

此生当待雪飞时,始问庄生化蝶由。

退前初草,休后改定

〔**追记**〕"深幸"之叹,良有以也。直辖前夕至世纪末期,不虞小麻将惹来大文章,遭逢弄权奸慝和泄私小人上下联手构陷,状罗七条,时逾四年。我自恃手脚干净,心底无亏,始终对之以宁折不弯。多亏这世上总是好人多,本市文艺界内外诸多朋友主动出面证伪辨诬,市委宣传部的滕久明、何天祥、翁杰明等一直据实加以维护,市外文艺界的高占祥、贺兴桐、任国维等也曾先后施以援手,终令冤枉未成冤案。直至 2000 年 5 月,方才还我以清白。

退休感悟

平静退休近一年，自由胜似万千钱。

晨兴不计早迟起，夜读惟寻今古贤。

时与稚孙逗乐子，每从益友理疑团。

稍烦坐久长行走，顿觉秋光展未完。

（原载 2003 年 5 月 4 日《重庆商报》）

白沙好三首

一

白沙好，千载寄逍遥。汉釜宋碑亲日月，川祠渝旆慰江涛，抗战美名标。

二

白沙好，宝地毓英豪。邓夏两门添锦绣，聚奎三绝竞风骚，薪火布今朝。

三

白沙好，改革涌春潮。黑石山幽驴水秀，川江车快酒香飘，前景更妖娆。

2003 年端午节前

〔追记〕"白沙"指江津白沙镇。此为拙作《白沙》(《重庆古镇》丛书之一)的代小序。

初晋六五戏笔二首

一

辞岁驱寒又别春，年轮漫长且微吟。
轩临淡水时抬眼，壁挂羊头偶作文。
体重恒增心气爽，身高未减吐纳匀。
出游不拜桃花观，白日当空野草青。

二

休而不退超常人，退自宜休散淡心。
手讯拒邀伊媚儿，墨笺诚约德先生。
衡文忌学婆婆嘴，论艺甘为棒棒军。
回收本性辟遮拦，大雅无伤我怡情。

2006 年 5 月 7 日

观日全食后即兴志感

斜抹一弯柳叶船,瞬间隐入奈何天。
金环突遭灯火爆,扫尽阴霾日更鲜。

2007 年 7 月 22 日上午 9 时将尽

忠县白公祠感怀

拜谒香山不见苏,临江惆怅念西湖。
杭城两堤名天下,谁问先贤本土无?

2008 年 5 月 21 日

〔追记〕在忠县,北宋曾建四贤阁,尊奉唐代陆、李、刘、白四位贤良。今仅余白公祠,空旷冷清,亦无宋代苏轼踪迹。对比杭州西湖的白堤苏堤,巴渝人太偏重人物本土性,开放、包容程度可见。对比成都的杜甫草堂,奉节的杜甫草堂灰飞烟灭,事亦类此。

西沱云梯街志叹

峡风吹雨码头开，久慕长江第一街。
一步而今一失望，令名难得更重来。

2008 年 5 月 23 日

己丑新春自画

迎牛送鼠庆平安，散淡心牵震撼连。
掌故宣扬几部曲，成文演绎一家言。
少求入欲惟多气，无胆横腔尚有肝。
肯问天公还我否，绵延不尽墨林缘。

2009 年 1 月 26 日

〔自注〕林则徐说"无欲则刚"。我非完人，固有七情六欲，只不过很
少正常欲望以外的奢求；但我仍能刚得起来，全凭多气。我
还是倾向孟子说的"善养吾浩然之气"，虽未全至，总向往

35

之。年前手术割去了胆囊，术后当天便下床走动，第三天上午又去重师参加莫怀戚的《白沙码头》讨论会，凭的就是有这股气。推而广之，无不尽然。

重庆文艺界人名联句

偶以人名联句，文坛雅事一桩。1983年，中央电视台举办全国首届迎春征联，曾以"碧野田间牛得草"作为上联征对，应征下联有"金山林里马识途"获一等奖。1986年，成都市文联举办丙寅年迎春联会，出上联"沙千里、杨万里，戈壁舟行黄沙绿浪"征下联，应征联中有"海刚峰、陈莲峰，关山月伴碧海丹心"亦获一等奖。既能联成对，当可联成诗。去岁春，我即尝试以重庆文艺界在世者的真名或笔名分界联句，联得三首五言小诗。不料得诗未久，周永健已英年早逝，至叹！今又逢春，兴致重生，遂改定旧作，并新增二首，聊寄期望重庆文艺兴旺之意。

其一：文学界

谭竹生芳晓，益言引浩文。

非丘有上泉，薇野获天琳。

张者莫怀戚，李钢且济人。

陈川元胜处，冉冉着冬春。

（依次联及：谭竹，刘芳晓，杨益言，况浩文，岳非丘，梁上泉，余

36

薇野,傅天琳,张者,莫怀戚,李钢,黄济人,陈川,李元胜,冉冉,第代着冬。)

其二:演艺界

徐勃问小豹,张鲁欲何为?
礼慧凌光宇,荣华羡铁梅。
亚非天宠护,鹏寿军强催。
学义更联群,逸虹阳晓晖。

(依次联及:徐勃,仇小豹,张鲁,何为,张礼慧,刘光宇,黄荣华,沈铁梅,王亚非,何天宠,郝鹏寿,张军强,隆学义,程联群,王逸虹,阳晓。)

其三:书画界

济元魏宇平,屈趁斯文彬。
顺恺岂中立?纪明多茂琨。
刘阳始庆渝,曹建犹康宁。
忠智若飞时,碧波倍显清。

(依次联及:晏济元,魏宇平,屈趁斯,徐文彬,周顺恺,罗中立,钟纪明,庞茂琨,刘阳,刘庆渝,曹建,康宁,梅忠智,史若飞,江碧波,杜显清。)

其四:评论界

胡度石天河?德岷斯远坡。
廷华知敬敏,吕进爱登科。
邓伟本朝弟,王林虞吉哥。

晓风送李怡，戴迅入云波。

（依次联及:胡度,石天河,傅德岷,彭斯远,曹廷华,李敬敏,吕进,蒋登科,邓伟,王本朝,王林,虞吉,周晓风,李怡,戴迅,韩云波。）

其五:不分界

牛翁邀马丁，王毅建新说。

宗敏两萧敏，彭柯三老柯。

它山见小乔，仲景迎阿多。

周利张于舞，强雯发凤歌。

（依次联及:牛翁,马丁,王毅,冯建新,熊宗敏,男萧敏,女萧敏,彭柯,柯愈勋,柯愈劢,柯愈敏,它山,谭小乔,冉仲景,阿多,周利,张于,强雯,凤歌。）

己丑新春

贺张礼慧获梅花奖

别样梅花晚绽开，临风九妹放歌来。

声情逼散巫山雨，润泽千秋神女怀。

乙丑端午

〔说明〕张礼慧成功主演歌剧《巫山神女》中的九妹，赢得她几年前就应该获得的梅花奖。

庚寅春即至为诗致友朋

不问新年问旧年,浓情似酒总陶然。
茅台醇厚文君冽,老窖绵长竹叶甜。
乐自忘忧苦亦趣,清堪比圣浊如贤。
鬓华阅尽江山醉,万里罡风任振帆。

2010 年 1 月 5 日

为《母亲》人物代拟言志诗

男儿有志趁华年,壮烈常怀一寸丹。
拯溺图强期戮力,拼将颈血荐轩辕。

2010 年 1 月 28 日

庚寅端午缅怀屈原

佳期有幸逢庚寅,几处能追屈子魂?

薜荔女萝山鬼俏,椒浆桂酒湘君诚。

国殇尽显英雄志,橘颂深藏天地心。

尤叹离骚吟不得,撞将心壁荡回音。

2010 年 6 月 15 日

蝶 恋 花
电视剧《三国》观后

伟气曾经吞日月。究竟何人,功盖三分国。决胜多凭诡异策,强横大火争明灭。

真伪倩谁都省得?风雨熏磨,渐染青铜色。纵使前贤逞颂说,后生美刺无消歇。

2010 年 6 月 18 日

忆 江 南

五咏高家镇

其 一

高镇好,雄踞大江南。方斗逶迤张翠羽,汶溪袅娜拨筝弦。弥望极云天。

其 二

文脉远,桂玉石开来。汉墓陶俑人物俏,宋窑彩釉意形乖。神鸟惹详猜。

其 三

航运盛,积世樯帆熙。黔石久依成口岸,渝宜相挽似逵衢。商贾舞云旗。

其 四

功业旺,民移建新城。基地创先牛作主,园区争胜食为宾。工贸哺农林。

其 五

前景美,足富更宜居。广益生机高速路,琢成风化畅流渠。勇进无穷期。

步韵奉和宪光

早岁宁知世事艰？黑红分种播悲酸。

不甘屈辱强扬首，难得光荣偶展颜。

发愤思行曾进取，舒心鼓劲更登攀。

年华易损气犹壮，老子仍堪傲大千。

2011 年 1 月 31 日

〔自注〕末句套用陆放翁"老子犹堪绝大漠"。

〔附录〕熊宪光原诗《致同窗老友》

致同窗老友

负笈蓉城世道艰，心寒体饿潜悲酸。

岂无往事堪回首？难得真情可展颜。

为惜华年勤进取，也曾奋发肯登攀。

如今渐老多闲散，冷对红尘悟大千。

乞牛翁题《落红片片》书名造句

春阳抚淡水,意识汩然流。
马岁容非马,牛翁果正牛。
师谊友德会,傲骨狷心俦。
我有落红扫,法书信敢求。

2011 年 2 月 13 日上午

〔附录〕

辛卯元辰牛翁和诗

文交自应清于水,狷拙该当不入流。
秉寋宁为看屋犬,探新甘作负犁牛。
聚谈欲遣诸闲寂,小会殊成集众俦。
随手涂鸦常信笔,歪词勉答各方求。

二

对联

北京市百亭征联获奖联

戴月荷衣长乐水
闻莺柳浪早知鱼

勉稚孙联

从小能翻青白眼
长成要作光明人

〔自注〕"光明"原为"磊落",仄声不协,今改。

仿流沙河联

眼高人结名家传
手短我为语体文

〔自注〕流沙河撰联为:"革新人饮易拉罐,守旧我喝盖碗茶。"

调魏明伦联

金莲变脸即淑女
武媚描容亦圣王

〔**自注**〕魏明伦告以乔迁成都事，以及奉献《变脸》，改编《四川好人》
诸端。联想到他前写《潘金莲》，敢翻《水浒》案（其先已有欧
阳予倩），而《四川好人》欲拉刘晓庆主演，刘晓庆演的武则
天确实不一般，于是有此联逗趣。

答杨牧贺岁联

事事顺心何处觅
天天快乐自家留

〔**自注**〕1998 年春节前夕，杨牧贺岁卡祝我"事事顺心，天天快乐"，
令我哑然失笑。他老弟真是诗人气质，竟如小青年相信"心
想事成"一样，乃撰此联作答。

川渝初分贺四川省文代会暨作代会联

文同蜀水碧
艺共巴山青

〔**追记**〕1997 年秋，四川省文代会暨作代会在成都金牛宾馆举行，开
幕式上我代表重庆文艺界致词，言及此意时，全场掌声雷动，
经久不息。恰值十年后，周勇和我与魏明伦、何开四同在江
西庐山会后游览，谈及共倡"川渝文化合作论坛"，一拍即
合。两事若一，人心与共，谁能打川渝一家翻天印？

赞《金子》铁梅联

戏剧奇葩《金子》真金子
声腔化境铁梅好铁梅

父母合墓墓碑题联

光璋玉石永
浩远山河存

〔追记〕家母侯璋远与家父蓝光浩先后辞世,骨灰合葬于南充西山陵
园。原打算作墓志铭,觉难以尽意。忽有所悟,撰成此联。

自 酬 联

节多常励志
瓜苦最清心

〔追记〕温承林善画苦瓜,人称"温苦瓜"。2003 年孟冬,我拟此联求
画,承林遂以焦墨画出墨竹及苦瓜。时梁上泉在场,亦喜此
联,即行挥毫书之。于是乎,"老谭撰联梁上泉书承林画"便
合三为一矣。上泉也要了一幅三合一。此三合一,迄今我仍
端挂客厅。

49

拟重庆湖广会馆联

禹王宫大门联

一

心结会稽气吞云梦遗爱长存巴子国

功倾华夏德沛地天流风总汇禹王宫

二

三巴毓秀三楚钟灵直向三吴通伟业

九主兴仪九畴重范钦同九鼎纪丰功

禹王宫内殿联

三江底定三王轨范禹为首

九主攸同九德风华夏领先

〔追记〕重庆湖广会馆修复开放后,禹王宫内外两副楹联受到一些批评,时任市委副书记邢元敏曾提议最好换一换。管理部门委托市楹联学会征集新联,我同梁上泉、熊笃等人参加评审,评委都认为所有新联全不如旧联。事后私拟上列三联,给了管理部门,自以为略胜新联和旧联。但时过境迁,其事渐寝,便没有下文。

50

拟高速公路站口备用联

小引:"十一五"期间,重庆高速公路建设大提速,"二环八射"蔚为壮观。个中一大特色,在于重视文化,在新建站口普遍用楹联即为一个创新标志。我应邀为之撰联,一个站口拟作出二至三联备用,多数站口已有选用。今将犹存底稿的联集中写出来,仅按地排列,拟联的时序已不复记得。

忠县三联

一

存城热血一腔忠义怀巴将
教化春风千载贤良慕白公

二

霞蔚神工山成石宝寨
云蒸烟树水拥皇华城

三

祠阙楼砖留汉象
坡花涧柳蕴唐风

石柱三联

一

安民保境擎天一女杰

51

继往开来拓宇多雄才

二

携月联翩摆手舞
向阳高唱啰儿歌

三

男石柱女石柱人文石柱
古云梯今云梯山水云梯

石柱冷水二联

一

楚天空阔览吴会
巴地畅通接陕川

二

龙腾凤翥祥云起
水冷风清紫气升

云阳二联

一

三巴故郡东迎紫气文藻从来称胜地
两翼新城北聚祥光事功长久树丰碑

二

山横云气古今人辟短长路

水映阳光天地城临大小江

奉节二联

一

白帝城高永忆公孙跃马
夔门水急长闻太白行舟

二

天坑地缝世间称绝境
胜迹名橙寰宇布流芳

巫山二联

一

红叶满山神女真无恙
碧波盈峡凡夫悉有情

二

江随暮雨来桥跨万重春树
峡逐朝云下隧穿十二碧峰

彭水二联

一

郁水郁山盘古秀

苗歌苗舞阿依娇

二

飞水井连清石壁盐泉遗响
绿荫轩望摩围山文韵流芳

黔江二联

一

黔中古镇濯阿蓬
江畔新城耀武陵

二

小南海碧波映照丹青
仰头山翠羽传神伟人

酉阳二联

一

一方摆手舞横生妙趣
万古桃花源尽扫迷津

二

峥嵘往昔红旗舞动南腰界
灿烂今朝捷报放飞酉水河

秀山二联

一

水秀山青揽胜奇观大武陵
人和地旷流馨美誉小成都

二

花灯名曲传心曲
石耶温泉胜妙泉

秀山洪安二联

一

一衣带水俱是边城古镇
两岸连山讵分茶峒洪安

二

清江皓月老舟渡
独岛崇碑新景观

〔**自注**〕"独岛"指"三不管岛","崇碑"指二野入川纪念碑。

江津二联

一

四面山风招独秀

55

几江水气润荣臻

二

物华天宝酒香橘美

人杰地灵学盛文昌

徐勍从艺六十年致贺联

精奇口舌

淡远人生

〔追记〕1972 年春慰问赴滇支边青年的时候,我便与徐勍结识,对他的评书艺术造诣极佩服。1989 年秋我到重庆文联工作后,重续前缘,彼此间沟通略无滞碍,显真性情,都合得来。他退休后出版了自述文集《口舌人生》,从艺作人的经历跃然纸上,我曾为文评赞。当其七十又一时,从艺生涯已六十年,我特撰联以贺之。亦友亦兄,心语尽在八个字间。

丰都高家镇联

凌高方斗壮家盈景色

胜古大江横镇涌生机

〔自注〕嵌入"高家古镇"四字。

迎辛卯年二联

一

辛新物旺
卯茂年丰

二

伊川虑远凭辛适
鲁寇刑公遗卯诛

〔**自注**〕上联典指春秋时期,周太史辛有到了伊川,见一披发者于郊野祭祀,便预料到百年之后此地将成戎狄之所。下联典指孔子担任鲁国司寇时,秉公行刑诛杀少正卯。当今时势,仍然需要"虑远",需要"刑公"。

碑 赋

辟建重庆人民广场碑记

重庆直辖,岁在丁丑,时维仲春。方其会,众议建人民广场,斯亦一时之盛。

广场所在地昔为马鞍山。新中国初创,刘邓贺主政西南,驻节重庆,导引军民凿石移山,平土开原,建人民大礼堂,越三载而功成。礼堂雄奇巍峨,金碧辉煌。两翼琼楼,飞檐临风。堂前广植花木,姹紫嫣红。实巴渝开埠以来所未有,标高域中,流誉海外。

尔来四十余年,礼堂蔚为重庆标徽,议政弘文常在其间。八方来仪,多所仰慕。惜乎墙垣阻隔,未便民众观览。今主政当局广纳民意,议决拆除樊篱,迁走单位,维修礼堂,辟建广场,且以人民冠名之,固其宜也。

决策既定,市民争相告慰,捐赠踊跃。旬日间,干部奉薪,百姓动储,学子凑零,企业献利,集体捐款达三百余家。市政府亦拨给专款,用于广场建设。千余建设者汇聚工地,夜以继日,敬业劳作,令一期工程两月告竣。

若观夫今之人民大礼堂,修葺一新,愈臻壮丽。堂前台地,花团簇锦。音乐喷泉,悦目赏心。环形舞台,因势造型。场面铺彩,光泽鉴人。嘉树张盖,芳草列茵。妍卉吐芳,清爽怡神。映日红旗招展,风光无限。入夜华灯璀璨,宛如画境。

铭曰:美轮美奂,人民广场。政通人和,溢彩流光。前慰先贤,功业显彰。后贻来者,永志不忘。

1997 年 5 月应邀撰文

[追记]1997年3月14日,全国人民代表大会通过决议,确定设立重庆直辖市。其时乃有辟建人民广场之事,并限期五月底前完成,以保证6月18日的直辖市正式挂牌。我应市政府办公厅之邀,撰写出了这篇碑记。其中"若观夫"一段,是到施工现场采访后,全凭想象写出来的。

但是,文稿交出后,主持者却背着我,另请几位专家作了文字修改。我的文稿决非不能改,不愿改,我只反感这种方式。所以得知消息后,我立即申明,不在别人改动后的文上署名。正因此,人民广场刊刻出来的碑文,一直只有"许伯建书",而无文章作者,留下一点残缺。留心者不妨对照一下,看改动了哪些字句,改动之后行文用语文白协调不协调,通篇文气一致不一致。那以后,政府相关部门又曾找过我为解放碑写赋,为朝天门写赋(后来改找熊笃),我以此为戒,都坚拒了。及至2000年何智亚出面邀我写《好吃街赋》,我信得过他,又才接手此类文字。

顺便说一下,许伯建是我素所钦佩的老书法家,为此碑文书丹是他生平最后一次将法书用于公众事务,那之后不久他便与世长辞了。许先生所书本为竖行,可是,镌刻者却将法书拆散,分字横排,导致其架构美和气韵美荡然无存。言念及之,能不愧叹?

我相信,主持者和镌刻者都是想把事做好的。想做好却未做好,甚至反而弄糟了,其间该有几多教训。既往者已不可追了,那么未来者呢,难道不可谏吗?

灵 巫 赋

天地鸿蒙,万物灵运。人猿揖别,百艺巫成。钟山岳之神秀,极典常之奥冥。偕自然之妙有,畅悬圃之高情。固中襟欣惧,乃染翰为文。

夫灵之为气也,滂滂然,沛沛然,吐纳日精月华,融千古而汇八荒。暨巫之成风也,骀骀焉,荡荡焉,模拟兽舞禽歌,振一羽以济四洋。域无分非欧亚,种不论黑白黄,皆自石头磨过,思维奋翮欲翔。疾风迅雷方生方灭,惠蛄大椿若短若长,杳不知其由来,神旺将求更张。于是天与人应,发为灵同巫傍,或祈猎狩多获,岁景丰穰,或祷疾者健起,老者寿康。美术音乐舞蹈神话悉因之肇端,医术占星历算史志亦因之发祥。斯固先民意识之觉醒,讵容一语迷信所概况?

壮哉我之中华,灵巫先于文明。阿齐尔图腾涂色砾石,老官台彩陶网状绳纹,马家窑器物三等分圆,大地湾葫芦两节造型。北系岩画广布辽蒙甘青,牛马羊驼驰骋不羁之想象;南系岩画迭见苏浙滇黔,鱼龙鸟虫奔放无碍之朴诚。男女两面同体,崇生殖而显性器官;人蛇交缠共生,娱神祇而纵脑机能。文字岂仓颉所造,盖写形图貌之衍化;《周易》非文王所著,乃占卜求筮之传真。摄提格掔,识于《尚书》;商颂玄鸟,载于《诗经》。操牛尾以歌八阕,见诸《吕览》;化黄熊而巫何活,发乎《天问》。洎乎先秦之世,楚人巫风最盛。

楚属荆巴,根在灵山。灵山即巫山,嵯峨接九天。晨兴则朝云蔚,夕降则暮雨绵。大江西来,巫溪北灌,覆盖葩华,飞漱洁泉。猿人生息于其间,远逾二百万年前。犀角龙骨,伴其遗齿;石刃陶纹,留其灵官。时当三皇五帝,十巫首推彭咸;巫载之比虞夏,胜似并蒂双莲。播神农之百

63

草,建高禖之社坛,助鲧子之功烈,绘瑶姬之华颜。白鹿导猎夫奔走,乃开盐利;鸾凤率百兽腾欢,共享乐园。孟涂莅讼,犹见丰沮月落;夏耕操戈,尚闻弈棋柯烂。《山海经》志其谜,名标于奇纪;屈宋辞为之赞,事显于华篇。神女实为土神,太乙常视悬棺,巴楚夔庸之国,莫非巫裁后延。

叹巫山云雨梦里,竟高丘古今俯仰。昔鳖尸西浮,血啼杜宇;及灵氛东渐,道启老庄。秦时月照汉时关,天人合一之说源远而流长。唐宋史鉴明清事,阴阳同构之教将隐而益彰。司马迁尝谓"文史星历,近乎卜祝之间";王国维通指戏曲鼓乐,远自巫觋之乡。岂独巴讴傩戏,得传其精蕴? 广察民风世俗,多引为滥觞。及今之世,文明大昌,壮侗苗彝之巫仍能歌善舞,纳西土家之乐亦依韵合腔。瑶家女儿作筒帽,似山鬼之被薜荔,爱求鲜求亮。傣族男子文体肤,如吞口之驱魑魅,皆若鹿若象。举一可得三反,散怀不任吟想。愿去伪以存真,共平湖而显扬。

1998 年 10 月于八音楼

（后被选入熊笃主编的《历代巴渝赋选注》和周勇、傅德岷主编的《重庆读本》）

〔追记〕此赋为重庆市远古巫文化研究会成立而作。十余年来,一些人引《山海经》为据,宣称巫溪或大巫山地区为人类巫文化发祥地,我总期期以为不可。《山海经》全书 31000 多字,所涉地域涵盖当今中国大部分地区,四面八方无处无巫。其中涉及大巫山地区不过 800 多字,"十巫"等等,实为远古中华巫的一部分。比《山海经》更早的《周易》,也是一部公认的"巫筮"之书,所涉地主要在黄河流域,可见那一带同为巫文化的发祥地之一。更放开眼看,巫文化乃是全人类共通的一种文化积存,巫学—神学—哲学—科学构成了全人类精神文化演进轨迹,五洲四海无处无巫。所以我认为,发掘和研究巫溪或大巫山地区的巫文化是可以的,将其称为人类巫文化发祥地之一也是不错的,或者将其纳入泛三峡地区而

定位为长江中上游巫文化发祥地更是确切的,倘若使用全称肯定
判断却断断不行。

好吃街赋

人生在世,以食为天。口之于味有同嗜,味之于口多异鲜。阅尽古
今中外,好吃者恒河沙数;食遍东南西北,好吃街惟此一处。

昔八一路中段,素以好吃闻名,叹路窄而店陋,缺档次与舒馨。值二
十世纪末年,渝中区厉行改建,八月初破土,岁尾即功全。街宽二十二
米,路面光泽可鉴;道长两百余米,拟向两翼伸延。廊道牌楼流光溢彩,
吐纳传统意蕴;壁画雕塑写意传神,显扬巴渝风情。高楼广厦比肩矗立,
旧貌悉换新颜;霓虹灯饰靓丽缤纷,何似天上人间?

今之好吃街,主扬食文化,高中低档次共存一体,大中小厅堂竞放百
花。购物娱乐兼备,游览休闲俱佳。一方宝地无限商机,荟萃巴渝美食
精华,小吃火锅名点珍馐争胜上千种,麻辣辛香咸甜酥脆领异逾百家。
更凭大肚能容,融聚川粤淮扬诸菜系;勃兴海纳百川,引入日韩欧美众餐
式。于兹一日三餐,口福各不同;纵情连吃三月,美味品不尽。谈笑间品
啜日月,好吃就要吃好;流连处享受人生,硬是吃在重庆。

旦复旦兮世纪新,喜迎五洲四海宾。乐莫乐兮今胜昔,大快朵颐正
当行。

2000 年 12 月

〔追记〕刊刻于重庆市渝中区八一路,后收入熊笃选注的《历代巴渝赋选
注》。

人民广场赋

重庆五年直辖,跨越两个世纪。煌煌巴渝历史,谱写新乐章;济济英雄儿女,挥洒大手笔。时祥风惠,政通业举。聚人气,奋人力,好事总要办好;顺民心,适民意,实事多能落实。公益佳绩无计其数,人民广场当推第一。

一者序之始,数之基,道之本,德之元。观夫广场,守一诸端:初辟于一九九七,直辖市方生,固为一也;三扩于二〇〇一,新世纪发轫,复为一焉。古往今来,靠人民创造世界,惟人民可以万寿无疆;党政群团,赖人民决定兴衰,从人民汲取力量源泉。人民至高至伟,命名独到独专。尊重人民,得风骚之旨;便利人民,领风气之先。继踵之作,迭见巴山渝水;效法之功,显耀近郊远县。至若规模之宏大,气象之雄健,涵蕴之悠长,装点之精湛,莫不举市无匹,堪称美轮美奂。

于嗟广场,前连干道,后依华堂,左峙高楼,右列广厦,四万平方米景区配烟霞。嘉木森森,仿佛切分内外;栈桥昂昂,依稀襟带高下。信步游目,翩然如进园林;凭空俯瞰,浑然如横琵琶。礼堂牌坊即似弦弓,终日拨动日月光华。朝随紫气东来,五星红旗迎风飘扬。夕伴彩灯齐放,十丈喷泉极尽变化。自朝至夕,游人任意行止;由长及少,市民尽兴赞夸:地是休闲地,树是多情树,草是忘忧草,花是解语花。侧听生态公园,和平鸽鸣和平哨;漫指露天舞台,文艺演招文艺家。文艺家不常常来,文艺演却日日火,入夜乐声一响,群舞立即自发。从春舞到秋,从冬舞到夏,舞出欢乐节拍,舞出轻快步伐,舞出健康体魄,舞出升平年华。噫吁广场,其场也有限,其广也无涯!

看今朝,已自令人心畅;望前景,尤其催人神旺。两年之后又出盛事,人民广场行将更广,西接三峡博物馆,东拥人民大礼堂,三位一体建筑群,缩影直辖新形象。新形象倍增新魅力,贯通千古,汇集八荒,如大鹏鸟扶摇直上。大鹏鸟振翅大寰宇,不断搏击,永远翱翔,将全世界当作广场。

为祝贺人民广场三期工程竣工
暨迎接重庆直辖五周年而作
2002 年 1 月 15 日

[追记]当人民广场三期工程竣工之际,我向时任市长包叙定建议,用《人民广场赋》置换五年前的《辟建重庆人民广场碑记》(所用理由见本书所录该《碑记》追记)。其后约月余,市政府办公厅转来重庆大学人文艺术学院几位教授的评议意见,主要意思为《碑记》已为市民熟悉,不必换,其事遂寝。按照现代民主法则,少数理当服从多数,何况我只代表个人?所以我也不再提起。如今拾取落红,姑且也算一片。

威远冶化赋

山峦无论高低，景美即增魅力。企业不分大小，绩优即添活力。公司业主冶化，异军飙然突起。遑扬威致远宏志，托白塔而舒英雄豪情，岂特辉生婆城？乘改革开放长风，挽清溪以汇时代巨流，抑复名动蜀宇。

回首来路，闻南巡号角，集三百余人创业；秉发展道理，凭单一产品开篇。从实践中摸索，带头人心雄气壮；在拼搏间向前，开拓者力合意坚。纵艰苦备尝，争学夸父逐日。任困难相继，竞效愚公移山。革新管理体制，整合营运理念。激活资源，捣固焦新法上马；突破瓶颈，产业链不断伸延。队伍团结，十年生聚结硕果；设备先进，十载进取换新天。

指看今朝，西部开发方兴未艾，展翅腾飞，万里鹏程。辟草莱实至名归，帜树城南；夷荒山降狮伏虎，雄踞金顶。以诚信为本，将公司规模做大。靠科技兴业，向综合化工突进。重金引进人才，多方集聚资金。五期技改扩建，五步求实创新，大力拓展市场，股份人格经营。固定资产十倍翻番，舞龙头于建业集团；产值利润超常增长，厚回报于父老乡亲。

展望前景，全面建设小康社会，民营企业大有可为。放眼经济全球化，势凌峨眉而览天下，机遇固与挑战同在；角力产业信息化，欲牵岷沱以通八极，希望亦与风险相随。将励精以图治，必居安而思危，三实方针既定，两先举措频追。生态与科技并重，质量与效益齐飞，环己酮吹响进军号，双氧水震起惊天雷。革新创造永无止境，再铸辉煌力在团队。

白塔红日杲杲，清溪碧水泱泱。冶化搏击向前，道路既广且长。传承基本经验，前赴后继永昌。共建百年名企，五湖四海鹰扬。

2003 年 8 月 8 日

（刊刻于四川威远冶化公司大门内）

朵力名都赋

上下五千年,厚土高天,人为根本。纵横八万里,民生时尚,居竞归属。望北美西欧,弃尘离嚣,纷逐绿色生态。指南粤东沪,模山范水,齐向自然皈复。乃挹两江灵气,汇入当今居住潮,名标朵力。择取九龙宝地,演绎都市新社区,帜树名都。

籍在主城西,门立大江阳。进门即园林,入目尽芬芳。玉龙溪碧水蜿蜒,柳拂竹笼,鱼戏蛙鸣。翠鸣湖明镜澄澈,缓渡云影,倒映天光。清风溢林下,清泉漱石上。野渡秾桃艳,曲径丹桂香。四时花解语,草忘忧,田园风光苑间聚。终年绿如染,气若兰,生命情趣胸中藏。登景园,浴新氧,聆星语,品鸟唱,尤显朗晴无际,画意悠长。

阳光伴蕙风入户,自然与人性交融。倚窗丽景现,闭扃亲情浓。移步楼下,幼儿学双语,无虑风吹雨淋。牵手园中,稚童启智力,何惧车喧道重?网球场竞技,游泳池扬波,逸兴略抒。庭院间信步,会所内弈棋,闲情稍纵。娱乐多随心,购物任从容。人生寄乐园,美梦也凌风。

生活融入生态,光景闪耀光霞。入亲田园韵致,出享都市繁华。岂羡侯王府?不向瑶池夸。早进小康境,安宁促寿遐。设若时光倒流,使季鹰思乡,渊明退隐,子美卜居,和靖结庐,将重选朵力名都为家。

2003 年 12 月
（刊刻于大渡口区朵力名都小区）

广安邓小平故居淡氏墓绿化园赋

　　星应蜀宇,域畛广安,镇属协兴,村名果山。遥对华蓥霁雪,依凭佛手庄穆,长留淡氏墓。直通嘉陵碧波,眺临渭水蜿蜒,新辟绿化园。

　　地灵则人杰,母慈而子贤。昔孟轲继圣,多赖三迁善举;岳飞报国,仰承四字金言。洎小平降生,自幼聪颖,常聆堂上明教,养成赤胆忠肝。未及弱冠,遂怀拿云壮志,南下渝都,寻求济世真诠。夫子池遗踪,太平门扬帆,一代伟人起步,旷世伟业发端。

　　旌旗奋,耀尘寰。兴师百色,襄义北黔,跃马太行,逐鹿中原,决战淮海,挥戈东川,廿九风雷激,谈笑凯歌还。驻节重庆城,主政大西南,雄姿英发,宏裁联翩。及至领袖群伦,拨乱反正,改革开放,远瞩高瞻,指引民族复兴路,描画国家富强篇,更丰功绝代,与日月高悬。

　　情倾小平故里,渝广人心相连,嘉园拱墓落成,恰当诞辰百年。青松苍苍,翠柏郁郁,齐天地长久;玉兰莹莹,丹桂馥馥,并山水绵延。绿沁一方,化被万里,四海来仪,千秋永传。

癸未十月撰于重庆

（应重庆市人民政府之命而作,刊刻于四川广安邓小平故居绿化园区）

湖广会馆修复碑记

岁次乙酉,时维金秋,湖广会馆修复告竣,粲然重现。远望崇隆挺秀,近观典雅庄穆,感怀其盛,为文以记。

重庆母城高崖为镇,雄视三巴,交汇两江,西接岷峨,东通荆吴,蔚然生成商贸要津。明末清初兵连祸接,巴渝大地十室九空。既而山河一统,清政府策励移民实川,掀起"湖广填四川"百年移民大潮。各省移民纷至,都市重新繁昌,货贿之盛冠绝川东。人茂物丰,商贾云集,凌厉长江上游,各省会馆应运而生。面对涂山绝顶,背倚金碧高台,左携字水宵灯,右揽龙门浩月。湖广、江西、浙江、福建、江南、广东、山西、陕西八大会馆连云比肩,云贵会馆效尤其后。迎麻神,聚嘉会,襄义举,笃乡情,怀仁而衍德,推诚以弘商,非惟云润桑梓,抑且恩流社会,振兴重庆,功不可没。

可叹星移斗换,时移势易,延及二十世纪,会馆日渐式微,沦于危殆。公元一九八六,幸逢文物普查,遗存会馆稍露真容。迨至重庆直辖,社会各界关注,五年运筹策划,奠定深厚基础。二〇〇三春日载阳,市委市政府决策修复,市区同心协力,岁末工程启动。缨其命者至诚至殷,情系历史沧桑,理究文化本源,始终严字当头,务求一流精品。两易寒暑,几多辛劳,二〇〇五桂子飘香,修复盛事全面奏凯。禹王宫、南华宫、齐安公所复其旧貌,重展风采,熙然留驻一道文脉。

试看今日之湖广会馆,气象宏大,布局和谐,结构精致,工艺美奂。殿宇楼阁歇山为顶,木雕石刻活灵活现,画栋雕梁,翘角飞檐,或如探龙锁江,或似飞鸢戾天。石拱而门重,廊回亦道复。遥想移民先辈,日夕聚处其间,焚椒兰,品佳茗,叙乡谊,理商机,赏戏曲,骋逸兴,怡顺旷达,其乐何如?

抚今追昔,鉴往思来。九州禹甸,挽千古巴蜀同声放歌;三楚云水,共五羊穗稷连袂起舞。歌舞之不足,赋诗以成诵:天生重庆,人铸辉煌。移民兴城,会馆促商。涵纳有容,勇进多方。文明传衍,世代恒昌。

2005 年 9 月撰文于渝中
(刊刻于重庆湖广会馆内,自署"湖广移民后裔")

祈 福 铭

日乘紫气,星拱北辰。翠合佛图,碧映嘉陵。

天地浑融,民人至尊。诚托福字,钟播灵音。

长者寿遐,少儿宁馨。夫妻恩爱,友邻和顺。

饮水净洁,吸气清新。居处敞亮,环境怡靖。

行游通泰,身体健恒。事功畅达,财富增盈。

取求丰饶,前景美洵。社会安谐,世道升平。

国运隆昌,世界和平。心有所愿,事期必成。

宏观微缩,俯仰随形。是念是祈,爱字爱铭。

应邀作于丁亥孟夏

(镌刻于轻轨二号线李子坝站祈福钟)

重庆赋

千里为重,广大育庆,天生都会,地博嘉名。夔巫东峙,召集七武方华,共巴山以显体势。岷峨西来,汇合綦嘉乌宁,结渝水而通古今。山雄莽苍苍,连湘黔,接川秦,纵横八万平方公里。水劲浩荡荡,出三峡,奔云梦,活跃三千一百万人。从中国西部崛起,挽长江上游秀挺,壮矣大山大水,美哉山城江城。

山蕴魂乎渝水,水聚魄于巴山,贯穿青史云雷,辈出猛士俊彦。自石头将磨,龙骨坡际,巫山人揖别古猿。随陶纹粗具,宝源山麓,巫载民开启盐泉。刳木下洞庭,易物上蜀宇;吊脚撑悬室,踞崖结干栏。歌舞凌殷,巴子始封巴国;头颅报楚,巴将保存巴垣。秦月映秦砖,江州张仪筑城;汉日照汉阙,胸忍扶嘉建言。公孙跃马处,诸葛慨领遗命,愿竭股肱;子龙扬威后,李严更筑大城,略舒肝胆。宋蒙角力,钓鱼城鏖战三十六载,余王张气贯长虹。明清易代,白杆兵称雄一门八将,秦良玉柱石擎天。"湖广填四川",辏集三江五湖,移民开来继往。会馆弘商旅,辐射四面八方,航贸启后承先。"革命军中马前卒",邹容首倡共和。推翻帝制大将军,培爵志节双全。伟烈铸丰功,勇毅岂虚传?非惟巴有将,猛进更无前。

山魄积生精气,水魂增长灵光,文脉人脉相济,翰华物华齐昌。《候人歌》引吭南音,楚臣赋惊艳高唐,"巫山高"唱响铙歌,竹枝词妙曼峡江。诗城葳蕤,李白杜甫双星同耀,彩云辞流丽千古,夔州诗擅绝八荒。江流浑浩,骚人迁客旋踵继武,王白刘唐韵馥郁,苏陆范宋味悠长。晚唐四贤治忠州,传布民生理念。两宋三儒寓合涪,播引隆学风尚。韦君靖德茂,赵智凤精诚,大足石刻恢宏。黄鲁直法书,破山翁禅功,文化薪火炽扬。水下第一碑林,白鹤梁双鱼兆丰。西南第一丛林,双桂堂双桂飘香。渝都第一日报,警世泣血下小吾。中华第一长联,嫉恶扬善钟云舫。张森楷实业兴教,汪云松助学留洋,集一时之英才,俱四海以翱翔。

渝水情注长江,巴山意结长城,华夏兴衰安危,紧系水澈山青。献身为民,西水双江养人豪,世炎闇公追晨星朗月;拯溺图强,浦河几江哺元戎,伯承荣臻赛天马神骏。萧楚女主笔《新蜀报》,杨尚昆蹈厉先驱行。老万县朱德陈毅振武,南腰界贺龙弼时合兵。更抗日烽火燃遍,重庆升战时首都,国共二次合作,袍泽四亿激奋。抢运抗战物资,卢作孚尽启船队。拼杀入侵敌寇,夏仲实重整戎旌。业无论士农工商,音不分东南西北,炎黄子孙共御强贼,逾百万众云集一城。宝塔山畅连周公馆,延河水温慰红岩村,南方局力树团结旗帜,周恩来培育红岩精神。八年人文荟萃,八载壮怀绝伦,江上曲长吟家国痛,雷电句热颂爱国忱。任敌机狂轰滥炸,英雄城终不折倾,浴血国际反法西斯,四大名都彪炳汗青。最难忘重庆谈判,毛泽东大勇至诚,《沁园春》瑰词震动朝野,九龙坡挥手天下倾心。浩气换来弥天彩霞,大山大水归属人民。

山拥黄葛树,水润川茶花,解放碑鸣钟唱晓,朝天门启锚待发。邓小平主政西南,治国若烹小鲜;半世纪征程锦绣,多赖椽笔挥洒。三峡工程启动,重庆欣然直辖,十年爬坡上坎,自强金鼓镗鞳。洋洋乎,百万大移民,迁置安稳为天。焕焕乎,千里大库区,平湖新美入画。主城连线区县,状如浴火凤凰;疆界勾勒版图,神似奔驰骏马。铁路公路高速路,路路交构成网,连通近邑远乡。长桥拱桥斜拉桥,桥桥飞跨胜虹,抚平天堑绝崖。渝中半岛两江合抱,浑同旗舰出港,日观争胜夜景。商务中枢众星拱月,融汇都市繁盛,霓虹扮靓广厦。"长安"促长安,"力帆"张力帆,国资民营产业竞秀。兴渝凭科教,富民重和谐,魅力文明事功畅达。桃承《红岩》《父亲》,文艺时绽奇葩,"神女"引领《流星舞》,《金子》雕塑

"金大花"。啰儿调试比川江号子,摆手舞欲追铜梁龙;喀斯特申报世界遗产,小三峡夸胜大三峡。指看今日之重庆,竟是何如之景象?"三一四"总体部署,遍城乡意气风发。

十年直辖生聚,多少慨当以慷,成就催人奋进,前景愈益辉煌。着意城乡统筹,"一圈两翼"展翅腾跃。营构增长极地,渝蓉携手同荣共享。呼应长江龙头龙尾,建成上游经济中心。瞄准世界渐平渐坦,竞逐国际都市风光。待到大功告成日,巴山渝水共举觥,庆贺宏图大展,祝愿鸿运大昌。重庆持续重庆,重庆重重庆! 大昌永久大昌,大昌大大昌!

作于 2007 年 5 月直辖十周年前夕

重庆院五十年赋

雄山劲水,天生重庆城。锦业宏图,院设黄花园。自鞍山徙来,五十载披荆斩棘,搏击猛进,百炼钢铁情致。为中华崛起,几辈人传薪布火,奋发开拓,频书彩焕诗篇。

奠基岁月峥嵘,创业饱尝艰难。秉承国家使命,把握设计严关。移巴蜀,转滇黔,铁肩挺重任。奔晋冀,下荆吴,钢魂战前沿。攀钢辟草莱,捧出"象牙微雕",唱响艰苦奋斗、自力更生进行曲。宝钢伴海涛,营构联合巨企,托起技术引进、自主创新艳阳天。一西一东成果辉映,共和国为之气足神旺。一"微"一巨绩效联翩,重庆院倍加名震誉延。

体制改革号角嘹亮,国有企业活力激添。追踪大变革,抓住大机遇,重庆院化蝶转制。挥别"吃皇粮",放胆闯市场,重院人跃马争先。思想观念冲决樊篱,与经营模式一起解放;发展理念展开翅膀,与实现方式同步嬗变。立足钢铁,优化主业,"三大重点"争金夺银,"两面旗帜"标高色灿。面对挑战,多向突破,排头一兵实至名归,设计创新地广天宽。

新世纪,新局面;新目标,新发展。如大鹏展翼,扶摇直上九万里,中冶赛迪横空出世。似巨舰启航,破浪直通四大洋,持续创新一往无前。坚持专业化,看大江南北,长城内外,何处无赛迪旌头?瞄准国际化,问欧陆美土,瀛岛澳原,何方缺赛迪光环?一步步超常跨越,一道道科学景观。一个个奇迹相继,一座座丰碑相连。稳居西部第一,国内前茅,更求穿透时空,国际领先。

　　山水美,云霞鲜,团队勇,战友贤。百年兴"老店",半程岂流连? 后来多接力,风景更无前。

2008 年 10 月应邀撰

(刊刻于重庆钢铁设计院)

罗汉寺序

中华古寺名刹,多在雄山秀林,重庆一区梵宇,特出闹市核心。历千载沧桑,法轮常转,传衍因缘深广。聚五百罗汉,祥瑞时开,播扬觉路光明。

回首星空浩莽,大德力托寺兴。祖月开山,洞天立福,肇端北宋治平。曦庵植葵,佛岩伴莲,继踵宣德嘉靖。光绪临位,隆法引罗汉设堂,寺因堂日昌。全民抗战,太虚秉佛学弘法,名与实齐升。任寇仇疯狂,滥炸夷为焦土,赖宗仙殷勤,殿堂尽得重生。

劫波荡除,海晏河清。国逢改革开放,政举人和世宁,教得弘扬光大,寺亦兰若迎春。乃有方丈智丰,承竺霞、大果宏愿,启僧众、居士智灵,荟碧云、归元精粹,采秦汉、隋唐工艺,全焕罗汉金身。岁至己丑,时维金秋,功成愿遂,开光同庆。从今以往,罗汉堂携济公殿,观音堂陪大雄殿,更兼藏经楼多经,古佛岩多佛,必将举寺灿然,历久弥新。

彼岸连通此岸,佛门光映俗门,闹市长留净地,法缘普济众生。愿日月无穷,乾坤永壮;信天行无休,祥明永存。

己丑孟夏应邀撰文

四

剧本

托孤遗事

时间:蜀汉章武三年(223)二至五月。

地点:永安县(今重庆市奉节县东),又称白帝城。

人物:诸葛亮　字孔明,蜀汉丞相,时年43岁。

李　严　字正方,蜀汉尚书令,时年40余岁。

刘　备　字玄德,蜀汉皇帝,时年63岁。

廖　立　字公渊,蜀汉侍中,时年40余岁。

赵　云　字子龙,蜀汉翊军将军,时年50余岁。

马　谡　字幼常,蜀汉越嶲太守,时年30多岁。

李　丰　李严之子,蜀汉武略中郎将,时年20余岁。

穆皇后　蜀汉皇后,时年30多岁。

关　羽　字云长,蜀汉前将军,死年58岁,谥壮缪侯,刘备梦幻中
出现。

张　飞　字翼德,蜀汉车骑将军,死年59岁,谥桓侯,刘备梦幻中
出现。

甘夫人　刘备原宠妾,死年约30岁,谥皇思夫人,刘备梦幻中
出现。

曹　操　字孟德,小名阿瞒,汉末丞相,魏王,死年66岁,谥武帝,
刘备梦幻中出现。

军士甲、乙

众兵士

众内侍

众宫女

第一场　江滨见异

[二月某日,永安县大江滨。

[城郭分明,夔门隐约。

[内喊:闲杂人等靠边站哪!

[欢喜锣鼓声中,军士甲、乙同上。

军士甲　(念)丞相驾临永安城,

军士乙　(念)文官武将忙出迎。

军士甲　(念)大江边上好闹腾,

军士乙　(念)累煞你我跑腿人。

军士甲　(念)老哥吧,皇上自从夷陵战败,在这永安城一窝就大半年,病
　　　　　　重也不回成都,如今又把丞相唤来,要做什么呀?

军士乙　老弟嘞,你我吃这跑腿的饭,不该说的莫说,不该问的别问,不
　　　　要操那份闲心。

　　　[李丰上。

李　丰　呔!尔等在这里磨蹭什么?

　　　[军士甲、乙赶紧施礼。

军士甲　小将军,我俩在商量怎样维护秩序。

李　丰　看紧了就是,滚一边去吧!

84

军士乙　　是,都滚一边去。(转身高喊)闲杂人等靠边站哪!

　　　　　〔军士甲、乙边喊边下。

　　　　　〔李丰傲然四顾。

李　丰　　(唱)人逢喜事精神爽,

　　　　　　　　父得重用子沾光。

　　　　　(对内招手)父亲快来。

　　　　　〔李严上,众兵士随上。

李　严　　(唱)江滨迎候诸葛亮,

　　　　　　　　引他前去见吾皇。

李　丰　　父亲,您自归顺以来,十年屈在州郡,如今厚蒙皇上恩眷,正是
　　　　　大展鸿图时机,对那诸葛亮何必太小心?

李　严　　丰儿,你还年轻,不知官场人事凶险。皇上重用为父,廖立那帮
　　　　　荆襄旧部多不服气。如今诸葛亮来了,他们就像群龙有首了,
　　　　　为父不能不多留点心眼。

　　　　　(唱)人心未平伏险象,

　　　　　　　　行事必须多思量。

李　丰　　群龙有首何足为惧?他们的残兵败将,加上赵云江州带来的一
　　　　　万多人,总共不过两万来人。他们那两万乌合之众,怎敌得我
　　　　　们这两万生力军?何况皇上信的是您!

李　严　　(唱)当年皇上得荆襄,

　　　　　　　　万事依赖诸葛亮。

　　　　　　　　自从据蜀振皇纲,

　　　　　　　　如鱼得水成既往。

　　　　　　　　云雨翻覆难猜详,

　　　　　　　　见机行事少张狂!

李　丰　　父亲……

李　严　　(掉首视内,急忙制止)有人来了,别再多嘴。

[廖立、赵云同上。李严笑脸相迎。

李　严　　廖侍中，赵将军，你们来得早哇。

廖　立　　再早也不及你尚书令嘛。

李　严　　丞相驾临，自当恭候。（手指远处）看那江面上一派帆樯，该是
　　　　　丞相的大船到了，你我快去迎接。赵将军请领先。

赵　云　　尚书令请领先。

李　严　　赵将军功高望重，正方我自当随后。

廖　立　　他那个功高望重，怎及你官高权重？

李　严　　（不悦地）廖侍中莫取笑。

廖　立　　（不屑地）李尚书令别假谦让。

赵　云　　（调和地）丞相快下船了，大家一起相迎。

[李严、廖立、赵云侧向动，李丰按剑随后，众兵士作警戒状。

[马谡引诸葛亮上。

马　谡　　丞相请看，文武百官均在迎候。

[李严、廖立、赵云、李丰迎上施礼。

众　人　　丞相一路辛苦！

诸葛亮　　（还礼）多谢诸位，大家免礼。

李　严　　丞相大驾一到，我等都安心了。

诸葛亮　　哦，你不是辅汉将军李正方么？

李　严　　末将正是李严。

廖　立　　丞相啊，他已不再是什么辅汉将军，人家荣升尚书令了。

诸葛亮　　呵！（回头问马谡）幼常呀，你何以未告诉过我？

廖　立　　（抢先作答）这不怪马太守，他奉旨回成都迎请丞相时，还未曾
　　　　　出现这等美事。

诸葛亮　　那么这是——

廖　立　　昨天的事。

诸葛亮　　（一怔，旋解）原来如此，尚书令，贺喜你！

李　严　今后还望丞相指教。

诸葛亮　(唱)国有艰危需栋梁，

戮力同把汉室匡。

李　严　(唱)丞相明教记心上，

忠肝义胆报吾皇。

赵　云　丞相，江滨不是久留之地，皇上还在永安宫里等候着呢。

李　严　赵将军所言甚是，皇上等着要见丞相和太子。敢问丞相，何以
未见太子下船？

诸葛亮　我请太子留镇成都，只有鲁王、梁王来了。(转对马谡)幼常，快
请两位殿下登岸。

马　谡　遵命。

　　　[马谡下。

李　严　两位殿下俱还年幼，皇上明定召来太子，丞相莫非不知？

诸葛亮　幼常传旨说得明白。但国中不可一日无主，所以我请太子留在
成都了。

李　严　丞相哪！

(唱)皇上诏将太子请，

旨在谋划大事情。

丞相此举欠周允，

辜负吾皇一片心！

诸葛亮　言过了。

(唱)太子镇国本常情，

何出此言骇听闻？

江滨不宜多争论，

面见皇上再澄清。

廖　立　(唱)丞相处事有分寸，

何劳你来教训人？

李　严　（唱）为臣就该遵皇命，

　　　　　　　　何言我在教训人？

廖　立　（唱）你看你这张狂劲，

　　　　　　　　小人得志便忘形！

李　严　（唱）你看你这偏执劲，

　　　　　　　　血口喷人太无行！

廖　立　（挺身而前）你……

李　严　（挺身而迎）你……

　　　　〔李丰抚剑欲动。

　　　　〔赵云隔开李严、廖立，瞪视李丰。

诸葛亮　（冷峻而威严地）都别吵了！

　　　　（唱）大家同是汉家臣，

　　　　　　　　怎能相对若仇人？

　　　　　　　　且向永安宫里行，

　　　　　　　　是非曲直说分明。

赵　云　（推开李严、廖立）听丞相的。

　　　　〔李严、廖立忿然后退，李丰亦退。

诸葛亮　（对廖立）公渊，且去同幼常送两位殿下进宫。

廖　立　遵命。（怒视李严）哼！

　　　　〔廖立拂袖而下。

诸葛亮　（对李严）正方，还有什么话，进宫后再说。

　　　　〔诸葛亮与赵云径下。

李　丰　父亲，您刚才还在告诫我，怎么反倒先隐忍不住了？

李　严　（懊恼地）咳！（继而爆发地）别说了！

李　丰　那，我们现在怎么办？

李　严　现在怎么办？现在还能怎么办？（沉吟）我就不相信，他诸葛亮
　　　　的胳膊还能扭得过皇上的大腿！（跺脚）进宫！

［李严下。

［李丰拔出剑来，凝视，比画，入鞘。

李　丰　（对众兵士挥手）进宫！

［切光。

［灯暗。

第二场　宫内生歧

［接前场，永安宫后殿。

［几案后立着画屏，画屏后略现飞檐。

［画屏后传出笑语声。

［内侍甲上。

内侍甲　（惊慌地）皇后娘娘！皇后娘娘！

［穆皇后从屏风后急出，宫女甲、乙随出。

穆皇后　何事惊慌？

内侍甲　启禀娘娘，皇上在大殿大发雷霆了。

穆皇后　（吃惊地）却是为何？

内侍甲　鲁王、梁王两位殿下进后宫以后，皇上与丞相说话，说着说着就
　　　　冒火了。

穆皇后　（担心地）皇上病得那样重，怎么能够冒火呢？

［内声：皇上回宫！

［穆皇后等急作迎状。

［内侍乙、丙、丁扶刘备上。

刘　备　气煞朕也！气煞朕也！

［穆皇后扶刘备坐定。

穆皇后　陛下，您龙体欠安，怎么可以大动肝火呢？

刘　备　那诸葛亮尾大不掉，全不把朕放在眼里！

穆皇后　丞相一向公忠体国，不会做出这种事吧？

刘　备　怎么不会？前年朕兴师伐吴，替二弟、三弟报仇，他和赵云都唱

反调。此番朕召阿斗来永安,他又擅自作主,将阿斗留在成都。适才在大殿上,朕说再兴征吴之师,他照样是竭力反对。如此一而再,再而三,他的眼里还有朕吗?

穆皇后　陛下呀,臣妾虽不懂军国大事,但窃以为丞相所虑必有道理。

　　　　(唱)夷陵新败兵将残,

　　　　　　重新征伐求胜难。

　　　〔刘备拍案而起。穆皇后扶,刘备拂开。

刘　备　(唱)胜算虽小又何干?

　　　　　　刘氏基业事关天。

　　　　　　朕死阿斗当继禅,

　　　　　　寸功未立难掌权。

　　　　　　替他铺垫树威严,

　　　　　　须趁朕在有生年。

穆皇后　陛下深谋远虑,计之长远,但与太子来不来永安有何关系,臣妾仍然不明白。

刘　备　这有什么不明白的?

　　　　(唱)阿斗若能来永安,

　　　　　　率军伐吴掌兵权。

　　　　　　诸葛随军作参赞,

　　　　　　主从关系自了然。

　　　　　　取胜功绩阿斗揽,

　　　　　　遭败责任诸葛担。

　　　　　　为政驭人讲机权,

　　　　　　个中精窍凭心传。

穆皇后　陛下谋划固然周密,无奈太子未来永安已成事实,生气于事无补,反而伤身。不如因势利导,再作区处。

刘　备　嗯,你这话倒还说得不错。他坏了朕这一招,朕还得想下一招,

　　　　　朕就不相信江山不姓刘！

穆皇后　陛下息怒了，最好服点药。

刘　备　不是服过了吗？又要服什么药！

穆皇后　太子仁孝，虽未来永安，却让鲁王、梁王送来了补心健神良药。
　　　　　臣妾已熬好一剂，请陛下服用。

刘　备　阿斗有此孝心，朕且试服一回。

穆皇后　（对宫女甲）快呈药来。

　　　　　［宫女甲应命下。

　　　　　［穆皇后扶刘备坐定。

　　　　　［宫女甲捧药上，跪呈。

　　　　　［穆皇后端起药杯，用汤匙喂送刘备服药。

　　　　　［刘备刚喝一口，即便拂匙吐出。

刘　备　这药好苦！

穆皇后　良药苦口利于病。

刘　备　（勃然拍案）什么？难道你还想说忠言逆耳利于行？

穆皇后　（跪下告饶）臣妾不敢。

　　　　　［李严急上。见状欲退。

刘　备　站住！（对穆皇后）还不退下！

　　　　　［穆皇后起身，速引宫女甲、乙下。

　　　　　［李严上前，伏地叩拜。

李　严　吾皇万岁万岁万万岁。

刘　备　爱卿平身。匆忙而来，有何急事？

　　　　　［李严起身，站立一旁。

李　严　皇上盛怒而退之后，诸位臣僚都还留在大殿上，要臣来求皇上
　　　　　恩准，再到后殿来觐见吾皇。

刘　备　那丞相呢？

李　严　丞相也有此意。

刘　备　他有此意,朕无此意。

李　严　适才皇上震怒,对他已有震慑,臣意以为何妨一见。

　　　　(唱)皇上震怒示天威,

　　　　　　　众臣谁不心鼓擂?

　　　　　　　正好乘势再逼迫,

　　　　　　　逼使丞相改作为。

刘　备　朕看未必如你所料。不过,也可一试。

　　　　(对内侍甲)速传丞相一人进见。

　　　　内侍甲领旨。

　　　　[内侍甲下。

刘　备　李爱卿,他来了以后,由你多说些话。

李　严　臣一定尽犬马之劳。

　　　　[内侍甲领诸葛亮上。

诸葛亮　(躬身施礼)陛下震怒,微臣告罪。

刘　备　丞相忠谨,何罪之有?

　　　　[刘备抬手,示意平身。

　　　　[内侍甲欲给诸葛亮搬坐椅,见刘备未动声色,赶紧停止动作,侍立
一旁。

　　　　[诸葛亮与李严分侍刘备左右。

诸葛亮　陛下,适才在大殿,臣言犹未尽。

刘　备　丞相无非要说,让太子留镇成都,你做得有道理吗?

诸葛亮　臣之所为,确有道理。

　　　　(唱)新败后人心浮稳定第一,

　　　　　　　太子在皇权显国中安谧。

　　　　　　　北抗魏南扶夷内防奸佞,

　　　　　　　三分鼎一足固决非权宜。

刘　备　照此说来,关张血仇就不必报了? 孙吴敌国就不能伐了?

诸葛亮 （唱）敌我友魏蜀吴早有分际，

若伐吴必利魏于我无益。

关张死血仇在并未忘记，

待北扫再东指报亦未迟。

李　严 丞相哟，你我既为辅弼重臣，就该忠君之事，分君之忧，切忌空谈大道理。吾皇决计要报关张血仇，伐孙吴敌国，你我就该竭忠尽智促其实现，而不能另搞一套。何况再次伐吴，并非不能制胜。

（唱）前番伐吴兴大军，

误在依山扎连营。

弄巧纵火小陆逊，

意外损我八万兵。

痛定思痛更添恨，

忍中用忍仇要清。

我今帐下多虎贲，

永安可凑五万兵；

再调汉中五万人，

十万貔貅保再征。

趁他吴狗是骄兵，

出奇制胜大功成。

诸葛亮 正方你好糊涂！你在州郡多年，如今跃居中枢，凡事都须高屋建瓴，审时度势，岂可轻谈用兵出奇？

（唱）自古用兵系纪纲，

若不审势必遭殃。

天下三分蜀非强，

怎能逆势充强梁？

联吴抗魏策为上，

伐吴利魏若鹬蚌。

新败之余求更张，

抚驭南夷振农桑。

待到粮足兵精广，

旄头北指向洛阳。

轻重缓急放眼量，

岂可短视自相戕？

李　严　（唱）灭吴再出伐魏兵，

　　　　　　皇汉一统定中兴。

诸葛亮　（唱）中兴大业道路长，

　　　　　　分步徐图忌轻狂。

李　严　（唱）轻狂判词实诛心，

　　　　　　丞相未免太谨慎！

诸葛亮　（唱）谨慎利国狂必罔，

　　　　　　正方分明失考量！

李　严　（唱）勇非狂，

　　　　　　怯非慎，

　　　　　　皇上英明作决定！

诸葛亮　（唱）清必慎，

　　　　　　昏必狂，

　　　　　　陛下千万计从长！

李　严　皇上英明作决定！

诸葛亮　陛下千万计从长！

刘　备　你俩争来辩去，全都没有新意。

　　　［李严愕然，看一看刘备，又看一看诸葛亮。

　　　［诸葛亮默然，一时不知再说什么好。

刘　备　既然你俩争执不下，那么朕就要计从长，作决定了。伐吴伐魏，无论孰先孰后,均须先练好兵。从明天起,丞相你就负责练兵。

诸葛亮　遵旨。不过……

刘　备　其他的话不必说了。一路劳顿,先去休息。

诸葛亮　谢过陛下。

　　　　[诸葛亮下。

　　　　[上述过程中,李严时惊疑,时窃喜。

李　严　皇上,您莫非改变主意了?

刘　备　糊涂!朕不让他去负责练兵,难道让他成天来宫里烦朕?

李　严　(若有所悟,喜形于色)皇上圣明。

刘　备　你可不要闲着。朕命你作联络官,练兵情况以及其他的事,每
　　　　天都要报告朕。

李　严　遵旨。

刘　备　你可要给朕盯得紧一些!

李　严　皇上放心。

　　　　[切光。

　　　　[灯暗。

第三场　滩头夺军

　　　　[两个月后,永安城西五里滩头。

　　　　[罗盖之下一桌一椅,设指挥台。远处危峡耸峙,江流依稀。

　　　　[内传战鼓声,喊杀声。

　　　　[诸葛亮、廖立边走边说上。

诸葛亮　排兵演阵正酣,缘何拉我至此?

廖　立　一则丞相该休憩片刻了,二则廖立有话要说,不吐不快。

诸葛亮　公渊请讲。

廖　立　滩头练兵两月有余,那李严时来颐指气使,俨若监军一般,实令
　　　　我等气愤。

　　　　(唱)可恨李严太猖狂,

飞扬跋扈野心狼。

长袖善舞欺朝纲,

丞相须当多提防!

诸葛亮 (摇头笑道)同为汉室效力,何必责之过苛?

廖　立 丞相忠谨,自然宽厚。但李严本是蜀中降将,多年来并未随军
建功,如今却由州郡小吏骤至高位,不但凌驾于我等荆襄旧部
之上,而且连丞相也敢轻慢。我看这后面大有文章,恐怕是皇
上已不放心丞相。

(唱)皇上驭人讲机权,

弃旧用降藏疑团。

虽曾说过鱼水缘,

信任丞相不如前。

诸葛亮 (转为严肃)岂可背后诽议皇上? 这等言语再莫提起。

廖　立 那就说点眼前事吧。自练兵以来,连李丰也敢仗势懈怠,丞相
居然容忍。长此以往,将何以服众、将何以驭军?

(唱)李氏父子起黑心,

明暗掣肘事非轻。

若不及时除患隐,

尾大不掉难驭军!

诸葛亮 公渊哪,这些事我非看不出来。只为投鼠忌器,难以下手。

(唱)由荆襄入蜀中几经风雨,

三分鼎汉家业来之不易。

想当年隆中对天下大计,

叹而今联吴事突见分歧。

违君意已然是迫不得已,

顾大局终不可操之太急。

皇上他病危浅宜少刺激,

　　　　暂容忍李氏狂稍待时机。

廖　立　时机贵在把握,必须先发制人。

诸葛亮　只能相机行事,让他措手不及。

　　　[马谡急上。

马　谡　丞相,您前脚一走,李丰又捣乱,他统领的左右两翼都乱了套。

廖　立　刚在说时机,时机就来了。丞相,这一回不能再放过他了。

诸葛亮　(略显犹豫)诸事俱备,惟缺一人。

廖　立　何人?

诸葛亮　李严。

廖　立　缺他正好。

诸葛亮　不,他俩是父子,当着李严处理李丰,有利于少授人以柄。

廖　立　丞相就不怕,机会稍纵即逝?

马　谡　丞相看得深,机会随时会有。

　　　[内马蹄声由远而近,马谡张望。

马　谡　丞相您看,李严来了。

廖　立　哈哈哈,巧巧巧,刚说缺李严,李严就来了。丞相啊丞相,这下
　　　　您总该当机立断了吧?

诸葛亮　(捋须沉吟,毅然作决)好,就来个当机立断。你俩快去知会赵
　　　　将军,作好应变准备,然后就把李丰带到这里来。

廖、马　遵命。

　　　[廖立、马谡下,正遇李严上,相互注目,无言而去。

　　　[李严追望二人身影,似有不解。

李　严　丞相,他二人缘何匆匆而去?

诸葛亮　尚书令,你一人缘何匆匆而来?

李　严　适才在永安宫里面见皇上,皇上命我来传话。

诸葛亮　既有皇命,即请宣示。

李　严　皇上命我问丞相,练兵两月有余了,缘何只演练水、旱八阵图?

诸葛亮　敢问何意？

李　严　皇上说了——

　　　　（唱）八阵图，

　　　　　　　演八阵

　　　　　　　阵阵是守不是攻。

　　　　　　　伐吴必须攻

　　　　　　　伐魏必须攻，

　　　　　　　只守不攻理难通。

　　　　　　　此意已然反复伸，

　　　　　　　缘何总当耳边风？

诸葛亮　（正色）这是皇上的话，还是你的话？

李　严　（傲然）自是皇上的话，也是我的话。

诸葛亮　那么请听——

　　　　（唱）八阵图，

　　　　　　　多变通，

　　　　　　　六十四变兼守攻。

　　　　　　　风云来天地，

　　　　　　　鸟蛇易虎龙，

　　　　　　　开阖腾挪妙无穷。

　　　　　　　练熟不仅防孙吴，

　　　　　　　他日北伐建奇功。

李　严　（唱）细听丞相话外音，

　　　　　　　莫非执意违圣躬？

诸葛亮　（唱）天下已成三分鼎，

　　　　　　　汉贼在北不在东。

李　严　（唱）北伐既是他日事，

　　　　　　　练兵岂非一场空？

诸葛亮　（唱）千日练兵一日用，

　　　　　　　道理尽在不言中。

李　严　（唱）练兵已达两月余，

　　　　　　　究竟何日兵可用？

诸葛亮　（唱）只要将士都用命，

　　　　　　　指顾之间兵可用。

李　严　（唱）丞相号称军令明，

　　　　　　　将士谁敢不用命？

诸葛亮　（唱）号令虽明有异心，

　　　　　　　异心之人不用命。

李　严　何许人异心？

诸葛亮　贵公子李丰！

李　严　正方胆子小，丞相莫开玩笑！

诸葛亮　军国事体大，谁会乱开玩笑？

李　严　犬子如若冒犯丞相，正方自会严加管教。

　　　　〔内人声嘈杂。

诸葛亮　（指内）人已带来了，即请尚书令一起严加管束。

　　　　〔军士甲、乙扭李丰上，廖立、马谡拥赵云上。

马　谡　启禀丞相，李丰带到。

廖　立　大胆李丰，还不下跪！

　　　　〔李丰扭动，瞥见李严。

李　丰　父亲救我！

李　严　（对诸葛亮）这是何故？

诸葛亮　（指廖、赵、马）你问他们。

李　严　（至赵云前）赵将军，您是前辈，请您说点公道话。

赵　云　尚书令，自练兵以来，令郎屡次故意懈怠。

　　　　（唱）今日演阵故伎生，

两翼混乱他造成。

李　严　（唱）如此严重果然真？

赵　云　（唱）有目共睹难容情。

廖　立　（唱）你家小子早该整。

马　谡　（唱）岂容劣马来害群。

李　严　（对廖、马唱）落井下石休逞狠！

　　　　（对李丰唱）为父在此冤你伸！

李　丰　他们血口喷人，串通构陷孩儿！

　　〔廖立、马谡按剑上前，申诉李丰。

廖、马　分明是你仗势骄纵，破坏练兵，还好意思反咬一口？

　　　　〔李严见势不妙，转而拉住诸葛亮的衣袖。

李　严　丞相，他们人多势众，请您千万不要听信一面之辞！

诸葛亮　（拂去李严的手）事实俱在，岂有诬枉！

李　严　果如丞相所说，也属犬子年少无知，请让正方带回家去严加
　　　　管束。

诸葛亮　只能秉公处置，不能徇私了断。

李　严　那那那……您要怎么样？

诸葛亮　你刚才不是说，我号称军令严明吗？李丰违抗军令，我就按律
　　　　论罪。马谡，你告诉尚书令，违抗军令者该如何治罪。

马　谡　按律当斩！

诸葛亮　（睨视李严）听到了吗？

李　严　（气急败坏）丞相，您不能那样做。

　　　　（唱）你我扶汉本同仁，

　　　　　　请勿轻易动极刑！

诸葛亮　（唱）按律治罪军令明，

　　　　　　岂可废公徇私情？

李　丰　（狂躁）父亲别求他，孩儿不怕死！

李　严　（情急无策,掌李丰嘴）狂悖逆子,还敢嘴硬,赶紧跪下请罪!

　　　　［李严强按李丰跪下。

李　严　（拜揖恳求）丞相啊,我的好丞相!

　　　　（唱）正方只此一条根,

　　　　　　　救您开启法外恩。

赵　云　丞相,请看在尚书令面上,姑免李丰一死。

诸葛亮　（趁势转圜）尚书令且听了,死罪纵可免,活罪亦难饶。

　　　　（唱）死罪可免法外恩,

　　　　　　　活罪难饶惩后行。

李　严　（唱）只要逆子苟延生,

　　　　　　　听凭丞相动军刑。

诸葛亮　来人,痛责李丰四十军棍。

　　　　［军士甲、乙应声而前,欲拉李丰。

　　　　［李丰抗拒。

李　丰　父亲!

李　严　不懂事的逆子,快谢丞相不杀之恩。

李　丰　（极勉强地）多谢丞相不杀之恩。

诸葛亮　且慢言谢。杀是不杀了,两翼统领你也不能再当了。众将听
　　　　令:自即时起,李丰着归赵云节制,左右两翼分由廖立、马谡
　　　　统领。

廖赵马　谨遵丞相钧命!

　　　　［李严乍闻若有未解,猛然有悟,情急爆发。

李　严　丞相此举不公,岂不是将我两万部众都分夺了吗?

诸葛亮　（正颜厉色）这是什么话? 各部军兵都归属汉室,怎能属你
　　　　一家?

李　严　（唱）我部兵精将又强,

　　　　　　　驰援永安保吾皇。

　　　　　　　忽然军权都夺光，

　　　　　　　分明欺我李正方！

诸葛亮　（唱）此言未免太荒唐，

　　　　　　　治军从来讲纪纲。

　　　　　　　军合力齐忌分向，

　　　　　　　统一指挥最正常。

李　严　（唱）瞒天过海凭你讲，

　　　　　　　挟嫌报复实阋墙！

马　谡　（唱）丞相公忠日月光，

　　　　　　　何惧尔辈故谤伤！

李　严　（唱）欺我实即欺皇上，

　　　　　　　谨防没有好下场！

廖　立　（唱）倒行逆施总跳梁，

　　　　　　　你才没有好下场！

李　严　你们串通一气，夺军霸权，我要到皇上那里去告发你们！

诸葛亮　天要下雨，娘要嫁人，鸟要飞，随你便！来人，把李丰拉下去！

　　　[军士甲、乙拉李丰下。

李　严　诸葛亮，我跟你没完！

　　　[诸葛亮、赵云兀立冷对，廖立、马谡放声大笑。

　　　[李严狼狈下。

　　　[诸葛亮忽咳嗽不止，马谡急忙替他捶背，廖立、赵云表现复杂。

　　　[收光。

　　　[灯暗。

第四场　墓侧惊梦

　　　[接前场，甘夫人墓侧。

　　　[树影萧疏，坟茔半垒。坟前一碑，上书"汉皇思夫人墓"六字。墓前
有石桌和石凳。碑前有一香案。

〔内侍甲、乙领众兵士上。

内侍甲　（念）皇上要探墓，

内侍乙　（念）带兵来保护。

内侍甲　（念）叫声兵士们，

众兵士　到！

内侍乙　（念）巡查莫迟误！

众兵士　是！

〔众兵士巡场下。内侍甲、乙侍立。

〔内侍丙、丁及众宫女拥刘备、穆皇后上。

刘　备　（唱）挨一步，

　　　　　　颤一步；

　　　　　　颤一程，

　　　　　　痛一程。

　　　　　　眼前昏惨惨，

　　　　　　昏惨惨似灯将尽。

　　　　　　心头痛津津，

　　　　　　痛津津怕大厦倾。

穆皇后　皇上，皇思夫人墓已到，请焚香凭吊。

刘　备　（挥手示意）替朕焚香。

穆皇后　（指示宫女）赶快焚香。

〔众宫女至香案前点香，插香，退侍立。

〔刘备抚碑大恸。

刘　备　小甘哪，朕的小爱卿！

　　　　（唱）朕未入蜀你丧身，

　　　　　　朕虽登极你冥封。

　　　　　　皇思两字寓朕心，

　　　　　　小甘可为朕解懵？

朕今进退两失据,

你且告朕何去从!

穆皇后　（上前搀扶刘备）皇上不可过分伤痛。

刘　备　朕要在此稍坐,你叫闲人走开。

穆皇后　（对众内侍、众宫女）你等且自避退,随时听候传唤。

众　人　遵旨。

　　　　〔众内侍、众宫女分下。

　　　　〔穆皇后搀刘备坐于石凳上,自己在一旁侍立。

刘　备　（捶桌）哎,为何天丧斯人啊!

穆皇后　皇上,死者长已矣,存者且偷生。况复承续汉统,身系天下,宜以社稷为重,着眼未来。

刘　备　（苦笑）呵呵,未来!诸葛亮那班人都不顺从了,朕还有未来?

穆皇后　依臣妾愚见,丞相对皇上竭尽忠诚,并无贰心。

刘　备　朕在生之日,他不敢有贰心。朕一旦山陵崩,谁能保证他没有贰心?

穆皇后　皇上雄才大略,深谋远虑,尽可以预作安排呀。

刘　备　朕今到此处,就图个清静,以求思虑周密。

穆皇后　墓侧阴森,不如回宫。

刘　备　朕意在此,你也避开。

　　　　〔穆皇后下。

　　　　〔刘备独坐,托腮沉思。

　　　　〔内帮腔唱:千古帝王权术多,

　　　　　　　　　　都为一姓驭山河。

　　　　　　　　　　前招未成后招恶,

　　　　　　　　　　好教刘备费思索。

　　　　〔刘备伏案,渐次昏睡。

　　　　〔飒飒风起,隐隐树摇。声光变幻,烟雾缭绕。

〔关羽、张飞发披肩,甲不整,同上。

张　飞　哇呀呀呀! 大哥您好悠闲,竟在此睡大觉!

〔刘备惊起。

刘　备　你们是谁?

关　羽　小弟关云长。

张　飞　小弟张翼德。

刘　备　缘何这般模样?

关、张　俱成孤魂野鬼。

刘　备　我等三人桃园结义,情同手足,两位贤弟竟然先于为兄而去!

关　羽　大哥,您该给我们报仇!

张　飞　大哥,您该给我们雪恨!

刘　备　为兄是要报仇雪恨。

　　　　(唱)孰料陆逊烧连营,

　　　　　　折损为兄八万兵。

关　羽　何不重振旗鼓,再接再厉?

刘　备　(唱)为兄染疾延重病,

　　　　　　再也无力能从心。

张　飞　何不授命太子,代父出征?

刘　备　(唱)为兄已曾择此行,

　　　　　　无奈诸葛亮不听!

关、张　那就杀了他,另外用能人!

刘　备　两位贤弟吧,杀了诸葛亮,还有哪个能人会为朕来效命?

　　　　(唱)诸葛亮辅汉室天下归心,

　　　　　　杀了他朕真成孤家寡人。

关　羽　(唱)不杀他也可以投闲置冷,

　　　　　　君臣义怎敌得手足深情?

刘　备　(唱)手足情朕看得重于生命,

可奈何陷沉疴风雨飘零！

张　飞　（唱）大丈夫取天下跃马冲阵，

　　　　　　　苟残喘群雄间何以立身？

刘　备　（唱）两位好兄弟，

　　　　　　　容朕稍缓行。

关　羽　（唱）不该大不该！

张　飞　（唱）不能大不能！

　　　　［灯光明灭，烟雾滚荡。

　　　　［甘夫人素服上。

甘夫人　喂呀呀呀！你们在争什么该不该，在吵什么能不能？

关　羽　（辨明施礼）关某拜见嫂夫人。

张　飞　（拉过刘备）大哥快见嫂夫人。

刘　备　（上前执手）小甘，朕的卿卿！你怎么也来了？

甘夫人　我听你们争吵不休，故尔也来问上一问。

关　羽　我们在说大哥不该缓兴伐吴师。

张　飞　我们在说大哥不能缓报血海仇。

甘夫人　两位叔叔暂避，待我稍慰皇心。

关、张　遵命。

　　　　［关羽、张飞相视颔首，施礼同下。

刘　备　（拥甘夫人）小甘，爱卿！

甘夫人　（仰面凝睇）皇上，夫君！

刘　备　适才所言，你都听到了？

甘夫人　适才所言，妾都听到了。

刘　备　两位贤弟之意，爱卿以为如何？

甘夫人　于私于情可通，于公于国未合。

刘　备　（撒手却退）何以如此评说？

甘夫人　（旋身舞蹈）妾身自有陈说。

106

（唱）私呀私，

　　　　桃园结义金兰香。

　　　　情呀情，

　　　　血仇不报非豪强。

　　　　公呀公，

　　　　社稷为重君当让。

　　　　国呀国，

　　　　逆势必危顺者昌。

刘　备　当下之势，何谓逆顺？

甘夫人　（唱）三分鼎立势所当，

　　　　　　贵在刘氏基业长。

刘　备　（唱）朕命已向黄泉往，

　　　　　　如何才得基业长？

甘夫人　（唱）辅佐阿斗需贤良，

　　　　　　除却诸葛难光扬。

　　　　　　强饮血仇定主张，

　　　　　　江山姓刘作朝纲。

刘　备　（念）江山姓刘作朝纲，

　　　　　　江山姓刘作朝纲……

　　　［刘备边念边走。

甘夫人　（跟上摇刘备臂）夫君三思！

刘　备　（若有顿悟）悠悠万事，惟此为大。

　　　　小甘说得何等好啊！

　　　　（唱）说什么桃园结义金兰香，

　　　　　　怎比得江山姓刘基业长？

　　　　　　只要是能保阿斗坐朝堂，

　　　　　　再多的恩怨情仇抛一旁。

107

[忽然光乱闪,影乱摇,如闻马嘶,如闻狼嚎。

[刘备拥甘夫人,惊惶不知所措。

[曹操着帝王装束,狂笑止。

曹　操　（绕场狂笑）哦哈哈哈,哦哈哈哈……

刘　备　（护甘夫人）大胆狂徒,尔是何人?

曹　操　（揶揄口吻）刘使君! 刘皇叔! 闻雷失箸之事,你都忘却了吗?

刘　备　你是曹操?

曹　操　正是孤家。

刘　备　为何狂笑不已?

曹　操　笑你昏聩糊涂。

甘夫人　（挺身而前）操贼休得无理!

刘　备　（故作轻松）任他信口雌黄。

曹　操　（逼近一步）你敢听吗?

刘　备　（后退半步）有何不敢?

[曹操转身,站上石桌。

曹　操　（唱）你呀你昏聩,

　　　　　　　　昏聩得不懂审时度势。

　　　　　　　　你呀你糊涂,

　　　　　　　　糊涂得不知度德量力。

　　　　　　　　穷兵黩武伐孙吴,

　　　　　　　　他如河蚌你似鹬。

　　　　　　　　鹬蚌相争都找死,

　　　　　　　　助我曹魏获利益。

刘　备　朕不再伐吴,看你获利益!

[曹操跳下石桌,坐于石凳。

曹　操　此仅其一,还有其二。

　　　　　　（唱）得人心方能得天下,

108

固天下尤须固人心。

落难时你会三顾茅庐，

称帝后你就一意孤行。

诸葛亮对你肝脑涂地，

你对他居然满腹疑云。

这不是昏聩未必是清醒？

这不是糊涂难道是聪明？

刘　备　无耻谰言，还有三吗？

　　　[曹操应声而起，再次逼近刘备。

曹　操　当然有三。

（唱）大半生你比孤智低一筹，

养了个阿斗儿更是孱头。

他比孤那才华横溢曹子桓，

一如九天云霓一如臭水沟。

你还昏昏聩聩将他视作宁馨儿，

你还糊糊涂涂寄望他能统九州。

孤料你身死国危已注定，

他只配作个曹家归命侯！

刘　备　（恼羞成怒）操贼死鬼，你好狠毒！（拉甘夫人绕场大喊）来人

　　　来人，捉拿操贼！

曹　操　刘备大耳贼，你想捉拿孤？张开你那大耳听听！

　　　[风声大作，如奔如怒。

刘　备　小甘快听，是何声响？

甘夫人　妾身不知。

曹　操　让孤家告诉你，这是我曹魏大军入汉中，破剑门，直捣你的成都

　　　了！哦哈哈哈，哦哈哈哈……

　　　[风声变成喊声：杀死大耳贼！活捉刘阿斗！

甘夫人　（慌乱）夫君怎么办？夫君怎么办？

刘　备　（狂呼）丞相快来救我！丞相快来救我！

　　　　［喊声变成风声，风更狂，影更乱。

　　　　［浓雾渐退，灯光骤灭。

　　　　［灯光重现，甘夫人、曹操已隐去，独剩刘备伏桌而睡。

　　　　［刘备从狂呼中猛醒。

刘　备　丞相快来救驾！丞相快来救驾！

　　　　［穆皇后、众内侍、众宫女、众兵士纷然涌上。

穆皇后　（惊问）皇上怎么了？

刘　备　（回神）做了个噩梦。

穆皇后　墓侧过于阴森，皇上不宜再留。

刘　备　（木然）回宫。

穆皇后　（对众）回宫！

　　　　［正欲动身，李严急上。

李　严　皇上，大事不好，诸葛亮夺权了！

刘　备　他，他他他，他夺什么权了？

李　严　他同廖立、赵云、马谡串通一气，把臣的兵权都夺过去了！

刘　备　你，你你你，太不中用啊！

　　　　［刘备顿足，头晕欲倒。穆皇后等急忙扶住。

众　人　皇上……

　　　　［收光。

　　　　［灯暗。

第五场　榻前用奇

　　　　［四月某日，永安宫内正寝。

　　　　［屏风。卧榻。

　　　　［刘备半卧榻上，穆皇后、众宫女随侍。

110　刘　备　朕要服药。

穆皇后　陛下刚服一个时辰,缘何又要服用?

刘　备　朕要亲自出征,须用良药提神。

穆皇后　陛下呀,您都闲卧病榻上了,还要亲自出什么征哟?

刘　备　此出征非彼出征,古往今来无人行。朕今日就是要在病榻上出
　　　　奇制胜。

穆皇后　陛下之意,臣妾不解。

刘　备　休再啰唆,速备药来。

穆皇后　(对宫女甲、乙)速将太子送的健神良药熬一剂送来。

　　　　〔宫女甲、乙应命下。

　　　　〔内侍甲入。

内侍甲　启奏皇上,李尚书令奉旨来到。

刘　备　宣。

内侍甲　(对内)李尚书令进见。

　　　　〔李严上,叩拜。

李　严　吾皇万岁万岁万万岁!

刘　备　朕万岁不成了,平身吧。

李　严　谢皇上!(起身)紧急召见微臣,敢问有何驱遣?

刘　备　朕自料将死,今日要托孤。

李　严　托孤?

刘　备　对,托孤。朕归天之后,敬奉皇后,辅佐幼主,就托付于你了。

李　严　(受宠若惊)皇上高天厚德,臣纵粉身碎骨,亦当竭尽犬马之劳。
　　　　不过……
　　　　(唱)臣今手里无兵权,
　　　　　　报效皇恩恐为难。

刘　备　朕加封你为中都护,掌管内外诸军事,不就有兵权了吗?

李　严　(唱)众臣多归丞相圈,
　　　　　　丞相掣肘事难全。

刘　备　你之所虑,朕自了然。朕已派人去唤他来,稍后朕将考察于他。他若无贰心,朕将让他与你同领托孤之命。

李　严　若其不然呢?

刘　备　若其不然么……你就替朕将他(作杀掉的手势)。

[李严闻言,亦喜亦惧。

李　严　(唱)皇上英明作决断,

　　　　　　除掉诸葛我承担。

　　　　　　无奈事起仓促间,

　　　　　　何处凑人设机关?

刘　备　朕宫中侍卫,都归你指挥。速去布置埋伏,听朕掷杯为号。

李　严　(欣喜若狂)微臣遵旨,这就去办。

[李严拉内侍甲下。

[穆皇后一直在旁静观,待李严离去,即问刘备。

穆皇后　陛下所言出征,就是要杀丞相?

刘　备　朕说的是出奇制胜。杀与不杀,就看他今日表现如何了。

穆皇后　臣姜总觉得,此举未必妥。

刘　备　妇人之见,不许多言!

[穆皇后沉默,扶刘备卧得舒服一点。

[宫女甲、乙捧杯盘上。

宫女甲　皇上皇后,健神良药已经备好。

[穆皇后取杯,用匙喂刘备。

[刘备沾唇,喷出。

刘　备　太苦了,先放着。

[穆皇后将杯置于卧榻沿。

[内侍乙、丙、丁上。

内侍乙　启奏皇上,丞相和众文武都已进宫候旨。

刘　备　先传丞相进来。你等都去听尚书令调遣。

众内侍　遵旨。

　　　［内侍乙、丙、丁下。

　　　［诸葛亮上。

　　　［穆皇后迎上。

穆皇后　（凄然地）丞相！

诸葛亮　（安慰地）皇后勿忧,待臣拜见。

　　　［诸葛亮趋榻前施礼。

诸葛亮　陛下气色不及向前,龙体如何恳祈赐告。

刘　备　朕疾已入膝理,归天只在旦夕。

　　　［穆皇后拿起药杯给诸葛亮看。

穆皇后　大杯服药,总不见效。

　　　［复将药杯置榻沿。

诸葛亮　陛下为国珍摄,当得昊天保佑。

刘　备　（苦笑）大数已定,何佑之有?

　　　　　（唱）纵归天,

　　　　　　　　六十三,

　　　　　　　　不算短寿。

　　　　　　　　胸臆间,

　　　　　　　　惟挂念,

　　　　　　　　神器谁收?

诸葛亮　陛下切勿忧虑。纵或万乘不测,臣与文武同僚必以事陛下之
　　　　心,奉后嗣之主。

　　　　　（唱）陛下千万放宽心,

　　　　　　　　汉室已有后嗣人。

　　　　　　　　同心协力拥储君,

　　　　　　　　文武都会守职分。

刘　备　朕那阿斗儿,也算后嗣人?

诸葛亮　（唱）太子年少德宽仁，

　　　　　　　当能承运继三分。

刘　备　与曹丕相比，阿斗儿如何？

诸葛亮　（唱）曹丕奸猾太子仁，

　　　　　　　各有所本传父荫。

刘　备　（突然）与丞相相比，阿斗儿如何？

诸葛亮　（震愕）陛下！

　　　　（唱）太子为君我为臣，

　　　　　　　岂能随便作比并？

刘　备　王侯本无种，丞相且直言。

诸葛亮　（唱）四百余年汉统承，

　　　　　　　君臣定份记得清。

刘　备　（阴鸷地）丞相谨慎过分，待朕替你道明：曹丕胜阿斗十倍，丞相胜曹丕十倍，若辅佐阿斗，其实太委屈。与其委屈自己，不如取而代之。

　　　　［诸葛亮闻言大惊失色。

诸葛亮　陛下呀陛下！

　　　　（唱）闻君言忽如五雷轰顶，

　　　　　　　额头上冒汗脊背扎针。

　　　　　　　十六载追随身已许定，

　　　　　　　都只为图报知遇宏恩。

　　　　　　　一心里攘除国贼奸佞，

　　　　　　　一意间实现汉室复兴。

　　　　　　　几曾料疑我怀有贰心，

　　　　　　　视我与王莽曹操同伦。

　　　　　　　有肝胆可凭日月鉴审，

　　　　　　　有节义可与松柏同青。

114

望陛下长存隆中情分，

明察臣德行扫却疑云！

刘　备　　丞相不必多心。朕以天下为公，确系一片真心。丞相如果取代
　　　　　阿斗，虎视天下，一定能够安邦定国，驾驭风云。

　　　　[诸葛亮伏拜涕泣。

诸葛亮　　哎呀陛下呀，此言折煞臣！臣意后之视今，犹如今之视昔。无
　　　　　论事陛下，事太子，臣都甘愿尽股肱之力，效忠贞之节，继之以
　　　　　死犹且不恤！如果陛下仍不放心，臣愿重回南阳躬耕。

　　　　[刘备一直察言观色，捋须冷笑。

　　　　[穆皇后暗拉刘备衣袖，刘备拂其手。

刘　备　　丞相请起。丞相既不肯取代，不妨再替朕决疑。

　　　　[诸葛亮起，拭泪。

诸葛亮　　陛下请讲。

刘　备　　朕归天之后，丞相辅太子，何人可堪同襄重任？

诸葛亮　　赵云忠勇冠世，当可担此重任。

刘　备　　人虽忠勇，年已偏老。年富力强者，何人堪重用？

诸葛亮　　廖立经纬之才，或许可以拔擢。

刘　备　　朕看此人恃才傲物，桀骜不驯，未可重用。

诸葛亮　　马谡智计之士，或许可以破格。

刘　备　　朕看此人纸上谈兵，言过其实，未可重用。

诸葛亮　　陛下圣意可有所属？

刘　备　　丞相以为李严如何？

诸葛亮　　（沉吟）李严嘛……

刘　备　　（逼追）怎么样？

诸葛亮　　（唱）李正方才干练人亦精明，

　　　　　自归顺在州郡时建功勋。

　　　　　但往昔对乡里薄义寡情，

弄机巧耍手段贪利图名。

到而今居高位得意忘形，

已使得文武官心气不平。

刘　备　丞相对他成见太深。

诸葛亮　臣非成见太深，乃据他之昨日，观他之今日，疑他之明日。

　　　　（唱）一旦他掌权柄造事生衅，

　　　　翻手云覆手雨国将不宁。

刘　备　照丞相如此说来，未必朕看错人了？

诸葛亮　臣仅只是实话实说。

刘　备　丞相哟，用兵治国朕不如你，辨才识人你不如朕，这李严么朕是
　　　　用定了。朕决意今日托孤，就托给你和李严。

诸葛亮　陛下……

刘　备　朕意已决，勿复多言。（对众宫女）速去传旨，众臣进见。

宫女甲　遵旨。

　　　　[宫女甲下。

　　　　[诸葛亮无奈，摇头迈细步。

　　　　[穆皇后端药杯。

穆皇后　陛下，趁众臣尚未进来，且将药都服了吧。

刘　备　事情已做成，还服它作甚！

　　　　[刘备顺手一拂，药杯坠地，砰然声响。

　　　　[李严、李丰引众内侍、众兵士手执刀剑，从两侧及屏风后面蜂拥
而出。

　　　　[诸葛亮大惊，向卧榻急退。

　　　　[廖立、赵云、马谡随宫女甲上，见状忙挺身挡住李严、李丰，护住诸
葛亮。

赵　云　（怒视李严、李丰）你等意欲何为？

穆皇后　（抢身而前）误会了！误会了！

李　严　皇后怎讲?

穆皇后　误会误会,纯属误会。赶紧叫人退去,切莫惊吓皇上!

李　严　(仗剑犹疑)莫非……

刘　备　(厉声呵斥)照办!

　　　　[李严一愣,收剑入鞘。转而挥手下令。

李　严　皇上无虞,大家退下!

　　　　[李丰大不乐意,忿忿然带众兵士下。

　　　　[众内侍欲随下,廖立趁机夺过一刀,逼向李严。

廖　立　李严!你要做什么,给我说清楚!

　　　　[李丰闻声复上,挺剑指向廖立。

李　严　廖立!我奉旨护驾,你管得了吗?

　　　　[诸葛亮似已明白,急招呼廖立。

诸葛亮　公渊,寝宫不是弄武之地,你就信他说的话吧。

　　　　[赵云拉退廖立。李严亦将李丰拉至身后。

赵　云　陛下,这究竟是怎么回事?

刘　备　(手指众人)你们,你们……

　　　　[刘备语不成声,颓然倒于卧榻。

　　　　[穆皇后忽放声大哭。

穆皇后　你们不要再闹了!皇上是要托孤呀!

　　　　[众人皆呆,表情各异。

　　　　[一束追光照定刘备。

　　　　[灯暗。

第六场　城下摊牌

　　　　[五月某日,永安城楼门下。

　　　　[城楼耸峙,上书"永安"二字。

　　　　[爆竹声声,唢呐声声。

　　　　[众内侍举白幡,众宫女拥穆皇后绕场下。

四
剧
本

117

〔众兵士绕场下。

〔军士甲、乙上。

军士甲　（念）大行皇帝回成都，

军士乙　（念）文官武将把灵扶。

军士甲　（念）永安城下风景殊，

军士乙　（念）几人窃笑几人哭。

军士甲　老哥吔，听说丞相与尚书令斗得凶。

军士乙　老弟嘞，听了就忘只当是股耳边风。

军士甲　嘻嘻，咱哥们只管跑腿。

军士乙　嘿嘿，跑罢腿自寻轻松。

〔军士甲、乙分头巡场下。

〔诸葛亮、廖立、赵云、马谡上。

马　谡　丞相，大队人马整装待发，不知打算留下何人镇守永安？

诸葛亮　等尚书令来再与他定夺。

廖　立　丞相，那天先帝托孤前，李严分明要杀您，难道您真要与他同当
　　　　顾命臣？

诸葛亮　那是先帝临终遗命。

　　　　（唱）先帝临终留遗命，

　　　　　　　让他内外统三军。

　　　　　　　他今急欲要权柄，

　　　　　　　我已应对计在心。

　　　　　　　少时我将话挑明，

　　　　　　　还靠诸君作干城。

廖赵马　丞相放心，我等自会一如既往。

〔李严、李丰上。

李　严　丞相，我迟来一步，还望多见谅。

诸葛亮　同为顾命大臣，何须如此客气？

李　严　大队人马整装待发，不知打算留下何人镇守永安？

诸葛亮　此事该由你我一起商量定夺，我想先听你的意见。

　　〔李严略现得意之色，扫视廖立、赵云、马谡。廖、赵、马均冷若冰霜。

李　严　（故作谦让）我看，丞相定了就是。

诸葛亮　我真想听你的意见，请你举人。

李　严　恭敬不如从命，我就姑妄言之。

　　〔李严至赵云前，拱一拱手。赵云神色若定。

李　严　（唱）忠勇冠世赵将军，

　　　　　　　足可留镇永安城。

诸葛亮　先帝说他人虽忠勇，年已偏老，故不宜于担此重任。请另举人。

　　〔李严至廖立前，拍一拍掌。廖立怒目而视。

李　严　（唱）经纬之才廖侍中，

　　　　　　　足可留镇永安城。

诸葛亮　先帝说他恃才傲物，桀骜不驯，故不宜于担此重任。请另举人。

　　〔李严闻言，睨视廖立蔑笑。

　　〔廖立闻言，露出不平之概。赵云拉廖立衣袖，廖立隐忍未发。见李严蔑笑，"呸"一声掉头。

　　〔李严至马谡前，抚一抚肩。马谡拂去其手。

李　严　（唱）智计之士马太守，

　　　　　　　亦可留镇永安城。

诸葛亮　先帝说他纸上谈兵，言过其实，故不宜于担此重任。请另举人。

　　〔李严闻言，睨视马谡哂笑。见马谡亦笑，忽露出疑虑。

李　严　丞相，我到中枢日浅，实在举不出合适的人了。

诸葛亮　尚书令一向精明，为什么一时糊涂，连最合适的人都视而不见呢？

李　严　丞相所指，乃是何人？

诸葛亮　远在天边，近在眼前。

〔李严反应未及,瞬现疑惑不解。

〔廖立、赵云、马谡相视而笑。

〔李丰着急,抢前一步。

李 丰　父亲!

李 严　你喊什么?

李 丰　他在指您!

〔李严猛然醒悟,立刻爆发不满。

李 严　(对诸葛亮)指我?

诸葛亮　(捋须一笑)指你。

李 严　(气急败坏)不成不成,决然不成!

　　　　(唱)你我同为顾命臣,

　　　　　　　理当一道成都行。

　　　　　　　为何将我留永安,

　　　　　　　疏贬犹若州郡人?

诸葛亮　(唱)永安紧控巴东门,

　　　　　　　联吴大计势非轻。

　　　　　　　独当一面倚重你,

　　　　　　　何言疏贬动疑心?

李 严　(唱)永安远离成都城,

　　　　　　　独当一面话好听。

　　　　　　　丞相果真倚重我,

　　　　　　　让我伐魏统雄兵。

诸葛亮　(唱)先帝临终嘱咐殷,

　　　　　　　我将亲统北伐兵。

　　　　　　　巩固后方备粮草,

　　　　　　　你肩承担重千钧。

李 严　(唱)筹粮备草杂事情,

120

　　　　　　偏裨将佐可承担。

　　　　　　先帝托孤我有份,

　　　　　　岂能叫我领虚名!

诸葛亮　(唱)借口托孤争名分,

　　　　　　其实急欲统三军。

　　　　　　军国大事我筹定,

　　　　　　岂能容你随意行!

赵　云　尚书令,丞相说得明白,是与你分担重任,你就不要再强争了。

马　谡　尚书令,丞相多年统领三军,岂是你能取代得了的?

李　严　你等休要曲意阿附!我晓得你们早就结成一党,对先帝遗命阳
　　　　奉阴违,处心积虑要排挤我!

廖　立　大胆李严!竟敢信口雌黄,公然诋毁丞相,难道你要违抗钧令?

李　丰　你们欺人太甚,我们就是不服!

李　严　丞相,你既然决意不让我去成都同辅幼主,那就请交还我的两
　　　　万人马,让我重回犍为聊尽守土之责。

诸葛亮　尚书令,你这是什么言语?

　　　　(唱)当下正值多事春,

　　　　　　公忠体国讲职分。

　　　　　　永安近吴你留镇,

　　　　　　日后伐魏我担承。

　　　　　　治国用兵齐号令,

　　　　　　有禁必止令必行。

　　　　　　你若再敢苦相争,

　　　　　　军法论处不容情!

李　严　军事大权在你手里,一切听便!

李　丰　父亲,跟他无理可讲,我们自去拉队伍走!

诸葛亮　(震怒)何其猖狂!军法伺候!

[廖立早已按捺不住,出列高喊。

廖　立　丞相有令,军法伺候!

[军士甲、乙领众兵士持械上,绕场后分列。

[李丰捋袖揎拳。

李　丰　父亲,我们拼了!

[李严拦住李丰,怒目环视,作出凛然不屈之状。

[赵云示意众人勿动,出面调和。

赵　云　(对诸葛亮)丞相息怒。尚书令一时冲动,只要晓以大义,自当
　　　　会遵命而行。

诸葛亮　他若明义知理,我自宽容不究。

[诸葛亮背转身。

[赵云走近李严,将其拉到一边。

赵　云　尚书令听我一句,切莫要再斗气了。丞相军令一向严明,你再
　　　　固执下去,于公于私均将不堪!

[李严长叹一声,强忍住怒火,对赵云拱手。

[李丰贴近李严。

李　丰　父亲,我们不能服软!

李　严　孺子无知,懂得什么?

　　　　(唱)先帝在他受猜疑我得宠信,

　　　　　　先帝逝我如鱼肉他似刀砧。

　　　　　　大丈夫处世须当能屈能伸,

　　　　　　也只好暂时委屈忍气吞声。

赵　云　尚书令,你该做个明白人。

李　严　赵将军,丞相既要我留镇永安,总得给我些人马吧?

赵　云　那是自然,请放宽心。

[李丰欲言,李严按住。

[赵云转身向诸葛亮。

赵　云　　丞相,尚书令已回心转意,请求拨给一些人马。

诸葛亮　　(回身)廖立马谡听令,各拨五千人马,交给李严留镇永安。

廖、马　　遵命。(转对李严)尚书令,快去清点人马吧。

　　　　　〔李严不屑于理睬二人,走近诸葛亮。

李　严　　丞相大人,托孤重任只剩下你一人承担了,可要好自为之呀!

　　　　　(唱)反掌之间压李严,

　　　　　　　　托孤重任一人担。

　　　　　　　　看你如何理治乱,

　　　　　　　　报效先帝到黄泉!

　　　　　〔李严略一拱手,扭身扬长而下。

李　丰　　算你们狠!

　　　　　〔李丰"呸"了一口,忿然而下。

　　　　　〔廖立、马谡相视而笑。

廖　立　　丞相出奇制胜,做得漂亮!

马　谡　　丞相指挥若定,令人佩服!

诸葛亮　　(摇头苦笑)我这是不得已而为之呀!(毅然挥手)你们去吧!

　　　　　〔廖立、马谡牵手而下。

赵　云　　丞相,我知道您是不得不这样做,但将李严真叫得罪到家了。

　　　　　　　　物议如何,也难逆料。

诸葛亮　　子龙啊,只有你深知我心。为了汉室大局,只好委屈李严。

　　　　　(唱)先帝托孤用人在两全,

　　　　　　　　拔擢李严为将我掣牵。

　　　　　　　　李严若能公忠体时艰,

　　　　　　　　倒也可以为国减忧烦。

　　　　　　　　怎奈他总弄权要奸顽,

　　　　　　　　意见不合难免有覆翻。

　　　　　　　　我若隐忍让他身手显,

汉室必定从此少宁安。

与其日后相争到相残，

不如今朝利近更利远。

委屈李严只是一家怨，

委屈国家要遭万众嫌。

如此胸臆可对日月言，

是非留与后人去评弹！

赵　云　丞相一片苦心，昊天自当体恤。如今大事已了，何不即刻启程？

诸葛亮　即离永安，返还成都。

军士甲　丞相有令——

军士乙　返还成都！

　　〔爆竹声、唢呐声骤，热闹当中掺杂凄厉。

　　〔白色纸花从城楼上纷扬飘落。

　　〔诸葛亮、赵云等人向台下挥手。

　　〔投光，定格。

　　〔全剧结束。

1993 年 5 月 5 日至 27 日　　一稿

1997 年 7 月 26 日至 8 月 3 日　　二稿

2003 年 3 月 10 日至 27 日　　三稿

2004 年 10 月 19 日至 29 日　　四稿

2005 年 6 月 26 日至 7 月 21 日　　五稿

我想讲一个或许更真的托孤故事

——《托孤遗事》五稿后记

蜀汉章武三年(223)四月刘备在永安(今重庆市奉节县东)托孤的故事,流传至今 1700 多年,一直当做他与诸葛亮肝胆相照,亲密无间,国事、家事尽行托付的历史佳话而脍炙人口,并传唱不衰。民间述闻及传统戏剧中,甚至有"文托卧龙,武托子龙"的说法,为之增色添彩。然而,即便按照《三国志》和《三国演义》过分简略的事本勾勒,其间的疑窦也颇不少。与诸葛亮一同领受托孤遗命者,并不是赵云,而是李严,这一个事实居然被淹没,长期鲜为人知。史料记载的概括简略,很可能掩盖着史实演绎的繁重驳杂,百代以下犹须考辨。

《三国志·蜀志·诸葛亮传》仅只写道:"先主于永安病笃,召亮于成都,嘱以后事。谓亮曰:'君才十倍曹丕,必能安国,终定大事。若嗣子可辅,辅之;如其不才,君可自取。'亮涕泣曰:'臣敢竭股肱之力,效忠贞之节,继之以死!'"《三国演义》对三国故事多有发挥,但于此事,第八十五回也只写出:"先主命内侍扶起孔明,一手掩泪,一手执其手曰:'朕今死矣,有心腹之言相告。'孔明曰:'有何圣谕?'先主泣曰:'君才十倍曹丕,必能安邦定国,终定大事。若嗣子可辅,则辅之;如其不才,君可自为成都之主。'孔明听毕,汗流遍体,手足失措,哭拜于地曰:'臣安敢不竭股肱之力,效忠贞于节,继之以死乎?'言讫,叩头流血。"两相比对,迹近照抄。其间刘备说的话,分明都是猜疑和试探,哪有什么信任可言?而汉高祖刘邦开国,白马盟誓即已约定"非刘而王者,天下共诛之",诸葛亮自然明白那些话的恶毒和厉害,所以听了只好"涕泣",只好"汗流遍体,手足失措,哭拜于地",只好"叩头流血",发誓以死效忠。

对于刘备话里暗藏的机锋,前贤早已经破读。刘宋裴松之注《三国志》,完成于永嘉六年(429),距刘备托孤只有206年。他注托孤,只引用了晋人孙盛的一条评语:"夫杖道扶义,礼存信顺,然后能匡主济功,终定大业。语曰弈者举棋不定犹不胜其偶,况量君之才否而二三其节,可以摧服强邻,囊括四海者乎?备之命亮,乱孰甚焉?世或有谓备欲以固委付之诚,且以一蜀人之志,君子曰不然。苟所寄忠贤,则不须若斯之诲;如非其人,不宜启篡逆之涂。是以古之顾命,必诒话言;诡伪之辞,非诒孤之谓!"孙盛在世之年去三国时期未远,他直斥刘备的"诡伪之辞,非诒孤之谓","乱孰甚焉",实在堪称为一针见血,入木三分。裴松之只引其说,足见与孙盛所见略同。清人傅作楫《永安宫》诗谓"嗣子不才君可取,老臣如此罪当诛"也得其间真昧。可叹千百年以降,说三国者多视若未见,察其原委,无非因袭正统观念,把刘备当作仁德的标本,把诸葛亮当作忠贞的楷模,尽量地向着理想境界寻绎罢了。一旦归复历史的本来面目,就不难发现,根本不是那么回事。

事实上,刘备猜疑诸葛亮,已非一朝一夕。功高震主的历史常规姑且不论,只看东汉建安十六年(211)引兵入川,蜀汉章武元年(221)兴兵伐吴,两次都不让诸葛亮随军画赞,即已透露出个中端倪。章武三年(223)六月兵败夷陵后,退至鱼复又不回成都,而将鱼复改名永安(顾名思义,耐人寻味),滞留长达十个月之久,终至次年四月二十四日病死于那里,其中的隐秘更费人猜详。病重期间,他置廖立、赵云等就在身边的荆襄旧部于不顾,特将原属刘璋,入川时归降,归降后一直在地方上任职,从未跻身中枢参与军国大事的李严其人,突然拔擢到蜀汉中央,委任为尚书令,继而又加封为中都护,掌内外军事,意在以李严钳制诸葛亮,可谓昭然若揭。临终托孤,本质上是一场蜀汉上层统治集团内部的人事再组合和权力再分配,他让李严与诸葛亮同为顾命大臣,尤其明白无误地告诉后人,纵然在身后,他也要给诸葛亮"掺砂子",预留下一个政治对手,以期达到权力制衡,从而有利于维系刘氏的皇权。

作为三国时期杰出政治家之一,诸葛亮对这一切,决不可能无所意识。他的忠贞品格,当然不容随便颠覆。但他既不是完人,也不是民间传说所美化的神人,更不是《三国演义》所异化的妖人,而是一个置身政治漩流当中而善于从容应对的战略家和实干家。处在他的特殊地位上,要么踵武管仲、乐毅,要么效法王莽、曹操,除此而外他别无选择。既然选择了前者,他就一方面必须审视大体,顾全大局,以身垂范,公忠体国,另一方面还要上对刘备及其后嗣,下对各种政治势力,在矛盾的涡漩和激流中顺势而为,并以自保作为立命的前提。因此,当初刘备执意兴兵伐吴时,虽有赵云竭力劝阻,他却采取明哲保身的态度,只在私下叹息,要是法正还活着就能劝住刘备了(这另是一个旁证,证明至迟伐吴前夕,刘备与诸葛亮之间原先那种如鱼得水的亲密关系已经不复存在)。章武三年二月奉召到永安以后,明知刘备拔擢李严的用意所在,只要刘备在世一日,他也只能逆来顺受,虚与委蛇。刘备临终前,对他那样恶毒的试探,欲致"当诛"之罪,他仍只能诚惶诚恐,痛哭流涕,委曲求全,别无他法。但挨到刘备既逝之后,他就不必投鼠忌器了,就可以相机收拾李严了。《三国志·蜀志·李严传》仅只写道"以严为中都护,统内外军事,留镇永安",未曾交代谁让他"留镇永安"。详情度理,这不会是刘备的旨意,因为李严"为中都护,统内外军事",就该与诸葛亮同回成都,那样才能履任用权,"留镇永安"便不可得兼。只有诸葛亮才有可能,趁着刘备刚死,局面未定,动用实权而先发制人,强迫李严就范。如此这般一石二鸟,既破了刘备的招,又压了李严的势,在权力斗争中历来不足为怪。只要不受缚于将诸葛亮完人化、神化乃至妖化的传统定位,就不难推断,彼时彼际他完全做得出来。而且从稳定蜀汉大局看,防止分权、争权于未然,他这样做也是必要的,因而也具备历史合理性。

据《三国志·蜀志·李严传》记载,李严原本是一个"以才干称"的人。东汉建安十八年(213)他在刘璋手下任护军,受命领兵于绵竹抗拒刘备,却率众投降刘备。其后近十年,历任裨将军、犍为太守、兴业将军、辅汉将军,在地方上屡建军功。蜀汉章武二年刘备突然把他召到永安去,委以尚书令重任(在剧本中,将委任时间后移到了诸葛亮抵永安的前一天,纯全是为了渲染剧情),对他实属意外之宠。他因之而陷入了蜀汉上层统治集团内部矛盾冲突的漩涡中心,打从一开始,便遭到了荆襄旧部廖立等人的嫉恨。据《三国志·蜀志·廖立传》记载,"立本意,自谓才名宜为诸葛亮之贰,而更游散在李严等下,常怀怏怏。"其所致之由,当然主要在于刘备的政治权谋,但也难免与李严得志便猖狂相关,否则诸葛亮不至对他急于下狠手。这一点,托孤故事本身留下的信息空白太多,必须联系后事才能按迹索踪。其一为,李严"留镇永安"近四年之久,实际上被晾起来了。蜀汉建兴四年(226)始得"移屯江州(今重庆市渝中半岛及其周边)",仍然远离权力中心。但他在江州都督任上,并没有韬光养晦,而是力图有所作为,兴工更筑江州大城。这期间,他曾打算凿通浮图关,贯通两江水,又曾要求扩大江州都督管辖范围,还曾要求为其子李丰加封更大的官,都因诸葛亮阻抑未获实现。这一切都是托孤矛盾的后续演绎,可谓不言而喻。其二为,矛盾延续到建兴九年(231),春二月诸葛亮率军出祁山伐魏,传令李严"催督运事",至六月"值天霖雨,运粮不继",诸葛亮只好选择了退军。李严却趁机上表刘禅,谎称"军粮饶足,何以便归",诬告诸葛亮是"军伪退"。由此引发诸葛亮老账新账一起算,也上表刘禅,历数李严"受恩过量,不思忠报,横造无端,危耻不少,迷罔上下,论狱弃科,导人为奸,情狭志狂"的罪过。其结果,李严即被贬为庶人,"废徙梓潼郡"(郡治在今四川省梓潼县)。这场斗争牵延了九年,至此,方以李严身败名裂而告终。

撇开史料留白的疑云,寻出史实隐秘的真相,或许能讲出一个更加接近真实的托孤故事。历史多戏,人生如戏,这样一个托孤故事如果能在戏剧舞台上演绎出来,与原先的托孤戏比较,不仅更具历史文化的认知价值,而且更有戏剧冲突的观赏价值。基于此认识,我从 1992 年 5 月开始研读相关史料和今人对三国史的研究著述,一门心思总想写出一个剧本,并且确定要演义,不戏说。从 1993 年 5 月 5 日至 5 月 27 日写的七场剧本《白帝遗韵》,到 1997 年 7 月 26 日至 8 月 3 日修改出的七场剧本《永安遗韵》,再到 2003 年 3 月 10 日至 3 月 27 日修改出的六场剧本《托孤遗事》,我曾征求成渝两地十几位戏剧行家的批评意见,广听杂取,沉吟推敲,力图打磨得像那么一回事。2004 年 10 月 19 日至 10 月 29 日,2005 年 6 月 26 日至 7 月 21 日,又以第三稿的六场剧本作为底本,着重从人物形象、情节冲突、剧戏唱词三个方面下工夫,从头到尾进行了两次增删润色。到目前为止,是否已经可供舞台排演了,我尚不敢妄自断言。但人物是新的,剧情是新的,人物和剧情都更接近历史本相,文本也有一些戏剧的味道,这点自信还是有的。是耶非耶,诚盼方家不吝赐教。

　　　　　　　　　　2005 年 7 月 21 日于淡水轩

熊耳夫人

时间:南宋祥兴元年、元至元十五年(1278)年末至次年正月。

地点:合川钓鱼城,成都。

人物:熊耳夫人——女,30余岁。本姓宗,原元军泸州守将千户熊耳之妻;王立义妹,李德辉姑表妹。汉装,青衣或刀马旦扮相。简称"熊"。

王立——男,约50岁。南宋合州安抚使,兼知合州,钓鱼城主将。汉装,须生扮相。简称"王"。

李德辉——男,约60岁。元安西王相,西川行枢密院副使。蒙装,老生扮相。简称"李"。

汪惟正——男,40余岁。元东川行枢密院所辖军队总帅。蒙装,花脸扮相。简称"汪"。

王母——女,约70岁。王立母亲。汉装,老旦扮相。简称"母"。

张郃——男,30余岁。王立部将。汉装,武生扮相。简称"张"。

吕域——男,30余岁。李德辉部属。蒙装,小生扮相。简称"吕"。

乞妇——女,约60岁。钓鱼城饥民。汉装,老旦扮相。简称"妇"。

元将四人,元兵八人。

宋将二人,宋兵四人。

钓鱼城民众二人。

李德辉侍从一人。

序　幕

〔合州钓鱼城城外。城郭远景,阴云密布。

[号角声声。

[四元将引八元兵上,扬刀盾巡场,分列立。

[汪持刀上。

汪　(唱)统兵灭宋敢争锋,

　　　　　横扫东川气势雄。

　　　　　指日踏破钓鱼城,

　　　　　血洗南蛮建奇功。

[四元将、八元兵拥汪近至台前亮相。

汪　勇士们! 重庆已破,张珏授首,钓鱼城孤立无援,已是南蛮最后一隅。灭宋全功,在此一役。大家奋力向前,踏破钓鱼城! 血洗钓鱼城!

众　踏破钓鱼城! 血洗钓鱼城!

[战彭咚咚,炮声隆隆。

[汪刀指城郭喊"杀",众在喊"杀"声中下。

[收光。

第一场　送　粥

合州钓鱼城城内。房屋破残,街垒醒目。

[四宋兵、二民众持刀枪相继上,内有受伤而被搀扶者,过场下。

[王与张及二宋将上,均持刀枪。

王　(唱)大半日苦战击溃鞑虏,

　　　　　钓鱼城军民豪气不输。

张　(唱)此一战城内折损有数,

合　(唱)还需要同心共撑危局。

王　诸位将军! 苦战后军民稍得歇息,我等为将者却还不能休息。安埋亡魂,救治伤员,清点器械,修补工事,都要抓紧做好,方才有利后战。有劳大家了,都分头去吧。

[王对众将拱手致意。

张　王帅请放心,我等会尽力。请王帅回府用餐。

131

王　不,本帅要自去东城,那里被鞑虏火炮轰塌了一段城墙,必须赶紧修复加固!

张　东城我去督促,何必王帅亲劳?

王　不要争论了,照我说的办!

[张与二宋将同对王拱手施礼。

众　遵命!

[王满意颔首,旋转身径下。

张　好兄弟!我等也分头去吧。

[二宋将先下,张亦下。

[熊内唱:战鼓歇帅兄犹未回府,

[熊一手挎篮,一手扶母上。母持拐杖。

熊　(唱)陪老母送粥穿街过屋。

[二人边走边看,边看边唱。

母　(唱)连月来卧病实况隔阻,今日见城里更加荒芜。

熊　(唱)左一望残楼缺梁少柱,右一听墙后有人啼哭。

母　(唱)似这般惨象何日消除?

熊　(唱)只有待息兵方能重舒!

[母止住熊,摇手,喘息。

母　好女儿,我走不动了。

[熊放下竹篮,替王母抚胸。

熊　老娘亲,歇一口气吧。

母　连走几条街,都不见王立,不知他到哪里去了。

熊　您先歇一歇,我去问一问。

[熊绕半台东张西望,忽而手指一方。

熊　哟!张将军好像在那前边。(两手汇于口旁)张将军!张将军!

[张应声上。

张　王姐,你怎么到这里来了?

熊　老娘亲执意要给帅兄送饭,我只好陪她,走到这里走不动了。

［张掉头,看见王母,急趋近拜见。

张　参见王老夫人!

母　你是张将军呀?

张　末将正是张珏。

母　遇见你就好了。快告诉老身,王立在哪里?

张　王帅现在东城,亲自督促修复加固城墙。

母　东城那样远,却怎么是好?

张　老夫人何事着急,末将愿听候差遣。

母　倒也没有什么大事,不过为他出门打仗大半天,早该饿了,就同他义妹给他送一点饭。

张　饭在哪里?

［熊急上前提起竹篮,双手给张。

熊　饭在这里。

［张接篮,揭盖,颇惊诧。

张　给王帅送的饭,就只有一钵大米粥,一碟泡咸菜呀?

熊　张将军,不奇怪。

(唱)钓鱼城被围孤立无助,帅府里早已入不敷出。每一天食粥两餐限住,也只能维持一月有余。

［张闻言,色忧然。

张　连帅府都如此了,军民自然更难了!

熊　军民食粮,究竟如何?

张　一言难尽!此刻不说了,我给王帅送粥去。

［张欲离去,熊示意止步,还要再深问。

［乞妇拄杖,持碗,颤巍巍上。

妇　军爷行行好,赏给老身一点吃的吧!

［张急将篮移至身后,伸出一手制止乞妇。

张　老人家，对不起，这篮里的粥要送给王帅。

妇　王帅有粥吃，我一家老小却是两天粒米未沾了呀！军爷行行好吧！军爷行行好吧！

[乞妇一边哀求，一边跪地叩头。

[熊急上前扶起乞妇。

熊　老人家，别这样！帅府老夫人在此，你有什么苦衷，尽可大胆说出来。

母　老妹子，大胆说。

[乞妇始凝视，旋感动，施礼过后悲泣诉说。

妇　老夫人容禀！

（唱）我一家世代城内居处，虽清贫却也自立自足。战乱起三十又六寒暑，夫与儿守城先后捐躯。两辈寡尽力抚养遗孤，媳妇又染病一命呜呼。到如今屋里颗米全无，只好讨羹汤免孙啼哭。

[乞妇悲诉过程中，熊、母、张一直倾听，表情凝重。

[悲诉将完，熊移步渐至台前，母背转抚妇安慰，张亦背转沉默。

熊　（唱）听悲诉，情难抑，如煎如煮。战祸连，民怨苦，锥心锥目。危城内，有多少，病寡孤独？一钵粥，实难救，鱼出涸陆。眼前只能聊济急，长远还须甲兵束。当寻机缘吐胸臆，指盼帅兄更别图。

[熊返身，拉母至一旁说话。

熊　老娘亲，这老妇人好可怜，她那孤孙尤其可怜，是不是把粥都送与她了？

母　我正有此意，你就去送吧。

[熊提篮给妇，张上前阻止。

张　王帅还饿着肚子，不宜把粥都送了。（指妇）我领她到军营去，另外给她一钵粥。

熊　不必多此周折，救人急难要紧。帅兄吃的粥，我回府另煮。

母　张将军，就这样。

[熊将竹篮递给乞妇。

熊　老人家,快拿回家,婆孙一起吃。

妇　谢小娘子! 谢老夫人!

[乞妇再三施礼,欲下,刚走几步又转过身。

妇　老夫人,请容贫妇斗胆说句话:这个仗再打下去,老百姓都活不下去了! 请您转告王帅,不再打仗了吧!

张　嗨! 老人家,莫再乱说!

母　张将军,莫要吓着她,她说的是实话。

熊　(对张)她说的是实话。(对妇)别再说了,快回家吧。

[乞妇重施礼,看张一眼,下。

熊　老娘亲,我们也回吧。

母　回,回。

[母扶杖伸手,熊急忙托手,扶欲下。母忽停步。

母　张将军,麻烦你给王立带个话,叫他早点回府,老身有话问他。

张　遵命。

[熊扶母下。

[张目送,其表情感慨良多。

[收光。

第二场　谏　王

[合州钓鱼城城内,王立帅府后堂。一桌两椅,窗棂凋残。

[母坐一椅上。熊在桌前摆碗、壶。

[王上。

王　(唱)东城忽闻母命传,赶回帅府问详端。

[王入内,熊迎上。

熊　帅兄回来了。

王　回来了。

[王解佩剑递给熊,熊将剑放桌上,王拜母。

王　参见娘亲。不知娘亲唤儿何事?

母　吃过饭再说。

[熊端碗,递给王。

熊　帅兄快吃饭。

王　吃不下去。

[王边说边摆手,坐到另一椅上。

[熊搁碗,另执壶。

熊　那就先喝茶。

王　喝不下去。

[熊执壶在手,凝眉观察王。

母　吃不下,喝不下,你为何事忧烦?

熊　是啊,帅兄!

(唱)激战归茶饭不思愁眉不展,有何事忧患不宁烦躁不安?

[王视母,视熊,捶桌,摇头。

王　一言难尽哪! 不说也罢!

[熊放壶,示意母问话。

母　我且问你,老妇讨粥的事,你是否知道了?

王　知道了,张郃都告诉我了。

母　那么,你是否了解,如今这钓鱼城里,像老妇那样断粮的人家共有多少?

王　儿已了解,居民人家断粮者十之二三,缺粮者十之六七。

母　军营内呢?

王　也已缺粮! 每日两餐食粥,最多支撑一月!

[熊吃惊,放壶于桌上。

母　何以至此?

[王以拳击头,怆然地起身。

王　唉,娘亲哪!

（唱）钓鱼城连遭两年大旱,被围困更是孤立无援。缺粮草早已人命危浅,儿只怕城破生灵尽残!

〔熊边听边走近王立。

熊　（唱）重庆城与我山水相连,张制帅为何不来驰援?

王　（唱）重庆城已被鞑虏攻占,张制帅被俘驱为国捐。

熊　（唱）如此说孤城危若累卵,十余万军民何以保全?

王　（唱）为兄我为此思虑万千,找不出良策心乱意烦。

〔熊沉默思考,王摇头叹息。

熊　孤城危悬,兄将拼死一战?

王　身死何惜?只念生灵不保。

熊　何不率部突围?

王　亦是死路一条。

〔熊再思考,决意试探。

熊　拒守也是死,突围也是死,何不挈城降元,换取生路一条?

〔王猛吃一惊,凝视熊。熊神色坦然,迎视王。

〔王释疑,旋摆手。

王　更是死路一条!

熊　却是为何?

王　如若挈城降元,无异驱赶满城军民,自动引颈就戮。

熊　未必。妹前在泸州,曾听人说过,当今元主以民为本,屡降明诏严禁屠城。难道帅兄无所听闻?

王　你是说忽必烈,诏禁元军屠城?

熊　确实。妹前在泸州,还略有知悉,西川四十余县降元,禁屠明诏均已践行。

王　实话告诉你,为兄也知道。但在西川行得通,在东川却行不通。

熊　又是为何?

王　义妹哟,你可知——

（唱）钓鱼城险固雄踞东川，东院军与我夙怨结缠。怨当年蒙哥中炮归天，汪德臣炮下命丧黄泉。蒙哥他临死遗诏留传，对鱼城军民决不宽原。汪惟正将其奉作旗幡，不屠城决然不会心甘。

熊　帅兄呀，你当知——

（唱）东西院都归安西王管，安西王本是今上子藩。他驻节成都掌握实权，李德辉辅佐西川安然。不怕他东院死硬难缠，西川地其实咫尺之间。跳开了东院去投西院，求和解请降活棋一盘。

［母扶杖起。

母　儿呀，你义妹说得有道理。

王　（苦笑）话虽如此说，却无人可通。

［熊视王，又视母，转身至台前抚膺寻思，似欲言又止。

［王仰天长叹，熊打定主意。

熊　帅兄勿忧，愚妹可通！

王　你说什么？

熊　愚妹可通！

王　凭何可通？

熊　只要帅兄肯修降书，愚妹愿到成都去，面呈安西王相、西川行枢密院副使李德辉。

［王又吃一惊，颇不信。

王　你一个弱女子，哪有如此能耐？

熊　弱女子实不姓王，原本姓宗，李德辉乃是我嫡亲姑表兄。

［王与母均大吃惊。

王　你莫非在哄骗为兄？

熊　愚妹确曾骗过帅兄。两年多前泸州城破，我假扮难民女子，谎称姓王，隐瞒了真实身份。

［王生气，逼近熊。

王　你真实身份是？

熊　大元泸州守将千户熊耳之妻！

王　你果真是熊耳夫人？

熊　千真万确！

［王勃然震怒,回身执剑,剑锋逼向熊。

［熊未回避,母挡护住。

王　娘莫要挡,她是奸细！

熊　我不是奸细,帅兄听我说！

母　纵然是奸细,你也容她说！

［王难违母命,仍挺剑对峙。

熊　（唱）劝帅兄暂息雷霆,让愚妹剖陈赤心。

王　说！

熊　（唱）两年前帅兄兴兵,在泸州杀我夫君。

母　真是他杀了你夫君熊耳？

熊　我夫熊耳,虽非他亲手所杀,也是他部属所杀。

王　这么说,你对我深藏杀夫之恨？

熊　彼时彼际,此恨实深。

　　（唱）想当初隐名改姓,就只为寻机雪恨。

王　哼！你可曾想过,怎能杀得了我？

熊　（唱）一包药足以让你饮食丧命,一把剪足以让你睡梦血喷。

［母推王,携熊手。

母　此话倒是实情。但两年多朝夕相处,机会甚多,你却为何没有了却他（指王）的性命？

熊　老娘亲哪！

　　（唱）一为您待我胜似亲生,二为他安民出自真心,三为见军民多所牺牲,四为懂事理大义分明。夫君死终由争战造成,蒙与汉多少枉死孤魂？数不尽私恨结怨难伸,还不如公了尽洗甲兵！

母　至情至理,说得好哇！王立呀！

（唱）你义妹秉大义胜过男儿身，男子汉你怎能翻脸不认人？

[王悔愧，掷剑，向熊抱拳致歉。

王　好义妹，愚兄错怪你了！

熊　帅兄不必太自责。请你速修降书，愚妹即往成都去。

王　义妹莫要着急，此事尚须从长计议。

熊　钓鱼城危在旦夕，你还有什么犹豫？

母　是呀，钓鱼城危在旦夕，你还有什么犹豫？

王　想我王立青年从军，追随王坚、张珏两帅，身经百战，屡立战功，如今做到了钓鱼城主将。倘若我挈城降元，岂不变成了不忠不义，贪生怕死之辈！

熊　却原来，你是担心个人名节呀？

王　既是个人名节，也是忠义大节。我理当像张制帅那样，宁肯战败不屈而死，也不做卖土求生之事，落得千古唾骂！

熊　帅兄哟，你好糊涂啊！我且问你，你同王、张两帅打了这么多年仗，究竟为什么？

王　上报国恩，下安黎民。

[从这一问一答开始，熊问一次进一步，王答一次退一步，母亦随之移步。

熊　我再问你，你要报的国，如今何在？

王　三年前临安即已失陷，三年来朝命完全断绝，大宋皇廷不知何在。

熊　我又问你，你要安的民，如今何在？

王　十余万生灵尽困钓鱼城，孤危无援。

熊　我还问你，如今你所面对的报国安民时势，与既往若干年一样不一样？

王　大不一样。

熊　国既已不存，时与势既已大不一样，这黎民百姓你还安不安？

王　为兄整日茶饭不思,就因为如何安民计无所出啊!

熊　不是计无所出,而是有计不出!

王　此话怎讲?

[至此,王不再退。

熊　当前时势下,拒守或突围均是一条死路,惟有挈城降元可求一线生机。你明知如此,却计较个人名节不肯一试,这难道不是有计不出吗?

王　这……

熊　帅兄哪!个人名节与十万生灵相比,孰小孰大,孰轻孰重,你要分清楚啊!

(唱)真英雄如擎天柱,宜为苍生多造福!为小我,讲名节,但求一死实懦夫。重大义、保生灵,顺时合仁道不孤。一降免除万骨枯,一方换来万木苏!安民为天生死以,功同再造更何图?

王　你说什么?

熊　(唱)安民为天生死以,功同再造更何图?

[王感悟,对熊拱手。

王　(唱)好义妹强谏情挚理足,一席话浑若灌顶醍醐。屈一己纵然骂名千古,全众生尽可心畅神舒。

[王转身对母下跪。

王　老娘亲!儿决意听从义妹所言,即时修书,挈城降元,恳请老娘亲宽恕。

母　儿啊!适才你义妹所言,为娘句句听得真切,都觉得在情在理。只要能保全十万生灵,即便你落下千古骂名,为娘也要认你这好儿子!赶快起身,修书去吧!

[王三叩头,起身。

王　义妹,为兄即修降书,并派张部保护你去成都。今晚趁天黑,为兄亲率一队人马佯攻元军营,吸引鞑虏,掩护你俩。你也快去作准备吧。

熊　谢帅兄!

[母执熊、王手,三人同造型,定格。

[切光。

第三场　激　李

[成都安西王相、西川行枢密院副使李德辉相府正厅。画屏桌椅,堂皇庄重。

[李、吕同上。

李　(唱)止戈为武息征战,千里西川和气蕃。华夏一统指日见,只待东川捷报传。

吕　李相,适才你在安西王府说,合州钓鱼城一月内外必归大元,何以说得如斯肯定?

李　赵宋王朝实际上已经消灭,重庆归附、张珏授首后,合州钓鱼城已是彼方最后一座孤城,外无援军,内缺粮草,一个王立怎能撑持下去?

[李就座,吕侍坐。

[侍从上。

侍　启禀相爷,有人求见。

李　何许人求见?

侍　两个年轻男子,说是来自合州钓鱼城。

李　哦,来自合州钓鱼城? 传。

侍　来人进见!

[侍从下。

[熊着男装,与张同上。熊先施礼。

熊　表兄!

[李吃惊,吕站起。

吕　谁是你表兄?

熊　李相是我表兄。

李　本相何来你这表弟?

熊　不是你表弟，我是你表妹。

[熊摘男子头巾，披散女儿长发。

[李起身离座，走近熊细看。

李　果然是表妹，何如此装扮？

熊　表兄容禀。

（唱）女扮男为求路途平安，到成都要将降书递传。

李　何人降书要你递传？

熊　（唱）是王立他将愚妹派遣，钓鱼城降书靠妹递传。

李　你怎么会到钓鱼城？

熊　（唱）两年前一战泸州失陷，遇王立收留方得身全。

李　王立将你怎么样了？

熊　（唱）他待我真如一母亲眷，我作他义妹可见肺肝。

李　今番是他命你前来？

熊　（唱）本是我劝他降书西荐，递降书我自情愿心甘。

[李指张，询问熊。

李　此人何与你在一起？

熊　（唱）张将军受命同到西川，一路上护卫保妹安全。

啊，张将军，快来见过相兄。

[张近前，拱手拜。

李　罢了。两人同来，降书何在？

熊　降书蜡封，藏我履中。

[熊坐一椅上脱履，取出蜡书给张，张双手呈递给李。

[李去蜡观书，熊俯身穿履。

李　王立此书称，只要保全钓鱼城内十余万人的身家性命，他即挈城归降大元，纵杀他一家也决不反悔，此意可真？

熊　千真万真。

[李抬手示意熊不要说，掉头目视张。

张　确如熊耳夫人所说,千真万真!

李　好,本相愿成全此事。

[熊、张皆喜。

李　本相即行修书一封,交张将军携回合州。

[熊、张皆疑。

李　张将军自去见汪总帅,钓鱼城便可降东院军;表妹你就留在成都,休要再掺和男人的事了!

[熊、张皆惊,熊起身离椅冲向李,两手抓住李的衣襟。

熊　表兄,不可!

李　既愿真降,有何不可?

熊　表兄哪!

(唱)钓鱼城鏖战三十六春,东院军与宋结怨太深。汪总帅更有杀父之恨,他一心只要挥兵屠城!

李　表妹哟!

(唱)我大元今上天纵圣明,屡颁诏严禁兵将屠城。汪总帅岂敢违诏专行,贤表妹尽可但放宽心。

熊　(唱)汪总帅早已放出风声,禁屠诏不适钓鱼一城。东院军只认宪宗遗命,发誓要血洗十万生灵!

李　(唱)妹所言固然道破实情,怎奈何两院境有划分?钓鱼城归属东院用兵,我西院不宜越境称能。

熊　(唱)钓鱼城分明已闻血腥,难道你忍见满城灭门?求表兄顾念十万生灵,讲仁德乐将好事做成!

[李摇手。

李　表妹你这是妇人之见,全然不懂得为政之道!东西两院划境建功,为兄怎能越境邀功?

[熊一愣,一时不知如何应答。

[李见势,欲支开张。

144

李　张将军,你就不要为难我这表妹了。男子汉大丈夫就要敢担当,钓鱼城的事自行了结,你就按我说的办吧。

　　[张一震,欲开言。熊制止张,径对李说。

熊　且慢! 表兄你说,男子汉大丈夫就要敢担当,我看你就不敢担当,是一个委琐小男人银样蜡枪头,远不及我那义兄!

　　[李大恚,脸色转阴,责问熊。

李　你就这样糟践为兄?

熊　不是糟践,全是实情!

李　实情?

熊　实情!

李　为兄一口答应你修书,难道不是实情? 不是敢担当?

熊　堂堂安西王相,修一封书,犹如小菜一碟。但事关一方城池,十万生灵,你竟为个人怕担越境邀功之名,退缩自保,这能算什么敢担当?

　　[李语塞,颇尴尬。

　　[熊觉察,语稍缓。

熊　(唱)你身为王相,理当安定西部全境;战火延至今,全境只余钓鱼一城。举城降城就是大元之城,举城降民就是大元之民。保城安,保民安,当是你本分;城得全,民得全,你才是功臣。倘若你退缩自保,汪惟正必将屠城! 到那时人烟断绝、赤地荒残,何以讲民本? 何以兴耕? 你李德辉也将是罪人!

　　[李、吕皆震动,张感奋。

李　表妹言之有理,且让为兄再想一想。

　　[熊见状,故意再刺激一下。

熊　你耽搁得起,钓鱼城十万生灵耽搁不起! 你再迟疑不决,我就不认你这表兄!

李　稍等一下嘛!

熊　我等不得了! (示意张)张将军,我们走! 回钓鱼城去拼个鱼死网破!

　　〔熊、张齐走,李急拦熊,吕亦拦张。

李　表妹不要走,让我与吕域商量一下。

吕　李相,依职愚见,您可速见安西王,讨得安西王受降赦令,我西院便能越境建功了。

　　〔李沉吟,众注目。

李　只怕有了安西王受降赦令,汪惟正也不一定会听。

吕　李相莫非担心,他用宪宗遗诏来顶?

李　改变宪宗遗命,非有今上明诏不行!

　　(唱)济苍生本是我为官本分,为一统更应该尽力倾心。成好事不能不越权跨境,识大体还必须奏闻圣明。

吕　李相所虑极是,敢问如何施行?

李　我今即去安西王府,请王爷给他父皇写一奏章,我当星夜驰元大都,料想当今圣上一定会准奏。一得到今上明诏,我将从大都直奔合州,亲自受降钓鱼城,那就可保万全无虞了。

　　〔熊、张闻言,欣喜欲狂。

熊　多谢表兄!

张　多谢恩相!

李　你们难得来一趟成都,且留下来住几天,然后与我合州会合。

熊　不必了不必了。我俩早回去一天,也好让王帅兄早放心一天,及早作好降顺准备。

张　恩相! 末将就此告辞!

　　〔熊、张拜别,李、吕送行。熊、张同下。

　　〔李、吕返身。李忽惊悟,捶胸顿足。

李　哎呀糟糕糟糕!

吕　李相何故惊惶?

李　想那钓鱼城被东院军四面围困,表妹他们当初从间道得脱,多亏王立派兵袭扰。如今他们无人接应,怎能过得包围圈,岂不是自投罗网了吗?

吕　那就赶紧去追他们转来。

[李沉思,旋决断。

李　不,我改变行程。见过安西王之后,我随即先去合州,力求保护表妹,也拖住汪惟正。大都面圣的事,就委托你去办。我算了算,凭藉六百里快驿,半个月尽可往返。请得今上明诏之后,你直奔钓鱼城下,我将在东院军中专候。切记,切记!

吕　遵命。

[李执吕手。

李　都拜托了。

吕　敬请放心!

[收光。

第四场　斥　汪

[合州钓鱼城外。山野景象。

[四元兵、二元将鱼贯上,汪随上。

汪　勇士们!钓鱼城总攻准备就绪,总攻以前必须加强四面巡逻,严防南蛮有人出入。(指二元将)你,你,分头带兵巡逻,不得有误!

二　遵命!

[二元将分领四元兵,欲下。

[一元兵上。

兵　禀总帅!岔道处发现两名南蛮奸细,正在追赶捉拿。

汪　好哇!都随本帅去看一看!

[新上元兵领前,四元兵、二元将紧随,汪居后,相次举刀下。

[熊、张急上。边疾走,边问答。

熊　张将军!众多元军追赶,如何能脱身?

张　熊耳夫人!你快抄这山路跑,我在后边掩护你!

熊　我跑不赢元军,还是你上山,回城去复命!

张　不要争了! 快跑!

[张推熊,熊回望一眼,急下。

[一元将领四元兵上,持刀围张。

[张赤手空拳与元军对打,夺一元兵刀,杀死二元兵。

[一元将、二元兵逼住张,三刀砍向张,张死。

将　快追!

[一元将、二元兵下。

[四元兵、二元将绕场上;汪亦上,在张死处停住,以手指点。

汪　南蛮一个,我军好几个,还有的人呢?

[一元将、二元兵扭熊上。

将　禀汪帅! 捉住了一名南蛮奸细!

汪　带过来!

[元兵推熊。

[熊被推至汪前,转身不惧,以手整装。

[汪踱至熊身边,逼视。

汪　大胆奸细,从哪里来?

熊　我不是奸细,刚从成都来。

汪　往何处去?

熊　钓鱼城去。

汪　嗬嗬嗬,钓鱼城!

(唱)钓鱼城凶顽抗我大元,非奸细入城所为何端?

熊　(唱)从成都讨得恩命回转,要入城告知休战降元。

汪　(唱)我大军破城只在夕旦,谁有权让你如此这般?

熊　(唱)是王立派我通达西院,李德辉恩命返回传言。

汪　一派花言巧语! 你是何等人,可以串通王立、李德辉?

熊　我是王立义妹,李德辉表妹,前大元泸州守将千户熊耳夫人!

148

汪　啧啧啧,你一个男人,怎变成女人了?

熊　不信?

汪　不信!

熊　请看!

[熊抬手摘下男子头巾,头一甩,长发披落,立即显现女性形象,凛然而立。

[汪揉眼,环视熊。突然狂笑。

汪　哈,哈哈,哈哈哈哈哈! 好个熊耳夫人! 熊耳为我大元,不惜血战阵亡! 你本该殉死,却苟活附敌,甘当什么王立义妹!

[熊冷笑。

汪　你以为你抬出李德辉,就唬得住我汪惟正,你妄想! 这东川是我汪惟正说了算,本帅誓要踏破钓鱼城,血洗钓鱼城,怎能容忍你兄妹勾结,另售其奸?

[熊愤怒,欲回应,汪挥手制止她。

汪　管你什么熊耳夫人虎耳夫人,今天落在本帅手里,管叫你连犬耳夫人也当不成! 来呀,拉去砍了!

[二元兵重扭熊,熊不屈,大骂汪。

熊　汪惟正,你禽兽不如,不得好死!

[一元兵上。

兵　禀总帅,安西王相到。

汪　李德辉? 请他稍等,待砍了这个女人再说。

[李径上,侍随上。

李　不等了! 我来了!

[汪尴尬,施礼,李还礼。

汪　李相不辞劳苦,不知因何而来?

李　就为她(指熊)的事情而来。

汪　你为她(指熊)的事情而来?

李　不只是她个人的事情，也是你和我的事情，更是大元的事情。

汪　李相把我说糊涂了。

李　不必糊涂。现有安西王赦令一通，请汪帅过目。

［李掏出赦令，双手递给汪。

［汪阅赦令，大不悦，阅毕将赦令递给身边元将。

汪　李相恕我直言，我看是你假公济私，越境邀功，想用安西王的赦令压我！

李　汪帅说过头了。真是安西王明令，授权我到钓鱼城受降。

汪　将在外，君命有所不受，何况安西王赦令？你办不到！

李　你要怎样？

汪　我要按宪宗遗诏办，对钓鱼城赭城剖赤，杀他一个鸡犬不留！

李　汪帅不可！

（唱）宪宗遗诏令屠城，今上明诏禁屠城。一先一后至分明，应按今诏军律行！

汪　（唱）今诏禁屠泛指称，遗诏专指钓鱼城。宪宗蒙难廿年整，报仇雪恨在此春！

李　（唱）宪宗今上兄弟亲，爱憎恩仇最显真！重民安上利苍生，一统大业赖以成。

汪　（唱）腐儒说教惑视听，蒙汉恩仇岂消泯？我家犹有杀父恨，岂能放过钓鱼城！

［李、汪激辩间，熊已挣脱拘持，一直在观望，至此挺身而出。

熊　汪帅呀，听我说！

（唱）你有杀父恨，我有杀夫恨。汪氏本为汉种姓，熊耳原是蒙家人。恩仇何分蒙与汉？自古甲兵漫血腥。几十年征征战战、打打杀杀，一时一地，一家一姓，不知多少血浸焦土、尸积白骨、人亡家破、种残姓绝言难尽！和战何止元与宋？相逢一笑恩仇泯。多少代冲冲撞撞、分分合合，于昔于今，于民于国，不绝如缕忍私为公、化剑为犁、以和为贵、以人为本

落红片片

情更殷！我本一个弱女子,犹自甘愿捐小恨、求大爱,为保十万生灵献诚心。你若是个伟男子,更该懂得弃小怨、崇大仁,为促四海一统积善行！

〔汪恼羞成怒。

汪　不要再说了,反正没有当今圣上赦免钓鱼城的专诏,我就要按宪宗遗诏办！

李　汪帅请息怒。我离开成都前,安西王已写出奏章,派人星驰大都,奏请当今圣上特颁赦免钓鱼城的专诏。只要假以时日,专诏定将光降。

汪　假以时日,你要多久?

李　长则二十天,短则半个月。

汪　行,我且让一步,就给你半个月。过了十五天,休怪我屠城！

李　谢汪帅。表妹,我们走。

汪　不行！李相你可以走,你这表妹我要留下！

李　莫非你要……?

汪　李相放心,我只是扣她,十五天内决不会杀她。但过了十五天,嘿嘿,就休怪无情了！

李　汪帅！

熊　表兄,愚妹情愿遭扣,你自去办正事。

〔李无奈。

李　汪帅可要言而有信！

〔汪狂傲。

汪　一言既出驷马难追！

李　表妹多保重！

熊　表兄多保重！

李　告辞。

汪　不送。

〔李一步三回首,熊挥手,示放收。

●
四
剧
本
●

［收光。

第五场　惊　变

［合州钓鱼城城外，元军军营一座帐篷内。一毡一几，设置简陋。

［熊独卧于毡上，辗转反侧，并未睡着。

［四元兵巡场，过帐呼吼下。

［熊惊起，身犹着男装，头上已无男子头巾。略理长发，移步前行，作掀开帐幕、抬头望天状。似有风袭来，复闭幕后退。

［熊在帐内走来走去。

熊　（唱）江风冷，冬日昏。元兵吼，心意沉。十三天来帐中困，音讯阻隔好烦人！思只思、念只念，吕将军大都一去久未回程。念又念、思又思，王帅兄钓鱼城内忧思如焚。恨不能生出千里眼，眼看当今圣上作圣断。恨不能生出顺风耳，耳听大元明君降明纶。恨不能变成千里马，飞度重关险隘，尽快送来受降诏。恨不能变成报春鸟，飞进钓鱼孤城，遍向军民传佳音。盼只盼、盼只盼哪，干戈化玉帛，表兄义兄手牵手。望只望、望只望呀，怨仇换亲情，蒙人汉人心连心。祈求昊天成人愿，速洒霖雨济苍生！纵或半月时过身先死，身先死，身先死，也当万里山河艳阳春，艳阳春，艳阳春……

［侍提篮，引李上。

李　表妹，为兄看你来了！

［熊闻声惊喜，急掀幕相迎。

熊　表兄请进。

［李进帐，侍随进。李从侍手中接过篮。

李　表妹，昨夜为兄炖了一锅鸡汤，今天赶早给你送来。

［李揭盖给熊看。

熊　多谢表兄！

［熊接过篮，提起篮闻。

熊　好香呀！

李　那就快吃吧!

[熊盖盖。

熊　吃不下。

李　吃不下? 那就喝一点汤吧!

熊　喝不下。

[熊将篮放到一边。

李　唉! 为兄晓得,你是在担忧,今上明诏至今未到。

熊　能不担忧吗? 都十三天了,依然音讯全无!

李　表妹尽可宽心! 为兄深信,今上以民为本,严禁屠城,必定会降明诏。

(唱)今上重在民为本,必降明诏免屠城。

熊　(唱)怎奈半月时间紧? 再过两天血雨腥!

李　(唱)为兄计算颇精准,吕域指日定回程。

熊　(唱)但愿果如兄料定,翘足惟盼吕将军!

[汪领二元将、四元兵上,在帐外窃听。

李　一两天之内,吕域定能赶到钓鱼城下。今上明诏一颁,为兄就能代表大元受降了!

[汪与二元将闯入帐内。

汪　李相! 熊耳夫人! 你们等不到那一天了!

[李、熊大惊。

李　你说什么?

汪　你们等不到那一天了!

李　却是为何?

汪　本帅决定,今天就对钓鱼城发动总攻,不踏破钓鱼城决不罢休!

李　你答应过半个月的。才过十三天,你怎能言而无信?

汪　兵不厌诈! 连你那孟夫子都说过:"大人者,言不必信,行不必果。"跟你们讲言而有信,本帅怎能建荡平南蛮最后一城之奇功?

李　汪帅！你这样做，上违背大元今上仁德，下坑害此城十万生灵，大不该呀！

（唱）为将之道讲仁心，岂能邀功妄杀人？今上明诏必降临，恳请原情宽时分！

汪　（戏谑地）李相哟！

（唱）仁心不过妇人心，建功从来要杀人！趁着明诏未降临，正好血洗钓鱼城！

李　（气急地）你你你……

汪　（得意地）我什么？老实告诉你，本帅对你食言，正因为今上明诏即将降临。李相你能向大都派使者，本帅我也在大都有耳目。你的使者尚在朝廷等诏，我的耳目已离京师报信。本帅今天就打你一个时间差，哦哈哈，哦哈哈哈哈，哦哈哈哈哈哈……

［李气得发抖，熊亦气极，怒视汪。

汪　（骄横地）我还告诉你，今日总攻，还要你这（熊）表妹作肉盾！到时候，一位表兄在城下，一位义兄在城上，眼看着妹子作了箭靶而不能救，不知将是何等心情？哦哈哈，哦哈哈哈，哦哈哈哈哈哈……

［二元将亦随声狂笑。

［李手指汪，逼上斥责。

李　汪惟正！你简直凶残野蛮，毫无人性！我要向当今圣上纠弹你！

汪　李德辉！你这是无可奈何，枉费心机！等到我荡平了钓鱼城，即便圣上责怪，我也是功大于过！

熊　禽兽！

汪　熊耳夫人，骂吧骂吧！不管你怎样骂，你已是我刀下鱼，俎上肉，只能由我摆布！（对外）来人，把她给我绑了！

［四元兵涌入帐内，欲绑熊。

［李挺身护熊，侍亦欲进到熊的身边。

154

［二元将横行推退李和侍。

［李受制不能动弹,对汪大喊。

李 汪惟正!念在熊耳为我大元献身的分上,你不能对她下毒手!

［熊奋力推开元兵,挺身出,其态凛然。

熊 好表兄,不要求他了!

(唱)何必对牛苦弹琴?慷慨赴死妹甘心!临死对兄表衷情,望兄始终念苍生。日后明诏得降临,兄再受降钓鱼城。十万生灵获安宁,妹将含笑迎日升!

［熊冲向汪,猛啐一口。

［汪退一步,擦脸,狂吼。

汪 看着则甚?还不绑了!

［四元兵涌向熊。

［悲壮乐声骤起。

［熊再理长发,振衣襟,从容自若,任元兵绑。

［收光。

第六场 得 诏

［合州钓鱼城城楼内外。下场门部位,呈斜角布置出钓鱼城城楼。其余大部分舞台空出,远景见山野。

［号角声声,战鼓声声。

［上场门方向,内喊:杀!

［四元兵举旗上,鱼贯舞旗,绕场一周,复从上场门下。

［四元兵翻筋斗相继出,在场上交错腾跃一番,复从上场门下。

［四元兵举旗再上,横排舞旗。

［四元兵腾跃再上,与舞旗元兵一对一地在旗间作翻腾动作。

［八元兵分列成队形。

［四元将上,在八元兵前分列成队形。

［汪上,亮相。

汪　（念）总攻钓鱼城，建功在此行。城破玉石焚，定要遂我心！勇士们！

众　在！

汪　准备攻城！

众　是！

［四元将、八元兵依次动，面向城楼列成阵势。

［鼓角声急。

［王与二宋将、四宋兵、二民众出现在城楼上。

［王瞭望城下，一宋将在旁手指城下，似有所语。

王　（唱）城下旌旗在望，城头鼓角相闻。鞑虏围困万千重，我自岿然不动！

［汪对城楼喊话。

汪　南蛮王立你听好了！本帅今日就要踏破你这钓鱼城，血洗你这钓鱼城！

王　汪惟正逆贼，你痴心妄想！

（唱）早已森严壁垒，更加众志成城。钓鱼城上炮声隆，叫尔无所逃遁！

汪　哈，哈哈，哈哈哈哈哈！今日是我无所逃遁，还是你无所逃遁，霎时便见分晓！哪怕你有火炮硬弩，滚木擂石，也挡不住我的肉盾！（向后挥手）来，带肉盾！

［熊上，凛然穿过元军队列。

熊　（唱）战阵间我要从容镇定，猛抬头又见钓鱼城门。

汪　熊耳夫人，你看那城楼上，站的是谁？

［熊望，放声高喊。

熊　帅兄！王立帅兄！

［王望城下，大惊。

王　义妹！熊耳夫人！

［城上众人亦喊。

众　熊耳夫人！熊耳夫人！

［汪狞笑,凑近熊。

汪　熊耳夫人,你可听见了,他们喊得好凄惨？他们今日死期到了！你最好放聪明点,叫你那义兄开城受死,免得本帅费劲费力。本帅算你一功,免你一人不死！

［熊鄙视汪。

熊　呸！你休想！

汪　你甘愿作肉盾,本帅就攻城了！

［熊不理,忽转念。

熊　慢！我还有话要对他们讲。

［汪误解,开颜笑。

汪　识时务就好,你对他们讲。

［熊进几步,对城上喊。

熊　王帅兄！钓鱼城父老乡亲！你们都听好了！

(唱)李德辉已将受降诏请,受降诏指日可到鱼城。汪惟正把我充作肉盾,实不过技穷孤注一拼。军民们定要尽力守城,赢得了时间便获新生！

［汪知上当,大怒,动手拉熊。

［熊强挣,继续喊。

熊　(唱)王帅兄务必轻重分清,抗总攻守住钓鱼孤城！妹一人赴死无关要紧,重万钧保全十万生灵！

［城楼上,王与众人均百感交集。

王　义妹！义妹！

众　熊耳夫人！熊耳夫人！

［汪抓住熊,一手指城。

汪　攻城！攻城！

［二元兵应声冲上，推熊于队列前头。元军摇旗呐喊，作出起动模样。

［与之同时，号角声、战鼓声大震；城楼上也亮出刀枪。

［侍跑上，边跑边叫着。

侍　停！停！停停停！

汪　停什么停？

［汪举刀欲砍侍。

［李、吕急上，吕手高举圣诏。

李　必须停！圣诏到！

［李示意吕赶紧宣诏。

吕　李相、汪帅听诏！

［李跪下。汪无奈，释刀跪下。

［四元将、八元兵垂刀却立。

［熊惊喜地观察谛听。

［城楼上的人似不明究竟，指点、窃议。

吕　大元皇帝诏曰："朕治天下，以仁义为本，生民为重。军入宋境，诸将毋妄杀，违者严惩。今逆宋合州安抚使王立输诚请降，即可尽赦其罪，许贷不死，仍知合州，以安一方。着安西王相李德辉衔命受降，东院军总帅汪惟正并受节制，弘扬王化，安抚百姓，重振农桑。其或出尔反尔，固拒不从，乃施俘戮可也。钦此！"

李　（高声地）臣领诏。吾皇万岁万岁万万岁！

汪　（低声地）臣领诏。吾皇万岁万岁万万岁！

［李、汪起，情各异。

［李赶紧替熊解绑，吕协助，熊释缚大欣慰。

［李拍熊肩以示抚慰，旋接近汪。其间，城上人等亦有放松、疑惑表现。

158

李　汪帅，今上明降专诏，允许王立挈城归降，你该遵诏而行了吧？

汪　算你赢了!

李　不是我个人赢了,是皇恩浩荡,国家社稷赢了,苍生百姓赢了。

汪　可你别忘了,诏中还有"其或出尔反尔,固拒不从,乃施俘戮可也"几句话!

李　本相相信王立,不会出尔反尔。

汪　管你相信不相信,本帅只给你一天时间,让你从容受降。倘若过了明日午时三刻,那王立仍未出降,本帅仍要依诏"施俘戮",毋谓言之不预! 哼,不陪了!

〔汪忿然下。四元将、八元兵随下。

〔李拉住熊走近城下。

熊　王帅兄请看,这位就是我的表兄李德辉!

〔李对城上拱手。

李　王帅请了!

〔王对城下拱手。

王　李相请了!

熊　大元当今圣上已降明诏,准允帅兄挈城归顺,着我表兄全权受降。

李　吾皇圣明,诏许王帅"仍知合州,以安一方"、"安抚百姓,重振农桑",你听清楚了吗?

王　听清楚了。我以钓鱼城十余万军民名义,衷心感激大元今上!

熊　至迟明日上午就挈城降元,你做得到吗?

〔王一愣,与二宋将耳语,旋作答。

王　请义妹、李相放心,我一定不令你们失望!

〔熊兴奋,拉李袖,示李表态。

李　好,王帅痛快! 那我们就约定了,明日上午在钓鱼城下见!

王　明日上午在钓鱼城下见!

〔熊拉住李,欢呼跳跃。

［欢快音乐声起。

［收光。

尾 声

［合州钓鱼城城外。城郭远景,红霞满天,三江萦绕。

［欢快的唢呐声,欢快的鼓乐声。

［熊、王、李从远景正中部位相携走向台前,一路载歌载舞。

熊　（唱）钓鱼城郭绕三江,紫气红霞庆吉祥。

王　（唱）画策多亏奇女子,

［王、李同对熊翘拇指,熊摇手谢。

李　（唱）止戈尤仗圣明王。

［熊、王、李同时对空遥拱手。

熊　（唱）无分蒙汉重携手,更迭宋元再展光。

［先王、李并肩携手,再王、李左右护熊。三人合唱。

合　（唱）九域同心伟力合,中华一统万年长!

［除汪外,其余在场众人从两侧上,也是载歌载舞,放声齐唱。

齐　（唱）九域同心伟力合,中华一统万年长!

［众人拥王、李,王、李共同肩举熊,载歌载舞直至台前。

众　（唱）九域同心伟力合,中华一统万年长,万年长,万年长,

万——年——长……

［谢幕。

2009 年 6 月 1 日至 6 月 6 日三稿于淡水轩

《熊耳夫人》主题阐释

从南宋宝祐二年（1254）开始的宋蒙（元）合州钓鱼城之战，延续36年之久，到元至元十六年（1279）正月，终于以宋方钓鱼城主将王立挈城降元结束。这一事件既意味着三年前即名存实亡的南宋王朝丧失了最后一个军事据点，从而在当年二月正式宣告覆亡，又标志着元王朝完成了统一大业，从而改变了自五代十国以降大中华民族国家长达382年的分治局面。

王立挈城降元，在《宋史·张珏传》、《元史·世祖纪》、《元史·李德辉传》等史传中都有所记载。而在合州地方志中，事件始末的记述更详，主要人物除了王立、李德辉，还有一位熊耳夫人。熊耳夫人以其特殊身份和超凡胆识，自始至终发挥了关键作用。

挈城降元的宋将王立，青年即从军，先为张珏副将。多年间追随张珏抗御蒙（元），屡立战功，官至都统制。南宋德祐元年（1275），张珏升任四川制置副使、知重庆府后，王立随之升任合州安抚使兼知合州。次年张珏赴重庆履任，王立即继任为钓鱼城主将。

南宋景炎元年（1276）六月，张珏由合州遣兵，派王立收复泸州。王立潜师袭取泸州，元军泸州守将千户熊耳战死。熊耳之妻宗氏被俘，谎称姓王，被王立收为义妹，带回钓鱼城侍奉老母，待之情同同母胞妹。景炎三年（1278）元军围攻钓鱼城甚急，钓鱼城危在累卵，王立愁蹙无计，归家不食，熊耳夫人方才亮出真实身份，并告以与元方安西王（安西王为忽必烈皇子忙哥剌）相、西川行枢密院副使李德辉是姑表兄妹。她劝说王立,为保钓鱼城十余万军民免遭尽被屠戮之难,最好通过李德辉向元西川行院请降。王立权衡利弊,接受了熊耳夫人的建言,于是引生出本剧的故事。

王立本是一位抗战派将领,他作出这一选择,大的历史背景在于形势发生根本变化,注定不可逆转。就在他继任钓鱼城主将那一年,元军已攻占南宋都城临安,谢太后携恭帝投降,文天祥、陆秀夫等拥戴年幼的益王赵昰、广王赵昺逃亡到福建、广东沿海,已经不能有效抵抗,南宋王朝徒存其名。因此,到王立挈城降元之时,"朝命不通"已三年有余。更要命的是,景炎三年(1278)三月,重庆城也被元军占领,张珏被俘遇难,钓鱼城已经沦为一座孤城、危城。加之合州连续两秋大旱,钓鱼城内粮食断绝,民众易子而食,抵抗力量日趋削弱,城破只在时间早迟。面对如此危局,王立告诉部众:"某等荷国厚恩,当以死报。然其如数十万生灵何?今渝城已陷,制置亦擒,将如之何?"这表明,他已经把如何保全生灵放在思虑第一位,熊耳夫人的建言因之才会被接受。

而在长期敌对的元方,形势同样发生了根本性的重大变化。元世祖忽必烈是一位雄才大略的卓越政治家,早就注重学习汉文化。1260年即汗位后,他便"首诏天下,国以民为本,民以食为本,食以农桑为本",极重视恢复和发展生产。1271年建立元王朝后,更加重用汉族士大夫,推行重农政策,政治上招抚流亡,军事上禁止妄杀。为尽快实现四海一统,他多次诏令"既入宋境,分命诸将毋妄杀,毋焚人室庐,所获生口悉纵之",使"诸军凛然,无敢犯令者"。十分明显,忽必烈所钦定和力行的这样一些大政方针,对化解战争积恨,促进民族和解,实现国家统一,推动历史发展,具有非常积极的进步作用。离开这个历史大背景,就不会有王立的挈城降元,即使降元也做不到保全生灵。

但在当时战争尚未完全止息的四川境内,还有一定特殊性。元王朝在四川境内设立了西川行枢密院和东川行枢密院两个区域性的军事指挥机构,分别指挥西院军和东院军的军事行动。西院副使李德辉同时担任安西王相,在忽必烈的皇子、安西王忙哥剌的信任和支持下,他是坚决执行"今圣明诏"的。然而,合州钓鱼城在东院军的用兵范围之内,当时东院军的总帅叫汪惟正,其父汪德臣曾是蒙哥大汗帐下元帅,1259年跟随蒙哥攻钓鱼城,中炮殒命于钓鱼城下。当年蒙哥也在钓鱼城中了炮风,不久身死,临终前留下遗诏:"若克此城,当赭城剖赤,而尽诛之。"元朝建立后,蒙哥被追谥为元宪宗,因而这封遗诏称为"宪宗遗诏"。汪惟正与东院军对钓鱼城军民积下"夙怨",因而坚决奉行"宪宗遗诏",一心一意要在钓鱼城屠城。李德辉曾经当面批评他们:"公等愤其后服,诬以尝抗跸先朝,利其剽夺,而快心于屠城。"东院诸将领极为不满,诬奏李德辉"越境邀功"。多亏忽必烈降诏,宣明了"鱼城既降,可赦其罪,诸军毋得擅便杀掠,宜与秋毫无犯"之旨,钓鱼城军民才免遭涂炭。所以说,钓鱼城降元之路并不平坦,其间不乏矛盾斗争。

对于王立、李德辉和熊耳夫人所作所为的是非功过,历来评价不一,其毁誉对比十分鲜明。清乾隆年间,合州郡守陈大文撰《钓鱼城功德祠》碑文,称赞王立"宁屈一己为保全宋室遗民,非如沿江诸人全躯取富贵可比",认为先前坚持抗御蒙(元)的王坚、张珏"二公高风劲节,固与日月争光,山川共久,而李公德辉、王公立与熊耳夫人寔有再造之恩,亦应享民之祀"。到光绪年间,署合川事华国英撰《培修贤良祠碑记》,文中也称应将王坚、张珏、余玠、二冉、李德辉、王立、熊耳夫人一并入祠祭祀,并且颂扬熊耳夫人"以一女子而能画策以救危城",肯定王立"虽未殉国,而能顺天以全万姓","亦有合仁之道焉"。当今一些史学界专家,如安徽师范大学教授杨国宜,重庆师范大学教授管维良,重庆三峡博物馆原馆长、研究员王川平等,也都撰文作过十分正面的文化论析。但同一个华国英,两年之后又变誉为毁,在《重修钓鱼城忠义祠碑记》一文中,指"王立为五公之罪人,而大文为王立之罪人也"。抗日战争期间,1942年6月郭沫若游钓鱼城,撰诗抒怀,更拉熊耳夫人给王立陪绑,谓之"贰臣妖妇同庙宇,遗恨分明未可平"。熊耳夫人被贬称"妖妇",是为始作俑。

我个人完全赞同杨国宜、管维良、王川平等人的历史观点和人文评价。我特别欣赏清人冯镇峦的《熊耳夫人祠》题诗所谓"熊耳夫人奇女子，一封书救全城死"。我私心认定，熊耳夫人不愧为一个英雄。无论古今中外，英雄都不止一个类型，举凡在自然灾害、社会祸乱淹至之际，某一个人或某一些人，凭藉其一念一行，能使大群大群的人免除灾祸，获得生存和发展的新机，那一个人或那一些人就是一类英雄，熊耳夫人恰是那一类的英雄。更何况，由她首倡策划并且倾力促成的那一行动，不仅保全了钓鱼城军民十余万人的珍贵生命，而且在宏观上，也为大中华民族国家发展历史长河中的第三次民族融合、国家统一作出了一定贡献。这一宏观意义，她和她的合作者们当时或许尚未意识到，但后之来者决然不该有所忽略。置诸当代中华民族，固然不必强作比附，但在人文观念和价值取向上提炼出些许人鉴、史鉴，毕竟也可以顺理成章。

适值钓鱼城之战结束 730 周年，我决意以熊耳夫人为中心人物，新编一部戏剧剧本。我给自己立下两条创作规则：大事必据史料，细节放胆虚构。我不企求所有人都能认同，我只是期盼，有朝一日这一个熊耳夫人现身舞台，将有不少的人重新认识她和真诚喜欢她。由兹引出什么，那就非所计了。

大型情景歌舞《竹枝九歌》创意文案

创意阐释

正在建设西部地区文化高地的当今重庆,需要和应该,创作出一台具有浓郁地域特色、深厚文化内涵和鲜明艺术个性的大型情景歌舞节目。其破题首选当是竹枝词。

竹枝词原名竹枝,又称为竹歌、竹枝曲、竹枝歌。作为统称为巴渝辞的巴渝民歌的一大代表品类,它于两晋南北朝时期发源于长江三峡地区,通常也称三峡竹枝词。在距今大约 1700 年的那个历史时期,长江上游的三峡竹枝词,与长江中游江汉地区的西曲和长江下游江南地区的吴歌,共同构成当世中国南方民歌的三座高峰。

延续到中唐时期,历经杜甫、顾况、元稹、白居易,特别是刘禹锡等卓越诗人的借鉴、仿作和导扬,民歌竹枝词逐渐演生成为文人竹枝词,成为中华古代诗歌一种独具一格、独树一帜的诗式。历经唐、宋、元、明、清以迄于近代、现代,竹枝词一直传袭不衰,不仅遍及全国各个地区和诸多民族,而且远播亚洲、非洲、拉丁美洲的华人世界。置诸历代同一类型的文学样式,影响之大,流布之广,传扬之久,堪称无出其右。

刘禹锡于唐穆宗长庆二年(822)所作《竹枝词九首》序中写道:"岁正月,余来建平,里中儿联歌竹支,吹短笛,击鼓以赴节。歌者扬袂睢舞,以曲多为贤。聆其音,中黄钟之羽,卒章激讦如吴声,虽伧佇不可分,而含思宛转,有淇、濮之艳。"这些文句,除了点明他是于 822 年正月在建平郡,即今重庆市的巫山、奉节一带发现民歌竹枝词的,还揭示出竹枝词的三个基本特征。其一是在表现形式上,歌、舞、乐三位一体。其二是在内容取向上,以表达情爱为主,兼咏风土民情,风俗习惯。其三是在乐曲基调上,由低回宛转折入激扬悲切,当时特别突出苦怨。其后1100多年间,三方面都有长足发展,但三个基本特征一直都保持下来。

当年的三峡地区,几乎所有的渔樵耕牧、男女老少都会唱竹枝词,通为野唱。野唱又分三种形式。一为联歌,即集体合唱、齐唱,通常是在迎神赛会、祭祀婚嫁诸类活动中,歌舞者手执竹枝,配合笛声和鼓点,踏步为节,载歌载舞。二为独唱,即个别讴歌,骑牛打鱼、月下花前皆自由自在。三为吟唱与和声伴唱相结合,以壮声情、气势。竹枝词主要是七言四句体,每句按前四后三的句间音顿分作两段,前四字后插入衬词"竹枝",后三字后缀上衬词"女儿","枝"与"儿"押"支"韵,用和声进行伴唱。

在文人竹枝词形成以前,民歌竹枝词即已传入教坊、雅肆、歌楼,广受时人青睐。盛唐开元年间,与李白诗歌、裴旻剑舞并称"三绝",而以草书闻名的张旭,"醉后唱竹枝词,反复必至九回乃止"。孟郊、张籍等人的诗中,都反映出竹枝词已经成为一种流行艳音,从野唱而走向雅唱。当时善唱竹枝的歌伎,有一个专名,叫"竹枝娘"。雅唱场合中,曲词更富于变化,主乐用丝弦,伴奏也不限于笛、鼓,多用笙、觱。尽管如此,歌、舞、乐三位一体,并没有改易。到晚唐、五代以降,还传到了高丽和日本,高丽十三个乐舞里的第十二个即为"竹枝词"。

文人竹枝词同样能合乐配舞,进行演唱。《全唐诗》收录了29首唐代竹枝词,其中顾况1首,白居易4首,刘禹锡11首,李涉4首,皇甫松6首,合计26首都是在三峡写,或为三峡写的。宋代竹枝词五大家中,苏轼、苏辙、黄庭坚、范成大四大家的竹枝词也是在三峡写,或为三峡写的;加上其他文人写的竹枝词,在三峡写或为三峡写的宋代竹枝词占到现存全部近百首宋代竹枝词的一半以上。这就决定了,三峡地区不仅是民歌竹枝词的发源地,而且是唐、宋两代文人竹枝词的创作中心和传播中心。

如此重要的文化地位和文化影响,巴渝历史上前所未有,后世也只有抗战首都时期在重庆出现过(规模要大得多,时间却短得多)。其中宋人孙光宪《竹枝词二首》的文字书写形式为"门前春水(竹枝)白蘋花(女儿),岸上无人(竹枝)小艇斜(女儿)……",即表明了它的歌、舞、乐三位一体性,大量的徒诗无非省写了衬词罢了。

唐宋文人竹枝词固有的曲谱,至迟在明末清初即已经失传。但竹枝词经由元、明而进入清代,已在全国范围以及众多民族当中大普及,多种多样的竹枝词支系仍然能合乐演唱。如清初倡扬了山东潍坊竹枝词的郑板桥,在其《道情》六中就写到过"尽风流,小乞儿,数莲花,唱竹枝",透露出竹枝词与莲花落相融相合。清初巴县知县王尔鉴《界石早发喜雨》一诗也写过"农夫拍手歌农歌,牧童牛背唱竹枝",这表明巴县民歌乃至渝西民歌不乏竹枝支系。而比他们更早的明人武陵《竞渡》指出:"武陵唱山歌,多竹枝遗意"。其间的"武陵"指今湘鄂西、渝东南地区,为土家族、苗族、汉族的聚居区,迄今土家族、苗族乃至汉族民间的许多田歌、牧歌、猎歌、渔歌、樵歌、茶歌、情歌、盘歌、婚嫁歌、祭祀歌、节令歌、礼俗歌,仍然具备竹枝词的基本特征,只不过未再冠以竹枝词的共名而已。从这些传存资料可以看出,失传的只是既往曲谱,竹枝词的歌、舞、乐三位一体曲谱历代一直在多地区、多民族的民间歌谣中传衍、变异、创新、发展着,并且至今生命力旺盛。如今开发这份非物质文化遗产,用不着泥古兴叹,尽可以从民歌中去寻根溯源。

基于以上的认知梳理,我坚信:①当今重庆人理当十分珍惜竹枝词,负起责任,承担使命,保护好、开发好、利用好、传扬好这份植根三峡、归属巴渝、影响全国、流播全球的非物质文化遗产。②竹枝词的历史源流和现实生态,给创作一台以竹枝词命名的大型情景歌舞节目提供了充分依据,足可以保证体现出浓郁地域特色、深厚文化内涵和鲜明艺术个性,而追求与云南的《云南映象》,广西的《映象刘三姐》,江苏的《茉莉花》,四川的《金沙》等既有同类节目相媲美争胜。③创作依赖文字、曲调两大

167

基本元素,文字最好选取历代优秀三峡竹枝词,曲调最好从渝东北、渝东南以及渝西地区民歌当中去提炼。由此伸及舞蹈,也可以从这些地区多种多样的巴渝舞中吸取营养,并且有机融入现代舞蹈的表现手段。

从这些认识出发,我期盼,重庆音乐、舞蹈、文学、美术界的有心人们通力合作,选取九首历代优秀三峡竹枝词,分别配乐配舞,创作打磨出一台大型情景歌舞节目。其命名,就叫做《竹枝九歌》,或简一点就叫《竹枝》,或地域性更强一点叫《三峡竹枝词》。

九首竹枝词,每首都有特定的内容指向,合起来则能多向度地展示现长江三峡乃至巴渝地区的人文风情,包括社会生活、劳动生产、男女情爱、民俗习尚等等。每首可以反复演唱三四遍,载歌载舞,形成一场,每场大约用时 8 至 10 分钟。整台节目共九场,大约用时 80 至 90 分钟,内容和形式都够一台大型歌舞节目要求了。

其间,有两个相关技术问题需要处理。一是衬词,要用到传统标志性的衬词"竹枝"、"女儿",但又不必一律都用"竹枝"、"女儿"。用"竹枝"、"女儿"的,也可以加字变通,如变为"竹枝伊儿哟"、"女儿呀儿哟"之类。不用"竹枝"、"女儿"的,则可以灵活借用和活用巴渝民歌的通用衬词,无拘无束。二是唱法,除了上文明确的三种基本样式,还可以大胆运用多样的人民群众喜闻乐见的演唱方式,甚至不排除适当引入和化用现代通俗唱法。但无论怎样,配乐最好是用民族器乐的弦乐、管乐,适当加入一些打击乐,能不用西乐决不用西乐。民乐配民歌,更有利于凸显民族艺术的情致韵味。

每一场的舞台布景,主要是纵深天幕,大到充溢为浑然一片。其影像画面,依据该场所用竹枝词内容而定,固定画面即可满足。如果用当代影视、视频形式,布置成活动画面,效果更佳,但难度大,不必强求。一些场景中,中、远台适当加一点竹、树、石、礁之类的配景亦可,不必每场都有。加上声光交融若一,既增强美感,更烘托情韵。

这样一台大型情景歌舞节目,演出的首选当然是在剧场大舞台,但也可以移到不同地方山山水水的实景当中去。无论在哪里演出,既可以整台连贯性地完整演出,又可以分拆开来,一组或一场单独演出,甚至于可以不布景单独演出。单独演出还可以更进一步,只表演歌舞,乃至于只唱歌。这样的单独演出,特别适合于渝东北、渝东南地区的旅游即时性表演。总的追求目标是,《竹枝九歌》不仅要专业歌舞院团可以灵活演出,而且要与市内众多区、县的旅游文化活动便捷地结合起来,部分歌曲还要能够单独传唱。专业歌舞院团如果精益求精把这台节目打磨好了,将有望走出重庆,走向市外,走向国外。那时候,重庆市就会有一台自己的、代表重庆文艺繁荣和发展的标志性大型情景歌舞节目了。那样的愿景十分诱人,难道不值得为之倾心,为之努力?

第一场设想

1. 选词:[唐]白居易《竹枝词四首》之一。

瞿塘峡口水烟低,白帝城头月向西。

唱到竹枝声咽处,寒猿闇鸟一时啼。

2. 释义:这是现存的最早一首写三峡的文人竹枝词。前两句突出了两大地域标志,亦即"瞿塘峡口"和"白帝城头",点明了"月向西",亦即夜已深的时间特征,以及"水烟低",亦即山水相依、夜色迷蒙的空间特点,营构出一派诗情画意。后两句由人及物,由情到景,由主体表现到客观意象,扣住"竹枝声咽"的音乐特征,进一步表达出天人合一、物我交感的苦怨情愫。

3. 布景:天幕映现瞿塘峡口的夔门和白帝城轮廓,夜色迷蒙中,半轮残月渐向西沉。中、远台两则各一丛墨竹。音响配合,寒猿凄啼,只闻声,不见影。

4. 配曲:选用一种哀怨性的三峡民歌作主基调,填词合乐。衬词用"竹枝"和"女儿"。乐器用竹箫或二胡,兼用其他弦乐伴奏。男女多人联唱。

5. 配舞:女子竹枝舞,男扮猿舞,女扮鸟舞,男女长袖舞。

6.表演：一男吹竹箫，四女执竹枝起舞，四男踏节伴舞伴唱，演唱头遍。吹箫男合入舞群，幕后二胡及其他弦乐伴奏声中，四男面具扮作猿舞，四女踏节伴舞伴唱，演唱二遍。吹箫男邀四女，四女面具扮作鸟舞，幕后二胡及其他弦乐伴奏声中，四男踏节哼唱曲调，演唱三遍。吹箫男掷箫，与四女四男跳长袖舞，在幕后的二胡声中，望月定格结束。其间，女声主唱则男唱衬词，男声主唱则女唱衬词。

第二场设想

1.选词：[唐]刘禹锡《竹枝词二首》之一。

杨柳青青江水平，闻郎江上踏歌声。

东边日出西边雨，道是无晴却有晴。

2.释义：这是一首反映青年男女情爱的竹枝词，主人公在女方。前两句先写景，再叙事，全从女子的视觉、听觉感应而出。后两句似写景，实写情，"晴"与"情"谐音双关。"东边日出西边雨"，既是景，更是情，表现出女子意识到了，情郎对她的情意就像晴雨变幻不定一样，让人捉摸不透。其间多少痴情，多少期待，又有多少哀怨，多少无奈。

3.布景：天幕全幅，任选奉节或巫山的一处峡江美景。中、远台两侧分置杨柳，形各异，枝条飘拂，云烟起灭。

4.配曲：参用《高高山上一枝槐》曲调，活用有变化，似又不是。衬词用"竹枝伊儿哟"和"女儿呀儿哟"（或"女儿伊呀嗬"）。乐器用扬琴、竹笛，兼用鼓和锣。女主角独唱，伴舞众女郎伴唱。情郎踏歌声用哼唱形式表现，不著实词。

5.配舞：女主角穿粉红色长袖舞裙，执竹枝边唱边舞，反复之际时有间隔。伴舞女郎4至8人（或者更多），穿粉绿裙，执红绸带，跳红绸舞，于伴舞中伴唱。

6.表演：乐曲声中，女主人公独舞绕场，驻足凝望"杨柳青青江水平"的远景，若有所待。众女郎踏节上，绕女主人公跳红绸舞，作开玩笑状，女主人公作追求状。杨柳一侧忽云烟升腾，情郎的身影若隐若现，哼唱似的踏歌声起。女主人公与众女郎闻声而立,循声翘望,情郎身隐声息。女主人公唱第一遍,其他女郎伴唱伴舞。第一遍歌舞方罢,杨柳另一侧云烟又起,情郎重现身影,重哼踏歌。于是重启第二遍歌舞,但舞蹈有了变化,女主人公的表情也由先前的欣喜欲狂变成了此刻的将信将疑。然后出现第三遍歌舞,情郎只闻声而不见人,女主人公则有既失望又仍期望的复杂情态。全场在红绸飘若疑云的状态当中静场而止。

第三场设想

1. 选词:[宋]苏辙《竹枝歌九首》之二。

扁舟日落驻平沙,茅屋竹篱三四家。

连舂并汲各无语,齐唱竹枝各有嗟。

2. 释义:这是一首反映农家生活的竹枝词。扁舟,茅屋,表明半渔半农。茅屋,竹篱,既有峡江地区农家居处的地域特色,又透露出生活的贫寒简单。其中突出两个民俗生活特点,一为用石臼舂米,二为从井里打水。舂米、打水过程中,农家男女老少"齐唱竹枝",这种人文风情何等乐观淳朴。

3. 布景:天幕全景,任选忠县一处江景,有扁舟,有落日,夕阳无限好,壮美而宁静。中、远台展现第二句景象。近台设置石臼、井台。

4. 配曲:参用石柱土家族的啰儿调,或者渝东南土家族生活歌的任一种曲调,加以创新改造。衬词和乐器也与之相应。男、女声对唱或重唱,也有和声伴唱。

5. 配舞:舂米舞,汲水舞,农家乐舞(可借鉴摆手舞)。

6. 表演:一家三代交替表演。老农与男子携渔具归来,女子荷锄归来,老妇领孙儿、孙女迎接。女子为主,老妇帮忙,孙女相凑,跳舂米舞,男子踏节吹竹笙,老农与孙儿俩对唱第一遍。男子汲水,孙儿帮忙,跳汲水舞,老农踏节奏道情(或者竹琴),女子、老妇和孙女重唱第二遍。幕后小锣、小鼓声中,全家三代人跳农家乐舞,边舞边轮唱第三遍。跳完定格亮相。

第四场设想

1. 选词:[宋]范成大《夔州竹枝歌九首》之五。

白头老妪簪红花,黑头女娘三髻丫。

背上儿眠上山去,采桑已闲当采茶。

2. 释义:这是一首歌唱农家妇女采茶的竹枝词。"白头老妪"指老年农妇,簪通"篸"(音均为 zān),意谓插戴,"簪红花"即插戴红花。"黑头女娘"指年轻农妇,"三髻丫"意谓头顶上绾着三个发髻(三峡博物馆内存有三髻陶俑)。这都是宋代农妇的打扮,民俗味浓,情趣性强。背上还背着睡着的幼儿,也是一种显现出生活情韵的民风民俗。她们"上山去"做什么?去"采茶",因为"采桑"时节过了。

3. 布景:选择奉节(或借别地)一座茶山,充溢天幕。中、远台略置鲜艳夺目的野花野草,亦可不置。

4. 配曲:借用《采茶歌》曲调,或者巴渝民歌任何一种相宜的曲调,适当加入现代歌曲表现元素。衬词随曲而定。乐器用笛用鼓。

5. 配舞:摆手舞,采茶舞。

6. 表演:4 个"白头老妪",8 个"黑头女娘",头饰打扮如前两句,在轻快流利的笛声和鼓点中,唱竹枝词、跳摆手舞作上山状。歌舞不必硬分遍,一样的句子,尽可一句两句你来我往地反复地唱,这一些人唱主词则另一些人唱衬词。其间加入簪红花、摸髻丫、看幼儿等小情趣。然后转到跳采茶舞,一边采茶,一边歌舞,此起彼应,重叠复沓。最后在欢快的造型当中结束。

第五场设想

1. 选词:[元]周巽《竹枝歌七首》之三。

蜀江水落石槎牙,南船几日到三巴。

云绕巫山不成雨,霜凋锦树胜如霞。

2. 释义:这是一首反映峡江商旅情感的竹枝词,抒情性相当强。自古三峡滩多水急,上下行船殊不容易,商贩贾客经常滞留在船上,难以与妻子儿女相聚,不免触景生情。"蜀江水落石槎(chá)牙",表明已是冬令时节了,犹自不知道"几日到三巴",忧伤怅惘溢于言表。"云绕巫山不成雨",暗用了"巫山云雨"典故,透露出了是在思念妻子儿女。结句"霜凋锦树胜如霞",眼望满山红叶烂漫,主人公的情感又因景升华,转向憧憬和达观。

3. 布景:天幕景观用合成方式,展现巫山云烟、瞿塘红叶和峡江急流。中、远台现出崖畔峥嵘,怪石歧出,岸边泊着一只竹篷船。

4. 配曲:选择一首船歌曲调加以改造,便于独唱、伴唱。衬词可以用"哦嗬哟"、"哦嗬哦嗬哟"或"伊之哟"、"呀儿呀之哟"之类。乐器主用琵琶,配用竹箫或者二胡、板胡。商人男声独唱,船工和声伴唱。

5. 配舞:商人和船工,随感情变化跳双人舞,表现思绪万千,情感起伏。一队白衣女子,一队红衣女子,交替伴舞,临近结束加入伴唱。

6. 表演:商人为主,船工为辅,男子双人舞多在近、前台,边舞边唱。男子歌舞时,两队女子都静止,分别造型。男子静止时(商人作观望状,船工作指点状),两队女子交替在中台起舞。一、二两遍都是这样动、静相衬。第三遍男子歌舞,歌声、舞姿趋向憧憬,两队女子才同时伴舞,并加入和声伴唱。最后,二男汇入女子当中,齐舞齐唱。在唱到"霜凋锦树胜如霞"时,红衣女子双手高举红色花束或红色彩结摇动,全场推向高潮结束。

第六场设想

1. 选词:[明]杨慎《竹枝词九首》之二。

日照峰头紫雾开,雪消江面绿波来。

鱼腹浦边晒网去,麝香山上打柴回。

2. 释义:这是一首反映峡江地区民众渔猎生活的竹枝词。前两句描写环境,当是开春后的一个艳阳天,山上"日照峰头",彩云明灿,水际"雪消江面",绿波逐流,真是美极。鱼腹浦在奉节老城东一公里处,原本是一片沙洲,渔民正好晒网。麝香山在白帝山顶昭烈祠以北(据王士祯《蜀道驿程记》说),则樵夫正好打柴。"晒网去"的渔民与"打柴回"的樵夫相遇在鱼腹浦,乡里和谐,相互问答,即为后两句所展现的情景。

3.布景:天幕远现白帝山,近显鱼腹浦,形象和色彩尽如前两句。中、远台可以略置石、树,也可以不置,状若衔接沙洲即可。

4.配曲:选用一首三峡民歌曲调作基调,加入现代摇滚乐元素,尽量表现出欢快和和谐。衬词和乐器都与之相称。男声二部轮唱,对唱,然后合唱。

5.配舞:渔民6至8人一组,樵夫6至8人一组,分别跳晒网舞和打柴舞。另加一组8至12人的女子,作旁观性的伴引性舞蹈。

6.表演:女子组先上,边舞边唱前两句,渲染环境气氛。唱第三句时,渔民组上,边唱边跳晒网舞。唱第四句时,樵夫组上,边唱边跳打柴舞。其后渔民组与樵夫组轮唱,边唱边跳晒网舞和打柴舞。然后渔民组与樵夫组对唱,女子组中模仿跳晒网舞和打柴舞。最后转入合唱,两组男子先混合跳舞,渐至女子也加入。

第七场设想

1.选词:[明]费尚伊《竹枝词六首》之二。

瞿塘江上水涟如,日日江头市鲤鱼。

拿舟渔子休相讶,怕有狂夫一纸书。

2.释义:这是一首表现女子思念丈夫的竹枝词。前两句写景叙事,后两句达意寄情。其中"市"为动词,意思是"买"。"鲤鱼"喻指书信,典出于汉乐府《欢马长城窟行》:"客从远方来,遗(wèi)我双鲤鱼。呼儿烹鲤鱼,中有尺素书。"女子每天都到瞿塘峡江边去买鲤鱼,意图万一能获"狂夫一纸书",思夫之情何等深切。

3.布景:天幕尽显瞿塘峡江景,中台一侧置一条渔舟。

4.配曲:选一情歌曲调填词,表达出悠远宛转的情思。衬词用"伊呀哟喂"、"依呀喂哟"或其他。乐器主用二胡,伴用扬琴。女声独唱,女声伴唱。

5.配舞:女子与"渔子"以女子为主,"渔子"为辅,男女双人舞。12

至 16 人的女子,活用大足鲤鱼灯舞,手执鲤鱼灯伴舞。

6.表演:女子从一侧唱第一句舞上(幕后女声伴唱和声),"渔子"继而从另一侧亦唱第一句舞上(和声同前),二人唱后三句(女子唱主词,"渔子"唱衬词),同时跳双人舞。女子独唱,"渔子"从渔舟拿出鲤鱼灯,女子接过后深情舞蹈,唱完三、四句。女子手执鲤鱼灯鱼贯而上,围着女子边齐唱边跳鲤鱼灯舞,"渔子"伴唱和声。女子加入鲤鱼灯舞,对着"渔子"唱第三句,然后在第四句的反复合唱声中结束。

第八场设想

1.选词:[清]董榕《竹枝词三首》之一。

瞿塘女子好春游,踏碛犹知忆武侯。

八阵图前寻小石,摇摇和风系钗头。

2.释义:这是一首表现三峡地区春游风俗的竹枝词。《奉节县志》说,每年"人日(农历正月初七),夔人重诸葛公(蜀汉武乡侯诸葛亮),旧于是日结伴出游八阵图,谓之'踏碛(qì)'"。其实并不止于奉节才有此风俗,陆游《踏碛》诗谓"鬼门关外逢人日,踏碛千家万家出",即揭示出三峡上下皆有此风俗,涪陵白鹤梁、云阳龙脊石均为著名的春游踏碛处。"寻小石"乃是踏碛风俗当中的一种活动,指妇女们在踏碛过程中要用心地寻拣小石子,然后钻孔串起来,以图全年吉利。

3.布景:天幕用合成技术,远景显现夔门桃子峰,近景则显现江滨八阵图。

4.配曲:选用一种节令歌或礼俗歌的曲调作基调,加入现代音乐元素,务求唱起来轻快愉悦。衬词与之情调相应。器乐图热闹,除了锣鼓之外,可以用连箫。女声对唱加四重唱。

5.配舞:新编与词义相合的舞蹈,既有独舞,也有群舞,都由女子承担。男子则打连箫,充当伴舞伴唱。

6.表演:8 至 10 名女子,摇纱巾,系钗头,边唱前两句边舞蹈上,上场跳一阵后换作嬉戏追逐状。8 至 10 名男子,边唱前两句边打连箫上,与女子们稍嬉戏,即分退到中、后台去伴舞伴唱。女声对唱后两句,散开作"寻小石"状。舞蹈变化中,迭现出发现、拣拾、传看、争抢等情景,再作空孔状歌舞二遍。然后似都寻到了小石,共作穿孔状而展开女声四重唱。男子打连箫加入歌舞,极尽其欢愉乃止。

第九场设想

1. 选词:[清]涂宁舒《竹枝词二十四首》之十九。

一年辛苦立冬多,才了田歌又种坡。

预祝春粮收更好,齐声争唱太平歌。

2. 释义:这是一首反映巴渝农村农事生活的竹枝词。立冬开始,标志着秋收大忙早已过去,进入了冬藏过渡季节。但冬藏也不得闲,要为来年"春粮收更好"预作准备。"齐声争唱太平歌",既是特定季节农事生活的写照,又是世世代代农民们的追求。选此首作结,意蕴颇深长。

3. 布景:天幕上,一派巴山渝水的初冬景象。中、远台布置农舍和水车,屋檐下挂着金黄的玉米串和大红的辣椒串,门侧还有斗笠蓑衣。

4. 配曲:从渝西走马山歌或木洞山歌中选一种欢庆乐曲作基调,凸显欢乐吉庆、积极向上气象。衬词可用"嗨哟嗨哟"、"嘿嗬嘿嗬",或者回到"竹枝"、"女儿"。主乐器用锣鼓、唢呐。男女联唱、合唱。

5. 配舞:祝酒舞,欢庆舞。

6. 表演:锣鼓、唢呐声中,12至16名男子唱第一遍,女和声伴唱,男子同时跳祝酒舞。同样乐曲声中,12至16名女子唱第二遍,男声和声伴唱,女子同时跳欢庆舞。锣鼓声更欢畅,唢呐声更激扬,4男4女8老农上,与众男女载歌载舞中,联唱第三遍。最后8老农居中,众男女拥簇,高声合唱"预祝春粮收更好,齐声争唱太平歌"。反复齐声合唱过程中,众人分批次走向台前,造型,谢幕(以前各场所有演员,也可参加)。

2008年11月8日初稿于淡水轩

2011年1月11日改定于淡水轩

五

序跋

《晏子春秋选》＊前言

（一）

在先秦古籍中，《晏子春秋》是一部既有一定影响，又有一些争议的专著。

有影响，在于它作为一部专著，多侧面多辐向地记载了春秋时期齐国著名政治家晏婴的言行，有助于后人了解其人其事，进而研究当时社会的历史动向。人物的集中性和代表性，情节的具体性和生动性，以及语言运用的简洁明朗，又使它成了一部文学作品，可以唤起读者阅读的兴趣和审美的愉悦。从两汉以来，不少信史和类书将它列入典籍，记录在册；称引者和研究者也代不乏人，而且播扬到海外学界。晏婴的人品随着晏婴的故事风传流布，更是几近家喻户晓。

有争议，在于它作为一部古籍，到底成书何时，作者何人，迄今尚无定论。它的思想倾向，或者叫做学派归属，长期以来也是仁者见仁，智者见智。由这些还引出了作品真伪问题，同样地聚讼纷纭，有待厘正。

有影响而又有争议，导致了一个特异的现象。一方面，传诵晏婴其人其事，知道《晏子春秋》其书的人广及各个时代、各个阶层，当今一些古文选本也不惮选入其篇章，甚至连儿童都会摆谈《晏子使楚》之类的故事。另一方面，则像对待有争议的人一样，我们的思想发展史和文学发展史都把它搁置一边，对它的历史地位和作用关注得太不够。缺乏专门

＊《晏子春秋选》由巴蜀书社于 1994 年 6 月出版。

的选本,或许就是这一现象的产物。

要改变这一现象,当然需要切实的考证。截至目前,大多数研究者倾向于认为,这部专著产生于战国后期,作者是至少属于"士"这个阶层的世居齐国或者旅居齐国的人。出于对晏婴思想的追慕和对战国时势的厌恶,作者收辑了齐国史料的载记和民间传说的故事,寄托了个人(或与之同类型的人)的愿望和追求,剪裁编排成帙,使之流传开来。这不但有《史记》、《汉书》等可以为证,而且,1972年银雀山西汉墓出土竹简中的33枚《晏子春秋》残简文字与今本大致相合,尤为有力的佐证。即便两汉之后传抄当中不能排除错落、窜入、臆改之类的事情发生,基本状况也是难以否定的。

如果成书年代大体确定了,那么,纵使作者依然待考,《晏子春秋》一书也应在先秦思想史、文学史上占据一席之地。特别是从文学嬗递关系看,说它与《韩非子》、《吕氏春秋》等书一起,上承先秦历史散文和其他子书,下启汉代的史传文学,未必会过誉。

通过选本,让人们对这部专著有个轮廓比较清晰的了解,多少有益于启迪思想和陶冶性情,乃尝试作《晏子春秋选》。

(二)

《晏子春秋》里的晏婴,与实际生活中的晏婴比较,既是同一个人,又不是纯粹的同一个人。生活原型确实是基础,但从书中所记言行看,分明寄寓着作者的理想,打上了作者情感的烙印。这样的晏婴显得更完善,更令人景仰,因而也就更深入人心。读其书,想其人,适于把他当作一个生活真实与艺术再造相统一的人。

历史上的晏婴,字平仲,齐国夷维(今山东省高密县)人。生年不可考,卒于公元前500年。他出身世家,青年从政,公元前556年(齐灵公二十六年)其父晏弱去世后,继任齐卿,历仕灵、庄、景三朝,长达五十四年,以节俭力行重于齐。《史记·管晏列传》说:"其在朝,君语及之即危言,语不及之即危行,国有道即顺命,无道即衡命,以此三世显名于诸侯。"对他的政行人品，司马迁赞叹不已，表示"假令晏子而在，余虽为之执鞭，所忻慕焉"。

后人常拿晏婴同管仲（？—前 645 年）相比，合称"管晏"，认为晏婴的德行在上，功业不及。这是客观存在的事实，然而忽略了各自所处的、不随个人意志转移的历史条件。管仲的确有杰出的政治才干，但他之所以能够辅佐齐桓公（？—前 643 年）成就霸业，首先是由于当时的齐国正处在鼎盛时期，经济、军事实力雄厚，其次也因为齐桓公励精图治，善于用人，支持他厉行改革。晏婴的境遇，则与之大不一样。

晏婴历仕的三朝，国君都属于荒淫平庸之辈。而齐国的国势，已经到了"无可奈何花落去"的衰败境地。作为一个精明的政治家，他清醒地看到：国内赋役繁重，刑戮苛酷，"踊贵屦贱"，民怨沸腾；国君沉溺酒色，侈靡放佚，信用谗佞，赏罚失中；权臣以力干政，恃强凌弱，弑君换主，将欲代之；尤其是田氏大斗贷出，小斗收回，减轻剥削，甚得民心，民众认为"公室骄暴，田氏慈惠"，"归之如流水"。他深知"此季世也"，浩叹"齐其为田氏乎"，意识到自己业已没有回天之力。但他站在维护齐国公室利益的立场上，痛心疾首之余，又殚精竭虑地尽力补天，这无疑是晏婴的悲剧所在。不过，排除这种历史进步性与保守性的矛盾，单从微观看，司马迁给他以"进思尽忠，退思补过"的评价，是颇中肯綮的。《晏子春秋》的作者，正是如此看待和再现晏婴的生平言行，多是其是而忌非其非。今人品书论人，不妨也将晏婴视为特定的"这一个"，不必过分按索历史。

（三）

现今流传的《晏子春秋》，分内篇谏上、谏下、问上、问下、杂上、杂下，外篇重而异者、不合经术者八卷，凡 215 章。如卷目所示，谏上、谏下主要记叙晏婴劝谏齐君的言行，问上、问下主要记叙君臣之间、卿士之间以及外交活动当中的问答，杂上、杂下主要记叙晏婴涉身的其他各种各样的事件，外篇两卷则较为驳杂，与内篇六卷相通而又相别。具体展现的思想内容，卷与卷之间、章与章之间确有相对独立性，但也有勾连，有交

181

合,个别的还有所抵牾。选本注意了去粗取精,意蕴情致相对地比较一致,可以贯通。晏婴的政治态度、思想观点、施政措施和道德风貌,都渗透在所选的各篇中。

反映得最集中、最突出的,是晏婴对国君的劝谏和诱导。必须像这样,自有相应的历史原因。在专制制度下,除了那些"挟天子以令诸侯"的权谋家,任何能干的政治家要想有所作为,都不能不依赖最高统治者,而无论其人为何品类。晏婴要补天,自然也得疏通他所侍奉的齐国国君,说通一点算一点,做到一步算一步。他的补天之方大致上有五条。一是尚礼。他强调:"礼者,所以御民也……无礼而能治国家者,婴未之闻也!"选文中的《不可无礼》、《礼不可去》、《二桃杀三士》等篇,都是要用礼维系现存秩序。二是重民。他的所谓"民",固然主要指士和国人,但也不排除驯顺的奴隶。得民才能保住公室统治,所以他主张"先民而后身"(《先民后身》),并且提出了"民诛"的警告(《封人三祝》)。三是薄敛。这是从经济上"为民请命",希望能减轻赋税,减少劳役,从而有利于阻止民归于田氏(《善为人臣》、《谏阻修长庲》等)。四是省刑,即要求齐君不要随心所欲地滥杀无辜。《谏诛圉人》、《一言省刑》等篇,都是从政治角度立言,对籍重狱多,"踊贵屦贱"的暴露相当惨烈而深刻。五是除谗去佞,赏善官能。《国有三不祥》、《审择左右》等篇,就从不同角度反复申明了同一论题,至今犹耐人思。所有这些,固然都以挽"季世"、护公室为依归,但倘能实行,多少总会对下层人民带来一些实在的好处。惟其如此,流誉百代的晏婴其人,首先是一个仁人、惠人形象。

其次,尽管晏婴从事内外应对时露滑稽多智的性格特征,但他迥异于淳于髡、东方朔等俳优或弄臣。这一点,体现在他的"进思尽忠"上,乃是毫不拘泥于愚忠观念。当齐景公问他"忠臣之事君也何若"的时候,他敢于当面答以"有难不死,出亡不送"(《忠臣事君》);而且后来以行动证明,言行相一致(《崔氏之祸》)。体现在他的直面危难上,又是胆识兼备,威武不能屈,富贵不能淫(《守志抗盟》)。体现在他的劝谏、诱导上,更是善于分析矛盾,掌握火候,采取灵活的方式,达到针砭的目的。其中,有直陈(《求贤之道》),有婉谏(《不知天寒》),有反激(《不可无礼》),有热讽(《牛山独笑》),有冷嘲(《谗佞难除》),有喻引(《水与石》),有理导(《国有三不祥》),甚或还有戏弄(《智敛婴子》)……简直左右逢源,无施不为。至于外交领域中波谲云诡,也无不谈笑从容,应付裕如,随处做到有理、有利、有节,不辱国格、人格(《不肖者使楚》、《南橘北枳》)。内内外外,林林总总,充分显示了政治上的坚定性、思想上的明晰性和策略上的机敏性。汇聚到一点,突现出晏婴决非只是一个谋臣或辩士,而更其是一个能人和智者。

再其次,晏婴的"退思补过",又表现为待人宽以约,责己重以周。他自奉节俭的美德是广为人知的。齐景公多次要给他调整住宅,还趁他出使在外替他建了一座新宅,他都坚决辞谢了。单从《一言省刑》一篇,即可略见一斑。还有《千虑一得》、《酒罚田无宇》等篇,或从饮食,或从穿着、车驾,相当全面地勾勒了他的俭朴精神。而《不背老妻》,又从婚姻关系上写出了他的严肃和执著。如此廉洁奉公、淡泊明志,且不说位极人臣,就是在一般封建士大夫当中,也是难能可贵的。尤其令人钦佩的是,当梁丘据自叹不如的时候,他还诚恳地加以开导,说明"为者常成,行者常至"的道理,指出赶上自己并不难(《为者常成》)。有了他那样的地位和声望,还这样谦虚谨慎,在旧时代可谓罕见,在新时代也未必就很多。所以应该说,他还是一个品德高尚的人。

与以上三个方面相应,晏婴的政绩和美德不仅泽及当世,而且衣被后人,也有众多具体的反映。除了《谏诛圉人》、《救犯槐者》、《救斩竹者》、《烛邹主鸟》几个故事外,《结识越石父》、《御者夫妇》表现出他怎样慧眼识才,披肝重才,破格选才,都是相当典型的。当他遭到猜疑、被迫出亡的时候,北郭骚宁肯自刎而死,也要替他洗雪,说明他在当时人望之高,影响之大(《以身相报》)。连弑君篡权的崔杼也不得不惊呼:"民之望也,舍之得民!"(《崔氏之祸》)直到他去世多年以后,弦章还效法他

"辞赏以正君",透露出他的风采依然让后人怀想。

可以说,《晏子春秋》是为晏婴立传的。书中篇什分开看,如零珠碎玉;合拢来,就成了完璧联珠。借用当代文艺的一个术语,把这部书称为系列作品也无妨。

（四）

如果将《晏子春秋》放到先秦散文的整体框架中略加比较,不难发现,这部专著记人言行,的确受到《左传》、《国语》和《孟子》、《荀子》等典籍的熏染,尤其与《韩非子》、《吕氏春秋》的叙事篇章颇相近。但像它这样专记一人,并且把中心人物的言行进退与特定社会的治乱兴衰融为一体,自始至终以人统事,以行驭言,又是独树一帜的。对于《史记》、《汉书》以人系事的史传体式,说它开了先河一点不为过。所以,《四库全书总目提要》说它"实传记之祖也";而《四库全书简明目录》则加以辩证,认为此书"与著书立说者迥别,列之儒家于宗旨固非,列入墨家于体裁亦未允,改隶传记庶得其真"。

但《晏子春秋》又与史传有别,如《四库全书简明目录》所说,"书中皆述婴遗事,实魏征谏录、李绛论事集之流"。其记叙遗事,以写实为主,间入虚构,决定了它在文体归向上更像一部叙事性的系列文学作品。论文学特征,它在四个方面确实有一定成就。

第一,叙事富于故事性、戏剧性,情节具体、生动。作者善于撷取历史素材的某些片段,大而至于内政外交,出处应对,小而至于饮食起居,衣着车马,纵向或者横向地展开矛盾,表现冲突,显示前因后果。有些内容还比较复杂,也能够写得纵横交错,波澜迭出,开阖有致。如《二桃杀三士》,由三个勇士强横无礼写起,经由晏婴出谋划策,馈桃成功,把情节推向了高潮。纵向开掘中,截出关键环节的横面极力渲染,有声有色、绘形绘神地铺写了三个勇士的争功、取桃、让桃、自杀,使人感到既在意料中,又在意料外。最后以士礼收葬,淡然作结,似乎轻易消歇下来了,却又令人感慨。这样一个故事,引起了后人多少评议和发挥!又如《牛山独笑》、《智敛婴子》、《夜移三家》、《以身相报》和使楚故事,也无不纠葛突出,变化得宜,让人百读不厌。

第二,人物形象个性鲜明,有立体感。贯穿全书的中心人物晏婴,来于历史,又出于历史,成了一个文学典型。他那既是仁人、惠人,又是能人、智者,而且品德高尚的个性特征,都融进具体、生动的情节,从不同侧面、不同层次立体地反映出来。如《崔氏之祸》和《守志抗盟》两篇,就让晏婴置身于崔、庆之乱的血雨腥风,表现出了他的敢怒敢骂,大智大勇,刚正不阿,始终如一。而在《千虑一得》、《不背老妻》中,又通过他个人对封赏、对妻室的恬淡自重、清白如水的态度,与横眉冷对崔、庆之时犹若两人。这是相互矛盾么?显然不是。相反地,一个血肉丰满、气韵逼真的晏婴,正由此而跃然纸上。又如另一个贯穿全书的陪衬人物齐景公,以及谗佞典型梁丘据,在《牛山独笑》、《一日三责》、《不知天寒》、《礼葬走狗》等篇中也勾画得有鼻有眼。甚至偶尔一现的御者夫妇(《御者夫妇》)、北郭骚(《以身相报》)等人,也是可触可摸的活人。

第三,叙事状人,成功运用白描手法。通览全书,除了《佯问佯对》、《极大极细》等个别篇什略具《庄子》汪洋恣肆、机妙横生之风而外,其他多是朴实、简洁的线条勾勒,最多也不过淡墨点染。但是,叙事条畅平易,状人重在传神,不仅不平板、枯涩,反而别有一番自然、明快的情趣,读之如食橄榄,愈品愈有兴味。如《景公为履》,写了齐景公如何用金玉装饰鞋子,"冰月服之以听朝"之后,接着写道:"晏子朝,公迎之,履重,仅能举足,问曰:天寒乎?'"寥寥17个字,前面6个字交代了人和事,中间6个字写出了齐景公举足维艰之态,后面5个字则在一问之中托出了这个荒庸国君欲掩窘态、无话找话的复杂心理和神情,胜过了描尽画绝的千百个字。《景公奔丧》写他时而乘车疾驰,时而下车小跑,反复四次的细节,也与之异曲同工。他如《四肢无心》、《魂魄之亡》、《折冲尊俎》、《劝导柏常骞》也是好例,更不用说《御者夫妇》、《不肖者使楚》等名篇了。

第四,语言简练洁净,明白晓畅。各种各样的矛盾冲突,多姿多色的

185

人物性格,都乘驾着这样的语言轻车,轻松和顺地走进读者心灵。即便是议论文字,也编织在流动的对话当中,托理于情,化繁为简。其间,还运用自如地调动了多种多样的修辞手段。颇为突出的是善用比喻,如把祸国奸佞比作社鼠猛狗(《社鼠猛狗》),把君臣关系比作心与四肢(《四肢无心》),把己身不正而欲禁人的行为比作"犹悬牛首于门,而卖马肉于内"(《禁自内始》),无不新颖贴切而又涵蕴深刻。同一个"水",比喻人心归向叫"归之如流水"(《民归田氏》),解喻廉政长久的道理则叫"其行水也"(《水与石》),显示出了擅长抓住喻体的特点。还有些比喻,例如形容临淄繁盛的"张袂成阴,挥汗成雨"(《不肖者使楚》),更与夸饰兼用,平添了形象性和感染力。至于对比(《两治东阿》)、反复(《任非其人》)、讽刺(《牛山独笑》)等修辞手法,也用得各尽其妙。语言的精妙,无疑增强了这部书的艺术魅力。书里一些隽言妙语(不止如上所举)流传至今,成为生命力旺盛的成语典故,还丰富了我们的民族共同语。

当然,书中一部分篇什只能划归一般的记言性散文。这种状况,乃为先秦散文绝大多数所共有,不能因之而否定全书所具有的文学性。何况《晏子春秋》专记一人,确乎孕育着一些小说的基本因素。

(五)

这个选本着眼于思想性、文学性尽可能统一,以照录为主,节选为辅,共收辑了 105 篇,约为原书的二分之一。每篇选文都包含提示、原文、注释、译文四个部分。

提示部分,首先交代选自原书何篇何章。然后,尽量简明扼要地浅析思想内容与写作特点,有的篇章还作了一点或横或纵的比较。浅析力求抓住主要的环节,点出特色之所在,不以完备为务。这样做,意在约略起到引子的作用,而又决不妨碍读者自己的欣赏品鉴和探幽发微。

原文部分,基本上根据近人吴则虞先生的《晏子春秋集释》,间或参用了其他版本。断句标点也是这样。但少数地方,个人理解有异手前修时贤,只好根据语义文法,作出自以为比较恰当的处理。是不是妥帖,有待于方家审详。

注释部分,主要是酌取学界前人的研究成果,同时间以个人的千虑一得,尽力做到翔实和简明。举凡难懂的或者可能会有歧义的词语、典故,以及有关的人物、史实,大都不避琐细地列出了条目。每一条注释,总是先注词,若有必要再释句,只有个别的地方稍加笺证。每篇选文注释的多寡繁简,悉以该篇语句的深浅难易而定,简不避寡,繁不惮多。前面作过注释的,后面一般不再注,但若有必要,也不避免重复。

译文部分,以直译为主,也糅进了意译的成分。严复所谓"译事三难信、达、雅",说的是译外文,也适用于译古文。所以选本的译文主要是在准确上下工夫,其次是求完整,求顺畅,进而才奢望行文的优美。想是这样想,真做起来却也不容易,常为译妥一句,踌躇移时。即便如此,舛误与不畅,仍计所难免! 有心的读者何妨自己译一译,当会苦在其间,乐亦随之。

原文中有一些引语,如引《诗》引谚,只在注释内加以诠释和试作今译,在译文中则原封不动。之所以如此处理,是因为联想到今人引经用典都是照引不误,古人引用,也该同样办理。还有些称谓、名物之类,窃谓同样也不宜对译(如"寡人",现代汉语就没有另外一个相应的词),译文中都只好照搬。这样做,究竟合宜不合宜,还请读者斟酌。

原文每章都有标题(或为后人所加),概括文意。但太长,因而选本另外拟了题。如第一篇选文,原题为《景公饮酒酣愿诸大夫无为礼晏子谏第二》,现在借文中晏婴的一句话,改成了《不可无礼》。也有别人另外标题的,如《晏子使楚》,这个选本为突出要害,改作《不肖者使楚》。若引用,自然以原本为据。

按以上体例,一本《晏子春秋选》终算是联缀出来了。然而,甘苦之忧才下眉头,疏失之惧又上心头。一厢情愿地希图作点有益的事,客观效果是不是会有背愚衷呢? 实在未敢逆料。好在人世间,谁都逃脱不了实践法官的审判,即便惶惶恐恐,也将它奉献出来吧。

1985 年 3 月 29 日初拟

1991 年 9 月 23 日再改

《经史百家杂钞今注》*序言

上下五千年,纵横八万里,中华文明博大精深,经史子集丰沛充盈,欲窥其堂奥就需要依托好的选本。曾国藩编纂的《经史百家杂钞》即为其间翘楚,从晚清至民国曾经广为传布,影响十分深远。然而,由于众所周知的政治原因,1949年以降书被人掩,几近湮没无闻。本着实事求是的态度,现在应该而且可以让它重见天日了。

对于曾国藩其人,的确不能忽视他曾充当镇压太平天国革命的元凶。但同时,也宜如同对待生平复杂的其他众多历史人物一样,有一说一,有二说二,还其本来面目。即便着眼于政治功过,着眼于社会历史的进退作用,他在鸦片战争之后的中国,也曾将目光投向广阔世界,致力拯溺图强。而在志行学业上,他更以其治学与修身合一,知与行合一的人生态度和学术风格,俨然成为晚清时期的一代文宗。

曾国藩治学为文,毕生以儒学为本,专注宋学,兼攻汉学。但他又不囿于门墙,于儒学之外,还广取诸子百家,融会贯通,自成高标。咸丰九年(1859)四月,他在给其子曾纪泽的一封家书中写道:"余于四书五经之外,最好《史记》、《汉书》、《庄子》、韩文四种,好之十余年,惜不能熟读精考。又好《通鉴》、《文选》及姚惜抱所选《古文辞类纂》、余所选《十八家诗钞》四种,共不过十余种。早岁笃志为学,恒思将此十余书贯穿精通,略作札记,仿顾亭林、王怀祖(王念孙)之法。年齿衰老,时事日艰,所志

　　　* 《经史百家杂钞今注》由西南师范大学出版社于1995年10月出版。

不克成就，中夜思之，每用惭悔！"尽管自责之严如此，但观其功业文章，当世无人能望其项背，后期桐城派以他为盟主，即是明证。

桐城派作为中国封建社会末期最大的一个散文流派，前后绵延二百余年，几与整个清王朝相始终。它尊奉宋代程朱理学为道统，又标榜先秦两汉以至唐宋八大家散文为文统，旗帜树于康雍时期，传人遍及神州大地，规模之大为中国文学史前所未有。其第二代旗手姚鼐在其第一代主将方苞的"义法"说和刘大櫆的"神气"说的基础上，提出了"义理、考证、文章"三者统一的主张和"神、理、气、味"与"格、律、声、色"八者统一的法式，并将历代散文归为十三种体式，编纂出了一部《古文辞类纂》。传至曾国藩，承继精蕴而发扬光大，于义理、考据、辞章之外更增加经济（亦即经世济民）一项，并以经济统驭前三者，文体则调併、充实为十一类，编纂出了这部《经史百家杂钞》。其踔厉发展之功，于承先启后轨迹可以略见一斑。

曾国藩为什么要编纂这部书？《凡例》说得明白，无烦重复引申。但还有其明确的经济目的，《凡例》未揭出，需要参见《经史百家简编序》。他在《序》中写道："咸丰十年，余选经史百家之文，都为一集；又择其尤者四十八首，录为简本，以贻余弟沅甫。沅甫重写一册，请余勘定，乃稍以己意，分别节次，句绝而章乙之，间亦厘正其谬误，评骘其精华，雅与郑并奏，而得与失参见。将使一家昆弟子姪，启发证明，不复要涂人而强同也。"如果说，《简编》旨在有益于一家昆弟子姪，那么，《杂钞》则要有益于举世文人学子，当不是穿凿附会的推测。

对《经史百家杂钞》的成就和价值，当世人便有充分肯定。曾门四弟子之一的吴汝纶，曾将《古文辞类纂》与《史记》等七书相提并论，认为是"必高材秀杰之士乃能治之"，"即西学堂中亦不能弃去不习，不习则中学绝矣"。但"姚郎中所选文，似难为继，独曾文正《经史杂钞》能自立一帜"；"曾公于姚郎中所定诸类外特建新类，非大手笔不易办也"。（见《答严几道书》）另一弟子黎庶昌进一步认为，"至湘乡曾文正公出，扩姚

五
序
跋

氏而大之,并功德言为一途;挈揽众长,轹归掩方,跨越百氏,将遂席两汉而还之三代,使司马迁、班固、韩愈、欧阳修之文绝而复续,岂非所谓豪杰之士,大雅不群者哉!"(见《续古文辞类纂序》)又一弟子薛福成则说:"文正一代伟人,以理学经济,发为文章,其阅历亲切,迥出诸先生上。""所选《经史百家杂钞》蒐罗极博。"(见《寄龛文存序》)纵然其中难免会有溢美的成分,也足以表明,这一选本业已超越了《古文辞类纂》,事实上后之续者迄今也无出其右。

同为湖湘人,青年时期的毛泽东不特推崇曾国藩,而且给《经史百家杂钞》以精到评价。1915 年 9 月 6 日,他给学友萧子升的信中说:"顾吾人所最急者,国学常识也。昔人有言:欲通一经,早通群经。今欲通国学,亦早通其常识耳。首贵择书,其书必能孕群籍而抱万有。干振则枝披,将麾则卒舞。如是之书,曾氏《杂钞》则庶几焉。是书上自隆古,下迄清代,尽抡四部精要。"还说:"国学者,统道与文也。姚氏纂《类纂》畸于文,曾书则二者兼之,所以可贵也。"其向往之情溢于言表。平心而论,这些评价确是切中肯綮的,这一凌轹前修启迪后学的选本委实当之无愧。

我作出这种判断,决不是迷信盲从。六十年代初,我曾从成都古旧书店购得一本《经史百家简编》,读过获益匪浅。毕业前教学实习,讲一篇古文,我没有按教学参考书认定其文体,而依从了《简编》。适逢系主任和古代文学诸师长悉来听课,课后评议时,一位先生责我所说文体不当,引出众议纷纭。及至另一位学富望重的先生正言指出,"曾文正公就是这样分类的",訾议方得止息。其事虽微若芥末,却折射出即使在那阶级斗争为纲的年代,曾国藩及其《经史百家杂钞》依然是范式,存于崇尚实学的专家学者心目当中,书终未至因人而废。

而今政治昌明了,实事求是评价曾国藩及其治学为文成果,不必再怕挨棍子了。三十多年后重新翻检《经史百家杂钞》,我比以往更真切感到,它的旨趣高远,蒐罗宏富,择取精当,体例分明,间有点评亦颇精要,较之多不胜数的古代散文选本,堪称不可多得的善本,如果重新刊行,必将有利于教学和研究。设若进一步有所注释,则会成为别的选本难以替代的范本,有利于广大具有中等以上文化程度的人们全方位和高层次地赏读古代散文,从而提高文化修养,甚至接受精神陶冶。历来所谓贵择书,指的正是必须善于选择这种善本和范本。因而我萌生了为之作注释的意念。

我的初步设想得到了挚友熊宪光认同。他是西南师范大学中文系教授,硕士研究生导师,古代散文正是志学所专。我们迅速邀约了一群学界同仁分工来撰写《经史百家杂钞今注》。我们的今注遵循三条原则:一是统一体例,追求精要雅正;二是不求应注皆注,但要力求已注不谬;三是尽量取多种版本对勘,尽力免除单一版本可能出现的讹误。其着眼点在于,既有利于专门的教学和研究,又有利于一般的阅读和借鉴,同时,也避免篇幅过于浩繁,导致翻阅和收藏不便。大家分头用功,由春及夏乃成。宪光审订了大部分注释稿,我也审订了一部分,并将负责付印以前的全部校订。我们希望达到主观愿望与客观效果统一的目标。但限于个人学识水平总有一定局限,加之注释又出自众手,虽经反复审校,仍难免存在不尽人意处。凡所不足,欢迎批评。

《经史百家杂钞今注》能顺利出版,得力于西南师范大学出版社和重庆市文联的支持,我们向它们致以谢意。我们的感谢还要送给西南师范大学图书馆、重庆教育学院图书馆和西南师范大学中文系资料室,送给所有关心和促成此事的朋友。没有他们倾心倾力相扶相赞,我们这批人再有好的构想,要如愿也难。惟其如此,我们把此书视为共同劳作的一个成果。

重庆两路口八音楼

1995 年 6 月 15 日

五

序

跋

放歌在一个多层次年代

——序为《凌文远自选集》而作

身为官员,行政之余还雅好写诗,向来不乏其人,但诗写得情深意远的难得一遇,凌文远是这难得一遇者中的一个。

号称诗人,年逾古稀仍情钟缪斯,向来不乏其人,但诗写得韵足味永的难得一遇,凌文远是这难得一遇者中的一个。

一个人,在这两个难得一遇中占住一个,生命的价值便如珠玉了。凌文远却是非唯兼而有之,抑且做到了视接今古,体备新旧,新诗自成一格,旧诗游刃有余,置身于当代中国诗人之列,称得上卓尔不凡。

如今,当他年届耄期的时候,他从自己八十年代以来所作新诗当中精选出六十六首,分类纳入"我的故乡有一条长长的小河"、"最是草长莺飞时"、"我见青山多妩媚"和"生死富贵之外"四辑,合而编成《凌文远自选集》。错承厚爱,我有幸先读其稿,反复品味达一个多月。读其诗如晤其人,知其人更重其诗,历年积成的诗翁形象愈益清晰,一位清癯的鹤发长者若在座前,正握住我的手,缠绵地倾诉他那不老的情怀。

正像一些论者早已指出的那样,乡情和海思,构成凌文远诗的主旋律。这样一个主旋律,就回荡在自选集的前两辑,悠扬婉转,扣人心扉。行板如歌,出自胸臆:"她从远岛为我捎回沸腾了的乡情/我为她把海思的琴弦细细地捻拨"(《我的故乡有一条长长的小河》)。"乡情,终于已悄悄地捞起大海的归程/海思,正在无休止地浓缩别后的岁月"(《在绿蒙蒙的雨丝中起步》)。一声声,一曲曲,无不潜蕴着手足至情和民族大义,足以跨越时空,将诗人的赤子之心与海峡那边和环球各地同根共源的赤子之心连接起来,由同声相应而同气相求。

诗人的乡情根基于故土,而又不限于狭义的故乡,不限于一己的情愫。他一唱三叹的,除了"拴住我的心也拴住梦的行脚"的故乡那条小河,除了"长期共祖国的大地相互依存"的故乡那些丹桔,还有玉垒的白云,峨眉的香火,乌江渡的碑林,黄果树的瀑布,洞庭君山的一湖春水,泉州城下的历史欢会……总之,他行踪所至或诗思所至感触的物或事,都拿来作象征。这样的乡情,乃是沟通整个中华的万乡之情,众人之情,除了属于他自己,还属于一切爱我中华的人。所以他讴歌道:"以乡情,以友情,以诗情/以璀璨,以欢呼/以中国的传统方式/以中国历史的高度/给她们做过多少次记录"(《黄果树瀑布》)。诗人的自我融进了"她们"。无尽的海思寄寓于其间,使他相信"与黄河一样的肤色/共长城一样的崔巍/从故里捎回的一筐泥土/在她们的心中/也在我的心中/隔海,竟育成一株永远开不败的花卉"(《不折的藤蔓》)。乡情与海思一而二又二而一,兴寄所在是民族的和睦和祖国的统一,诗歌主旋律同时代主旋律就会聚在当代中国的这个历史聚焦点上。

不仅如此。凌文远身在中国西南一隅,他的目光却投向世界,因而他的海思还是四海之思。自选集的第三辑选入了三十首诗,都是他历年来与居住在欧、美、日的华人诗人和外国诗人的酬唱之作。他和他们"方寸间,原来就没有半个厘米的距离","更何况我们有幸生活在同一个世纪/具有同一的肤色,O型的万能血液"(《我见青山多妩媚》);"跨海,是以难忘我清商父老情"(《多梦的五湖秋水》)。他同他们"昨天,共一群寻找唐梦的女人/放歌在一个多层次的八十年代"(《素菜》),为的是"把历史的反思/移作力的支点"(《丽江行》),"用同一代人的期待与回顾/为未来撰写一篇开拓型的小序"(《新书架上的本土性》)。尽管诗人在浩然兴叹"乡情,友情,诗情/于今,我,垂垂老矣",他依旧壮心不已,憧憬"穿越诗筑的林间小道/还当为挺帅、挺帅的友谊/绕地球西部,再走一程"(《圣诞卡》)。毫无疑问,这是爱我中华的传统意识和放眼世界的时代精神的充实延伸,使他的诗歌主旋律更具二十世纪八十年代、九十年代的开放色彩。

　　第四辑所收的九首诗则另是一类题材,表现了凌文远作为一个早年投身于人民的解放事业,长期官由百里侯做到太守,而又半个多世纪与诗结缘的仁者和智者,垂暮之年对社会、对历史、对人生的再思索。对他故乡(江津)的魁星楼和城隍庙,他责难过去"殿上的阎罗/殿角的夜叉/这能不同孔丘的神道设教联系起来吗?"他审视现在"崇高的楼群,和楼群在太阳下闪光的鳞瓦/跑步前进的,不都还是从你们的起点出发"(《生死富贵之外》)。探视陈独秀墓碑,他又贯通过去、现在和未来,吟哦"又一个信息,从商品生产的基地起飞/这比当年最完美的工作报告还要完美/让目光同大海在地球五分之三的平面上奔驰/商品的流通规律将使他和他的同辈更加惭愧"(《城市和乡村交替的零点》)。而在石门烈士墓园,他则想到了"横亘在赤水河谷的情思/残留在大娄山脉的足迹",寄意"用乡情和一个又一个的信念把它们浓缩在一起/应当从九百六十万平方公里上隆起一条伟岸的背脊"(《石门之春悼力谋》)。如果说前三辑诗中已经时见哲理的闪烁,那么,这一辑就更强烈了。其所以然,是由于他追求的是"所以存真,所以温故"(《鹃也呼唤,鸠也呼唤》)。

　　读着这些诗,我感到,凌文远受中国传统文化的熏陶太深了。倘若求本源,似乎主要不是孔门儒家所代表的黄河流域文化,而是屈原、庄周所开启的长江流域文化,乃至尔后汉魏、唐宋的流绪新风。这不但体现在他的诗里多次引入屈原所爱的丹桔,庄周所托的梦蝶,而且,尤其反映在精神的承传。诸如爱国情结的执著深沉,人生理想的闳博高远,审美情趣的浪漫灵动之类,在屈原、庄周那里原本形异实近,后人承继全凭取舍,而凌文远所取多在积极方面。乡情与海思,以及他那浸润哲理的旷逸胸怀,精神的内核都在"哀民生"和"为美政",尽管已经不是固有意义的"哀"和"为",而是一种现时代的道德使命,一种跨时空的意象追求。

这样的承续也反映在审美取向上。屈原的骚体诗比之于其先的《诗经》模式，显然更具自由形态，影响后世直至于"五四"以降的中国新诗。凌文远人乎其间而又出乎其外，他的诗多取赋体形式，俨然形成一个特点。在这本自选集里，只要读过了《丹桔》、《你也走吧，姑姑》、《金佛山搜奇记》等诗，便可以发现这是诗人的一个自觉选择，为的是尽量舒卷自如地宣泄主体感受，拓展抒情空间。将抒情与述怀、叙事与状人浑然融为一体的《小班比之歌》极具代表性。其最后两句"也许人们怀乡和思亲的善良愿望会化作一只无名的大雁/总有一天定会展垂天之翼自由自在地飞翔在海峡的两边"，既可以看作是这一首特定的诗的寄意所在，又无妨借来作为诗人对他的形式选择所作出的美学诠释。

但这并不是凌文远诗的唯一艺术求索。魏晋抒情小品、唐宋诗词，乃至于西方近现代诗歌之长，他都善于拿来为我所用。如果说，《关门情》、《啊！碑林》那样的重沓反复即以《诗经》为滥觞，那么，《新月共芳邻》、《爱上层楼》简直就从词曲脱化而来，《不折的藤蔓》中"剩多少揪心的话儿/胜似溅满洞庭倒泻君山的一湖春水"两句，则令人立即联想到"问君能有几多愁，恰似一江春水向东流"那样的千古名句，直欲拍案叫绝。毫无疑义，这也是独具性灵的比喻；足堪与之颉颃的"生命从来就像一条流畅的小溪/小溪里流淌着无数的花晨月夕"（《书付玉垒上空的白云》），"有人在欢呼这一次特别列车快到终点/因为它已经把空间累死在时间的面前"（《故乡明月在》）等比喻尤其虚实相生，别出心裁。这一切，再加上谐调的韵步，齐整的句式，以及他那特殊的长句，都使他的诗荡漾着一种专属于凌文远的意象美、格律美和形态美。即便少量诗遽难解悟，单是欣赏美，也足以令人心旷神怡了。

诗艺造于此境，对于凌文远来说，是他钟情于斯六十余年的一大收获。特别是新时期以来，离开公务一线，他更加有意识地置身于十二亿中国人民的宏大序列之间，以继承和发扬中华民族五千年优秀文化传统为己任，以接通传统与现代、接通此岸与彼岸为己任，词宣乎心，忧乐其中,走出了一条超凡脱俗的诗路。以诗寄情,以诗结友,他的诗友广及于华人世界,在北美、西欧、东亚、南亚不少国家文化艺术界也产生了一定影响,一些作品已被译成多种外文。在国内,他的诗作也常发表在国家级和省、市级文学期刊上,敬之重之者,在老、中、青中都不乏其人。

但相比之下,凌文远在国内诗坛既有的声誉地位,似乎与他的成就和贡献还不怎么匹配。原因何在? 或许首先是因为,二十世纪八十年代、九十年代的中国和世界都是多层次的结构,放歌其间,他所持重的那个层次,在海峡那边和海外别处比之国内更引人关注,以至生出悖相反差。其次,这个年代里,中国新诗也是多层次交混,他的诗作不附时流,连有些颇具朦胧味的诗也属传统式的朦胧,因而时秀未必相许。第三,他个人的人格修养、特征,在于胸怀旷远,情致缠绵一路,于名于利既无争无求,遭逢忽视则势所难免。然而这是不公道的,所以我祈盼,出版《凌文远自选集》有助于改变这一状况。

1995 年 5 月于重庆两路口八音楼

竹枝词——根植三峡的文学奇葩

(《中国三峡竹枝词》*序言)

竹枝词原名竹枝,又称为竹歌、竹枝曲、竹枝歌。它由一种肇自中古的民歌,因缘文人仿作导扬,逐渐演生成为一种独具一格、独树一帜的诗式,历唐、宋、元、明、清以迄近、现代而一直传袭不衰,甚至远播海外华人世界,置诸同类文学现象,可谓无出其右。溯其源而竟其流,宏其旨而扬其波,无疑是一件有意义的事。

一

竹枝词究竟起源于何时,起源于何地? 前贤时彦已多有发明。

王文诰《苏诗编注集成》中《竹枝歌》注有云:"(竹枝词)自唐以前已有之,故方密之以为起于晋也。"方密之即方以智,为"明季四公子"之一,是明末清初一位著名的思想家和学问家。其"起于晋"之说虽已失考,但提供了一条线索。任半塘《声诗格调·竹枝考》即说:"自《词律》起,为《竹枝》立一别名,曰《巴渝辞》,未详来历。据《通典》一四六,《巴歈》为六朝清商乐曲之一,中唐犹传……谈《竹枝》之出于乐府者,曰晋、曰齐梁,种因岂即在所谓'巴歈'欤?"尽管只是探询,未遽作定论,毕竟理出了"六朝清商乐曲"这个源头。而向之《巴歈》,原本巴渝民歌的共名,并非专曲专名。许学夷《诗源辩体》指出,"梦得七言绝有《竹枝词》,其源出

* 《中国三峡竹枝词》由重庆出版社于2005年4月出版。

五
序
跋

于六朝《子夜》等歌"，提示二者之间存在着源流传承关系。黄庭坚作为北宋时期推重和传习竹枝词的代表者之一，将竹枝词尊为"齐梁乐府之将帅"，当有他的实际依据。只不过由于年代久远，的论难求，如今已难判定竹枝词究竟是"起于晋"还是出于齐梁罢了。

已有广泛共识的是，至迟在盛唐以前，民歌竹枝词便流传开来了。白居易在《听芦管》诗里写道："幽咽新芦管，凄凉古竹枝。"他既然以"古"相称，就表明了竹枝词起源时间距他较远，起码也在隋唐代兴交替之际。冯贽《云仙杂记》就有记载："张旭醉后唱竹枝曲，反复必至九回乃止。"张旭其人以草书闻名，开元年间与李白诗歌、裴旻剑舞并称"三绝"，尤以嗜酒，每醉辄书号称"张颠"。他不仅"醉后唱竹枝曲"，而且还"反复必至九回"，更说明了开元年间竹枝词已由民间传入雅肆，而为文人雅士所青睐，既会唱又爱唱。李涉《李独携酒见访》诗谓"老夫昔逐巴江岸，唱得竹枝肠欲断"，王周《再经秭归》诗谓"独有凄清难改处，月明闻唱竹枝歌"，张籍《送枝江刘明府》诗谓"向南渐渐云山好，一路唯闻唱竹枝"，方干《蜀中》诗谓"闲来却伴巴儿醉，豆蔻花边唱竹枝"，无不反映中、晚唐时期竹枝词流行的面之广，层之深，倘若不是盛唐以前便已流传开来，这种状况是不可能出现的。

由之不难得出结论，民歌竹枝词起源时间的上限，有可能追溯到距今1600多年的两晋南北朝时期，而其下限，肯定是在距今1300多年的盛唐以前。倘若叩其两端取其中，说是竹枝词的起源时间大约距今1500年，容当不失于妄。

至于起源地域，一般都采信郭茂倩《乐府诗集》的说法，即"竹枝词本出于巴渝"。紧接此语之后，他还有所诠释："唐贞元中，刘禹锡在沅湘，以里歌鄙陋，乃依骚人《九歌》，作《竹枝》新词九章，教里中儿歌之，由是盛于贞元、元和之间。禹锡曰：'竹枝巴歈，巴儿联唱，吹短笛、击鼓以赴节。歌者扬袂睢舞，其音协黄钟羽，末如吴声，含思宛转，有淇澳之艳。'"其中除"沅湘"在荆楚，非属巴渝，与论见不合而外，似乎无可怀疑。但按诸历史地理和文化渊源,"出于巴渝"说并不太缜密。

从历史地理看,盛唐以前的巴渝疆界时有变迁,不十分确定。秦置巴郡姑且不论,东汉兴平元年(194)刘璋将其分为三郡,置巴郡(治今四川南充,后改称巴西郡)、永宁郡(治今重庆渝中,后改称巴郡)、固陵郡(治今重庆云阳县故陵镇,后改称巴东郡),是为"三巴"。"三巴"之地包含了近代川东、川北绝大多数地方,却未及巫山以至宜昌一带,与刘禹锡倡扬竹枝词的地区不甚契合。三国时期,蜀汉建兴八年(230),蜀之巴东郡领永安(今重庆奉节)、朐忍(今重庆云阳)、汉丰(今重庆开县)、羊渠(今重庆万州)、南浦(今湖北利川)、北井(今重庆巫溪)六县;永安三年(260)吴又分宜都郡(治今湖北宜昌)置建平郡,治在秭归,巫县(今重庆巫山)属之。巴东郡属益州管辖,建平郡属荆州管辖,未便统以巴渝目之。尔后历经魏、晋、宋、齐、梁、西魏、北周统治,上述地区领属关系更迭频繁,但巴郡、涪陵郡、巴东郡、建平郡四郡并置的大体格局基本未变。隋开皇元年(581),始将楚州改称渝州,领巴、江津、涪陵三县,是为"渝"作为地名得名之始。唐代设道,凡四变后至上元元年(760)渝州属剑南东川道,涪、忠、万、夔、归、峡等州属荆南道,归州(今湖北秭归)以下地方无论如何纳不入巴渝范围。

从文化渊源看,上古时期巴文化与楚文化的亲和性超过与蜀文化的亲和性,三峡地区就是二者相互影响和融合的结合部。沅湘巫风淫祀盛行,巫山上下也一样,屈原辞、宋玉赋和《山海经》里不少神话传说都赖之以产生,民俗民风浸淫深远。东晋年间,蜀人常璩撰《华阳国志·巴志》便指出:"江州(今重庆渝中)以东,滨江山险,其人半楚,姿态敦重。垫江(今重庆合川)以西,土地平敞,精敏轻疾。上下殊俗,情性小同。"如沅湘民众一样,三峡地区的民众自古也好巫风淫祀,所以郭茂倩会张冠李戴。如刘禹锡《阳山庙观赛神》诗中所状,"日落风生庙门外,几人连踏竹歌还",正是三峡上下巴、楚民众千百年来所共有的迎神赛会风俗之一。《水经注》记:"江水又东,巫溪水注之。又经琵琶峡。"其本志云:"琵琶峰下女子皆善吹笛。嫁时，群女子治具，吹笛，唱竹枝词送之。"巫溪水即大宁河，为三峡内长江最大支流，婚嫁唱竹枝流风亦久远。《夔州府志》记开县民俗："渔樵耕牧，好唱竹枝歌。"《太平寰宇记》记万州民俗："正月七日，乡市士女渡江南娥媚碛上，作鸡子卜，击小鼓，唱竹枝歌。"开县和万州都在夔州以上峡江范围内。离开了峡山峡水，"渔樵耕牧"无所依附，渡江踏碛尤失依据，因此，竹枝词合当是三峡地区山水文化的一种人文产物。

这从民歌竹枝词的最早一批推重者的传世文字中可得到佐证。刘禹锡的《竹枝词序》写得明白："岁正月，余来建平，里中儿联歌竹枝，吹短笛，击鼓以赴节。"又说："昔屈原居沅湘间，其民迎神，词多鄙陋，乃为作《九歌》，至于今荆楚鼓舞之。故余亦作《竹枝词》九篇，俾善歌者扬之，附于末。后之聆巴歈，知变风之自焉。"所谓"建平"何所指已见前述，当时的夔州所领四县包括巫山（余为奉节、云安、大昌），正为昔日建平郡属。他将自己的《竹枝词》九篇径与屈原的《九歌》联系起来，宣示意在"后之聆巴歈，知变风之自焉"，无异于透露一个信息，好比在说竹枝词作为巴渝民歌一大品种，它的渊源可以上溯战国时期沅湘民歌，二者关系深长。其所作词中"楚水巴山江雨多，巴人能唱本乡歌"，分明是将巴、楚连在一起的，而跳离三峡，"楚水巴山"就无所附丽。白居易作《竹枝词四首》，也有"蛮儿巴女齐声唱"之句；"蛮儿"向来是指"荆蛮"，足见不能少了荆楚。其后苏轼在忠州（今重庆忠县）作《竹枝歌》，序起始即谓："竹枝歌本楚声，幽怨恻怛，若有所深悲者。"他身为蜀人，当比刘禹锡更能分辨方音。浑言"楚声"，一则盖因三峡地区在战国时期大多属楚，二则说明三峡上下巴、楚民众都唱竹枝词。苏辙同在忠州作《竹枝歌》，亦有"舟行千里不至楚，忽闻竹枝皆楚语"之句，足见当时三峡上下方音近楚，略异于蜀。正是基于此，朱熹曾经说过："竹枝词，巴渝之遗音，惟峡人善唱。"所谓"峡人"，理当包括三峡上下的巴人和楚人。

十分明显，"竹枝词本出于巴渝"一说既过于宽泛，又有所偏失。应该加以校正,认定竹枝词起源于三峡。这里的三峡,不局限于上起白帝城,下迄南津关的长江三峡,即瞿塘峡、巫峡、西陵峡,以及峡谷两岸的今重庆市所属奉节县、巫山县,湖北省所属恩施土家族苗族自治州的巴东县,宜昌市的秭归县、宜昌县和宜昌市区,而是还因历史地理和文化渊源有所延伸。重庆市境内,上延至唐代涪州,即今涪陵区,沿江顺次包括今丰都、忠县、石柱、万州、云阳等区、县,以及大宁河上的巫溪县,相当于通常所谓"峡江"地带。湖北省境内,向北延伸到凭香溪与秭归县相连,并且同属宜昌市的兴山县,向南延伸到远古为巴人发祥地,长期盛行竹枝词,今为宜昌市西部属县的长阳县和五峰县(通在宜昌市区以西)。这样一个泛三峡地区,历来都未全属巴渝,却与竹枝词起源的实际十分契合。

二

　　鲁迅曾经在《且介亭杂文·门外文谈》中谈到过:"唐朝的《竹枝词》和《柳枝词》之类,原都是无名氏的创作,经文人的采录和润色之后,留传下来的。"考诸竹枝词流变实迹,民歌竹枝词的确"原都是无名氏的创作",但"留传下来的"并非"经文人的采录和润色"的原生态民歌,而是凭文人的借鉴和仿作,逐渐自成一格、自树一帜的文人竹枝词。

　　这样一种演变过程,有其深重的社会历史原因和文化生成原因。自汉末群雄逐鹿,三国纷争以来,三峡地区便成了兵家必争之地,连年战乱不已,导致土著居民大量流徙死亡,人口锐减到"十不遗二"的凋零地步(《晋书·殷仲堪传》)。据《宋书·州郡志》记载,至刘宋大明八年(464),整个川东人口只剩4000余户,近20000人。在峡江一带,土著汉人原本与巴人杂居共处,两晋以降又加入了流徙而来的氐人和僚人,生产和生活都异常艰难。民生忧怨,发而为歌,自然形成"巴童巫女竹枝歌,懊恼何人怨咽多"(白居易《听竹枝赠李侍御》)的主格调。而且,"蜀麻久不来,吴盐拥荆门"(杜甫《客居》),人流混杂,交往频繁,俚辞土语、楚音吴声相互浸透,交织其中。但仅限于民间传习,不见载于籍。直至唐代,以地属蛮荒,涪、忠、万、夔都成了官员谪审之地。再加上另外一些文人,或因流寓,或因旅次,终于有机缘闻而惊喜,爱而发扬,由推重而借鉴,由借鉴而仿作,于是产生了文人竹枝词。无论谪窜、流寓或旅次,那些文人在三峡地区都是过境性的,但他们的过境终促成了民歌竹枝词向文人竹枝词的转化和升华,堪称一种非常值得引重的过境文化现象。

唐代文人中,谁是竹枝词最早的借鉴、仿作者?翁方纲《石洲诗话》说:"杜公虽无竹枝,而《夔州歌》之类,即其开端。"他这一看法,或许归本于黄庭坚《跋刘梦得〈竹枝歌〉》所言"刘梦得《竹枝歌》九章……比之杜子美《夔州歌》,所谓同工而异曲也"。按杜甫《夔州歌》十首,乃创作于他在永泰元年(765)六月至大历三年(768)正月流寓夔州期间。"万里巴渝曲,三年实饱闻"(《暮春题瀼西新赁草屋五首》之二),杜甫"饱闻"过包罗竹枝词在内的"巴渝曲",并着意从中吸取营养,当无疑义。但十首当中,仅第一首"中巴之东巴东山"全用平声,第五首"瀼东瀼西一万家,江北江南春冬花"连用四平声、五平声,与竹枝词不拘平仄相近似,方之于整体,实属拗体绝句。任半塘《声诗格调·竹枝考》即已指出,区分绝句与竹枝词的显著特征应在声乐方面。竹枝词的最大特点是多用拗体,而绝句大多格律严整,对仗工稳。杜、刘"二者所同,惟状风土二三首而已。杜作偏怀古,刘作重民情。杜作徒诗,非《九歌》比;刘作以应声乐舞容,虽同多拗格,亦各因其由"。因此只能说,杜甫《夔州歌》只是借鉴了民歌竹枝词的一些特征,诸如多用比兴手法,语辞明白清新,注意吟咏风情之类,可以视为文人竹枝词的滥觞,却还不是有意仿作。事实上,早在到夔州之前,杜甫写《奉寄李十五秘书文嶷二首》的时候,即已有"竹枝歌未好,画舸莫迟回"的诗句,说明他是知道竹枝词的。知而不标名,就表明了他犹自无意仿作竹枝词。

杜甫之后约20年,顾况作了一首《竹枝曲》,为历代文人第一个以"竹枝"标题自己的诗篇。其诗写道:"帝子苍梧不复归,洞庭叶下荆云飞。巴人夜唱竹枝后,肠断晓猿声渐稀。"尚无资料提示,他曾亲历三峡。然而诗中地涉荆巴,典涉《九歌》,状写"竹枝"的"夜唱"和"肠断"诸特点,与后来白居易、刘禹锡等人的体验和把握并无二致,开先河之作已得其要蕴。只不过用词雅,用典多,声韵合律,还保留着较重的绝句痕迹。

顾况之后约50年,白居易于元和十三年(818)被贬谪到忠州任刺史,次年至任。履任途中,写出《竹枝词》四首,其第四首有"怪来调苦缘词苦,多是通州司马诗"之句。瞿蜕园《刘禹锡集笺证》指出:"居易以元和十四年至忠州,禹锡时犹在连州,距其履夔州任尚早三年。"又说:"通州司马谓元稹,稹之为竹枝词盖又先于居易。"通州即今四川达州,元稹的竹枝词已失传,但当时白居易必然是耳熟能详,灵犀相通。白居易不但能写,还会唱,"元白"并称的元稹想来也如是。他俩写竹枝词、唱竹枝词早于刘禹锡三年或者更多,为开创文人竹枝词的诗式和诗风功不可没。

尽管如此,文人竹枝词的首事之功,历来学界绝大多数意见还是归之刘禹锡。那不仅因为,他的两组共十一首竹枝词几乎首首珠圆玉润,脍炙人口,特别引人注目,耐人品味,而且尤因多赖他对民歌竹枝词的发掘和考察,定其音律,析其起毕,比同古艳,类喻《九歌》,才导引出了走向文人竹枝词的诗歌潮流。他由于积极参与王叔文的政治革新,失败遭贬,谪处边远荒州,即所谓"巴山楚水凄凉地,二十三年弃置身"(《酬乐天扬州初逢席上见赠》)。诗人感山水之灵气,受民风之浸染,一直重视学习民歌。《刘宾客集》中现存两卷乐府诗,便记录着他学习的成果。其间尤以长庆二年至四年(822—824)担任夔州刺史期间,亲履"建平"故里,经过实地考察和体悟,对民歌竹枝词诸般特点所作出的理论诉求,以及有意识地踵武屈原创作《九歌》的创新精神,把借鉴、仿作竹枝词推到了极致最为可贵。他的《竹枝词序》所述,在中国文学发展史上,第一次准确而完整地指明了竹枝词的主要特征,迄今仍为鉴赏、品评和创作竹枝词的学理指南。他的竹枝词作品,早就被后之来者推为极品,如黄庭坚《跋刘梦得〈竹枝歌〉》所誉的那样"词意高妙,元和间诚可以独步,道风俗而不俚,追古昔而不愧"。黄庭坚还引了苏轼的赞语,谓为"此奔轶

203

绝尘,不可追也"。苏、黄的话,道出了历代倾倒刘禹锡《竹枝词》的人们共同的感受和认知。完全可以进一步说,刘禹锡在创作实践和理论推介两个方面都树立了高标,其开拓之功无人能及。

文人竹枝词源于民歌竹枝词,至中唐而兴盛。从开初的涓涓细流发展成后来的滔滔洪波,得力于顾况、元稹、白居易、刘禹锡等人50年间的开渠导流和推波助澜,尤数刘禹锡居功至伟。诚如胡震亨在《唐音癸签》中说的那样:"后元和中,刘禹锡谪其地,为新词,更盛行焉。"假若缺失了这种开拓,原生态的民歌竹枝词即便流传开去,也难有如斯辉煌。

三

原生态的民歌竹枝词究竟具有怎样的基本特征? 由于载籍失传,只能从中、晚唐文人的相关论述和仿作,以及语涉竹枝词的诗文文本进行寻绎。

刘禹锡在《竹枝词序》中说:"岁正月,余来建平,里中儿联歌竹枝,吹短笛,击鼓以赴节。歌者扬袂睢舞,以曲多为贤。聆其音,中黄钟之羽,卒章激讦如吴声,虽伧伫不可分,有淇澳之艳音。"旁参他本人以及其他人的竹枝词,乃至别的相关诗文,可以了解民歌竹枝词的基本特征。

第一,同所有民歌一样,民歌竹枝词也是歌、舞、乐三位一体的。在三峡地区,几乎所有的渔樵耕牧、男女老少都会随口歌唱,通为野唱。野唱又分三种形式。一为集体齐唱,即"联歌"。这种形式多用在迎神赛会、祭祀婚嫁等活动中,配合着悠扬的笛声和富有节奏的鼓点,踏步为节,载歌载舞。歌舞者手中或执竹枝,以助兴合乐,谁唱的歌曲最多谁就最为风光。刘禹锡《阳山庙观赛神》诗中所写:"荆巫脉脉传神语,野老娑娑启醉颜。日落风生庙门外,几人连踏竹歌还。""野老娑娑"和"几人连踏"都是集体歌舞的生动写照。《夔州府志》载当地"风俗皆重田神,春则刻木虔祈,冬则用牲报赛,邪巫击鼓以为淫祀,男女皆唱竹枝歌",更将其俗其行、其情其景勾勒得如在目前。二为个别讴歌,如于鹄《巴女谣》的"巴女骑牛唱竹枝",方干《蜀中》的"豆蔻花边唱竹枝",就属这一类。

三为吟唱与和声伴唱相结合,以壮声情和气势。歌唱者将竹枝歌词按照前四后三的句中音顿分作两段,前四字后插入衬词"竹枝",后三字后缀上衬词"女儿",用和声进行伴唱,如皇甫松仿作的《竹枝词》中,"芙蓉并蒂(竹枝)一心连(女儿),花侵槅子(竹枝)眼应穿(女儿)"即为其文字表现范式。《词谱》说:"所注'竹枝''女儿','枝'、'儿'叶韵,乃歌时群相随和之声,犹《采莲》之有'举棹'、'年少'也。"所谓"卒章激讦如吴声",或许就与此相关。

值得一提的是,植根三峡民间的这样一簇山野奇葩,在文人竞相仿作以前,即已初移入雅肆,奉若"盆景"。开元年间"张旭醉后唱竹枝曲",便是入朝市的显例。孟郊《教坊歌儿》诗谓:"去车西京寺,众伶集讲筵。能嘶竹枝词,供养绳床禅。"张籍《江南行》诗谓:"娼楼两岸临水栅,夜唱竹枝留北客。"证明在中唐以前,竹枝词即已竞染教坊、歌楼,为梨园弟子所唱,为华筵歌伎所唱,衍为一种流行艳音。善唱竹枝词的女伎,当时还有一个专门的称呼,叫作"竹枝娘"。袁郊在《甘泽谣》中,甚至记有"大历末(778—779年)洛阳惠林僧"叫圆观的,如何"梵学之外,音律贯通",也善"唱竹枝"。相对于野唱,这一类文士、乐伎、僧人之唱当属雅唱(任半塘称"精唱"),乐奏配调、用器都趋向于雅了。白居易《听芦管》诗谓:"调为高多切,声缘小乍迟。粗豪嫌觱篥,细妙胜参差。"李商隐《河阳诗》谓:"绿绣笙囊不见人,一口红霞夜深嚼。""楚丝微觉竹枝高,半曲新辞写绵纸。"无不透露出消息,中、晚唐的雅唱场合中,不但曲调更富变化,而且主乐用丝弦,伴奏用笙、觱,不复限于笛、鼓。不过,歌、舞、乐三位一体,并没有改易。

第二,民歌竹枝词作为一种声诗,一种"本乡歌",其内容既像其他民歌一样以表现情爱为主,又有兼咏风土民情、风俗习惯的鲜明地域特色。刘禹锡谓之"含思宛转,有淇濮之艳音",主要着眼于前一方面;又将其与沅湘旧俗联系起来,谓之"其民迎神,词多鄙陋",则是更多地有悟于后者。所谓"淇濮"又作"淇澳",盖指春秋时期卫国的民歌(卫有淇、濮二水），亦即《诗经》里的《卫风》(其第一首即为《淇澳》)，向来以多写男女情爱，并且风味浓艳见称。刘作《杨枝词二首》，其第二首所云："巫峡巫山杨柳多，朝云暮雨远相和。因想阳台无限事，为君回唱竹枝歌。""阳台无限事"指楚王与神女欢会故事，其艳其烈千古流传，足见"为君回唱"的竹枝歌多是咏唱男女情爱的。而且所唱多在月下，如王周《再经秭归》所谓"独有凄清难改处，月明闻唱竹枝歌"，蒋吉《闻唱竹枝》所谓"巡堤听唱竹枝辞，正是月高风静时"，相类的记载为数不少。月下唱竹枝本身便蕴含着一种民俗，我国古代媒妁称"月老"，一些民族每年还有"跳月"之会，纵任未婚男女聚集月下，歌舞求偶，于月下唱竹枝正适合于男女风情。此外如谈婚论嫁，祀巫祭鬼，赛会迎神，踏碛竞舟，无不是竹枝传情达意之常，前已引述，兹不列举。

值得注意的是，民歌竹枝词表达情爱主题，多以女性第一人称作为抒情主人公。最有名的例据，莫如刘禹锡《竹枝词九首》所写的"花红易衰似郎意，水流无限似侬愁"。"侬"指女性自己，"郎"指男性对方，突出女性主体角色，用兴用比抒情更显真挚感人。这样的表现方式，与南朝乐府民歌如"吴声歌"、"西曲歌"里的情歌十之七八出自女子之口，而且"侬"、"郎"对举如出一辙，算得上一种共性。但竹枝词仍有其个性，就是女性成为抒情自述主体，另有深层的地域历史文化原因。举其大者，一是三峡地区自古巫风盛行，巫（女性）与觋（男性）贯通天人，巫在巫术仪式中比觋更多地充当歌舞主角，日积月累泛及其他。二是三峡地区素来穷荒，多年战乱，男子多外出行船贩盐，女子成为生产、生活的主角，女子对艰涩、离乱感受更深，对性爱、情恋追求更挚，因而为其苦索、怨责之歌多出女子之口，染习传衍千百年，时迄于今的三峡情歌，依然凸显这一特点。

第三，与内容相应，民歌竹枝词乐曲的基调为表现"苦怨"。白居易所谓"怪来调苦缘辞苦"，一语中的，提示出个中消息。刘禹锡与之一样通晓音律，故尔按习竹枝之声，能够辨入黄钟羽。黄钟羽属古乐二十八调之一,俗称般涉调,按周德清《中原音韵》的声情定位,其特色是"拾掇坑堑"。这四个字说得浅白点,就是低回宛转折入激扬悲切的意思,刘禹锡所谓"含思宛转"和"卒章激讦",既得其精义,又点出唱法。当时的竹枝词颇宜于多片联唱,始而回旋舒缓,终则由高昂归于低抑,形成崎崛起伏、铿锵顿挫之势。白居易在其《竹枝词四首》之四中,写有"前声断咽后声迟"一句,"断"指哽塞,"咽"指悲切,"迟"指阻滞缓慢,就与刘序所见略同。从顾况《竹枝曲》"巴人夜唱竹枝后,肠断晓猿声渐稀"起,无论是白居易《竹枝词》的"竹枝苦怨怨何人? 夜静山空歇又闻",刘禹锡《堤上行》的"桃叶传情竹枝怨,水流无限月明多",还是李涉《竹枝词》的"孤舟一夜东归客,泣向东风忆建溪",刘商《秋夜听严绅巴童唱竹枝歌》的"天晴露白钟漏迟,泪痕满面看竹枝",无一不是在演绎这个基调。

　　至于说"伧儜不可分"一语,在刘序中尽管接在"卒章激讦如吴声"之后,却是作者本人对于当时三峡地区方音的直觉,并非如某些研究者所言,也属基调因素之一。盖所谓"伧儜"形容语音粗重,"不可分"意在指听不大清楚。那是由于,唐代三峡的居民当中,既有土著的巴人、汉人,又有流入的氐人、僚人,混处共融过程中通用巴、楚方言土语。刘禹锡是中原人,虽然通晓音律,毕竟初来乍到,产生那样的直觉原本自然。在他以前过境巴渝的文人当中,王维《晓行巴峡》诗谓"人作殊方语",杜甫《秋野五首》诗谓"儿童解蛮语","殊方语"或"蛮语"即为他们的直觉,彼此感生一处,事出一理,丝毫不足为怪。称这种方言土语"词多鄙陋"说得过去,若与基调搅在一起,就难免剪不断理还乱了。

　　除开以上三大特征,从文体上看,民歌竹枝词也与六朝民歌不甚一样,无论是南朝民歌中的吴歌、西曲,还是北朝民歌中的横吹曲辞,绝大多数都是五言四句体,也有一些四言四句体、七言四句体和杂言多句体,个别如《西洲曲》的篇幅还较长。而竹枝词绝大多数却是七言四句体,二十八字三平韵,每句第四字后以及句尾都有衬词,用作和声唱。其初体如顾况《竹枝曲》:"帝子苍梧不复归(平韵),洞庭叶下荆云飞(叶),巴人夜唱竹枝后（句），肠断晓猿声渐稀（叶）。"接近盛唐早期辞。其常体如刘禹锡《竹枝词》："山桃红花满上头（平韵），蜀江春水拍山流（叶），花红易衰似郎意（句），水流无限似侬愁（叶）。"四句均平起，首句又四平相连，虽为文人仿作，最近民歌拗格。其间的衬词只是传写当中省去，若补齐，当如孙光宪《竹枝词》那样："门前春水（竹枝）白蘋花（女儿），岸上无人（竹枝）小艇斜（女儿）。商女经过（竹枝）江欲暮（女儿），散抛残食（竹枝）饲神鸦（女儿）。"其次为七言二句体，如皇甫松《竹枝》："木棉花尽（竹枝）荔支垂（女儿），千花万花（竹枝）待郎归（女儿）。"任半塘《竹枝考》认为："此因当时民歌之声而作，非对古乐府文字之拟作"。但《古今乐录》中载《女儿子》："巴东三峡猿鸣悲，夜鸣三声泪沾衣。"或为其本。再其次，唐以后文人的竹枝词作中，还出现了五言四句体（如宋代贺铸《变竹枝九首》）、七言五句体（如宋代周行己《竹枝歌五首》）和六言四句体（如明代朱诚泳《竹枝词》），或则民歌竹枝词原本就有，或则纯为后世文人的破格创新，如今考索失据，姑且视作变体。

四

起源三峡的民间竹枝词经由民间野唱，进至文人依声填词，再到文坛离乐徒诗，演变成为传遍中华的文人竹枝词，整个过程犹如涓流汇成江河。唐代先驱者们的仿作，从一开始就超越了对民歌的采录和润色，只是借鉴和吸取民歌竹枝词的艺术形式和艺术特征，直接进入了脱于原作、高于原作的创作层面。自兹以降的 1200 年间，大体经历了三个阶段：唐、宋两代为开创阶段，元、明两代为发展阶段，清代和民国时期为普泛阶段。

唐代文人的竹枝词，直接受孕于三峡地区民歌竹枝词，题材内容和形式风格都散发着民歌本体的浓郁气息，同时又融入了文人诗的色彩。《全唐诗》共载竹枝词 29 首，呈现出两个特点：一是基本上体现为在三峡写，或为三峡写；二是半数以上语涉儿女情爱，还有一些言及风土民情，体现出与民歌竹枝词一脉相承。但文人逞意寄怀，不可避免地注入身世之感,或者览物伤情,借古讽今,又是民歌所没有的。前者如刘禹锡词"长恨人心不如水,等闲平地起波澜",后者如李涉词"细腰争舞君沉醉,白日秦兵天上来",无不深蕴着愤懑和忧思。而这些,显然都吻合"苦怨"基调,堪称变中有所未变。文体上也是如此,多用七言四句,七言二句仅见于皇甫松的六首作品。其间顾况、白居易所作还像七言拗体绝句,刘禹锡所作就自由多了,平仄规律几乎无从规循了。语言亦颇接近民歌的本色,多用方言、土语、叠声词入诗,比兴、双关语之类也运用得灵活巧妙,清新自然、形象生动可以比肩。又比民歌更加讲究炼字、炼句、炼意,因而意蕴更加深长。这样的作品皆适合入乐,刘禹锡自序"余亦作《竹枝词》九篇,俾善歌者扬之",充满自觉和自信。其《别夔州官吏》诗谓:"惟有九歌词数首,里中留与赛蛮神。"即指所作可供民间赛神之用。晚唐诗人杜牧《见刘秀才与池州妓别》诗谓:"楚管能吹柳花怨,吴姬争唱竹枝歌。"方干《赠赵崇侍御》诗谓:"却教鹦鹉呼桃叶,便遣婵娟唱竹枝。"所唱竹枝中,除了民间文本,很可能也有文人的竹枝词。

宋承五代而兴,一些文人同样对竹枝词青睐有加,苏轼、苏辙、黄庭坚、范成大、杨万里五大家为其翘楚。值得注意的是,苏氏兄弟本为蜀人,他俩的《竹枝歌》均作于忠州;黄、范二人因贬谪、宦游来到三峡地区,所作《竹枝词》也与当地密切相关。这表明,当时三峡地区仍是竹枝词的创作中心和传播中心。黄庭坚《木兰花令》谓"黔中士女游晴昼……竹枝歌好移船就",又表明竹枝词继唐代之东传湘鄂,进而扩播到黔中。而杨万里的竹枝词分别作于今江西、江苏、安徽、浙江,更表明竹枝词已经传播到长江下游广大地区。他们五位留传至今的竹枝词共 61 首,加上贺铸、周行己等人所作,今存亦不足百首,尽管量少,却有鲜明的时代烙印。一是同样在关注风土民情,宋人更着重反映民生疾苦,揭露社会的不平等现象,如苏轼的"钓鱼长江江水深,耕田种麦畏狼虎",范成大的"东屯平田粳米软,不到贫人饭甑中",思想价值和社会意义都有过于唐人。二是在艺术表现风格上,宋人竹枝词有似宋诗,笔锋直露,议论甚多,如黄庭坚的"鬼门关外莫言远，五十三驿是皇州"，范成大的"城郭如村莫相笑，人家伐阅似渠稀"，不像唐人所作那样以形象、情韵见长。三是在"苦怨"的基调上，拓展出一些谐谑风趣之作，且是博采口语、民谚入诗，化俗为雅，寓雅于俗，寓庄于谐，为后世文人竹枝词开启了重要一脉，杨万里是其中的突出代表。如其《竹枝词》中的"知侬笠漏芒鞋破，须遣拖泥带水行"；《戏作竹歌二首》中的"谁为行媒教作赘，大姑山与小姑山"，都充溢着"诚斋体"的幽默、诙谐、自然、活泼的个体风格。四是在文体形式上，七言作习用四句体，弃用二句体，起到了文体定型作用。其间贺铸《变竹枝九首》全用五言四句，周行己《竹枝歌五首》全用七言五句，又是宋人张扬个体风格的一个表现，透出定中亦可有变。此外，与唐人所作一般押平声韵不大一样，宋人所作常押仄声韵，苏轼《竹枝歌》九首中有四首押仄声韵，苏辙《竹枝歌》九首中有五首押仄声韵，也说明了竹枝词有适合拓展的自由空间。尽管有这些同异之辨，但从纵向发展看，终究是唐、宋两代文人共同实现了竹枝词由民间向文坛的提升，而且竹枝词的主要代表作家和代表作品多在其列，起点非常高。

元代中华一统，竹枝词创作出现一次飞跃，作者之众、阶层之广、流布之远都堪称空前。元都在北京，宋褧、袁桷等翰林学士和马祖常、许有壬等朝廷高官竞相作竹枝词，首开北京竹枝词之风。虞集、王恽、刘肃、周巽、黄公望、陶孟恺等达官显要和文人学士相与唱和，东北至辽宁，西北至陕西，西南至四川，东南至潮汕，竹枝词无不热于一时。尤其是浙江杭州地区，自从杨维祯《西湖竹枝词九首》问世，名流布衣唱和迭从，蔚为大观。《西湖竹枝集》辑入 120 余家竹枝词作 184 首，徐野编续集又得 400 余首。其序云："前杨维祯多寓居湖上……从而和者数百家，虽妇人女子之作亦为收录……版行海内，而竹枝之词过于瞿塘、东吴远矣。"杨维祯俨若竹枝词班首，杭州因《西湖竹枝词》而取代了三峡地区的中心地位，盛况延及明、清。这其中，薛兰英、薛蕙英姐妹的《苏台竹枝词》卓然而出，成为女性竹枝词的开山之作。从总体上看，元人竹枝词宗尚唐人，题材内容和形式风格多复归于唐。写男女情爱,咏民俗风物,重新成为主要取向,杨维桢的"鹿头湖船报赦郎,船头不宿野鸳鸯",黄公望的"水仙祠前湖水深,岳王坟上有猿吟"即为其例。有的作品还联类及物,引出对于宇宙人生的感叹,如《苏台竹枝词》中的"月落西边有时出,水流东去几时还"。同时,与唐人相似,积极借鉴民歌的表现手法。如杨维桢《西湖竹枝词》谓:"湖口行云湖日阴,湖中断桥湖水深。楼船无柁是郎意,断桥无柱是侬心。"比兴手法和回环往复修辞都有民歌特点,末两句与刘禹锡的"花红易衰似郎意,水流无限似侬愁"尤为异曲同工。郑元祐《西湖竹枝词》谓:"孤山若有奢华日,不种梅花种杏花。"其中"梅"与"媒"谐音,"杏"与"信"谐音,双关语也用得如同信手拈来。甚至出家人作竹枝词,照样惯于拟女性角色口吻,如释良震《西湖竹枝词》的"郎去东征苦未归,妾去采桑长忍饥"。就这样,在元代未及百年期间,竹枝词的创作呈现了繁荣之势。

明代延续了元代的势头。从明初的宋濂、刘基、高启等开国功臣和著名文人,到继后直至明末的李东阳、何景明、杨慎、沈明臣、王世贞、屠隆、钟惺、胡应麟、袁宏道、何白、徐𤊶等大批文学家,都加入了创作竹枝词的行列。杭州依然为创作传播中心,参与者之众、新作品之多都不亚于元代,并且影响和带动周边地区,上海、南京、苏州、扬州、宁波、绍兴等地都群起追风。从全国范围看,山东、福建、云南、甘肃诸地也勃兴竹枝词。杨慎在川、滇所起的作用最大。从题材内容看,写男女情爱、民俗风物仍是主流,但逐步有所拓宽,出现了专题化的趋势,如李东阳《寿陈石斋母节妇竹枝九首》,沈明臣《西湖十二月竹枝词》,徐𤊶《西湖十景竹枝词》之类,皆如题所示专题专作;出现了摭拾旧闻,赋予新诠之作,如王逢《江边竹枝词》,尽取"里中山讴水调"而诉诸时见;还出现了因事怀旧的竹枝词,如胡应麟《兰江竹枝词十二首》。如此开拓,遗响及于清代,对竹枝词的普泛化有所促进。从形式风格看,明代竹枝词主要宗唐,但也掺入宋人议论入诗的色彩。如王思任《竹枝词》六首之一:"艳阳一窦淡中妆,红紫三春尽罢芳。乱去看春春看得,人间天上不空忙。"前两句取象,后两句发论,就表现得相当明显。在数千首明人之作中,独朱诚泳的《竹枝词》六言四句,变体也算一种创新性。凭着这样的实绩,趋向徒诗的文人竹枝词有了持续的繁荣,但明之于元算不上突破。

文人竹枝词的大突破、大发展、大繁荣产生于清代,民国年间仍未衰竭。清初文字狱迭起,把文人逼向精研国学,更多则是吟诗弄文,查慎行、孔尚仁、王士稹等文坛精英都热衷竹枝词。特别是孔尚仁和王士稹功劳最大,前者创作了《燕九竹枝词》、《清明红桥竹枝词》、《平阳竹枝词》等多种竹枝词,促成北京地区竹枝词创作长盛不衰,清代和民国年间各有 2000 多首;后者提出竹枝"泛咏风土"之说,且身体力行,历作都门、汉嘉、江阳、西陵、广州、锦秋湖等竹枝词,引领骚人墨客竞相逐写风土,激生出动辄百首、百零八首、百二十首甚至于二百首的空前奇观。由兹形成中心多元化,除北京的都门竹枝词、浙江的西湖竹枝词而外,广东的羊城、齐昌、新州竹枝词,湖北的汉口、西陵竹枝词,四川的成都竹枝词,无不各竞风骚。有些地方虽然算不上全国中心之一,但在文坛名流引动下,也形成了区域中心,如郑燮就引领了山东潍坊竹枝词。纪昀、林则徐先后谪戍新疆,则促进了回疆竹枝词。毕沅出任湖广总督,创作《红苗竹枝词》,又促进了湖南、川东一带汉、苗、土家等族人的竹枝词盛况空前。从乾隆年间迄于清末,竹枝词极大地普泛化,包括西藏、台湾在内,响遍中华大地,民国年间同样如此。更有一些人传播到海外,如尤侗的《外国竹枝词》,寄所托斋的《海外竹枝词》,徐振的《朝鲜竹枝词》,丐香的《越南竹枝词》,陈道华的《日京竹枝词百首》,局中门外汉的《伦敦竹枝词》,潘飞声的《柏林竹枝词》,忏广的《湾城竹枝词》,亚、欧、拉美尽皆布及。与此相适应,题材内容和形式风格也超越了唐、宋范式,趋时以进更加多样化。如光绪年间陈介锡在《潍县竹枝词自注序》中所说:"凡吾乡之治乱,山川之形胜,以及习俗沿革,皆可藉以俱传。"民国年间罗四峰在《汉口竹枝词序》中也说:"采风问俗,輶轩不废菲葑;类事比情,郑魏兼收桑濮。"他的《汉口竹枝词》"凡题一百七十有九,为门十七",从市场、租界直写到辛亥战场、临时太太,从火车站、工巡局直写到阴历年、端阳节,几至无施不可,低吟浅唱或冷嘲热讽皆成文章。不仅口语、民谚入诗,而且时尚语、外来语也可以入诗,运用之妙全著乎作者一心。举凡七言四句的抒情诗、叙事诗、写景诗、咏物诗、讽刺诗、应酬诗所可表现者,竹枝词尽可表现之;一首之不足,就数十首、逾百首联章表现之,适用面极广,灵活性极强,所以能够由普泛而臻鼎盛。

五

北京古籍出版社于 1997 年 12 月出版过一部由雷梦水、潘超、孙忠铨、钟山合编的《中华竹枝词》,"总计辑录了始于唐代、止于民国初的一千二百六十多位作者的两万一千六百多首作品"。编者搜集抉罗的工夫下得很深,但由于载录汗漫,难以尽觅,仍难免有遗珠之憾。这就从统计角度,反映出竹枝词是一份多么珍贵、多么丰盛的文化遗产,其积淀何等厚实,影响何等深长。与之同时或继之于后,还曾出现过柳枝词、橘枝词、桃枝词、桂枝词、松枝词、樱枝词之类,无一足以与之颉颃。清人邱炜萲《五百石洞天挥麈》中说:"由上古三百篇而乐府,由汉魏齐梁而近体,而竹枝,而词,而曲,而传奇,其道亦屡变矣。"将竹枝词与近体诗及词、曲、传奇并列,当作中国古代诗歌发展长链上的一个环节,评价或许嫌过,然而,竹枝词作为一个亚类而出乎其类拔乎其萃,确是毋庸置疑的。

文人竹枝词问世以后,很长时间内仍是声诗,可以合乐配舞。如明人《亘史》所载:"赵王雅爱谢茂秦诗,得《竹枝词》十章,命琵琶妓贾姬歌之。万历癸酉(1573)冬,茂秦过王。……奏琵琶,方一阕,茂秦倾听,未敢发言。王曰:'此先生所制《竹枝词》也。'……明日,上新《竹枝词》十四阕,姬按而谱之。"从中依稀可见,当时似乎尚有定谱,可供歌姬按谱演奏。至清代,郑燮《道情》六也谓:"尽风流,小乞儿,数莲花,唱竹枝。"逐步地变为徒诗,极可能是普泛化以后,各阶层文人率性为诗的产物。曲谱究竟何时亡佚,待考。

能够合乐配舞的竹枝词,晚唐至宋即已走出国门,传入东邻。据清人夏敬观《高丽伎歌》序说:"伎为高丽国主故宫人作。……宋赐以大晟乐,其国使习中国之音。乡乐声下,乃其本风。今所奏,类是中土乐府雅词。"其中列举的十三个乐舞名称,第十二个即《竹枝词》,只是当时已有乐无舞而已。另据任半塘《竹枝考》记载:"日本《采桑老》之舞一人,以竹枝插头。其曲与唐《采桑子》关系密切,舞容或亦有唐据。"也透露出受竹枝词影响的痕迹,惜乎难得其详。

在文人竹枝词蔚然成风、勃然兴盛的同时期内,民歌竹枝词也一直保持着盎然生机,熙然活力,为众多民族所共同喜爱。苏轼《朝归欢》词中有所谓"竹枝词莫摇新唱","新唱"即为新编的歌辞。明人清凌亭长武陵《竞渡》略云:"武陵唱山歌,多竹枝遗意。白居易诗'江上何人唱竹枝,前声曳断后声迟',惟武陵人歌曳后断,断后迟,为备其体。"武陵盖指今湘鄂西、渝东南地区,为土家族和苗族与汉族的聚居区,迄今当地民歌仍有竹枝遗韵。如酉阳土家族民歌:"情哥出门四处漂,不晓连了好多娇。吃了大山灵芝草,忘了小山苦樱桃。"就与当年刘禹锡在三峡地区所听过的民歌一脉相承。另一首黔江土家族民歌:"清早起来(满车崩)去放牛(满崩崩),一根田坎(满崩崩车)照出头(满嫩崩崩)。黄牛放在(满车崩)沟坎坎(满崩崩),水牛放在(满崩崩车)沟沟头(满嫩崩崩)。"其中使用衬词及衬腔和声唱法,乃至"前声断咽后声迟"的韵调,也与唐代的民歌竹枝词别无二致。清人李调元《南粤笔记》中,记《粤俗好歌》云:"僮歌与狼颇相类,可长可短。或织歌于巾以赠男,或书歌于扇以赠女。其歌亦有竹枝歌。舞则以被覆首,为桃叶舞。有咏者云:'桃叶舞成莺皖眽,竹枝词就燕呢喃。'"其中的"僮"指壮族,"狼"指瑶族,足见当时粤广地区的壮、瑶民众多么擅长因竹枝词载歌载舞。清人王尔鉴任巴县县令时,所写《界石早发喜雨》一诗也描述道:"农夫拍手歌农歌,牧童牛背唱竹枝。"反映当时巴渝民间竹枝犹自流行。如今再要体味民歌竹枝词的风味情趣,深入到上述地区各族民众中去采一采风,当能如愿以偿得其仿佛。

尽管如此,竹枝词之所以能成为中华文学苑圃里的一簇奇葩,终究是因为唐人以降历代文人的呵护和扬厉。民歌竹枝词是源,文人竹枝词是流,犹如长江大河,滚滚巨流更加显现浩浩声势。珍惜和弘扬这一笔文化遗产,当是今人义不容辞的责任。竹枝词既然起源于三峡,三峡地区的文化人尤其对此责无旁贷,重庆人理当作出自己的贡献。正是基于这样的认识,我们不辞浅陋,精诚合作,编选出这一部《中国三峡竹枝词》,但愿有助于同志者共慰心怀,有助于中国现代新诗从中吸取营养而多元发展,有助于传统优秀文化在新世纪精神文明建设中发挥其应有的积极作用。

2004 年 9 月于重庆淡水轩

着意放言三国史

——《三国十八扯》*前言

中国人熟悉自己国家演进的历史,普泛度之高,莫过于三国。那都是《三国演义》的功劳。一部"七分实事,三分虚构"(章学诚语)的明代章回小说,上承唐宋民间说唱,下启当今影视作品,竟然让三国人物、三国故事多向度地深入人心,不仅近乎妇孺皆知,而且遍及政治、军事、经济、文化诸多领域。

但《三国演义》毕竟不是史学著述,其间"尊刘贬曹"的意识指向姑且不论,单从精彩文字来看,诸如鞭督邮、斩华雄、借东风、设空城之类,多数也属于要么移花接木、张冠李戴,要么无中生有、笔下生花的艺术虚构,尽可欣赏,当不得真。要解读三国历史,史料依据主要还在史学专籍《三国志》,包括晋人陈寿(233—297)的"志"和宋人裴松之(372—451)的"注",所谓"陈志裴注"。同时,还需要参酌其他相关史籍,如《后汉书》、《晋书》和《资治通鉴》。

《三国志》成书早于《后汉书》,于《史记》、《汉书》之后,位列"二十四史"之第三。清乾隆四年(1739),定《史记》至《明史》等"二十四史"为正史,给予"私家不得虚增"的尊崇。与官订正史相对,其他的历史记载通称逸史;其中私家编撰的史书,通称野史,又称作稗史。正史与逸史,包含野史(稗史)之间,历来都相互发明,相得益彰,专制皇权的伐断

---

* 《三国十八扯》由重庆出版社于 2007 年 4 月出版。

并不能够都阻遏。"陈志裴注"便彰显了这一铁则。陈寿写"志",即对魏、吴两国官修的《魏书》《吴书》,以及魏人鱼豢私撰的《魏略》有所参考取用。裴松之作"注",所引公、私史著书目更多达210余种,除去诠释、评论文字也有150余种,补阙判疑,"转相引据者,反多于陈寿本书焉"(语见《四库全书总目提要》)。由兹可见,不薄逸史爱正史,重视陈"志"兼裴"注",当成为解读三国历史的必由之路。

那是不是说,"陈志裴注"以及其他相关史籍业已为三国历史盖棺定论,毋庸后人置喙了呢?显然不是。就文字载籍而言,一切历史都是当代史,并不等同于特定时空自然界或人类社会发展过程的原史。原史总是客观存在,即时生灭,不可重复,而一旦转换成为载籍记叙评述,无论怎样迫近于本原形态,总会打上主观烙印,变得生息不已,可以反复演绎。"陈志裴注"以"良史"著称,也是他们那个时代所产生的当代史,超越不了这一法则。其长其短,其得其失,前修时彦已多有指陈,轮不着我来重加月旦。我只想从中引出一个观点,那就是而今而后,后之来者无论谁何,只要持之有据,言之成理,都可以站在当代视角重新审视三国历史,重新评论三国历史,而不必拘泥既有的表述。这其间,诚然会有正说、戏说之分,真说、伪说之别,但在演绎形态上定会无日或已,难定一尊。你喜欢也行,不喜欢也行,唯独不允许注定了不行。诸如此类,无以名之,姑且笼统称为诠史。

同其他所有纪传体的正史一样,《三国志》以人系事,分别立传。同一事分别见于不同人的传文当中,详略深浅随分而安,常需要交相参阅,抽丝理绪,才能观揽本末原委。陈寿由蜀入魏,写"志"时身为晋臣,述三国史以魏为正统,而又对蜀心有所念,取舍扬抑之间难免时有曲笔。个人经见受到限制,遗漏或偏颇,亦在所不免。裴松之后来超脱,博采群书,于补阙判疑之外还有惩妄论辩,对传存三国史事的确是非同寻常。但其间率略、繁芜之处不少,后人据以读史,也需要小心识别。加上以《三国演义》为代表的文艺作品的影响,自古及今,史学与文学相混,真像与偶像并存,解读三国历史,更须循史求真。这就要求重新审视的时候,要从"陈志裴注"以及相关史籍中,有字处读出无,无字处读出有,有无相生间读出历史奥秘来。而重新评说的关节所在,主要在于正本清源,洗却曹操脸上的白粉,摘掉刘备头顶的光环,替诸葛亮祛除墨泼的妖气,将关云长请下人为的圣坛,让东吴英杰重现雄姿英发,许司马父子共与光影流连。

这样的归纳是否完全切当,我不敢妄断,然而自信有些道理。摸索出这些道理,经历了少年时期熟读《三国演义》,中年至今又涉足三国历史文化研究的人生旅程。历之既久而情有所钟,还有一个特殊的原因,那就是我是四川南充人,《三国志》的作者陈寿是我的乡先贤(东汉末年巴西郡安汉县,即现今的四川省南充市),我对先贤由衷仰慕。晋惠帝元康七年(297)陈寿辞世,享年 65 岁,今年我恰好也活到 65 岁了,该做点事情寄寓仰慕之情了。于是沉潜用功,重新通读了《三国志》和《资治通鉴》,选读了《后汉书》和《晋书》中部分与三国人物相关的文字,进而将多年摸索出的道理梳理成文,作为个人重新诠释三国历史的思路大纲,循之写出《三国十八扯》。

扯,这里的意思就是评说。《汉语大字典》解释:"谈话,多指漫无边际的谈话。"通常所谓闲扯、瞎扯、乱扯,扯白、扯淡、扯谎之类用场,或多或少含有贬义。但揆诸本原,漫无边际的谈话只是不受樊篱羁缚而已,并不一定都不正经。在我老家四川南充一带的川北民间,以前就把民间说唱称为"十八扯",相当宽容活泛。我将个人诠史命名《三国十八扯》,就以之为依归,并不打算瞎扯淡(如果有人认为我是瞎扯淡,我会尊重他的批评权,同时也要尊重自己的话语权,一笑了之,不予答辩)。我不屑戏说,又不会趣说,只想不拘陈说,畅抒己意,扯出一些自期可以成立之说。川北民间的"十八扯"并不一定总有十八题或十八段,而我说三国确实选定了十八个话题,不求包罗无遗,只求见从己出,这是与之不一样的。是不是如此,谁读谁知道。

　　　　　　　　　　　　　　2006 年 8 月 8 日于淡水轩

无心 PK 易中天

——《三国十八扯》后记

历时四个月，基本上按照个人预期，写完了这本《三国十八扯》。其间重庆主城的气温，高，高到了44摄氏度，低，则低到6摄氏度，真正堪称暑寒交替，秋光不多。公私事务，友朋交往，几番导致时停时续。但不管怎样，终究没有改弦更张，有始而无终。

作家王继是我的一个朋友，原先在武汉大学读书，与易中天也有师友之谊。听说我正在写这本书，电话上劝我趁早放弃，以免徒耗功夫。理由之一，易中天正在中央电视台《百家讲坛》讲三国，上海文艺出版社还出高价买断了《易中天品三国》的出版权，强强联手已经炒得很火了，要想赶上过于困难。之二，"三国热"已经"热"过头了，势将很快冷下来，不如另辟蹊径。我告诉他说，易中天以往的书我曾读过两本，他在《百家讲坛》亮相我也看过两场，的确见识独到，诉说精彩。但我并不是附其骥尾，在他品三国以前，我早已在为写这本书清理思路了。众人凑热闹炒起来的"热"，当然闹过了就会退火降温，可我决然自信不是凑热闹，并且断然不信解读三国历史会因任何人的某一著述而止息，所以我一定坚持写下去。

九月中旬王继到我家里来，我给他看了十八"扯"的预定标题。我说我的"扯"，确定是正说，不是戏说。每一"扯"都有一个文化视点，从标题就能看出我的视度，无论别人认同不认同，我都那样看，有的话题还没有人像我这样说过。他放弃了原先的意见，说你可以写下去，争取也上既而建议道,出书的时候,就公开标明 PK 易中天。

我能够领会王继的创意,然而,不能接受他的建议。老实说,虽与易中天缘悭一面,但我尊重他把三国文化引出书斋,推向大众的胆识造诣,而不欣赏某些人士对他的指摘非难。不与他 PK,只因为我扯三国与他品三国,文化诉求、叙述方式和文体选择都有所差异。我是力求循史以钩沉,见真而立论,决不把《三国志》等史籍跟《三国演义》搅混在一起来说人说事。凡所引述,宁可用文言原文(除《三国志》外都标明出处),也不改写为现代白话。改写并不难,但截头去尾、添字加词难免变味走形,不及原文经得品咂。纵然个别文言语句与现代表述存在间距,联系上下文,也不至于不知所云。整个文本以叙事为主,辅以纵横贯连,远近旁通,分析和点拨穿插其中,力图写成随笔体的散文系列。这些都与易中天品三国不同类,不同类就不宜比,不宜比也就无所谓 PK。我不要 PK。我欣赏共存。

由易中天我联想到了张大可。他也是一位大学教授,更是一位三国史专家。20 年前,张大可主持编撰高等院校通用教材《新编历史文选》,我客串性地写过一点文字,与他有过接触。一别 20 年再未联系过,今年 10 月间忽然见到他的一本新著《三国十二帝》,恍若重遇其人。翻了翻,居然觉得就对三国史的把握度而言,我不及张大可那样"专业",也不像易中天那样"业余",大致若在张、易之间。如果这样的类比区分不算过度狂悖,那么我的《三国十八扯》就介乎《三国十二帝》与《易中天品三国》之间,也算当代人解读三国史的另外一类文本。

另外一类文本,自有另外一类优劣长短得失,一切都任读者评说。既写出来了,我唯有欣慰,没有遗憾,任何誉毁都会包涵,都求共存。此时此际,我仅止想说,十分追怀春秋战国时期的百家争鸣局面。那时的诸子百家,没有空调、电脑、高楼、汽车,没有职称、基金、奖项、靠山,也没有什么理论、权威的独尊樊篱,都能放心大胆地学因实立,见从己出,各张旗帜,标榜辩难,从而促成了哲学、史学、文学的皆大繁荣。我衷心期盼,已经进入了 21 世纪的当代中国,不但能早日重现那种文明盛景,而且更加风光无限。

　　情系古今,言难尽意,仅以四句打油诗,收结我的十八扯:

　　　　着意放言三国史,无心 PK 易中天。

　　　　多元文化聚薪火,孔见犹期贻后传。

2006 年 12 月 12 日于淡水轩

五
序
跋

221

周永健书画艺术展序

周君永健,文号冻月,与余同为蜀北生人。结交渝中垂十八载,过从无多而心气相通,性情有别而秉持若一,故得引为浮尘知己。今永健春秋正富,身罹恶疾,岂非苍天无眼耶?友朋共筹永健书画艺术展,乃不辞谫陋,强为之序,聊寄斯世同怀心意耳。

当下中国文艺界,凭一艺之长、一作之成,而名噪一时、利争一角者多矣,但多如花开花谢,旋生旋灭,难以继永。永健则不然,虽诗文书画均造佳境,却从不以名家自炫,更不藉己长、己成以争锋驰骛,邀宠固荣。以余积年体察,其人品真如文号,惟求取皎洁无亏。由青及壮三十余年,前贤古德仪为轨范,既安身于文,立命于艺,且缘艺证道,身心双畅。显入世之态,则进之以求恒;隐出世之愿,则退之以求静。君子风,文人气,自在修为,不避物议,是以令余钦重,以为当世少有。

读其《风幡琴指辨》、《雪泥鸿爪》文集,深为永健文言功底所折服。其间赋铭、游记、杂记、书序、小品、诗歌诸作,辞章无论繁简,悉传承宋、明韵致,清新灵动,通达圆润,绝扫头巾气。论文入理,尤见永健兰心蕙质,学欲通古今,志将究天人,既已淹贯儒、道、释义理,抑且吸纳西方哲学、美学、艺术学精蕴,从而修成真、善、美、慧文化心性。是为永健为人、处事、治学、从艺之精神本原,故尔其交通人际,运作公务,坚守道德,规约行为,多本儒宗而参酌佛旨;至于反求诸己,无论修身养性,摛文游艺,则道、释为体,西学为用。循此识文如其人,艺如其品,略透出右军之淡远,太白之俊逸,东坡之旷达,中郎之性灵,非曰尽及,庶几近之。

永健论书道,尝有三层境之说,谓之修相、修艺、修道是也。据余拙眼观永健之书,窃以为隶、草、行皆已逾越第二层境,即缘相寄意,以个性显豁为佳境之境,进而至于第三层境,即缘相破相,发意净意,以心性修为为根基,以直觉、正慧为根本之境。移读永健之画,大致与此仿佛。设若苍天重新舒眼,假永健以天年,敢料不出十年,永健凭其品格慧悟,书画均能圆融无碍,达至高标,卓然成就大家风范。此斯人所求,亦友朋所期,能否心想事成,分明关键在天。

鄙性偏燥,向不信佛。但为永健故,四月十日在五台山,生平第一次焚香三炷,礼拜文殊,祈佛保佑永健解厄。诚心已达,惟愿灵验。苟或天意难回,则永健四十九岁《游长寿湖记》所云"出世入世非为余计,寿长寿短不挂于怀",势将一言成谶,令友朋为之泫然。斯心斯念,如吟如歌,书画展将似斯人广陵散。

永健永健,不管是泰是否,你的书画诗文都将与友朋同在,与时空同在。文艺家冻月,将永健永生!

2008 年 5 月 2 日于淡水轩

"另眼看《水浒》"*引言

　　"三国热"甫退，"水浒热"渐生。

　　"热"一"热"是好事。一部古典小说，流传四百多年，迄今依然有不少人品读、不少人评说，不仅证明了它确实具备艺术生命力，而且显示出它还蕴蓄着与后来者相贯通的人文信息。且不论是否都要"古为今用"，起码可以"古为今鉴"，那就颇有历时性的普泛价值了。

　　不少人品读，不少人评说，不求"舆论一律"，尤其难能可贵。

　　《水浒》究竟是一部怎样的古典小说？一百单八将"聚义"水泊梁山，是农民起义、农民革命，还是土匪强盗结群杀人放火，抑或别的什么？由"聚义厅"到"忠义堂"，"义"的涵蕴何在？林冲等确是"逼上梁山"，但更多的人却是"避上梁山"、"赚上梁山"、"伙上梁山"，五花八门如何疏解？李逵、武松、鲁智深、阮小七等人杀人甚多，对他们该如何评价？宋江作为梁山领导集团的"核心"，头上拥有的传统文化道德美誉之多无人能及，但对他的评价历来毁誉纷呈，原因何在？潘金莲俨若"四大淫妇"头号代表，对她以及相关女性应该怎么看？毛泽东说《水浒》"好就好在投降"，撇开特定的政治影射，到底有没有一定道理？诸如此类的问题众说纷纭，真正实行"奇文共欣赏，疑义相与析"，才能让《水浒》更加贴近世道人心。

　　我今"另眼看《水浒》"，就是凑"热闹"，主动参与其间。我希图表达

　　* 《〈水浒〉一直被误读》由重庆大学出版社于 2010 年 8 月出版。

的,都只是个人所得所悟,不管与他人为同为异。我厌恶"定于一尊",当然就不会妄图一己之见"定于一尊"。

关于中国古典小说,向有"文备众体"之说,说的是主体叙述之间,还掺入了诗词歌赋等多种文学形式。《水浒》里的诗,数量的多和品质的高比不过《红楼梦》,但行文中的若干夹评诗,乃至为个别人物代拟的一二"言志诗",还是颇耐人寻味的。我从其间选取出一些诗句,一句诗作为一个标题,一个标题统领一个章节,共计二十个章节展开随笔似的评说。这一点,在结构形式上,当是我这本书的一个特点。

在思想内容上,我这本书也有特点。所有二十章评说,重在《水浒》里的人和事,但又绝不受其拘囿。每一章都由点到面,横扩纵连,信马由缰,不拘一格。合起来,是评说《水浒》而又不止是评说《水浒》,扩张到了历史、社会、人生、艺术。但无论怎样扩张,关注的焦点始终在于:中华民族"侠文化",中华国家"国民性"。"另眼"的"另",多在于斯。

2009 年 3 月 15 日于重庆淡水轩

[说明]本书原名为《另眼看〈水浒〉》,从序文的行文可以看得明白。但是,出版时被改成了《〈水浒〉一直被误读》,据说可以增加卖点。我不喜欢这个书名,太横,也太排他。"另眼"原本就不乏自信,否则就不会写和写不出这本书;但终究只是一家之言,决不该横扫一切,妄自排他。借此机会,略表心迹。

五 序跋

"另眼看《水浒》"结语

断断续续地写了四个月,我这一本书终于可以宣告完成了。从头到尾检寻一遍,还算好,时断时续并未导致各章之间出现大的乖违或牴牾。自己找原因,大概在于另眼看过来又看过去,我个人的确业已认定《水浒》是一部"侠义小说"。

我的立论诚然有点标新立异。但着眼于以"侠"看《水浒》,我并不是第一个。人民文学出版社所出版的《中国近代文论选》所收录的近代文论,就有两篇言之甚明。一篇为王旡生的《中国历代小说史论》,断言"设为悲歌慷慨之士,穷而为寇为盗,有侠烈之行,忘一身之危,而急人之急,以愧在上位而虐下民者,若《七侠五义》、《水浒传》皆其伦也"。另一篇为未具名的《中国小说大家施耐庵传》,指认施耐庵有"尚侠之思想",因而"慨汉人之不振,致胡马之蹂躏,刀光剑气,提倡侠风"。这两篇文章,二十多年以前即读过,依稀留下印象。本书写到最后一章时,又翻出来重读一遍,对我坚定自信心多少有所帮助。尽管两篇文章都没有展开论述,毕竟表明了有人发之于前,可证我道不孤。

写作这本书,我所依据的《水浒》文本,是重庆出版社 2003 年 1 月出版的"中国古典小说名著丛书"之一的《水浒传》。其校点者熊宪光,是我结交近半世纪的同窗挚友,古代文学功力深厚。他"以明万历末年百二十回本为底本,参考'容与堂本'及 20 世纪 20 年代汪原放和胡适先生主持校点的'亚东本',进行点校并分段",为我提供了一个精善文本。本书中所有《水浒》引文,均出自这一文本。其他文本或者有小异,不在我的注视之列,悉不讨论。

2009 年 5 月中旬，我应重庆图书馆之邀，以《〈水浒〉究竟是怎样一部书》去开过一次讲座。我当时讲的自然就是本书宣示的看法。既在意料中也在意料外，当场反响非常之好，令我欣慰。与听众互动，多数发言者接受我的看法，或者表示受到启发，只有一位仍坚持用"农民起义"看待《水浒》。我当即明确表态，欢迎保留不同的看法，对我的看法尽可以批评，但只要没有足令我信服的理性阐释，我也要保留个人的看法。

　　现在我要说，在重庆图书馆表的那个态，在时下，在今后，依然还是我的态度。我并不企求而今而后读《水浒》的人全都认同我的看法——那既办不到，更毫无必要。多一些分歧和碰撞，反而正常，并且有益。我甚至确信，只有在有分歧和有碰撞的环境中，我这一本书才能充分显现出价值。

2009 年 7 月 15 日于重庆淡水轩

五
序
跋

为喀斯特写象传神

——《山水重庆·钟纪明画展》前言

钟纪明作山水画,一向以描绘山野风光、吊脚楼群见长,尤以后者为人所知。其实比起这种题材选择上的表层印象来,他画作里深涵蕴的形式取向、意境营构和审美价值,更加值得充分地关注。

艺术的精魄,从来都在形式美感的独特创造。形式永远大于内容,高于内容,先于内容,离开形式即无内容。讲独特创造,归根结底就是要在继承传统的基础上,别出心裁,另辟蹊径,从形式上标新立异地有所突破,甚至逐步生成特色,形成风格。钟纪明不一定从理论上明悉于此,但在多年画艺实践中,他分明就是这样走过来的。他的山水画,笔致清瘦而不失健朗,墨色焦重而兼寓舒润,布局丰满而透出开阔,意象端凝而时见灵魂,几乎每一样技法都能找出前人踪影,而合起来则分明是他个人的。这就堪称独特创造。循之以进,步入 21 世纪,他的山水画分明已经层楼更上,渐次臻于张弛有致,形与神会。

就我所了解的钟纪明而言,他之所以能够取得如此可喜的艺术造诣,固然与他尊重传统、承习传统分不开,但更根本的原因,却在于他敬畏自然、师法自然。他养成了一个好习惯,随身携带一个写生本,走到哪里写到哪里。前些年,我曾两度同他一道走进渝东、渝东南地区,亲眼见识那里的山山水水,以及结伴山水的特色建筑、特色风物,好多好多他都即时地作出了现场速写。可以肯定说,正是大重庆地域内的喀斯特地貌奇观,给他的山水画提供了可遇不可求的生活源泉和艺术灵感。

世界三大喀斯特地貌集中地区,中国南方位居其一,而大重庆即地处其间。大重庆现有六个国家级风景名胜区,除江津四面山属丹霞地貌外,其余五个,即长江三峡、北碚缙云山、南川金佛山、武隆芙蓉江、奉节天坑地缝,均属于喀斯特地貌奇观。喀斯特地貌的所有地质特征,在大重庆都无所不有,其中的大峡谷、大溶洞、峭崖赤壁、天生桥孔、天坑地缝、林瀑飞泉更首屈一指,吊脚楼之类特色建筑即依附其间。钟纪明钟情于斯,着力于斯,得益于斯,有成于斯,足以证明喀斯特地貌奇观给山水画创作储备着无穷尽的审美独特性和创新可能性。

性感重庆,山水精灵,山水的精灵便是喀斯特。昔日冯健吴、李文信等描绘三峡风光,即已凸显了喀斯特地貌奇观的雄奇诡异特征,为后之来者创建有别于其他地域的山水画派开了先河。如今钟纪明又踔武蹈厉,拓宽画路,实在可资启迪同行。行笔用墨、构景取象不必都一样,为喀斯特写象传神,审美追求的目标却可以相一致。设若有朝一日,在大重庆内外终于形成一个喀斯特山水画派,那将是这次钟纪明画展意想外的收获。

谨借此序,聊寄深望。二三子,谁与归?

2010 年 11 月 7 日于淡水轩

写到生时是熟时
——《阳晓剧作选》（第三卷）序

　　阳晓这一卷剧本选集，与前两卷剧本选集相比较，在编排形式上有两点不一样。一为剧目分类，前两卷都以方言喜剧领头，而这一卷虽然也有方言喜剧，却没有单作一类，改为置入大型剧本类型里了。二为写作时间，前两卷大体上于分类中按写出的先后、演出的早迟为序，而这一卷的八个大型剧本，却是时序倒过来，将 2008 年创作的两个文本放在最前面，1986 年和 1987 年创作的两个文本反倒在这一类里垫后。

　　不就阳晓剧作的思想性、艺术性之类破题立言，特别地挑出编排形式说东道西，岂非舍本逐末了吗？我自以为恰正相反。阳晓本人作出这样的编排改变，或多或少透露出了一个信息，那就是身为创作主体，经由 20 世纪后期进入 21 世纪初期，他的自我激励和自我审视业已因时而变。那么与之相顺应，任一个鉴赏客体质面其人其作，也就自当循着他这变的轨迹，尽可能发现内核和新意。

　　了解阳晓的人都知道，他致力剧本创作，基点和起点都在于四川方言喜剧，实在可谓本色当行，得心应手。这得力于他对社会日常生活现象的独特体验、观察、感悟和解读，以及他对以重庆俗语为主要支撑的四川方言的灵动把握和运用，加上挚烈的气质、幽默的性情贯注，就构建出放大了和变形了的喜剧人物形象和故事情节，以颂扬真善美，鞭笞假恶丑。前两卷里那么多的方言喜剧自成一类，领头集结，凸显出他的自知之明和自明之快。这一卷里，同归大型剧本类的《镜子的游戏》和《花有几样红》都标明为方言喜剧，《灰阑记》和《村官朝天椒》也都不乏方言喜

230

剧元素,按理仍然可以沿例张扬的。可以却偏不,据我揣测,并非故意淡化或掩抑这样一个阳晓特色,而是另有意向使然。

所谓另有意向,源自阳晓两样品格。其一是他的社会责任感。三十多年来,他无论穷达隐显,誉毁荣辱,始终保持着平民立场,以公民一分子的身份和视度关注社会,直面人生,凭借剧本发出声响。当他纯属个人创作的时候,他习惯于从凡人琐事层面切入,通常多会纵驰方言喜剧之长。当他接受命题(题材、主题)作业的时候,个人之长就不总是完全适应了,而他又要不辱使命,于是促使他因题制宜地突破自己,超越自己。这就关联到了其二,在艺术表现上,他又有进取心,主观上也不懈追求突破自己,超越自己。为达此目标,拓宽题材选择面、加深主题开掘度固然是题中不可或缺之义,形式、风格的多样化尤其显得至关紧要。大致比对一下此番所辑八个大型剧本,前六个与后两个之间,已然有了多少自我突破和自我超越,当能一目了然。编排形式上的两点不一样,分明即由此而来。

如果说,三十多年间习惯了的固有形态可以叫"熟",那么,对于固有形态的突破和超越便可叫"生"。任何一种文学艺术,"生"都要比"熟"更弥足珍贵。"生"当然涵纳了内容取向、形式走向的所有向度,但从发展过程看,形式走向的"生"具有决定意义。正是基于这一认识,早在1993年西南戏剧理论研讨会上,我便模拟一段毛泽东名言说过:新陈代谢,一些形式增进了,一些形式消弱了。这就是历史,这就是几千年的艺术发展史。迄今我依然坚信,文学艺术发展的本质特征和基本标志,就在新的形式增进。看任何一门艺术是这样的,看任何一位艺术家的创造历程亦复如此。因而,不管阳晓本人如何看待这一问题的,我对他的这一卷剧本特别看重艺术形式上的求新创新;换言之,亦即由"熟"中所出的"生"。

中幕古装川剧《灰阑记》颇具代表性。它怎么洋为中用,改编而来,已有文章评论过了,我不必重复或者引述。我想强调指出的是,无论传统戏还是现代戏,一般都是全剧一个中心人物,一个主题表述,如李渔所谓"此一人一事,即作传奇之主脑也"。但在半个多世纪之前,郭沫若新编的历史剧《虎符》，却塑造了信陵君和如姬两个中心人物，借以表述"却秦救赵"和"把人当人"两个主题，为历来所罕见。如今阳晓的这部川剧，同样也打破常规，塑造了杜鹃和沙四大两个中心人物，借以表述"三年母子情无价，连心连肝爱升华"和"沙老爷明镜高悬，真是个糊涂好官"两个主题，既是多侧面地"拷问人性，拷问灵魂，拷问良心"，又将川剧的旦角戏和丑角戏糅合得酣畅淋漓，并为双看点。与之相应和，插科打诨也用得生鲜热辣，富有现代开放性，如李渔所说"养精益神，使人不倦"，"乃看戏之人参汤也"。相比较之下，六场现代川剧《村官朝天椒》尽管写得有板有眼，中规中矩，却少了这类意蕴浑成和妙趣横生，未免令人生出感慨。

大型无场次话剧《田野的希望》和五幕话剧《一代名匠》，从另一角度引人遐思。这两个剧本，相同处在于都是受命之作，都有重大选题背景，个点个评价都相当成功。不同处则在，戏剧情节的结构方式两两相异，就影响到了话语容量和表现张力。《田野的希望》采用无场次结构方式，在有限的时空内，宽视野、多点面地再现邓平寿的工作、生活和行为、意愿，几乎达到了逼近无限。假若改换成《一代名匠》那样的传统式线性分场结构，很难想象其话语容量能有这么大，表现张力能有这么强。作这点比较，我意不在以偏概全地妄断两种结构方式间的优劣长短，妄求后者削足以适前者之履。我只是要说，当今话剧艺术革新的趋势可触可摸，结构方式的革命正是主导的一干，并且远不止无场次一种。阳晓年过花甲了，仍能如此主动、积极地舍熟就生，务实求变，不仅实绩值得称道，而且精神尤为可贵。

由话剧艺术革新广而观之，整个舞台艺术领域，同样是革新之势方兴未艾，多种艺术形式之间，以及艺术表现与科技手段的交相融合已形成卓然一端。这方面，阳晓亦是一位锐意创新者，誉之为重庆剧作家的弄潮儿亦不过分。其弄潮之始为大型主题曲艺《雾都明灯》（见诸《阳晓剧作选》第二卷）。在本卷里，大型主题曲艺《水仙赋》赫然在目，更上层楼。题材把握的更加精准、主题开掘的更加深刻姑且不论，仅从形式层面看,更上层楼的主要体现有三点。一是集竹琴、评书、车灯、清音、扬琴、荷叶、琵琶弹唱、金钱板、说贯口、方言诗朗诵等多种曲艺于一炉,众美纷呈,交相为用,相得益彰,前所未有。二是有人物,有情节,有基本的剧情贯穿,非剧而又似剧,把曲艺剧融入了多种曲艺之中,结构方式也有创新。三是以主题曲《水仙吟》、四川车灯《雾都从此有明灯》、清音《一纸调令》、琵琶弹唱《风雨行》、扬琴《水仙之恋》等为代表的唱词非常典雅、隽永、优美,文采斐然,与多数说唱语词的通俗、晓畅、明达互补,增强了雅俗共赏之效。阳晓的多种舞台艺术功底和语言文字功力,最为集中地借《水仙赋》展示出来,其实也是他突破自己、超越自己的根基所在。

　　整卷作品中,堪称精品的是《水仙赋》和《灰阑记》,如果说这两部作品是最佳,那么《田野的希望》、《一代名匠》、《村官朝天椒》和《镜子的游戏》就只能算是优秀了,其余两部大型剧本和八个小品、小戏则属阳晓剧本的常态之作,尽都可读可演,艺术成就却不是在同一档次上。有这种差异毫不足怪,古今中外的剧作家,乃至于其他门类作家概莫能外。值得注意的是,他的精品和优秀之作,如前所述艺术形式均有某种陌生态,恰正是在陌生态之处,他的创作格外用心,格外着力,因而比常态之作的熟能生巧、运程自如多了自我突破和自我超越。借用国画界所崇尚的"画到生时是熟时"之说,我认为,既对阳晓个人而言,又远不止适用阳晓一个人,这同样不妨视为"写到生时是熟时"。只不过这个"熟",已不是常态下的熟练之"熟",而是求新求变获致成功的成熟之"熟"。

　　许多创造型的艺术家,在其艺术求索历程中,都要正视和跨过一道一道陌生的坎,才有可能抵达成熟的自由境界。阳晓以其近年的几部经心营构之作,由"写到生时"而自证了已到"熟时",于他个人,于重庆戏剧界,无不可喜可贺。这卷剧作选,无疑就是标志和纪念,同时又有了高于先前熟悉的新的熟悉。未来五年,十年,或者二十年,阳晓能不能再度迈过一道两道陌生的坎呢,请容我虔心以待。

2010 年 6 月 24 日于淡水轩

六

评论

读诗断想

孔夫子说："《诗》三百，一言以蔽之，曰思无邪。"这句话记在《论语·为政》中，可以任人查对。

从汉儒、宋儒到清儒、今儒，尽管对"思"的实与虚认识不一，但对照"无邪"论，却是深信不疑的。毕竟出自大成至圣先师之口，纵然一句抵不了一万句，起码也得抵一千句。明乎此，就该认定《诗》三百零五篇无论写什么，怎么写，全都合符儒家的政治标准和道德规范，不必再异想天开说三道四。

"关关雎鸠，在河之洲。窈窕淑女，君子好逑……"触及第一篇诗，便是写这个的。

孔夫子称赞它"乐而不淫，哀而不伤"。汉儒康衡视为"纲纪之首，王教之端"。宋儒朱熹则进一步申言："盖德如雎鸠，挚而有别，则后妃性情之正固可以见其一端矣！"其实，情爱为人之本伦，"君子"慕"淑女"古今皆然，不一定专属于"后妃"。

但我并不打算争论。求得了大同，何妨存小异，只要承认《周南·关雎》是用比兴手法表现男女情爱就足够了。

以男女情爱为题材的作品，在《诗》中占了一半以上。数量既多，内容和形式都难免参差不齐；其间有一些，卫道士甚至难以接受。

例如在《郑风》中，《女曰鸡鸣》写了妻子对丈夫的枕边絮语，《野有蔓草》写了一个男子与一个女子野外邂逅的欢愉情状，《溱洧》更以俏语问答方式写了男女青年相邀相伴踏春择偶,都相当的思想解放。

又如《卫风·硕人》,铺陈性地描摹美人"手如柔荑,肤如凝脂,领如蝤蛴,齿如瓠犀,螓首蛾眉,巧笑倩兮,美目盼兮",传神写照更是淋漓尽致。

然而,它们都不在"郑卫之声淫"的范围内,否则就该划入"有邪",要被孔夫子删掉了。其所以如此,窃臆当是虽然自由酣畅地写形图貌,却并没有越界。好比如今的美女挂历,"三点式"只"点"到比基尼程度,未越此界就不算是诲淫。

在《诗》中,写男女情爱并非都是如此之露,而是或深沉,或凄婉,或质朴,或含蓄;有的甚而还相当朦胧,《秦风·蒹葭》即一个显例。

"蒹葭苍苍,白露为霜。所谓伊人,在水一方。溯洄从之,道阻且长。溯游从之,宛在水中央。"好一幅秋晨清露的图画!好一曲痴凤求凰的歌吟!可是,"伊人"者谁,"从之"者何,一唱三叹之间,始终宛然若在,觅之无踪。读其句品其味,只觉得委婉有致而又意蕴无涯,同样地"道阻且长",同样地"宛在水中央"。

今之朦胧诗倘能臻于其境,有多少人还会因为"读不懂"而火冒三丈呢?

其实,换一个角度,即便不朦胧的诗,也未必就容易读懂;而读得懂,不同的接受者之间亦因悟性不同而有差异。《周南·芣苢》即为好例。

"采采芣苢,薄言采之。采采芣苢,薄言有之。/采采芣苢,薄言掇之。采采芣苢,薄言捋之。/采采芣苢,薄言袺之。采采芣苢,薄言襭之。"全篇三章十二句,总共换了六个字,尽管绝无朦胧之迹,但在读不懂的人眼里,简直是在做文字游戏。而读得懂的,从"毛诗"到"朱传",也只解得"芣苢即车前子,妇女采来治难产",采、有、掇、捋、袺、襭过程中"赋其事以相乐"。如何"以相乐"?并没有破译。

直到清儒方玉润撰著《诗经原始》，才算真正读懂了。却原来乃是三五成群的妇女在田野中采车前子，边采边唱，此起彼应，欢歌响成一片。由口头而至文字，章句运用了复沓手法，重现其情其景，不事雕琢，和谐自然。毛泽东强调："诗要用形象思维。"从这个诗例看，非特写诗的人要用形象思维，而且读诗的人也需要学点联想和想象，否则难免隔膜。

不过，联想和想象也要合情理，不宜以己度人，以今例古，以强解为真诠。最近十余年，每当读到《魏风》中的《伐檀》、《硕鼠》两篇的时候，我总要提醒自己这一点。

其原因在于，以前二十余年中，我所读到的文学史和选注本，绝大多数都举出这两篇作为劳动人民控诉和反抗奴隶主统治者的例证，认为它们"揭示了奴隶制社会中的阶级矛盾"。当时，我曾无所保留地接受了这种见解。但在破除"以阶级斗争为纲"的迷信后，我断然怀疑了：奴隶主统治者怎么那样宽宏大量，居然会容许"控诉和反抗"自己的诗作进入典册中保留下来？孔夫子作为那个阶级的思想家，怎么开明得连这种诗也以"无邪"视之？

依我看，由此以"阶级斗争"之矛，攻"阶级斗争"之盾，谁也说不清矛利还是盾坚。靠得住的还是孔夫子的"兴、观、群、怨"之说。"怨"，表现在《伐檀》、《硕鼠》等作品中，自汉儒以降，历来都解释为"刺"。换成现代白话说，就是讽刺或讥弹。"素餐"之议，"硕鼠"之喻，怨愤固在其间，但都化成了讽刺或讥弹。

在《诗》中，先儒指明为"刺"者远不止于上述两篇，相信孔夫子心里早有数。我要补充的只是，敢于讽刺、讥弹的人大多不是当时统治者的"持不同政见者"或者其他"异端分子"，而是爱之甚殷，望之更切，使命感和忧患感更强更显罢了。惟其如此，讽刺、讥弹乃能入"无邪"之列。

《诗》除了二"南"十三"国风"，还有二"雅"及"颂"，统称"风、雅、颂"。相较之下，"颂"或许最"无邪"，但确实是极寡诗味。《诗》里给它们提供一席之地，我想也并不足诧，因为它们毕竟"可以观、可以群"。

如果古为今用，在当代诗中，颂诗也应占据一定位置。要不然，诗之百花就少了一种，未免可惜。

当然，古为今用也得扬长避短。今人颂诗要得到承认，要得到传播，必须尽可能地写得美些，写得活些。要不然，即使面对着一定位置，皇然置身其间，到头来也站不住脚。

（原载 1993 年第 11 期《四川文学》）

走出那片历史的墓地

——我读《中国知青梦》

任凭心火燃烧，一鼓作气地，我读完了长篇纪实文学《中国知青梦》。自从知道邓贤写出了这部新作品，我就渴望读到它，因为在我心原的一角，积存着一堆历20余年犹未冷灭掉的情感薪烬，如今一经风就要重新升腾起烈焰。

我个人没当过知青。我的当过知青的弟妹也未曾支边。但是，1972年春天，我曾作为四川省慰问赴滇支边青年代表团的一员，在云南从弥勒经开远到金平又到河口再返蒙自跑了一大圈，对原云南生产建设兵团四师辖区内的知青境况掌握了相当多的一手材料。关于该师长达数万字的汇报文字，是我执笔写的。在当年那种极"左"的政治背景下，我写的时候噙着热泪，既尽量发掘光明面，又决不隐瞒阴暗面，迄今仍然敢说问心无愧。这些文字汇集到省后，上报给中央，至少是作为动因之一促成了次年中央那次调查处理，使我自信热泪并未白流。

党的十一届三中全会以后，文学几度爆发出活力，以"青春无悔"为旗帜的知青文学也一度响震域内。我读过其中一些佳作，甚为欣赏作者那种反思勇气和超越情怀。但同时，我又颇怀疑，难道"无悔"二字真可以囊括"知青情结"么？苟若如此，怎样解释1973年中央那次大张旗鼓的调查处理？怎样解释1978年以后的知青大返城？怎样解释所谓"知识青年上山下乡运动"早已经变成一段烟消云散的历史插曲？很明显，即使按照"任何事物都是一分为二的"这个观点，知青问题也注定还具备另外一面，甚而更深邃，更凝重，人民的文学不应当回避。

郭小东的长篇小说《中国知青部落》的问世，表明已有作家直面"青春有悔"的一面，第一次使我稀释了疑虑。现在，邓贤这部纪实新作，再一次给了我"嘤其鸣矣"般的感受。我觉得，它以电闪雷鸣似的激情，独立苍茫似的沉思，依凭厚实的素材和本色的形象，运用劲韧的史笔和宏阔的构架，真实而又艺术地再现了那场特定属于而又不止属于一代中国知青的人为梦幻。它真实到了几乎堪称残酷的地步，却又浸透着经过时间磨洗的理性仁慈，相当注意由个体以见群体，由现象以示本质，因而既有震撼人心的历史穿透力，又有促人追索的艺术感染力，比前者更加耐读和可信。说它标志着知青文学的新突破和新拓展，依我看，决非虚妄溢美之辞。

在这里，我不打算对照它所写的任何人和事加以引述或者概述。我只要说，那一切都确是存在过的——无论多么荒谬，多么愚昧，多么野蛮，多么不可思议，多么不堪回首，多么不容重复——举凡农四师的例子我都至今存记于心，而且，还多得多。我甚至还有一些遗憾，遗憾于它未能多写几万字，展示支边青年入梦之初，曾经何等地虔诚，何等地狂热，何等充满理想色彩地屯垦戍边，何等显示英雄主义地吃苦耐劳，虽百折而不退，虽殒身而不恤；如果那样地作了铺垫，后面再写梦的破灭和幻变，或许更能阐释悲剧源流，更能激发反思意识。但纵然只是现在这个样子，也很不错了。既是严谨纪实的又是精美文学的，就有资格在当代中国文学画廊里占定一个位置。

倘若讲现实意义和历史价值，我以为，突出的是认识和教育两个方面。当年那场"知识青年上山下乡运动"，虽然可以套上知识分子与生产劳动、工农群众相结合的革命光环，但拆穿实质，原本是"文化大革命"产出的一个怪胎，因而从指导思想到实践过程都是错误的，都是注定不能够永葆青春的。承载错误的乃是若干个体，包括数百万知青及其亲友师长，以及知青工作人员，乃至那些造孽犯罪的人，但从整个国家、整个民族看,当初本是演了一出集体无意识悲剧。被欺骗、被扭曲、被奸污、被残损的,形诸于或一个体,其实共属于无意识集体。即便"艰难困苦,玉汝于成",不少的个体经过狱火的熬炼,走向成熟了,变得伟岸了,据此可说"青春无悔",也不能且不应掩抑国家和民族"集体有悔",其中自然包含"青春有悔"。正是在这种历史观照层,《中国知青梦》尽管主要只写了云南生产建设兵团,反映的却是整个一代知青的青春磨难和心路历程,批判的则是几乎给中国社会和中国人民带来毁灭的极"左"路线,而与之相应,还是对于十一届三中全会以来党的基本路线顺理成章的由衷礼赞。

作为历史插曲,那场梦早已结束了,梦中美好的与丑恶的都已埋进历史坟墓了。但人在向前时难免忆旧,而忆旧并非笃定是坏事,何况不该忘记过去,关键是踯躅其间,取何种态度。邓贤明白地说,他写出《中国知青梦》,"是为了走出而不是欣赏这片荒凉的墓地","因为惟有走出历史的墓地并把目光投向世界的民族和个人才会有真正的希望"。我赞成,因而能同他"求其友声"。惟其如此,寄望尽可能多的老、中、青朋友喜欢他这本书。

(原载 1993 年 3 月 23 日《重庆日报》)

六　评论

一本可一不可二的奇书

——我读《天狼星下》

一本书叫人爱不释手，非一气读完不可，读完之后还总感到有话要说，否则就不痛快，这年间难得遇到了。至少在我，久矣夫未尝其滋味。多谢杨牧送给我一本他的自省性长篇新作《天狼星下》，诱使我丢下手边别的读物，重新体验这种品读的快慰。

说快慰，连我自己也无法予以确切解释，但却只能用这个词。我分明记得，杨牧许诺送书的时候，随口提到过"请老兄一笑"。那当然是客气话，无须乎较真。而至读了其书，竟然始终笑不起来，则不是寻常意义的快慰所能界定的。不过，也毫不颓丧，胸臆是一股激流翻涌，夹着既往岁月的泥沙，携着广漠人生的风烟。感受之新异奇崛，在我是少遇的。

倘论年龄，我比杨牧蠡长两岁，标准的同辈人。从那场据说该叫"扩"而"大"之到了"化"的程度的运动开始，我与他处在相似的地位，经历了三年灾荒、两年"四清"和十年"文革"的磨炼，如他《边魂》诗中所写"为生存并不只得到生存，不仅为生存又得到悲辛"。不一样的是，我似乎较他幸运，得到了不少正人的呵护，还能从一道学校门转入另一道学校门。而他却在我大学毕业那一年，被迫变成了西部流浪汉——他给他的书加的副标题《中国第一百万零一个盲流的历程》，实足令人触目惊心。

我不想复述他所受过的明显煎煮，因为只有读过了，才能了解那是一段怎样的"历程"。我也无意于从文学的角度加以评论，因为一则已有

244

不少的评论见诸报刊，不必我再翻炒；二则杨牧本人积七年之功推出这部作品，自珍胜过已出的 10 余部作品的总和，其力度和才气决然不亚于他的诗，评论众寡只不过辅翼上增减一二羽毛而已。我要做的，仅止于探究"天狼星下"到底何所云。

在该书第二十五章，杨牧征引旧《辞海》点出了"天狼星，也叫'犬星'，即'大犬座 a 星'"。如此中性，兴许藏着狡黠。在我国，星象应人事，天狼星从来就不属中庸之列。屈原《九歌·东君》即谓："青云衣兮白霓裳，举长矢兮射天狼。"王逸注曰："天狼，星名，以喻贪残。日为王者，王者受命必诛贪残，故曰举长矢，射天狼。"其星位当西北，所以苏轼被贬黄州的时候，也在一首词里抒发了"会挽雕弓如满月，西北望，射天狼"的愤懑。依我看，正标题作《天狼星下》，其典用得贴切而巧妙。

那么，"天狼星"是指"左"的错误路线了？据我的体会，是，但又不仅止是，甚至主要的还不是。道理很简单，"贪残"从来是指人，不宜用路线代表和包揽。具体落实到杨牧的头上，他家乡的王书记，宣传队的丁同志，就是"左"的年代所特产的"贪残"。倘若少一些此辈人形禽兽，小而言之杨牧不会背井离乡远遁新疆当盲流，大而言之"左"的危害性不至那么大。现在路线正确了，一定范围以内依旧有"贪残"之徒捣鬼，善良人千万不能太大意。弄清这一点，才能明白写出此书决非闲得无聊，只好翻出陈年老账来自我排遣。

值得注意的是，作者受了那么多年几至使他灰飞烟灭的恶气，如今在理所当然地勾勒出"贪残"们的丑态恶行的同时，更注重和钟情于发掘和再现身边的真善美，哪怕是被扭曲的和遭压抑的。不少评论文章已指出，书中记录的女性不下 10 个，连沦落风尘的也不乏善，俨然成为重笔，突出了"文学永恒的主题"。而我以为，其所以如此，多少有似《红楼梦》。何况本书所写的须眉男儿也并非"浊物"，上自生产建设兵团的司令员、师长、政委，下至不少基层干部、流浪者和民工们，毕竟好人居多。这是我们民族的魂脉所在，没有这股脉，哪有当年杨牧蛰伏之地？哪有而今杨牧显扬之时？

由此却又引出一个问题。业已听过不少人说，如果杨牧没有那样的经历，也成不了知名诗人。诚然，环境的确会影响人。可是我要说，即令那样的经历造就了千百个杨牧，我们的民族也不该有那样的经历。何况杨牧，并非到了新疆才皈依缪斯，而是青春年少在家乡即已有了诗作见诸报端，不作边塞诗人，也是巴蜀歌手。所以与其宣扬这一面，不如翻过来，透过其书体察其人，看他在艰难困苦下是怎样坚韧地生存下来，纵任青春被"密封冶炼"，灵魂被"冷藏保管"，终于熬到能够向祖国汇报"世上最为珍贵的东西，莫过于青春的自主权"的时候，他可以挺起"青年和中年——双重的肩"来的。读《天狼星下》，我以为这才是最重要之点。

惟其如此，我痛快，我欣慰，痛快和欣慰于产生了这本书。我希望不仅同辈人，而且广及年先于我们、年后于我们的几代人，凡有兴趣的，都读一读它。同时更希望，它将成为最后一本盲流写盲流的书，在神州大地上，以后永远不要有人宣称"我本是一个流浪汉"——即便他功成名就之日浑如杨牧立方，即便他能因之成为荣获诺贝尔文学奖的中华第一人。

（原载 1994 年 5 月号《四川作家报》）

管他北岛南湖

——略为《广场诗学》一鸣

　　石天河年届不逾矩之境,撰著出版了他的又一部理论专著《广场诗学》。他以"去蔽"的精神,融会中西诗学理论,系统地探讨了诗的原发过程、继发过程、表达过程中的诸多疑难问题,对长期争论的理性与非理性、灵感、净化、纯诗、通感、佯谬语言、审美心理共相、隐喻解读、形式自主性等颇有独到见解。我个人认为,称之为一部诗学扛鼎之作,并不为过。

　　究竟该怎样评价这部作品,时间将进行淘洗,我原本不打算信口置喙。然而,近两个月偶发一件事,不吐不快了。

　　起因盖在省、市社科论著评奖。几位文学界朋友先后来对我说,《广场诗学》落选了,原因是书中涉及了北岛。辞色之间,明显多有不平。也有人对我当面讲了相反的意见,说石天河难道不知道北岛怎样么,为什么《广场诗学》不去研究贺敬之,却要钟情北岛? 辞色之间,明显也多忿然。我于是成了一个好事者,便向有关部门和作者本人打听原委,终于弄清了来龙去脉。却原来作者并没有申报,也不看重什么评奖;但对关于北岛的议论,早有风过耳,以为也算一种舆情。我佩服石天河的淡泊和宽厚,却不能苟同对他的责难,因而骨鲠在喉,非吐不可。

　　《广场诗学》中,确实两处涉及了北岛。一处是正文第五章第二节第A目论述宾语诡化的特殊修辞的时候,举出北岛《诱惑》诗中的一句"水母搁浅在每根灯柱上"作例子,指出这样的"句子是反常情的,却能启发人去合乎逻辑的幻想"。另一处是在附编所收《意象新探二例》(原载《星星》1985年第2期)中,逐句解读了《诱惑》全诗,指明这首"诗的内涵,纯任意象暗示,对主题没有作任何说明,全凭读者自己直接从意象所构成的诗境中去领会"。无须任何诠注便能作出判断,这纯全是诗学个例的理性研讨,而与被涉及者当时的和现时的人生走向毫无粘连。

诚然,石天河90年代撰著《广场诗学》,不可能不知道《诱惑》之后的北岛怎样了。但这种怎么样了,并非《广场诗学》所要面对或者回避的话题,我相信他是心地坦然的。而佯谬语言,乃是80年代崛起的那一批"新潮"诗人习用的一种特殊修辞,从中"摘出几个零散的句子,来作艺术技巧性的说明",这种选择实在未可厚非。与北岛一同入选的,还有杨炼和舒婷,他们当时都是那批诗人的代表之一,后来进行严肃的研究,舍他们而谁?贺敬之当然是中国现当代诗歌领域中一位风流人物,但在这种特定界线内,完全不相干,自然不能列入研究对象。

据我了解,石天河从来不是那种翻筋斗的理论家,他对北岛的评论也是一贯严肃的。他那篇《意象新探二例》写于1984年12月,当时的北岛已被某些人捧为"新潮"偶像,他却只是说,"在我国现时采用现代派手法写诗的青年诗人中,北岛的诗,由于他习用常态的意象和通俗的语言,比起那种用畸变意象与诡异语言来表达的诗,还算是较为容易懂的"。进而还揭示,《诱惑》一类诗"是以理为主,理居情上,情浅理深,情随理显",决非如西方现代派诗学标榜的"全凭直觉认识世界"。应该说,像他这样当时不附和追捧,现时不矫情贬抑,正是理论研究理当秉持的本色态度。

这种本色态度,体现在顾城就更突出了。也是在80年代,也是顾城正受追捧的岁月,石天河写过《朦胧诗评议》。在那篇文章里,他点姓呼名,把顾城的《弧线》列为上品,《泡影》列为中品,《祭》和《豆荚英》列为下品。并且直言不讳地批评,《祭》"仿佛是对自己绝望心境的自我欣赏",《豆荚英》则"是一首很坏的诗","绝望,成了诗中感情的主弦律"。

当时他就大声疾呼："对于朦胧诗中以绝望为主弦律的诗作,给以严肃的批评是很有必要的。"可惜当时这种黄钟大吕之音太少了,要不然,顾城或许有可能后来不至走得那么远。

我把顾城拉进来,用意很清楚,就是要强调对于石天河这样一位诗人兼学者的诗学专家,不应当怀疑他一以贯之的十分严肃的理论态度,随意的责难有失于公允。相反地,还应当承认,如此一以贯之,十分严肃,其源盖在德、才、胆、识,尤其是不可或缺的文德。事实上,不仅文艺理论研究才这样,哪一界都一样。既要搞研究,势必要涉及到人,而一切人无一不是社会人,社会人无一不会在社会运动中发生这样那样的变化,其中有的人甚至还会发生质的变化。对于发生过变化,甚至是质的变化的人,不是能不能研究的问题,而是会不会研究的问题。正确而严肃的会,就是把研究对象放在一定的社会历史条件下,实事求是地分析和评价,管他叫做北岛也好,叫做南湖也好,一律当作特定具象,当作信息符号,能不因其一时的进显达荣而涂金抹粉,又不因其一时的退隐穷辱而落井下石。这就是德,德为帅方可言及才、胆、识。从《广场诗学》之涉及北岛,我看石天河该是当之无愧的。

当之无愧而招致责难,我寻思,倒也并不奇怪。除了对于任何一个人,任何一本书,都可能出现并允许存在不同的意见而外,具体到北岛那样发生过引人注目的变化的文艺人,恐怕还有着更深层次的社会历史原因。质言之,就是多少年以来,积聚生成了一种习惯性的思维方式,容易在非政治领域实行"政治介入",从而按后发的政治变化实行"以人划线"。尽管新时期举国大气候早就不是这样了,但在有的人那里,仍旧当作天经地义。在文艺理论界,至今这还不是太个别的现象,石天河很明白,所以他只一笑置之。但是我要说,这种现象最好不要再存在,因为它所影响的,远不止于一部《广场诗学》的名声荣誉。

(原载 1995 年 3 月号《四川作家报》)

六
评
论

从《不老草》看梁上泉的
诗美追求和诗体创新

　　20 世纪后半叶的重庆诗人群落里,真称得上超越了地域影响,而在汉诗诗坛上标新立名的人物,五六十年代当推梁上泉和陆棨,八九十年代则数傅天琳和李钢。四位诗人中,梁上泉尤为值得钦佩,不仅扬名最早,用功最勤,积诗最富,而且进入 21 世纪前后,当其不少同时人或后来者相与难耐清寂,变得诗兴趋淡的情势下,他依然在不断地行吟,不懈地探索,恍若不知老之已至。继其已出版的 26 部诗集,去年 6 月他又辑成一集《不老草》,由中国三峡出版社推出面世了(据我所知,他的第 28 部诗集也即将印行)。在所有当代汉诗诗人里,诗集部数和诗作首数是否最多姑且不论,距离南宋诗人陆游"六十年间诗万首"尚差多远亦自不论,单是凭这一创作实绩,就足以令人生出一份叹服。

　　这一部诗集取名《不老草》,显然寄寓双重涵蕴。从生命价值看,诚如序诗一宣示的那样:"一棵不老草,教我人不老。虽近古稀年(梁上泉今已年届 73 岁,逾古稀了——笔者注),花甲减去了。返老又还童,几岁小宝宝。"这其间,"不老草"只是一个喻体,借喻诗人诗的生命永不衰老。非惟不衰老,还返老还童,像明人李贽倡扬的那样永葆一颗"童心"不泯。如此自喻,梁上泉决无半点矫情伪饰,他半个多世纪内爱诗如命、以诗为魂足以作证。既往出版的 26 部诗集是一种证明,新辑成的《不老草》另是一种证明,一种特殊形式特殊方式的证明。因为"草"从来就有另外一个引申义,即指草稿或未定稿。古往今来,一般骚人墨客多习惯于将草稿或未定稿藏之秘屉,断不肯轻易示人。但除开出口成章或者倚马可待之作,大量诗文毕竟都是由草而成,由未定而改定,其间演化之踪多记录着诗思文脉的生成由来,甘苦和得失于己于人都格外珍贵。如今梁上泉一本"童心",把他从1965年到2003年长达38年之间的"草"类诗作辑集出版,公开示人,一方面表现出他对个人诗品诗艺的自信,另一方面也体现出他愿己之诗作任人评说的坦诚。人们品读《不老草》,很容易发现,从中展示出的梁上泉这一位当代诗人,他是如何从现实生活撷取灵感,从传统诗艺汲取经验,数十年如一日取向明确地追求诗美,情感专注地创新诗体的。因而这是一部不可多得的特异诗集,由兹所传达的信息量,很有可能超过他既往诗集的总和。

梁上泉把"微型小诗"排为第一辑,这种编排法,以及这种诗入选,于他个人既往当属未曾有过。辑前序诗写道:"型微意不微,精短有情味。更爱小诗小,大能容万类。"从中透露出,他比较清醒地意识到,这种诗之所以为诗,除了形式上的"型微"和"精短",关键还在达到"意不微"和"有情味"。哪怕仅有只言片语,既然叫诗,总得抒写诗人对于外界事物的心灵感触或情感体验,否则就会自外于诗。或许正由于特别看重这关键所在,所以他在为之定名上流露出了些许彷徨,不肯像时下一群重庆诗人那样,把一至三行的诗建构称为"微型诗",把四至十行的诗建构称为"小诗",而是调和性地统称为"微型小诗"。揣度个中的情由,肯定不在于故意标新立异,希图自成一说,倒很可能是惩鉴于自己和他人的作品当中,一部分以诗建构为意指向的语词组合尽管"型微",却疏离了诗自身所不可违的文体特征。

限定行数的所谓"微型诗",固然古已有之,标名为一个诗的品种却充其量在十年内外。考之清人沈德潜收入《古诗源》的《禹玉牒辞》、《带铭》、《蟪蛄歌》、《楚人谣》之类,行数倒多是二行三行,有的也不愧为诗,但不少的终只能归为警句、格言、谚语、民谣、碑题、铭记之类的骈语或韵语,形类诗而实非诗,自古及今都不一定得到广泛性的文体认同。20世纪20年代以降,"小诗"之名出,冰心的小诗集《繁星》和《春水》一般每首只有几行,但总以情致温婉、意绪清丽耐人品味,所以不特名重当世,而且遗响久远。由重庆走出去的诗人沙鸥,后来也以"沙八行"著称,但他的八行诗中心点在诗,"八行"只是标志其建行特征的修饰语或界定语。至于小诗小到只有一行,如鹿鸣的《石舫》,小到只有一两个字,如北岛的《生活》,孔孚的《大漠落日》,佳构无非偶或一见,然而既难得,更未必衍生得成单一诗体。因此梁上泉临歧而惧,未敢跟风硬性划分出"微型诗"和"小诗",彷徨的内核其实是慎重。

辑入《不老草》的"微型小诗"合计246首,始于1977年3月,迄于2003年4月,反映梁上泉寄意其间历时甚久了。在这20多年内,他出版过14部诗集,都未将这类诗选进去,是否意味着,他对这种即时性和随意性颇强的诗情捕捉已经完成了灵感→构思→造语的诗美升华过程还心存犹疑?据我所知,他一向无论走到哪里,总会带着一个小纸本,随看随问随想随记,说不定什么时地灵感火花突然一爆就变成了小纸本上的句子。这样的句子,有些当即就能化为诗,有些则未必然。如今来读这246首"微型小诗",恕我要说老实话:当初的犹疑多少还是有其道理的。像"诗与人生"一栏当中,"人要品格,诗要血性","诗贵真诚,人贵品行","诗为情语,语为心声"等三组骈语韵语,并未涉及物我之间的心灵碰撞和情感转换,归为格言式诗话可矣,称为诗恐怕难以获得普遍认同。至于《美的价值》只有"在于生发更多的美"一句,《十五的月亮》更少到只有"可别自满"四字,"微"则微矣,同样是众人能说的白话,要么缺寄兴,要么少情味,难以收揽入诗苑。好在类似的瑕疵所占比重不大,多数作品自有其诗的韵致。即便上述格言式诗话,也揭橥了梁上泉的诗观和诗品,可以与诗相映相生。

排开其间的疑似之作,梁上泉的多数"微型小诗"确乎做到了"意不微","有情味"。就其感受面来看,大至于大海、云山,高至于月亮、流星,远至于神农始祖、比萨斜塔,小至于水珠、黄叶,低至于餐桌、曲径,近至于桌上棋盘、冰雕群像，无不在不经意间扫描到了，从而"世间风物显百态，争入眼底来"。（《世间风物》）诗絮亮点如此繁博，在既往的诗集中，还未曾有过。他几乎总是倾注真情，借助白描，辅以象征、比喻之类的表现手法，将诗情传达与画意勾勒或者人生体悟、哲理寻思结合起来，点染新的诗情画意。如《咸亨酒店》仅止于一行：

茴香豆已香了几十年。

就穿越时空，上溯鲁迅笔下《孔乙己》的小说意境，下穿由兹及今的好"几十年"，浑然浓缩了两个时代的百味人生。一句三顿九个字，看似纯系白描，但"茴香豆"既是象征，又是喻体，一个"香"字充作诗眼力透今昔，任随你品出多少韵味也未可穷尽。如《人生印痕》之 16 也仅有两行：

童年吃过的清明粑，
到老还没完全消化。

同是明白晓畅，却又似甘洌的清潭深不可测，陈年的醇酒味道绵长，溶进了多少童年、身世、亲情、乡情的无尽回忆。这种回忆之甜之美既专属诗人个人，又普适来自中国农村的大多数成年人，特别是其中始终保持赤子之心的老年人。而《人生印痕》之 38 则多了一行：

你在楼台上赏月，
我在楼台下赏你，
两个月亮聚合在一起。

说不准是恋人，是夫妻，意境主体虽然不十分确定，人月融一的袅袅诗情和绵绵画意却流溢于字里行间，再明亮再优美不过了。较之唐人李白诗

253

《对酒独酌》所抒写的"花间一壶酒,独酌无相亲,举杯邀明月,对影成三人",说是韵味有所过之,我个人认为信非虚美。至于《山花朵朵》栏里的四行诗,《武陵源写真》栏里的八行诗,选入的首数虽不及二行诗、三行诗多,但从总体看,无论立意、构思、造语和传情,诗美的磨合当略在其上。

　　这样的落差,不仅限于梁上泉的"微型小诗"才存在,可谓相当普遍。其根由主要不在或一诗人——包括梁上泉以及其他人,而在诗语承载力。现代汉语的语词表现功能虽然十分强劲,经过诗人锤炼的诗语虽然极有可能更具张力,但一定的语量毕竟只有一定的意义,要想诗的意韵情味都通过一二语句表现出来,多数情况下难乎其难。古代汉语语词简约,古代诗人尚且不敢将一行诗二行诗单挑出来奉为一体,当代诗人强致其功总有点勉为其难。个别的或少量的妙手偶得固然可欣可佩,但因而引为范式,终属牵强。迄今所谓"微型诗"佳作盖寡,非诗混迹,便昭示着这种局限不以任何人的主观意愿为转移。突破局限的必由之路,一在运用的适度,二在尽可能不受其拘役。这两个方面,特别是后一方面,梁上泉作了有益的实验。除开先前已见诸其他诗集,被他称作"新绝句"的四行诗而外,他还颇具创新意识地属意进行"微型小诗"的组合运作。《云山草叶》组合了52首二行诗,每一首都是独立的意象,例如:

缙云山静坐在暮云里,
默想着无尽的往事。
　　　　——其二
云雾裹身倍感清凉,
一件脱不掉的衣裳。
　　　　——其七
坐在秋蝉的合唱声中,
我也变蝉儿隐入树丛。
　　　　——其二十八

254

而将全部 52 首按感物时序排列组合起来，竟然俨若一首 104 行的复合型的纪游性的抒情长诗，不仅将盛夏时节缙云山的风光风情丰盈地纳入其间，而且诗人也主体融入，达至物我无间。由此 52 首二行诗相加，不仅将单一变成繁富，而且繁富的诗美蕴涵超越了单一的诗美总和。《世间风物》的 62 首二行诗和三行诗组合在一起，尤其将他从 1997 年 8 月到 2003 年 4 月 6 年间在不同时间、不同地点的诗美捕捉涵汇于一体，真个表现出"显百态"的"世间风物""尽入眼底来"。凝练与宏博，冲淡与热烈，婉曲与奔放，浅近与深邃，诸如此类异质性的诗美表现元素异常奇妙地演化为繁富，非但以前梁上泉的单一诗作里未尝有过，就是置诸当代汉诗林，也是一丛丛的奇葩。

如果寻其借鉴的源头，或许可以上溯《诗经》十五国风中的《麟之趾》、《甘棠》、《采葛》、《卢令》诸作。然而那些二行诗和三行诗，充其量三章而已，并且章与章关联比较紧，毋庸分割抽取，所以仅止近似罢了。说到底，梁上泉的组合式"微型小诗"，即便对之稍有借鉴，也只不过是构形建章的古为今用，本质上仍是对诗体的创新性实验。这不能不使人记起他在 1992 年 4 月 1 日所写的《梁上泉诗选·自序》里的一段话：

> 在诗艺上我主张扎根于现实生活的沃土，尽量吸取古代诗词、民间歌谣和外国优秀诗歌的养分，力求开出具有民族特色和现代意识的诗花。真、情、深、新、精、音，这"六字真言"是我的总追求。

持续二十六年辛勤耕耘于"微型小诗"苑圃，正是他这种"总追求"的基点，更是一种自觉选择。其间的组合式"微型小诗"，较之或一单首诗作，尤其"具有民族特色和现代意识"。

第二辑"六弦琴续弹"的六行诗，原本也属于"微型小诗"之列，梁上泉将其单列出来，足见情有独钟，爱之弥深。辑前序诗写道："弹拨六弦琴，承传融古今。惟求精炼语，意象更翻新。"一字字，一句句，绽放他的心血之花。所谓"融古今"，的确无虚妄。远肇《诗经》，风、雅、颂凡 305 篇，计 1142 章，其中四行一章者 372 章，占 32.5% ，六行一章者 239 章，占 21% ，八行一章者 222 章，占 19.5% ，其他从二行、三行到七行、九行直至三十一行一章的杂行诗共 17 种 307 章，占 27% 。这其中，十五国风 160 篇，纯由六行建章而成的《殷其雷》、《柏舟》、《墙有茨》、《女曰鸡鸣》、《出其东门》等诗合计 25 篇，占 15.6% 。统计数字表明，六行诗在春秋时期是一种常式，其地位仅次于四行诗。降及汉魏六朝，古诗渐次以四行、八行为主，六行亦并不鲜见，诸如李陵《别歌》，李延年《佳人歌》，左延年《从军行》，鲍照《代鸣雁行》均为其间翘楚。南朝沈约等人以"中和为美"，乃取《周易·系辞》两仪四象八卦之说以论诗，但言"回忌声病"，力主"约句准篇"，不仅为律体诗构建了理论基础，也导致了八行诗跃居首位，四行诗次之，六行诗与其他行式诗同退为异类的局面。尽管如此，在律体诗集其大成的唐代，古代诗中依然时有王维《送别》，李白《乌夜啼》，柳宗元《雨后晓行独至愚溪北池》那样脍炙人口的六行诗作靓影偶现。演进到宋词元曲，小令《如梦令》、《红绣鞋》等牌调，犹自以六行建章。但自六朝、隋唐迄于现当代，四行诗和八行诗毕竟成了汉诗主流，任情流泻的多行诗抑复常见。在这样一条汉诗流变长河中，梁上泉上祧《诗经》，下视当代，独辟蹊径，在六行诗上倾注常人所乏的热忱，委实值得给予特别的关注。

　　建行决非无关宏旨，尤其对格律诗或准格律诗来说，它牵连着诗的外节奏。现、当代的汉诗格律诗或准格律诗，虽然不是古代格律诗的现、当代汉语语词变体，但受着后者影响，毋庸置疑。古代格律诗无论四行、八行，受制于四象，句内讲头尾腰膝，行间讲起承转结，约定俗成地形成了四顿之规。这四顿之规，行间尤明显，俨然成为定式。这种语言外节奏，确乎有利于表现情感内节奏，可是倘若全都奉为不二法门了，又难免隐含繁富掩藏的单一。而梁上泉所弹奏的"六弦琴"，就着意打破了行间的四顿之规，一般显为三顿。例如《偶遇》一诗：

血的燃烧,泪的奔流,
几年不见盼白了头;
我的诗心,你的笑口,
感应虽灵也难解愁;
我往北行,你往南走,
何时能够同歌同游?

一、二行为一顿,三、四行为一顿,五、六行又为一顿,行间语句好似涌起三叠波澜,外节奏与内节奏相生相济,相推相递,不求其结而余韵悠扬。有些也用两顿,例如《黄昏》一诗:

黄昏,飞鸣累了的鸟群,
划着弧线正在归林,
隐进了那丛丛树,
没入了那片片云。
我也静对最后的光晕,
待听夜的灵音……

前四行写物写景为一顿,后两行写我写心为一顿,合成一幅意境。甚至于还有一行一顿,如《收藏》:

让我收藏落日的余晖,
让我收藏先烈的残碑,
让我收藏老人的冷泪,
让我收藏青年的怨悔,
让我收藏讽时的民谣,
让我收藏难开的花蕾。

顿与顿之间距离减至最低限度了,紧凑,急促,正好与其深沉而又浓烈的情致意绪相应和,诗语对诗意的负荷和扩张远比分开来的六行多。这样的六行建章,不仅较之历来习见的四行、八行诗体构建发生了结构异质,而且新变的本身,也颇有助于构思精练、取式灵动和造语不拘一格。相对于句中"音顿",我权且把句间之顿拟称为"波顿",并且相信,"波顿"对诗的结构美和音乐美的塑造功能不亚于"音顿"。其间的内形式美与外形式美越谐和,诗美创造的可能性和可行性便越大,梁上泉分明会之于心,应之于手,因而能为当代汉诗奉献出这一律式。到目前为止,他的"六弦琴"格律体诗,比组合式"微型小诗"更广为人知,更受人推重,可谓良有以也。好比"沙八行",这一类诗尽可称为"梁六行",藉以突显个人烙印。

不自诩为"梁六行",而命名为"六弦琴",透露出梁上泉对音乐美的重视超乎对结构美的重视。这在我看来,并不意味他对诗的结构美缺少关怀,而仅止是折射出了他托身诗艺半个世纪以来,一贯讲究音乐美,以至诗多能诵能唱,他本人对此挺自珍自爱。前已出过《六弦琴》专集,时过十年又倾情"续弹",珍之重爱之深当非等闲所可企及。品味"续弹"之作,除开行间"波顿"外,句中"音顿"的把握和运用同样见出他用功之精。虽然个别诗如《吻别》有二顿句,《故乡之路》有五顿句,但大量的是呼应传统的四顿句、三顿句。例如《书笺》的四顿:

> 疏林　间的　阳光　斑斓,
> 我在　树下　阅读　秋天。
> 卷开　卷合　时想　时看,
> 不知　翻到了　哪页　哪篇。
> 正好　飘下　红叶　一片,
> 微风　给我　送来了　书笺。

例如《回想》的三顿：

　　拾回　一片　红叶
　　为想念　那一棵　树；
　　揭回　一片　苔藓，
　　为想念　那一山　上；
　　摄回　一叠　影像，
　　为想念　那一条　路。

既不回避又不追逐更多更少，从根本上看，当是有意识地继承和借鉴古代汉诗七律、五律的"音顿"成功经验，使诗臻于节奏铿锵。现、当代汉语里的双音节词大为增多，多音节词亦时有加益，他十分善于精挑细选，尽量少用多音节词。但语词组合只讲大体整齐，免却了以辞害意，生涩扭拗。句尾无诗不用音韵，虽然偶或用过仄声韵，如《美的感悟》一、二、四、六句分用"息、丽、意、趣"押韵，但大多是选用平声韵，音质浏亮，音调绵长。这一切，与他多年熟谙七律、五律分不开，也与他善写歌词分不开。

　　梁上泉的"六弦琴"，还相当注重炼字、炼句。除了质的意为先，在形上，他不但常用比喻、象征、借代、设问等修辞手法，而且大量使用古代诗词和民歌，特别是十五国风、汉代乐府和宋元小令中所常用的反复、排比、顶真、回环。例如《灵境》：

　　夜听春雨潇潇，
　　昼看瑞雪飘飘，
　　花对露珠笑笑，
　　风吻叶芽悄悄，
　　水流大大小小，
　　诗语絮絮叨叨……

这首诗里的一行之"听"、四行之"吻"两个动词,前四行双声叠韵的四个双音节词,后两行重复用字的两个四音节词组,都经过了推敲和锻炼,读来朗朗上口,绵绵传情。前五行里的"诗语"主体究竟是隐去的诗人自我,还是明示的"花"、"风"、"水流",抑或物我相溶,天人合一,任凭欣赏客体去体味,不好也无须刻意地坐实。全六行都是反复而兼排比,句中和行间无不抑扬顿挫,悠扬回荡,节奏、音律和乐韵美感横生,形美与质美相得益彰。只不过他的"六弦琴"弹得过于熟了,致令少数诗作滑向了乐胜于情,形胜于质,导致情意失之浅白,多少给读者留下些遗憾。

第三辑"抒情谣曲",第四辑"长笛短吹",与前两辑相异之处在于诗长。前者从十几行的抒情短诗,嬗变到三、五十行的抒情长诗,映现出梁上泉是一位抒情诗的多面手,不仅能微吟小唱,而且能作复调长歌和铺陈抒写。后者则是小叙事诗乃至于剧诗,但仍"尤重抒情时"。与前两辑相同之处仍在"能唱",不仅抒情诗是"试将谣曲唱",而且叙事诗也"长笛短吹奏"。比起"六弦琴"格律体诗和组合式"微型小诗"来,这样的诗作,这样的特色,在他既往的诗集当中已多有展现,相关的评论亦复不少了,无须我来多加赘述。我能强调的只有一点,就是这两辑诗除了继续着他半个世纪以来诗路寻绎的基本轨迹而外,也对当代汉诗体式的多样化和多向性提供出了一份可描摹标本。整个一集《不老草》,恰似赵心宪为之所作序中已提到的那样,"显然在提醒我们应注意什么"。我赞同这一推测,并且依稀地感觉到了,梁上泉年逾古稀结集献出《不老草》,并不只是执意表达个人诉求。他在宣示个人的诗美追求是什么,诗体创新怎么样的同时,似乎也在借此寄言于诗坛同道,要重视总结当代汉诗在其八十多年演进历程中积累起来的经验教训,为诗美塑造,特别是诗体建设多作实验,多求建树。

设若我的这一猜想尚无大谬,那么我要说,经由《不老草》,不仅可以更切近地认知梁上泉其人其诗,而且对于当代汉诗的未来走向将会拓宽视野和增添乐观。不管当代汉诗存在多少不尽如人意之处,经过几代人不懈求索,抵进世纪交替前后十余年间,诗坛中毕竟有较前为多的人趋向两点认同:一是诗必须回归本体,歌唱本真,体现对人生和生命的终极关怀,在诗的文体可能中去张扬诗的美学本质;二是建立格律诗,完善自由诗,合而成为当代汉诗文体建设的两大使命,其间格律诗和自由诗都要拒绝封闭和僵化,无限多样性和多向度的选择前景才可能变成现实。梁上泉不是用诗学理论,而是用创作实绩,为这两点趋同之识提供了注释。人们不但可以重复他已取得的成功经验,而且,也可以和更应该扬其具象,取其抽象,在诗美追求和诗体创新上走出自己的路。依我看,《不老草》普适性的启迪价值正在于斯,梁上泉也将因之而在当代汉诗演进史上留下个人的履迹。

(原载于 2000 年《艺文论苑》创刊号)

六
评
论

江山风雨认前朝

春节前后的一段日子,我看电视剧,认定了只看《江山风雨情》。编剧朱苏进、导演陈家林以及王刚、唐国强等一大拨演员都颇优秀,固然是吸引我的重要原因,但更主要的,还是由于从中获得艺术愉悦的同时,也在历史认读上达致了一种文化趋同。

在我印象里,自从《努尔哈赤》、《成吉思汗》等影视作品问世以来,对于明清易代、宋元交替之际出现的少数民族英雄人物,大多数人已能突破视为"异族"、"鞑虏"的传统偏见,不再以之为怪。然而,对于背明投清、叛宋降元的那些汉族文官武将,是否仍然该判为"汉奸",从学界到民间,时迄于今犹看法不一。《江山风雨情》就触动了这样一个敏感话题,把吴三桂、洪承畴等历史人物置于明季风雨飘摇的特定历史环境当中,既立体性地又多侧面地作了性格、行止的艺术示现,而未沿袭似已盖棺的既成定论,照旧加诸"汉奸"诛语。排除其间虚构情节的戏说成分,还原于大中华民族国家的形成过程,我个人以为,这一突破是可取的。

艺术界的这一突破,实际上,是以史学界的新研究成果作为背景的。上个世纪末期,关于中学历史教科书中是否应当继续将岳飞和戚继光一样视作民族英雄的那场学术争论,即已导其先声。这个世纪伊始,教育部组织编写的,由复旦大学姜义华教授主编的五卷本《中国通史教程》,进一步突破了统治中国史学体系两千多年的中央王朝兴替体系,以及19世纪末"进化论"传入后形成的上古、中古、近古、近代体系,而主要着眼于中国和中国人形成与发展的历史过程,重新将中国历史发展演变大致划分为七个阶段。从古史传说中的华夏、东夷、南蛮、西戎、北狄诸多族群发端,历经几千年间不同部族、民族千百次的迁徙、冲突、混合、同化和重构,逐步融合成为生活在现今中国大地上的包括最大族群汉族和蒙、藏、维、回、满、壮等少数民族在内的 56 个民族共同组成的中华民族大家庭。各族人民都为缔造中华国家和中华文明作出了各自的独特贡献,尽管这一进程并非都是和平,而是不乏战争、征服和屠戮,终无损于各民族在中国历史发展中的主体地位。其间的 13 世纪中期至 16 世纪中叶,包含着宋元交替和明清易代,正是大一统的中华族群、中华国家和中华古代文明普遍发展与局部更化阶段,即中国历史发展第五阶段,到清王朝时期,中国作为一个包含现今全部版图在内的多民族的统一国家已经稳定地确立。显而易见,蒙族建立的元政权和满族建立的清政权,决不能与从未融入中华民族大家庭和中华大一统国家的沙俄、日本相提并论。只要承认这一点,就相应地也应该承认,吴三桂、洪承畴与汪精卫、周佛海不能画等号。辨明这一点,归根结底不是为吴、洪之类个人翻案,而是摈除"异族"、"鞑虏"之类的传统偏见,在中华民族大家庭中对少数民族作文化认同。

那样的传统偏见之所以会产生,会流布,历史文化上也有其根源,那就是以汉族政权为主流的中央王朝正统观念。其实那种正统观念仅止说起来顺溜,若验诸中国历史发展演变过程,很难自圆其说。先秦不必细究了,只看一看秦统一至清灭亡的 2132 年间,元、清两朝合计 364 年,南北朝、五代十国和宋、辽、金、西夏分治合计占 541 年,二者加起来共计 905 年,比例高达 42% 以上,倘若贬斥少数民族建立的政权,中国历史就会呈现出若续若断之态。所以,历代封建史家修撰的二十四史,少数民族政权史或汉族政权与少数民族政权分治史就占了八史,没有让偏见割断历史。司马光在《资治通鉴·魏纪一》里更有一段至理名言:"虽华夷仁暴,大小强弱,或时不同,要皆与古之列国无异,岂得独尊奖一国谓之正统,而其余皆为僭伪哉!若以自上相授受者为正邪,则陈氏何所授?拓跋氏何所受?若以居中夏者为正邪,则刘、石、慕容、苻、姚、赫连所得

六
评
论

之土,皆五帝、三王之旧都也。……是以正闰之论,自古及今未有能通其义,确然使人不可移夺者也。"后来那些把蒙元、满清视为"异族"、"鞑虏"的人,特别是当今某些号称宗奉马克思主义而又恪守大汉族主义的人,比之于先贤,岂不是思想过于贫血吗?

回到《江山风雨情》上来,一部电视剧,当然也不能等同历史教科书。其间涉及到的历史事件和历史人物,即便按照《中国通史教程》新设的体系当作何如评价,学界和民间同样还有讨论的余地,我的一孔之见尤其随感而已。只不过感之所至,我确实认定,重庆人对于宋蒙(元)钓鱼城之战,对于明末清初巾帼英雄秦良玉,无论是作历史评价,还是作艺术再现,都需要而且可以从中受到启迪。诉诸先进文化,诉诸和谐社会,这一点启迪,理当成为题中应有之义。

（原载于 2006 年 2 月 9 日《重庆日报》）

为文学坚守一方干净的天地

——从傅天琳获奖漫谈开去

好几年未曾见过傅天琳了,只知道她在当外婆,依旧还写诗。重新听到她的声音,看到她的形容,是在她的诗集《柠檬叶子》获得鲁迅文学奖后。开初除去道一声祝贺,并未想过还要说什么。然而,由于一个词,一个分别出自傅天琳和吕进之口的词,却禁不住要信笔漫谈。

干净,那个词叫干净。

傅天琳接受媒体记者采访,似开玩笑实亦当真地表白道:"很多人说我年纪越来越大,诗却写得越来越好,越来越干净了。"那很多人中显然有吕进。他告诉记者们,"评委也说,她是最干净的诗人,诗集没有请领导、名人写序,也没有后记"。前者指的诗干净,后者讲的人干净,诗与人合一,真值得赞赏。

古今中外的诗坛巨擘,如屈原、陶渊明、杜甫,如但丁、拜伦、惠特曼,于诗于人,全都当得住干净二字。但是,飘逸豪放如李白,讴出"生不愿封万户侯,但愿一识韩荆州"两句,终究透露出了些许意欲干谒权贵的庸俗之气;鸿博劲遒如歌德,其诗品人品,也难免于像恩格斯所批评的那样,表现为"有时是叛逆的、爱嘲笑的、鄙视世界的天才,有时则是谨小慎微、事事知足、胸襟狭隘的庸人"。由之可见,保持干净并不容易。在当下中国的"三俗"泛滥的文化语境当中,要保持干净,更不容易。

论当世成就,论恒久影响,傅天琳诚然还不足以与古今中外那些巨擘相提并论。尽管如此,干净之见于诗品、人品,却是从不依据成就大小、影响久暂以分辨出优劣高下的。既然傅天琳本人，吕进等诗论家和鲁奖的评委们都在干净品格上取得了认同，那么，体会《柠檬叶子》如何干净贯之，就成为一种品读鉴赏的天经地义。

我未能具备吕进那样的新诗鉴赏资质，因而只就诗谈诗。而且，仅止是初读一过，随感而生，从某些字里行间捕捉感应火花。

在我看来，傅天琳和《柠檬叶子》的干净是——

"用雪亮的一笔"倾诉出的母爱。她向汶川大地震中遭灾遇难的孩子们发出"妈妈的呼喊"，告诉他们"假如还能重来/我要把你们一个一个全都装回肚子里"。她确信这种母爱"不需要理由"。

果园里"滴状，透明的滴状"的一滴水。它们"从岩石缝中滴出，从野花香中滴出/一滴，就那么一滴"。连"黄河都可以断流"，这一滴水却是"不断"的，以至"成一碗水/成果园里最小的湖泊"。

把"整整六十年的垃圾"都"清扫"尽的花甲女生。"统统倒掉"的有"过期奶粉、油、糖/和过期的荣誉"，"还有杂念"。还"在墙上多凿几个窗子/让屋子和心灵一样通透起来。"于是乎，"还像十六岁一样热爱花朵，热爱美"。

花甲女生中，那个"让仙丹般的香气/时时在你骨头里走动"的诗人主体。诗人纯情地感念祖国："是您的群山、峡谷、沙丘、大海/和阳光一起奔涌而来……告诉她/应该怎样成为一个诗人"。

究竟是"应该怎样成为一个诗人"呢？傅天琳已然作出了表达："她一刻不停地从花朵里/提取红色，就像从爱情里提取镭/深深深深的爱啊……就是一心一意把树种好/饱满着，绿着，像血液一样葱绿着"。循着"她以为最好的表达"逐首逐句逐字读下去，我读出了六个关键词。

其一：纯洁。她直抒胸臆地浅近设喻："纯洁，人类最美的女儿/最容易受到伤害的小女儿"。进而坦陈"我曾无数次祈祷上苍，请爱惜她们"。可见她把纯洁看得头等重要。我认为她为人为诗，都以纯洁为个性的特质。

其二：真实。纯洁归附生命，生命必须真实，她从"气息"里体悟了真实："比如脸，可以整容/声音，可以化妆/情感，可以换了新衣再加外套/而气息是真实的"。因为"唯有气息，能让我认清"。由此她的诗浸润进了生命的哲理。

其三：朴素。真实的本质就在于朴素，所以她"曾从一粒红小豆/闻到朴素，饱满/闻到一首诗的品质和北方太阳的香味"。正是基于此，她的诗日益洗尽铅华，于朴实中显出更纯更真更美。

其四：自然。自然态的真实才是极品朴素，傅天琳已深谙其道。"静静感受湿地的温暖"，她发现了"全是自然的，野生的，不经修饰的/和庄稼一样浩荡的芦苇"，禁不住要求"让我也回到白色草根，闭门不出"。她做到了。

其五：包容。朴素、自然绝非单调。"维吾尔史诗包容一切/连同雪山、风暴、沙丘、毛驴、羊/连同死亡和赞美"，傅天琳从中领悟到了生活真谛。因而她这部诗集突破既往，超越自我，全书五辑张扬出了兼收并蓄、含宏吐纳的动人风采。

其六：过滤。当了外婆的傅天琳已年逾花甲，但她还期盼"回到三岁"。她居然呼唤"我们这些锈迹斑斑的大人/真该把全身的水都拧出来/放到三岁去过滤一次"。经由多重涵蕴的过滤，《柠檬叶子》真个"为文字洗尽尘埃"，包容性地尽显纯洁、真实、朴素、自然的本色本形，融汇成了一片干净。

诗也干净，人也干净，获奖堪称实至名归。在电话上向傅天琳表示祝贺，我只用了这个成语。如今再往深层理一理，我依稀意识到，她是在自觉地坚守文学的人学本质。为文学，也为灵魂，她真是做到了"把脂粉、名利、欲念统统扔掉"，然后"快带上血液，审发，激情"，"在万紫千红的纸上"，"找到了永恒魅力的/白发的文字作衬"。不管她个人是否计较，寄寓于其间的普世价值的质感启悟，业已不仅止属于她个人。

好多年以来，文学艺术的审美理想频遭地震、雪灾侵凌，伟大、崇高、真诚、干净之类最该有的传承逐渐沦为稀缺。代之而起的极端畸变,演绎成为"欲望化叙事"、"下半身写作"寻欢卖俏,怪诞、鄙俗、虚假、轻薄几至到了无耻无畏的境地。即便能守住道德底线,不与"三俗"、恶搞为伍,精神上的侏儒化或乡愿化也成为了流行时尚,趋时追逐与自我放逐便好似一对孪生兄弟,或者该叫一体两面。面对着这股颓风,傅天琳和她的《柠檬叶子》坚守住了一方干净的天地,势必是显得异常珍贵。讲实至名归,这或许也是一项语中应有之义,比仅属个人更广远得多。

对重庆文学而言,傅天琳凭借《柠檬叶子》而获得鲁迅文学奖,与其说是打了一剂强心针,不如说是提供了一个比照体,有助于理性反思和智性顿悟。诗,新诗,新诗创作和理论研究、在场批评,一直都是重庆文学的强项和骄傲,诗情、诗才不亚于傅天琳的老、中、青诗人起码是两位数。李钢、李元胜、冉冉、冉仲景、杨矿,或许还有我不熟悉的其他人,都具备驰骋当今中国诗坛的实力。他们迄今未能获得鲁迅文学奖,或许真如傅天琳所说,"少了一点运气"。至于还有没有"运气"以外的原因,未尝不可以扪心自问。反正从傅天琳获奖可资确认,靠某些大家心知肚明的与"潜规则"相交媾的"诗外功夫"去自慰利欲,绝非正经的路数。

由诗宕开去,重庆的小说、散文、报告文学,也并非没有点得出名的一批作家。他们都确有一定追求,一定实力,并且取得过一定成绩,绝非沦于"三俗"者流。但他们的写作中,好些年,或多或少、或显或隐地掺混进了一些杂色杂质,不那么干净,而本人又不太自觉,容当无可讳言。

例如黄济人。新时期之初他以长篇报告文学《将军决战岂止在战场》强势闯入文坛,迅即广受瞩目,被誉为把"鬼"还原成人来写的第一人。其实不仅如此,他这部处女作还把"报告"和"文学"结合得相当完美,迄今仍是他的最佳代表作品。但他个人最好的长篇小说《重庆谈判》即已显露出把题材所固有的强烈政治性当作取胜不二法门,艺术想象力渐不如前的写作趋向,引起林亚光当面提醒他"回到审美"。及至遵命写作长篇报告文学《命运的迁徙》,文字比何建明同为三峡移民题材的长篇报告文学《国家行动》几乎多出一倍,"报告"和"文学"的结合却掉了起码一个档次。特别是散见其间的"全国人大代表"的身份自炫和高端俯视,令阅读者心理拒斥。如果他对此有点警觉,今后的写作,或许有可能回到起点的高度。

例如莫怀戚。他在跻身文坛之初的中篇小说《诗礼人家》和"大律师"系列作品,不愧为当时重庆优秀的文人小说。新世纪推出的长篇小说《经典关系》和《白沙码头》,由文人而世俗,思想内容别开生面,故事性和可读性都较前更强,在全国文学界一时广受青睐。只不过,这样两部总体不失优秀的长篇小说,涉笔于男女情爱虽然未逾审美底线,却像他的某些通俗散文一样,在度的把握上缺少些节制,甚或偶尔接近"欲望化"边缘。这就降低了审美品位,妨碍了主题表达,甚至给目为"低俗"者提供了攻讦的口柄。如果他愿意讲究干净,小说创作更上一层楼当会可以期成。

例如王雨。从《水龙》开始,经《长河魂》到《填四川》,他切入了巴渝地域历史文化的小说重述领域,传奇性叙事的尝试和持续也逐步地有所长进。这样两方面,不仅于他个人,而且旁及重庆小说界,都是一件可喜的事。可惜的是,他作为一位医学专家而兼小说作家,对巴渝地域历史文化并不是太熟悉,却又未免急于事功,及至在他的三部小说中,都出现了一些知识性的瑕疵。倘若他能像姚雪垠写《李自成》,唐浩明写《曾国藩》那样,更虔敬和潜沉地做实做足相关历史文化的必备知识功课,那么,急功近利和知识瑕疵两种杂质势必就能尽量减少或免除。

例如欧阳玉澄。重庆直辖伊始,他的长篇小说《巴水苍茫》曾经令我眼睛一亮,认为写川江船帮和码头袍哥以及相应历史人文风情,超过了鄢国培的"长江三部曲"。及至成书的时候,他加上了写建国后的十几万字,意欲写出一部贯穿20世纪的史诗性的大部头作品,任怎么劝都不肯割舍。其结果,入围上一届茅盾文学奖20部复评圈(迄今为止犹属重庆唯一一次)后,上半部备受赞赏,下半部太不相称,黯然地与其失之交臂。

269

后悔莫及之余,他按书商的要求,将《巴水苍茫》的上半部改写成为"走市场"的《血色峡江》,换了一个文学档次。倘若当初他不是那么欲望强烈,固执地热恋"史诗性"的功利效应,就只干干净净推出上半部,说不定他已经成为获茅奖的重庆第一人,重庆文学界也不至于迄今仍为茅奖空白而抱愧兴叹。

兴许他们都不只是一个干净所了得,但不管怎样有差有别,未能像傅天琳写诗那样潜心索求"干净,彻底。同一切杂色告别"毕竟趋合于一个共态。他们几位犹自如此,那么若干等而下之者,无论操弄的是何种文学样式,其作品的字里行间不时地可见杂色、杂质,而又难以自我发现,即或出现了也不肯扫除,就衍生成一种通病。更为等而下之者,时不时地打点"三俗"之风"擦边球",多少亦有一点必然。因而可以说,对于文学审美理想固有内涵之一的干净缺少尊重,缺少敬畏,缺少守望,乃是多年以来重庆文学在总体上缺少精品力作的一个不容忽视的原因。

设若认同这一点,那么,傅天琳这次获奖,就还具有超越为重庆文学填补鲁奖空白的普泛意义,那就是多少可以唤醒业界同仁对于干净尊重、敬畏和守望的自觉。一旦能有几十位,几百位,确实有理想、有才华的重庆作家振而起之,立而行之,共同努力为文学坚守一方干净的天地,重庆文学必将浴火新生。

寄望于斯,我要引《柠檬叶子》里的《鹳雀楼》一诗作结:

如果你携带十卷诗文
十卷山水
十卷风雪雷电
终未到达生命和境界
你快去登那座楼
王之涣的鹳雀楼,在永济
在日落之前

在黄河入海之前

如果你想看得远一些

再远一些

远到永远……

（原载于 2010 年第 2 期《红岩特刊·重庆评论》）

七

杂说

对于实施"重庆市历史文化名城塑造工程"的意见

一、发扬实事求是精神，协调五点基本认识

1. 用"巴渝文化"统括纷异的文化命题

多年来，关于本土历史文化的命题纷异杂陈，各有所据，各有所重，但又显得纲目相混，母系子系纠缠不清。唯独"巴渝文化"一说，合乎举国各地地域文化通例。纵向看，无论巴山、巴水、巴人、巴族、巴国、巴郡、巴县，也无论辖区大于或小于今之重庆，"巴"都名播遐迩，深入人心；"渝"作为重庆简称，同样具有极久远的地域源头（渝水）和历史根由（渝州）。横向看，自古巴文化东与楚文化相连合称"荆巴文化"，西与蜀文化相连则合称"巴蜀文化"。所以，相对于其他各种命题，"巴渝文化"是纲，是母系，可以统而括之。其适用时空，就是上下千万年，地域则以直辖后的重庆全境为界。

2. 正视"巴渝历史"的优势和劣势

在巴渝地区，从巫山猿人算起，历史的确非常悠久。从秦灭巴，公元前314年张仪筑城江州算起，建城历史也相当早。但在漫长的渔猎文明和农耕文明时期，巴山渝水恶劣的自然条件，加之历代兵燹战乱，经济、政治、文化发展均逊于蜀。渝中半岛一带的重庆主城，两千多年都只是个军事要冲和集散码头，生产水平不高，文教尤其滞后，地位和作用甚至不如奉节和万县。直到清嘉庆年间，方才第一次升位变成川东第一商业城市。大的发展，则在1891年开埠以后。这就造成了一种基本格局，虽然在器物文化（如现在还存留的一些文物遗产和发掘出来的地下文物）

和制度文化(主要是指民风民俗)两个层面上,都有一些东西足可引以自豪,但在更高的、作为衡量文化成就首要构件的精神文化层面上,却是乏善可陈。直到 20 世纪初出现邹容以前,巴渝本土确实没有产生过任何一个有全国影响的文化名人。从这个角度看,不能不承认,重庆历史上文化底蕴并不深厚。重庆之所以成为历史文化名城,固然也有钓鱼城之战那些因素,但决定性的因素出在开埠之后,特别是辛亥革命前后和抗日战争时期。宣传本土的历史名人,主要应着眼 20 世纪。

3. 充分发掘过境文化所形成的珍贵遗产

在精神文化层面上,尽管本土在 20 世纪以前没有产生过有全国影响的文化名人,但至迟从南朝郦道元写《水经注》开始,历唐、宋、元、明、清,包括陈子昂、王维、李白、杜甫、白居易、刘禹锡、范成大、李商隐、三苏父子、黄庭坚、程颐、陆游、王士祯、张问陶在内的著名文人,或流寓或谪居或旅经,都留下了大量的诗文、书法瑰宝。特别是杜甫流寓夔州三年,创作了 400 多首"夔州诗",标志他毕生的最高成就,迄今备受全国学术界推崇。起源于三峡民间的竹枝词,则由于刘禹锡谪居夔州时期的关注、吸纳和扬介,一直影响到现在。释、道宗教文化从川西北向川东南传播,至迟从唐代开始,西起大足,北到合川,东及忠县,南抵南川,亦留下了大足石刻、涞滩石刻、梁平丛林、丰都"鬼城"等众多文化胜迹。抗日战争时期,全国众多文化精英荟萃重庆,更是尽人皆知。我将这种现象称为过境文化,由之形成的文化遗产,实在是极具特色,弥足珍贵。如果再加上三国时期的蜀吴之战,宋元时期的钓鱼城之战、龙岩城之战,乃至传说中的"巫载国以盐兴",大禹涂山娶妻、三峡治水的故事,这类文化遗产还具备了多元性和异质性,颇合开放潮流。所以,开发和利用历史文化资源,理当以之为重点取向。

4. 大力张扬 20 世纪所出现的文化辉煌

综合上述 2、3 点,20 世纪的历史文化资源显然应是重中之重,值得大力张扬。除了已经纳入"革命文化建设工程"的那些内容以外,我认为主要应该开发、利用这么几个方面：①辛亥革命前后的英杰，如邹容、卞鼎、饶国梁、杨庶堪、张培爵；②20世纪20年代以降的民族实业家，如卢作孚、康心如、胡子昂、古耕虞；③20世纪前期出现的有全国影响的本土文化名人，以及虽非出生于重庆但毕生主要生活于重庆的有全国影响的文化名人，如吴芳吉、何其芳、向楚、何鲁、吴宓、陈子庄、侯光炯；④抗日战争时期聚集于重庆的众所周知的、难以列举的全国重量级文化名人，以及他们在文学、艺术、史学、哲学、新闻、出版各界的重要业绩、重大活动，及他们的活动场所和旧居故居；⑤出生于重庆或长期生活于重庆的民主党派和无党派人士的代表人物，其中特别是在重庆组建的四个民主党派及其代表人物；⑥抗日战争时期国民党首脑人物的旧居故居；⑦20世纪前期各国在渝使、领馆旧址，流亡政府旧址，著名人物（如史迪威、马歇尔）故居；⑧清光绪至宣统年间重庆兴办的新式学校，如求精、广益等等。历史唯物主义地对待这些人事及其遗踪，正可以显耀这座历史文化名城在文化上的开放性和前进性。"陪都"之称，不必讳避。

5. 对重庆人所乐道的一些历史人事话题要用当代观点审视

由于20世纪以前重庆没有出过有全国影响的文化名人，一部分重庆人（包括一些文人、官员）总喜欢宣扬巴蔓子、"上帝折鞭钓鱼城"、"三次建都"和"民族英雄"秦良玉，其情结虽然可以理解，但过头了或违实了，客观效果却不好。巴蔓子仅见《华阳国志·巴志》，时距千年，语亦简略，未必可以尽信；且其行为既有壮烈的一面，又有失信的一面，未必值得太过尊崇。蒙哥死于1259年，在此前，蒙古铁骑西征欧洲和西亚的两路大军便受阻后撤了，不能违背史实硬说钓鱼城之战改写了世界历史；过分渲染"上帝之鞭"，无意识间在国际上附和了欧洲人制造的"黄祸"之说，在当代中国也不利于民族团结。春秋的巴子国、元末的大夏国，都是中国历史上的偏霸之国，作过偏霸之国都城的城镇数以百计，没有什么了不起；何况在今之重庆境内，奉节和巫山还曾作过夔子国的国都，明末彝族首领奢崇明也曾以重庆为都建立过梁国，加上抗战"陪都"，根本就不是什么"三次建都"。至于秦良玉,虽然效忠明室,两次率兵北上抗清,但一生主要精力用于"专办剿匪",即镇压张献忠、罗汝才的农民起义和杨应龙、奢崇明的土司叛乱,不以阶级斗争划线可以视为巾帼英雄,但决不适宜于奉为"民族英雄"。厘清诸如此类的是非正误,方有利于站在当代先进文化立场上,真正做到"合理开发与利用"本土固有的历史文化资源。

二、遵循因地制宜原则,搞好六项文化建设

1. 主城区多点特色文化群

①佛图关碑刻、园林大公园。如今佛图关和鹅岭分成为两个公园,后者超过前者,以园林取胜。但在民国初年以前,这一带连成一片,山临两江,林木蓊郁,系以佛图关扬名。蜀将李严曾经打算开凿佛图关,沟通两江,受诸葛亮阻作罢。唐李商隐《夜雨寄北》诗,据传即写于佛图关夜雨寺(残址在电视塔)。宋彭大雅筑城以降,佛图关就是通远门外城防第一关,明末屡次发生重大战事。唐至清末民初,直接歌咏佛图关的诗仅就我所知的便有40余首,加上咏鹅岭礼园的诗约80首,还有《佛图关铭》、《佛图关记》(《记》之拓片据说吴丈蜀尚珍藏)。如果加上历代骚人墨客吟咏巴渝的诗作,至少可以精选300首以上。所以建议拆除两个公园之间的建筑物,把它们重新连成一片,并且与轻轨二号线李子坝站的周边建设相结合,依山就势建成一座渝中半岛内地势最高、规模最大的新佛图关公园。公园内,除了在现有基础上进一步分片区扩展亭台廊榭、林木花草外,还新建历代巴渝诗文碑林,诗碑至少300块。方式有二:一是利用原有拓片(向博物馆和收藏家征集)精心复制;二是由当代书法名家书写,请刻石高手镌刻。原佛图关摩崖题刻早已漫灭,可借吴丈蜀所藏《佛图关记》拓片,于该石壁原处重新刻出来(该处砂质岩容易风化,为久远计,可以把岩壁向内凿空40厘米左右,嵌入黑色大理石或花岗石镌刻)。并拆除电视塔及其周边房屋,在夜雨寺旧址新建夜雨楼,成为凭高观景好去处。这样一座碑刻、园林大公园,集文化内涵、园林风

光、地域特色于一体,其综合价值将少有伦比。

②枇杷山巴渝英杰雕塑、碑铭园。枇杷山公园内的红星亭,多年都是城内一个著名登高处,但此公园已然过于狭小单调。另一方面,南区路的邹容纪念碑,沧白路的张培爵纪念碑,都孤零零的,与街区现状不相称。建议将此二碑移至红星亭畔,并请本市雕塑家制作邹容、卞鱎、饶国梁、杨庶堪、张培爵(甚至加上本土实业界、文化界人士)半身塑像,加上一篇歌咏巴渝英杰的铭文勒石为碑,组合建成一园。这比佛图关设想更容易做到,其意义也不小。

③维修、开放湖广会馆。其价值和现状,文物界人士多有论述,不赘言。关键在于两条:一要迁走现有住户,二要及时搞好维修。如能够整旧如旧,对外开放,决然比新建的洪崖洞街区更能彰显巴渝历史。

④石板坡民居吊脚楼小区。吊脚楼曾是重庆城的一大民居建筑特色,到时下,主城内仅有石板坡崖还剩下一些。建议不要再拆除或改建成现代高楼大厦,而是原封不动全部保存下来。不能住人了,就把人迁走,吊脚楼存在就是这种独特的文脉存在。甚而还可以新增一些竹木支撑的老式吊脚楼,间种黄葛树,完全供远观近游用。

⑤在南岸区涂山上下,支持按传说多形式开发大禹文化,开发和利用"陪都"遗址,并在黄葛古道或别的区间开辟抗战时期诗书碑廊(毛泽东的《沁园春》词,周恩来、董必武等的诗,宜纳入"革命文化"序列;在红岩村刻制的大型诗碑,不宜纳入此列)。同时,在铁桅峰重建澄鉴亭,亭内设置历代诗人登临涂山的诗作楹联(按:澄鉴亭建于明代,是比一棵树观景台好得多的涂山绝顶观景佳处,如今那里只有铁桅杆,没有亭,十分可惜)。

⑥给第一条第4项第③④⑤⑥⑦⑧款所列举的名人旧居故居、活动场所、使领馆旧址、历史名校门口挂上铭牌,标明重庆历史文化旧址(名校)。

2.渝西北石刻、匾额、宗教文化带

大足石刻名扬天下,但现在只开发、利用了两三处,应当尽可能地加大开发、利用力度。合川的涞滩石刻规模和价值仅次于大足,有自身特色,而

七 杂 说

279

且全国罕见,更应开发利用。大足与合川之间,潼南的大佛寺就在杨闇公故乡,独存一隅难见其用,联合开发就了不起。毗邻的铜梁,如今只有铜梁龙饮誉全国,其实还有两样历史文化遗产全国独一无二:一是业已出土的700余件明代石刻,反映当时官场、民间风俗习惯,单体和群组都造型生动,有别于秦兵马俑,已定为国家一级文物;二是500多块清乾隆年间至民国年间的巨匾,内容涉及封诰、寿庆、婚庆、纪事,书法和刻制品位都高,国家文物局一位副局长誉之为"天下第一匾"。这四个市、县联合起来共创石刻、匾额、宗教文化的名牌,当会有力地繁荣旅游和促进经济。

3. 渝东南民族、民俗文化圈

在渝东南的武陵山区,依托319国道(三年后还有渝怀铁路)和乌江,彭水、黔江、酉阳、秀山可以构成一圈。这四个土家族、苗族聚居的区、县,历史均可以上溯秦、汉,血缘均可以追根到"西南夷"和"五峒蛮"乃至巴人始祖"禀君五部"。那里的巫傩、歌舞、花灯、编织、吊脚楼、风雨桥、土司府邸、婚丧仪式等等,全都保存了许多历史文化因素,迄今尚未充分开发、利用。龚滩古镇和龙潭古镇保护得相当好,全重庆数一数二(可惜郁山古镇被破坏了),龚滩古镇尤其显示出生态环境和建筑艺术朴素而完美的结合。只要有几位专家、学者深入考察、指导,市和区、县两级再给予适当投入,便可以构建独具特色的民族、民俗文化圈。

4. 峡江文化长廊

这里的峡江,指的是涪陵、丰都、忠县、石柱、万州、云阳一段。涪陵的白鹤梁和点易洞,丰都的名山"鬼城"和双桂山景区,忠县的汉代双阙、白公祠、陆公祠和石宝寨,石柱的云梯街和毕兹卡绿宫,万州的太白岩,云阳的张飞庙,各有其历史文化特色,合起来则具备多元性和异质性。但迄今未能联合起来,形成文化长廊进行开发利用。建议结合库区移民工作,在搞联合、成长廊、提档次、升品位上多下些工夫。

5. 三峡文化金三角

奉节是一个历史文化大县,但迄今只用了"三国文化"的白帝托孤,而没有开发好"唐诗文化"。建议以杜甫的"夔州诗"和刘禹锡的文人竹枝词为核心,兼及历代其他诗人的咏三峡诗,在依斗门迁往白帝山后,建立一个大型诗碑园,打造"诗城奉节"名牌。每年三峡文化旅游节期间,奉节可以专门开展全国性的乃至国际性的诗歌吟诵、研讨或诗、书、画创作活动。巫山是竹枝词的故乡,至今以大庙镇为代表很盛行唱民歌,并有三句、四句、五句三种形式,显见竹枝词遗风。因此,建议在巫山新县城内,或大昌镇的峡口新址,开辟民歌表演场地,作为旅游的一个保留性节目,把巫山建成"三峡民歌之县"。巫溪除了用好荆竹坝悬棺遗产,招徕游客而外,建议把开发、利用宁厂古镇"盐源文化"当作首务。这里的盐业历史早于自贡,至今犹存的制盐作坊、盐工住房规模远胜自贡,原貌未遭破坏,只是需要维修加固。而且,天然盐泉涌流如瀑,俨然举世奇观。最多投入两三百万元,宁厂古镇就可以变成很可能全世界独一无二的"盐源文化"遗产,其旅游价值和经济价值将难以估量。届时,奉节、巫山、巫溪这个旅游金三角,必将大为提高历史文化含金量。

6. 强化和优化重庆历史文化研究和宣传

在信息时代,多媒体宣传十分重要,但历史文化宣传必然以学术研究作为基础。多年来,重庆对此着力进行课题研究的专家、学者不是没有,但还不多;真才实学的研究成果难见重视,某些过头、违实之说却口传耳食,混同真谛。因此,党委和政府当予重视,使研究和宣传都得到强化和优化。建议组织一批专家、学者,撰写《巴渝文化系列丛书》,作为重点图书出版(我已向重庆出版社提供一个方案,计有12个选题,每个选题都列举了2~4位可供选约的撰稿人)。已有学者在编纂《竹枝词全编》,望能得到支持。报刊和电视,在这方面也可以大有作为,需要的是对相关话题扶持和引导。还可组织创作一批反映重庆历史文化的纪实文学、戏剧、影视作品,逐步向全国推出。

三、发挥齐抓共振效力,采取三条必要措施

1. 我市文化发展"4+1"工程当中,一、三、四三个工程单靠宣传文化

281

部门就能够抓起来,唯独"历史文化名城塑造工程"不行。由于涉及到计划、城建、规划、财政、园林、旅游、交通、移民、文化、广播电视、新闻出版等党政部门,涉及到区、县(市、自治县),涉及到社科、文艺群团和高等院校,所以需要列为"书记工程"或者"市长工程"。建议由市委书记或市长任组长,分管文化的市委副书记、市委宣传部长、副市长任副组长,组成一个有上述各方面负责人参加的领导小组,领导实施此项工程。领导小组下设办公室,办公室设在市委宣传部,分管副部长任办公室主任,具体牵头组织实施。

2. 在领导小组下,或者在其办公室下,组建一个文化顾问团或者咨询委员会。文化顾问团或咨询委员会成员,主要应是与历史文化名城塑造相关的多学科的确有专长、愿意效力并且具备现代文化意识的专家、学者。其任务是,对于整个工程或单个项目进行调查研究,提出评估意见和设计方案,提供领导小组作为决策依据。其中的部分成员,也可以直接参与甚至负责运作项目实施。

3. 全市要统一规划,分步骤、分区域、分项目实施。凡经领导小组决策定案的项目,要把实施任务分解落实到有关党政管理部门,有关区、县(市、自治县),有关群团和院校,作为年度考察必备条件之一。所需的经费,主要由市和区、县(市、自治县)两级财政承担,有关部门也出一些,还可以向社会、向企业筹集一些。只要这些全都落实了,那么,起码我在第二条提出的六项意见都可以在五年内变为现实,而且其中有的项目一两年内便能完成。

2002 年 3 月 6 日

〔追记〕这份意见是我退休前夕提出来的。如今对照看,一些具体建言已得到采纳,转化成为现实成果;一些实作比我想的做得更好。但是,也有一些可行而未行的,甚盼往后有人关注。

重庆文化的合理定位与发展构想

重庆文化究竟该如何定位？这个问题不仅具有学术探讨的理论价值,而且关系到当前和今后一个相当长的时期之内全重庆的文化建设,以及文化同经济社会的和谐发展,其实践意义同样不容低估。

一些年以来,对于自古及今重庆文化的生成形态和示现形态,或者从总体上,或者从个层上,已经有不少人作过梳理和解诂。由兹取得的成果和进展有目共睹,其间既有若干共识,也有某些歧见,学术探讨当属正常。但众说纷纭之下,难免真知与误读并存,某些内涵不清、关系不清之说时常徒生滋扰,亟待分辨是非。要给重庆文化合理地定位,就得尊重史实,讲求学理,弄清定位的基本依据,避免流于自话自语。

当今世界上,关于文化的定义或者界说多达三百余种,各有各的视角,各有各的理路,给重庆文化定位只能择一而从之。其中涵盖最大的一种,认为文化就是人类在社会历史发展过程中所创造的物质财富和精神财富积淀的总和,亦即相当于全部文明。例如指认中华文化,就相当于指认中华文明,依据的就是这样的一种定义或者界说。较之涵盖小一些,也有认为文化特指精神财富的,亦即相当于精神文明,包括文学、艺术、教育、科学和宗教、风俗等等在内。党的十二大讲精神文明建设,明确指出与文化建设相当,正是以之作为学理性的依据。自古及今的重庆文化积淀当中,显然包含了从物质到精神的多种系列和多个层面,因而为其定位理当择取诸如中华文化所依从的前一种定义或者界说。

然而仅此犹自不足,用某一文化形态来给地域主体定位,还得认真地讲究特质性、承传性和包容性。所谓特质性,就是文化内涵所具备的质的规定性,与别的文化形态相比较,既是自成体系的,又是独一无二的。所谓承传性,就是这一文化形态在其生成、发展、演变过程中,其质的规定性既是相对稳定的,又是层级叠进的,形成一种可辨识的源流程式。所谓包容性,则指这一文化形态无论在纵向的历史流变上,还是在横向的历史层面上,抑或在斜向的历史演示上,它要能涵纳生成于其间和示现于其间的各种次级文化形态,成为所有次级文化形态共同的文化母体。用这三性来考察迄今为止有界说的几种文化形态,当不难看出,唯有巴渝文化充当定位之任。

巴和渝都是涵蕴特定的地域/历史概念。《说文解字》十四释"巴"字,称其"虫也,或曰食象蛇,象形",分明导源于上古时期先民对于自然物种的认知。多产食象蛇的巴山、巴水因之而得名,一支巴人氏族也以蛇作自己部落的图腾,从先秦巴人、巴族、巴国到秦汉巴郡和后世巴县,巴的文化链一直延续到当今。渝本指渝水,即今嘉陵江,早在巴族从湖北清江流域西进以前,便有濮、賨、苴、獽等土著民族生息于斯,开发于斯。隋代曾将当时江州改称渝州。在巴山、渝水所连接的这一片土地上,从公元前200万年至204万年"巫山人"在三峡中留下履迹开始,历经中华文明发展史上的各个历史时期,物质文明和精神文明的薪火一直传承不衰,可谓源远流长。其间,自先秦以降三千年间,通常泛称"巴人"的住民成分及其结构多有变化,历朝历代行政区划也迭有变迁,但是,巴渝地域的基本区划和巴渝历史的基本构架却是具象丰沛、清晰可辨的,从中积淀而成的文化谱系也是呈现出了鲜明巴渝烙印的。如今以重庆直辖市的辖区疆域作为地域标志,以"巫山人"出现以来的漫长岁月作为历史规范,将重庆历史称为巴渝历史,将重庆文化的总体定位确认为巴渝历史文化(简称巴渝文化),堪称顺理成章,理所当然。

有人批评说,标的巴渝文化是因为重庆直辖而欲与四川分庭抗礼,是人为地与巴蜀文化闹独立。其所以发生这种误解,是因为批评者们既对历史缺乏了解,也对文化缺乏体认。事实上,既往半个多世纪当中,老一辈的成都学者如徐中舒、任乃强，重庆学者如邓少琴、董其祥，就已经对巴渝文化作过有深度的研究和有见地的阐释，川渝两地继其踵武的学者不乏其人，学术研究和文物考察的成果亦颇可观。直辖前十年内外，重庆博物馆与重庆出版社汇辑出版学术论文，先后三辑，书名都叫《巴渝文化》。从地缘上看，巴渝地区依峡江成为连通地带，西连蜀，东通楚，历来都与蜀、楚文化交融密切，秦汉以前与楚的密切程度胜过与蜀的密切程度（这从三峡地区文物考古发现可以得到证明），宋代以后蜀才胜过楚。宋代直至近、现代，巴蜀作为一个文化共同体，的确渊源深厚，决不会由于行政隶属关系变异而导致解构，对此毋庸置疑。但在巴与蜀之间，无论从祖系根源、政区嬗替看，还是从生产方式、风俗文教看，大同当中都存在殊异，这同样也是毋庸讳言的客观事实。因此，即便是在川渝两地共同维护、共同促进巴蜀文化的前提之下，正如齐鲁文化可以析为齐文化和鲁文化，吴越文化可以析为吴文化和越文化，荆楚文化可以析为荆鄂文化和湖湘文化一样，也可以将巴蜀文化析为巴文化和蜀文化。析出的巴文化按照学界通例称为巴渝文化，或者更加确切地称为巴渝历史文化，尽在情理之中。

　　巴与蜀如此，巴与楚亦然，在历史文化演进过程中既有长期的，大量的相互交流、渗透、影响和融汇，又有彼此异质的内涵，既可以合而论之也可以分而析之。湖北学者的文化著述当中，合论则称之为荆巴文化或巴楚文化，是有其坚实学理根基的。且不说上古时期，三峡一带的土著先民共同演绎了巫文化，"以盐兴"的先巴部落以盐易物最早就是从三峡东下洞庭湖区域，也不说荆楚兴国始于三峡之内，巴族兴国入峡以前在湖北清江流域，只看公元前361年至前278年之间逐步占领了原属巴国的枳（今涪陵）东地区，秦所置的武陵郡包括今之渝东南和湘西南，三国至南北朝时期的建平郡（今巫山上下）和巴东郡（今云阳上下）多属荆州管辖，直至北宋年间川峡四路之一的夔州路还统领着西起渝州、东至施州（今湖北恩施一带），即可见巴楚关系非同寻常。正是基于此，东晋蜀人常璩撰《华阳国志》,在《巴志》中特别提示了"江州以东,滨江山险,其人半楚,姿态敦重。垫江(今合川)以西,土地平敞,精敏轻疾。上下殊俗,情性不同"。北宋蜀人苏辙过忠州,作《竹枝歌(九首)》,起首就发出了"舟行千里不至楚,忽闻竹枝皆楚语"的感慨。从风俗到语言,"江州以东"都"其人半楚",足见荆楚文化与巴渝文化关系之亲决不多让于蜀。而巴渝文化既然深被楚、蜀两种异质文化所渗透,那么,融合与碰撞势必催生出与这两种文化既有所同,更有所异的特质文化。这也是巴渝文化可以自成谱系的一大重要生成原因。

巴楚关系当中,长江三峡是联结的纽带,地位十分突出。三峡上下及其周边,不仅自然山水风光鬼斧神工,雄奇险秀,壮美绝伦,而且从"巫山人"到"长阳人",从峡中腹地到清江流域,既是中华人类远祖的发祥地,又是巴文化和楚文化的发祥地。从旧石器时期到新石器时期,巴、楚先民在泛三峡地区共同创造了长江上游与中游过渡地带的远古文明,这已有大量文物考古成果作为实证。与黄河流域唐尧虞舜时期大体对应,进入渔猎文明的巴、楚先民又在泛三峡地区共同推进了以盐文化为重心的物质文明发展和以巫文化为标志的精神文明发展,使之成为长江流域文化的一个重要组成部分。陶器、铜器生产也有不少共同点,巴与东之楚、西之蜀联袂进入农耕文明。古代中华国家政权形式出现后,自先秦至明清,这一地区的行政隶属区划虽迭有变更,但或属巴,或属楚,或分属巴、楚的基本格局从未改变。自然环境、地理构成与社会历史诸多因素交织一起,碰撞、渗透、融合,造就了巴风楚韵弥漫三峡,自古及今从未消减。数千年间积淀生成的三峡文化涵蕴十分丰沛,其中尤以屈、宋诗赋为代表的诗骚文化,以神女故事为代表的神女文化,以巫风浸淫、击鼓焚山、竹枝踏歌、龙舟竞渡为主要示现的民俗文化,以吴、蜀相争为突出节点的军事文化,以及自然与人文交融一体的景观文化构成自身的特异资质,成为中华文化大谱系中独放异彩的传世瑰宝。但三峡文化毕竟属于巴楚共创,理当巴楚共存和共享。其内涵与外延与巴渝文化交叉重叠的部分,也是巴渝文化的一大重要生成脉系和组成部分,讲巴渝文化决然少不了三峡文化。今之重庆人既有权利也有义务承传和扬厉三峡文化,却不适宜将其与巴渝文化并列立论,当作重庆文化的历时态定位标志。

巴渝文化既然介之于蜀、楚两种异质文化之间,并且同这两种文化一样,从上古开始便与中原文化相互交流,相互影响,那么,蜀文化、楚文化以及中原文化必定成为它生成和发展的重要外部条件。而它生成和发展的主要内部条件,则只能从巴渝地区的自然环境、地理构成和社会历史诸多因素中去探究。不管既往历史上的巴渝行政区划发生过多少变更,巴渝居民结构发生过多少变易,就从当今重庆市的辖区疆域看,自然环境和地理构成两大基本要素终究相对稳定。在由 4000 万年前的喜马拉雅地壳运动所造成的华夏大地三级阶梯地貌结构中,巴渝地区处于第二级阶梯中南部的东缘,全境四分之三以上的地貌构成是中山和低山,丘陵不到百分之二十,平原则不到百分之三。长江自西向东贯通,西连蜀,东向楚,其一级支流、二级支流流域面积超过 50 平方公里的多达 374 条。大山深谷和大江激流相生相成,迥别于西之蜀的成都平原,东之楚的江汉平原。这样的大山大水,雄山劲水,在生产力低下的渔猎文明、农耕文明时期,对巴渝居民的生产和生活而言,主要属性是穷山恶水。穷山恶水作用于人有其多面性,既磨炼了巴渝居民,使之养成质直、劲勇、勤劳、俭朴的性格趋向和生活习惯,创造出适应这一自然环境的劳动方式和居处方式,衍生出远古巫文化、盐文化等颇具地域历史特色的文化形态,又妨碍了生产力的发展,阻滞了物质文明和精神文明演进的质量和速度。正因此,尽管早在公元前 316 年重庆即已建城,却历经西汉、三国、南北朝一千余年,一直只是个军事要冲。三国以降的五百余年之间,更是社会动荡,人口锐减,生产力大倒退,乃至成为唐、宋时期谪戍流放的蛮荒之地。直到南宋时期,淳熙十六年(1189)渝州升格为府,得名重庆前后,才凭借川江水运兴盛之机,逐步达至了由单一的军事、行政城垣向兼有交通、行政、军事、经济、文化等多功能的城市过渡。又经过五六百年，直到清嘉庆年间，重庆才依托川江航运的大发展，成为川东地区最大的物资集散中心。这样的经济社会态势，决定性地造成了巴渝地区长期从属于蜀、荫蔽于蜀的经济、政治、文化地位，自身的文化特质难以尽得彰显，精神文明领域的文化示现尤其逊色于蜀。但在军事文化、移民文化等方面，巴渝文化积存又有不少非但胜过于蜀，抑且置诸中华文化的大谱系也同样地值得张扬的范例或层断，考其内因，仍然在上述诸端。

迄今业已梳理出来，并且得到广泛认同的巴渝文化示现形态当中，主要有哪些值得张扬呢？解答这个话题，必须认准和分清这一地域历史文化的层级和脉流，而不能随意择取。巴渝文化作为涵盖、统领重庆文化的母体，自当位居于第一层级，没有任何别的一种文化形态足以与之并驾齐驱。由之生发开去，在第二层级上，地域横向可以析出主要受到蜀文化影响的渝西文化，主要受到楚文化影响的三峡文化，以及与楚文化关系密切的、土家族苗族特色浓郁的渝东南文化；历史纵向可以析出已有大量地下文物考古发现实证支撑的先巴文化，包纳廪君、白虎、蔓子故事的巴国文化，包纳张仪筑城、怀清致富、公孙跃马故事的秦汉文化，包纳义释严颜、白帝托孤、张桓侯祠故事的三国文化，传衍大足石刻、白鹤梁水下题刻、三峡竹枝词和唐宋文人诗歌、忠州四贤仁政、两宋理学大师兴教传道以及重庆升格、得名的唐宋文化，以钓鱼城之战为聚焦点的宋元文化，以明玉珍故事、秦良玉故事和"湖广填四川"为重头戏的明清文化，横纵两个向度上都难尽举。在第三层级上，每个向度和其间的二级内涵都有自己的支系，都可以再按器物、制度、精神等类别加以区分。时常被人言说的巫文化、鬼文化、码头文化、火锅文化之类，都在第四层级乃至第五层级上，混淆了层级界限难免陷入认识误区。所有这一切当中，最足以成为重庆文化历史重彩的是"巫山人"文化遗存，以大足石刻和白鹤梁水下题刻为代表的唐宋石刻，三峡竹枝词和杜甫夔州诗，宋元钓鱼城之战的历史价值和人文精神,以及以"湖广填四川"为高潮的历代移民文化。

用巴渝历史文化(简称巴渝文化)来涵盖和统领重庆历史文化,既切合巴渝地区文化发展史的实际,也符合全国各个地区地域历史文化定位的通例,当是合情合理的。然而,也得实事求是地承认,不特在本土,尤其在全国,巴渝文化的认同度迄今并不怎么高。其所以如此,固然确有重庆市直辖仅止八年,其前其后对于巴渝文化的发掘、梳理和研究、宣传,在深度和广度上都相当不足的实际原因,但归根结底,还是先天不足使然。所谓先天不足,主要在于两个方面。第一,从文化生成谱系看,如果把中华文化当作第一层级上的文化母体,那么,黄河文化和长江文化当属第二层级,巴蜀文化与黄河文化系统中的三秦文化、齐鲁文化和长江文化系统中的荆楚文化、吴越文化一样当属第三层级,而巴渝文化若从巴蜀文化分析出来,只能属于第四层级。就第三层级而言,三秦文化和齐鲁文化作为黄河文化系统中的两大主流文化,荆楚文化作为长江文化系统中的一大主流文化,对于中华文化的融汇生成超越其他的地域历史文化之上,巴蜀文化和吴越文化原本就稍逊一筹。巴蜀文化既然是这样,从中分析出来的巴渝文化,欲广求认同自会难度大。第二,如上文所述,巴渝文化虽然源远流长,但与西之蜀文化、东之楚文化相比,的确还算不得博大精深,这个既成事实决不会因任何人的主观意愿而改变。有鉴于此,我们认为实在不宜让巴渝文化一统到底,一直统领到近、现、当代。从重庆社会历史发展的实际状况考量,其涵盖截断期,适宜定在1891 年重庆开埠之前。

这样的考量,决非功利性质的权谋之计,而是深寓着实事求是的学理诉求。1891 年重庆开埠,从其始原讲,当然乃是1840 年中英鸦片战争以降,帝国主义列强依仗坚船利炮打开中华国门,肆行侵略、欺侮、瓜分、掠夺的百年痛史的一个组成部分,这段民族屈辱决然不容忘记。但在客观影响所及上,随着日本以及欧美列强的教会、轮船、资本、技术侵入重庆,也给这个长江上游的内陆城市带来了西方文化中的先进因素。对重庆城和重庆人来说,这是有别于中华文化传统的文化因素,其穿透力称得上前所未有。在其穿透性的影响下,一方面,作为义和团运动前奏的反洋教斗争在重庆不断发生,另一方面,一批民族工商企业迅速在重庆兴建起来,一批新式学校相继在重庆开办起来,一批志士仁人竞相在重庆走上了从维新变法到民主革命的拯弱图强启蒙之路。这其间,从重庆走出去的邹容,在《革命军》中第一次提出了"建立中华共和国"的革命口号,破天荒地成为响震中华的巴渝本土第一位全国文化名人。其先其后,宋育仁在重庆创办《渝报》,卞小吾在重庆创办最早一份《重庆日报》,都传播了启蒙思想的先声。在成都的保路运动遭到挫折后,同盟会的革命活动中心转移到重庆,杨庶堪、张培爵等革命先驱在重庆最早响应武昌爆发的辛亥革命,结束清王朝的统治,在重庆建立了蜀军政府。重庆总商会也在这种历史背景下建立起来,不仅致力于本土民族工商业的发展壮大,而且促成了留法勤工俭学热潮,邓小平、聂荣臻都循之走上了共产主义革命道路。另一位中华人民共和国的开国元勋刘伯承,同样在这种新文化的环境中成长起来。"五四"运动期间,重庆的爱国学生迅速行动,持续示威,并且得到社会各界广泛的支持,为这一伟大爱国运动在全国的最后胜利作出了重大贡献。从开埠到"五四",完全可以说,重庆不仅成了长江上游的一个新文化活动中心,而且成了中国西部的一个新文化活动中心。所以说,讲重庆文化,宜于把开埠当作一个历史分界点。

从"五四"运动到抗战前夕,重庆近代新文化呈现出了三个鲜明的特征。一是马克思列宁主义传入中国以后,以杨闇公、吴玉章、恽代英、肖楚女为代表的共产党人在重庆开展了大量活动,传播了先进文化薪火,开通了红色革命道路,为尔后升华成为红岩精神奠定了思想基础和组织基础。其中与国民党的第一次合作,置诸全国范围的第一次国共合作,也提供了一个有团结、有斗争的范本,从而为抗战时期以重庆为中心的第二次国共合作提供了实践演练。二是尽管受到军阀混战的挤压阻滞，民族工商业也在逐步充实拓展，突出表现在以卢作孚为代表的爱国实业家"实业救国"的主张颇得人心，城市工场手工业有了新的发展，新兴的机器大工业开始出现，交通运输业进一步地壮大，到20世纪20年代，重庆已经成为整个四川乃至西南地区的商业、金融中心。由之而带来城市人口激增，20世纪20年代重庆的常住人口已达20多万，流动人口也有20余万，雄视西南，罕与伦比。产业结构、市民结构的变化，城市规模、城市地位的提升，无不促成精神面貌、教化结构的提振，1929年重庆大学建校即为一个重要标志。这一切，都构成了抗战时期成为战时首都的必备条件。三是市政建设和基础设施建设从无到有，初步发展，为城市近代化创造了基本条件，也为后来陪都时期的进一步发展打下了物质基础。特别是1929年2月15日重庆正式建市，标志着重庆在其近代化的进程中，城市管理已经趋于系统化。在近现代文化构成中，管理既是制度文化的一个重要元素，又是调节和制动其他文化元素的一个重要手段，因此，重庆城市管理趋于系统化乃是重庆文化发展的一个新的起点。重庆其所以能够成为战时首都，这个新的起点也是不可或缺的。

　　重庆文化史无前例的质的飞跃，产生于抗日战争时期。那段时期内，重庆有史以来第一次，并且以后再不可能有第二次地成为全中国的政治中心。1937年11月20日，《国民政府移驻重庆宣言》在南京发布，重庆代替南京成为抗战中国的战时首都，直到1946年5月5日国民政府还都南京，重庆的这一地位方告终止。1940年9月6日，重庆又被国民政府定为永久陪都，直到1949年11月30日人民解放军进驻重庆，陪都才在事实上不再存在。1939年1月，以周恩来为首的中共中央南方局和八路军驻重庆办事处也在重庆正式开始活动，重庆成为当时尚未成为执政党的中国共产党在大后方高举抗日民族统一战线旗帜，团结全国人民，争取民族解放的活动中枢，这一格局直到1946年5月中共代表团迁往南京始告结束。将重庆称为抗战时期全中国的政治中心，就包含以上三重意义。与之相匹配,重庆还成为了抗日正面战场的军事指挥中心,大后方的经济中心和文化中心。1942 年 1 月 3 日以降,重庆又成为了国际反法西斯战争远东战区的指挥中心,因而也成为了中国抗日、民族统一战线和国际反法西斯统一战线的结合枢纽。重庆与华盛顿、伦敦和莫斯科一起,成为了二战时期反法西斯阵营的四大名都。尽管这一地位是在一场重大民族灾难当中获得的,但对于重庆来说,灾难也是一种机遇,重庆由兹有了国际大都市追求。

抗日战争的峥嵘岁月,磨炼了重庆城,也磨炼了重庆人。随着大批行政、军事机构和企业、事业单位内迁和大量移民涌入,重庆从一个战前的省辖乙种市,一跃而成为行政院直辖市,从一个 1927 年只有 27 万人的中等城市,一跃而成为 1945 年计有 126 万人的大型城市,在全国仅次于上海、天津、北平、南京、沈阳、广州而位居第七,在西部则位居第一。从那时开始,三分之二以上的重庆人,不再是以"湖广填四川"移民后裔为主体的老重庆人,而是被泛称为"下江人"的来自东北、华北、华东、华中、华南各地的新重庆人。这其中,抗日民主力量大汇聚,以中共中央南方局为核心,创造出了统一战线文化(简称统战文化)的华彩乐章。经济上,以兵器工业为中心,以重型工业为重点,工业、商业、金融、交通运输乃至对外贸易,无不构成支撑抗战的主要物质保证。文化上,全国一流的教育、文艺、新闻出版、科学技术机构和人才大量荟萃于重庆,更演绎出盛况空前、彪炳汗青的灿烂辉煌。素以码头文化著称的重庆市民,人格和人性的魅力也得以升华,大局为重、团结御侮的民族气节,舍身报国、毁家纾难的义勇品格,坚忍不拔、百折不挠的顽强意志,前仆后继、共度艰危的必胜信念,既光大于仁人志士,亦普注于贩夫走卒,连宗教人士也参与抗敌。正是抗战重庆所造就的这种共具普适的文化取向,为红岩精神提供了坚实可靠的群众基础,当时、现在、今后,无不构成重庆人的精神主流。在持续五年多的日本侵略者对重庆的无区别大轰炸中,这一精神主流赢得了世界上广泛的赞誉,例如英国驻华大使薛穆爵士 1942

年6月24日就曾赞道:"足以象征中国不屈不挠意志与决心之重庆,乃成为全世界各地家喻户晓之名词"。我们认为,对抗战时期的重庆文化,概括为"陪都文化"内涵过于狭小,概括为"大后方抗战文化"外延过于宽泛,不如概括为"抗战名都文化"。因为按照汉语词义学,"都"不仅称国都,而且指城市,特别是中心城市,抗战重庆的五大中心、一个枢纽地位及其饮誉世界的文化影响,正足以称"名都"而在全国独一无二,无可替代。

1946年5月至1949年11月这段时间,较之抗战岁月出现了大的落差。但与抗战前相比,文化上的总体态势仍然是前进,尤其是红色革命文化仍然在排除万难坚韧发展,红岩精神仍然在绽放着圣洁的血花。如今梳理和认定抗战名都文化,不妨粗略地划分三个阶段,亦即重庆开埠至抗战前夕为抗战前史阶段,1946年5月至1949年11月为抗战后史阶段,而以其间的抗战正史阶段涵盖、统领整个的抗战名都文化。这样做,既凸显了重庆文化发展史上最具特色性、最有影响力的这一示现形态,又有利于前承巴渝历史文化,后启现代都市文化,从历史发展的大趋势上完整而准确地把握和传扬重庆文化。

与巴渝历史文化和抗战名都文化相对而言,很明显,现代都市文化缺少自身的特质指认。但除此之外,别无选择,因为从1949年12月直迄当今,重庆市与全国众多省、市、自治区一样,全都处在建设现代文化的进程当中,特质的积淀生成还需要假以时日。这其间,较之北京、天津和上海,重庆还有特殊性,亦即两度直辖之间嵌入了40多年省辖市的建制际遇,加上现代文明的发展程度不及它们,造成了文化欠账甚多,文化差距不小。对于这一切,在迥别于巴渝历史和抗战时期的国内、国际文化生态环境中,重庆人只有承认现实,正视现实,以改革促发展,奋发有为、持续努力地改变现实,脚踏实地、聚精会神地建设现代都市文化。这一个定位固然缺少特质,但目标明确,有规可循,大可以同中求成。只要能认准目标,订好规划,落实措施,分步建设,重庆的现代都市文化一定可以超常发展。若干年以后,确有什么特质可以重新定位了,再由后人定位不迟。与其现在在概念上扣来扣去,争来争去,不如多做一些实事。

立足于这一认识,审视正在拟订中的重庆文化发展"十一五"规划(草案),我们认为既是可取的,也是可行的,并且还是有力度的。如果未来五年都能够付诸实现,重庆的现代都市文化建设必将前进一大步,决然不是盲目乐观的愿景。只不过,这个规划(草案)所指的文化,并非与巴渝历史文化、抗战名都文化同一概念的大文化,也不是党的十二大以来所确认的与精神文明基本对应的文化建设包罗的那个文化,而是局限于文化局、广播电视局、新闻出版局等政府部门管理范围内的小文化。这些文化固然都令人关注,都需要加大建设力度,加快建设速度,提高建设效益,但从建设现代都市文化的总体目标要求,至少也应与党的十二大以来所确认的文化形态保持一致,亦即教育、科学技术、哲学社会科学、卫生、体育等方面都要全盘观照。我们知道那些方面同样在制订"十一五"的发展规划(草案),知道了还提出来,着眼点在强调同步规划、同步实施当中的协调一致。

重庆文化发展"十一五"规划(草案)提到,要力争在 2020 年把重庆建设成为长江上游的文化中心。这样一个发展构想的确可以鼓舞人,激励人,但是未免太急迫了。我们建议以之作为 50 年的长远发展目标,分成三步走。第一步从现在起,15 至 20 年内把重庆建设成为长江上游的文化大市,其标志就是建成一批包括已建、在建、将建的十大文化重点工程在内的文化设施,建成大学城,义务教育真正达到"普九"目标,图书馆藏书量、借阅率达到西部领先水平,数字电视覆盖全市所有区、县(市、自治县),科学技术、哲学社会科学、文学艺术、新闻出版、体育每年都能产生一些具有全国影响的成果,从中涌现一批全国知名的专家,市民文化品位和公共道德面貌有普遍提升,每年还能举办几起有较广泛影响力的会展、节庆活动等等。第二步在其后的 15 至 20 年内,进一步把重庆建设成为长江上游的文化强市,其标志就是建成了的文化设施已能持续发挥其多重效益,有一二所大学进入全国的一流大学行列,市民受教育程度百分之九十以上达到高中,图书馆藏书量、借阅率达到全国大、中城市前十位的水平,每个区、县(市、自治县)都有超过全国县级平均水平以上的设施、条件现代化的医院、图书馆和体育场,科学技术、哲学社会科学、文学艺术、新闻出版、体育每年都能产生一批在全国甚至在国际上确有影响的成果,从中涌现出一批全国一流甚至国际闻名的文化名人,市民普遍具备文明、诚信的文化风气和道德风貌,定期定名举办的国际性或区域性会展、节庆活动已有深广的认同度和辐射力,重庆市的现代都市文化形象得到广泛承认和评价,等等。第三步在继后的 15 至 20 年内,把重庆建设成为长江上游的文化中心,其标志就是第二步的文化建设成果获致充分巩固和拓展,重庆市的现代都市文化发展水平公认超过成都市和昆明市,区域性的辐射力已经取得广泛认同,并能与时俱进地持续保持领先地位,甚至在国际上也取得广泛的认知,近似于当年抗战名都。这样三步走,或许更切合重庆实际,并且照顾到了周边地区的文化接受心理和文化竞争趋势。

以上所有的意思,可以归纳成为两句话。一是把文化定位和发展构想结合起来,集中表述为:科学传承巴渝历史文化的优秀传统,积极弘扬抗战名都文化的光荣传统,大力推进现代都市文化建设,努力把重庆建设成为长江上游的文化中心。二是对发展构想再加申说,提出三步走,第一步在 2025 年以前把重庆建设成为长江上游的文化大市,第二步在 2040 年前后把重庆建设成为长江上游的文化强市,第三步在 2055 年前后把重庆建设成为长江上游的文化中心。这样归纳的直观印象,会是建成文化中心与建成经济中心并不完全同步,但这正体现了文化较之经济乃至政治所具有的相对稳定性和发展滞后性,丝毫不足怪。

2005 年 6 月

[说明]2005 年 5 月,重庆市文化改革与发展专家咨询委员会的十几位

成员,围绕重庆文化发展"十一五"规划(草案),着重就重庆文化的合理定位和发展构想展开了几次研讨,并达成不少共识。其后我受咨委会委托,执笔写出了这篇文章,提供给市委、市政府参考。

大山大水养育重庆人

今人追寻巴渝历史的人文源流,除了主要依靠文物考古而外,文字记载的古史传说当是一系重要凭据。关于先巴民族和巴人、巴国,殷墟卜辞和《尚书》、《左传》当中都有零星记述,证实早在距今 4000 年前后,巴渝地区的土著族群便与中原地区的虞夏、殷商族群有所交往,并且直接介入了上古中国的国家事务。其后的《山海经》、《蜀王本纪》、《三巴记》、《华阳国志》,以及《史记》、《汉书》以降的史志著述,或详或简,或同或异,更进一步勾画出了巴渝历史的发展脉络。从中看得出,尽管当今重庆人绝大多数并非上古巴人的血缘后裔,但自然、社会、民俗、心理诸多地缘因素却历代传衍下来,对于生活习惯、行为方式、价值取向和人文精神都产生了深远影响。

《山海经》成书于战国时期,涉及地理、历史、民族、神话及动物、植物、矿产、医药等众多内容,历来被称为奇书。其中《海内经》写道:"西南有巴国,太皞生咸鸟,咸鸟生乘釐,乘釐生后照,后照是始为巴人。"太皞即为传说中的伏羲氏,认定他为巴人始祖,与整个中华民族认定太皞、炎帝、黄帝、少皞、颛顼"五帝"(采用《礼记·月令》之说)为人文始祖同一步调。《大荒西经》又说:"大荒之中有山,名曰丰沮玉门,日月所入。有灵山,巫咸、巫即、巫盼、巫彭、巫姑、巫真、巫礼、巫抵、巫谢、巫罗十巫从此升降,百药爰在。"文内的"丰沮"指盐泉,"灵山"即巫山,表明在十大巫师分别为首领的部落或部落联盟里,先民们靠山吃山,靠水吃水,在大巫山及三峡地区开掘盐泉、采集药材,靠盐业、药业支撑和改善他们的渔猎生活。《大荒南经》还描述了巫载民"不绩不经,服也,不稼不穑,食也"，即不绩麻织布就有衣服穿，不耕田种地就有粮食吃；据任乃强《四川上古史新探》一书考证，那是因为他们主要开采食盐和丹砂，以之与别的部落或部落联盟交换衣、食用品。剔除这些文字当中的神话传说成分，不难推断出，距今4000年前后生活在大巫山和三峡地区的"灵山十巫"和"巫臷民"们，已经善于利用当地固有的自然资源，维持他们的生存和繁衍。而采盐、采药、采丹，无一不是艰苦的劳动，这就养成了他们吃苦耐劳的习惯。用劳动所得交换衣、食用品，又养成了他们旷达开阔的心态，决不画地为牢，与邻鸡犬相闻，老死不相往来。

东晋人常璩所撰的《华阳国志》，《巴志》部分所记的巴渝土著居民，涵盖了当今重庆市的大部分地区，"其属有濮、賨、苴、共、奴、獽、夷、蜑之蛮"。其中的濮人，主要生活在今之重庆主城以及合川、涪陵、綦江一带，又称为"僰人"，兼事渔猎、农耕生产，也炼丹砂。殷末周武王伐纣，濮人曾是参与牧野之战的八个非姬姓部族之一，作战勇猛，受封为子国，后为巴国吞并。賨人主要生活在今四川省的渠县、阆中和重庆市的云阳、梁平一带，后也多称"板楯蛮"，其俗信巫鬼，崇勇武。伐纣战争中，所谓"巴师勇锐，歌舞以凌殷人"，专指的就是"天性劲勇"的賨人。"板楯七姓以射白虎为业"，秦昭王时（公元前306—前251年）因射杀白虎有功而受到"顷田不租，十妻不算"的政策优待，西汉初年仍"专以射白虎为事"，与尊奉白虎为图腾的廪君部族判然有别。蜑人主要生活在今之涪陵以东地区，且与奴、獽、夷等部族杂处，形成所谓"江州以东，滨江山险，其人半楚，姿态敦重"。其间涪陵一带"土地山险水滩，人多憨勇"，而巴东地区"郡与楚接，人多劲勇"，也稍有差异。总体性地看，周、秦、两汉时期的巴人既"质直好义，土风敦厚"，又"重迟鲁钝，俗素朴，无造次辨丽之气"。尚武少文，成为巴人民俗风气和行为方式的标准模式，也是巴人与蜀人的根本差别所在，因而历来有"巴有将，蜀有相"之说。长短优劣，糅合其中，越千百年虽与时俱变，但大体格局长期延续。今之重庆人经常以"尚武"为荣，同时，也为"少文"在作反思。

尚武精神的内核是质直好义,为义敢于挺身而出,纵然殒身犹且不恤。历代巴人尊崇的第一位本土英雄,叫巴蔓子,即为这样一个典型。据《华阳国志·巴志》记载,他是"周之季世"(约为公元前4世纪)临江(今重庆市忠县)人,时任巴国"将军"。巴国发生内乱,巴蔓子奉命向楚国求救,楚王要求割让三城以为酬谢,形势紧迫,他答应了。楚国派军援助巴国平定内乱后,遣使索取三城,巴蔓子对楚使说:"藉楚之灵,克弭祸难。诚许楚王城,将吾头往谢之,城不可得也!"于是自刎,以头报楚。楚王为其保土忠义所感动,按上卿礼葬其头,巴国也同样安葬其忠骸。垂2000余年至今,在重庆市的渝中区和忠县,以及湖北省的恩施市,都还有世代传留的巴蔓子遗冢。尽管用现代外交规则重新审视其事,刎颈之举并不足以抵挡割城的承诺,但在2000多年前的战国时期,普世重侠义,个人舍生取义常能影响大局,所以巴蔓子得到巴、楚两国的尊重。"刎颈高风悬日月,存城旧事邈山河",巴蔓子的事迹浸润历代巴人。唐太宗贞观八年(634年),将当时的临州改名为忠州(统辖临江、丰都、南宾、垫江、桂溪5县),即取"地边巴缴,意怀忠信"之意,彰显巴蔓子以及三国时期颜严、甘宁的忠义勇武。

巴人的尚武,广义上还包含了军事以外的其他领域,无不敢于争先斗胜。表现在充分利用自然资源方面,除了采盐业,矿冶业也相当突出。一为冶铜,巴人制造的青铜器工艺风格独特,纹饰与众不同,巴式柳叶剑、平顶带虎纽镎于和错金装饰的编钟都与楚人所制有别。二为采丹,丹砂即硫化汞,古人常用作药物或染料。先秦时枳县(今重庆市涪陵区)盛产丹砂,迄今重庆市的涪陵区、武隆县、彭水县、酉阳县、秀山县,以及相邻的贵州铜仁、湖南辰溪一带,仍是重要的汞矿(丹砂)产地。据《史记·货殖列传》和《汉书·货殖传》记载,"巴寡妇清,其先得丹穴而擅其利数也,家亦不訾。清,寡妇也,能守其业,用财自卫,不见侵犯。"这位名叫清的巴寡妇,靠家族世代开汞炼丹致富,成为中国正史上最早一位有文字记述的女实业家。秦筑长城,她捐献过重金。秦在骊山修造始皇陵,地宫所用水银达 100 吨以上,水银是将硫化汞分解而得,全凭"当时川东南一带的汞矿,跨长江,溯嘉陵江而上,走巴山,过汉水,经过千里栈道运送到关中"①,又极可能为她所献。因此,秦始皇诏封她为"贞妇",她死后又诏令巴郡厚葬,于其葬地清台山筑"怀清台"以资纪念。时迄于今,在重庆市长寿区千佛乡仍然遗存着"怀清台"台基,当地俗称"寡妇坟"。男人能够做到的事情,女人也能,并且还可以做得更好,巴寡妇清以其敢为天下先的勇锐进取,为中国历史提供了一个杰出的范例。

另一个杰出范例,乃是距巴蔓子大约 1900 年的明末女将秦良玉。秦良玉不是什么"登录正史的唯一女将",在她之前,见于殷墟甲骨文的武丁之后妇好,见于《南史》的南朝末期冼夫人,以及与其同入《明史》的酉阳宣慰使冉跃龙之妻舒氏都是有名的女将,但她确实卓尔不凡。她是忠州人,24 岁时嫁给石砫(今重庆市石柱县)宣抚使马千乘为妻,次年即随夫出征,剿灭播州(今贵州省遵义市)宣慰使杨应龙叛乱。明万历四十一年(1613 年),马千乘被诬陷死,39 岁的秦良玉代领石砫宣抚使之职,教士兵演练白木杆长枪,号称"白杆兵",以军纪严明、骁勇善战著称。天启元年(1621 年)后金(清之前身)攻占沈阳、辽阳,她奉旨率军出山海关御敌,因功加封二品,获赐"忠义可嘉"匾额。同年回川参与征剿永宁(今四川省叙永县)宣慰使奢崇明叛乱,驰援成都,收复重庆,均立下了卓著战功,得授都督佥事之职,并充任总兵。崇祯三年(1630 年)后金军威逼北京,秦良玉奉旨支援京师,获崇祯帝平台召见,赐一品官服及四首御诗。崇祯六年(1633 年)张献忠所部农民起义军从湖北攻入四川,克夔门,近石砫,她奉命率军对抗,败绩后退守石砫,以"保境安民"为要务。崇祯十七年(1644 年)清军入关以后,秦良玉继续效忠南明政权,被封为太子太保、忠贞侯,以"反清复明"为己任。四年后病逝,葬于石砫回龙山,终年 74 岁。《明史·秦良玉传》赞道:"夫摧锋陷敌,宿将犹难,而秦良玉一土舍妇人,提兵裹粮,崎岖转斗,其急公赴义有足多者。"1944 年

———————————
① 何利群:《图说始皇陵》,重庆出版社 2006 年 5 月出版。

Luohong Pianpian

落红片片

抗日战争相持阶段末期,郭沫若赋诗颂扬她为"石砫擎天一女杰",她的事迹鼓舞了前仆后继争取抗日最后胜利的广大军民。迄于当今,在石柱县和忠县两地,分别保存着几处秦良玉的遗迹遗址,三峡博物馆内还陈列着她的一件官服,睹物思人,烈风可鉴。

在明清易代之初,"反清复明"的倾向并非只是秦良玉一类的官员才有,而是广及民间。清顺治十八年(1661年),收复台湾的民族英雄郑成功在金台山明远堂歃血为盟,与部下将士结拜为兄弟,宣誓灭清复明,明远堂后来就成为洪门开山立堂之始,结盟者号称"汉留"。他派遣两拨人潜回大陆,发展"汉留",其中的陈近南(永华)独闯云贵川,于康熙九年(1691年)在四川雅安开精忠山,成为洪门在川第一堂。其后逐步发展成为"哥老会",会众称"袍哥",遍及十四省,形成"天地会"中较大的一个分支。在四川袍哥势力最大,按社会阶层高低贵贱分设"仁义礼智信"五个堂口;其中五堂齐备的只有重庆,一般地区是三个堂口,成都只有"仁"字堂口。袍哥以"五伦八德"为号召,核心在于一个"义"字。这个"义",既是忠义、侠义的义,又是哥们仗义的义,从一开始就具有多重性。随着清政权日益巩固,"反清复明"的初衷日趋清淡,袍哥成为民间扎根最深的、影响最大的一个社会组织,优劣正误鱼龙混杂。清末重庆"仁"字号袍哥首领张树三,曾在日本受到孙中山召见,受命组织四川袍哥积极开展反清斗争。1911年辛亥革命武昌"首义"成功后,重庆同盟会负责人杨庶堪(沧白)、朱之洪、张培爵秘密筹备重庆"反正",就动员了"仁"字号袍哥首领唐廉江的红旗管事况春发和"正伦社"大爷田德胜作基干成员。当年11月22日(农历辛亥十月初二),况春发、田德胜率领精壮袍哥组成的百人敢死队包围朝天观,协助杨庶堪、张培爵当场逼使重庆知府钮传善缴印投降,一举取得"反正"成功。这与某些袍哥后来反共、反人民,属于性质大不同的两回事。到20世纪50年代初取缔袍哥组织时,重庆城内男性袍哥多达数十万,约为男性市民三分之二,女性袍哥也有一万多。袍哥对于市民文化的最大熏染,无论正面或负面,都在那个"义"字。

按袍哥堂口,"仁字讲顶子","仁"字号袍哥多是有功名的人,民国年间则为军政要员、富商大贾、士绅名流,参与抗日的川军将领多数是袍哥。"义字讲银子,礼字讲刀子","义"字号袍哥多为中小商人、官府吏员,民国年间则为一般军警人员和水旱码头的经营者和劳动者,"礼"字号袍哥一般是小市民、贩夫走卒、船工力侠,这两类袍哥对于重庆码头文化的形成和演变起的作用最大。袍哥与船帮之类帮会、行会长期都是我中有你,你中有我,处理诸多社会问题,帮会、行会内部是按各自规矩办,涉及外人就得按袍哥规矩办,其渗透力和权威性甚至超过了官府。袍哥中流传一句话:"只能兴袍灭空,不能兴空灭袍。"所谓"空",就是指没有参加袍哥的人。换言之即为,袍哥之间无论出了什么事,都要互相卫护,尽力帮助。还有一句话:"一个老鸹一个滩。"所谓"滩",就是指码头,一个码头就是一个势力范围,彼此不得侵犯。码头上设有公口茶馆,一为联络点,外地袍哥去拜码头,就要"拿言语",方能受到招待、帮助。二为活动所,正月的"迎宾会",五月十三的"单刀会",七月十五的"中元会",都要聚会设香堂祭拜"武圣"关羽,以加强"义"字观念和感情联络。三为仲裁地,发生了纠葛就"吃讲茶",双方各带袍哥兄弟到场,陈述是非理由,然后听从大爷评断。此外,还是处罚违规者的非官"公堂",轻则"挂黑牌"、"打红棍"、"搁袍哥"(开除),重则"吹灯"(挖眼)、"砍丫枝"(断手足),特别严重的还要"三刀六个眼"或者"自己挖坑自己跳"。这一切世代相袭,造成了袍哥特别讲"义气",特别讲"抱团"的价值取向和行为走向,对市民习性影响巨深,迄今仍然见到正、负两面余绪。甚至连"扎起"、"雄起"、"捡顺"、"搁平"、"兄弟伙"、"姐妹伙"、"拿言语"、"吃福喜"之类袍哥专用语词,迄今仍然存于重庆市民口语中,个别的还改头换面全国流行。

尽管如此,站在时代进步前列的,终究不是任何袍哥,而是有理想、有抱负的改革者或革命者,突出代表当推邹容。邹容于 1885 年生于巴县(今渝中区),原名绍陶,又名桂文,字蔚丹(威丹),留学日本时改名为容。6 岁入私塾,12 岁诵四书五经及《史记》、《汉书》,其后即心向维新变革的新思潮。1898 年随兄应巴县童子试,公开罢考而去,虽遭父笞而志不稍折。谭嗣同等六君子变法遇难,他赋诗言志:"惟冀后来者,继起志勿灰。"1902 年自费东渡日本,进入东京同文书院补习日语,开始大量吸收西方民主思想及文化,积极参加了留日学生的爱国活动。1903 年 3 月,清政府赴日学监姚文甫因奸私事败露,邹容等 5 人直入姚邸数其罪行,剪其发辫,将其痛打一顿,被清政府驻日公使指为犯上作乱罪,遂离日回到上海。他在上海寄居于爱国学社,与章炳麟结成忘年交,倡言革命以相砥砺。他发起组织中国学生同盟会,积极参与拒俄爱国运动。同时,撰成《革命军》一书,署其名为"革命军中马前卒",章炳麟为是书作序。全书约 2 万字,凡 7 章,"绪论"、"革命之原因"、"革命独立之大义"为重点内容。邹容通过《革命军》一书,依据西方资产阶级民主革命倡扬的"天赋人权"、"自由平等博爱"思想,阐述了反对封建专制,进行民主革命的必要性,分析了革命爆发的必然性,揭示了革命大义就在于"尽复所失之权利,而介于地球强国之间","全我天赋平等自由之位置"。时年 18 岁的重庆青年邹容,在中国历史上,第一个公开提出了建立"中华共和国"的主张。《革命军》一经问世,迅即震撼海内外,章炳麟在《苏报》上发表文章称之为"义师先声",《苏报》主笔章士钊则誉之为"国民教育之第一教科书"。1903 年 6 月,《苏报》因宣传《革命军》而被查封,章炳麟等人在上海租界被捕入狱;邹容愤而投狱,与章炳麟共患难。在狱中惨遭折磨致病,1905 年 4 月 3 日卒于狱中,年仅 20 岁。1912 年 2 月,孙中山以中华民国临时大总统名义,追赠邹容为"陆军大将军"。同为川人的革命家吴玉章后来题诗赞道:"少年壮志扫胡尘,叱咤风云《革命军》。号角一声惊睡梦,英雄四起挽沉沦。"迄今在重庆市渝中区,南北纵贯解放碑的主干大道就叫邹容路,南区路的街心花园也有邹容的雕像,足证重庆人民永以邹容为荣,并且永久仰慕邹容。

与邹容同一时代,同样以中华民族兴衰安危作为大义的卞鼐,也是一位大气凛然的民主革命先驱。卞鼐字小吾,以字行,1872年生于江津稿子乡龙井湾一个书香世家,早年就读于白沙镇的聚奎书院,1888年考中秀才。在重庆结识杨庶堪等人,组织"游想会",常相邀共议时政,针砭时弊,探寻拯溺图强之道。1902年受到邹容、吴玉章等人影响,投入救亡运动,经北京转赴上海。在上海期间,他结识了马君武、汪康年、谢无量、章士钊、蔡元培、吴稚辉等人,革命信念更加坚定。邹容、章炳麟系狱之后,他三次入狱探望,邹容劝他回川开展反清活动。1904年2月,卞小吾回到重庆,决计创办一张报纸,宣传革命,唤起民众。他卖尽自己名下的祖传田产,得白银6000余两,于当年9月在重庆方家什字(今渝中区重庆宾馆对面)麦家院正式创办了《重庆日报》。这是四川第一张日报,一开办就着重宣传开工厂、办学校、富国强兵的思想,揭露重庆官府、官吏的劣迹,为川人争取川汉铁路路权大造舆论。他经常亲自捉笔撰写社论,倡扬妇女天足、男女平权和家庭革命,对清政府腐败、卖国大张挞伐。又筹资28000元,创办东华火柴厂,为四川第一家由民主主义革命家所开办的近代企业。1905年2月和5月,还先后创办东文学堂和女工讲习所,主持其事并亲自讲课,当时《广益丛报》评为"其特色在注重精神教育"。《重庆日报》转载了一条《苏报》消息,以《老妓颐和园之望行》为题,直斥慈禧太后在颐和园筹备祝寿的骄奢淫逸,引起清政府震怒,下令取缔该报,逮捕卞鼐。小吾被捕后,于5月28日押送成都,囚于科甲巷待质所。他既不屈服,也不颓丧,在狱中笺注了《救危血》、《应世南箴》等著述,撰写了《呻吟语》等文章,继续为救亡图存敲警钟。1908年5月15日深夜,他被谋杀于狱中,头部、腹部被刺73处,死得极惨烈。曾与他同系一狱的江津同乡,"中华联圣"钟云舫闻讯,即撰两联沉痛悼念,其中有"似这般铁血横飞,万点蜀山胥化苌弘之势","讵复料金銮颁赦,三声猿泪竟成巴蔓之尸"等语句。

邹容、卞鼐之后,卢作孚的继起猛进令人景仰。他于1893年生于合川,原名魁先,别名卢思,靠自学成才。辛亥革命初,参加同盟会,投身反清保路运动。1919 年在成都任《川报》社长兼总编辑,加入少年中国学会,投入"五四"爱国运动,力主"教育救国"。川南教育实验受挫后,转为"实业救国",于 1925 年秋弃教从商,回到合川,创办民生实业公司。他从 8000 元资本,一艘载重 70.6 吨的浅水铁壳小船起家,于 1926 年秋开辟了嘉陵江上的渝合航线。到 1935 年,民生公司拥有轮船 42 艘,吨位 16884 吨,职工 2836 人,资本 730 万元,开辟了长江上的渝涪、渝沪航线,控制着川江航运 61% 以上业务。其间,他还先后出任江(北)巴(县)璧(山)合(川)峡防团务局局长和川江航务管理处处长,建成了四川第一条铁路——北川铁路,组建了当时四川最大的煤矿——天府煤矿,创建了当时西南最大的纺织染厂——三峡织布厂,创立了当时中国最大的民办科研机构——中国西部科学院,并在四川率先建成了乡村电话网络,开辟了著名的北温泉公园。抗日战争爆发后,卢作孚出任国民政府军事委员会水陆运输管理委员会主任,坐镇武汉、宜昌,组织和指挥了大量人员西迁和迁川工厂物资大转移。特别是武汉失守之后,他集中旗下的全部船只和大部分业务人员,不顾日机狂轰滥炸,采取分段运输,昼夜兼程抢运,经过 40 天奋战,终于抢在宜昌沦陷前,把全部屯集人员和物资转送到四川,这次行动被誉为中国的"敦克尔克"。整个抗日战争期间,民生公司共抢运各类人员 150 余万人,各类物资 100 余万吨,遭日机炸毁船只 16 艘,牺牲职工 100 余人。战后卢作孚把民生公司重点移至上海,增辟了由上海至台湾、汕头、香港等地的南洋航线和由上海至连云港、青岛、天津、营口等地的北洋航线,并在台湾、广州、香港等地设立分公司或办事处。截至 1949 年,已拥有各种船只 150 余艘,吨位 72000 吨,职工 9000 余人,国际航线延伸到了越南、泰国、新加坡、菲律宾和日本。中华人民共和国成立之后,卢作孚于 1950 年 6 月由香港回到北京,带回大陆的海洋轮船计 18 艘。1952 年 2 月 8 日在重庆辞世之前,他还担任过全国政协委员、西南军政委员会委员和北碚文化管理委员会主任。置于 20 世纪前半个世纪,从"教育救国"到"实业救国",卢作孚堪称巴渝第一英雄。

巴渝英雄数不胜数,远不止于上述诸人。仅从 20 世纪前半个世纪看,从辛亥革命元老杨庶堪、张培爵、朱之洪,到共产党人杨闇公、刘伯承、聂荣臻,到国民党抗日将领夏仲实、傅翼,尽管政治信仰有差异,但毕身仁心为民,壮志许国,奉献和建树都决然不在巴蔓子或秦良玉之下。而政治、军事领域之外,诸如实业兴教的张森楷,经商励学的汪云松,创办重庆大学的沈懋德,号称"白屋诗人"的吴芳吉,以及终身奉行"实业救国"的胡子昂,都在各自致力的领域内为民族振兴,为国家富强做过不少好事实事。与普通民众相较,他们都是出类拔萃的社会精英,成为精英自有其经济、政治、文化诸多方面的共通优越条件或独特优越条件。然而有一项基本条件,无论是社会精英还是普通民众,全都赖以滋生成长,那就是巴山之雄和渝水之劲。一定地域范围以内的地质地理构造,总会对生息在那一地域的人群从心理到行为产生潜移默化的普泛性影响,这是人类文化生态学的一个基本共识。三千余年巴渝地区经历过数以十计的大移民,巴人先民那种质直好义、尚武少文仍然传袭了下来,无论是历代社会精英,还是清至民国年间良莠混杂的各等袍哥,乃至名不见经传的芸芸众生,或多或少,或显或隐都有示现。从这个意义上说,正是由雄劲的巴山渝水汇成的大山大水,养育出了历代巴渝人,今之重庆人。以人为本也得承认,这样的大山大水,历来是重庆第一名片。

毫无疑问,社会在发展,人文精神决不会一成不变。从唐宋以降,凭借诗文、理学的过境传播,特别是南宋以来川江航运、商业贸易的逐步兴旺,质直好义继续保持,尚武突破了战争樊篱,少文尤其得到了质的改变。以 1891 年开埠作为分界标志,世界上先进的文化思想传入重庆,无论是民主主义还是共产主义,都给重庆人带来了新的行为范式、价值观念和理想诉求,"苟日新,又日新"的局面既经打开,便不可遏止。2004 年 7 月 5 日我在为主编的《溯游抗战重庆丛书》(重庆出版社 2005 年 3

月出版)作的总序中写道:"抗日战争时期磨炼了重庆城和重庆人,也塑造了重庆城和重庆人。……素以码头文化著称的重庆人,在那大敌当前、国难当头的峥嵘岁月里,人格和人性的魅力集中彰显出来。大局为重、团结御侮的民族气节,舍身报国、毁家纾难的侠义气概,坚忍不拔、百折不挠的顽强意志,共渡艰危、志在必胜的坚强毅力,既光大于仁人志士,亦普注于贩夫走卒。"曾任中共重庆市委书记的汪洋同志提出要研究、培育、发展和宣传重庆人文精神,得到各界广泛响应。他本人将其概括为"开拓开放,自强不息"八个字,揭示了精髓所在。人文精神的发扬光大,已经、正在和必将继续增益重庆人的文明素质,提升重庆人的文明魅力。

这业已不是愿景,而是现实,渗透进了普通市民生活当中的鲜活现实。最为切近的例证,就在 2007 年 8、9 月之间,全国自下而上地评选道德模范,重庆市经过区县推荐、市民投票,评选出了 48 名市级道德模范和 1 名全国道德模范,他们绝大多数都是地道的普通工人、农民、教师和其他劳动者。其中成为全国见义勇为模范的李明素,原是沙坪坝区回龙坝小学的一名教师,退休后利用居家住房开了一家小超市。2007 年 7 月 17 日,一场百年不遇的特大暴雨突然袭来,回龙坝镇梁滩桥村旁的梁滩河洪水陡涨,灌进岸边楼房,不少人被困在楼房的顶层上。李明素见状,立即让家人停止转移自家小超市里价值 8 万多元的货物,集中力量去救助被困人群。她叫儿子张忠强搬出一张梯子,搭向邻居王孝伦家的楼顶,让那楼顶上的 32 个被困者顺着梯子爬了过来,然后又联系上了消防队员,使众人成功获救。据在场者后来说,50 多岁的退休女教师李明素,当时的果决干练,就像一个军事指挥员一样。但是,她小超市价值 8 万多元的货物,却全部被洪水冲毁了,她仍义无反顾,从容面对。时过 3 个月,她重新筹资采购米、油等日用小商品,将重开小超市,并且表示,将对困难家庭实行打折销售。一滴水珠可以折射阳光,李明素见义勇为,折射出重庆民众道德风貌和文明品格在与日俱增。

〔**说明**〕这一篇,以及后续的《火锅引领重庆美食》、《美女扮靓重庆时尚》、《重庆文艺多姿多彩》三篇,均为我的《魅力重庆》中文稿的组成篇章。《魅力重庆》本为重庆出版社 2008 年的外向合作书目之一,写成于 2007 年底,分"自然山水"、"历史文脉"、"人文风采"三篇,合计二十二章,译成英文提供给外国合作方出版发行,此所辑四篇为"人文风采"中的四章。原作旨在向世界宣传重庆,所以行文多在集中性描述。但是在国内、在市内,这样的描述同样颇鲜见,而且迄今许多人未必都有与之相同的认知。就我而言,也算"落红",选四片以见一斑,未尝就没有价值。

火锅引领重庆美食

民以食为天,吃什么,怎样吃,古今中外都是一种极具地域特色的民俗文化。特定地域的物产、气候、生活习尚、人文风情,乃至体质、禀性、社会结构、经济水平等因素,都会影响当地居民的饮食爱好、口味倾向、烹饪方法和调味手段,从而形成独具地域特色的食系品格。反过来,食系品格又如同一列博物展厅,展示着当地的人文风采和文化积淀。置之于重庆,以火锅为代表,包括江湖菜、民间菜、地方小吃和诸系菜品在内,就是巴渝地区山水文化、码头文化、抗战文化和都市文化的综合产物,又凸显着这些文化的特质光彩。其间与众不同的是,重庆人把自己的爱吃、会吃称之为"好吃",竟至不惜自诩为"好吃狗",并且把渝中区解放碑商务圈八一路所打造的第一条美食街命名为"好吃街",豪放自信溢于言表。我应邀撰写的《好吃街赋》首段就突出"好吃街唯此一处",正是着眼于这种独特性,情动于中的率性表述。

火锅并不是重庆人首创。无论在中国,在世界,它都已经有几千年历史。从先秦的支鼎煮食,中古的围炉下箸,到广及域内外的北京涮羊肉、内蒙古小肥羊汤锅、台湾的珍珠奶火锅、香港的菊花火锅,乃至于泰国的冰炭火锅、法国的巧克力火锅,火锅堪称为源远流长,品众味多。而重庆火锅始于清末,盛于抗战名都时期,十足的一个后起之秀。距今100余年前,伴随川江航运的空前兴盛,水运码头成百上千,数以万计的下层劳动者靠作水手、纤夫、力夫、零工维持生计。他们或以船为家,或在沿江的棚户托身,收工之后常三三五五地聚在石碛沙滩上,垒几块石头,支一口铁锅,边烫食毛肚、血旺、莲白、大葱之类偏贱的荤素食物,边豪饮烈性白酒。锅内的沸汤多用辣椒、花椒,既因辛辣燥热有助于消除疲劳,又在于除湿防病。这就是重庆火锅的由来,极草根,极江湖。条件稍好一些的,便在码头附近设店,也是每桌一口铁锅,锅内的沸汤配以牛油,用辣椒、花椒、豆豉、茴香、八角、醪糟等麻辣辛香物品调味,形成麻辣烫特点,一般烫食毛肚、血旺、鸭肠、黄喉等荤食品和莲白、豆芽、藕片、大葱等素食品,边烫边饮酒,通称为"毛肚火锅"。铁锅内放有一个九孔木榍,以便不相识者也能同桌吃火锅,造成一种"同桌如家亲"的用餐形式,让人感受得到同享、同乐的和谐情趣。当时南岸海棠溪码头的李姓桥头火锅,据传就是重庆最早的一家草根性、江湖性火锅店;这家桥头火锅至今仍然存在,位于南坪商圈,2006年由国家商务部命名为"中华老字号"。20世纪20年代至40年代,尤其是重庆成为战时首都之后,以一四一火锅为代表的火锅店逐步开设到城内商业区,江南、广东等地的铜炉小火锅也传入了殷实人家,这时重庆火锅才趋向提档升级,以俗为主,雅俗共赏,成为川菜菜品之一。不过,直到直辖前夕,重庆的火锅店也不过几百家,远未成为城市名片。

俱往矣,数重庆火锅扬名立万,还看直辖十年。从1998年肇端,业已从街边小店向着品级餐馆过渡的重庆火锅企业,大步走上连锁之路。2001年4月8日,重庆火锅协会应运而生,旗下的会员单位逐步发展到200多个。2003年第四届中国美食节期间,15家重庆火锅企业获得"中国名火锅宴金鼎奖"。2004年开始走出国门,先后在美国、加拿大、澳大利亚、新加坡等国开设了重庆火锅店。2005年的全国餐饮百强排行榜上,重庆企业占据17家,其中火锅就有8家;同年度国家商务部评出的"中国火锅企业20强"当中,重庆火锅企业更占了半壁江山。同年8月15日,重庆火锅协会召开"打造地理标志,维护重庆火锅品牌"大会,提出申请"重庆火锅"地理商标,品牌意识空前提高。截至2007年3月为止,重庆已举办过三届火锅文化节,每一届都开展了"万人品尝火锅"活动,第三届火锅节还申办了"中国火锅之都"。目前重庆火锅店铺已经有

15000多家,国内外连锁加盟店已经有10000余家,连锁加盟店超百家的重庆火锅企业已经有30多家,年营业额已经超过100亿元人民币。其中的小天鹅、德庄、巴渝红、清华、秦妈、家福、刘一手、君之薇、过江龙和乡水源,已经成为"重庆十大火锅品牌"。重庆火锅协会还发动会员单位,以100万元至500万元自愿入股,筹资5000万元,组建重庆火锅产业集团,在渝北区筹建"重庆火锅城",并且争取抱团上市。十年进取,十年巨变,突破、创新令人惊奇。

重庆火锅的突破、创新,不只是体现在面向国内市场和国际市场,走集团化、产业化之路,提高竞争力和抗风险能力,还体现在经营理念现代化、味型调配多元化、菜品制作多样化上面。从清末、民国年间直到20世纪80年代,传统的重庆火锅也在推陈出新,但基本上是以麻辣鲜烫为标志的毛肚火锅、红汤火锅一统天下。其中的原汤反复使用,用餐者坐在街边店里狂吃豪饮,甚而至于喝五吆六,赤膊上阵,更恍若百年不变的行规。可是自从进入20世纪末,特别是直辖以降,以小天鹅首创"鸳鸯火锅"、"子母火锅"为先导,重庆火锅迅速实现了一场革命。主要的表现,一是不再拘泥于麻辣鲜烫,而是根据不同人(包括本土人和外地人)的多种口感需求,重新定位口味,相继研制出了风味各异的、适应面广的多种味型和调制方法。二是菜品选择既求广,又求新,既做到了天上飞的、地上跑的、土里生的、水里游的畜禽鱼肉、时蔬野味几乎都可以入锅烫食,又注意了新鲜、无公害。三是汤料鲜香适口,讲究卫生和环保,逐步趋向于一锅一底,用油也不限于牛油。四是除了鸳鸯锅、子母锅,还推出了一人一锅的分餐式火锅和数十人一锅的大聚会火锅,可以容盛各种汤料,满足各种吃法。五是火锅餐饮分众化,从高端雅间到大众排档,不同层次的顾客都能各选所适,各足其愿。此外,不同的火锅企业之间,还各显神通,求新求异,努力打造特色火锅。例如已有百家连锁店的武陵山珍,就是用来自武陵山区的几十种野生蘑菇熬制清汤,以逾百种野生菌菜入为菜品,号称"21世纪养生保健的地球人美食",与传统火锅大相径庭。

即便只讲美食,那么,由毛肚火锅演进而来的重庆火锅,原先只是川菜民间小吃菜式当中的一个品种,随着火锅的内涵和外延发生重大的变化,如今已是川菜的一个独立菜式,其影响力已远超过其他菜式。

川菜是四川菜的简称,属于当今长江上游的四川、重庆及其周边地区的地域风味菜,与粤菜(广东菜)、鲁菜(山东菜)、苏菜(江苏菜、淮扬菜)并称为中国四大菜系,加上湘菜(湖南菜)、徽菜(安徽菜)、闽菜(福建菜)、浙菜(浙江菜)又并称为八大菜系。川菜萌芽于西周至春秋时期,当时的巴国、蜀国分别为发源地,调味已经广泛使用花椒、岩盐。从战国至秦汉,移民入川带来了中原文化,烹调技艺逐步提高,《华阳国志》中已有巴蜀人"尚滋味,好辛香"的记载,调味不仅用花椒、茱萸(一种辣味植物),而且开始使用复合味。经过1000多年的发展,到明末清初辣椒从国外经江浙传入四川,花椒、辣椒及其再制品大量入菜,使川菜品种与日俱增,最迟在晚清时期即已定型,形成了一菜一格、百菜百味、善调麻辣的基本特色。川菜体系中,以成都为中心的成都菜,以重庆为中心的重庆菜,以宜宾、自贡为代表的川南菜,以南充、遂宁为代表的川北菜又形成四个支系。"湖广填四川",抗战大内迁,以及改革开放,都带来了中外新的烹饪理念、技巧、原料和工具,更促成川菜及其支系广纳博取、兼容共汇,菜品风格呈现多样化、个性化和潮流化的持续创新发展趋势。

与其他菜系相比,川菜的味型之多、变化之妙,处于领异标高之境。咸、甜、麻、辣、酸五味,是川菜的基本味。由两种或两种以上的基本味或苦、辛、鲜味调味品调和而成,进一步衍生出27种复合味,如麻辣、酸辣、糖醋、荔枝、鱼香、咸鲜、豉汁、蒜泥、陈皮、五香等等。现当代将茶叶、皮蛋、可乐饮料也引来充作调味品,调制出茶香味、奇香酱汁味、可乐味等新味型,川菜的味型仍然在拓展过程中。但万变不离其宗,川菜区别于其他菜系的根本特点,始终在于善用麻辣。在众多的味型中,麻辣味约占三分之一,地位十分突出。使用花椒、辣椒及其再制品,并非越麻越辣就越好,而是十分注重因人、因时、因地、因料而异,对品种选择、用料标准、投料时间、加热程度都颇讲究,力求五味平衡。这方面,重庆菜独具一格,相当典型。单是一个辣,就有麻辣、干香辣、酥香辣、油香辣、酸香辣、清香辣、冲香辣、酱香辣之分。同是一个麻辣,火锅要用茂汶花椒和七星辣椒,烟辣青笋却要用大红袍花椒和二金条辣椒。同样是家常味型菜式,制作家常肉丝要用泡红辣椒和元红豆瓣,制作家常连皮肚则只用泡红辣椒。正是因为有这些讲究,重庆菜表现出特别重麻重辣,不少人甚至宣扬麻辣就是重庆味道。然而,正如重庆的中国烹饪大师吴万里所说,麻辣并不是重庆菜的本来面目,擅长用麻辣之味的菜品才称得上重庆味道。真正的重庆味道应该是清鲜中透醇厚,麻辣中见柔和,五味调和中显层次。[①]

与重庆火锅源于码头一样,重庆菜的根基在于江湖菜,亦即大众便餐菜式。它有别于同为川菜菜式之一的筵席菜式,属于江湖常见餐馆经营的中档、低档菜肴,荤素均以炒、爆、烧、熘、炸为主要烹制手段,取材简便,烹制便捷,经济实惠,适应性强。一些脍炙人口的名菜,如鱼香肉丝、宫保鸡丁、水煮肉片、麻婆豆腐,在成都、重庆、川南、川北普适广用,也能够进入高档筵席。属于荔枝味的锅巴肉片,先要经过油炒,并下姜片、泡红辣椒块炒香,再加适量鲜汤,放入水发兰片、木耳、马耳葱,加入盐、酱油、糖、胡椒粉、味精调成咸甜味,进一步以水豆粉勾二流芡,起锅放醋推匀,然后与炸得金黄酥脆的大米锅巴同时上桌,并将肉片浇头连汁浇在锅巴上,随之发出砰然轰响。锅巴肉片成为抗战名都时期的头号名菜,被冠以"轰炸东京"的美名。直辖十年来,重庆每年都会经由市民大众的群体赏识,推出一道流行江湖菜,如1997年的香辣蟹,1998年的邮亭鲫鱼,1999年的乌江鱼,2000年的黔江鸡杂,2001年的黑竹笋鸡,2002年的冷锅鱼,2003年的跷脚牛肉,2004年的万州农夫烤鱼,2005年的耗儿鱼,2006年的泥鳅之类,掀起一波又一波大众美食热潮。此外还有酸菜

---

① 引自2007年8月30日《重庆晚报》第24版。

鱼、泉水鸡、啤酒鸭等一批江湖菜风生水起,历久不衰。除南北滨江路外,在主城区已成就了八一路好吃街、歌乐山辣子鸡一条街、南山泉水鸡一条街、南方花园美食街、直港大道美食街、加州美食街、金科十二坊美食街、南坪美食街、洪崖洞美食城、凤天路美食街等十大美食地标。重庆江湖菜尽显重庆城大山大水、重庆人大气大度的豪放风采,花样繁多,口味新奇,新品迭出,乃至市内有人鼓吹要为"渝菜"正名,自立门户,成为八大菜系之后的第九大菜系。这样做自不合宜,也无必要,然而,以江湖菜为主打菜的重庆菜直追火锅,在川菜中确是自具特色的一大支系,表明重庆美食绝非浪得虚名。

重庆的民众喜欢在家居中自炊自食,创制出了大量民间风味家常菜,也汇成了一种菜式。其基本特点大致有三点:一是主要原料和调料都居家常备和容易购置,如鸡鸭鱼肉、时蔬野味及泡辣椒、泡仔姜、豆瓣酱、甜面酱,烹饪不尚新异,容易熟练操作。二是重在小锅小炒,常用烧、煮、炝、熘、炖等烹制方法,辅以卤菜、凉菜和泡菜。三是烹制出来的成菜,以咸鲜微辣居多,与家居以外的传统火锅和流行江湖菜拉开了距离。最普适的民间家常菜,以回锅肉、粉蒸肉、红烧肉、黄焖鸡、豆瓣鱼、连锅汤、干煸豆角、糖醋莲白等等为代表,稍加实践就能烹制,家人同食,其乐融融。无论城乡,尤其是农村,重庆人还喜欢自泡黄豆、自推石磨、自点豆花吃,并且因地域不同吃法上也不尽相同。主城区及渝西地区一般是吃滤去了豆渣的嫩豆花,而渝东南、渝东北地区一般是吃连渣连菜的菜豆花。渝东南地区的土家族、苗族居民,以及与他们长期混居的汉族及其他民族居民,更有一些风味特异的民间菜品,如米豆腐、血豆腐、连刀肉、酸鲊肉之类,伴以大碗喝酒、大块吃肉,凸显剽悍劲勇之风。民间家常风味菜精益求精,改良原料、调料和烹制方法,就能进入城市主流,甚而至于登大雅之堂。例如渝东北地区的紫阳鸡,垫江县的石磨豆花,就已成为重庆城乡雅俗共赏的江湖名菜。在主城中心区,如五斗米、龙厨食府等中档餐馆,就专门经营民间风味家常菜,甚至将水煮肉片、油渣莲白那样的家常菜做成了品牌。这其间,有一类特称为私房菜的民间风味家常菜,原先是官绅人家的家常菜,如今也走出私家亲近公众,成为流行菜品,如外婆桥、和之吉、香积橱、邻家小厨、雅家王朝等餐馆、酒楼,就是这样一批佼佼者。从小众到大众,从私家到公家,数不胜数的民间风味家常菜有如八仙过海,各显其能,极大地丰富了重庆美食版图。

　　另一类重庆美食,就是同属川菜菜式之一的风味小吃,其中既有街头巷尾的点心、零食,又有餐馆筵宴的配菜、配点,品种十分繁丰。多年位于渝中区邹容路的颐之时餐厅,传统经营的风味小吃多达200余种,如白蜂糕、伦敦糕、香麻蛋卷、芝麻葱包都颇负盛名,抗战名都时期的国民党高官何应钦,原中共中央政治局常委李岚清等,都在颐之时品尝过小吃。与之齐名的老字号名小吃,仅主城中心区就可以数出老四川灯影牛肉、小洞天羊肉汤锅、山城小汤圆、山城担担面、九园包子、陆稿荐、吴抄手等一大批。尤其是小面,并不限于担担面,还包括麻辣小面、酸辣小面、牛肉小面、鸡汤小面在内,一直是重庆人早餐和午、晚快餐的最爱,普适性和渗透力超过重庆火锅。重庆人有"不吃小面不自在"之说,从中可以略见一斑。山城羊肉粉、荣昌铺盖面、涪陵油醪糟和凉粉、凉面、春卷,也相当为人青睐。小食品、卤制品和腌腊制品则多达700余种,如江津米花糖、合川桃片、云阳王大汉桃片、华生园怪味胡豆、磁器口千张皮、武隆羊角豆腐干、白市驿板鸭、梁平张鸭子、綦江金角牛肉干、城口老腊肉之类,不仅在市内畅销,而且在国内也有一定市场。忠县豆腐乳、永川豆豉和永川皮蛋,同样具有知名度和美誉度。最著名的莫过于榨菜,已有100多年历史的涪陵榨菜已是全国榨菜龙头,其中"乌江榨菜"已获得榨菜行业首个中国驰名商标,成为世界三大名腌菜之一。2007年"乌江榨菜"销售量将达到10万吨,年产值将超过5亿元。涪陵"辣妹子"榨菜和万州"鱼泉"榨菜也是中国驰名商标,以它们三家为主,统称为"涪陵榨菜",年销售量已达到18万吨以上,占有全国榨菜市场60%以上份额,同时远销美国、日本、韩国、俄罗斯及欧洲、东南亚、港澳台等53个国家和地区,出口年销售量已达到 2.3 万吨以上。以榨菜命名的榨菜肉丝,早就是川菜中的一道名菜,伴随着涪陵榨菜漂洋过海,涪陵和重庆的国际知名度和国际美誉度也将进一步提升。

仅就美食而言,重庆人的开放品格和创新精神,不仅贯注在火锅、江湖菜、家常菜和风味小吃当中,而且体现在对于中外菜品和烹饪方式的兼容并包、广泛拿来上。与整个川菜菜系一致,从"湖广填四川"到抗战大内迁,重庆菜就从未停止过向中国其他菜系吸取精华;抗战名都时期的独特历史背景,更使其走在成都、宜宾、自贡、南充、遂宁等地前面,名副其实地兼收并蓄,取精用宏。进入改革开放年代,尤其是直辖十年,以粤菜、苏菜为首,全国诸多菜系几乎全面跟进,都在重庆主城区和其他区域城市占据了一席之地,北京全聚德更在重庆开设了西南地区第一家直销店。大体上与之同时,麦当劳、肯德基、德克士等欧美快餐店,韩国烧烤、日本料理、印度抛饼等亚洲美食店纷至沓来,到 2004 年以降,跨国餐饮巨头必胜客、哈根达斯、星巴克也相继入驻设店。外地和外国餐饮抢滩重庆,引发了重庆餐饮进入"分众时代",亦即按消费方式、档次重新定位划分,既有在各大商圈和购物中心的轻便餐饮,又有方便商务、公务宴请的高档餐饮,而且内外共济,中西合璧。例如解放碑商务圈内的大都会和王府井,三北地区的龙湖西苑和晶郦馆,都是既有火锅和多系中餐,又有西餐和亚、欧、拉美风味餐。最突出的是江北区观音桥商务圈内的北城天街,美缀美酒楼、瑞泰丰云南菜、泰香米东南亚风味餐厅、韩国艾塔米拉西餐厅、云娜水果捞主题西餐厅、汤师傅、亚洲蕉叶、日本寿司等内外中西品牌餐饮汇集在一个大型现代建筑空间内,将兼容并包、广泛拿来展示无余。这个大趋势方兴未艾,潜力还相当巨大。据业内人士评估,在当下重庆,美食天地大体上是三个"三分之一",即重庆火锅占三分之一,重庆江湖菜、私家菜和名特小吃占三分之一,非重庆菜的川菜及其他各系中菜,加上西餐和各种外国风味餐也占三分之一。这三个三分之一就像一面镜子,映照出重庆美食结构越来越繁花似锦,丰富多彩,并将持久不衰地立足本土,拥抱全国,亲近世界。

美食不能缺少美酒。当今重庆人,主要喜欢喝白酒和啤酒,其次也喝黄酒和红酒。无论国酒、洋酒,均在欣赏之列。重庆本土生产的白酒,以万州的诗仙太白酒最为著名,最为畅销,已经成为中国优质酒、中国名牌商品和重庆市政府接待专用酒。诗仙太白系列酒无论高档、中档、低档,都凭李白诗句"人生得意须尽欢,莫使金樽空对月"以广招徕,传达出重庆人的酒情、酒趣与诗仙李白一样豪迈爽快。其高端品牌"盛世唐朝",醇香绵厚,回味悠长,我个人品尝,觉得绝不在同类型的中国名酒五粮液之下。在中国数以万计的白酒企业当中,截至2006年底,诗仙太白的产量、产值已经排列于第28名。江津白酒历来以高粱为主料精工酿制,在大众型白酒中品质优良,远销国内不少地方。从20世纪90年代开始,引进国内最先进的白酒毛细管专用气相色谱仪和计算机处理系统,将基酒、调味品逐缸品尝、检测后,找出了白酒中各类呈香呈味物质的含量及其量比关系,确立了最佳勾调方案,终于在2007年推出了新的金江津系列酒。经国内著名白酒专家沈怡方、高月明、高景炎等鉴评,其品味独树一帜,质量业已处于小曲清香型白酒国内领先水平。而重庆啤酒集团,早在重庆直辖前,便已经成为与青岛啤酒、燕京啤酒相颉颃的上市企业,直辖以后更是加速做大做强,在西部地区领尽风骚。2000年夏天,原国家经贸委副主任余珍视察重啤时,留下了"北有燕京,南有珠江,东有青岛,西有重庆"的题辞。它生产的分别以"重庆"和"山城"命名的系列啤酒,年生产能力已突破280万吨,真像其一条广告语所说,成了重庆市民和外地啤酒爱好者的"知心朋友",2006年平均每个重庆人喝了35瓶山城啤酒。2001年山城啤酒、重庆啤酒等6个品牌获"中国优质新品啤酒"称号,2002年重庆啤酒进入港澳台地区,2004年山城啤酒获"中国驰名商标"称号,2005年山城啤酒由国家质监总局命名为"中国名牌"产品。每年举办的重庆啤酒文化节,参与者上万,蔚为山城重庆的一大文化盛会。德国啤酒也颇受欢迎,2007年9月26日至30日,重庆洲际酒店集团举办首届南滨巴伐利亚山城啤酒节,特邀德国慕尼黑乐队演出助兴,活动当中还提供了德、中、意、泰等国的 60 余种风味美食。东汉末年"建安七子"之一的孔融曾说过:"座上客常满,樽中酒不空,吾愿足矣!"这,其实也正是当今重庆人的酒德、酒怀。

美女扮靓重庆时尚

2005 年 11 月,"重庆市十大城市名片"出炉,重庆美女与重庆夜景、重庆火锅位居前列。这一项公众评选活动,最先由市内新闻媒体发起造势,迅速得到各阶层市民的热烈响应和广泛参与,推荐投票异常踊跃,评出的"十大城市名片"相当多人能认同。认同者时常夸耀,改革开放以来,重庆不但已经出过刘晓庆、邓婕、蒋勤勤、殷桃、杨若兮、朱砂等一大批影视歌明星美女,而且有不少名模在国内和国际的大赛中用美丽为重庆争得了荣誉,例如 2000 年新丝路模特大赛总决赛冠军于娜,2002 年概念 98 精英模特大赛总决赛季军陈春、新丝路模特大赛总决赛季军刘旭,2003 年上海国际模特大赛总决赛冠军王静、第 53 届世界小姐中国总决赛亚军宋冰洁,2004 年中国地球小姐刘旭,2005 年中华小姐环球大赛亚军杨爽,2006 年中华小姐环球大赛季军邱叶。一些本地人和外地人甚而颇为夸张地说,在解放碑注目迎面而来的靓丽女子,三步一个张曼玉,五步一个林青霞。截至 2006 年,连政府部门也认可了包括美女在内的"十大名片",并以政府名义于当年 12 月举办了首届重庆小姐大赛。像这样自我张扬美女品格,把美女当作城市形象使者,在当今中国的大城市中,重庆开了风气之先。

既往历史上,巴渝地区并不以美女著称,重庆美女脱颖而出首先源于人种优化。经历清初"湖广填四川",重庆府辖区内 85% 以上的居住民属于来自华东、华中、华南、华北的移民,多种群的远缘杂交,逐代形成了人们形体、容貌的优质变化。诚如嘉庆九年(1804 年)一首锦城竹枝词所写的那样:"大姨嫁陕二姨苏,大嫂江西二嫂湖。戚友初逢问原籍,现无十世老成都。"写的是成都，也适用重庆，重庆与成都的人种由清至民国在同步优化。中国历来苏杭出美女，江南出美女，陕北亦有"米脂的婆姨绥德的汉"之说，苏杭美女、江南美女和陕北美女优势选择的后代美女就成为巴蜀美女，成都美女和重庆美女即为其代表。降至20世纪30年代末至40年代抗战时期大内迁，60年代大三线建设，由上述地区，乃至东北地区迁徙到重庆的人合计以数百万计，更比迁徙到成都的人多得多，人种优化之势就超过了成都。可以肯定说，没有这三次大规模移民，就没有当今众多重庆美女。

第二个成因在自然条件。重庆城，以及整个巴渝地区的大山大水，导致了出门走路就必须爬坡上坎，世世代代，祖祖辈辈，男男女女都习惯了爬坡上坎，自然而然会影响到女性的体型，有助于发育成挺实的胸、柔韧的腰和修长的腿。由外及于内，习以为常的爬坡上坎，也有助于衍生成风风火火、爽爽快快、热热辣辣的性格特征。这一点，使重庆美女有别于生长在"天府之国"平原地区的成都美女，虽少了几许娴静、温婉和娇媚，却多了几分开朗、爽直和热忱。大山大水的地质地貌，还造成了巴渝地区，特别是重庆城区天气热，雾气重，既是"火炉"又是"雾都"，但日照相对偏少的气候常态。这一切，从不同角度，有助于女性排汗、润肤和相对保持肤白肤细，对造就美女而言，浑如天之厚赐。这样的地质地貌和气候常态又引生湿气偏重，因此，重庆人比成都人饮食更重麻辣，从而对除湿利身，对加剧风风火火、爽爽快快、热热辣辣的性格特征，客观上都有一定作用。

第三个成因在社会影响。自南宋以降，重庆就凭借川江航运之利，发展成为商贸码头。清代"湖广填四川"之后，商贸码头更兴旺发达，城区三分之一以上人口依赖码头维持日常生计，市民码头文化日趋主导地位。码头文化的主体是帮会文化，帮会文化的主干是袍哥文化。由清代至民国，袍哥组织渗透到社会各个阶层，整个四川唯有重庆仁、义、礼、智、信五大堂口齐备，社会支配力超过了官府。尤为奇特的是，重庆还有女袍哥组织,20 世纪 40 年代曾多达 1 万余人。袍哥的性质十分复杂,但它讲义气、尚豪爽、逞强好胜的性格习气,对重庆各阶层市民的潜移默化是既巨且深的,即便其组织被取缔半个多世纪以后,一些袍哥习惯用语、行为方式还潜存在社会生活中。再加上吊脚楼和棚户区那种居住条件,无论男女,特别是下层男女的语言和行为不避粗俗,形成“天热无君子”,“近邻胜远亲”之态,也是势所必然。因此,重庆美女性格火辣直爽,作风大胆泼辣,特别敢笑敢骂,敢穿敢露,就与成都美女显示出鲜明差异。只不过,随着社会文明的与时俱进,扬其长而弃其短,已经演生成主流趋势。

文明陶冶作为第四个成因,历来就存在,进入现当代尤其功效大。抗战名都时期的全国人文大荟萃,犹如一大转进点,将现代文明中社会精英向着基层民众普及性传递。随着基础教育的城乡普及,高等教育由精英型转入大众型,以及多层面的文化建设和道德导向日益深入人心,直辖十年来,重庆美女已经向着秀外慧中、内外皆美的新境界大幅提升。按照 2007 年 6 月 13 日重庆《新女报》的观照,直辖十年过去,“重庆美女不仅是美色,更是一种富有文化内涵和智慧灵光的魅力象征”。他们把这一种美的提升概括为四方面:一是思想开放的创新美,二是充满自信的大气美,三是提升自我的修养美,四是追逐潮流的时尚美。正是具备这四美,众多重庆市民才欣然认同,重庆美女确是一张城市名片。

重庆人幽默,喜欢把那些已经过了豆蔻年华、过了少妇时期,但仍风姿绰约的中年美女称作“资深美女”。时下著名的“资深美女”遍布于社会各界,政界、商界、企业界、军警界、文艺界、教育界、卫生界、科技界都济济一堂,频频可见,蔚为一道社会风景。她们正好同改革开放一道走来,外姿内质都处在人生黄金阶段,并且大多事业有成,不需要选秀活动引人瞩目,就能显示出巾帼不让须眉。透过为人熟知的不同界别“资深美女”,最能看出当今重庆美女的魅力所在,《新女报》归纳的四个“美”,在她们身上流光溢彩,展现无遗。

例之一:王嘉陵。这位时下 48 岁的重庆长江轮船公司总船长,16 岁初中毕业，就立志要当水手，像父亲一样搏击长江浪，驾驶着轮船直达上海。参加工作后，她将长辫子一剪，就由俏丽小姑娘变成英俊假小子，从水手转为客轮舵工，第二年升为三副，第三年又越级升为实习大副。20岁前后几年之内，她边干边学，记熟了重庆与上海之间2500多公里长江航道上的几千个航标、几千处碍航礁石以及林林总总的水文状况，读通了《船体结构》、《船舶驾驶技术》、《川江水文分析》、《长江中下游引航图》等专业书籍，写出了50余万字读书笔记，迅速成长为一个理论与实践结合型的优秀人才。1989年考上船长资格，1991年担任江渝18号客轮船长，王嘉陵成了长江航运史上的第一位女船长。担任船长前后将近20年，她在长江上驾轮往返，劈波斩浪，去来自由，创造出16万公里无事故的安全纪录，当上了全国劳动模范和全国先进女职工。职务也逐步升迁，由长江旅游公司指导船长，长江轮船公司总经理助理，运输部副部长，直至总船长。如今在她麾下，已有26艘"江渝"号客轮日夜行驶在重庆至上海之间的长江航道上，几十艘飞艇和豪华游轮上下穿梭于重庆至宜昌之间的三峡黄金旅游道上，此外还有好多艘货轮驳船，俨然成了一位水上女将军。

　　水上女将军人到中年，仍然保持着清丽容貌和挺俏身姿，保持着开朗性格和爽利作风，还保持着与众不同的穿着打扮。王嘉陵至今留着齐耳短发，头戴船长帽，身穿船长服，说话、走路都显得十分秀挺干练，一派英姿飒爽。即便当选为中共十五大代表和全国人大代表，到北京人民大会堂去出席会议，她照例是这一身装束，风头十足，十分抢眼。只有1997年3月14日，全国人大表决成立重庆直辖市，她才穿出了一件鲜艳夺目的红色衬衫，以独特方式寄喜庆之情。有人问她为什么要这样，她回答说："因为我是地道的重庆女人，彻底的长江之女，所以我要展示。"一字字，一句句，直白阳光，热辣似火，把重庆美女的美得自信、美得自豪、美得自尊活脱脱地凸显出来。难怪著名报告文学作家何建明会对王嘉陵钦佩不已，在其新作《国色重庆》里由衷礼赞道："女船长之美，是在驾驭自己命运的同时,将一个中国妇女的崇高与勤劳的完美化身献给了自己挚爱的城市和江河。"

例之二:何永智。这位被誉为"火锅皇后"的女企业家,在1982年10月以前,还是国有企业六一鞋厂的女设计师,俏丽大方,灵颖果敢。但她与搞音乐的丈夫廖长光不甘因循度日,毅然丢掉所谓"铁饭碗",于那年的11月1日在解放碑附近的八一路开办了一家小火锅店,取名"小天鹅"。三个人,三口铁锅,16平方米的小门面,何永智夫妇3000元起家,开始了他们的"小天鹅"之旅。凭美貌吸引顾客,凭服务亲近顾客,更凭美味征服顾客、留住顾客,入口微甜、辣而不燥的荔枝味火锅因"小天鹅"而生。六年生聚,六载进取,到1988年已经赚到10万元,在江北区开办了第一家火锅大酒店,率先实现了一场火锅革命,将火锅从街边排档引进到了现代餐厅。同年11月1日,成立小天鹅饮食文化公司,进一步走上现代企业创新之路。1990年把"小天鹅"办到成都,餐馆面积达2000平方米,向外扩张一开始就是大手笔。无论在市内还是市外,具有独立知识产权的"鸳鸯火锅"、"母子火锅"相继应运而生,广受青睐,歌舞伴餐、模特表演等新招迭出,大堂、雅间也融入了欧陆风情、南亚风情和民族风情,何永智倍增"皇后"风采。到了1995年,"小天鹅"更是飞越重洋,在美国华盛顿、西雅图等城市落户,中国贸易促进会授予她"影响中国特许经营的50人"荣誉称号。20多年过去了,依然美丽的"火锅皇后"身任小天鹅饮食文化集团公司的董事长,旗下拥有300多家火锅店,在全国许多大中城市和美国、澳大利亚、新加坡、中国香港都设有分店,和廖长光共同经营着一个资产过10亿元,集餐饮连锁(职业学校、原料种植、食品生产、物流配送)、宾馆酒店、文化旅游、房地产开发、物业管理于一体的投资控股集团。

何永智如今年过半百,仍然洋溢着中国传统"环(杨玉环)肥燕(赵飞燕)瘦"两类美中的丰腴之美,形与质谐合如一。尤其难能可贵的是,她的审美视野和审美追求相当广阔,洪崖洞传统民俗风貌区的开发和建设即为其代表。2001 年 8 月,通过投标竞标,小天鹅集团从 11 家投标单位中脱颖而出,获得了洪崖洞地产开发权。她先后投入近千万元,三改设计方案,并亲自带领专家考察山西省的乔家大院和常家大院,专注于打造仿古建筑精品。进而投资 3 亿元,历时近五年,终于在邻近朝天门的嘉陵江畔,建立起了一座高 75 米,总面积 6 万余平方米,雕楼画栋、吊脚转角的巴渝风格仿古民居建筑群。2006 年 9 月正式开市以来,洪崖洞建筑群内已建成包括全聚德烤鸭、小天鹅火锅和全国 300 多种知名小吃在内的美食城,引入包括美国海盗酒吧、星巴克咖啡店、沙爹王在内的多家国际名品店,以及多家珠宝店和工艺美术坊。还有独一无二的巴渝剧院坐落其间,已经演出过《巴渝情缘》等自创节目,成了重庆舞台的一朵奇葩。2006 年全国评选"十大文化产业人物",何永智成为上榜的唯一女性。当年 11 月 1 日,"小天鹅"企业大庆,廖长光用一曲《爱你一万年》,表达了他对妻子炽烈的爱。

例之三:梁明玉。与前两位不一样,她以服装设计为职业,是一位名副其实的女艺术家。2007 年 8 月 8 日《重庆晚报》的"奥运祝福"特刊这样介绍道:"她,风情浪漫而又不失干练恬淡;她,理想纯粹也能适应凡间尘世;她,喜好古色古香,同样也走在流行时尚尖端;她,牢牢把握着民族的气息和神韵,也信仰艺术无国界的国际化发展。"21 年前刚从当时的西南师范学院美术系毕业,青春靓丽的梁明玉便东拼西凑地筹集了路费和生活费,远涉重洋到时装之都巴黎的高级时装公会进修。这一经历升华了她的艺术人生,回到重庆后,她从自己开初那间不足 10 平方米的蜗居起步,在"首届天府之国服装设计大赛"中一举博得荣誉,自兹一发而不可收,在全国服装设计界声名鹊起。从 1993 年第七届全国运动会开始,这位容貌端庄、身姿优雅、性情温婉、音色柔和的女艺术家,便担任了多次国内大型运动会开幕式、闭幕式的服装总设计和服装总监。尽管她自己淡然面对耀眼光环,自称"只不过在圈内有些小名气",过去的十几年来,她已担任过文化部文华大奖舞剧服装总设计,英伦时尚服装大赛评委会主任,北京中韩服装论坛中方首席设计,上海国际服装节开幕式服装首席设计等,在重庆和整个西部地区无人可以企及,在全国也属凤毛麟角。到2005年,3100万重庆市民更进一步知道了梁明玉,她为在重庆举行的亚太市长峰会设计的"巴渝盛装"彰显出了浓烈的巴渝乡土情结,博得了中外与会者的普遍赞赏。在电视机前,重庆市长王鸿举笑容可掬,特意显摆他所穿的那件红色绣花"巴渝盛装",满意之情溢于画外。

如今仍然在西南大学美术学院任教,并且拥有自己的服装公司,还担任了重庆服装行业协会副理事长的梁明玉,已经与2008年北京奥运会开闭幕式总导演张艺谋搭档,出任服装总设计师。自2007年7月20日接过聘书开始,她就离开自己的丈夫(四川美术学院教授牟群)和12岁的女儿,住进了北京奥组委驻地严格保密的高楼中,起早摸黑地投入设计。有记者电话采访,问她设计中是否会加入重庆文化元素,梁明玉明确答道,"相比起全中国,重庆是很渺小的,我们应该考虑的是展现中华民族三千年的文化气息"。"民族的就是世界的,这是历届奥运会开闭幕式主创者恪守的准则",成功的设计师不会拘于狭隘的地域,要让自己的设计赢得尊重,就必须国际化。

这三位"资深美女",年龄从40多岁到50余岁,岁月的风雨并没有洗磨掉她们的容貌之美、身姿之美和仪态之美,反而愈显风情怡然,折射了重庆美女经得住时光考验。比这更加令人心仪的,则是她们的劳动之美、创造之美和心灵之美,即内在美既与外在美和谐地统一,又大于、高于和重于外在美。自信、大气而又干练,是她们身上最美的品格,因而也更为男性所倾倒。具有同一品格的重庆美女,如女诗人傅天琳,女表演艺术家沈铁梅,女高音歌唱家张礼慧,女杂技艺术家王亚非,女副市长童小平,女运动员张亚雯等等,无论年先于她们,还是年后于她们,都在各自领域内卓尔不凡,竞逐风骚。与当下年龄在十八九岁、二十来岁的阳光美女、青春靓女相较,她们三位中,或许梁明玉更无代沟隔离,更近时尚前卫。

自 20 世纪初期以来,从法国美女香奈尔推出短裙短装,掀起女性服装革命的风暴开始,"时尚"便成为一种世界潮流。尽管比欧美晚了六七十年,但自从改革开放之风吹进重庆,重庆美女就凭借其敢为天下先的真率、大胆和热辣,从穿着打扮到行游娱乐,从 T 型平台到歌舞舞台,从影视表演到杂志封面,从选美大赛到结伴驴行,让天生丽质尽情展示于多姿多彩的多维空间。在渝中区八一路"好吃街"路口处,有一组铜塑少女组像,三位着短装、挎小包、打手机的阳光少女正大大方方、嘻嘻哈哈、风风火火地走在稠人广众之间,那就是这类重庆美女的典型形象。解放碑周围,虽然不像一些人所夸耀的那样"三步一个张曼玉,五步一个林青霞",而且重庆美女的真率、大胆和热辣也与张曼玉和林青霞的气质不太相近,但浑似三位铜塑少女那样的真人美女果真是熙来攘往,所在多有。重庆电视台做过一档女性专题节目,名叫"今夜不设防",一年多内动用了 5000 多名本土业余演员,申泽华、黄诗丹、舒爱钦、廖思思、秦丹、王伟等靓丽美女相继"一夜"走红。其中的申泽华、黄诗丹等都有大学学历,参加 2006 年"都市丽人时尚小姐大赛"都美压群芳,脱颖获奖。黄巧莉和田薇是在校大学生,她们也像黄诗丹一样,大胆穿上比基尼出镜,先后成为"封面女郎"。2007 年夏天,在"奥运城市行"奥运大使选拔重庆站的总决赛中,四川美术学院版画系的研究生刘毅以其姿容之美、才艺之美和气质之美压倒众芳,成为代表重庆的奥运大使和奥运火炬手。可以说,刘毅、田薇、黄诗丹、申泽华等举不胜举的时尚美女,就是新一代重庆美女的突出代表,她们正以其自由灵运的内涵和风情万种的外表,提升着重庆的美丽指数,充溢着重庆时尚激情。

时尚的表层是审美、爱美、追求美和张扬美,深层却是与美共生的消费趋势,美女在其间起着推波助澜的作用。美女们用她们的心和眼,从一丝秀发、一弯月眉到手指甲、脚指甲,都把美的追索和炫比推向极致,从而刺激时装业、美容业、保健业、娱乐业、珠宝业、家居业等商业的全面跟进,同时带来了生活方式的多元化、多样性和时髦性选择。重庆直辖十年来,主城区的解放碑、观音桥、沙坪坝、杨家坪和南坪五大商业圈广厦林立,流光溢彩,个性中的共性集中点就在女性消费始终占据主导地位。解放碑商圈作为西部第一的商业金街区和总部经济区,不但拥有命名为"女人广场"的女性时装、美容、珠宝专门商厦,而且包括新世纪、大都会、王府井、重庆百货、太平洋百货、美美时代广场等大型商家在内,琳琅满目、追新逐异的女性用品无一例外地都是主营商品。在那里,全球最新式样的时装和名贵珠宝首饰应有尽有,美女购物俨然成为商圈的最大亮点。仅是新世纪一家,2006年的年销售额就达到62.5亿元,女性用品占了大头。国外的著名商家抓住商机,竞相到重庆设店,仅是2007年9月,日本人气第一的护肤品FANCL就在太平洋百货和远东百货开设了两家专柜,迅速受到重庆美女的青睐。重庆爱德华医院引进国际领先的整形美容设备,长期聘用美国、日本、韩国和国内整形美容专家作技术指导,其"仿生无痕丰胸术"已成为不少重庆女性的丰胸首选。美女们不仅爱自己美,要自己美,而且还钟情于自己的家居环境也美,挑选家居日用品和追求家居品位又成为审美和消费的一种必然延伸,渝中区的得意"时尚家居馆"、巴南区的铠恩国际家居名都等大型家居用品商场应运而生。2007年"国庆黄金周"期间,铠恩举办促销活动,三天内销售额就超过10亿元。虽不能认作纯粹女性消费,但中国人居家置业历来就讲究"男主外,女主内",女性主导家居消费完全可以肯定。正因为如此,重庆人喜欢直截了当,把诸如此类的消费行为干脆称作"美女经济"。

与"美女经济"如影随形,重庆美女迅速地成为一张城市名片,还给重庆市民带来了观念、行为的深刻变化,促进了女性解放和社会宽容。康曼女子俱乐部是重庆市,也是西南地区首家通过ISO9001:2000质量管理体系认证的专业美容美体服务机构,既能做美容护理,又能通过中医、经络、五行等健康理念全方位地替爱美女性调理健康与容颜,把女性魅力开发到极致。其创办人许凤被誉为"美女中的美女",她的理念是:"女人的魅力=健康+美丽+技巧"。为了让重庆的姐妹们在任何时间和任何场合都能实现真正的美丽,保持永久的美丽,她放弃原来的妇产科医生工作,开办了这家女子俱乐部。她认为,青春靓女无须修饰便勃发着美,但女人的真正美丽要看 30 岁以后,所以她的服务对象主要是 30 岁至 50 岁年龄段的美貌女性。如今她的俱乐部已经拥有 1000 多名会员,多为白领阶层的美女,重庆政界中的一些美女官员也是常客。与康曼女子俱乐部并称为重庆三大美容美体机构的国际连锁公司纤丝鸟,北京连锁机构京都薇薇,也为众多重庆美女所欢迎。与之相映,青春靓女为了艺术而展现胴体,如女大学生在长寿湖摆出裸体美姿让上百名摄影家多角度拍照,女大学生亮出裸背让美术教授表演涂鸦秀,在媒体上都可以公开报道,广大市民无论欣赏与否,都不以为怪。2007 年 10 月中旬以降,重庆晨报在渝中区和江北区的五大时尚写字楼开展"同楼寻爱"交友活动,一周时间内,便有 266 位单身女白领、107 位单身男白领报名参与,美女明显地多于帅哥。一位昵称"昕"的 28 岁单身美女,甚至在报上公布她的半身玉照和"寻爱宣言",表示要"在忙碌的都市生活中,寻找一片内心的寂静"。

从本质上看,当今中国还是一个男权中心社会,整个世界也尚未完全实现男女平等。因而,妇女的解放,社会对于妇女解放的认同和鼓励,无论发生在什么层级,表现为什么形态,都是人类文明进步和社会和谐发展的合理建构和良好趋向。重庆自改革开放以来,特别是直辖以后,以美女绽放异彩、喷射魅力为标志的妇女解放和社会认同与鼓励,不仅在自己城市发展的漫长历史上从来未有过,而且在西部地区称得上弄潮于涛头之巅,领异于风气之先。其影响所及,远超过人文范围,对打造时尚重庆已显得至关重要,既不可或缺,更不可小视。这一点,时下并不是每个重庆人都意识到了,但像梁明玉那样优秀的重庆美女分明已经意识到了,所以她为 2008 年北京奥运会开闭幕式作服装设计,不无骄傲地告诉记者说:"奥组委会选择了我这样一个重庆人,就认可了重庆跟上海、北京一样,也是一座时尚前卫新锐的城市。"

重庆文艺多姿多彩

1997 年 3 月 14 日全国人大表决设立重庆直辖市前后,曾有一位身为全国政协委员的外省知名作家发表他的个人意见,认为重庆的文艺影响不大,与直辖市的地位不甚匹配。一石击起千层浪,一时附骥者、批驳者蜂起,在重庆文艺界引起的反响尤为强烈。当时就有记者采访我,我的看法是,如果拿重庆与北京、上海、天津相比较,总体文艺影响的确有所不及,那样的意见是有根据的。然而,那位作家显然是把文学当成了文艺,他对重庆的文学艺术乃至文化艺术缺乏准确、全面的了解,以偏概全不足为训。事实上,若仅就文学而言,重庆的诗歌创作和报告文学创作较之天津并不逊色,只是自长篇小说《红岩》响震国内、誉流国际之后,后继的小说创作确实差强人意罢了。至于其他艺术门类,美术和杂技一大一小,长期都是重庆的强项,在国内保持一流水平,在国际上也有不俗的影响,决不弱于上海。戏剧、音乐、曲艺、书法和民间文艺,虽然赶不上美术和杂技,但艺术家和艺术品都不乏佼佼者。若更放大到文化艺术,重庆更有自身之长,用不着妄自菲薄。由兹迄今十年过去了,我仍然确信,我的评估合乎实际。

看重庆文学,离不开重庆固有的文化生态,主要是以山水文化为根基的巴渝历史文化和以码头文化为主体的巴渝民俗文化。正是基于这样的文化生态,20 世纪初期,在江津产生了"中华联圣"钟云舫和《婉容词》的作者、著名诗人吴芳吉,然后在万州(时为万县)又走出了《梦画录》的作者、著名诗人何其芳。到 20 世纪中期,经历过抗战名都和西南大区两次文化高潮以后,重庆仍然是诗歌重镇,从 40 年代的方敬到五六十年代的梁上泉,都在中国新诗发展史上占有着一席之地。80年代又出了获得全国新诗大奖的傅天琳和李钢,他们与舒婷、北岛、雷抒雁、叶延滨等人一起,代表着新时期中国诗歌欣欣向荣的发展方向。从90年代到新世纪,李元胜、冉冉、冉仲景、杨矿等青年诗人相继脱颖而出,标志着重庆诗坛代不乏人。其间,报告文学作家悄然崛起,岳非丘、邹越滨、林亚光先后荣获全国报告文学大奖,黄济人以《将军决战岂止在战场》开了把国民党"战犯"当人来写的先河。重庆民间文艺家的领军人物聂云岚,则以一部武侠小说《玉娇龙》名播华夏,俨若中国大陆地区武侠小说的一代旗手。直辖十年以来,重庆作家尽管尚未获得"茅盾文学奖"和"鲁迅文学奖",但总体创作势态业已崭露勃发生机:欧阳玉澄的长篇小说《巴水苍茫》,莫怀戚的长篇小说《经典关系》,张者的长篇小说《桃李》、《零炮楼》,岳非岳的长篇报告文学《安民为天》,张于的散文集《手写体》等,陆续赢得了全国文学评论界的注视和赞扬。

2007年10月14日下午,西南大学学者韩云波在重庆图书馆学术报告厅开了一场讲座,题目叫《重庆的武侠传统与重庆的人文精神》。他据实指出,20世纪中国大陆的三代武侠小说,最优秀的代表人物都出自重庆。他们分别是:旧武侠代表者长寿人还珠楼主,代表作《蜀山剑侠传》,被香港著名导演徐克改编成电影《蜀山传》;改革开放初期武侠代表者江津人聂云岚,代表作《玉娇龙》,被美籍华人、国际著名导演李安改编成电影《卧虎藏龙》;新武侠代表者奉节人凤歌,代表作《昆仑》、《沧海》,其作品内涵为"科学、理想、和平"三大主义,是武侠小说大师金庸"哲学、现实、民族"三大主义之后的新发展。对于为什么三代大陆武侠小说的领军人物都同自重庆,韩云波分析,归根结底是因为重庆人一直拥有充满执著和创造精神的"江湖文化"。武林高手的天下争先,武侠小说的豪放无霸,便是这两种精神的江湖表现,其深层则是由"名山大川,仁智相依,瑰绝奇丽"的地理,"近代开埠,民国陪都,两次直辖"的历史,"水陆码头,重工产业,城乡杂居"的结构三大人文要素构成的重庆人文精神。重庆人崇尚耿直,且以之自豪,正与武侠传统关联。这样的分析是有道理的,小则对于认知重庆的武侠小说品格,大则对于提升重庆的人文精神境界,莫不颇具认识价值。重庆文学的得失成败,追溯到精神本原,都可以得到破解的密码,不说包揽无余,至少颇对门路。

不止是文学,美术同样经典性地解读了重庆的人文精神。传统中国画,在巴渝大地扎根甚深,仅20世纪中、后期就产生过被誉为"东方梵高"的国画大师陈子龙,被国画大师齐白石目为"神童"的书画大家江友樵,与国画大师张大千结友出道的世纪老人晏济元,以及享有"阎老虎"盛誉的阎松父、享有"周猴子"盛誉的周北溪、享有"苏葡萄"盛誉的苏葆桢等名家问世,山水画、花鸟画和人物画莫不高手辈出,代不乏人。但在全中国,乃至国际画坛上群体性地更著名的,是版画、雕塑和油画。从20世纪50年代至今,以牛文、林军、谢志文、江碧波、康宁、钟长青为代表的一大批版画家,一直居于中国现当代版画艺术的高端平台,直接继承和弘扬着"左联"时期鲁迅倡导的现实主义精神,并且与时俱进,艺术表现始终能够与国际接轨。在几代版画家的关怀和引导下,在重庆城乡,还产生了綦江县农民版画和江北区玉带山小学少儿版画两大群众性版画名牌,国内、国际均有影响。四川美术学院集体创作的《收租院》群雕,在世界雕塑史上具有划时代的创新意义,直到世纪之交还是欧美雕塑艺术界的鉴赏研究对象。包括叶毓山、江碧波、余志强、郭选昌、焦兴涛、刘威等在内的一大批优秀雕塑家,不仅把重庆中心城区打造成了雕塑之城,而且无不名扬海内外。其中的重庆大学人文艺术学院首任院长江碧波,作为一位年届七旬的女艺术家,名字早就与重庆歌乐山的"红岩魂"组雕、北京昌平县的"卢沟桥"群雕联在一起,迄今宝刀不老。2007年9月,她带着通高2.3米、全木结构、整体是一个大型繁体"华"字、每个枝头上的树叶也由许多小型繁体"华"字构成的雕塑新作"世纪大树",赴澳门参加"爱我中华,爱我地球家园"展出,并且打算献给2008北京奥运会。一个月后,她又带着包括《飞夺泸定桥》在内的70余件雕塑、版画、油画作品,飞赴俄罗斯参加军事博物馆展出。她的继任院长郭选昌,1992 年就任美国洛杉矶 TianTao 大学雕塑主任教授和加州圣地亚哥州立大学客座教授,1997 年青铜雕塑《美国总统克林顿》收藏白宫,2000 年获英国剑桥中心颁发的"20 世纪杰出人物成就奖",2003 年受聘回国。他为重庆中国三峡博物馆创作的"大隧道惨案"组雕,真实地还原了 1941 年 6 月 5 日日本侵略者轰炸重庆所导致的较场口大隧道惨案场景,具有极大的历史警示力和艺术震撼力。再加上油画,重庆美术完全有资格成为一张城市名片,其国内、国际认同度将不亚于重庆美景。

与郭选昌同于 1982 年毕业于四川美术学院的罗中立,现任十届全国人大代表、中国美术家协会副主席、重庆市文联主席、四川美术学院院长,居于领军人物地位。他学的是油画,1980 年还是一个学生时,创作出了使他一举成名的油画杰作《父亲》。《父亲》用了几乎与天安门城楼上的毛泽东像相当的规格,画出了一个大巴山区老年农民的头像,充满了人性关怀和艺术张力,刊登在 1981 年第 1 期《美术》杂志的封面上,立即震撼了中国美术界。这幅中国当代人像油画的里程碑式作品,荣获第二届全国青年美展一等奖,并为中国美术馆所收藏,罗中立也因之于毕业后留校任教。1985 年,他的个人作品展相继在美国哈佛大学和纽约瓦列芬尼画廊举行,让世界知道了这个中国油画家。1986 年,他在比利时安特卫普皇家美术学院毕业,取得了硕士学位。吸收了西方当代油画艺术的创新营养之后,他画风大变,从写实主义走向现代主义,又创作出了以《故乡组画》为代表的一系列"变形"油画。但变中不变的是,他的《故乡组画》仍然同《父亲》一样,饱含着当代中国人文知识分子对于劳动大众、对于现实生活的关注和礼赞,同时又把现代性注入了乡土性。从 1976 年发轫的四川乡土绘画,到 2006 年已经走过了 30 年,罗中立并非始作俑者;然而,从《父亲》到《故乡组画》,他的确起到了承前启后、扛旗开路的重要作用。正因为如此,他的油画影响早已不仅止属于重庆,而是也属于中国,也属于世界。从 1997 年至今,他的油画作品不仅在北京、上海、广州、沈阳、成都的美术馆、博物馆多次展出,而且传播到巴西、秘鲁和墨西哥,中国美术馆、台湾美术馆和比利时国家历史博物馆都收藏着他的不少作品。2007年6月30日,文化部中外文化交流中心在北京中外博艺画廊举行了为期一个月的《1997—2006乡土现代性到都市乌托邦:"四川画派"学术回顾展》,参展画家80余人,90%以上来自重庆,"四川画派"的重要画家几乎都是四川美术学院的学子,罗中立正是其中一位突出代表。

当下的四川美术学院,荟萃着"四川画派"众多重要画家,张晓刚居于相当引人注目的位置。他从1993年开始创作的《血缘:大家庭》油画系列,采用20世纪50年代中国照相馆纪念照式的绘画语言,将浮躁沸腾的生活凝于冰凉冷寂的一瞬,传达出了当今中国人对那个年代的反思性记忆。如果说,罗中立的《父亲》代表着80年代川渝油画的最高成就,那么,张晓刚的《血缘:大家庭》就代表着90年代川渝油画的最高成就,其演进轨迹表征着从"乡土中国"向"都市中国"嬗变过程中的人文变迁。与他俩同属一代并且成就相仿的,还有高小华及其《为什么》,程丛林及其《一九六八年×月×日雪》,王川及其《再见吧,小路》,王亥及其《春》,何多苓及其《春风已经苏醒》和庞茂琨及其《苹果熟了》。稍晚一点的新生代中,钟飙的《公元1997》,刘虹的《自语·06》,陈文波的《三元桥》和雷虹的《伪装悲凉》,表现手法无疑更先锋,但创新精神一脉相承。恰如美术评论家何桂彦所说,"在过去的30年中,'四川画派'具有相对独立的创作传统。在全球化语境中,本土文化、地域生存、中国经验,都成为重要的文化和艺术问题"。罗中立、张晓刚、高小华等艺术家和他们带领的"四川画派",对于中国当代油画艺术作出的探索性贡献,无论任何人赏识不赏识,都是会与他们的作品共传承的。

四川美术学院所在的黄桷坪,正在趋向成为一块艺术宝地。其标志之一,在于从20世纪90年代以来,那里逐渐形成了一个被称作"黄漂"的新艺术创作群体。到2003年前后,"黄漂"蔚成规模,至今已接近200

人。他们大多是历届川美学子,毕业后没有固定工作,仍然留在黄桷坪从事艺术创作;另外一部分来自全国各地,甚至于异国他乡(如德国人杨·柯哈茨克),都是慕川美之名,企望在这里受到艺术熏陶。他们或靠卖画,或开工作室做设计,或给艺术考生上课维持生计,创作、绘画、寻找灵感,是"漂"在一起的共同理由。2007 年 10 月 15 日至 28 日,"黄漂·漂进艺术馆"艺术展在美院美术馆举行,罗中立出席开幕式并发表讲话,宣称要将"黄漂"艺术创作群体推向全国,乃至世界。标志之二,从四川美术学院到九龙坡铁路小学之间的街道全长 1.3 公里,由川美动画学院副院长周宗凯任总设计师,召集了 800 多名"黄漂"艺术家、在读学生和技工,经过半年多共同努力,在街道两侧的楼面上画满了充满艺术气息的"涂鸦之作",使之变成了涂鸦面积达到 5 万多平方米的"涂鸦一条街",其规模超过了德国柏林墙、澳大利亚涂鸦桥和北京涂鸦墙。"涂鸦一条街"已经成为重庆市的三大创意产业园区之一(另外两个是洪崖洞民俗风情园区和九龙坡巴国城),并以其人才资源优势领先于另外两个园区。标志之三,高雅艺术走近民众,除了共同打造"涂鸦一条街",还扶持和推出了"棒棒"画家田庆华。田庆华本是万盛区的一个农民,进城当"棒棒"(重庆人对靠一根竹棒进城打工的农民工的通俗称呼),兼作男性人体模特。他业余作画,用自己的方式画自己的生活,有了"棒棒"、模特、画家三重身份。经美术评论家王林发现和力挺,油画家沈桦提供工作室,田庆华的画作逐渐在黄桷坪有了一定名气,2007 年 7 月第一次在四川美术学院参加展出。11 月 8 日,他又要带上新创作的四幅油画——《我的棒棒兄弟》系列,到北京参加"底层人文——当代艺术的 21 个案例"艺术展。

同重庆美术大步走向世界一样,重庆杂技也大步走向世界,它当下的领军人物叫王亚非。这位重庆美女,原来是舞蹈演员,《白毛女》剧中喜儿的扮演者,由于 1976 年的意外腰伤,21 岁时她被迫改行转入重庆杂技艺术团担任舞蹈教师。当时,她的顶头上司何天宠,一位自幼从事杂

334

技表演的女艺术家,十分重视杂技艺术的创新发展。退休前她曾任全国政协委员、中国杂技艺术家协会副主席、重庆市文联副主席,她也在重庆所有文艺家中最早担任全国文艺家协会副主席。1993年,已在国际杂技艺术界知名的何天宠将一个难得的出国名额让给王亚非,让王亚非亲身体验到了中国杂技艺术在国外的辉煌。眼界一经打开,顿然使王亚非萌生出一个大胆的愿景:何不博采舞蹈、戏曲、武术、美术甚至文学的元素,用以丰富杂技的内涵,使之成为更"杂"的杂技艺术? 当年9月,她主创的《舞流星》一经亮相第二届全国杂技"新苗杯"比赛现场,就以其极具时代感的音乐和舞姿——其中包括敦煌壁画中千手观音的造型——以及流星满台旋转、飞舞的舞台效果,赢得了"将杂技和其他艺术结合得无懈可击"的高度赞誉,节目获金奖,王亚非个人获最佳编导奖。1994年1月,《舞流星》由文化部送往巴黎,参加第八届"未来世界"国际杂技比赛,又夺得该项比赛唯一金奖。其后,《舞流星》还获得第十三届摩洛哥少儿杂技比赛唯一金奖,《单手倒立》等节目也在国内外多次获得大奖。1998年,已任重庆杂技团艺术总监的王亚非在全国率先把杂技和晚会结合起来,编导了大型杂技晚会《丝绸之路》,赴日本商演迅即引起轰动。随后编导的《年轮》、《女孩的梦》、《和平的亚洲人》等大型杂技晚会,进一步博得了"编导手法流畅、视觉新颖独特、富有朝代气息"等美誉,使她在国际杂技艺术界赢得了"金牌编导"的美称。2006年,王亚非接替何天宠,出任重庆杂技艺术团团长,更锐意追求把杂技艺术推向市场。她将格林童话《跳舞跳破了的鞋子》改编成大型情景杂技童话剧《红舞鞋》,2007年年初以降已经在剧场、学校、社区演出50多场;其中"六一"期间在有600多个座位的南岸艺术中心连演9场,场场爆满。她还着眼于适应市场,培育观众,将《红舞鞋》变身为多种版本,既有完整版,也有社区版、巡回版、国际版。2007年9月重庆杂技团随政府访问团出访俄罗斯,国际版演出大受欢迎,证明了她的艺术创新和市场求索方向正确,成效显著。

2007 年 10 月,王亚非作为重庆市的 39 名代表之一,出席了中共十七大。她公开宣称,继续追索的奋进目标,就是要让杂技引领重庆文化走向世界。为达此目标,她认准杂技不能只是一味追求高难度动作,关键是怎么找到新的表现形式。用她的话说,美感、时尚对杂技同样重要,高难度动作只是杂技的基础,而有生命力的创新才是杂技发展的灵魂。创新不是体现在加上一个外在的躯壳,而是古为今用、洋为中用,舞蹈、戏剧、音乐、绘画各门艺术经过改造吸收,都可以运用到杂技艺术中去。这样的艺术见解和创新思维,在老一辈杂技艺术家当中,是极鲜见的。2006 年她同何天宠一起外出考察后,还酝酿要创建重庆马戏城,时下正在一边报批立项,一边寻求投资伙伴。一旦按设计方案建设成功,重庆马戏城的建筑面积将达到 20000 平方米,演艺中心将达到 5000 平方米,可以供包括高空杂技、冰上杂技、水上杂技在内的现代杂技和马戏、魔术综合表演。在当今中国,那将是继上海和广州之后的第三个杂技、马戏、魔术创作生产基地,必将为重庆成为国际性的艺术文化都会增加一个靓丽的砝码。

沈铁梅比王亚非年轻 10 岁,同为重庆美女,同样地艺术风华正茂。她的父亲是著名京剧表演艺术家沈福存,业师是著名川剧表演艺术家竞华,这使她从学艺伊始,便获得了得天独厚的艺术氛围,天资开发异常充分。1985 年从四川省川剧学校毕业以来,她在重庆川剧院从当演员到任院长,20 余年锲而不舍,精益求精,磨砺不止,大胆创新,既继承竞派技巧,又采撷京昆声韵,逐渐形成了清丽、飘逸的艺术风格,丰富和发展了川剧声腔艺术,为之赋予了新内涵和时代感,被誉为"川剧皇后"、"川剧声腔女状元"和中国地方戏剧跨世纪的"女性三杰"之一。她擅长演出《孔雀胆》、《玉京寒》、《枭雄夫人》、《聂小倩》、《一代风骚》、《潘金莲》等优秀剧目,早在 1989 年 24 岁时,就获得了第六届中国戏剧梅花奖。1999年主演由隆学义编剧、胡明克导演的现代川剧《金子》,又成功地塑造了一个有麻有辣有烫,同时又有情有义有爱的金子形象,从而于 2000 年获得第十七届中国戏剧梅花奖、文化表演奖和第十一届上海"白玉兰"戏剧表演艺术主角奖。著名剧作家苏叔阳说:沈铁梅的表演可谓是前无古人的,她已经脱离单纯的"唱念做打"的传统表演套路,把川剧的技巧甚至其他艺术(如声乐、舞蹈、话剧、歌剧)都用来为塑造人物服务,进入了以塑造人物阐发哲理为旨归的戏剧创造。正因此,历年来《金子》已囊括了包括中国戏剧梅花奖、文华大奖、中国艺术节大奖、中国戏曲学会奖在内的34项大奖,入选为首批全国十大精品剧目之一,被公认为"二十世纪末中国戏曲的代表作",沈铁梅个人也荣膺全国"三八"红旗手、第三届中国文联德艺双馨青年艺术家称号,并成为重庆唯一的一位"二度梅"(即两度荣获梅花奖)艺术家。但她仍然以艺无止境鞭策自己,2007年又主演了新编川剧《李亚仙》,把川剧的声腔和表演艺术发挥得淋漓尽致,炉火纯青。

与王亚非一样,沈铁梅的艺术见解是高迈的和超常的,她一心一意要把川剧优美的声腔艺术传播到世界上去,并且真做到了。1999年至今,她已在意大利、荷兰、法国、德国、新加坡、韩国挥洒过蜀调川音。其中,2002年首次与著名作曲家郭文景合作,把传统川剧声腔艺术与西方现代交响乐结合起来,开创了"中国川剧音乐会"这一新的艺术形式,先在荷兰阿姆斯特丹皇家音乐厅演唱《凤仪亭》,后赴意大利都灵音乐学院大展歌喉,她的唱腔特别纯净,被称为"一个神奇的女人"。1999年至今,《金子》也在亚欧多国和香港、台湾地区演出了200余场。其中,2004年2月赴法国图卢兹参加"中法文化年"交流演出,很多法国观众都为之折服。法国巡回演出经纪人贝阿特丝·葵柏荷妇女士说:"其戏剧元素与表现力可以和莎士比亚甚至古希腊的伟大剧作相媲美。"她特别赞扬沈铁梅,认为"金子这一人物对女性心理世界的深度挖掘与真实的反映,超越了文化、民族与国界,是全世界女性都能理解的"。新编川剧《李亚仙》公演以后,她又期盼着能步《金子》后尘,让李亚仙也能为"全世界女性理解"。

张礼慧比沈铁梅还小一岁，也是金嗓子，也是重庆美女。1992年第一次参加全国青年歌手电视大奖赛，她就获得了专业组美声唱法第三名。1995年参加每十年一届、高手如林的第二届全国聂耳、冼星海作品声乐大赛，又获得铜奖第一名。1996年参加第七届全国青年歌手电视大奖赛，更进了一步，获得专业组美声唱法金奖。作为女高音歌唱演员，她还先后在《芳草心》、《江姐》、《我是哪国人》、《冰山情》、《神女峰》等歌剧中担任主角。1992年纪念中日邦交正常化二十周年，海政歌舞团、中央歌剧院联合排演歌剧《小野小町》，特邀她担任主角。由她担纲主演的歌剧《巫山神女》，1997年获文华新剧目奖，1999年获全国"五个一工程"奖。1998年和2003年，她两次在北京举办个人独唱音乐会，都取得了成功。突出的贡献给张礼慧带来了荣誉和责任，她相继担任了重庆歌剧院副院长，重庆市音乐家协会副主席、主席，重庆市文联副主席，中华全国青年联合会委员，并同罗中立一道，担任了第十届全国人大代表。这以后她仍然克勤克谨，戒骄戒躁，与本院和来自南京、西安的艺术家精诚合作，继续打磨《巫山神女》，力图使这部歌剧艺术上更加精美。她还深入到渝东南地区采风，从土家族民歌中吸取素材、曲调和灵感，力求新创出另外一部具有浓郁民族特色和时代精神的大型歌剧，三五年内推向全国，推向世界。

究其实，张礼慧个人早已走向世界。1998年2月，她作为从中国第一次招收的有潜力的青年演员，飞越重洋到美国科罗拉多歌剧院进修歌剧。在那里，她得到了该院导演帕特·约翰森、艺术指导托马斯·郝乐迪的教导，得到了美国音乐家卢斯、贝克尔、克里斯汀·巴蒂亚、马斯亚斯·昆茨、大卫·安格勒等的帮助，演唱水平得到了切实提高。1999年4月朱镕基总理访问美国，她身穿绿色旗袍，代表中国留学生演唱了《我爱你中国》。同月科罗拉多歌剧院举办声乐比赛，她用意大利语演唱歌剧《蝴蝶夫人》中的咏叹调《晴朗的一天》和歌剧《清教徒》中的咏叹调《耳边响起他的声音》，超过一位美国男中音歌唱家和一位英国男高音歌唱家,夺得第一名。2000 年,她应科罗拉多歌剧院之邀,出演歌剧《蝴蝶夫人》的女主角巧巧桑,连演三场,其抒情女高音竟然令欧美观众折服。其后又在歌剧《斗篷》、《波西米亚人》、《奥菲欧与尤莉迪切》、《修女安吉里卡》、《图兰多特》中任女主角,同样令观众倾倒。至今回忆起来,她仍然一往情深地说,在美国两年多让她明白了,文化交流十分重要,而竞争本身就是一种文化。所以,她新的追求之一,就是让重庆歌剧走出国门。

重庆美术和重庆杂技,以及罗中立、王亚非、沈铁梅、张礼慧等艺术家取得国内一流、国际知名的艺术成就,显示出重庆文艺并不是落在人后。除他们而外,从重庆走出去的一些文艺家,如作曲家郭文景,钢琴演奏家李云迪,电影评论家程青松,旅英女作家虹影等,也在各自钟情的文艺领域取得了不凡成绩,足资佐证。而在重庆本土,全国京剧“四小名旦”之一的沈福存,全国八大评书艺术家之一的徐勍,全国 20 世纪百位华人书法家之一的魏宇平,全国“蒲公英”创作金奖获得者、二胡演奏艺术家刘光宇,尽管国际知名度稍逊前述诸人,在国内同样名不虚传。仅是 2003 年以来的近五年间,重庆的文艺工作者们就打造出了一批又一批颇富地方特色的艺术精品,获得了 174 项各类艺术比赛奖。其中,继《金子》入选全国首批十大精品剧目之后,组合曲艺《月光下的水仙》又进入了 2005—2006 年度全国舞台艺术精品工程 30 台初选剧目,话剧剧本《桃花满天红》也获评全国舞台艺术精品工程优秀剧本。此外还有方言话剧《移民金大花》获得全国“五个一工程”奖,京剧《和亲出塞》获得第四届中国戏剧文学奖银奖,评书《千秋一剑》获得第四届中国戏剧节优秀演出奖。杂技《空竹》、小品《喜洋洋》、舞蹈《蒙古勒布苏贵》、电视连续剧《西圣地》和周顺恺、沈小虞的画作、向菊瑛的歌曲等等,也相继在全国获奖。大型交响乐《长江》虽未获奖,却让重庆有了自己的第一部交响乐,广泛博得赞誉。这一切汇聚起来,构成了重庆文艺日趋兴盛之势,虽然总体上的确还不如北京、上海、天津等三个老直辖市,但我们欣喜地看到,它已经焕发出蓬勃向上的生机和多姿多彩的风貌。

  2007 年 5 月,重庆市第三次党代会隆重召开,确定了必须在经济发展的同时,更加注重社会事业发展,把科教兴渝、人才强市、文化兴市融入到推进科学发展、构建和谐重庆的过程中,着力培育和提升"软实力"的发展目标。在重庆市旗帜鲜明地提出"文化兴市",把包括文学艺术在内的文化当作"软实力",这还是第一次。第一次,既是意识的升华,又是实践的创新,预示着不只是文学艺术,而是整个文化事业,重庆都将拓展一片新天地。这样的拓展早已开始了。除开上述的人才竞起、精品迭出之外,最为令人瞩目的是,包括已建成的重庆中国三峡博物馆、重庆图书馆和在建的重庆大剧院、重庆美术馆在内的十大文化设施,正在和必将继续全面改变重庆文化的硬件条件,使之达到西部领先,国内一流,在国际上也不落后。与此同时,大力发展创意产业,已培育出黄桷坪"涂鸦一条街"、洪崖洞民俗风情园区和九龙坡巴国城三个典型,一批动漫、工艺、民俗文化产业也启动跟进。对于保护非物质文化遗产,业已完成调查,并且申报确定了 13 项国家级和 59 项市级非物质文化遗产,诸如川江号子、铜梁龙舞、秀山花灯、綦江版画都将重显其光彩。还有坝坝舞(即广场舞),几乎遍及各区县城区广场,男女皆宜,少长咸集,从国标舞到摆手舞形式多样,那种群众性的参与和推广,堪称重庆文化艺术必然兴旺发达的精神表征。

湖广会馆与会馆文化

(一)

　　会馆是一种客居、流寓于异地他乡的同籍贯或同行业的人,为维护共同利益所需,以同乡关系为纽带而设立的社会组织机构。这种组织机构都有自己建立的日常活动馆所,因此,会馆又指称这种馆所及其建筑。

　　中国历史上,会馆始出于明代嘉靖、隆庆年间。主要原因是,张居正任大学士期间,整顿政治,改革经济,促成了商品经济发展和资本主义萌芽。商贸经营引生的人员流动,利益协调,势必要求建立与之适应的社会组织机构。其次,明代科举考试的体制和规模超过唐宋,也是一大动因。

　　北京的湖广会馆建于嘉靖年间,系由张居正发起,在京的湖广籍为官人士捐资所建。其宗旨在于,为赴京参加会试的同乡士子,以及赴京求业的本籍乡亲提供住宿和方便。如明人刘侗《帝京景物略》所说,是要让"凡出入都门者,籍有稽,游有业,困有归也",属于同乡会馆。今存于北京市宣武区虎坊桥的湖广会馆,始建于清嘉庆十二年(1807),左宗棠所题楹联"江山万里横天下/杞梓千材贡上都",就传递出励志励士的人文气息。

　　今重庆市境内的会馆,最早也建于明代。万州原有建于明代的黄州会馆,惜已毁。巴南木洞镇中坝村的万寿宫(江西会馆),正脊上有"大明××××××穀旦立"题记,"大明"二字尚可以辨析。这表明,当时已有湖北、江西移民万州、巴南聚居,他处可以推见。

　　重庆会馆盛于清代。清康熙初年,重庆府辖一厅(江北)、二州(合州、涪州)、十一县(巴县、江津、长寿、永川、荣昌、綦江、南川、铜梁、大足、璧山、定远),范围相当于直辖前的重庆市加武胜县和涪陵区,人口只有2.9万。经"湖广填四川",康熙六十一年(1722)增加到50多万,嘉庆二十五年(1820)增加到301万。商业移民随之大量增加,具有一定经济实力的商人为在移居之地站稳脚跟,谋求发展,便集资兴建会馆,所以重庆会馆多属于商业移民会馆。

商业移民会馆最初仍以同乡地缘为纽带,职能比较单一,主要为经商办事、进城赶考的同乡提供行旅居停的方便。如广东会馆,初始阶段就如同客栈,专为同乡往来服务。

清中期以后,随着商品经济的发展,以商业行帮为纽带的会馆逐步增多。这种会馆多称公所,但公所与会馆两个称谓并无严格区分,都以同乡商人为主导。当时重庆共有109个商业行帮,其中107个属于外省移民,因而就出现了既以同乡地缘为纽带,又有行业业缘性质的公所。如齐安公所,既是湖北黄州府籍人士的同乡会馆,又是黄白花客帮(棉花帮)的行业会所。另外的一些以行业冠名的公所,如盐帮公所、纸帮公所、绸帮公所、书帮公所,同乡地缘关系就降到了次要的地位。

重庆市境内究竟有多少会馆?20世纪80年代中期曾作过文物普查,粗略统计是390多所。但据何智亚90年代中后期查阅各县县志和考察历史古镇所得结论,实际数量应远不止此。过去的统计对于乡、场、镇的会馆往往有所遗漏,而一些位于水码头或重要驿道上的乡、场、镇往往建有几所会馆。如江津仁沱镇有福建会馆、江西会馆、广东会馆、湖广会馆、陕西会馆,白沙镇有三楚公所、禹王宫、南华宫、天后宫、万寿宫。他没有明说清代重庆大体有多少会馆,但据重庆直辖时有1495个乡镇推算,重庆直辖市区域内清代的移民会馆不会少于1000所,这个说法可资参考。

清代的重庆城在今渝中半岛朝天门至通远门一带,有"八省会馆"以及云贵会所。所谓"八省会馆",自东向西依次为:①福建会馆在朝天门内,今朝东路;②陕西会馆在朝天门半边街,今陕西路6号一带;③江西会馆在东水门内,今陕西路五巷和陕西路六巷;④江南会馆在东水门内,今东正街4号一带;⑤湖广会馆在东水门内,今芭蕉园一带;⑥广东会馆在黉学巷下,今洪学巷15号、19号、33号区域;⑦山西会馆在人和湾(临近人和门),今邮政局巷22号;⑧浙江会馆在三牌坊,今解放东路398号。云贵公所建立最晚(光绪十九年,1893年),在金紫门内绣壁街,今解放西路100号。

这当中,江南省设于顺治二年(1645),康熙六年(1667)分为江苏、安徽两省,湖广省为元、明两代所设,康熙三年(1664)分为湖北、湖南两省,"八省会馆"实含十省,加上云南、贵州共十二省。清代全国设十八省,三分之二的省在重庆建立了会馆,对重庆经济社会发展起了重大作用。而且,省级会馆中,还附属有府、州、县的会馆组织,如湖广会馆中的齐安公所(湖北黄州府会馆)、濂溪祠(湖南永州府会馆)、长江公所(湖南长沙府会馆)等。重庆在嘉庆中叶成为川东最大的物资集散中心,构建长江上游经济中心的雏形,与会馆的范围广、规模大、层次深、影响远密不可分。

"八省会馆"和云贵公所集中在朝天门至金紫门一线,朝天门至东水门区间尤为密集,直接推动这一带的商贸繁荣。重庆形成"下半城"商务区,由清代迄于民国,会馆弘商功不可没。赵熙诗谓"自古金川财富地,津亭红烛醉东风",可见一斑。

(二)

会馆作为一种社会组织机构,它的组织形式和主要功能,以及由之产生的行为方式和习俗风尚,都属于制度文化。由之影响到信仰、道德、价值观念和人生理念之类,又属于精神文化。

会馆的组织形成,并非一成不变的。在清代前期和中期,一般由所属各府、县的同乡会众公推会首(又称首事、客长、总管、客总、会董、值年),主持会馆日常事务。会首要受监督,合适者可以连任,不合适者则

"另行择人接管"。其他雇员有长班、馆役、馆丁、总务、保管、登记、勤杂等，也是量人录用，因岗择人。清后期至民国，逐渐演变为同业公会，一般设置理事会、监事会、董事会等，负责人改为相应称谓。光绪三十年（1904）十月十七日，重庆总商会成立，八省会馆首事和八大行帮代表都成为总商会董事。1927年12月，为避免会馆纠纷和产业流失，又集中八省会馆资产，成立八省公益协进会。这样的演变过程，反映出会馆具备一定的民主管理因素，并以渐进方式向着近代比较先进的管理模式过渡。

会馆早期职能比较单一，主要在于联络同乡。随着经济社会的发展，会馆在经济社会事务和文化宗教活动中的作用越来越大，成为清代民间的一种重要社会组织形式，其主要职能可以概括为"迎麻神，聚嘉会，襄义举，笃乡情"。大体包括：①为来往的同乡提供寄居场所；②举办祭祀活动和庙会、灯会、团拜会及戏剧演出；③代表同乡与外籍人交涉；④举办同乡联谊活动；⑤从事慈善活动；⑥参加地方事务（修路、救灾、税收、消防、团练），等等。

"迎麻神"居于首要地位，就是所有会馆都要供奉一位或几位神灵或者圣贤，逢年过节或重要活动都要隆重祭祀。其意义在于，既以之寄托消除灾祸、保佑平安、求取幸福的共同心愿，更通过共同的信仰和崇拜来规范社会伦理道德，构成维系乡土情谊的精神纽带。

湖广会馆供奉大禹，故又称禹王庙、禹王宫、楚庙。

齐安公所供奉帝主。道教中有三元大帝，即天官、地官、水官，天官赐福，民间视之为"福神"，是为帝主、福主。故齐安公所又称帝主宫或福主庙。

广东公所供奉慧能。慧能为中国佛教禅宗第六祖，俗身为广东新州（今广东新兴县）人，祖庭在广东韶关庾岭南华寺，故广东公所又称南华宫。

江西会馆供奉许逊。许逊为东晋道家真人，在南昌传道，在江西境内治水除蛟,宁康十二年(374)八月十五飞升成仙。北宋时,宋真宗封许逊为"神功妙济真君",宋徽宗又将其道观改名为"玉隆万寿宫"。故江西会馆又称万寿宫。

浙江会馆供奉伍员,又供奉钱镠,故称列圣宫。

福建会馆供奉妈祖。妈祖生前名叫林默娘,福建莆田湄州人,北宋雍熙四年(987)九月初九,年仅28岁死于海难,人们在湄州岛立庙祭祀,称妈祖庙。妈祖屡在海上显灵,历代皇帝追封她为夫人、天妃、圣妃、天后,故福建会馆又称天后宫、天妃宫、娘娘宫、天上宫。

江南会馆供奉准提菩萨。准提为中国佛教密宗莲华部六观音之一,三目十八臂,护持佛法,为众生延寿护命。江南人尊崇观音,观音现身为女身,故江南会馆又称准提庵。

山西会馆和陕西会馆都供奉关羽,故前者又称三圣宫、三元庙,后者又称武圣宫、文武宫、关帝庙。

云贵公所供奉南霁云,也供奉关羽。南霁云为唐代武将,肃宗至德二年(757)叛将尹子奇率众围攻睢阳,他助张巡守城,先突围向贺兰进明求救兵,贺兰不出兵,遂断指、不食而去,后城破遇难。其子承嗣到贵州作官,多善政,贵州人为其建祠立祖,追谥南霁云为"贵州黑神总管荣禄大夫",故云贵公所又称黑神庙、忠烈宫。

从供奉对象可以看出,神灵或者圣贤的功德大抵分为两种情况:一是消灾除祸,造福民众,如大禹、帝主、慧能、许逊、妈祖、准提;二是忠义诚信,堪为典范,如伍员、关羽、南霁云等。这样的信仰和崇拜成为人们共同的道德伦理规范,势必产生感召力和凝聚力,不仅让乡土情谊得以强化,而且可以形成一种"软实力",迄今仍有借鉴价值。

(三)

会馆作为一种日常活动馆所,它的建筑结构以及相应设施,又都归于器物文化。而这些"硬件"当中,还涵蕴着诸多"软件",也体现出制度文化和精神文化。

先从总体上看。会馆的主体建筑,大多仿照庙宇式建筑建造。一般格局是,由外到内,由中轴到四围,建有山门、戏楼、看厅、大殿、厢房、客房、膳食房、长廊、水池、花园和钟鼓楼,形成一处三进式的或者四进式的四合院。但鉴于重庆所独具的山水地貌,又不完全拘泥于依中轴线对称布局,而是因地制宜地建成爬坡退台式建筑。受地形地势制约,庭院面积都不大,禹王宫的戏楼与看厅之间距离只有3米多。但无论局部建构大小如何,总体建构都规整有致,体现出了中和之美。

再从局部上看。不同会馆的不同部位,在总体协调的前提下,都讲究彰显独特的文化涵蕴。如禹王宫的山门,墙体呈黄色,山墙上塑着龙头,就与大禹治水的功德和"山川之主"的地位十分切合。又如齐安公所的山门,朝着东方开,与中轴线并不垂直,从地势上看是因地制宜,从风水上看则正好门朝黄州,寄寓乡土情结。其戏楼翼角下装饰龙头和凤凰,则反映出了楚人的图腾崇拜。

再从细部上看。会馆建筑的众多构件,以及图饰题刻,都于精美典雅中透出文化气息。如现存湖广会馆建筑群的四个戏楼,共同特色就在所有的撑拱、雀替、挂落、垂花、额枋、门楣、窗花都精雕细刻,流金溢彩,栩栩如生。但表现内容却又各具特色,如广东公所戏楼额枋上刻着二龙戏珠,看厅梁枋上的镏金木雕主要是《封神榜》、《三国演义》故事,而齐安公所戏楼额枋左右两副深浮雕,一为"杏花村",一为"熏风门",周边耳房木栏板上则刻的是"二十四孝"图。

. 戏楼特别值得注意,除了建筑之美外,它的聚会联谊功能和艺术传扬作用不容忽视。每个会馆都有戏楼,有的会馆还有几个戏楼,湖广会馆有"九重戏台,台台不见面"之说。各种祭祀活动和逢年过节都要演戏,平时几乎无日不演戏,江西会馆一年多至300次以上,湖广会馆多至200次以上,福建会馆也在100次以上,其他会馆至少也在70次至80次之间。会馆内外"鱼龙漫衍,百戏杂遝,士民走观,充衢溢巷","聚嘉会"、"笃乡情"之用远在其他活动之上。

这当中,尤其应注意会馆戏楼对川剧的促进作用。川剧五大声腔中,江西的弋阳腔、安徽的青阳腔、湖南高腔和湖北皮黄腔都是经由长江水路传到重庆,再转传到川南、川北、川中的,酉阳、秀山也是高腔传入的另一通道。到清末民初,川剧四大帮,川中、川南的资阳河帮擅长高腔戏,嘉陵江流域的川北河帮擅长川梆子,以成都为中心的川西帮擅长胡琴戏,唯有以重庆为代表的下川东帮昆腔、高腔、胡琴、弹戏、灯戏皆长。会馆演那么多戏,起到了关键作用。

从中可见,文艺与经济之间,并非什么谁搭台、谁唱戏的单向主从关系,而是你促进我、我助推你的双向互补关系。借鉴这一点,对当今文化建设颇有裨益。

(四)

清末民初,会馆逐渐由盛变衰。其内在原因,主要是体制改变——由会馆变同乡会,由会首制变会长制——导致侵吞会产和会产流失,纠纷、诉讼不断,根基日趋动摇。而外部原因,既包括经济社会发展,会馆已不适应,又包括诸多人祸天灾——重庆大轰炸部分会馆被炸,"九二"火灾使江西会馆、陕西会馆、福建会馆毁于大火,20 世纪 50 年代会馆充公,"文革"、"大拆迁"进一步造成多数会馆不复存在,禹王宫、齐安公所、广东会所残存建筑仅余 3500 平方米左右。历史教训令人沉痛。

保护性修复后的重庆湖广会馆建筑群现有建筑面积 7634 平方米,已经成为传承城市文脉的一大地标。

重庆直辖市境内,迄今遗存的会馆约有 200 多处,大部分仅剩断垣残壁,保存较为完好的有酉阳县龙潭镇的江西会馆,渝北区龙兴镇的湖广会馆(庭院面积全市最大,长 30m,宽 20m),綦江县东溪镇的广东会馆和潼南县双江镇的湖广会馆,保存部分遗迹的另有几十处。如何保护好,是个大问题,正考验着重庆人的文化理念和文化实绩。

如何利用和传扬会馆文化,也存在问题。龙潭镇的江西会馆时下由私人经营,是否合乎《文物法》和《文物保护法》,值得研究。但实事求是

347

地说,私人经营者的保护是好的,比某些实为国有而少人管理还强一些。问题出在臆测玄说,将其说成是乾隆的行宫,造成四个"不合"。

不合史实。乾隆下江南,未到过西南。

不合制度。清代皇帝出游外地,要么有行宫,要么住在旗人府邸园林内,不会到汉人或其他少数民族所属建筑。

不合情理。该会馆有两道山门,一道面临龙潭河,牌楼墙上有"万寿宫"三字,另一道面临龙潭老街,牌楼墙上有"豫章公所"四字。如骆宾王《滕王阁序》开篇"南昌故郡,洪都新府"所写,南昌古为豫章郡,"豫章公所"即为清代南昌府公所。府公所设在乾隆行宫,岂不犯逆天之罪?

不合事实。现存戏楼下重建捐资石碑记载:"万寿宫于乾隆戊午年自梅树移建于此。为惟时其风尚古,规模虽具,榱桷甚朴,且历今近百年,风雨漂漂,不无颓败。我等于嘉庆二十一年公议重修,吾乡人同街者除捐项外,另抽厘金;过道者只抽厘头;附近各场,往劝捐资。"石碑铭刻了江西南昌府、吉安府、瑞州府、建昌府、临江府、抚州府等府捐银的人头和数额。道光四年(1824)工程告竣。其中,戊午年为乾隆三年(1738),登基未久的清高宗弘历尚未下江南;嘉庆二十一年为1816年,倒推"百年"1716年为康熙五十五年,"近百年"也在康熙末年(六十一年为1722)或雍正(1723—1735)初年,故决非乾隆行宫。

这组石碑十分珍贵。①记录了龙潭江西会馆的演变历史。②记录了会馆重修的缘由及其筹款方式。③以碑刻形式彰显了移民捐款善举,可见热心于公益、慈善事业已蔚成风气。这样的会馆文化实录,比攀附皇帝珍贵得多,应当加以宣传。

龙潭江西会馆保存基本完好,三进三院,上、中、下厅依中轴线而建,相当典范的四合院布局有别于主城爬坡退台式,建筑面积2400平方米也颇具规模。戏楼的歇山式屋顶,戏台高8米、宽8米的规模,上下台口的戏曲人物和花草图案雕刻,都可与主城会馆媲美。万寿宫山门面临龙潭河,与大坟堡山对立,风水相当考究。前靠码头,后通街市,尽显弘商

Luohong Pianpian

落红片片

追求。现藏残匾"万世永赖",正是颂扬许逊功德。主城已没有江西会馆,这一处江西会馆更应好好保护,好好宣传。

好好宣传的根本所在,就是实事求是地深入发掘文物价值,实事求是地给予诠释,而不要凭空编造,随意附加。我于 2005 年 9 月应邀撰写的《重庆湖广会馆修复碑记》结尾写道:"天生重庆,人铸辉煌。移民兴城,会馆促商。涵纳有容,勇进多方。文明传衍,世代恒昌。"我认为,坚持实事求是的原则,才能传衍文明。

2008 年初夏

[说明]这一篇和下一篇《漫谈重庆码头文化》,都是我在重庆卫视《重庆掌故》用的讲稿。实际讲述中,还有现场的即兴发挥,常会讲到 40 多分钟。每期节目只有 20 多分钟,未播出的话常在三分之一以上。

漫谈重庆码头文化

第一讲

任何文化都是一种物质文明、制度文明和精神文明逐步积淀、演进的过程和结果。解读和定位某一城市文化，基本依据总是在于对那个城市历代的居住民影响最大最深的某种文明形态，诸如北京的皇城文化、天津的津卫文化、上海的洋场文化、武汉的通衢文化、西安的旧都文化、成都的茶馆文化，就莫不如此。对重庆这座城市而言，影响最大最深的文明形态当数码头，可以称为码头文化。

我从 1991 年开始讲码头文化，自认为置诸当时重庆所属区、县，无一不能适用。直辖后的重庆所属区、县（自治县）多达 40 个，除长江以北的城口，长江以南的万盛等少数外，绝大部分仍然适用。

重庆码头文化的远源，在于从先秦至南宋千余年间的地缘军事活动。所谓地缘，包含两重基本意思。其一为，整个中华大地的地形地貌，呈现西高东低的三层阶梯斜面。三层阶梯之间，西以昆仑山—祁连山—岷山—邛崃山—横断山连线为界，东以大兴安岭—太行山—巫山—雪峰山连线为界，今之重庆地域正处在第二级阶梯南部的东缘。其二为，按地质地理分类，这一地域的地貌结构四分之三以上属于中山、低山构成的山地，其余 17.27% 属于丘陵，平原只占 2.39%。大江自西向东流贯全境，流长达 683.8 公里，境内大小江河均属长江水系。长江的一级支流和二级支流多达 374 条，其中流域面积在 1000 至 3000 平方公里的江河即有 18 条，特别是嘉陵江支水系和乌江支水系，分别形成了树枝状水系和格子状水系，自古及今的绝大多数城邑、乡镇都依山傍水生成其间。

这样的大山大水，直接影响甚至决定了人类活动的方式和规模，从上古到中古时期对军事活动影响尤其巨大深远。

从中国历代军事活动来看，由三层阶梯以及长江、黄河两大母亲河流域山水大势决定，数千年间一直凸显出三横三纵的地缘格局。三横指，自西向东以秦岭—淮河连线为划分南北的主横线，其南以长江为分横线，其北以长城为分横线。三纵指，第二级阶梯内的秦陇川渝西纵线，第三级阶梯内的晋陕江汉中纵线，冀豫江淮东纵线。历朝历代的大大小小三百多次军事活剧，主要都在这三横三纵之间演出。而今之重庆地区，历来都处在西纵线的南部，并且北临主横线，东近中纵线，战略地位极其显要。从先秦至南宋，这一地区历史文化的主旋律是军事活动，可以说毫不足怪。

在战国时期（公元前475—前221年），今之重庆地区一直是巴、楚、秦三国争夺、拉锯和控制的地方，相互之间军事活动相当频繁。当今重庆人津津乐道的巴蔓子故事，大约发生在公元前350年，距秦灭巴最多不过30年左右。当时巴国据有的城邑屈指可数，按《汉中·地理志》记载的"巴郡秦置，县十一：江州、临江、枳、阆中、垫江、胸忍、安汉、宕渠、鱼复、充国、涪陵"，巴蔓子时的巴国充其量据有江州、临江、枳、垫江（今之合川）、胸忍（今之云阳）、鱼复、涪陵（今之彭水）等七处，楚国要求"割三城"要价极高。而从七处城邑看，分别都是建立在长江及其主要支流嘉陵江、乌江之滨，其军事要津地位十分明显。而军事要津换个说法，也就是军事码头。

公元前316年秦灭巴国以前，包括巴、楚、秦三国在内，各国都还没有骑兵建制，陆上作战主要依靠车乘甲士和戈矛步卒，水路运兵、运粮则是最为便捷的进军方式。重庆有人说，早在公元前400多年的赵襄子时期便有骑兵了，巴国城的巴蔓子塑像也依其说塑成马上将军的形象，都有悖历史真实。历史真实是，中国的骑兵建制始于公元前307年赵武灵王"胡服骑射"，从历代正史直至1995年出版的《中国先秦军事史》，2001

351

年出版的《中国军事博物馆》等书,都以之作为定论。王力主编的《古代汉语》当中,还旁征博引,论辩阐明过"胡服骑射"以前出现的"骑"是指充当仪仗、护卫的骑士,而非"胡服骑射"以后才成为一个新的兵种,并且逐步取代车乘甲士而成为作战主力的骑兵。辨明这一点,对于了解战国中后期巴、楚、秦要在巴山渝水大山大水之间用兵作战,水路运兵、运粮具有首屈一指的重要作用,定会大有好处。反过来,假若早于赵武灵王"胡服骑射"30多年,巴国便已经有了骑兵,那么巴国也不会那样弱不禁风,早早灭亡。

秦灭巴以后设立巴郡,最初郡治在阆中,不在江州。今之渝东南地区,当时由楚国占据,属楚之黔中郡。公元前280年,即秦灭巴36年后,秦昭襄王派司马错从陇西率军出发,顺嘉陵江而下,转道长江和乌江,进攻楚之黔中郡。为此作战需要,先将巴郡郡治改到江州,使之成为秦军的大本营和主后方。司马错所率秦军,自江州转入长江,又从枳(今之涪陵)转入涪水(乌江下游),再溯郁江一线向楚军展开攻势,很快占领了"楚商於地",即今渝东南若干地区,改设为秦之黔中郡。《史记·秦本纪》和《华阳国志·巴志》都对此军事活动有所记述,只不过文字大同小异而已。其后秦、楚之间对黔中郡还有过反复争夺,不一一列述。从中已可以看出,当时的江州、枳等城邑,主要功能就在军事活动方面,即充当军事码头,有利于通过水路用兵作战。

说主要功能在于军事,并不排斥这些城邑和水路交通,在当时也可以发挥一些其他作用。例如《史记·货殖列传》有所记载的巴寡妇清,不少人知道她见过秦始皇,为筑长城捐过重资,被秦始皇封为"贞妇",她死后秦始皇还诏令为她建怀清台。但很有可能,秦始皇之所以如此看重她,还有比捐资筑长城更重要的原因。秦国从公元前246年始皇即位开始,便在骊山修造始皇陵,到公元前210年始皇去世仍未完全竣工。地宫所用的水银达百吨以上。水银系用硫化汞分解而得,硫化汞俗名丹砂,巴寡妇清正是靠着炼丹致富。公元前221年秦统一天下之前,原巴国臣民已经当了近百年的秦国臣民,而也产丹砂的山西地区还不在秦国统治范围之内。所以今人何利群《图说始皇陵》一书写道:"当时川东南一带的汞矿,跨长江,溯嘉陵江而上,走巴山,过汉水,经过千里栈道运送到关中。"按这条线路给始皇陵贡献丹砂的人,除了巴寡妇清,很难说会是别人。联系到这件事情当可推论,当时的长江及其主要支流嘉陵江和乌江,特别是嘉陵江,依托沿江城邑而成为运输、商贸要道,发挥的作用是多方面的,只不过以军事为主,不能相提并论罢了。

长江水道由于三峡的流激滩险,船只上下难度大,因而大规模的开发利用相对较晚。首见于史籍记载的军事运输,乃是东汉建武十一年(35年)岑彭、吴汉率军6万余人,从荆出发,溯峡江而上,入蜀征讨割据势力公孙述。后来东汉建安十八年(213年)诸葛亮率军入蜀,蜀汉章武元年(221年)刘备率军伐吴,以及西晋咸宁五年(279年)王濬楼船下江东,上上下下都是走的同一条水路。作为附产品,一些新的沿江城邑也随之出现了,如东汉永元二年(90年)设的平都为丰都前身,建安二十一年(216年)设的羊渠为万州前身。相应地,经济社会也有一定的发展。

然而,由于自然条件和历史条件交相制约,在那千余年间,这一地区的经济社会发展水平严重滞后于西之蜀和东之楚。直到唐代和北宋年间,仍旧属蛮荒之地,因而成为皇子、官员、文人们的贬谪、流放之所。与西之蜀、东之楚形成对照,如《华阳国志·巴志》所说,这一地区的居住民形成了既"天性劲勇","质直好义,土风敦厚",又"重迟鲁钝,俗素朴,无造次辨丽之气","少文学"的性格特征和风俗习尚。这之类性格特征和风俗习尚有长也有短,有优也有劣,穿越时空传衍下来,便成为了码头文化最为本原的生成基因。对于这些基因,既不能一概拍手叫好,也不宜轻易褒贬取舍。

第二讲

重庆地区经济社会发展的重大转折,出现在南宋时期。

这以前,北宋咸平四年(1001年)设立夔州路,与益州路、梓州路、利州路合称川峡四路。夔州路治所在夔州奉节县,下辖夔州、黔州、施州(今湖北恩施)、忠州、万州、开州、达州(今四川达州)、涪州、渝州、云安军、梁山军和大宁监,后增南平军,以及珍州、播州和思州(在今贵州北部),疆域比当今重庆直辖市还要大。这一行政区划调整和规格的提高,标志着这一地区逐步融入了当时中国的西部经济区,商品经济有了较大发展的条件,商业交往也不再限于主要在北线,而是逐步转向东线,嘉陵江和长江水运因之而勃兴。

到南宋时期,以临安(今浙江杭州)为国都的赵宋王朝构建了一个与北方金、西夏、蒙政权相抗衡的政治、经济、文化中心,川峡四路以及重庆的战略地位更显重要。南北对峙的长期战争,导致军粮、军需物资运输量大增,频繁的水路运输逐步使重庆演进成为一个物资集运、输转大港。以重庆主城为中枢码头,以梓州(今四川梓潼)、遂州(今四川遂宁)、利州(今四川三台)、果州(今四川南充)、合州(今重庆合川)为节点码头的嘉陵江航运,逐步汇入了西起宜宾、东迄奉节的长江上游航运,统称为川江航运,其基本格局延续至今。当年经重庆转运的大宗物资,主要有布帛、丝绸、粮食、食盐和药材,军需和民用兼顾,其中军粮占到南宋军需总量的三分之一。有史以来第一次,重庆港出现了"两江商贩,舟楫旁午","沿溯而上下者,又不知几"的繁盛局面。

其间,重庆的政治地位也在逐步提高。一个因素是,淳熙十六年(1189 年)二月,恭王赵惇即位为光宗,依照潜藩升府的惯例,于当年八月甲午(9 月 18 日)将恭州升格为重庆府。这不仅是"重庆"得名的由来,而且由于宋代实行路(道)、州(府、军、监)、县三级政区制,改州为府相似于今之撤地建市,当时提振了官民"府城意识"。另一个更重要的因素是,为适应军事需要,建炎年间(1127—1130 年)即已在成都设置川峡四路制置司,简称四川制置司,作为西线最高军事指挥部。到嘉熙三年(1239 年),又在重庆设置四川制置副司;淳祐二年(1242 年),重庆府进一步成为四川制置司驻地,统一管辖当时的成都府路、潼川府路、利州路和夔州路。这就标志着,重庆有史以来第一次成为了整个四川地区的军事、行政中心,其意义决不亚于升府得名,甚至当说更在其上。与此相伴,还有一个重要因素,那就是在持续40多年的宋蒙(元)战争中,重庆始终是西线战区的中坚堡垒,并以钓鱼城之战声名远播。

毫无疑义,正是在南宋时期,重庆由一座单一军事功能、兼具行政职能的城市,完成了向兼有交通、经济、行政、军事、文化多种功能的区域中心城市的转型,不愧为一次质的飞跃。这一次质的飞跃,对于重庆码头文化的形成,较之既往诸多远源因素更有历史价值。集中的反映,就在存在决定意识,当时的重庆住民由"府城意识",提升到了"四川首府意识"、"国之西门意识",从而就突破了固有的"质直好义,土风敦厚",变得更大气,更敢担当,更能进取。

元王朝统治期间,全国实行省、路、府(州)、县四级政区制,中统三年(1262年)设置陕西四川行中书省,至元二十三年(1286年)又分置陕西行中书省和四川行中书省。四川行中书省简称四川行省,这便是四川建省的由来。重庆作为省辖区之一,设置重庆路,下辖重庆府和忠州、涪州、泸州、合州。当时的奉节,也是夔州路治所,下辖夔州府和施州、万州、开州、达州、云阳州、大宁州、梁山州。其中至元二十五年至二十七年(1288—1290年),重庆还一度成为四川行省治所。正是从元代开始,重庆正式成为了四川东部地区的军政中心城市,在整个四川地位仅次于成都。也惟其如此,重庆居住民的大气、敢担当和能进取,进一步地得到了充实、巩固和提高。

明王朝于洪武四年(1371年)六月开始统治重庆,进一步扩大了重庆的辖区,一度所辖区县达到24个。指挥使戴鼎又主持了渝中半岛第三次筑城。在此之前,蜀汉建兴四年(226年)李严主持筑城,只设了苍龙、白虎两道城门,南宋嘉熙四年(1240年)彭大雅主持筑城,只设了洪崖、千厮、薰风、镇西四道城门,都是着眼于军事防御的需要,表明那时的重庆主要还属于军事码头。而这一次在南宋晚期城址旧基的基础上筑城，却采用九宫八卦之象，修建了九开八闭十七道城门。其中九开之门，自东北角转向正南，面临长江的有朝天门、东水门、太平门、储奇门、金紫门、南纪门六门，向北面临嘉陵江的有千厮门、临江门两门，唯一向西通往陆路的只有一道通远门。而八闭之门，临长江的有翠微门、太安门（即后之望龙门）、人和门、凤凰门、金汤门五门，临嘉陵江的有西水门、洪崖门、定远门三门，最初都是专备城内取水之用的水门。这表明，这一次筑城已经转到以方便商贸、航运为主，并兼顾民生需求，且能适应城市多功能的思路上。而这一转变，又折射出了重庆城的因军而立，因商而兴，从军事码头为主演变为以商贸、航运码头为主，码头文化产生亦是由之而来。

　　九开八闭的重庆城垣，清康熙二年（1663 年）四川总督李国英又主持补筑过，这反映出当时的清政府十分重视以重庆为中枢码头，充分发挥川江航运的效能，促进川粮、川盐、滇铜、黔铅等类物资调运。据乾隆版《巴县志》记载，在雍正年间（1723—1735 年），重庆已成为四川运船"换船总运之所"。乾隆年间（1736—1795 年），川盐年产量达到 1.6 亿余斤，大理食盐运抵重庆后，除在本地销售，还通过綦江、乌江运往贵州销售，通过长江运往湖北销售。云南产的铜，贵州产的铅，也经重庆转运，常年输转量达数百万斤。此外还有大量的食糖、丝绸、夏布、山货、药材等传统商品，经重庆转运外销。相应的，近至湖广、远至江浙一带的原棉、土布、苏广杂货等，溯江而上运抵重庆后，除转销到川、滇、黔各地之外，甚至还远销缅甸。这种"商贾云集，百物萃聚"的转口贸易，直接造就了重庆主城"九门舟集如蚁，陆则受廛，水则结舫"的空前繁荣景象。到嘉庆（1796—1820 年）中叶，重庆已经发展成为长江上游最大的物资集散中心。

　　重庆有一首民谣，叫做《说九门》，流行的唱辞为：

　　　　　四川省水码头要数重庆，

开九门闭八门十七道门——

朝天门大码头迎官接圣,

千厮门花包子雪白如银,

临江门卖木树料齐整,

通远门锣鼓响抬埋死人,

南纪门菜篮子涌出涌进,

金紫门对着那镇台衙门,

储奇门卖药材供人医病,

太平门卖的是海味山珍,

东水门白鹤亭香火旺盛,

对着那真武山鱼跳龙门。

这首民谣起始于何时已经失考,但从民俗学和社会学的角度看,的确概括出了开九门的主项分工,从而表现出了由明、清两代到民国年间日常商贸状况。特别是点出"码头"在四川省无所能及的事实,更接触到了重庆城的文化命脉,令人大可咀嚼。

究竟可以咀嚼出一些什么东西来,以后的讲述会有所关照。这里我只想强调一点,这一讲的概略回顾足以说明,南宋至清代八百多年的区域性航运、商贸发展,确是重庆码头文化的近源。大抵商贸、航运码头兴旺之日,便是码头文化赖以生长之时。

第三讲

重庆地区的码头兴旺,除了自然形成的地缘优势之外,区域性航运、商贸发展是其最根本的社会历史原因。航运、商贸发展催生出码头兴旺,码头兴旺反过来又促进了航运、商贸发展,这就是码头文化最基本的经济社会特征。

其所以嘉庆中叶重庆能够成为长江上游最大的物资集散中心,主要就因为此前百年"湖广填四川",强劲地推动了这一地区商贸发展。明末

357

清初战乱频仍,灾荒相继,虎患严重,重庆是一个重灾区。清初重庆府辖一厅(江北)、二州(合州、涪州)、十一县(巴县、江津、长寿、綦江、永川、璧山、铜梁、大足、荣昌、南川、定远),康熙六年(1667 年)大约只有三千户,不足二万人。可是经过持续性的大规模移民,到康熙六十一年(1722年),即已增至 111854 户,约 56 万人,占当时四川全省总人口的五分之一左右。再经雍正、乾隆两代继续移民及生殖繁衍,到嘉庆十七年(1812年),重庆府的在册人口已达 236 万人。重庆的移民主要来自湖南、湖北和江西,其次来自广东、福建和陕西,他们不仅使农业生产迅速得到恢复性发展,而且带来了商品生产和商业经营的新理念、新方式,揭开了这一地区商业经济的新篇章。

各地移民的大量涌入,直接导致了会馆激增,相关情况我在讲湖广会馆时已经讲过,这里只再强调三点。其一,会馆无一不是人口流动和商业发展的产物,其基本职能就在加强同乡联谊,维护本籍客商的多种权益,协调市场竞争和客地社会的各种关系。其二,会馆一般建筑在移民较多、商业活动比较集中的城镇,清至民国年间地方志中有所记载的会馆,全四川有 1400 余处,重庆府有 390 余处。但这样的统计太粗略,据何智亚《重庆湖广会馆历史与修复研究》一书论述,"一些位于水码头或重要驿道上的乡镇往往建有几个会馆","重庆直辖市所属区市县清代的移民会馆不会少于 1000 所"。其三,会馆对于所在地区的商贸发展,至少在清代中期、晚期,一直都起着其他社会组织所不可替代的重要作用。

就社会属性而言,会馆是在中国封建社会政治经济关系基础上出现的一种地缘性的帮会组织,当其逐渐发展到在政治、宗教、社会等多方面都要发挥重要作用的阶段,就更具备了商业行会的性质和功能。如重庆浙江会馆,就与浙江商人的磁帮融为一体,规定在重庆的贸易要以磁器为大宗,杂货次之,凡有涉及同籍商人利益的事,都要"齐集公所,从长酌议",以"避独行病商之病"。这样做,就有利于不同原籍商人之间的市场竞争,甚至局部趋向垄断。到清代中期、晚期,重庆"各行户大率俱系外省人民"。经各省会首调查,当时重庆共有109个商行,其中江西40行,湖广43行,福建11行,江南5行,陕西6行,广东2行,非四川籍的商行占到98%以上,垄断了铜铅、药材、布匹、棉花、山货、毛货、磁器、锅铁、猪、油、糖、酒等行物资的贸易,而四川籍的只有保宁府(今阆中市)丝行2行。对于重庆地区商业贸易的蓬勃发展,移民会馆及其商业性行会居功至伟。

与之呼应和同步,以重庆为中心的船帮组织也持续扩张,从而促成了川江航运的兴盛发达。在嘉庆年间,重庆的货运木船已形成了大河、小河、下河三大河帮和一个揽载帮,共有25个小帮。其中,大河帮又称上河帮,指的是航行于重庆以上长江河段及其支流岷江、沱江的船帮,包括嘉定、叙府、金堂、泸富、合江、江津、綦江、长宁、犍富等9个小帮。小河帮指的是航行于嘉陵江、涪江、渠江的船帮,又称三河帮,有三峡、合州、遂宁、渠县、保宁、安居等6个小帮。下河帮指的是航行于重庆以下的川江河段直至湖广地区的船帮,包括长涪、忠丰、夔丰、归州峡内、归州峡外、宜昌黄陵庙、宜昌、辰州、宝庆、湘乡等10个小帮。据道光二十五年(1845年)一次不完全统计,仅下河帮就有船舶748只,各帮常年在重庆的船舶约2000余只。船帮组织承担起了转口贸易的输转重任,输出兼具省外输出(主要是长江中、下游地区,也有少量输到国外)和省内输出双重属性,输入同样有省外、省内两个方面,这在清代的中、晚期就显示出了相当大的规模性和相当强的组织性,对人的影响远非传统小农经济和家庭手工业所可以比拟。

船帮内部还有所区分,并且要与其他商业行帮同生存,共同维持经济社会日常秩序。以南岸为例,沿长江计有五大水陆码头,龙门浩是其中之一。龙门浩船帮分为上浩、下浩、煤船或划子4帮。上浩船帮以渡船为主,航行于上浩老码头与太平门二码头之间,只载人不载货,另有少数驳船载货。下浩船帮驳渡均有,驳船运货的大宗业务在东水门外茶馆接洽，小宗业务在下浩渡船码头接洽，渡船载人航行于下浩码头与东水门码头之间，与上浩船帮互不相犯。煤船船帮为下浩涂山煤矿所有，用8艘驳船，承运本矿所产煤炭。划子船帮则属于雇佣性质，由在南岸的洋行、工厂、商社、兵营自造小木船，雇本土人作为船工，用于过江或接送宾客。同在龙门浩地区，还有力帮、马帮、滑竿帮和豆芽、棺材、中药、木竹、竹器、建筑、造船、煤炭、薪炭、屠宰、冥器、砖瓦、石灰、饴糖、茶馆等行业，大体映现出清末民初重庆城区经济社会的基本面貌，具有一定代表性。

遍布重庆水陆码头的大小船帮，需要大量船工和纤夫，于是"沿江上下数千里募充水手，大艘四五十人，小亦不下二三十人"，常年性的船工和纤夫总数不下五万人。在码头上从事搬运的力帮民夫，或抬或扛，或背或挑，总数也好几万人。再加上其他行帮和行业的从业人员，按一家平均四口计算，清末民初的重庆，约有半数人直接依赖码头维持日常生计。如果还加上城乡手工业，如纺织业、陶瓷业、酿酒业、铜铁制作业、皮货加工业、竹蒲编织业等等生产的商品无不需要输转营销，那么间接依赖码头维持日常生计的重庆人就更难以计数了。完全可以说，清代中、晚期直至民国初期，绝大多数重庆人都是依靠码头维持生计，这在全国独一无二。正因为如此，码头对于重庆居住民影响之大之深，别的文明形态无一能够企及。

码头除了在清末民初强劲推动重庆经济社会发展外，经营码头的主导力量，亦即各种商业行会、行帮和其他行业组织，以及按照相应行规从事的社会劳动，对于重庆人的性格和习尚产生的影响尤其深远巨大。如川江行船，船工和纤夫俨若一个生命共同体，俗话谓之"死了还没有埋"，无论多么辛苦和艰险，大家都得心往一处想，劲往一处使，奋力坚持，决不退缩。又如码头力夫搞搬运，无论多么沉重的货物，抬就要大家合力合步抬到底，扛就要咬牙扛得住，决不容许半点闪失。这样就锻炼了人，塑造了人，使一代一代的参与者们珍视团结，崇尚强悍，把先人固有的吃苦耐劳、坚韧不拔精神发挥到淋漓尽致，并且不避风险，不怕牺牲，始终都乐观向上，自强不息。这一切，一直都是本质和主流，都是码头文化的精神能源和行为支点。但也有负面，那就是视野受到局限，情感容易浮躁，生活情趣偏于粗陋低俗、水流沙坝。

第四讲

重庆码头文化的核心是帮会文化，而帮会文化的核心则是袍哥文化。不了解袍哥文化，就难以充分解读重庆码头文化，因而也就难以充分解读重庆人，解读重庆城。

袍哥起源于明末清初一些汉族人的"反清复明"斗争。先是顾炎武和王夫之等人秘密结社，联络一些志同道合的汉族人组成了一个秘密组织，意图起义反清。顾炎武援引《诗·秦风·无衣》"岂曰无衣，与子同袍"之意，为这个组织取名"袍哥"。到了清顺治十八年（1661年），郑成功又在台湾金台山明远堂与部下将士歃血为盟，结为兄弟，宣誓要灭清复明。这就是洪门开山立堂之始，当时称"汉留"，又叫"汉流"。郑成功先后派出两拨人，潜回大陆发展汉留。其后一拨为陈永华一人，亦即金庸《鹿鼎记》中那个"平生不识陈近南，便称英雄也枉然"的陈近南。陈近南只身独闯云贵川，于康熙九年（1691年）在四川雅安开精忠堂，成为四川袍哥的开山祖师。袍哥组织后发展到十四个省。但以四川最多，四川又以重庆最多。

袍哥组织从建立伊始，即以"五伦八德"为号召，核心在于"义"字。这个"义"，一般说成"忠义"的"义"，其实是"侠义"的"义"，突出表现为哥们义气，见义勇为，打抱不平，却又不太讲是非曲直。最初用"威德福智宣，松柏一枝梅"十个字排号设堂，共十堂人，但在四川只有五堂人，并用"仁义礼智信"代替了"威德福智宣"。加入袍哥叫"嗨"。因为郑成功在台军队编制以"排"为基准单位，所以袍哥组织内部排行也称"排"，初始曾设十排。但陈近南在精忠山开山立堂后，一个四排兄弟策动一个七排兄弟向清朝官府告密，于是永久性地废除四排、七排，只留其他八排。留下的八排，通常以"孝、悌、忠、信、礼、义、廉、耻"八字排行，为首者称

"大哥"、"大爷"、"舵爷"、"舵把子"。

历经康、雍、乾百年盛世，一些汉族人的"反清复明"思想逐渐淡泊，袍哥随之演变成一个江湖性的社会组织。袍哥中流行一句话："只能兴袍灭空，不能兴空灭袍。"其中的"空"指"空子"，即没有"嗨"袍哥的人，与袍哥没有袍泽之谊。袍哥之间算袍泽兄弟，无论出了什么事，兄弟之间都要互相护卫，尽力帮助。这在缺乏公正、公平的社会当中，无疑具有相当大的吸引力，所以参加袍哥的人相当之多，几乎遍及各个阶层。

仁、义、礼、智、信五大堂口，原本没有高低贵贱的差别。但物以类聚，人以群分，不同社会阶层的人逐渐聚合到不同堂口，就出现了等级差别。仁字号地位最高，清代多是有功名的人，民国年间则大多是军政要员、富商大贾或士绅名流，所以有"仁字讲顶子"的说法。义字号多为殷实商人、中小地主、中下级官吏、军警人员和水、旱两道从业者，礼字号多为小商人、小地主、小市民，乃至于贩夫走卒、船工力夫，所以有"义字讲银子，礼字讲刀子"的说法。"傻儿师长"原型范绍增，家庭出身只是乡间小地主，因而最初"嗨"的礼字袍哥，后来当了师长、军长也不能改变，长时间内很觉得没有面子。智字号多为小商小贩，也有一部分无业游民，信字号更主要是抓拿吃骗的无业游民，因而社会地位最低下。

从清末直至民国年间，四川仁字号袍哥以成都、重庆、嘉定、叙府、泸州、顺庆、涪陵、万县八大堂口最为显赫，分别是所在水陆码头的大舵爷。特别是重庆，仁字号袍哥在清末民主革命中曾经发挥过相当重要的积极作用。其一为，孙中山在日本创立同盟会，当时的重庆仁字号大爷张树三曾前往日本面见孙中山，受命回四川组织袍哥投入推翻清王朝的革命斗争。其二为，辛亥革命时期，重庆同盟会的领导人杨庶堪、张培爵多次派人去见当时的重庆仁字号大爷唐廉江，劝说其调动袍哥参与重庆"反正"，唐本人没有答应。杨庶堪又联络唐的红旗管事况春发，况慨然应允，并说动了仁字号下正论社的大爷田德胜一起参加。1911 年 11 月 22 日（农历辛亥年的十月初二），况春发、田德胜率领精壮袍哥组成百人敢死队,包围朝天观。另两个袍哥大爷,石青阳和卢汉臣,也在南岸组织袍哥敢死队,占据了龙门浩、玄坛庙、弹子石等重要地段,策应朝天观夺权。他们配合杨庶堪、张培爵"反正"成功,随后建立了蜀军政府,完成了全川首义。这表明,在正确的引导下,袍哥的革命性是可以发扬的。

但是,袍哥毕竟是一个江湖性的社会组织,并不能遵循社会历史发展方向确立政治目标,而是跳腾于黑白两道,可以做好事也可以做坏事。袍哥兄弟伙亦非铁板一块,重庆"反正"后,迅速发生严重分化。两位"反正"首义英雄,况春发并不居功牟利,很快回归到本业营生,而田德胜却市井恶习不断膨胀,妄想当重庆袍哥总舵把子,闹腾近三十年,1951年终被重庆市军管会判处了死刑。另一个仁字大爷石青阳,因参与重庆"反正"有功,经杨庶堪推荐担任了川军师长,后来进一步做到了"国民政府"的蒙藏委员会委员长。他的儿子石孝先子承父业,也做了仁字号的袍哥大爷,曾口出狂言,夸耀"全中国有两个委员长,一个是蒋委员长,一个是石委员长"。就是这个"石委员长",与川军师长蓝文彬(也是袍哥)等勾结,制造了1931年的"三三一"惨案,杀害了杨闇公等共产党人。

在整个民国年间,无论在四川,在重庆,袍哥的势力及其社会影响都达到了登峰造极地步。继重庆蜀军政府而成立的四川大汉军政府,一度被讥为"袍哥政府",即为明证之一。随后登台的四川军阀,不少人本人就是袍哥,则为明证之二。最大的明证在于,抗战初期蒋介石到达重庆,即派出毛人凤到南岸大石坝石孝先的私邸去拜码头。石孝先开初并不听话,纠集五堂袍哥组建"国民自强社",不把特务看在眼里。蒋介石于是改变策略,先打后再拉。1939年夏天,戴笠秘密拘捕石孝先,后经杨庶堪给蒋写信,婉称"闻青阳之子孝先密赴公召,多日未归",才获得保释。1941年夏天,军统局出面组建"人民动员委员会",石孝先当了委员,又开办了一家袍哥总银行,自任总经理。他一度在黄埔军校读过书,蒋介石认了他这一个"学生",于是常成为云岫楼的座上宾。从此石孝先死心塌地反共反人民,在社会上为非作歹,重庆解放初,才被吓死在家里。

七

杂

说

363

重庆还有女袍哥组织,最早出现在民国初年,为首者是仁字号国华社袍哥李炳荣之妻,人称"李三娘"。到"陪都"时期,一些上层妇女和军政要员的太太、小姐,以及舞女和交际花也讲"姊妹伙",陆续开出了200多个女袍哥堂口,著名的有四维社、坤道社、八德社、同心社、贤良社、淑女社等,成员合计一万多。影响最大的四维社,总舵把子叫王履冰,曾经加入中国共产党,杨闇公任重庆地委书记时她是地委妇女委员,1926年曾经留学莫斯科中山大学。回国后叛党,当了中统特务,以后又当过重庆市参议员、立法委员、救济院长和妇女会长,并兼任留俄同学会的理事。一个男袍哥的"石总舵把子",一个女袍哥的"王总舵把子",俨若当年重庆一对"龙凤"怪胎。1947年王履冰病死,竟有上千女袍哥为她服孝送葬,可见在重庆袍哥中也是"巾帼不让须眉"。重庆女性的特别泼辣,这虽然不是唯一原因,但确实是重要原因。

从"陪都"时期到重庆解放,袍哥组织越来越变质,变成了一个彻头彻尾反共反人民、严重危害社会的反动组织,因而解放初理所当然在取缔之列。但并不等于,凡"嗨"过袍哥的人都是"小石孝先"、"小王履冰",反动得很也腐恶得很。解放初登记过的袍哥成员,占到了当时重庆城区男性成年人的七成以上,其中大多数都是为着寻求保护而加入袍哥组织的,小部分确有罪恶或者过错的人,嗣后也得到了改造和新生,因而不能把袍哥组织与袍哥个人视若一体,混为一谈。而且,当年的袍哥当中,也有人为人民解放作出了贡献,彭咏梧当政委的川东游击队奉巫大支队司令陈太侯即为其中的一个。更重要的是,曾有那么多的人"嗨"过袍哥,袍哥组织影响重庆达两百多年之久,究竟产生过怎样的影响,实在值得认真探究。这一讲只是极概略地介绍了一些相关情况,以之为基础,下一讲再从文化角度加以探究。

第五讲

袍哥在重庆究竟产生过怎样的影响? 清代早期和中期,缺乏相关文字记载,不好说。但从清代晚期起,1863年爆发的第一次反洋教斗争,

1886 年爆发的第二次反洋教斗争,1886 年至 1890 年大足发生的三次抗洋教斗争,1890 年和 1898 年余栋臣领导的大足民众两次武装起义,1909 年重庆绅商开展的收回江北厅矿权斗争,以及 1911 年与全川保路运动相呼应的重庆保路风潮,袍哥无一不是活跃的基干力量之一。1905 年重庆同盟会支部成立之初,即确定了"联络袍哥会党中的知识分子,借其潜力,作为发动举事时的别动队"的方针。同盟会重要成员朱子洪、朱必谦、刘祖荫等,本人就是袍哥或者袍哥舵把子,或在袍哥中极有威望。重庆"反正"后,袍哥更是登上了政治舞台,从江湖而渗入庙堂。

袍哥在庙堂影响有多大? 略举两例,即见一斑。例一为,川康银行和川盐银行的董事长刘航琛,早年在刘湘麾下担任财务处长,就"嗨"了仁字袍哥。"陪都"时期他官任国民政府粮食部次长,仍然集官僚、袍哥、金融实业家三重身份于一身,与石孝先等互相勾结发国难财。20 世纪 40 年代初,重庆人口已达三百万,粮食供应十分紧张。刘航琛与刘湘遗孀刘周书囤积居奇,宁愿米烂在仓里,也不拿出来卖,企图借米荒逼使粮食部长徐勘下台,好由他取而代之。蒋介石召见徐勘和刘航琛,严令用高价解决米源问题,但粮食部买不到米。石孝先便出面说,只要给他钱,保证三天之内大米源源而来。蒋介石十分高兴,即令徐、刘二人给石孝先拨款,并让石孝先挂出"民食供应处"官商牌子。石孝先依靠各产米县的袍哥力量,果然不出三天,就将大批粮食通过水旱两路运抵重庆。这期间,石孝先大赚了一把,刘航琛却吃了哑巴亏。他派人去查账,石孝先叫他"回去跟刘航琛说,民食供应处的事就不劳他的神了"。

例二为,身后被称为"中国梵高"的陈子庄,也是个袍哥,平生经历颇具传奇性。早在 1936 年,23 岁的陈子庄便在成都与四川军阀王瓒绪结为至交。当年齐白石、黄宾虹蜗居成都,都是王瓒绪的座上宾,黄宾虹还是陈子庄专程赴上海接来的。"陪都"期间王瓒绪来到重庆,陈子庄随之而来。他们除了继续与书画名家往来,还和许多社会贤达、政界名流过从甚密,张澜即其一。1939 年秋天,蒋介石密令王瓒绪除掉张澜,陈子庄无意之间得知其事，立即告诉张澜，张澜才连夜离开重庆脱险。蒋介石要拿陈子庄是问，王瓒绪力保，方不了了之。不久，陈子庄搭乘民生公司轮船东下，打算出川参加抗日游击队。这又引起蒋介石怀疑，以为与私救张澜有关，即令宪兵十二团在万县逮捕了陈子庄，押回重庆土桥申家沟监狱关押。关押一年多，多次过堂，陈子庄拒不承认通风报信。王瓒绪虽已知情，仍继续为他开脱。陈子庄义救张澜，身陷囹圄，被重庆袍哥视为侠肝义胆、舍生取义的典型，石孝先就出面营救，杨庶堪也支持。花了不少钱，到1941年春，陈子庄终于被营救出狱。

这两件事例说明，重庆袍哥在民国年间已经渗透到经济、政治、文化各界的中、高层，黑白两道强者通吃。马克思主义认为，人是社会关系的总和。在当年重庆那种社会关系总和中，连蒋介石都要对袍哥势力有所忍让，包容利用，足见袍哥势力的举足轻重，甚至连官方也有所不及。其间，固然大量存在黑吃黑或黑吃白的滥污事，但也确有一些义举。正是这个"义"，对近、现代重庆人影响至深，别的任何一个字根本都无可比拟。

义，在中国传统文化里，是与仁相并列的两大最重要的道德规范和行为准则之一，礼、智、信等等全在从属之列。《孟子·离娄上》说："仁，心之安宅也；义，人之正路也。"意思即为，仁，是精神诉求的价值所在；义，是行为取向的途径所在。精神总要通过行为来体现，所以，在社会历史的实践中，义对历代中国人影响之广之大之深之远，理当说是超过了仁。一切义，都是指做事合理、适宜。举凡仁义、忠义、信义、礼义、节义、道义等等，中心词都在义，义都起着决定作用。

袍哥讲的义，主要是侠义。《说文·人部》说："侠，俜也。"又说："俜，使也。"所谓"使"，意思为放任。所以，"侠"就是行为放任的意思。如果行为放任得合理、适宜，那就叫做"侠义"。从历史上看，侠及侠义发端于春秋战国时期的"士"，诸如《史记》一些列传里写到过的鲁仲连、曹沫、专诸、豫让、聂政、荆轲等人。《韩非子·五蠹》说："儒以文乱法，侠以武犯禁。"西汉"独尊儒术"以降,历代专制极权统治者都讨厌侠,因而侠没得到与儒相埒的尊荣。但是在民间,在江湖,侠士、侠客、侠风、侠骨、任侠使气、行侠仗义从来都是生生不息,"江湖气"的精髓即在侠义。金庸的武侠小说之所以会广受青睐,正由于将侠及侠义充分彰显了出来。传衍至今的侠义,通常指见义勇为,打抱不平,并表现为言必信,行必果,重然诺,轻生死,抑强扶弱,拔刀相助,知恩必报,抗直不挠,为朋友敢两肋插刀。袍哥拜关羽,追效桃园三结义,说的确是忠义,行的实是侠义。只不过,做事是否合理、适宜,站在不同立场上必然会有不同评价,袍哥的侠义须具体分析。近、现代重庆人的性格特征和社会风尚,显然植根于袍哥侠义,同样必须具体分析。

袍哥既然是江湖性的社会组织,那就需要一定的组织形式,以便加强联络,开展活动。袍哥流行一句口头禅,叫做"一个老鸹守一个滩","滩"又叫码头。袍哥的码头,不是指商贸、航运码头,而是指某一公口的势力范围。例如义字号袍哥,全重庆设有义字总社,民国年间总社社长为杨绍轩、冯什竹,名誉社长为陈兰亭。总社下又有分社,如孝义社、义联社之类,南岸义联社设在玄坛庙。对于南岸义联社来说,玄坛庙便是他们所守的滩,亦即袍哥码头。

袍哥内部以兄弟相称,讲平等相待。大哥地位最高,值事的称社长、舵把子或掌旗大爷,不值事的称闲大爷。二哥称圣贤二父,一般由僧、道之人担当,没有僧、道便虚其位。三哥中,值事的称当家,称帮办,主管本公口的财务和人事,不值事的对外称三哥,会客时自称闲三。五哥中,值事的两人,一为红旗管事,一为帮办管事,其中红旗管事上辅拜兄,下管拜弟,内管开山立堂,功过奖惩,外管迎宾会友,排难解纷,最关键;不值事的对外称五哥,会客时自称闲五。六哥值事者称蓝旗管事,不值事者称六排、副排或护律。八哥、九哥分别称八排和九江,新加入的袍哥则称幺排、幺大。其中的值事幺大负责对内通讯传达、对外随拜兄迎宾赴会、持拜帖、打前站,也颇关键。袍哥内部有许多礼节,所以《海底》书上说:

367

"十年能成举子,百年难掏江湖。"

袍哥入会要拜香堂。因为最初是秘密结社,为了作掩护,公口香堂大多设在茶馆后面。后来逐步公开活动了,一部分香堂改到会所或者寺庙,一部分仍留在茶馆。1947年《新民报》作过统计,仅重庆下半城的茶馆就多达2580多家,虽不全是公口茶馆,但公口茶馆遍布各个地区当无疑义。公口茶馆实质上是袍哥的办公厅、会客室、交际所、俱乐部、赌博场和联络点,每年正月十五"迎宾会",五月十三"单刀会"和七月十五"中元会",袍哥都要拜香堂,大多都在茶馆举行。平时待客、议事或者"吃讲茶",也要在茶馆进行。内部处罚违犯香规者,诸如"挂黑牌"、"打红棍"、"搁袍哥"、"吹灯泡"、"破丫枝"之类同样在茶馆施行,"三刀六个眼"、"自己挖坑自己跳"等重刑才改到户外去。外地袍哥到本地,无论是办事、过路、跑滩还是滚案,照规矩都要先拜码头,拿言语,否则出了事情自遭殃。因而可以说,公口茶馆就是袍哥码头的活动中心。

从清代晚期到民国年间,在重庆区、乡一级,社会权力结构基本上是仕、绅、商的集合体,而袍哥渗透到仕、绅、商,起着主导性的作用。什么区长、乡(镇)长、团总、联保主任,相当多数本人就是袍哥仁、义、礼字号某码头的大、三、五爷,不是袍哥的也要求得袍哥支持,甚至市一级也被袍哥所左右。抗战胜利后,重庆市第一次开展所谓民选参议会,中统系统的CC派提名吴人初为参议长人选,市长张笃伦则属意于胡子昂,并且亲自组织选票。经调查摸底,必须得到义字号袍哥5张选票,胡子昂才能胜出,张笃伦便派警察局长唐毅出面去拜义字袍哥舵把子冯什竹的码头,经过一番利益交换,冯掌握的5张票投给了胡,胡才当选。同一选举中,当时的第十八区分到三个参议员名额,五个人竞选,仁字号协同心的石孝先和义字号永汉公的蒋依疾稳占了两个名额,另一个名额最终落到礼字号福汉公支持的土布业公会理事长文济川头上,裕华纱厂经理汪文竹和防护团军训教官王秉南都落选。既而选举十八区正、副区长和区民代表会主席,三个职务也由仁字号协同心的潘纯嘏、胥伯容和义字号永汉公的何云凯所瓜分。由这些例子可以看出,袍哥码头很大程度上也是政治码头,对当年的重庆社会,尤其是区、乡(镇)以下社会,起着盘根错节,不容替代的支配作用。

惟其如此,袍哥文化不仅成了帮会文化的核心,而且讲重庆码头文化,必须正视两个码头,即商贸、航运码头和重庆袍哥码头。两个码头既相互交织,又各具特色,前者的作用和影响主要是在经济方面,兼及其他方面,后者的作用和影响主要是在社会方面,兼及其他方面。两种码头所有过的作用和影响本身,即构成了重庆码头文化的基本内涵和主要外延;但影响所及,远不止此,以下几讲再分别讲。

第六讲

从文化史的视度看,最能彰显某种城市文化的外现物质形态,莫过于城市建筑格局。这里所说的城市建筑格局,当然包含最为直观的人居建筑物,却又不限于此,还包含了整个城市的营建理念和结构布局。

许多人讲重庆城,都以渝中半岛为依据,宣示重庆这座城市依山傍水,城在山上,山在城中,既是举世罕见的山城,又是举世罕见的江城。这样的解读,对,又不全对。说对,因为就天生重庆,或者城市与自然的关系而言,这些概括准确而形象。说不全对,则由于就人造重庆,或者城市与经济社会发展的关系而言,这些概括顾彼失此。依我看,重庆这座城市主要是依托码头而建,依托码头而兴。

仍以渝中半岛为例。第一次蜀汉李严主持筑城,第二次南宋彭大雅主持筑城,都为着军事防御目的,不多说。但军事要津也是军事码头,为军事运作方便,城垣依凭长江、嘉陵江布局,构建了从中古直至近代重庆城东西长而南北狭的基本格局。第三次明初戴鼎主持筑城,九开八闭十七道城门,长江之滨和嘉陵江之滨所建的八道开门,无不如民谣《说九门》所唱,各自对应着一个大的水路码头。而唯一的陆路之门通远门,向西通向一个又一个陆路驿站,实际也是通向陆路码头。以后清初李国英主持补筑重庆城门,对于重庆成为川江航运的中枢码头起了重要作用,在第二讲已经讲过了。依托码头建城垣,开城门,显然成为了明、清两代主持官员的营建理念,并使南宋以降的重庆构城格局进一步有所发展。

非惟此也,清代重庆城内的主要街道,同样体现出了这种依托性。那时候,最重要也最繁华的街道,从东北角的朝天门到正南部的南纪门一带,依次为接星街、陕西街、白象街、鼓楼街和绣壁街,相当于今信义街、陕西路、解放东路到解放西路一线,涵盖了朝天、东水、太平、储奇、金紫、南纪五大开门和翠微、太安、人和、凤凰、金汤五道闭门。川东道署、重庆府署和巴县署三级政府机关,以及重庆镇署、左营守备署、左营游击署、右营都司署等军事机关,重庆府教授署、训导署、学政试院、巴县学署等文教机关,全都在这条线上,八大会馆及云贵公所也在这条线上,充分表明这一线乃是清代重庆的政治、军事、文化、经济生命线。其次才是另外两条线,即北临嘉陵江,经由千厮门和临江门的九尺坎、下石板街、上石板街、七星坎一线,以及南北两线之间的大梁子、苍坪街一线。当今渝中半岛三条主干线,主次和规模虽已大有变化,但基本布局当时业已形成,当是不争的事实。

与之类似的城镇结构布局,在重庆直辖市区内,可谓非常普遍。例如老涪陵城,老万县城,沿长江岸边码头上去,都有一条长长的临江街道,老木洞镇、老龚滩镇也是如此。另外一些城镇,如老江津县城,老合川县城,老奉节县城,以及老白沙镇、老渔洞镇、老西沱镇,虽然建街形式存在区别,但无一不是因应各自地势特点,依托码头而成。还有一些城镇,如老潼南县城,老武隆县城,以及磁器口,洛碛镇等等,简直就是为码头而兴的。

对码头的依托性还表现在街道命名上。迄今犹存的棉花街就具有典型性。民谣《说九门》唱道,"千厮门花包子雪白如银",那附近街道自然聚集着经营棉花的行帮、店铺和仓库,所以就叫棉花街。由清代至民国,重庆城内还有筷子街、打铜街、打铁街、铁板街、花米街、磁器街、鱼市街、油市街、玉器街、荒货街、米亭子、石灰市等等一大批商贸特色极其鲜明的街道,其中一部分至今保留着。纵然没有类似的街道命名,某些码头功能也传衍至今,如"储奇门卖药材供人医病"的储奇门西部药城、中药材市场和桐君阁大药房,"太平门卖的是海味山珍"的西三街水产品市场便是两处突出的范例。可见文化的传承性极强。

顺便说一说,如此直白平实的命名方式,远不止于街道。重庆的黄葛树多,黄葛垭、黄葛坪、黄葛渡、黄葛镇、黄葛乡等等名称随之而出,只不过由于方音同音替代,多把"葛"误写成"桷"罢了。抗战时期修通了渝黔公路,以海棠溪为起点,就出现了四公里、五公里、六公里、七公里、八公里等地名,再过去分道则叫岔路口,看起来是图简单,其实是源自上述命名方式。如今一些食店取名号,什么鸭棚子、烧鸡公、二娃子、眼镜面、胖子妈之类,看似个性张扬,其实也有上述共性。前些年,有人嫌某些地名粗俗,企图改名,其实大可不必。就像有人取名王小丫一样,名字不过是一个符号,关键是看文化内涵。取名直白平实,就包含着重庆码头文化的一些文化内涵,只要不弄得走火入魔、鄙俗不堪就不妨多包容。

再回到老重庆的民居建筑物上来。一讲到这个话题,人们很容易就想到吊脚楼,认为那是老重庆城标志性建筑特色。不错,全中国,全世界,没有哪一个城市,会有老重庆城那么多的吊脚楼,或者类似的民居建筑物。然而,吊脚楼并非老重庆城独自所有,并且源头也不在老重庆城。早在上古时期,生活在三峡地区,以及今川东、渝东、渝东南地区的巴、濮等族先民,就大量使用干栏式建筑,吊脚楼即为其中的一种。数千年至今,在渝东南、湘西南和黔西北的土家族、苗族民众中,乃至云南的傣族民众中,仍然保留了一些不同材质、不同风格的吊脚楼。在老重庆城,吊脚楼也只是民居建筑的一种,值得注意的还有棚户区的竹木捆绑屋和城区内的夹壁穿逗房,它们一起构成了老重庆的民居建筑特色。

老重庆的棚户区,主要构建在长江、嘉陵江两岸,特别是靠主城一岸的江滨地带。棚户的主要建材是楠竹和粗竹片编织的篾席,把楠竹捆绑起来形成梁柱构架,再围上和盖上篾席,合成了棚户。重庆码头常年聚

371

集了至少数以十万计的各种体力劳动者,他们没有固定的职业和收入,只好住在棚户以简单维持生计。聚居的人太多了,于是形成棚户区,其实就是贫民窟。直到 20 世纪 90 年代初,在菜园坝至黄沙溪的江滨地带,依然存在着一些棚户区。而吊脚楼则主要是建筑在城周峭壁上,也有一些建筑在城内的岩坎上。有吊脚楼住的人,生活条件一般好于棚户区的体力劳动者。包括一些吊脚楼在内,城区街道大量的是夹壁穿逗房,前可经商,后可居处。三种民居建筑物的共同特点,都在于因陋就简;易建适用,并且密集度极高。

其所以会有那些共同特点,说到底,还不是因为老重庆城的商贸、航运码头迅猛发展,吸引了大批量的城乡民众到重庆谋生。但渝中半岛弹丸之地,居大不易,繁荣的表象下掩藏着诸多艰难困苦。从棚户区到吊脚楼再到穿逗房,涵纳了老重庆的多数居民和流动性人口,艰难困苦养成和锤炼了他们吃苦耐劳、勤奋俭朴、坚韧顽强和乐观向上的好品质,相互砥砺,蔚成风气。这肯定是主流一面。但与之相应,也习染和传播了一些不良习气,待下一讲再作评述。

第七讲

清至民国年间老重庆的城镇建筑格局,是重庆码头文化在物质文化层级的突出外观形态,主要源自于商贸、航运码头。重庆码头文化在制度文化层级,亦即衣食住行、行为方式和民风习俗等等方面,还有许多极深沉和极普泛的具象表现。其根基,既有商贸、航运码头文化,又有重庆袍哥码头文化,两种码头文化我中有你,你中有我,谁也不能够决然分开。当今重庆引为名片的"三美"当中,美食、美女两美都系于其间。

先说衣,即穿着打扮。在重庆大码头上,当年除了人数居少的上层、中层人士穿着比较讲究而外,绝大多数人都相当俭朴随便。头上包着汗巾帕,身上穿着短裤褂,就是广大苦力劳动者的日常打扮。天稍热,汗一多,就上身赤裸,下身只穿一条火摇裤,大家习以为常。江边的纤夫,尤其是经常赤身露体,谁都不会见怪。即便不是苦力劳动者,像中、小袍哥那样显示豪气,敞胸捋袖也颇普遍。在棚户区、吊脚楼和穿逗房的密集区,就连女性都讲究不了,露一点是常事。这用现代文明的标准衡量当然不雅,但在那种社会历史条件下,却是一种世俗文明。

再说食,包括食物择取、烹饪方式和饮食习惯。首先不能不讲一讲火锅。当下重庆有人讲重庆火锅,源头直溯上古,太玄,不可信。辣椒是明末清初才从国外传入中国,又经江浙传入四川的,而重庆火锅则是始于清末,盛于"陪都"时期,近20余年才大行其道,成为川菜的一大独立菜品。倒转去100余年,伴随川江航运的空前兴盛,水陆码头成百上千,数以万计的船工、纤夫、力夫、民工或以船为家,或寄身棚户,收工之后常三三五五聚在一起,垒几块石头,支一口铁锅,边烫食毛肚、血旺、莲白、大葱之类偏贱荤素食物,边豪饮烈酒。锅内的沸汤多用辣椒、花椒,既因产辣燥热有助于消除疲劳,又能除湿防病。而南纪门的宰房街(在长江大桥桥坎下),回民经营的宰房每天都要宰杀川、黔来渝的菜牛,毛肚、血旺及其他统称为"水八块"的牛下杂便成了火锅常用食品,专门的毛肚火锅店也由之而生。这便是重庆火锅的由来,极江湖,极码头。

与火锅品味相通,当年重庆大小码头的大众饭店,都是以重油腻、重麻辣的江湖菜、家常菜当家,回锅肉则是招牌荤菜。当街食柜的上方,通常挂着一块煮熟了的坐臜肉,只等食客指定,随即割切回锅。食柜上通常还有一溜泡菜瓶子,里面泡的辣椒、青菜、萝卜、子姜色彩鲜艳,让食客见而生津。还有一口大锅或一个甑子,装着热腾腾的白米饭,舀进碗里叫"帽儿头"。既实惠,又便捷,极适合于码头上的食客需求。回锅肉、泡咸菜、"帽儿头",可以说是码头饭店的三个代表,饮食文化特色非常鲜明突出。

作为大众饭店的重要补充,大小码头上,还有许多小食摊,小食担。小食摊卖的小吃,主要是酸辣小面、麻辣小面、凉面、凉粉、锅盔、包子、馒头、花卷、糯米团、糍粑块、白糕、黄糕、豆浆、油条、醪糟、汤圆之类,经营目标是码头上的下层劳动者,以及过往人等。小贩叫卖的小吃,主要是炒米糖开水、糖油果子、盐茶鸡蛋、豆腐脑之类，经营目标与前者一致，但流动性较强。流动性最强的是小食担，其中最具特色的是"担担面"和"梆梆糕"。"担担面"一根扁担挑着两头担子，一头是锅、炉子和洗碗水，另一头是碗筷、干面和作料，走街串巷，直至深夜，随叫随煮，十分方便。"梆梆糕"挑卖形式与之相近，独特点在于敲着梆子叫卖，并因之而得名。这诸般小吃世相，俨若重庆码头的一道亮丽风景，地域民俗风情显得别具一格。

食离不开酒，重庆码头颇具特色的是冷酒店。冷酒店门面一般不大，当街的酒柜摆着一排大小酒坛，一系竹制酒提，若干坦平酒碗，称作坦碗。不备热菜，只备冷的小食品，一般是花生米、盐胡豆、豆腐干、油炸豌豆块，也有炸河虾、卤心舌、凉拌猪耳朵之类。顾客来了，可以站在柜台前面喝，只喝酒不吃菜，喝了就走人。打一小提喝二两叫单碗，喝四两叫双碗，因人而异，可以叠加。也可以坐着喝，店门内外放着三五张矮脚木桌，配有木凳，顾客点一两样冷菜下酒喝。花费不大，又极便利，下层民众一人或几人要过酒瘾，通常都到冷酒店。近二三十年重庆时兴喝夜啤酒，若找老祖宗，当找到当年码头冷酒店。

菜馆也连接到食，又不限于食，世俗文化色彩尤其繁杂斑斓。清末至民国年间，重庆大小码头的菜馆多如牛毛，就数量而言堪称为百业之首。无论是袍哥茶馆还是普通茶馆，无一不是三教九流日常会聚的第一场所。除了袍哥那一套之外，商务洽谈、人际交流、消遣休闲、赌博娱乐等好多活动都可以在茶馆进行。与成都茶馆有所区别，重庆茶馆大多是方桌长凳，显得会聚味重，闲散味轻。与成都人喜欢喝花茶也有区别，重庆人更喜欢喝沱茶，显示欣赏味厚色浓。花茶叫"香片"，白开叫"玻璃"，堂倌长声悠悠一报出名称，就分出了各人的喜好不同。无论喝什么，坐在一桌就不分生人熟人，都打得拢堆，直言快语，嬉笑怒骂，脏话连篇也无人见怪。茶倌穿梭于茶客之间，报名，布碗，掺水，乃至抛送热毛巾，简直形同艺术表演。卖烟、卖糖、剃头、修脚、看相、算命、唱曲、找人的各色人等厮混其间,闹麻麻一片,活现出一幅市井百相图。重庆人爱凑热闹,容易打堆,说话直白了当,大声武气,都与茶馆密切相关。隆学义写了一个话剧剧本,叫《河街茶馆》,写得相当精彩,与老舍的《茶馆》各具地域特色,建议演出后,大家看一看。

然后讲住。上一讲已然讲过,老重庆的棚户区、吊脚楼和穿逗房都有两个特点,一是简陋,二是密集。这两个特点,对于当年重庆绝大多数民众的行为方式和风俗习尚,都产生了深刻入微的重要影响。从好的方面看,吃苦耐劳、勤奋俭朴、坚韧顽强、乐观向上等自然不言而喻,邻里之间近乎零距离,容易相互了解、相互关照、相互帮助、相互体谅,营构一种近邻胜远亲的社会风气,也尽在情理之中。然而,难免也有不良影响。举主要之点,一是袍哥人家多,成年累月近乎零距离混居杂处,就加剧了市井鄙俗气,说粗话、脏话还算轻的,开起玩笑来妈呀、妹呀、性器官呀、性行为呀全都成了家常便饭。一旦吵架、角鹜,更是阵仗翻天。二是居住条件差,加上天气热,夏天家家户户、男男女女都户外歇凉,乃至户外睡觉,就难以讲男女之大防,重庆人叫做"天热无君子"。重庆的市井女性,包括不少女青年在内,其所以泼辣有余,温婉不足,言不避脏,穿不避露,最深长的根正在于斯。

最后讲行。重庆人出门就要爬坡上坎,靠码头维持生计,也容不得悠悠闲闲、慢慢吞吞,所以走路一般总是昂首挺胸,快步如风。一年又一年,一代又一代,日积月累就造成了风风火火、硬硬朗朗的山城民风。从生理上看,重庆人无论男女身高在全国都不占优势,所以这样的行对身材的作用显示出男女有别。对男性而言,一般只是使之更结实,更有硬气。对女性可就大不一样了,爬坡上坎有助于她们形成挺实的胸、柔韧的腰和修长的腿,这些都是女性美的必备条件。婀娜多姿的身材,加上风风火火的性格,一表一里,表里相依,汇集一身,就构成了以热辣著称的重庆美女。这在改革开放以前,按老传统多被视为"喳翻翻"、"飞叉叉"或"飞失女娃子",所以长期没有"重庆美女"一说。改革开放后,西方现代文明的开放观念广为国人接受,"喳翻翻"、"飞叉叉"的阳光一面变成了优点突出,这才有了公认的重庆美女。人不能脱离社会历史,从中可略见一斑。

第八讲

在精神文化层级,重庆码头文化突出体现在价值观念、语言情趣和文学艺术等方面,都与四川别的地方不太一样,甚至显得相当独特。

从价值观念看,重庆人特别讲义气。这首先因为,袍哥从成立开始便一直把侠义当作精神旗帜,无论怎么变,义气不能变。重庆的袍哥比任何地方人口比例都大,而且遍及男女,遍及社会各阶层,一辈又一辈积习相传,人与人之间讲不讲义气,就构成了第一性的价值标准,以讲义气为荣,不讲义气为耻。其次,重庆的大小商贸、航运码头,基本运作形式都是一定的集体劳作,绝少单打独斗,劳作者协力先必须齐心,齐心就要彼此信得过,互信就要彼此讲义气。再其次,支撑商贸、航运的会馆、行会,最初多以同籍移民为基础,同籍移民等乡谊的精神纽带也是义。三大社会历史因素合起来,势必就把讲义气推尊到了道德首位,比仁、礼、智、信都更为显要。

基于讲义气,为人处世就特别推重耿直。耿直对于重庆人而言,包含着为人正直,性情豪爽,说话直截了当,做事干脆利落等多重涵义,浑如一块人格招牌。说点错话、做点错事不要紧,怕就怕说了的话不肯承认,做了的事不敢担当,落到不耿直地步。如果阳一套,阴一套,背后使坏,告密或者出卖朋友,那就简直是特别不耿直。一句"你娃不耿直",如同最重的人格诛语,稍有血性者都承受不住。耿直的极致,就是见义勇为,爱打抱不平,为之可以连命都不要了。这在前面讲的陈子庄救张澜,石孝先又救陈子庄的事例里,都可以得到印证。去年我参加重庆市的道德模范评审工作,发现见义勇为模范人选中,因见义勇为而受伤,而牺牲,或者失去了亲人的生命的占大多数,相关事迹不仅出现在重庆本土,而且远及于杭州、深圳,深感这一精神血脉延续至今。

由耿直决定,重庆人的语言情趣表现为语音嘹亮,语速急迫,语感燥烈,语义直白,其间又不乏生动和幽默。不少方言俚俗语词里,分明打着两种码头的烙印,特别是袍哥码头的烙印,迄今仍然在广泛使用着,而且使用者并不限于低层民众,还有一些社会地位高或文化水平高的人也是照用不误。有的还传播开去,在周边地区乃至全国范围,成为日常用语。例如三字语有:拜码头、拿言语、绷门面、踩假水、操坝儿、操扁挂、操社会、扯把子、扎场子、吃福喜、吃内盘、搓手锤、冲壳子、搭飞白、出言语、打干帮、打堆锤、打横耙、打响片、打烂仗、吊膀子、放筏子、敷信实、搅屎棒、烂滚龙之类,四字语词有:财不露白、财迷豀眼、编方打条、扯幌日白、扯旗放炮、打白撒气、大行大市、满十满载、二不挂五、估吃霸赊、搁平捡顺、拉稀摆带、某人三四、熟人熟事、掌红吃黑之类,多数为袍哥用语,不属袍哥用语的也与码头息息相关。迄今好多人仍然在用这类语词,既说明了语言的相对稳定性和历史承传性,又反映了码头文化遗存的身影。

同样由耿直决定,并且受孕于码头文化基因,除了名声在外的特别喜欢"带把子",重庆人的语言情趣还有三个鲜明特点。一是喜欢展嘴劲,又叫展干劲,展牙巴劲。不管是真有理假有理,只要认定一个理,就使劲斗嘴,不退让,不歇气,对了确有坚持真理的不屈不挠成分,错了则显出"鸭子死了嘴壳子硬",甚而是"咬卵匠"。二是喜欢从现实生活当中发掘新词元素,创造通俗新语词,例如当今流行的雄起、粉起、洗白、拉爆、勾兑、下课、出血等等即为显例。如同老语词一样,其中有的新语词关涉到性,无论男女都不当做一回事,一经大众认同,性元素就消解了,这与"带把子"有相近之处。三是喜欢展言子儿,如张老侃《重庆言子儿》一书的自序所说,这"是重庆独有的特产","是在传统方言、歇后语、口头禅的基础上,综合提炼而成的、富有重庆水码头特点的民间精妙语言"。对比一下张老侃的"重庆言子儿"和李伯清的成都"散打评书",就会发现前者受孕于重庆码头文化,后者受孕于成都茶馆文化,前者多的是阳刚幽默,后者多的是阴柔调侃,各具其长。

由语言情趣进至文学艺术,码头文化的深层影响尤其显著,第一当数各种号子。"劳者歌其事",所谓号子,实际上就是体力劳动者所劳动过程中的领唱、合唱,配合歌唱节奏,以便同步发力。与码头劳动分工直接关联,船工有船工号子,抬工有抬工号子,石工、板车、挑夫、轿夫等等各有各的号子,每一大类号子中又细分为多种多样的号子。如今已经饮誉世界的川江号子,按劳动分类应叫船工号子,其语句、唱腔、音调因水势而有区分。川江水势有泡泡水、漩漩水、钩钩水、夹马水、卧槽水、急流水等多种类型。因此,船行下水或者平水时,多唱莫约号子、大桡号子、摇橹号子或龙船号子;上水拉纤时,多唱大斑鸠号子、幺二三号子、抓抓号子或蔫泡泡号子;闯险滩时,要唱懒大桡号子、起复桡号子或鸡啄米号子;过险滩时,则唱绞船号子或交加号子。而且,川江号子从江流分类,也有大河号子、小河号子、乌江号子的区别。2001年我在老龚滩访问过乌江上的最后一个纤夫冉启才,他说乌江水情有别于大河、小河,各种号子唱起来都不一样,如果像吴国松那样唱,在乌江里肯定会翻船。各类各样的劳动号子,都是颇珍贵的非物质文化遗产,值得大力发掘保护。为保护而保护肯定力度很有限,最好是结合旅游开发,在实用中进行保护。

与劳动号子同样珍贵,还有种类、形式无不丰富多彩的民歌民谣,以及其他民间艺术。民歌民谣和其他民间艺术,诚然并非全部源自于码头,但因码头而产生,或者因码头而传播的终究占绝大多数。如民歌,当今重庆范围内,渝西、渝东南、渝东北三大片的民歌就各具特色,特别是渝东南的土家族、苗族民歌和渝东北的啰儿调、五句子山歌等等,决然可以与广西壮族民歌、云南白族民歌或者陕西信天游比翼齐飞。大宁河的五句子山歌有一首为"锣儿越大越发光,情妹越打越偷郎,砍了脑壳还有颈,挖了心肝还有肠,五马分尸不丢郎",表现重庆女子的爱情炽烈、执著,远超过了汉乐府的名作《上邪》。土家族歌手唱的啰儿调民歌《太阳出来喜洋洋》,也远胜过了某些歌星那种有气无力的变调唱法,特别悠扬、豪迈。其他民间文艺如秀山花灯、梁平灯戏、接龙吹打、荣昌剪纸等等，也各具魅力，知名一方。特别是评书、清音、盘子、荷叶、道琴、连箫、金钱板、莲花闹等200余种曲艺形式，以及以老重庆和老万县为中心的杂技艺术，在清至民国年间，先先后后追随码头发展走向了繁荣昌盛。可惜现在曲艺形式只剩下十分之一左右，杂技艺术虽然在全国仍居一流水平，本土演出市场也不怎么景气。我个人认为，它们与川江号子一样需要大力保护，甚至更该大力保护。

川剧与曲艺、杂技一样，也是追随码头发展走向繁荣昌盛的。我在讲重庆湖广会馆的时候，已经讲过会馆都要大量地演戏，少者一年几十场，多者一年两三百场，同一会馆中还有几处戏台同时演戏，从而在巴蜀民间灯戏的基础上，吸纳江西弋阳腔"一唱众和"的徒歌特点形成高腔，吸纳江浙昆腔形成川昆，吸纳湖北汉调形成弹戏，共同构建了高、昆、胡、弹、灯五大声腔。其实远不止会馆才如此，其他的商业行会，袍哥的各个堂口，也都是要经常演戏。各个水陆码头所在的乡镇，公共建筑中也有戏台，逢场天或逢年过节也要演戏。因而清至民国年间川剧艺人、曲艺艺人们流动演出，赶场演戏，也叫做"跑滩"。"跑滩"适应了各阶层的艺术需求，也促进了艺术自身的繁荣昌盛，这就是辩证法。川剧以"三小"戏，特别是小丑戏傲视全国的地方剧种，并且多有变脸、吐火、滚灯、走矮子桩之类的绝活，在生活源头上，就出自长期"跑滩"。如今不少人在叹息戏剧、曲艺日趋边缘化，其原因固然多种多样，但脱离了固有的生存空间，终究不容忽视。这实在需要从艺术与经济社会的关系上，认真地作些反思。

第九讲

从第三讲到第八讲所讲的清至民国年间重庆码头文化，主要是从老重庆城区，即今直辖市的主城中心区角度开讲的。为着从不同层级着眼，比较全面地观照重庆码头文化，不能不那样作。但是如果局限于其间，或许会引生误解，以为码头文化与老重庆城区以外无关，或者关系不大。为避免误解，这一讲特以举例方式，概略讲一讲老重庆城以外地区的相关情况。

民国版《丰都县志》卷十说，清初"湖广填四川"以后，随着川江航运和商贸活动日益发展壮大，出现了"滨江者繁盛"的局面。"滨江者繁盛"，这五个字很值得注意。"滨江"就有水码头，有了水码头就形成了某一区域内或某一航道上的一个物资集散地，有了物资集散地就必然会各种各样的人流、物流，以及相关的行业、店铺聚集其间，从而成为商贸场镇。据一些方志统计，在当今重庆的疆域内，宋代共有 188 处场镇。可是到了重庆直辖前夕，有乡镇一级行政建制的场镇就多达 1495 处，其中大多数是在清到民国年间因"滨江"而"繁盛"起来的。

江津的白沙镇颇具备典型性。它位于长江南岸，在江津西部，距江津城区 45 公里。建镇始于北宋雍熙四年(987 年)，距今已有 1021 年。明万历九年(1581 年)设置水驿，与夔溪水驿、汉东水驿、白渡水驿合称江津四大水驿。但它的兴盛是在清代中期，凭仗着长江之滨水驿之利，上接叙泸，下通渝涪，南驰滇黔，北走永璧，区域性的物资集散枢纽作用远远超过了其他三大水驿，不仅成为川东、川南地区的一大水路要津，而且是川黔驿道上的一大重要集镇。也就是说，成了一个区域枢纽性的水陆码头。由清代中期到民国年间，江津白沙镇与江油中坝镇、金堂赵家镇、渠江三汇镇合称为四川四大场镇。

白沙镇商贸、航运兴旺发达，第一靠盐业。尽管本地不产盐，但上接叙泸，自流井的井盐依托水驿运销方便。清雍正九年(1731 年)，即已确定白沙镇为食盐供应点，由政府指定的商户独家经营。从咸丰年间(1851—1861 年)陈宝善承销全部江津岸盐，到光绪十年(1884 年)邓石泉在白沙镇开设"洪顺祥"盐号，除江津本地而外，还包揽了綦江县乃至贵州省邻近地区的食盐运销。

二是酒业。依凭江津本地以及邻近地区生产的高粱，白沙镇从清代初年开始用高粱酿烧酒，到清末全镇已有酿酒槽房 300 余家，形成了全国独一无二的"槽房一条街"。当时流传一条民谚:"江津豆腐油溪粑,要吃烧酒中白沙。"一直到民国年间,西至成都、乐山、宜宾、泸州,东至重庆、涪陵、万县、宜昌、武汉、南京,南至遵义、贵阳,北至合川、渠县,白沙烧酒都相当有名。

三是棕丝和棕丝制品加工业。近至本县的其他场镇,远至四川省的合江县和贵州省的赤水县,所产棕片都云集到白沙市场交易。清宣统元年(1909年),日本商人宫版也在三角坝开设洋行分行,专事收购棕片,与民族工商业者相竞争。但市场主导权仍然掌握在民族工商业者手里,到民国十年(1921年),全镇棕丝制品手工业户达500多家,年产棕丝276万斤,十分畅销。

四是粮油加工及运输业。从清末直至民国初年,白沙镇不但是江津上半县的头号粮食集散地,而且是四川省的四大桐油集散市场之一。每个交易日,上市大米量在2000石(每石合275公斤)至3000石之间,蚕豆约200余石,黄豆约30余石。当地行商和坐商以及外地客商,从专事购销,到粮油加工再行出售,每年转口运销的桐油和菜油各在200万斤以上。每月的运盐量,也达到了4载(每载5万公斤以上)之多。当时中、短途的货运木船叫"揽载",船帮还有一个"揽载帮","载"为最高承载单位;"满十满载"一语,便是由兹而生。这么大的运输量,都靠当地的船帮承担,从中显现出运输业之盛。

水驿运输和商品生产、商业购销并存互利,兴隆昌盛,不但造就了一批盐业、酒业、棕丝加工业、粮油加工业和木船运输业富商,而且带动了搬运、餐饮、旅馆等相关行业的配套发展。清咸丰年间(1851—1861年),白沙镇名厨蒋春元创制的冰糖藕丸、夜露霜、绿豆糍、蛋丝酒等菜品,即已成为四川风味名小吃,直到1981年还被收入《四川小吃》一书。据民国初年统计,全镇的私营餐馆即有79家,川菜、江浙菜都有特色;另有旅馆38家,茶馆22家。民间艺人们常在茶馆演唱曲艺,为茶馆增色不少,本人本业也获得了生存空间。

尤其不俗的是,不少民族工商业者致富以后,积极关注公益事业,出资兴办学校。清同治九年(1870年),盐商邓石泉(邓若曾的曾祖父)在白沙镇团总张元富支持下,出资筹办聚奎义学。光绪六年(1880年),开办聚奎书院。书院自开办伊始,就以"仿育才之制,创为学堂,以培笃异,为国储才"作为办学宗旨。到光绪三十一年(1905年)改为聚奎学堂,民国二年(1913年)改称聚奎学校,成为整个川东地区最早兼习中西学科的名校之一。从1880年正式办学算起,这所名校已办了128年,比求精中学历史还要悠久;且成绩斐然,历年培养出了"白屋诗人"吴芳吉、前中国科学院院长周光召在内的大批精英人才,迄今聚奎中学仍然是重庆市属重点中学之一。整个江津白沙镇因之而教育蔚然成风,到抗战"陪都"时期,更与重庆沙坪坝、北碚夏坝和成都华西坝,合称为大后方的"教育四坝"。那些老是拿"巴有将,蜀有相"沾沾自喜,为自己其实并不真正重视教育文化事业开脱的人,颇有必要以之作镜子对照一下,改变片面认识和行为。

偏远地区的代表可举酉阳龚滩镇。它地处临近贵州省的乌江岸边,始建于三国蜀汉延熙十一年(248年),由两汉至唐宋时为县,元时为镇,明万历元年(1573年)始称龚滩。清乾隆元年(1736年)"改土归流"(废止土司制度,归并州县管辖)以后,成为了四川、贵州、湖南三省边区的商业贸易和物资集散中心之一,近至涪陵、重庆,远至陕西、江西的客商辐集于斯。凭借乌江航道,顺流而下运出产自酉阳、秀山、彭水和贵州北部地区的粮食、木材、桐油、茶叶、生漆、朱砂、药材等土特产品,主要经涪陵中转,输往长江沿线的大中城市。其中的茶叶、桐油、药材是热门外销货,光绪十一年(1885年)汉口开埠以后,桐油更远销英、美诸国。

溯乌江而上,产自涪陵、重庆、自贡的百货、布匹、糖食、毛烟和食盐,在龚滩集散,供给彭水、酉阳、秀山和贵州北部、湖南西部地区。其中食盐为最大宗的交易商品,素有"斗米换斤盐"之说。光绪十年(1884年),陕西帮和涪渝帮两帮盐商,在龚滩设置了"天字号"、"利字号"等众多盐号。同一时期内,陕西商人张朋九首设西秦会馆,盐业公会、木船帮会等行会也都相继建立。老龚滩镇因建彭水电站拆迁前,当年用以囤积、转运、批发川盐的杨家行、半边仓、转角店之类商家建筑,一直向今人述说着龚滩昔日的辉煌。

龚滩昔日的辉煌逐渐消减,并非始于因建彭水电站而拆迁,而是始于 20 世纪中、后期乌江航运改善,龚滩本身的码头功能渐趋式微。这种兴盛与式微之间的长消变化,并非只存在于一部分滨江场镇(如龚滩、木洞等),而是在沿江城市中也有反映,可作代表的当数老奉节与老万县。奉节古称鱼邑、鱼复,鱼复建县与江州同时(前 314 年),为巴郡所辖十一县之一。由汉代到唐代,奉节一直是郡治、州治所在地,宋代更是川峡四路之一的夔州路治所所在地,连重庆府都归它管辖。而万县的同名前身南州到北周天和二年(567 年)才建立,直到清代仍然是治所在奉节的夔州府所辖六县之一。换言之,从先秦到清末,奉节都是峡江地区的第一大县,不仅政治、军事的地位最高,而且在商贸、航运方面也是那一地区的最大码头。然而,清光绪二十八年(1902 年),《中英续议通商行船条约》签订后,万县被辟为通商口岸,到上个世纪二三十年代即已蓬勃发展为峡江地区第一大县,并于民国十七年(1928 年)12 月 15 日建市,从而逐步与成都、重庆相并列而称"成渝万"。这其间,辟为通商口岸显然是个转折点。与老重庆一样,老万县也是因码头而兴,别的因素都得靠后。这个例子也昭告人们,随着经济社会的发展演变,区县之间的地位排序也会发生变化,从来不以任何人的个人意愿而转移,当今重庆的 40 个区、县(自治县)都可以深长思之。

重庆作家欧阳玉澄写过一部长篇小说,叫《巴水苍茫》,上半部分写了上个世纪二十年代直至四十年代末期的老万县地区的船帮和袍哥,也写到了国共两党和抗英、抗日,写得非常好。要不是下半部分写了五十年代至九十年代,写得不如前面好,很可能已经获得茅盾文学奖。因为《巴水苍茫》进入了第六届茅盾文学奖的复评圈,好些评委都惋惜,欧阳玉澄不该写出下半部分。后来上半部分改写成《血色峡江》，可惜机会已经错过了。尽管如此，这部长篇小说仍然可以当作码头文化的文学力作来读，它的认知价值或许可以超过至少十部相关内容的经济学和社会学著作。

第十讲

人民文学出版社今年4月出版了重庆作家莫怀戚的长篇小说《白沙码头》。编辑撰写的封标广告语非常煽情。封面写的是："看中国文坛鬼才怎样才华横溢，看重庆大学教授如何色胆包天，通俗得心惊肉跳，高雅得肆无忌惮，好看得回肠荡气，重庆性格好嚣张。"封底写的是："读白沙码头，聊重庆猛男，念山城妹子，涮麻辣火锅，回味重庆性格，向往嚣张人生。"我不厌其烦全都引出来，不仅因为赞同编辑对于《白沙码头》的精彩评述，而且更看重，这部小说和这些评述，都凸显出了重庆码头文化的若干独特魅力。读了你就会承认，重庆性格正是码头文化的嫡亲产物，迄今仍然激活在重庆社会生活中。

什么叫重庆性格？人民文学出版社的编辑们未作注释。但那些煽情语句，几乎每一句都点出了一个侧面，或者一种表现。我个人的解读是，所谓重庆性格，指的就是在码头文化的社会历史生态环境中，从近、现代直至当代重庆市民极普泛地表现出来的心理、气质惯式和行为表征。

1995年夏天，我在重庆图书馆作过一次讲演，用的题目是《码头上的重庆》。大致上记得，当时我从四个层面对重庆码头文化作过概括。其一，在生存方式上，质朴坚强，勤劳勇敢，始终有一股开拓进取精神，无论遇到什么困难都不屈不挠，但刚性有余，韧劲不足，视野开阔度不够大，往往容易陶醉于自身浅表进步。其二，在行为取向上，重义气，讲豪爽，敢担当，把耿直当作最佳人格，认为该做的事情就要奋力去做，为之敢于拼搏，不怕牺牲，但粗豪有余，沉稳不足，文明鉴别力不够，往往容易偏失，是非界限模糊。其三，在人际关系上，重团结，讲诚信，能协作，特别注重友情和乡情,为朋友可以慷慨解囊,两肋插刀,但热情有余,理性不足,往往有小团伙的抱团倾向,一旦翻脸又六亲不认。其四,在语言应用上,直言快语,声宏音亮,通俗明白,富于人性和生活气息,但奔放有余,内敛不足,常失之水流沙坝,脏话、丑话牛都踩不烂,大声武气也不分场合,显得不合现代文明。现在重新审视,尽管算不上全面、准确,但仍不失把握住了重庆性格的若干基本表现形态。

从当初到现在,我一直认为,大而至于讲码头文化,小而至于讲重庆性格,都离不开坚持两点。既不能一概肯定,又不能一概否定,应该力求做到有一说一,有二说二,好就说好,坏就说坏。前面几讲里,讲清至民国年间也关联到当代,好的说得不少了。在这里,着重讲三点负面现象,希望引起适当注意。

第一点,重庆码头所固有的两重性,即经济层级的商贸、航运码头和社会层级的袍哥码头,使它突破了自给自足的小农经济的狭隘性和传统封建专制社会的闭锁性,代之以一定程度的开放性和包容性,无疑是一个重大进步。但这样一种双重性的重庆码头,毕竟有别于上海那种面向海洋的码头,甚至有别于武汉那种九州通衢的码头,从而导致重庆人的开放性和包容性都有一定局限,我把它们称为有限开放和有限包容。我认为,不适宜只讲重庆人如何如何开放,如何如何包容,而不能正视,或者不敢正视重庆人在开放和包容上的的确确存在的有限开放和有限包容。前面提到的视野开阔度不够,容易陶醉于自我浅表进步等等,正是就此而言的。1995年我之所以那样讲,是因为当时就看到了重庆作为全国最早的经济体制综合改革试点城市之一,全国最早的计划单列市之一,尽管也曾创造过"四放开"之类的改革经验,自己却没有把这些"之一"和经验充分把握住,持续运用好,并且不断地有所创新。13年之后,如今再讲同样的话,则因为"解放思想,扩大开放"大讨论以来,重庆不少人业已承认,自己过去纵比得多,横比得少,因而直辖十年虽然取得了许多成绩,但不少方面确实落后于沿海的乃至周边的先进省市区。所以在这里我要强调,当今重庆人很有必要充分正视和大力克服传统码头文化所固有的开放有限性和包容有限性,真正从现代化和全球化的战略视野讲开放,讲包容。

第二点,重庆传统码头文化中,袍哥文化的影响根深须长,迄今犹存。袍哥文化决不是一无是处,一无可取,但它终究是传统封建专制社会土壤之上生长起来的一种江湖文化,其中不少的东西必然与当代文明越来越格格不入。当下在重庆,一些人,甚至少数职务不低的党政官员,仍然残存着一些袍哥习气。比如说,某些官员在他那个领地内,与同僚、与下属的关系或多或少、或显或隐仍然有一种袍哥堂口内的兄弟伙关系。兄弟伙们称"一把手"为"大哥"、"大爷","一把手"往往甘之若饴;或者兄弟伙们簇拥着"大哥"、"大爷"逛荡、吃喝,就仿佛电视剧《傻儿师长》里兄弟伙们簇拥"樊傻儿"一样,这样的情景也决不是太少见。如果见惯不惊,听之任之,那么小团伙们破坏民主,寻租贪腐,是很容易形成气候的。在民间,也不乏虽无袍哥之名,却有袍哥之实的男男女女,他们结成事实上的兄弟伙或姊妹伙,操社会,操坝儿,此风甚至已经蔓延到了少数中、小学生中。若视而未见,任其继续升级,这种人很有可能变成涉黑团伙,甚至于变成黑社会组织。防患于未然,或者将涉黑团伙清除在萌芽状态,不能不说已经成为当下重庆面临的一项教育、法治任务,需要各方关注,协同努力,切不可以掉以轻心。

第三点,袍哥习气与有限开放、有限包容结合起来,很容易发生冒大和排他。当年那个石孝先,不仅吹过"两个委员长",而且还吹过"要把袍哥嗨到意大利去",与别的袍哥大爷斗狠也颇不遗余力,就表现出了冒大和排他。现在一些人,包括少数党政官员,也喜欢冒大。比如讲提升直辖意识,他们不明白直辖意识主要是指机遇意识、责任意识、开放意识、创新意识和发展意识,也不管重庆在全国省级单位的经济社会发展总量排名第几,人均位次如何,总以为直辖市天生比省和自治区高一篾片,因而情不自禁地总会摆出一副全国"老四"的狂妄架势,即为冒大的突出反映。又比如，一些文人和娱记瞎吹重庆美女，说什么解放碑"三步一个张曼玉，五步一个林青霞"，也是一种典型冒大。姑不论重庆美女还远没有那么高的人口比和密集度，仅就现代文明资质和内秀涵蕴而言，当下重庆缺乏的恰好就是张曼玉、林青霞式的美女。挑起"成渝口水战"，则是排他的典型事例之一。鼓吹"麻辣行天下"，不惜将通俗推向粗俗、鄙俗，还听不得任何批评，又是另一种排他。我要借此机会说，冒大和排他俨若一种精神痼疾，一些重庆人染之而不察，还把脓疮当做桃花，实在大不应该。要"解放思想，扩大开放"，就得从这种精神痼疾当中解放出来，否则开放仍会受限。

一开始我就讲过，任何文化都是一种物质文明、制度文明、精神文明逐步积淀、演进的过程和结果，重庆码头文化理所当然的也是这样。时至于当今，重庆码头文化仍然在演进，未来也必然要继续发展。演进和发展离不开继承，而继承的精义在于科学认知，正确扬弃。直白一点说，就是要对于传统码头文化作出具体分析，去伪存真，去粗取精。我从远源、近源一直讲到了正面涵蕴、负面影响，说到底，基本着眼点正在于其间。

我曾注意到，前任重庆市长包叙定离开重庆，返京履新不久，中央电视台对他作过一次专访，他就讲到了重庆码头文化。他说的大意是，重庆是一座因码头而发展起来的大型城市，码头文化十分深厚。直辖后，重庆日益成为长江上游，乃至西部地区最大的码头，涵盖了水陆空，码头文化已经有了新的内涵，今后还会不断增加的内涵。因而他认为，重庆应该在改革开放和现代化建设进程中弘扬和创新码头文化，让码头文化与时俱进。我由衷信服这些说法，所以记住了。

据我了解，2007年9月20日国务院正式批复同意的《重庆市城乡总体化规划(2007—2020)》已经明确定位："重庆市是我国重要的中心城市之一，国家历史文化名城，长江上游地区经济中心，国家重要的现代制造业基地，西南地区重要交通枢纽。"其中的水陆空综合交通枢纽大布局,确定在 2020 年以前,水路航运要以"一干(长江)两支(嘉陵江、乌江)"为骨架,进一步建设主城、涪陵、万州三大枢纽港区,永川、江津、合川、武隆、奉节五个重点港区,并实现水路、铁路联运。陆路方面,高速公路要建成"两环"、"十射"、"多联线",总里程超过 2000 公里,区县覆盖率达到 100%,实现"四小时重庆";铁路要建成"一枢纽"、"十干线"、"三专线"、"四支线",并经贵州建成出海大通道。空运方面,按"一大三小"布局,重点把江北国际机场建设成为国际商业门户和枢纽机场,同时整合万州五桥机场、黔江舟白机场和渝东北支线机场,形成功能互补的区域航空枢纽。很明显,这是一个旷绝前史、开启未来的水陆空立体型的现代化码头构架,最多还有十二年就要完全变为现实。由此积淀生成的现代码头文化,无论在物质层级、制度层级还是精神层级,必定也是旷绝前史、开启未来的。为建设现代码头文化奉献绵薄之力,既是当代重庆人的一大幸运,更是当代重庆人的一大使命,亲爱的朋友,你意识到和准备好了吗?

2008 年 6 月 20—26 日

〔追记〕这一份《重庆掌故》讲稿,所有十讲都录制了,播出时却被砍去了第十讲。据说是因为,电视台方面担心,其中讲的三点负面现象,特别是第二点涉及的袍哥遗风和涉黑倾向,会不会得罪某些人。后来的事印证了,不仅这一点,还包括第三点指出的粗俗、鄙俗问题,我都讲对了。老实说,三点全对,当下和往后仍然值得注意。

其间,关于"大哥"、"大爷"的感喟,当时心目中已确有具象。文强即为其中之一,而非唯一。在职的时候,我与重庆市公安局的三任局长王文德、郭元立、陈邦国相交甚笃,退休以后仍然有交往,与几位历任的副局长也有过从。然而对文强,曾经一方面赞许他的刑侦破案功绩,另一方面又反感他的"樊傻儿"式为官作派,因而从无个人接触。比他官大或官小的,凡所相类似者,亦皆视若陌路。文强终于因充当"黑保护伞"和贪贿腐败而身败名裂,老实说,彼时彼际并未料到。

至于涉黑势力,亦有亲身感受。直辖前某日夜间,我的一扇窗户突然"砰"的一声被击破,顿时玻璃碎裂,书桌和室内散落了多粒钢珠,幸而那一刻我不在桌前。市公安局来了一男一女两位同志(一人姓王,另一人的姓淡忘了)作现场勘察,分析霰弹是从文联墙外那幢刚才建成尚未住人的楼上射过来的。问我得罪了什么人,我无从索理,案子终竟未能得破。退休前某日午后,一个作协会员来车接我出去聚一聚,我贸贸然去了。到得牛角沱一处楼上,五六个从不认识的人等在那里,一落座,就摊开一张报纸,指着报上我的文章厉声责问,为什么那样写?却原来,我在文中批评了一个知名项目投资中的可疑之处,关涉他们说的某老板的利益。我毫无心理准备,苟临事只好据理力争,一度气氛甚为紧张。幸得那个作协会员在场周旋,那些人才没有动手动脚,十多分钟后便愤然散去。待人去楼空,我独自一人步行离开,头脑趋冷稍作分析,方意识到历了次险。正是这两次亲身经历,加上若干现实观察,使我确信在重庆市已经有涉黑团伙。既有所见,必发于声,所以我不惮公开那样讲。现在看,"打黑除恶"硬是重庆历史的一个必然,否则社会难得平安。

七
杂
说

川东三次武装起义

第一讲

　　1947 年底至 1948 年秋川东地下党所领导的川东三次武装起义,在重庆的红色文化史上具有特殊意义,值得钩沉发微,加深了解。

　　川东是一个历史地域概念,泛指重庆以及嘉陵江流域以东的四川省东部地区。其中,上川东主要指华蓥山一带的合川、江北、岳池、广安、渠县、邻水、大竹、梁山(梁平)等县,下川东主要指忠县、万县、云阳、开县、奉节、大宁(巫溪)、巫山等市县。重庆直辖后,原川东地区多数市县已属重庆辖区,加之原川东地下党的活动历来都是以重庆为中心展开的,因而川东地下党的相关历史与重庆密不可分。

　　抗日战争胜利后,周恩来为首的中共中央南方局于 1946 年 5 月离开重庆,迁往南京。此前的 4 月,成立了吴玉章任书记,王维舟任副书记的中共四川省委,在重庆公开活动。再早的 3 月,还成立了王璞任书记,刘国定任副书记的中共重庆市委,按照"隐蔽精干,长期埋伏,积蓄力量,以待时机"的地下工作原则,在四川省委领导下从事活动,并领导上川东和下川东的部分党组织。

　　1947 年 2 月 28 日,国民党当局派出军警包围了中共四川省委和新华日报社,强令《新华日报》停刊。包括吴玉章在内的中共驻重庆公开人员,随即被迫全部撤回延安,党在重庆的一切活动全部转入地下。事起仓促,地下党组织必须尽快与上级党组织接上头,以保证统一指挥,统一行动。重庆市委派刘国定去上海,找到了原南方局组织部长,现在新组建的中共中央上海局内负责管辖长江流域和西南各省地下党工作的钱瑛。钱瑛代表上海局指示,重庆地下党组织要放手展开工作,并指定由王璞负责,清理和联络川东地区的地下党组织。

有必要说明一下,川东地下党内有两个王pú。这个王pú的pú是璞玉的璞,真实姓名叫做孙仁,王璞是他的化名,本是湖南桃源县的人。他的妻子叫左绍英,也是共产党员,1949年"11·27"牺牲在渣滓洞,同时遇难的他们的幼女就是"监狱之花"。另一个王pú的pú是朴素的朴,原江北县(今渝北区)悦来乡的人,1949年10月28日与陈然等同被枪杀于大坪。这个王璞身为当时重庆地下党的最高负责人,还化名为王慕斋、石果,经常以商人身份,或者打扮成阴阳先生从事地下活动。得到钱瑛指示后,他就积极突破原先地下工作不能发生横的联系的规定,先后与巴县的中心县委书记肖泽宽,川南地工委书记廖林生,下川东党组织负责人涂孝文,西秀黔彭党组织负责人邓照明等接上了关系,交换了意见,统一了关于当前形势、任务的基本认识。

当年夏天,王璞草拟了一份《川东农村工作提纲》,对川东地下党如何开展农村武装斗争和城市工作作了设想。肖泽宽、邓照明等经过讨论,通过了这一《提纲》,并议定王璞亲自到上海去面见钱瑛,报告请示。于是王璞于9月到了上海,见到了钱瑛。这一次钱、王见面,对川东三次武装起义起了关键性的决策作用。

在上海期间,钱瑛让王璞学习了当时中共中央关于党在蒋管区的工作方针和斗争策略的重要文件,特别是学习了当年3月8日发出的关于在蒋管区《发动农民武装斗争问题的指示》。这份《指示》中明确指出:"在蒋管区发动与组织农民群众武装斗争的客观条件与时间是完全具有的,在武装斗争的发展过程中,个别的损失与部分的挫折不是完全可以避免的,但只要极为当心地联系群众,依靠群众,大胆细心地发动群众,既勇敢又谨慎地领导斗争,相信你们会在群众斗争中建立和组织起武装力量与农村游击地而逐步取得胜利的。"来自中央的这些指示,对王璞无疑具有工作的方向性和策略的指引性,思想影响和震动极大。

按照中央的《指示》精神,钱瑛对王璞分析了当时全国解放战争的基本形势,并作出了工作部署。她指出,四川是国民党兵源、粮源的重要地区,为了配合解放战争的发展要求,包括川东地下党在内的四川地下党要在大巴山以南开辟第二战场,开展武装斗争,建立农村根据地。这样做,既可以动摇国民党的后方,又可以配合大巴山以北的人民解放军进军四川。她进而要求,城市地下斗争要为农村武装斗争服务,要向农村输送干部,提供情报,运送物资等。她认为王璞带到上海的《川东农村工作提纲》基本上合乎中央《指示》精神,表态基本上同意《提纲》,要王璞回川立即着手组织和发动川东农村武装起义。

钱瑛还传达了上海局的决定,成立中共川东临时工作委员会(简称川东临委),指定由王璞任书记,涂孝文任副书记,刘国定、彭咏梧、肖泽宽为委员。王璞提出,邓照明是党的七大代表,是从延安派遣入川工作的干部,抗日期间曾在华北日伪占领地区作过县委书记兼游击队政委,有搞游击战的经验,可否也加入临委。钱瑛说,邓照明1946年12月在酉阳被捕过,"我们相信他,但应有个组织审查手续,你们赶快派人审查,现在先干工作。"所以川东临委中,最有武装斗争和游击战经验的邓照明未进入核心领导层。

王璞于11月回到重庆后,即在临近较场口的,他和左绍英居住的百子巷150号召开了川东临委会议,传达了中央《指示》和钱瑛代表上海局作的工作部署。他强调:"以农村武装斗争为主,在军事上开辟第二战场,建立自己的游击区和根据地,以实际行动搅乱蒋介石的战略后方,以减轻解放区正面战场的压力。"并认为,华蓥山地区离重庆较近,历来是民变武装和绿林好汉啸聚之处,民间有武装割据的传统,地下党也有一定工作基础,组织与发动武装斗争的条件已经成熟。经过讨论,一致决定先在上川东和下川东各搞一处试点,再在华蓥山地区拉开来搞武装起义。从党的领导看,这一次临委会议就是川东三次武装起义的起点。

为适应新的斗争方式需要,川东临委还采取了组织形式的调整布局。一是把地下党的重庆市委改组为重庆市工委,由刘国定任书记,冉益智任副书记,李维嘉和许建业为委员。二是建立地下党的上川东地工委和下川东地工委,上川东地工委驻广安,由王璞兼任书记,骆安靖、曾霖等分任委员,下川东地工委驻万县,由涂孝文兼任书记,彭咏梧任副书记,杨虞裳、唐虚谷等分任委员。王璞宣布了方案后,还以武装斗争据点为中心,突破行政区划,先后建立了10个党的县级工委,待到武装起义时,就按县级工委的编号作为起义支队的番号。邓照明担任上川东第一工委书记,就在一工委所在的梁山、大竹、达县三边地区发动了武装暴动,成为两处试点之一。而比他略早一点,彭咏梧领导的下川东奉、大、巫武装起义,则打响了第一枪。再加上后来王璞领导的华蓥山地区武装起义,就是我要讲的川东三次武装起义。

通过以上简要的历史回顾足以看出,川东三次武装起义不是川东地下党的自发行动,而是他们贯彻当时中共中央相关《指示》的自觉行动。在这一自觉行动中,从上海局到川东临委,再到上、下川东地工委以及县级工委,党的组织系统是很明确的,钱瑛和王璞在这一系统中发挥了上下贯通的重要作用。建国后,特别是"文革"当中,当年参加武装起义的一些同志遭到错误对待,致使对这段红色文化史发掘、宣传得不够,应当努力恢复历史本来面目。

第二讲

1947年11月川东临委会议决定,在上、下川东各搞一次武装起义试点以后,当时身为川东临委委员、下川东地工委副书记的彭咏梧,就承担起了组织领导下川东武装起义的重要任务。

彭咏梧是云阳人,1938年在万县师范学校入党,长期从事地下工作,锻炼成一位职业革命家。临委认为他既有对敌斗争经验,又比较熟悉下川东的社会情况,是个合适人选。为方便开展工作,给他配备了两个助手:一个是已经结成革命伴侣,并且生下了彭云的江竹筠,另一个是《挺进报》的吴子见。

离开重庆前,彭咏梧先向地下党员唐廷璐和刘德彬布置了任务。他要唐、刘二人迅速赶到云阳、巫溪、奉节一带去组建汤溪特支,由唐廷璐任特支书记,特支委员中由刘德彬负责云阳,卢光特负责巫溪,王庸负责奉节。还要刘德彬作他的联络员,到云阳去了解赵唯的情况。赵唯入党比彭咏梧还早,1935年配合红军长征,曾经搞过云阳暴动,虽然失败了,但影响甚大。这些年来隐居在家乡,搞了个铁厂,还有一些枪支。如果确实可靠,地下党组织将会尽快恢复赵唯的组织关系,发挥赵唯的武装斗争的经验特长。由于忘记了告诉1941年定的接头暗号"三尺青布",刘德彬到那里一度被疑为特务,差点被杀。多亏赵唯做事谨慎,历时三天摸清了底细,才与刘德彬正式接头。这一段插曲,已写入刘德彬最后一本著作,1997年出版的《歌乐山作证》里。

11月底,彭咏梧一行离开重庆东下,第一站落足万县。在万县停留数天,他向下川东地工委主要成员传达了川东临委关于开展武装斗争的决定。下川东地工委根据党的组织基础和群众基础,以及历史、地理等条件,确定分一线、二线,贯彻临委的决定。一线放在云阳、奉节和巫山、巫溪一带,那里的地势险峻,与川、陕、鄂的广大山区连成一片,便于开展游击战争。另一有利条件是,那一带盛产盐、煤,有不少手工操作的盐厂和煤窑,地下党组织长期在盐工、煤工中进行宣传,发展了一些党员。此外,人民解放军李先念部在湖北西北部地区的消息也有传播,一部分劳苦民众有武装暴动的愿望。因而决定,一线作为武装斗争的重点地区,彭咏梧负责指挥。万县、开县为二线,涂孝文分管。

分工明确后,彭咏梧一行第二站到了云阳县云安镇,在作坊沟地下党员刘子俊的家里召开了一次地下党干部会议,初步了解了多方面情况。会后,他扮成一个商人,以"万县大有油号张经理"的名分,以进山收购生铁、桐油为名目,溯汤溪河而上,到农坝乡鹿塘坪去见赵唯。一路上情绪极旺,对同行的同志们说,"农村像一堆干柴,一点就着",这表明了他的基本估计。

1947年12月初,在云阳县农坝乡鹿塘坪赵唯的家里,彭咏梧主持召开了云阳、开县、奉节、巫溪地下党组织负责人会议。这次会议在党史界已被称作"鹿塘坪会议",它是一次为下川东武装起义奠基的历史性会议,从政治上、军事上、组织上揭开了下川东武装斗争的序幕。会议决定,成立"川东民主联军下川东纵队"(称"民主联军",不知道是不是因为解放战争初期,东北的中共军队称为"民主联军",以之遥相呼应),由赵唯任司令员,彭咏梧任政委,蒋仁风任参谋长。纵队下辖三个支队:巴北支队由赵唯兼任司令员,李汝为任政委;七南支队由刘孟伉任司令员兼政委;奉大巫支队则由彭咏梧兼任政委。

纵队和支队架子搭起来了,接下来就面临着一个关键问题:要人要枪。所以鹿塘坪会议结束之后,已经定下来的纵队和支队的主要负责人便按支队活动区域分工,分别前去拉队伍,找枪支。彭咏梧、蒋仁风、江竹筠、吴子见等人分头到了奉节县的青莲乡,组建奉大巫支队。其中的"大"指大宁,即巫溪县;巫溪县地域北宋开宝六年(973)设大宁监,元代至元二十年(1283)升大宁州,明代洪武四年(1371)废州置大宁县,民国三年(1914)6月才改名为巫溪县,所以照积习还称作大宁。奉大巫合在一起,即指奉节、巫溪和巫山三县,形成一个三角地区。三个支队中,奉大巫支队又是重点,所以彭咏梧要亲自承头。纵队参谋长蒋仁风曾参加过南昌起义,还在川北搞过民变武装,有军事实践经验,所以由他作彭咏梧的军事指挥助手,并兼任地下党的奉大巫工委书记。

彭咏梧等到达青莲乡,就引出了下川东起义的另一个重要人物,即陈太侯。陈太侯为奉节县县花乡(今公平镇)板屋村人,出身一个小地主家庭,自幼随父习武,养成了抑强扶弱的豪侠性格,因排行老四而人称侯四爷。在他20岁那年,因妻兄抢劫而遭株连,蹲了四年冤狱。1939年被保释出狱以后,又多次遭受诬陷,被官府通缉,只好在江湖闯荡。1943年他组织了金兰社,成为一个袍哥舵把子,手下有200余人,10余条枪,专门与官府及土豪劣绅作对。他钦佩1941年越狱成功的地下党员王庸,曾向邻乡地下党员张休甫打听王庸下落,表示愿意跟王庸干。川东临委决定开展武装斗争后,先是卢光特到了奉节,听张休甫介绍了陈太侯的情况,在向汤溪特支汇报后,即同张休甫一起以王庸的名义与陈太侯见了面。陈太侯讲了自己失学、失业、坐牢以及与官府对立的经历,表明态度说:"我一生乱闯,没人指路。共产党的主张太好了,我坚决跟共产党走,杀头也不变心!"因此,彭咏梧到青莲乡以后,也与陈太侯见面,把他引上革命道路,发展陈太侯等10余名武装骨干入了党。

陈太侯入党以后,积极配合彭咏梧聚集人员,收集枪支。昙花乡乡长彭汝中是他表兄,经他动员站到了革命武装一边,安排7名准备起义人员作乡丁,掌握了枪支,以后还给游击队提供枪支和给养。起义失败后被捕,1949年"11·27"大屠杀中牺牲于渣滓洞,1950年被追认为烈士。青莲乡的大地主、私立青莲中学董事长肖和中,1945年即已开始接受赵唯影响;这一次经彭咏梧亲自出面晓以大义后,他将私家拥有的七八十条枪全部交给起义武装用,还捐出300余石黄谷给起义武装作给养,他的儿子肖克诚更参加了武装起义。另一户地主廖竹、廖沛兄弟,经过他们做工作,也全力支持武装暴动,提供了20余条枪。陈太侯又到开县边境的四十八槽,动员了绿林好汉吴伦璧、宋海清等,带着手下的人和枪参加到起义队伍中来。还有一些盐场、煤矿工人和农村青壮年,也参加到起义队伍中来。这样迅速地扩充实力,准备参与起义的各种人员已有600余人,各种枪支已有200余条。

1947年12月25日晚,以彭汝中娶儿媳妇为名作掩护,在昙花乡母圣垭田湾陶家召开了奉大巫支队成立大会。与会者170余人,分别来自奉节、巫溪、巫山和云阳。彭咏梧代表下川东地工委,宣布了川东民主联军下川东纵队奉大巫支队正式成立,由陈太侯任纵队副司令兼支队司令,由他本人兼任支队政委,由蒋仁风兼任支队参谋长。支队下设四个中队,由谢国茂、吴伦璧、邓恒卿、王春分别任中队长,由卢光特、吴子见、邹予明、王庸分别任党代表。还委任了贺德明、肖克诚作支队后勤负责人。陈太侯带领大家喝鸡血酒立誓:打倒蒋介石,解放全中国! 赴汤蹈火,在所不辞! 不打垮国民党,决不下战场!

支队成立后,彭咏梧与陈太侯、蒋仁风等研究决定:1948 年 1 月 25 日在云阳、奉节、巫溪三县同时举行武装暴动,先袭击云阳县的云安盐场和巫溪县的大宁盐场,然后向中间靠拢,在奉节县的青莲乡会师。

下川东武装起义的揭幕战即将打响,彭咏梧已在考虑如何坚持游击战,但他深感干部不足,物资不足。因此,他要江竹筠回重庆一趟,向川东临委汇报起义准备情况,并请临委尽快再派一批知识分子党员干部到下川东来充当革命骨干,同时也为游击队多筹集一些枪支、弹药和给养。江竹筠见彭咏梧连日操劳过度,经常咳血,原本不想离开他,但彭咏梧说这是组织命令,她只能服从。临行前,江竹筠把自己带的鱼肝油交给了吴子见,嘱托吴子见提醒彭咏梧按时服药。1948 年元旦刚过,她便离开奉节青莲乡,秘密潜回重庆。谁都没料到,这样一对革命伴侣,竟从此永诀!

第三讲

下川东武装起义原订 1948 年 1 月 25 日正式举行,揭幕战分别在云阳县的云安盐场和巫溪县的大宁盐场同时打响。但由于临时发生变故,不得不改变预订计划,提前开展武装暴动。

临时变故发生在巫溪县大宁盐场。在大宁盐场,有一个税警中队驻防。税警中的一个小头目,经过地下党策反,同意里应外合,参加武装暴动。殊不知事机不密,走漏风声,引起了国民党当局的注意,不仅收缴了税警的枪,还对大宁盐场加强了武装戒备。面对突如其来的变故,彭咏梧认为,与其坐以待毙,不如主动出击,趁着敌人还来不及协力对付游击队,就提前发起武装暴动。暴动的时间提前到 1 月 8 日,地点改在云阳县的南溪镇。

南溪镇位于云阳县城以北约 30 华里,是距云安盐场不远的一个商业重镇。受命率队奇袭南溪镇的是第一中队队长谢国茂和第二中队队长吴伦璧,副队长宋海清。他们率领着 60 余名游击队员,于 8 日下午从奉节县青莲乡出发,三三两两赶往云阳南溪镇。9 日拂晓前,游击队员们在南溪镇附近的转肩坪集合,每人左臂系上红布条,就兵分三路,分别由谢国茂、吴伦璧、宋海清带领进入了战斗位置。

谢国茂带领的一路人,率先包围了南溪乡乡公所,当时乡丁尚在梦乡。他们击毙了一个企图对抗的乡丁,击伤了乡丁班长周犹嘉,俘虏了新任乡长刘文朗以及其他乡丁。吴伦璧带领的一路人,从场镇上街向街心逼近,宋海清带领的一路人,则从场镇下街向街心逼近,然后分头袭击八大米粮铺。米粮铺的绅粮们大多也在酣睡,大生恒粮店老板刘贯的儿子刘志最先发现了游击队,往楼上跑去喊人,被一枪击毙。原任乡长胡汉章从中街跑出来,跑到刘贯粮店前的石梯上,也被击毙了。前后只一个小时,战斗就顺利地结束了,从乡公所和米粮铺缴获了机枪 1 挺,步枪 52 支,手枪 6 支,以及若干子弹和军需物资,可以说旗开得胜。

可是,在回师路上,为如何处理缴获的战利品,谢国茂与吴伦璧、宋海清之间却发生了分歧,两个中队的人因之被分成两起行动。谢国茂是彭咏梧发展的党员,但缺乏实践经验,轻敌麻痹,回撤路上选择了青莲乡罗家坝一个低洼地带的严家箭楼宿营。结果,被尾追而来的云阳县保安队所包围,经过坚决抵抗后,直到敌人火烧箭楼时才匆促组织突围,造成了谢国茂等 9 人当场牺牲,钟铁匠受伤后被抓去活埋的严重损失。

在奇袭南溪镇的同一天,由卢光特、王庸率领的原先准备袭击巫溪县大宁盐场的 24 名游击队员,也在敌人防守薄弱的西宁桥打了一场胜仗。他们由卢光特、王庸分头带路,兵分两路,一路冲进宁桥街,另一路由后街直奔碉堡,迅速占领了乡公所和上、下街口。这一仗兵不血刃,活捉了乡队副余祯祥,缴获了 27 支步枪。紧接着,没收了刘洪纪等几家地主的土布 300 余匹,银元 60 余块及庄票、铜元、杂货、粮食等财物,除银元留作起义武装经费外,其余物资都当场散发给了当地穷人。

1 月 11 日,袭击西宁桥的队伍转移到奉节县青莲乡铜钱垭,与陈太侯、蒋仁风率领的部分游击队员会了师。适逢奉节县一个保安分队向青莲乡袭来,他们决定就在这里打他一场伏击战。蒋仁风看过地形,布置出了一个口袋阵,只待敌人自投罗网。保安分队果然是无所戒备,进入游击队的伏击圈。陈太侯鸣枪为号,游击队员们枪声四起,打得敌人惊惶失措,狼狈逃窜。游击队员们毫发无损,俘虏了保安分队队长余治,还缴获了一挺机枪和若干子弹。

奉大巫起义,三天打了三个胜仗,战斗规模虽然小,对国民党当局的震动却很大。重庆行辕主任朱绍良和四川省主席王陵基都急了,赶紧命令师长方靖派兵,与第九区(万县一带)专员兼保安司令李鸿涛所部一道,合力"清剿"奉大巫支队。方靖部581团的一个正规营从巫溪县自北南下,李鸿涛调集的云阳县保安中队和奉节县保安中队由南北上,从北、西、南三个方向逼进,很快对游击队活动的青莲、昙花、公平、大寨等乡形成了合围之势。

面对人数和装备都明显处于优势的敌人的合围,奉大巫支队究竟怎么办?在被迫提前起义之初,彭咏梧与蒋仁风之间就有分歧意见。蒋仁风当时主张,要预先考虑到暴动后如何控制局势,敌人围剿怎么对付等问题,彭咏梧没有听。如今敌众我寡,大敌当前,彭咏梧和多数同志仍然想的是大规模武装斗争,没有考虑分散隐蔽的意见。彭咏梧、陈太侯、蒋仁风等把队伍拉上了青莲乡最高的老寨子,在那里经过两天讨论,才部分接受了蒋仁风等同志的建议,由彭咏梧代表党组织作出决定:从1月14日起开始分兵突围,跳出外线,找准时机,再杀回马枪。

老寨子分兵具体方案是,将原先的4个中队缩编为两个大队和一个后勤支队。第一大队是基干力量,成员多为新加入游击队的农民,以及少数盐场工人和煤矿工人,由彭咏梧、蒋仁风、王庸率领,从老寨子正北方向冲破敌人的包围圈,向北转移到巫溪县的红池坝、汤家坝一带活动,再吸收那一带的盐工、矿工、船工来壮大队伍,建立中心根据地。以后江竹筠从重庆带来的干部到了,也送到红池坝去。第二大队的成分复杂一些,由卢光特、吴子见、吴伦璧、宋海清率领,从老寨子的西北方向打开敌人的缺口,去云阳县农坝乡与赵唯领导的巴北支队汇合,并与在长江以南七曜山区组织领导七南支队的刘孟伉取得联系,继续开展游击活动。余下的队员组成后勤支队,由陈太侯率领,先掩护一、二大队突围,然后就地开展游击活动,并搞好支队的后勤供应,以后再相机到汤家坝汇合。

第二大队在 14 日晚便突围转移了,第一大队却耽搁到 15 日中午才开始突围转移。蒋仁风认为,在敌人重围中作转略转移,宜于利用夜幕,以急行军方式,不经过战斗就从间道脱出,使敌人不知我军去向。彭咏梧缺乏军事实践经验,又一次没听进去,还临时指定王春接替蒋仁风的参谋长工作,于 15 日午后两点多才率队出发。这一步之错,导致了第二天就遭到重大损失,令人非常痛心。

第一大队刚从老寨子出发,便有敌人的部队跟踪。由于道路不熟悉,走了二三十里的弯路,不仅拖疲了战士,而且还接近了驻扎在石王庙附近的敌正规军 581 团一个连的地盘,陷于危险境地。1 月 16 日晨,彭咏梧等率领的部队来到了巫溪县鞍子山暗洞包,大家已经极度饥饿、疲惫了。看一看地势,从鞍子山往下走一二十里,就可以下到深谷,再翻过对面的大山,离红池坝就不远了。于是在半坡一间农舍停下来,埋锅造饭。殊不知,581 团那个连兵分三路,已在左、右两面和山顶架起机枪,将他们围住了。

当时游击队埋锅造饭,煮的是红苕和包谷羹。人多锅小,一锅不够吃,正煮第二锅,敌人便发动进攻了。一时间,机枪、小钢炮齐鸣,如蝗的子弹打得泥土、烟尘乱飞,敌人攻势甚猛。彭咏梧见状,立即叫同志们往屋前的开阔地跑,自己带了几个人往屋左的斜坡上跑,吸引敌人火力,掩护大家突围。为掩护一个伤员,彭咏梧胸部中弹,壮烈牺牲。牺牲前,他将一张写着地下党员联络关系的纸塞进了嘴里,艰难地嚼烂,咽下以后才闭上眼。他以这一个最后行动,实践了自己入党时许下的誓言:"以身许党,万难不辞!"

这场遭遇战,彭咏梧与18名战士血沃大山,蒋仁风等40人被捕,仅10余人突围到了巫溪汤家坝。敌人从穿皮袍、戴手表、留平头等特征上,辨认出了彭咏梧的遗体,竟残酷地一刀砍下了他的头,然后拿去挂在奉节县竹园镇的城楼上示众。竹园镇位于奉节、云阳、巫溪三县相通的必经之道上,敌人如此施为的目的,显然是妄图借以吓倒地下党员和广大民众。然而三天后,人头不见了,场镇边的宝塔梁上随即添了一座新坟。新中国成立不久,彭咏梧的陵园迁移建于奉节县城北部。20世纪90年代,刘德彬去拜谒过,我也曾去拜谒过。他虽然有过失误,但忠于党,忠于人民,敢于斗争,勇于奉献,不怕牺牲,以身许党的革命精神,永久激励着后之来者。

第四讲

彭咏梧牺牲以后,消息很快传到了第二大队。当时,在卢光特、吴子见、吴伦璧、宋海清率领下,他们突破了敌人的包围圈,正以夜间摸黑行军,白天潜伏休息的方式,按预定方案向着云阳县农坝乡转移。但其中不少人原是四十八槽的绿林好汉,虽有反抗官府、除暴安良的农民造反追求,却也沾染了土匪习气,尚未经过教育改造,真正转变为无产阶级的革命战士。所以一听说彭咏梧牺牲了,吴伦璧、宋海清便不再听卢光特、吴子见两位党代表的话,显得匪态复萌,扬言要回"老窝子"去。为缓解起义队伍内部矛盾,避免发生火并,卢光特、吴子见只好与他们分手,经沙沱到农坝去,投奔赵唯率领的巴北支队。

在分手之前,第二大队在云阳、奉节交界的龙凤山,还曾与国民党当局警察中队的200余人激战过一整天,打退敌人4次进攻,击毙警察28人。分手之后,吴伦璧、宋海清带着自己的绿林兄弟重新回到了"老窝子"四十八槽,其余的游击队员则分散回家去隐蔽。但他们的家已被敌人烧毁,有些亲人还被抓走,到处还张贴着追捕他们的通缉令,因而根本就无法隐蔽藏身,于是重新聚合起来,寻找尚存的游击队。他们先到巫溪汤家坝,但未能找到王庸等人。又向红池坝方向寻找,途中与581团所部小股部队交战两次,牺牲7人,才在红池坝找到了陈太侯。

这就要回头讲陈太侯了。老寨子分兵之后,他所率领的后勤支队,就在青莲、昙花、大寨、寂静等乡开展游击斗争。他们都是本乡本土人,地形、社情很熟悉,所以时而化整为零,时而合零为整,瞅准了机会就袭击一下敌人,袭击完了很快消失在崇山峻岭之中。但随着国民党当局对付地下党和游击队的手段越来越残酷,军警“铁篦清乡”,特务严密收捕,这样的游击斗争也越来越难以坚持下去。

当时的情况是,敌人在竹园镇设立了剿共联防指挥部,妄图把地下党和游击队都斩尽杀绝。在他的老家昙花乡,敌人一方面四处张贴告示,悬赏捉拿陈太侯,一方面逐山逐岭围剿,挨家挨户搜查,急欲抓到陈太侯。他的家属被抓到昙花寺捆绑吊打,妻弟邱红桂受尽酷刑后被当众枪杀,他家的房屋也被烧了。在青莲乡,游击队通信员肖茂、赵正不幸落入敌手,被当众枪杀;队伍被打散后回家隐蔽的游击队员刘泽怀、钟昌耀、周洪治也被敌人抓去,当众枪杀。就连支持过游击队的当地地主肖中和和廖竹,也是房屋被烧,财产被抢光,本人被迫远走他乡。在大寨乡,敌人还烧了地下党员张休甫、王楚珩家的房屋,抢走了周围老百姓的财物。生存环境越来越险恶,陈太侯只好一面派其弟陈元凯到重庆去找地下党组织接头,一面自己和游击队员谭国保、陶世品一起,于2月13日动身到巫溪汤家坝去找第一大队的残部。

陈太侯一行三人,到了汤家坝的预定联络点,并没有找到第一大队游击队下落。所幸的是,在汤家坝偶然遇见了来找粮食的第二大队的游击队员罗先宽,才知第二大队剩下来的16名游击队员,已经在红池坝的银厂坪隐蔽下来。于是他们四人一道去到银厂坪,与那16位战友会合。会合后,陈太侯果断决定,20人一起继续转移,拉到城口县,然后再到鄂西北投奔李先念部队。他们从银厂坪出发,经巫溪青草坪,转移到了城口的菜坝子。不料被城口保安中队发现,被包围起来,几次突围牺牲了3位战友。终于突出重围,剩下17人只好化整为零,分散潜伏。

这个陈太侯,本人并没有安心潜伏。1948 年 3 月 5 日以后,他曾经前往重庆找党。人到万县,找了一段时间,听说川东临委已遭破坏,重庆城一片白色恐怖,于是打消了继续上行念头,决定出川去找人民解放军。历尽艰辛,当年 8 月终于找到了亲人解放军,加入了人民解放军。1949年 12 月,他随刘邓大军回到了四川,并于 1950 年 7 月调回奉节县任县公安局侦察股长。谁曾想,1951 年 12 月,他却被错判为"土匪恶霸,反革命分子"而遭处决。直到 1984 年,当时的中共万县地委才发出文件,为陈太侯平反昭雪。同年 3 月 27 日的《四川日报》还以《实事求是,有错必纠——原下川东游击纵队第三支队司令陈太侯沉冤昭雪》为题,进行了专题报道。2008 年第 5 期《红岩春秋》上,还发表了一篇根据王庸生前口述资料整理的专题文章,介绍了这位"下川东游击司令的传奇人生",有意者可以找来读一读。

王庸本人,当年也是下川东游击队的一位重要成员,起义当中担任第四中队党代表。老寨分手时,他随彭咏梧、蒋仁风一起率领第一大队向红池坝、汤家坝转移。鞍子山一战,彭咏梧壮烈牺牲,蒋仁风不幸被俘,他就成为了剩余下来的 10 余人的最高指挥员。他带领这 10 余人突围到了汤家坝,仍坚持开展游击斗争。但随着形势急剧恶化,这位老共产党员冷静思考:"开展武装斗争的条件不具备,如果硬搞,终归是失败。与其如此,不如暂时分散隐蔽,待时机成熟时再干。"他以高度的政治勇敢果断决定,将人员分散隐蔽,枪支秘密隐藏,为党保存一些财富。他随即搭轮船赴重庆,在船上与卢光特不期而遇,二人相约一道到重庆向川东临委汇报奉大巫起义的情况。

下川东游击队的另两个支队,即巴北支队和七南支队,在奉大巫支队 1 月 8 日起义揭幕以后,也相继开展了不同规模的武装斗争。其中,在奉大巫支队已经失败后的 2 月初,下川东地工委还增派了杨虞裳到了云阳县农坝乡,与司令赵唯、政委李汝为一起领导巴北支队。当时国民党当局在镇压了奉大巫支队以后,已把镇压重点转向巴北支队。杨虞裳

七
杂
说

与赵唯、李汝为一起分析形势,认为只能够避实就虚,及时转移。2 月 7 日,他们率部向龙潭乡转移。2 月 9 日晨,转移中的巴北支队在路阳山遭敌人伏击,他们沉着冷静地指挥应战,组织突围,打死打伤敌人 50 多人。但突围成功后,鉴于敌人数倍于己,他们也商量决定,分成三路隐蔽活动。在敌人军警"铁篦清乡",特务严密搜捕的险恶条件下,巴北支队和七南支队也失败了。

巴北支队分散隐蔽活动后,赵唯、李汝为委托杨虞裳走出云阳,到万县去向下川东地工委汇报情况。随后因工作需要,杨虞裳到开县担任了地下党的县委书记。1948 年 6 月,杨虞裳被叛徒出卖而被捕。敌人用铁锤猛敲他的踝骨,用烧红的铁丝烙他的脚板心,并将他的双脚整残,他都经受住了酷刑的考验。三天后被转到重庆渣滓洞,1949 年 11 月 14 日牺牲于军统电台岚垭,成为歌乐山英烈之一。他当年下川东武装起义的战友,巴北支队的赵唯、李汝为,在起义失败后仍然为党奉献,奋斗不息,同样是红色英雄。七南支队的领导者刘孟伉,不但是老共产党员,老革命家,而且是全国一流的书法家和诗人,已与彭咏梧、江竹筠一起进入重庆历史名人馆。无论是否进入了重庆历史名人馆,下川东武装起义的红色英雄群体和个人,都值得后人缅怀。

至于江竹筠,她是 1948 年 1 月 18 日,带领着杨建成、刘本德、罗曙南、周毅 4 名党的干部,从重庆起程返下川东的。23 日抵云阳,住在董家坝彭咏梧外婆家,等待与接头人见面。等到第七天即 1 月 30 日,卢光特来见了一面,提及彭咏梧牺牲的传言,但还未经证实,她已预感凶多吉少。等到第八天即 1 月 31 日,吴子见来了,说出了彭咏梧牺牲的确切消息,早有心理准备的江竹筠不禁感到万箭穿心。当听到传说的具体情节时,她"哇"地一声哭了。卢光特、吴子见赶紧劝慰她,说只是传说,她又立即止住哭,斩钉截铁地说:"那不是啥子传说了,传说不会说得这样有鼻子有眼的,老彭肯定是牺牲了。我们在这里已经待了七八天,也不宜久留了,我们还是商量商量下一步哪个办吧。"直到夜里一个人和衣躺下,她才忍不住悲伤饮泣。

第二天早饭以后,江竹筠与吴子见、卢光特、刘德彬及那4位同志离开董家坝,在固陵沱分了手。吴子见带着杨建成、刘本德、罗曙南下船,到七曜山开辟工作,其余4人则乘船继续上行,最后由江竹筠和卢光特到重庆去向川东临委汇报情况。这就意味着,下川东武装起义已告终了,新的斗争等着他们。相关历史真事与小说《红岩》情节并不完全一样,但无论历史还是小说,都让我们敬佩那些红色英雄。

第五讲

下川东武装起义失败不久,1948年2月,在梁平县虎城乡和达县南岳乡、大树乡一带,爆发了由邓照明组织指挥的"虎南大"暴动,揭开了上川东武装起义。

"虎南大"地区有地下党的一定程度的政治基础和群众基础。抗日战争胜利后不久,南方局组织部副部长于江震就有所安排,派了一些党员干部和在本地有关系的党员回乡去工作。如南岳人邓兴丰,1946年接受派遣回到南岳小学教书,未久当了校长;1947年又利用国民党当局"还政于民"的机会,借用青、红帮势力积极活动,打通关节,经乡民代表选举当了乡长,使南岳乡成为两面政权。

又如大竹县虎城寨小学校长李大荣,也是一位老党员。发展到1947年12月,地下党已控制着虎城、南岳、大树、黄庭等三个半乡,形成了后来起义基地的"虎南区"。

后来起义的另一基地"山后区",与"虎南区"相距约80华里。1947年7月,当时在邻水、大竹领导地下党工作的彭咏梧,派地下党员胡正兴到大竹县张家场,吸收陈尧楷、刘继清入党后,建立了张家场特支。同年9月,受派到大竹县工作的党员干部陈以文和王敏经过发展组织,相继建立起了杨通乡的特支、石子乡特支、文星乡特支和大竹县特支。这一批地下党员根据当地民俗,运用"山王会"、"猎枪队"、"兰交会"、"姊妹会"、"农民翻身会"等结社形式,团结了300多名进步群众,并从中培养、发展党员。到起义前夕,由地下党员陈尧楷、徐永培、徐相应、徐春轩出头,也控制了张家场、杨通庙、文星乡等三个乡。

1947年11月,在上川东地工委之下成立了第一工委(先后成立了十个县一级的工作委员会),由邓照明任书记,陈以文、王敏任委员,统一指挥大竹、达县、梁平、垫江的地下斗争。邓照明是1937年入党的老党员,1939年去延安青干校学习,结业后调到晋西北根据地宁武县任县委书记兼游击队政委,积累了比较丰富的武装斗争和建立根据地的实践经验。1945年3月,他以四川代表之一的身份回到延安,然后出席了党的七大。1946年1月,他被周恩来派回四川工作,乘美军观察组的飞机到了重庆。经钱瑛、于江震谈话后,派他到秀山县去开展工作。工作近一年,地下党组织有些暴露,引起敌人注意,时任四川省委组织部长的于江震批准转移。当年12月,他在西阳县城被特务逮捕,关押在黔江。但未暴露党员身份,1947年4月终被释放,7月到了重庆,其时于江震已撤回延安。又过了一个多月,与当时的巴县中心县委书记肖泽宽接上头,才恢复了组织关系。川东临委成立后,他一边接受组织审查,一边为党工作,受临委书记王璞派遣到上川东抓武装起义的试点。作为第一工委书记,他与工委委员王敏分工到"虎南区"组织指挥武装起义,工委委员陈以文则到"山后区"组织指挥武装起义。分工既定,立即分头投入工作。

1947年10月29日,邓照明等人到了达县南岳乡,邓兴丰以乡长身份,并利用自己的30岁生日大办酒席接待他们,以便于他们在控制区出头露面。为了解决外来干部的生活开支,邓兴丰又以乡长身份,卖掉了乡粮库的2万多斤积谷,邓照明等人因而少了后顾之忧。他和相继来到"虎南区"的30多名同志在南岳、大树一带积极活动,发动农民开展"三抗",即抗租、抗粮、抗捐的斗争,开展"二五减租"的斗争,开展反对拉壮丁的斗争,迅速得到不少贫苦农民的拥护。他们还公开组织集会,少则三五十人,多则二三百人,教歌、讲话、上课,向与会群众宣传革命。党的干部在公开场合出面亮相,不少群众都知道了有个"邓大哥"。据《解放战争时的大竹武装斗争》文字记载:"一些特务混到张家场,亲自看到过一些露了面的党员干部,还听过'邓大哥'的讲话。"但集会周围有人站岗放哨,众多群众又拥护"邓大哥"等党员干部,特务不敢轻举妄动。这样的群众基础,显然好过彭咏梧所在的奉大巫地区。群众中的积极分子,就成为了培养、发展入党的对象,也是武装起义的依靠。

在积极发动群众的同时,邓照明等还面向当地上层人士,吸引各种反蒋力量,中立各种保守力量,为武装起义聚集人员、武器。他们宣传保护开明地主,对他们不清算、不斗争,促使一部分地主和保、甲长逐渐不怕地下党,甚至靠近地下党,采取中立态度,乃至提供经费和粮食等资助。尤其是采用送、借、提等具体方式,从地主和保、甲长手里要枪支弹药。送,就是对那些比较老实、不太敌对的人讲形势,讲政策,促使他们捐枪捐钱。借,就是对那些不肯送,但又不是十分反动的人,写好"愿尽一点微薄力量"的纸条逼其签字,留下把柄,使其怕担"通共"之名而被迫"借"枪。提,就是公开武装缴地主豪绅的枪。通过送、借、提,筹集到了一些枪支和弹药,这是一个方面。另一个方面,就是收编绿林队伍及其他武装。南岳乡佛宝山有一支约20人的绿林队伍,首领叫余少白,经邓兴丰等反复动员,归入到了武装起义队伍旗下。还有一支"刀儿教"的自卫武装,也被打入内部的地下党员掌控住了,经过整编,成为拥有100多人的"大刀队"。这在当时当地全是从实际出发,并且行之有效的革命策略和革命方式,"文革"中却被江青诬为"川东地下党里的坏人很多",实在是令人切齿。

在聚人筹枪的过程中,共产党员充分发挥了先锋模范作用。尤其是邓兴丰,他卖掉了自家的70多亩地,用卖地的钱买来了10支枪和200发子弹。又通过上层关系,利用国民党军官做投机买卖的军车,派人从外地买回一些制造枪支弹药的简易机器,找来几名技工,在黄庭乡与虎城乡之间的山沟里,办起了一个小型军械、子弹制造厂。他还以保卫全乡安全为名,成立了一支拥有30余人的乡自卫队,把地下党员熊曙东、杨春旭安插进去任队长。正是这些人,充当了"虎南大"暴动的基干力量。

在"山后区",工委委员陈以文和地下党员陈尧楷、徐永培、徐相应等,同样积极开展了类似准备活动。其中的陈以文,1940 年 19 岁时在故乡湖北入党,长期在鄂西一带从事地下活动。1942 年来到重庆,进入复旦大学化学系学习,开始在南方局领导下从事学运工作,抗战胜利前后成为了《中国学生导报》和"中导社"、"中国学生社"的重要创办人和领导人之一。1947 年春受党派遣到了上川东农村,这是一个党员知识分子的角色转变,他坚决地服从了组织安排。担任第一工委委员后,他在当地民间组织"兰交会"、"山王会"、"姊妹会"的基础上组织了"农民翻身会",同当地农民一起喝血酒盟誓。他经常身穿当地农民服装,头戴草帽或者斗笠,脚穿草鞋,翻山越岭,向贫苦农民宣传革命道理,被誉为"神行太保"。他组织起一批青年,成为抗丁、抗粮骨干。他与其他地下党同志一起,积极抓建党、建军、建两面政权和统一战线的工作,在大竹县的张家场、杨通乡发展了近百名地下党员,组建了两支武工队,并且经常以打猎为名,上山出操打靶,训练起义人员。这当中,陈尧楷射击技艺最精,练成了使敌人闻风丧胆的"双枪王"。

经过一段时间积极、紧张而又效的组织发动工作,到 1948 年 1 月初,在一工委活动区域内已经有地下党员 328 人,其中党员干部近百人,两"区"分别聚焦的武装骨干人员也各有五六十人,共有长、短枪 130 余支。地下党在那里"搞红了",不少同志急于搞武装起义,国民党当局也急于"剿办"。敌我双方都是箭在弦上,不得不发,川东第二次武装起义终于催生了。

第六讲

1948 年 1 月,川东临委书记兼上川东地工委书记王璞,按照约定到了"虎南大"地区。在那里见到邓照明身上带了一支左轮手枪,就问可以射击吗,邓照明回答当然可以。王璞接过枪啪啪放了两枪,很高兴。又询问了发展组织、发动群众、建立武装、收集枪支的情况,更高兴,说"你们这里算个解放区了"。邓照明说,虽然能控制,但远远说不上是解放区。他对王璞讲了个人的看法,要公开搞大规模的武装斗争,必须有比较强的党的基础和群众基础,有懂点军事的干部,还必须选择有利的地形,有一定的回旋活动的范围,目前这些条件都还不具备,只能搞隐蔽的小型的武装斗争。王璞坚持临委关于进行武装起义试点的意见,要求一工委开会研究。

1月17日至21日召开了第一工委工作会议,会议确定了今后三个月的工作计划,基本内容是"建立千人的大党;建立千人千枪的大军;在大竹、梁山两县建立全县的政治优势(包括群众、武装与统战),然后向达县、宣汉、开江、开县发展;各地派干部到一工委领导的游击队内学习、锻炼,培养一批党务、群运、军事干部;出版一份油印报纸,以加强对干部的政治思想教育"。并决定将武装人员编成三个中队,由王臣、邓兴丰、杨春旭分任队长。

然而,决议的基本内容已经来不及付诸实施,形势已经相当紧急。国民党当局达县专员李放六,派军统特务李特夫任二区区长,李特夫率一个警察中队已赶到大树乡,与原驻大树乡的另一个警察中队会合。敌正规军79师的一个营,也调往大树乡镇压暴动。敌方磨刀霍霍,兵力已十倍于起义武装。李特夫还得到密报,地下党干部王敏、邓兴丰等,经常在大树乡乡队副王臣家里碰头,常去的人中还有大树乡乡长吕在和,南岳乡乡队副杨帆,绿林头目余少白等人。李特夫严密布置,伺机下手,很快将余少白"招安"了。又借开会为名,设下埋伏,图谋抓捕邓兴丰,只因为邓兴丰带了几名武装人员潇洒赴会,还布置了十几名便衣在附近相机行动,特务、警察才没敢出手。

面对如此紧急的形势,邓照明当机立断,于2月6日至8日又主持召开了一工委干部会议。大家清楚认识到,起义准备还不充分,仓促行动会引起不良后果。当时敌人兵力已增加至两个正规团,5个保安大队,数十倍于我方,众寡对比更加悬殊,尤其是枪支弹药更赶不上敌人,弹药拼光了后果不堪设想。但敌人已经形成"合剿"之势,我们由于"搞红了",身份大多暴露了,不暴动也不行。与其坐以待毙,不如起而立行,立即把队伍拖上山才是上策。于是决定2月10日(农历大年初一)早晨,各中队在大树乡后山会师,正式竖起武装起义的旗帜。

2月8日晚,公开身份为大树乡乡队副,实际上是起义队伍一中队队长的王臣,派参加起义的乡丁借口送公开身份为大树乡乡长的吕在和回家,将乡公所全部枪支扛回他家里收存,供起义队伍用。就在那一天,敌方李特夫也到了大树乡,亲自坐镇指挥镇压。2月10日,参加起义的五六十人在后山会合了,最初几天敌我尚未正面交火。2月14日,李特夫指使当地豪绅尹文豪以请客办酒为名,邀请吕在和、王臣、邓兴丰等本籍人士赴宴,意欲一举将他们抓获。王臣、邓兴丰等情知有诈,拒不出席。吕在和却上了当,被诱捕后随即叛变,交代出了组织和同志。于是乎,敌我双方都公开亮出刀枪,在"虎南大"地区展开武装较量。吕在和出卖组织和同志,并没有保住性命,一个月后仍被敌人处决了。

最初游击队并不知道吕在和已叛变了,曾计划劫狱救他,没成功。李特夫指挥敌方两个警察中队会同镇压,邓照明、王敏、邓兴丰等决定避其锋芒,带领着五六十人的暴动队伍转移到了邓家坡一带。敌人合力追击,把游击队围困在东、西山之间一条长约40华里的山区里。邓兴丰是本地人,熟悉那一带的山山岭岭和沟沟渠渠,敌人倒也难以迫近他们。邓照明曾在华北打过游击,在敌强我弱的形势下,决定不与敌人硬拼,只与敌人周旋,以期保存实力。从这一点看,他比彭咏梧高明。李特夫见近不了、灭不了游击队,就严令当地群众不准上山,在山上见到就格杀勿论,以切断游击队的粮食补给和外界情报,妄图把游击队先困死后消灭。彼此就这样相持了两个多月。

相持两个多月,游击队人员虽然未受损失,处境却是越来越艰苦困难。敌人的兵力则在增加,包围圈越缩越小。邓照明与王敏、邓兴丰商量,决定要主动突围,撤退隐蔽,保存革命实力,以求将来再战。由邓兴丰发挥熟悉地形的长处,他们率领游击队在一夜之间穿插过了敌人包围圈的交叉部空隙,全部撤到了大竹县的石桥附近。撤出的人员,一部分是地下党从重庆派来的党员干部和革命学生,大多分散回到重庆去,隐蔽在地下党员和进步人士家里;另一部分人是当地农民和知识分子,由王敏、邓兴丰留在大竹石桥附近,安排他们在农村分别隐蔽下来,多数人几个月以后参加了华蓥山起义。邓照明本人,则回重庆找王璞汇报工作。就这样,"虎南区"的武装起义结束了。

与梁山"虎南区"武装起义大体同时,由陈以文组织指挥,在大竹"山后区"也举行了武装起义。正式起义前不久,张家场的陈礼和小队奉命到邻水县武装缴枪。途中遇到一群客商,当过土匪的武工队员徐贵一时匪性突发,提议"抢了他们,扩大武装",带队者把握不住,果真抢了起来。结果被保安队发现,把他们包围起来,反而遭到一些损失。徐贵被俘后,供出了武工队的线索,国民党当局即调派了保安七总队一大队,会同邻水、大竹两县的警察中队,以及 79 师的一部分正规军前往"山后区"围剿。所以,"山后区"正式发动武装暴动比"虎南区"还早两三天。

不仅如此,他们武装打击敌人的行动,更是早在 1947 年 9 月就开始了。当年 9 月初,陈尧楷出面向邻水县参议员包志明开的从事信贷业务的"吉祥栈"借款,讲明了用于买枪。包志明与陈尧楷有同学、同乡、亲戚三重关系,陈尧楷利用这些关系已不止一次对包志明做过工作,这一次又进了一步。包志明一面借款给陈尧楷,一面又和护邻乡乡长包益一起,向大竹专署告密。同时,包志明和包益还串通一气,抓了一个"兰交会"的兄弟当壮丁,拒不放人。这两件事搅在一起,武工队决定除掉包志明,9 月 30 日将他打死在张家场的街心。包志明之死,使山后一带的乡、保长极为惊恐,夸大实情上报当局,说陈尧楷"在邻竹交界一带设立秘密机关","纠集党徒数千人"图谋暴乱。由之引发第十区行政督察专员兼保安司令余庠和保安副司令傅渊希正式行文,开始调集保安大队和警察中队"前往剿办"。徐贵事件和包志明事件无异于火上浇油,更使国民党当局加大了镇压力度。

1948 年 2 月 5 日,陈以文、陈尧楷等召集五六十名武工队员在苏家沟一带集结,准备伺机伏击号称"山中霸王"的反动头目邓如璋。无奈事机不密,傅渊希得到情报,急令大竹县警察局长李叔怡率领大队人马出动,于 6 日凌晨向武工队发动进攻。武工队措手不及,只好仓促应战,边抵抗边向内山撤退。好在陈尧楷熟悉地形,边打边指挥部队往山上撤。他接连打翻了五六个敌人,然后才钻进山林。部队只受了一点小损失,翻过山林,撤到垫江去分散隐蔽了。较之"虎南区","山后区"失败得也更快。但人员保存下来了,几个月后,他们参加了华蓥山起义。

1948 年 3 月,根据党组织安排,陈以文转移到梁山(梁平)县,组建起了梁(山)垫(江)忠(县)工委,任工委书记。他在那里"忍常人所不能忍",生活异常艰苦,却做了大量工作,单在垫江一县就发展了新党员 20 余人,新青社社员 30 余人,农民翻身会会员 50 余人,使抗粮、抗丁斗争重新红火起来。不幸的是被红旗特务邓乐群出卖,于当年 12 月下旬在垫江县被捕,惨遭电刑折磨,仍然坚贞不屈。转到重庆渣滓洞以后,被囚在楼下五室,表现极为坚定、乐观。1949 年 11 月 14 日,陈以文与江竹筠等 30 位红岩英烈一起,被枪杀于军统电台岚垭。他的战友王敏和邓兴丰后来也相继被捕,并与他同时同地遇难。

第七讲

彭咏梧组织指挥的川东第一次武装起义,邓照明组织指挥的川东第二次武装起义相继失败以后,王璞组织指挥的川东第三次武装起义又在积极准备当中。这一次武装起义规模要大得多,时间要长得多,影响要广得多,但同样是被迫提前举行的。提前的原因,不像前两次是在当地突发变故,而是因为川东地下党发生两件大事情,组织遭到严重破坏,决定了武装斗争不得不提前举事。

一件大事是《挺进报》事件。《挺进报》是 1947 年 7 月办起来的重庆地下党的一份油印机关报。当年 11 月,原负责人彭咏梧和参与者吴子见奉派去往下川东之后，改由市工委委员李维嘉负责领导，并建立了《挺进报》特别支部，由刘熔铸任特支书记，陈然、蒋一苇等负责印刷发行。1948年2月刘熔铸奉命转移，陈然代理特支书记，并继续负责印刷。按照重庆市工委布置，另外建立了电台特别支部，由成善谋负责收听延安新华社广播，向《挺进报》提供消息。在他们手里，《挺进报》从开初的100多份发展到了1000多份。根据上海传来的中共中央指示，他们开展了对敌攻心斗争，向国民党当局军政人员投送报纸。重庆行辕主任朱绍良，也从"亲启"的信封里收到了《挺进报》，急令二处处长徐远举"限期破案"。军统情报员姚仿桓在地下党员陈柏林处发现了《挺进报》，即向保密局重庆组组长李克昌报告，李克昌迅即安排特务顺藤摸瓜，于4月1日下午在红球坝逮捕了陈柏林和与他接头的上级"老顾"。这个"老顾"真名任达哉，一经徐远举审讯就叛变了，把他掌握的《挺进报》发行和地下党员情况都招供了。由此导致了两个特支遭到破坏，陈然、成善谋等相继被捕。

更严重的是，叛徒任达哉还供出了他的上级"杨清"，由之衍生出了一批叛徒，使川东地下党组织遭到几近毁灭性的严重破坏，这就是另一件大事。却原来，"杨清"即许建业，地下党重庆市工委委员，还是分管工人运动的书记。许建业4月4日被捕，他本人十分坚强，7月22日被杀害；但他为了转移家中床下的十几份工人入党申请书和几份党内文件，轻信了看守特务陈远德，托他给地下党员刘德惠带信。这封信被送到徐远举手里，特务于4月5日秘密逮捕了刘德惠等地下党员。4月6日，特务又逮捕了去与许建业接头的市工委书记刘国定。4月7日，进一步在海棠溪逮捕上川东起义失败后到重庆隐蔽的李忠良，李忠良叛变，供出了余永安。余永安也叛变，又供出了他的上级"老张"。"老张"即市工委副书记冉益智。冉益智于4月16日在北碚被捕，随即叛变，指认了刘国定，刘国定旋于4月17日叛变。这几个叛徒，特别是刘国定、冉益智和李忠良，较着劲儿出卖同志，出卖组织，造成了重庆67人，上下川东41

人，川康 17 人，上海、南京 8 人，共计地下党员 133 人遭到逮捕，川东地下党遭遇灭顶之灾，一时群龙无首，几近瘫痪。小说《红岩》中的甫志高，就是以刘国定、冉益智、李忠良为原型描写出来的。

这两大事件，尤其是李忠良、冉益智、刘国定相继叛变事件，对上、下川东地下党的影响非常大。李忠良除了供出余永安，还供出了邓照明、陈以文、王敏和参加上川东武装起义的 30 多人。冉益智不但供出了下川东地下党和川康地下党一大批地下党员，还于 6 月 11 日带特务到万县，抓捕了川东临委副书记兼下川东工委书记涂孝文；涂孝文叛变，又出卖了杨虞裳、唐虚谷、江竹筠、李青林、雷震、刘德彬等 16 名党的干部。刘国定除了出卖重庆及四川地下党组织机构和人员名单，出卖《挺进报》特支和电台特支的所有人员，出卖重庆及四川地下党与上级党组织的联系情况外，还供出了在广安工作的骆安靖等人。所有这一切，不但导致了川东第一、二两次武装起义失败后转移隐蔽的一批党的干部被捕，而且直接威胁到了正在积极准备过程中的川东第三次武装起义。

邓照明是 3 月底回到重庆的。但他尚未找到王璞，两件大事就发生了。重庆市工委领导层内，许建业被捕，刘国定、冉益智被捕叛变，只有李维嘉转移到成都去了。川东临委委员中，当时只有肖泽宽还在重庆。叛徒都认识他，敌特机关放出风声说，"矮子（指刘国定）抓住了，胖子（指肖泽宽）没抓住"，他的处境很危险，很快也转移了。上川东一工委原先撤到重庆的同志有三四十人，一时群龙无首的一些原属重庆市工委的地下党员也来靠拢他们，希望与上级党组织取得联系。邓照明按照党的地下工作原则，尽可能地对部分同志作了转移、隐蔽安排，然后就到广安去找王璞。

当时，王璞化名王慕斋，以商人身份为职业掩护，住在广安县北门外的拱桥院。拱桥院实际上是上川东地工委的机关。左绍英当时已有一个 4 岁的女儿，一个 2 岁的儿子，并怀着身孕，以老板娘身份掩护机关工作。地工委委员曾霖，是一位参加过南昌起义，在新四军中带过兵、打过仗的老同志,1946年6月在延安时,由朱德、任弼时安排回四川搞武装斗争。当时他居无定所,主要在华蓥山一带从事军事训练工作,分期分批地培训地下党组织的武工队队员,教他们使用枪支,了解游击战术。另一个委员骆安靖是营山人,1938年入党,大学毕业后作过公司职员、报社编辑,在南方局的学习班受过培训,是钱瑛选中和储备的干部。当时他以教师职业作掩护,在地工委分管组织,并兼任第五工委书记。他在广安人熟地熟,社会关系特殊,王璞对他十分倚重。

在华蓥山地区,多年来就有地下党开展武装斗争的较好的基础。早在1926年5月,岳池县卸任的团练局长陈涉南就与当时的共产党员、邮电局长熊尧冥联手,组建川北民军,反对军阀罗泽洲,由陈涉南任司令,由共产党员刘汉民负责军事,坚持斗争三个月。1931年,时任中共岳池特支书记金化新,派遣共产党员廖玉璧回到家乡岳池一带,组成一支武装力量,多次发动了武装行动,1935年廖玉璧才被杨森所部逮捕杀害。廖玉璧的妻子陈联诗也是共产党员,也参与了武装斗争,与丈夫一起上华蓥山打游击,人称"双枪陈三姐"。小说《红岩》中的"双枪老太婆",就是以这位"双枪陈三姐",以及后来川东第三次武装起义中的广安禄市特支书刘隆华、第八工委妇女特支书记邓惠中三位女杰作为原型,经过艺术加工塑造出来的。1932年12月红四方面军进入川北通南巴以后,1933年解放了大巴山以南、华蓥山以北地区,也播下了革命火种。这对王璞分析形势,无疑是一个重要的参数。

比这更重要,在抗战胜利前后,党组织已陆续派遣了一批共产党员和进步青年到华蓥山地区。例如1939年入党的合川金子乡人陈伯纯,1943年奉派回乡,以其地主少爷和中学教师的灰色身份,先"屈就小学校长",半年后又当了乡长,逐渐搞出两面政权。又如1946年初,地下党员杨奚勤从在北碚的复旦大学毕业,奉派回乡,当了岳池县尚用中学校长。地下党员刘石泉、蒋可然等,也先后到了合川、岳池一带工作,在农民中建立生期会、兰交会等,到起义前已发展到上千人。上川东地工委成立后,更加大了控制基层政权、壮大武装力量、扩充枪支弹药的工作力度。广安县的地下党员杨玉枢打入袍哥组织,联合全县袍哥堂口组成了广安协合总社,由他担任总社的红旗管事,并且利用总社的商号筹集资金。地下党还改造土匪,如合川龙回乡一带的秦耀、秦鼎后来都参加起义,还被吸收入党。地下党员杨奚勤、杨汉秀等还变卖田产,把钱交给组织买武器。在岳池伏龙乡和合川肖家场,地下党还办了秘密兵工厂。到1948 年 5 月,上川东地工委下辖 7 个(以后增至 10 个)工委,党员 3000人左右,遍布于华蓥山地区十多个县,发展势头的确比较好。

　　1948 年 5 月中旬,邓照明在广安找到了王璞,两人谈了一个星期。邓照明首先汇报了下川东和第一工委武装斗争的情况,以及重庆地下党遭到的破坏,和他做的挽救工作。接着,王璞谈他的工作意见,要求邓照明回一工委,把四个县的地下党重新组织起来,投入武装斗争。邓照明认为,两次起义的经验证明,大搞武装起义的条件还不成熟,应当保存力量,待机再起。王璞说,两次起义的经验恰好证明可以大搞。他提出一个武装起义计划:1948 年的八、九、十月作准备,十一月搞试点,十二月就发动全川东武装大起义。邓照明说三个月准备时间太短,全川东大起义的条件还不具备。最后王璞说,不要争论了,你先回一工委去恢复、整顿组织,"七一"以前再回广安来讨论决定。

　　然而,由于骆安靖被俘以后叛变,连王璞的计划也被打破了。从1948 年 8 月 12 日开始,爆发了华蓥山地区七县五处联合大起义。

第八讲

　　王璞与邓照明会见后,6 月 11 日又到合川与肖泽宽碰了头,约定 8月 1 日在南充再商定武装起义的事。6 月 13 日回到广安,他就对地工委的同志们说,刘国定、冉益智、李忠良这些叛徒,大肆出卖党的组织,带着特务四处抓人,这种危害说不定很快就会波及到上川东来,我们要预作防范,该疏散的要疏散。曾霖、左绍英等都及时疏散了,只留下骆安靖暂时不疏散,等到七月底放暑假再走,以免走早了在社会上引起惊诧,对工作牵动太大。王璞一再对骆安靖说,"你遭不得哟","你要是被捕了,整个上川东都会受影响"。显然,这是一步险棋。

不愿发生的事却发生了。7月4日,骆安靖和马正衡被捕,王璞得知消息,马上一面派人通知曾霖、陈伯纯、刘隆华等赶紧研究提前起义,一面着手营救骆安靖。7月27日获知,徐远举已秘密地将骆安靖"押渝严审",王璞又指示时任岳池伏龙乡乡长,起义后任七支队司令员的张蜀俊,带领14名武工队员在广岳公路设伏,截救骆安靖。殊不知敌人狡猾,改由广安乘木船走了,拦截计划落空。小说《红岩》中写的"双枪老太婆"带人设伏,截救江姐,就是借此而移花接木的。

骆安靖在广安关押期间,虽受刑却未叛变,转到重庆后经历严刑威胁、叛徒对质也没有叛变,徐远举把他妻子弄来进行软化,他竟叛变了。8月10日,由重庆来的特务,逮捕了直接受骆安靖领导的代市特支书记韦伟光。这无异于一个信号,表明骆安靖已经叛变了。骆安靖被捕之初,王璞即说过:"他知道得太多,要是受刑顶不住,必将造成起义计划和上川东的干部大面积暴露。与其坐以待毙,不如背水一战。""在主动权并不握在我们手中的形势下,只能这样做绝地反击,若不主动出击,我将有愧于党和人民!"如今骆安靖终于叛变了,原订的起义计划就只好坚决提前。

王璞作为川东临委和上川东地工委的最高领导人,在来不及召集肖泽宽、邓照明等再作研究的危急形势下,临危不惧,独立运筹,亲临第一线组织发动了川东第三次武装起义。华蓥山地区的地下党员和起义民众,在"西南民主联军川东纵队"的旗帜下,8月12日在广安县代市、观阁打响了起义第一枪,紧接着8月17日在武胜县三溪乡,8月22日在岳池县伏龙乡,8月25日在武胜县真静乡和合川县金子乡,9月20日在渠县龙潭乡相继发动了武装起义。起义后建立的游击队合计2000多人,武装斗争延伸到了达县和大竹,高潮持续约三个月之久。

华蓥山地区的武装起义对国民党当局震动极大。当时的解放战争战场上,人民解放军刚由战略防御转向战略反攻,国民党军队急需大量兵员、粮食补充,而四川正是他们兵源、粮源的重要供给地,他们实在输不起。所以重庆行辕主任朱绍良气急败坏,立即调集正规军的两个军,其中包括准备开往中原前线的108军,组成"川东北清剿指挥部"到华蓥山地区进行"围剿";同时调派内政部第二警察总队(即"内二警")总队长彭斌,重庆警备司令部少将樊龄,军统二处副处长杨元森等,率军、警、特到起义各县"梳篦清乡"。这足以显现,当初王璞在百子巷150号召开的川东临委会议上,根据中央《指示》和钱瑛部署而强调的"在军事上开辟第二战场,建立自己的游击区和根据地,以实际行动搅乱蒋介石的战略后方,以减轻解放区正面战场的压力"那样一个斗争目标,在一定程度上是实现了的。

以下的讲述,就按武装起义发动时间的先后,一次一次概略回顾。

首先讲广安县代市、观阁起义。这里是第五工委的地方,书记由骆安靖兼,委员有谈剑啸、吴子良、杨玉枢,党员有400多人,枪支有300多支。第二次武装起义失败之后,陈尧楷带领的大竹游击队,也转移到广安来了。骆安靖被捕后,第五工委领导组建了"西南民主联军川东纵队第五支队",由杨玉枢任支队长,刘隆华任政委;下设代市、观阁两个总队,由谈剑啸、邓致久分任总队长,温静涛、陈伯纯分任政委。经研究决定,8月12日代市、观阁同时起义,起义后在华蓥山打锣湾两路会师。

事实上,代市起义提前了。原因是骆安靖供出了代市特支书记韦伟光,8月10日上午,代市镇镇长谢相勤带人逮捕了韦伟光,为防范起义计划暴露,谈剑啸决定当天晚上就起义。他布置参加起义的代市镇分队副秦华,带人去击毙谢相勤,然后冲进代市镇公所收缴枪支。但秦华在代市街狙击谢相勤,连开两枪都哑火了,谢相勤跑掉了。眼看行动已暴露,敌人有了准备,游击队只好立即上山。

8月11日,代市游击队一枪未发,缴获了三家地主的11支手枪、1支冲锋枪和1支马枪,早饭后即向华蓥山进发,打算到广安、邻水交界的打锣湾与观阁游击队会师。他们驻在天池,由于 13 日晚派出去与观阁游击队联络的队员被敌人抓住了,14 日一早即被邻水县警察中队包围。他们推倒土墙冲出去,击毙击伤了 4 个警察,才转移到山上。山上找不到粮食,与观阁游击队也联系不上,代市游击队遂于 17 日下山、转移,回到代市龙山寨一带隐蔽起来。

8 月 22 日,代市游击队夜袭三台乡乡公所,救出了两名被俘的游击队员,还缴获了两支冲锋枪、3 支步枪和几十发子弹。27 日又设下埋伏,打退了来围剿的广安县自卫中队。9 月 2 日,敌人四个乡的乡丁、保丁来围剿,游击队决定分散行动:曾永新带一队人到永兴乡活动,秦华、秦兴富带一队人到龙台乡活动,谈剑啸、宋廉嗣带一队人到广安、渠县交界地带活动。曾霖和余行健在代市隐蔽一段时间后,分头转移到了重庆。

观阁游击队由杨玉枢、刘隆华、陈伯纯领导,总队下有王兆南任大队长的一个大队,陈尧楷任中队长的一个独立中队,共 200 多人。起义前,游击队与观阁镇镇长金有亮约定,8 月 11 日晚游击队先包围镇公所,金有亮鸣枪为号,游击队就冲进去缴枪。但届时金有亮并没有鸣枪,游击队察觉有变,当即撤退。12 日一早,就按预定计划向华蓥山进发,打算到打锣湾与代市游击队会师。

然而并没有会师。8 月 16 日早晨,观阁游击队到了天池乡附近的丁家山,连夜行军,通宵未眠的游击队员吃过早饭,刚合上眼休息,岗哨就报告大竹县保安大队跟踪袭来了。游击队领导成员紧急商量,当机立断,决定无枪的队员暂且疏散回家,余下 100 多人分成两队活动。陈尧楷带领独立中队,绕到敌人后面,其余的人由杨玉枢、刘隆华、陈伯纯指挥,两路夹击来敌。激战半天,游击队消灭了一些敌人,但自己的队伍也被冲散了。

游击队被冲散后,杨玉枢转移到桂花乡,被敌人抓住杀害,投尸于拐枣洞,解放后才起出英骸,迁葬在县烈士陵园。刘隆华、陈伯纯也在桂花乡第一保被保安队抓住,幸好保安队长张世敏和乡长谌世仁都是地下党员,他们利用公开身份保护了刘隆华、陈伯纯,当晚即掩护他们转移脱险。事后,他们于 8 月 24 日在合川金子乡见到了王璞,王璞派刘隆华到南川去开展斗争,陈伯纯则留在家乡组织发动了金子乡起义。只有陈尧楷带的 40 多人,8 月 18 日转移到了广安、邻水交界的千丘一带,然后再转移回到大竹张家场一带活动。其中一部分游击队员,当年 10 月由向杰栋带回广安,与王兆南会合,继续在广安坚持游击斗争。

第九讲

承接第八讲,这一讲先讲第二处起义,8 月 17 日第八工委在武胜县三溪乡发动的武装起义。八工委的前身是中共武胜县特支,1948 年 2 月成立工委后,书记为蔡衣渠,副书记为徐也速,委员为蒋可然和罗永晔。经过一段时间的工作,三溪乡所属 10 个保中有 9 个建立了农民翻身会,一部分乡、保政权和枪支弹药为地下党和农会所控制,在武胜新场乡和岳池龙孔乡、白庙乡发展了一批地下党员,地下党员秦来明、曹文翰等还担任了副保长、乡队副。7 月成立西南民主联军川东纵队第八支队,由蔡衣渠、蒋可然、罗永晔领导,下设龙孔、新场、三溪三个中队,合计有 400 余人。

按计划,8 月 17 日三个中队在三溪乡黄明桥会合,一起举行武装起义。但曹文翰带领的龙孔乡一中队迟到了,只好隐蔽在桥附近的陆家院子,被保长陆文壁到三溪乡乡公所告了密。游击队发现以后迅速撤离陆家院子,向三溪乡开进,沿途砍断了三溪乡连通飞龙乡的电杆电线。在距三溪乡约一里处,与三溪乡自卫队遭遇,曹文翰带队边打边退,向桃林桥转移。既而新场乡和飞龙乡的百余乡丁也追来了,游击队在报慈寺被打散,多人被俘,只好分散隐蔽。隐蔽到 9 月初,参加了三、四支队的战斗。

第三处是 8 月 22 日第七工委发动的岳池县伏龙乡起义。领导人是第七工委副书记刘石泉和工委委员杨奚勤。伏龙乡乡长张蜀俊于起义前加入共产党,对杨奚勤表态说:"就是家破人亡,也要参加革命!"他变卖田产,利用乡政权,为起义武装配备了两挺机枪、十几支手枪和30多支步枪,组成了有100多人的伏龙乡武工队。8月21日,伍俊儒、秦耀带领的姚市桥武工队80余人,李成、廖亚彬带领的中和乡武工队80余人,都相继赶到伏龙乡乡公所会合。8月22日上午,300余名游击队员和上千群众在伏龙小学操场举行起义誓师大会,杨奚勤代表工委号召大家团结起来,为解放四川,解放全中国贡献力量。大会宣布成立西南民主联军川东纵队第七支队,刘石泉任司令员,杨奚勤任政委。

当天下午,杨奚勤带领队伍下山,与刘石泉带的队伍会合。敌岳池县长肖毅安带领100多名警察,广安县警察局长李朝钺带领200多名警察和乡丁向游击队包抄过来,他们派出一支突击队拖住敌人,大部队安全转移。27日双方打了一仗,游击队俘敌12人,缴获步枪14支,当晚转移到了岳池、武胜结合部的水洞湾,宿营在刘家院子,准备28日晚攻打武胜县的黑耳场,夺取一些枪支弹药充实自己。不料28日黄昏,正准备出发,却被"内二警"200多人和县、乡反动武装包围了。突围过程中,杨奚勤身先士卒,不幸中弹壮烈牺牲。敌人将他的遗体抬到黑耳场示众三天,多亏当地农民冒着危险,趁黑掩埋了他的遗体。

水洞湾突围后,刘石泉带领五六十人转移,与其他部分失掉联系,决定暂时分散隐蔽。伍俊儒、秦耀带领的突击队,与敌人激战到晚上,才与张蜀俊带领的突击队会合,加起来还有50多人。他们从中挑选出20余名精干队员组成小分队,打算到合川县金子乡去找王璞、陈伯纯的起义队伍。途中30日深夜与十二洞桥乡公所乡丁打了一仗,击毙敌3人,击伤敌3人,缴获手枪1支,步枪6支。但星夜赶到金子乡,王璞、陈伯纯已经带队去岳池。伍俊儒、秦耀、张蜀俊只得自作决断,抄小路把队伍带上了华蓥山的顶峰宝顶,与在那里的表念之部会合,共有人员50多人,对敌展开游击战。直到10月底,他们才与邻水县地下党组织取得联系。他们穿着夏天的单衣,在华蓥山顶峰的半年积雪和凛冽寒风中,在敌人层层封锁造成的粮食难继中,一直坚持到了1949年3月。如今的华蓥

421

山景区内,有什么"双枪老太婆"练习射击处,还有什么游击队运粮通道,旅游市场化运作成分太重,殊不足信。

第四处是 8 月 25 日由王璞亲自领导发动的武胜、合川边境的真静、金子起义。8 月 22 日,王璞和罗永晔、罗纯一到了合川金子乡,在那里召开紧急会议,决定 25 日在金子乡及邻近的武胜真静乡同时发动起义。观阁起义失败后的陈伯纯也赶回来了。于是组成西南民主联军川东纵队第四支队,由陈伯纯任司令员,王璞兼任政委。支队下设三个中队,23、24 日两天都抓紧收缴地主和各保的枪支子弹,作战斗准备。

8 月 25 日正逢真静乡赶场,一中队十几个人由秦鼎带领冲进乡公所,缴了所有乡丁的械。二中队的政工人员由张伦带领,在街上贴标语,散传单,并且开仓放粮。打下真静乡之后,一、二中队又由王子云、张伦、陈自强带领,一鼓作气打下金子乡的乡公所。时任乡长陈缉熙是一位统战对象,他同乡丁朝天放了几枪后,也参加了起义队伍。游击队开仓济贫,当众烧毁了蒋介石挂像、国民党党旗和乡公所的文书档案,许多农会会员和青年手执大刀、梭镖,要求参加游击队。经过整编,组成了一支 400 余人的武装力量。

在王璞、陈伯纯率领下,四支队 8 月 26 日上午拉到真静乡黎家花园附近,缴了当地地主 30 多支枪。敌武胜县中心镇镇长康良带着 100 多人的警察中队堵截游击队,被打得七零八落,慌忙逃窜。四支队跟踪追击,吓得武胜县长张洪炳一面严令关闭城门,一面向重庆、南充告急乞援。四支队却向石盘乡大龙山开发,于 28 日在那里与地下党员王屏藩组织的 80 多人起义武装会师。会师后又组建了第三支队,王璞任命王屏藩为三支队司令员,张伦为政委。

三、四两个支队一起从石盘乡大龙山出发,向岳池、南充交界地带的金城山开进。开到岳池三元寨,遇见武胜县三溪乡起义失败后蔡衣渠、蒋可然带领转移而来的 200 余人,于是王璞于 29 日在三元寨召开了岳池、武胜、合川三县地下党负责人会议,决定把三支伍合并成一支队伍,统称为西南民主联军川东游击纵队。纵队由王璞兼任政委,陈伯纯任司令员兼副政委,王屏藩任副司令员,蔡衣渠任政治部主任,下设三个大队和一个突击队。

游击纵队组建后的第一仗于 8 月 31 日拂晓打响。当时,南充县警察局长林廷杰带领 200 多名警察,向游击纵队逼近;岳池县警察中队和两县一些乡、保武装好几百人也先后赶到,企图合围。战斗打响后,陈伯纯亲自带领突击队边打边撤,诱敌深入,撤到了黄花岭突然停止开火。林廷杰误以为游击队是乌合之众,软弱可欺,竟狂吼着带头冲锋,一露头便被突击队的交叉火力击毙,一见头目被击毙,余下的敌人顿时掉头,仓皇逃命。

到 9 月 2 日,敌"内二警"、省保安团和南充、岳池、武胜、广安等县的警察中队及乡、保自卫队 2000 多人,在重庆警备司令部少将樊龄和南充专署保安司令部潘昌铭的指挥下,向三元寨发动了合围进攻。战斗于 3 日中午接火,一直交战到 4 日晚上,游击纵队打退了敌人十几次进攻。但毕竟敌强我弱,游击队弹药、粮食补给困难,领导者们开会商量后,决定趁着 4 日半夜后天下小雨,兵分两路突围转移。突围过程中两路失去联系,张伦、陈自强所带领的一部分人就暂时分散隐蔽了。

王璞、陈伯纯、王屏藩所带领的一部分人,于 9 月 7 日转移到了岳池坪滩乡与武胜石盘乡交界的木瓜寨。敌武胜县长张洪炳和岳池县警察局长魏仲枢闻讯之后,带领着两县警察中队和乡、保武装 500 多人,于当天下午将木瓜寨团团包围起来。当天黄昏时分,王璞、陈伯纯、王屏藩正在开会商讨对策,游击队员罗又新不慎擦枪走火,子弹穿进了王璞下腹,致其当即昏倒。游击队缺医少药,只能用云南白药给他敷住伤口。王璞甦醒后,忍着剧痛对陈伯纯、王屏藩说:"不要管我,分散隐蔽。"说罢便不能言语了。战友们砍来竹子,做成一副担架,准备抬着他突出重围。但突围三次,均被敌人的火力压回,王璞也因流血过多而牺牲了。当天半夜,战友们突围成功之前,将他的遗体隐藏在岩石下。第二天被敌人发现,敌人凶残地割下他的头颅,挂在石盘乡的一棵树上"示众三日",后由当地农民就地埋葬在杨槐树下。解放后,武胜县人民政府就地为王璞修建了一座烈士陵园。

从木瓜寨突围成功的游击队员共 50 多人,都分散隐蔽了。陈伯纯化装成拉船的纤夫,躲过敌人层层封锁,搭船先到了重庆,然后到铜梁找到了川东临委仅存的委员肖泽宽,汇报了起义经过以及王璞牺牲情况,由组织派到川南去继续从事地下斗争。王屏藩也辗转到了重庆,后来与党组织接上了关系,被派到下川东去工作。

第十讲

最后讲一讲第五处起义,渠县龙潭起义。

渠县龙潭乡地处华蓥山北麓,位于渠县、大竹之间。1947 年夏天,地下党员杨鉴秋、范硕默先后来到龙潭乡,建立农会,发展组织。1948 年 7 月,王璞委派七工委委员杨奚勤前往渠县,向六工委传达了联合起义的决定。六工委书记李家庆,委员熊阳、王敏迅即开会商定,利用中秋节(9 月 17 日)在龙潭山发动起义,然后率队南下,与广安、岳池的起义队伍会师。但由于原定计划中的达县、渠县三汇两支队伍未能按时赶到渠县,起义延迟到 9 月 20 日才举事了。

9 月 20 日夜,各地参加起义的队伍都到齐了,合计有五六百人,组成西南民主联军川东纵队第六支队,李家庆任司令员,范硕默任政委。各路队伍重新编队,编为三个中队,两个独立分队。也就在当天夜里,尾随三汇队伍而来的敌大竹清河场联防大队 100 多人,上山来袭击。李家庆当即兵分三路,包围了这股敌人。不料战至 21 日晨,敌大竹保安团与重庆"内二警"、渠县警察中队闻讯赶到,六支队反被包围。敌人人数多,装备好,火力强,只有步枪和火药枪的起义队伍抵挡不住,李家庆只好借助滂沱大雨,指挥战士分路突围。大多数战士突围成功,然后就分散隐蔽下来。

突围后,李家庆、范硕默转移到重庆,向上级党组织汇报了龙潭起义受挫失败的情况。10月初,熊阳化装潜入营山天池乡,向王敏及营山特支传达了上级党组织关于不再搞大规模武装起义,转入分散隐蔽斗争的指示。但营山地下武装工作已经过于暴露,骆市、新店、天池等乡的地下党组织先后遭到破坏。王敏也于1948年底由于叛徒张修治出卖被捕,关押到重庆渣滓洞,1949年11月14日与江竹筠、陈以文等牺牲于军统电台岚垭。

从8月12日到10月下旬,华蓥山地区七县五处武装起义从整体上相继失败了。但是,武装起义的星星之火并没有全被扑灭,分散了的一部分队伍缩组成了6支精干的武工队,在群众掩护下,仍在华蓥山区开展游击斗争。他们中,陈尧楷、徐相应带领的大竹武工队,王群、向杰栋、胡正兴带领的广(安)邻(水)武工队,张蜀俊、袁念之带领的广安天池乡和邻水观音乡武工队,都坚持游击斗争长达半年以上。直到1949年5月,"双枪王"陈尧楷还令敌人闻风丧胆,成为敌人悬赏捉拿的"要犯"。一部分游击战士,坚持游击斗争直到迎来解放,谱写出了华蓥山游击队迎接解放的英雄乐章。

即便在五处起义相继受挫失败的情况下,华蓥山地区武装大起义对国民党当局的震慑仍然相当大。1948年第5卷第9期上海《观察》杂志评述说:"华蓥山的共军据闻在二万至三万人间,枪支缺乏,但相当精良。"把两三千人夸大成为"二万至三万人",足见当局对华蓥山游击队何等惧怕,因此调集了百倍于我的兵力进行围剿。1948年12月30日重庆《新蜀报》报道,四川省主席王陵基发表讲话,仍然称蒋介石已批准把"清匪防匪剿匪"的保安团由8个团增加到16个团,并增加"十万支步枪"。直到1949年5月,敌兵团司令罗广文还派出所部正规军,纠集地方保安、警察和乡、保武装,在华蓥山地区连续搞了三个月"梳篦清乡"。但即便如此,敌人也没有抓到陈尧楷等游击英雄。这一切从反面说明,华蓥山地区武装大起义的确搅乱了蒋介石的战略后方,对减轻解放区正面战场的压力发挥了一定的积极作用。

话回到当年,当王璞还在华蓥山地区领导组织武装起义的时候,整个川东地下党组织,除肖泽宽领导的川南一片外,原来的领导机构实际上都解体了。重庆市和上、下川东保留下来的一些地下党组织,都由邓照明联系。1948 年 9 月 18 日,邓照明到上海去找钱瑛,意在恢复与上级党组织的联系,但钱瑛已经转往香港,未能如愿。11 月回到重庆,到铜梁找到肖泽宽交换意见,两人统一了认识:川东农村不宜再搞大的武装起义,在有条件的地方搞小型武工队,注意保存和积蓄力量。12 月底,邓照明接到城区特支负责人赵隆侃(解放后叫吴斌,离休前曾任市人大秘书长)通知,到香港去见到了钱瑛。钱瑛指示,三大战役已经打完了两个,全国快要解放了,党在国统区的工作方针是"迎接解放,配合接管"。决定成立川东特委,由肖泽宽任书记,邓照明任副书记,委员名单待回渝商量确定后上报,川东地下党才再一次建立起了完整的组织系统。

邓照明在香港期间,1948 年底和 1949 年初两次写了详细的书面材料,向上级党组织报告了 1948 年以来川东地下党的情况,从多方面分析了川东地下党遭受破坏的原因,也对开展川东三次武装起义的成败得失坦陈了他的看法。他明确写道:"左的迅速开辟第二战场的策略思想是错误的根源。'开辟第二战场'在革命战争的任务上是有必要的,但它应与川东党当时的实际可能相适应。"由于受"左"的策略思想影响,川东地下党当时"对建立一支人民武装的主力部队的困难认识不足,对敌人会听到风声、等我军力量还未养成便调集大军来的可能性也认识不足",加上"对土匪的动摇性认识不足",以及在"绝对优势的敌人围剿到来时","吃了不会转移撤退的亏",导致了三次武装起义"所得不能抵偿所失"。现在还没有解密档案可以知道,钱瑛本人和上级党组织如何看待这些问题,但邓照明的书面材料已经公开披露,本着实事求是的原则,我认为他这些看法的确是在从策略思想和斗争实战上总结经验教训。

但这终究只是一面。另一面,党的某级组织和某级领导人在革命斗争策略思想上的错误,或者对于斗争方式方法的判断失误和实践失误是一回事,党的成员执行组织决定,表现出坚定的革命意志、英勇的斗争行为和壮烈的献身精神又是一回事,二者有联系,却决不在同一面上。因此,原四支队司令员陈伯纯,尽管解放后曾经受到不公正的待遇,恢复名誉以后仍然说:"我们是按照党中央指示,按照南方局、川东临工委的指示在那里领导农民进行武装斗争,而且川东临工委书记王璞亲临前线,直接领导了这场斗争。看来是必要的。至于具体规模的大小,时间的早迟,是否一定要扯旗号等等,那些都可以研究。那里的经验呀,教训呀,都需要总结。"他认为,"将来对这个历史的记载,恐怕还是记主要的,记录怎样斗争,在那个时代起了什么作用,有什么影响,记录那些英勇的斗争和壮烈的献身精神。"1982 年春他到岳池参加党史资料会,特地到武胜扫过王璞、杨奚勤烈士的墓。他写道:"血写的丰碑,将与英烈们为之奋斗终生的伟大事业共存!"

川东三次武装起义已过去 60 年了,王璞、彭咏梧等革命烈士壮烈牺牲也过去 60 年了,进入 2009 年,中华各民族人民迎来中华人民共和国成立 60 周年的光辉节日。此时此际,我想到了一件事,2008 年国庆 59 周年时党中央和全国各地党政军群的节庆方式之事。那一天,在北京,在天安门广场,没有搞大阅兵、大集会、大游行,而是由中共中央政治局九常委领头,各界代表向人民英雄纪念碑肃立致敬,敬献花篮。那一天,在重庆,在红岩烈士纪念碑前,重庆市的党政军领导人和各界代表,也以同样的方式向烈士纪念碑致敬、献花。据媒体报道,全国各个省、市、自治区都是那样做的。我体会,从中央到地方,党政军领导人与各界代表以平等的身份参与致敬献花仪式,不仅是一种主权在民的政治理念宣示,一种精神为魂的政治文明进步,而且凸显了在改革开放和社会主义现代化建设的进程中,在中华民族伟大复兴的进程中,上下一心,用后之来者对那些为民族解放、人民自由、社会进步和国家强盛而奉献生命的革命先烈们的理想、信念、业绩、精神的追思和敬畏,把他们的未竟之业传承下去和推进下去的诚心和意志。这是改革,也是创新,理当延伸到平时和永久。如果认同这一点，那么毫无疑问，追思和敬畏川东三次武装起义，乃是我们这一辈人，以及后辈的人义不容辞、责无旁贷的事情。

2008 年 12 月 31 日下午竟稿

〔追记〕这一篇也是我为《重庆掌故》专门撰写的讲稿。殊不料，其后未久电视台方面撤销了这个栏目，因而未曾开讲。如今翻检出来，觉得对于帮助人们概略了解那一段红色历史，或多或少还是有用的。尤其联系到，近两三年一些着意再现那段红色历史的电视连续剧发生史实的误读，更坚定认为应让其公开。

三国人物与重庆历史

唐三千,宋八百,说不完的三列国,评话艺术界长期流传着这句口头禅,传统戏曲也热忱地为之作证。就当今重庆范围而言,史称春秋战国的列国时期所遗谈资屈指可数,汉末三国时期却是截然相反,除了刘备、张飞、诸葛亮,值得传述的人物故事还相当多。

三国,历来为人念叨不息的三国,名副其实的历史跨度在公元220年至265年之间。220年为东汉献帝建安二十五年,改元又叫延康元年;当年十一月,曹丕代汉建魏,年号变成魏文帝黄初元年。第二年四月,刘备在成都称帝,自命承续汉统,所建政权史称蜀汉,是为章武元年。至229年四月,孙权亦在建业称帝,那一年为吴大帝黄龙元年。三国鼎立到263年,蜀汉即被魏吞灭。到265年,曹魏又被司马炎的西晋所取代,三国只剩一个吴国。但通常言说三国,都要前伸到导致群雄并起、天下纷争的汉末黄巾起事的184年,后延到西晋灭吴的280年,正史《三国志》和小说《三国演义》莫不皆然。

公元184年至280年九十六年当中,当今重庆除巫山等边沿地方外,州一级行政建置归属益州(时之巫县归属荆州)。郡一级行政建置先属巴郡,194年益州刺史刘璋将秦汉所设的大巴郡一分为三之后,这一片土地分属永宁郡和固宁郡,201年永宁郡才改称为巴郡(固宁郡改称为巴东郡),是为小巴郡。无论大巴郡还是小巴郡,郡治都在江州县,而江州县的属治则在今江北区刘家台一带,直至226年时任江州都督李严"更筑大城",才迁到今渝中半岛端部。

其实小巴郡一点儿不小。蜀汉时,它所辖江州、垫江(今合川)、乐城

（今江津）、常安（今长寿）、枳县（今涪陵）、平都（今丰都）、临江（今忠县）七县，东至今万州西部，南达今綦江南部，西抵今永川，北及今合川，比现在的重庆主城大好几倍。巴东郡则管辖了今万州东部，包括今云阳、开县、奉节全境，以及今石柱的大部分地区。今彭水当时叫做涪陵，先是巴东属国、后是涪陵郡治所，统领了今渝东南大部分地区，以及今贵州省北部的一些地区。三国时期的若干风流人物，在这一地域内，曾经留下了一些雪泥鸿爪，世人未必尽知。

今之丰都号称"鬼城"，名播遐迩。追索其渊源，都说源自于东汉末年，阴长生和王方平先后在丰都山上修道成仙。不管成仙之事是否子虚乌有，只问这阴、王二人，为什么会不嫌僻远跑到平都山来学道术，修道成仙又怎么会与"鬼"粘连，现成的说法就莫名其妙。从晚于中国东汉约1100年，文化涵蕴大不同的意大利但丁《神曲》寻求比附，实无异于缘木求鱼，自坠惑乱。

本真的源头，在五斗米道。

中国的道教形成于东汉。初始时空的民间教团，北方地区为太平道，南方地区为五斗米道，后者还比前者略早。东汉顺帝年间（126—144 年），沛国丰邑（今江苏丰县）人张陵在蜀郡鹤鸣山（今青城后山，在今四川大邑县境）修道，吸收巴蜀地区氐、羌等族历来崇尚巫鬼祭祀、占卜禁咒的宗教信仰，尊奉老子为"太上老君"，造作符书，立派授徒。凡入道者须交五斗米，故称为五斗米道。道徒尊称张陵为"天师"，亦称天师道（南北朝时发展为南天师道和北天师道，唐宋以降逐渐合流，至元而统称正一道，与全真道并为道教两大流派）。其初学道都称为"鬼卒"，道徒当中的骨干成员称为"祭酒"，分布各地的传道中心一律称为"治"。相传于顺帝汉安二年（143 年），已有二十四"治"，绝大部分设立在巴蜀境内，分别由"大治祭酒"或"治头祭酒"统领。如果道徒生了病，统领者便令其跪拜首过，忏悔谢罪，然后再为之请神逐鬼。由之故，五斗米道还称为"鬼道"。

张陵死后,其子张衡继承。张衡死后,其子张鲁成为第三代继承人。这个张鲁,在三国时期颇有一点名气,曾在当时归属益州的汉中地区建立一个政教合一政权,维持统治二十余年。据《后汉书·刘焉传》说,"沛人张鲁,母有姿色,兼挟鬼道,往来焉家。"刘焉是刘璋的父亲,时任益州刺史,可见张氏家族及其掌控的"鬼道"业已渗入政界,社会影响非同凡响。母犹如此,子亦甚焉,《华阳国志·汉中志》称,张鲁"以鬼道见信于益州牧刘焉",并且"以鬼道教立义舍",用宗教方式进行政治管理。

张鲁取汉中之前的东汉灵帝中平元年(184年)三月,太平道的创立者张角及其兄弟张梁、张宝,在幽、冀两州发动徒众武装造反,史称为"黄巾起义"。同年七月,"五斗米师""巴郡巫人"张修也在巴郡发动徒众武装造反,很快占领了郡治江州,以及附近的一些县城。后来张修归顺刘焉。献帝初平二年(191年),时任益州牧的刘焉任命张鲁为督义司马,率领张修等大小徒众攻取汉中。从此,张鲁在汉中自称"师君",委派教中"祭酒"们管理地方政治。其治下各地均设置"义舍",储备"义米"、"义肉",供过路者量腹取食。终年禁酿酒,春夏禁杀牲。凡有小过者,令修路百步。若犯法,可宽宥三次,然后用刑。据《晋书·李特传》说,"张鲁居汉中,以鬼道教百姓,賨人敬信巫觋,多往奉之。"

建安二十年(215年),曹操率部攻汉中,张鲁引众避到巴中(今四川的巴中、通江一带)。刘备亦率部争夺汉中,欲招降张鲁,藉以壮大己方势力。张鲁不愿降刘备,转而降曹操,被封为镇南将军、阆中侯。后世道教徒把张鲁称为"系师"。

张修、张衡、张鲁三代人,本人是否到过当时的巴郡平都传教布道,史籍无稽,不敢妄测。但张修184年七月在巴郡聚众起事之前,据《后汉书·灵帝纪》注引刘艾《灵献二帝纪》说,"时巴郡巫人张修疗病,愈者雇以五斗米,号为五斗米师",透露出张修本人和五斗米道在巴郡地区信奉者众。参以《丰都县志》里介绍当地宗教,开宗明义便写道,道教传播始于东汉,平都称为"平都治",是为五斗米道教区固无疑义。因为东汉始建的民间教团,南方地区只有五斗米道,传道中心称"治",北方地区只有太平道,传道中心称"方",相互的区分了了分明。

　　至于传说中的道教仙人阴长生,为东汉和帝阴皇后的高祖。以和帝在位于公元89—105年推算,他的生年要比张陵创立五斗米道早得多,甚至可能早到公元元年前后。但传说他周游天下,及至于平都山白日飞升成仙时,已经在世170多年了,那么纵然生于公元元年,他成仙也在五斗米教传播了二三十年之后。而王方平据传说是"青龙年间"人,"青龙"为曹丕之子魏明帝曹叡的年号(233—237年),简直等于说就是"三国年间"人。阴、王二人,尤其是王,不仅与五斗米道具有不解之缘,而且与三国难解难分。传说与史实就这样相符若契。

　　于是明白了,丰都"鬼城"之"鬼",民俗学的源头就在自上古以降历代巴蜀民众所崇尚的巫鬼淫祀之"鬼",宗教学的源头则在张天师以降五斗米道这一"鬼道"之"鬼",两个"鬼"粘合于昔之平都后之丰都的历史关节点当在三国时期。张鲁在汉中"教百姓"的那些"鬼道",很容易与民心、民意、民风相通,也很容易与儒、释两教的相关教义相融,因而才有了越千百年多义交汇的丰都"鬼城",中华"鬼城"。

　　刘备入蜀即与张鲁相关。建安十六年(211年),曹操派钟繇等人率军进攻汉中,讨伐张鲁。刘焉的儿子、时任益州牧刘璋听信别驾从事张松说辞,主动邀请刘备入蜀,既讨张鲁又抗拒曹操。殊不知引狼入室,第二年双方便翻脸了,刘备回师南下,攻破绵竹(今四川德阳),进围雒城(今四川广汉)。随军的军师庞统遇伏阵亡之后,刘备急调诸葛亮率领张飞、赵云入蜀增援。援军溯长江而上,先攻占白帝(今重庆奉节),随即兵临江州城下。

　　刘璋属下的巴郡太守严颜,先前就不满刘璋邀请刘备,说过"此所谓独坐穷山,放虎自卫也"的话。如今张飞引兵围攻江州城,他率兵拒守,力穷被俘。绳捆索绑至军帐中,张飞喝问道:"大军至,何以不降而敢拒战?"严颜凛然答道:"卿等无状,侵夺我州,我州但有断头将军,无有降将军也!"张飞大怒,命令左右"牵去斫头"。严颜脸色不变,说"斫头便斫头,何为怒邪"。张飞觉得严颜不愧真好汉,即"壮而释之,引为宾客"。以上文字抄自《三国志》的《张飞传》,《三国演义》铺衍成章,成为评话、戏剧有名的"张飞义释严颜"。

单从语义看,"义释严颜"的主体当是张飞。不知道是从哪个视度看,自古及今,都有人将"义"也归附严颜,并且还堂而皇之,冠以"忠义"的美誉。极端的指称,甚至对唐初临江改名忠县,除了归因于战国时的巴蔓子外,还加上一个颇模糊的"或曰严颜"。实在难以理解,以降作为行为结果的严颜其人,怎么能与巴蔓子相提并论? 他虽然说过宁作"断头将军",终究未像巴蔓子那样刭颈成为"断头将军",而是作了敌手"宾客"。他也表现出了"义",但决非"忠义",该算"侠义"。

目之为"侠义",丝毫没有贬损的恶意。"侠义"作为中国侠文化的核心价值取向,与中国儒文化的"忠义"价值观念之间既有疑似之处,又有根本的不同。"侠义"从来就是以"我"作为出发点,以"你"或"他"对"我"怎么样作为行为选择依据,来决定"我"要怎么作。张飞对严颜好汉惜好汉,严颜就报以惺惺惜惺惺,化敌为友,握手言欢。当然有一个前提,那就是轻生死,"斫头便斫头",完蛋便完蛋,脑袋掉了碗大一个疤,二十年以后又是一条好汉。张飞的"义"在此,严颜的"义"亦复在此,犯不着硬往儒家"忠义"拉。

与严颜同为三国时期的临江人,而且更多方面践行着"侠义",还提升到了"忠义"的英雄人物是甘宁。不像严颜《三国志》没有个人本传,甘宁在《三国志》的《吴书》部分非但有个人本传,而且比《蜀书》部分的《关羽传》或《张飞传》更长。

甘宁字兴霸,"少有气力,好游侠"。三十多岁前,他仗着财大气粗,力大武高,"招合轻薄少年",俨然临江一霸。他生活奢侈,出入"步则陈车骑,水则连轻舟","群聚相随,挟持弓弩",民众只要听到铃声,即知是甘宁来了。人与他相逢,无论官民贵贱,谁对他接待隆厚他便与谁交欢,反之,则要放纵手下的人"夺其资货"。套用当今术语,视为"黑老大",一点不过分。

不过,甘宁也有长处,"止不攻劫,颇读诸子"。读先秦经典使他逐渐启悟,横行乡里二十余年后,他即厌倦了"黑老大"生涯,带领八百僮客出峡,投奔荆州刘表。刘表不识人,他又到夏口转投黄祖。在黄祖部下三年,屡立战功,仍得不到礼遇和重用。副都督苏飞多次向都督黄祖推荐过他,黄祖不但不采纳,反而派人引诱分散甘宁的僮客。苏飞实在看不下去了,于是设酒劝甘宁"宜自远图,庶遇知己"。甘宁改投孙权,终于遇到知己。

甘宁到东吴,即获周瑜、吕蒙的共荐,孙权当即用同旧臣。甘宁向孙权献策,"宜先取黄祖",然后"鼓行而西,西据楚关,大势弥广,即可渐窥巴蜀",凭长江与曹操抗衡,孙权即时采纳。建安十三年(208年)春,孙权兴兵西征黄祖,甘宁随军建功,果擒黄祖。由于孙坚是在江夏被杀的,孙权预先准备了两个木匣,欲装黄祖、苏飞的头。甘宁当众向孙权叩头,替苏飞求情,力陈自己若未遇到苏飞,早已"捐骸于沟壑,不得致命于麾下",如果一定要杀苏飞,自己甘愿以头相代。对孙权,对苏飞,他都表现出了士为知己者死,滴水之恩涌泉相报的观念,光明磊落,决不苟且。

赤壁之战中,甘宁随周瑜兵出乌林,大破曹军。继续追击曹仁于南郡,他建言先取夷陵,往既得城,仅领千人固守。曹仁派五六千人围攻夷陵,设置高楼羽射城中,士众皆惧,独甘宁谈笑自若,激战累日而城未破。既而荆州七郡为刘备集团所得,甘宁随鲁肃镇守益阳,抗拒关羽。关羽号称三万人,自领精锐五千人投县上流十余里浅濑,欲乘夜涉渡。鲁肃与众将商议对策,甘宁时有三百兵,要求鲁肃增拨五百人,"吾往对之,保羽闻吾咳唾,不敢涉水,涉水即是吾擒"。鲁肃给他增拨一千人,他连夜带一千三百人往敌关羽,居然震慑住了敌手,令其放弃夜袭计划。甘宁如此之忠勇兼备,胆略过人,孙权倍加赏识,将他拜为西陵太守。

建安十九年(214年)五月,孙权兴兵北征皖城,吕蒙推荐甘宁担任升城督。所谓升城督,实即攻城敢死队队长。甘宁欣然受命,手持练,身缘城,领先吏士登城,并擒获了曹方庐江太宗朱光。破城之后计功,吕蒙功第一,甘宁功第二,拜甘宁为折冲将军。

建安二十一年(216年)冬,曹操亲率四十万人出濡须口,孙权亲率七万人迎敌,并派甘宁三千人为前部督。双方对峙,孙权令甘宁袭扰曹营,甘宁即挑选手下健儿百余人跟着自己去。孙权赐酒以壮行色,甘宁先自饮两碗,再酌与一位都督。都督恐惧,不肯接碗。甘宁拔刀置膝上,厉声呵斥其人:"卿见知于至尊,孰与甘宁?甘宁尚不惜死,卿何以独惜死乎?"都督拜而接碗,众健儿逐次饮了壮行酒。当夜二更时,甘宁亲领健儿们拔除曹营鹿角,逾垒攻入营内,斩杀曹军数十人,闹得曹军惊恐不安。甘宁率众鼓吹而还,孙权感慨说:"孟德有张辽,孤有兴霸,足相敌也!"两军相持月余,曹操引军退去。

甘宁卒后,孙权痛惜不已。陈寿撰述《三国志》,将甘宁与程普、黄盖等合传称美,谓为"皆江表之虎臣"。查《三国志》有传诸将,刘备集团享誉"虎臣"的唯有关羽、张飞二人,曹操集团享誉"虎痴"、"虎侯"的则仅有许褚一人,可见甘宁在三国时期出类拔萃,名在一代勇壮之列。从先秦至明清,举凡巴渝本土所出,又在正史博得当世一流殊荣者,可以说当数甘宁第一。战国末年的巴国将军蔓子只在方志《华阳国志·巴志》当中有片断记载,三国时期的吴国"虎臣"甘宁,委实堪称正史有传的巴渝第一将。

然而在今之重庆,甘宁并没有得到他应有的历史认同,据说是因为他曾有劣迹。曾有劣迹无可否认,但综其一生,甘宁毕竟是以一代名将流芳正史了,怎么可以视而不见,避而不谈。无论什么人都是会变的,今如是,古亦然,从发展看十分重要。南宋时期与岳飞并称的抗金名将韩世忠即与甘宁类似,年轻时在其家乡陕西绥德就生活放荡,横行乡里,被乡人称为"泼韩五",后来却在抗金战火中变成了"中兴四将"之一,被陆游赞誉为"堂堂岳韩两骁将,驾驭可使复中原"。陕西人没有忘记韩世忠,重庆人为何要鄙薄甘宁?

其实还应该回到"侠义"上。严颜和甘宁,尤其是甘宁,他们所传承的"侠义"精神,越千百年仍充盈于当今重庆人的行为诉求和价值取向,想要撇开也撇开不了。那当中,主导面始终是积极有为、健康向上的,决不因为支流面的劣质性而至泯灭。宏扬主导面,摈弃支流面,甘宁断然是一位好老师。

甘宁和严颜似乎证明"巴有将",其实不然。《华阳国志·巴志》所说的"巴有将,蜀有相"之"巴有将",明明白白是就秦汉的大巴郡一分为三之后的巴西郡而言的,并且确指"及郡分后"今四川南充、阆中等地所出的三国名将黄权、马忠、王平、张嶷等人,还追溯到东汉的车骑军冯绲,西汉的镇南将军范目,与"郡分后"的小巴郡沾不上边。按今之行政地域区划,那些人当为四川人,而非重庆人。

尽管如此,比黄权等更著名的三国名将赵云、李严和邓芝,以及当世名声不亚于黄权等的蜀汉重将费观、李丰、李福和章怡,却先后当过江州都督,在今之重庆各有其作为,有的甚或留下了永世遗泽。他们中,今之重庆人起码不应该忘记赵云、李严和邓芝,尤其是李严。

蜀汉为守御它的国之东门,设置过江关和阳关两道军事关口,分别派都督统领。江关在巴东郡永安县(今奉节县),地在今奉节县白帝镇,控扼瞿塘峡口,江关都督统摄巴东、建平西郡军政事务。阳关在巴郡江州县(治在今江北嘴),地在今江北区铁山坪(当时称巴子梁),控扼铜锣峡口,阳关都督统摄巴郡、涪陵、黔安三郡军政事务。换言之,两个都督便是所统地区的最高军政长官。

其中的李严,字正方,汉末荆州南阳(今属河南省)人,向以才干著称。建安十八年(213年)为刘璋任为护军,于绵竹率部归降刘备,受封为裨将军。刘备占领成都后,重赏功臣,李严名列《三国志·先主传》所指十五个头等功臣之列,被任为犍为太守、兴业将军,当时位在赵云、黄忠、魏延之上。

据《三国志·李严传》和《华阳国志·蜀志》记载,李严在犍为(治在今四川彭山县)太守任上,表现出了卓越的军政才能。建安二十一年(216年),他主持凿通天社山(今四川新津宝子山),沿岷江修建成了通成都的车行大道,解决了过去夏秋水涨交通断绝的老大难问题,赢得"吏民悦之"。又在县城内兴建府衙、寺院,造就"城观壮丽,为一州胜宇"。建安二十三年(218年),高胜、马秦等地方豪族在郪县(今四川三台县境内)聚合数万人造反,攻占资中(今四川资阳市境内),威胁成都。当时刘备正以法正为谋主,亲率张飞、赵云、黄忠、魏延等在汉中对曹作战,诸葛亮则以署左将军府事身份留守成都,为汉中战事提供后勤保障,兵力十分空虚。李严既不先请示,也不待指令,就主动率郡士五千人奇兵出击,以迅雷不及掩耳之势讨平了这次造反,斩其首领,遣散随从者各回乡生产。其后越嶲夷人首领高定作乱,他也是奇兵制胜,将乱众击散。由于迭建殊功,刘备加封他为兴汉将军,领郡如故。

蜀汉章武二年(222年)六月,刘备在夷陵之战惨败之后,退居永安思谋后事,八月即将李严召到永安去,擢升为尚书令。这尚书令可不是个等闲的官职,在两汉三国时期,丞相为外朝官之首,尚书令为中朝官(又称为内朝官)之首,都属宰相之职。刘备称王后,首任尚书令给了法正。称帝时法正已死,次任尚书令给了刘巴。刘巴又死,第三任尚书令就落到了李严头上。法正、刘巴、李严都属于蜀中新臣,而丞相诸葛亮却属于荆襄旧部,刘备这样用人授职,在两个集团之间搞政治平衡,从而也搞政治制约的良苦用心可谓之昭然若揭。

第二年一月开始,刘备一病不起,蜀汉政权的托孤大事被迫提上议事日程。二月,他把诸葛亮召到永安,同时加封李严为中都护,统内外军事,然后才指定"严与诸葛亮并受遗诏辅少主"。显而易见,刘备如此托孤的本旨,是让诸葛亮管政,李严管军,形成军政分离,相互制衡,以免任何一人专权独裁。殊不知四月二十四日刘备死后，"政事无巨细，咸决于亮"，诸葛亮并没有让李严同回成都辅佐刘禅，而是把李严留在永安当了永安都督，实际上剥夺了李严的托孤重臣身份。从此，李严在远离蜀汉政治中心的永安，坐了三年多冷板凳。

后主建安四年（226年）春，虚留着中都护头衔，并封都乡侯，假节，加光禄勋，转前将军的李严才移屯江州，改任江州都督。到任之后，他即做了一件大事：更筑大城。就是说，把江州城从今之江北嘴改换到今之渝中半岛，另筑一座江州大城。据《华阳国志·巴志》记载，李严主持筑成的江州大城"周回十六里"，有苍龙、白虎二门，城内的巴郡郡治、江州县治有所区分，所建的粮仓也有城墙围护。按今人考证，其范围东起今之朝天门，向西延伸到今之大梁子、较场口一带，奠定了后来重庆老城的基本格局。

更筑大城的同时，李严还打算凿穿城中山体，使长江水流入嘉陵江，使江州城变成一个四面环水的大"洲"。据今人考索，拟凿的部位就在今之鹅项颈，那的确是两江之间最狭的地带。如果当年李严心想事成了，其后至今的重庆主城当是怎样一座山水之城，稍有想象力便能想见。

李严还提出要求，把江州都督所统摄的巴郡、涪陵郡、黔安郡，永安都督所统摄的巴东郡、建平郡计五个郡合成一个州，一个与益州相并立的巴州。这个合郡设州的要求，未尝没有包藏李严个人的政治欲求，所以诸葛亮断然拒绝了。但是，如果排除李严个人私心，果真设立巴州了，那么重庆的历史从那时起即已翻开新篇了，不必等到南宋时期的1189年升格为府，甚或还不必等到当代中国的1997年升格为直辖市。

只可惜，两个如果都没有变为现实，历史总是要沿着合力方向变化演绎的。在与诸葛亮的政治较量中，李严始终处于弱势，一次又一次遭致失败。江州都督他只当了四年，到建兴八年（230年），他就被诸葛亮以明升（加骠骑将军，以中都护署府事）暗降的方式调往汉中，实际上成为北伐蜀军"后勤部长"。这就加剧了李严的不满，建兴九年（231年）秋夏之际运粮不济,迫使退军,他竟做出了反复无常,抢先诬告诸葛亮"伪退"的事。结果反被诸葛亮联名告倒,被废为庶人,徙居梓潼(今属四川)。建兴十二年(234年),听说诸葛亮已死,李严也于废徙之所发病而死。

李严与诸葛亮之间的恩怨是非,容当多向探讨,断不属谁忠谁奸、谁好谁坏的问题。但对于重庆主城的城市建设和城市发展,无论如何,李严都已经载之竹帛,流恩后世。在我个人心目中,公元前314年最先在今之江北嘴筑江州城的秦国大夫张仪,226年最先在今之渝中半岛更筑江州大城的蜀汉将领李严,1240年在李严旧城基础上扩大两倍、开四道门筑重庆城的南宋四川安抚制置副使兼知重庆府彭大雅,1371年在南宋旧城基础上再扩大、并建十七门的明初重庆指挥使戴鼎,1663年补筑明代城墙达12华里的清初四川总督李国英,1927年开始拆除部分老城墙、修筑三条新市区干线的重庆市首任市长潘文华,都是今之重庆人和后之重庆人应当纪念的人。七人中,李严开启了渝中半岛筑城之始,所居地位特别突出。别人怎么看待我不管,反正我忆及其人,常联想到"论功若准平吴例,合著黄金铸子昂"那两句诗。

巴亦有相。正史有传的巴渝第一相,姓董名允字休昭,祖籍即是巴郡的江州。《华阳国志·刘后主传》将他与诸葛亮、蒋琬、费祎联在一起,说是"于时蜀人以诸葛亮、蒋、费及允为'四相',一号'四英'"。即是说,董允为三国时期"蜀中四相"之一,或称"蜀中四英"之一。

董允的父亲董和同样名著青史,在《三国志》里单独有传。整部《三国志》魏、蜀、吴三书中,单独有传而非附于他人传记之后的人物共计327人,其中父子、兄弟分别有传者,除曹操、刘备、孙权三家之外,亲父子惟有董和及董允、诸葛瑾与诸葛恪两对,亲兄弟惟有诸葛瑾、诸葛亮、诸葛诞三人(其余荀彧与荀攸为从父子,袁绍与袁术为堂兄弟)。如此之特出,不仅当世少有,而且百代亦相当鲜见。

董和字幼宰，先在益州牧刘璋手下，迭任牛鞞（今四川简阳市）、江原（今四川崇州市）、成都等县令长，以及益州郡（今云南省北部地区，治在滇池附近）太守，都以清正廉洁著称，深受属下吏民的依赖拥戴。建安十九年（214年）刘备占领成都之后，征董和为掌军中郎将，与军师将军诸葛亮并署左将军大司马府事。按照《三国志·先主传》所列，当时在刘备手下"处之显任，尽其器能"的荆襄旧部为诸葛亮、关羽、张飞、麋竺、简雍，蜀中新臣为法正、许靖、董和、黄权、李严、吴壹、费观、彭羕、刘巴，再加上一个汉中降将马超，凡十五人，董和受刘倚重的程度在九个蜀中新臣中仅次于法正。

董和与诸葛亮并署左将军大司马府事，换用成现代话语，就是代左将军刘备（汉献帝于建安四年即公元199年，经曹操表荐，封刘备为左将军，这是刘备称汉中王前的最高的正式头衔）管理日常军政事务的并列大管家。一个是蜀中新臣，一个是荆襄旧部，二人都"献可替否，共为欢交"，合作共事得十分融洽。后来诸葛亮当了丞相，在其《与臣下教》中，特别追忆已去世的董和说，"董幼宰参署七年，事有不至，至于十反，来相启告"。还将董和与刘备在新野的第一位军师，也是诸葛亮的隆中旧友，《三国演义》所写"走马荐诸葛"的徐庶（字元直）相提并论，谓之"苟能慕元直之十一，幼宰之殷勤，有忠于国，则亮可以少过矣"。自古今名人去后，诸葛亮能这样念想和赞扬董和，足见董和为人为政品格之高。

按《三国志·董和传》所说，董和"居官食禄，外牧殊域，内干机衡"，亦即相当于从今之县处级、地厅级到省部级干了"二十余年"，可其"死之日家无儋石之贮"。"儋"通"甔"，是一种容器，能容粮食一石，故称"儋石"。一石十斗，十斗百升。汉末至三国时期的一升约合今之202.3毫升，或者今之0.2023市升，能容的粮食重不过一斤。一个省部级大官死了，家里的粮食储藏不到百斤，实则代指家无余物，那是何等清贫？对比一下诸葛亮，《出师表》中自称"成都有桑八百株，薄田十五顷（按：一顷合百亩）子弟衣食，自有余饶"，董和的清贫更是难能可贵，令人感叹！

董允沾了董和的光。蜀汉章武元年（221 年）五月，刘备立刘禅为皇太子，就选拔董允为太子舍人，不久升为太子洗马，这两个职务都是陪侍太子。建兴元年（223 年）五月刘禅袭位后，又将他升为黄门侍郎，使他成为皇帝身边侍从官员。建兴五年（227 年）诸葛亮即将率众北伐，“虑后主富于春秋，朱紫难别，以允秉心公亮，欲任以宫省之事”，在《出师表》中特别规谏刘禅：“侍中郭攸之、费祎，侍郎董允等，先帝简拔以遗陛下，至于斟酌规益，进尽忠言，则其任也。愚以为宫中之事，事无大小，悉以咨之，必能裨补阙漏，有所广益。若无兴德之言，则戮允等以彰其慢。”郭攸之不大管事，费祎不久被调往汉中军中，匡正后主的重任实际落到董允一个人身上。

先后得到刘备的关爱和诸葛亮的重托，董允一点没有辜负他们。特别是费祎赴任汉中之后，他继任侍中，领虎贲中郎将，统宿卫亲兵，相当于今之中央办公厅主任兼中央保卫局局长，更是做到了“正色处中，上则匡主，下帅群司”，把“献纳之任”专负起来。他处事以“防制”为主，“匡救”为先，坚持原则，毫不苟且。刘禅想采择嫔妃充实后宫，他就以“古之天子后妃之数不过十二，今嫔嫱已具，不宜增益”为由，坚决不答应。刘禅拿他没奈何，只好作罢，进而对他更加“严惮之”。刘禅宠爱宦人黄皓，他又“上则正色匡主，下则数责于皓”，使便辟奸佞的黄皓十分畏惧他，不敢为非作歹，终允之世职位不过一个黄门丞。

董允自己从不贪图尊荣富贵。后主延熙七年（244 年），时任大司马蒋琬以个人生病为由，上表将其领任的益州刺史职务，让给时任尚书令费祎或时任侍中董允，还上表称“允内侍历年，翼赞王室，宜赐爵土以褒勋劳”，董允皆“固辞不受”。但刘禅接受了蒋琬的表章，给费祎加大将军，领益州刺史，给董允加辅国将军，守尚书令。守尚书令就是副宰相，当费祎从尚书令兼大将军之职行军汉中的时候，朝中便由董允执行宰相职权。就这样，在建兴十二年（234 年）八月诸葛亮病逝之后，蒋琬、费祎、董允相继居相位，实际掌握了蜀汉军政大权，维持了蜀汉政权稳定，因而被誉为"蜀中四相"或者"蜀中四英"。

身居相位的董允,仍然能礼贤下士,奖掖后进。据《三国志》本传记载,有一次,他与尚书令兼大将军费祎、典军胡济约定出游,已经登车准备出发了,郎中董恢突来造访。董恢为襄阳人,年纪尚轻,所任郎中一职相当于今之科级官员,与董允相差悬远。一见董允停止车驾,董恢很不安,请求离去,以后再登门拜访。董允坚决不答应,说"本所以出者,欲与同好游谈也。今君已自屈,方展阔识,舍此之谈,就彼之宴,非所谓也"。即命解骖,费祎和胡济也罢驾不行。《华阳国志·刘后主传》评价说:"允之下士接物,皆此类也,君子以为有周公之德。"较之于当今,有多少县处级以上官员甘于如此谦逊有礼地接待年后于己的职务低下者,更不要说未有预约突然来访。

只可惜,董允在相位不足三年,延熙九年十一月蒋琬卒后未久,他也乘鹤西去了。又过了七年,到延熙十六年(253年)正月,费祎遇刺身亡,"四相"、"四英"尽去。从此后,后主刘禅亲政,新任侍中守尚书令陈祗上承主旨,下与宦官黄皓等阉竖勾结,把蜀汉朝政搞得腐败荒淫透顶,加速了蜀汉的灭亡。

在"蜀中四相"当中,董允是唯一一个未曾带兵打仗的人,政治建树当排在诸葛亮、蒋琬、费祎之后。但他为维护蜀汉政权稳定,让其他三人所相继主持的北伐战争能有一个相对稳定的后方,所建功劳未必不及,甚或还在蒋琬、费祎二人之上。更值得今之重庆人和后之重庆人引以为荣,引以为范的是,董允和他的父亲董和,政治品格和道德操守都十分高尚。这在历代为相者和高官层中,说稀缺难求或则过了,说难能可贵肯定是颇切当。如果视为一种优秀的精神遗产,那么董氏父子的政治品格和道德操守,就不仅止属于为相者和高官层,而是所有配称为人的人全都可以汲取和张扬的。

对重庆历史,诸葛亮无论如何绕不过去。他先后三过江州,固然未曾留下史话,但章武三年(223年)所发生的永安托孤(白帝托孤)事件,却将他的名字永远地与今之重庆粘合在一起,致令永安(白帝)城以人名。那究竟属于一段忠信佳话,还是一场权谋较量,历史业已将疑云形态定格下来,任凭后人用心追索。只有由之既定的事实明白无误,那就是刘备病逝之后,托孤重臣诸葛亮于后主建兴元年(仍为223年)五月被封为武乡侯,即行"开府治事","顷之,又领益州牧",从此蜀汉"政事无巨细,咸决于亮"。换言之,刘禅无非一个傀儡,诸葛亮才是蜀汉政权的事实上的最高领导人。

这一点,颇似于曹操之于汉献帝刘协,根本的区别则在诸葛亮身后并没有出现过他的儿子篡位取代的事。以事实为依据,诸葛亮对刘氏皇权尽忠竭力无可怀疑,连他的专权擅政也是一种特殊的尽忠方式,在历史上前既有古人,后亦有来者。诸葛亮的忠,凝结成为"鞠躬尽瘁,死而后已"八个字,突破一时一姓,跨越广袤时空,升华成为中华民族所共有的一种优秀政治美德,尤为千古不可移易。

但是,诸葛亮既然是蜀汉政权事实上的最高领导人,评价他的历史功过就不宜仅停留在政治道德、政治功业以及个人品格的层面上。既然蜀汉"政事无巨细,咸决于亮",那么,由他个人所决定、所决策、所决意贯彻实施的为政路线、政策和措施,除了对他所尽忠的刘氏皇权即时性地和持久性地产生过的有利作用和不利作用之外,势必还会对当时当地的民生和社会,乃至于其时其后的历史演替或大或小、或显或隐地产生影响。其间后一个层面,历来多被学界、民间所忽视,实在大不应该。哪怕是按照孟子关于"民为贵,社稷次之,君为轻"的遗教,也理当将后一个层面放在前一个层面之上,秉持历史唯物主义就更不应该与之相反。

这就需要细理一理诸葛亮专权擅政之后,他主要做了什么,怎么做的,其所作所为对民生、对社会、对历史究竟造成了什么影响。据《三国志·诸葛亮传》及相关传记记载,诸葛亮从建兴元年(223年)五月在成都"开府治事",到建兴十二年(234年)八月病逝于五丈原(今陕西眉县南),他一直实行的是先军政治,基本是在亲自用兵打仗。建兴三年(225年)三月至当年秋天,他率军平定南中四郡(即《三国演义》所写的七擒孟获),同年冬天便开始谋划"北图",亦即北伐曹魏。准备一年后,建兴五年(227年)一月即上《出师表》,二月即"出屯汉中",此后直到死都基本上驻节汉中。建兴六年(228年)春至其病逝六年又八个月内,他亲自率军在今之陕西、甘肃境内与曹魏军队打了六个战役(即《三国演义》所写的六出祁山,实际出祁山是两次)。加上平南中一役,十年打七次大仗,所以陈寿在其《三国志》本传中直言批评"用兵不戢,屡耀其武"。换用为成语,那就叫穷兵黩武。

诸葛亮死后,蒋琬、费祎、姜维相继任尚书令兼大将军,不折不扣地照诸葛亮的既定方针办,与曹魏之间战事连绵,《三国演义》据史演绎为"姜伯约九伐中原"。这九次战事,加上诸葛亮亲历亲为的七次战事,意味着蜀汉从公元225年到262年的37年当中,居然打了16次仗。如果再加上景耀六年(263年)曹魏方面的邓艾、钟会、诸葛绪等"数道并攻",兴师灭蜀,即为38年当中打了17次仗。而在同一个38年期间,东吴与曹魏之间只打过3次仗。17比3,穷兵黩武之不计利害,委实令人触目惊心。其始作俑者,正是诸葛亮。

魏蜀吴三国,蜀汉版图最小,国力最弱,却偏要如此穷兵黩武,最先灭亡势在必然,不最先灭亡恐天理难容。但国亡事小,后主刘禅投降了照样可以花天酒地,乐不思蜀,广大的民众却是太惨了。据《三国志·后主传》注引《蜀记》记载,刘禅请降时,派尚书郎李虎送《士民簿》给邓艾,簿内在籍士民"领户二十八万,男女口九十万,带甲将士十万二千,吏四万人"。这些数字凸显两点:一、蜀国灭亡时,东至今之重庆奉节,南有今之贵州西北部和云南中部北部,西抵今之四川泸定,北极今之陕西汉中的益州境内,只剩下28万户,108万人,大约相当于每平方公里仅有一个人。二、94万男女民众,大约每8人要负担1个将士,每23人要负担1个官吏,民众的负担之重旷古罕见。

民众的死亡更骇人听闻。据东汉桓帝永兴二年(154 年),即黄巾起事前 30 年统计,大巴郡内共有 464780 户、1875535 人。而到了西晋太康初年(280 年左右),即泛三国时期结束时统计,大巴郡内只有 2.6 万户、约 14 万人,分别为前者的十八分之一和十三分之一;小巴郡内则只有 3300 余户,不足 2 万人。这么少的人,还是灭蜀后的西晋将领王濬先后任巴郡太守、益州刺史十几年,严禁弃养男婴(蜀汉中后期,民众畏兵役,普遍弃男婴留女婴),减轻百姓赋税,奖励妇女生育,人口已有增加的结果,蜀灭时较之还要少得多。民生之艰难,在巴渝既往的历史上,如此十不存一确乎从未有过。

民生的凋残,社会的困窘,也反映在县的兴废。如诸葛亮《隆中对》所说,巴蜀地方历来是"沃野千里,天府之上","民殷国富"。刘璋、刘备统治时期仍然这样。当时设置一个县,起码得有 1000 户以上人家。章武元年(221 年)刘备称帝后,在小巴郡原有的五个县基础上,增设常安(治今长寿凤城镇附近)、乐城(治今江津油溪镇)二县,是为长寿、江津建县之始。这说明,那时人口增加了。但是,到延熙十七年(254 年),即蜀汉灭亡前 9 年,却不得不撤销新设不过 30 余年的常安、乐城二县,以及秦汉原有的平都县,致使幅员大体相当于今之重庆"一圈"加"两翼"的涪陵、丰都、忠县、万州西部的小巴郡范围内,仅止残存着区区四县,每县平均不足 5000 人。刘备称帝时新增两个县,诸葛亮身后减少三个县,鲜血和白骨积成的历史就是如此严酷。

经济社会的大倒退犹不止此。从三国开始,经两晋、十六国和南北朝凡 369 年间,之重庆地区经历了蜀汉、曹魏、西晋、成汉、东晋和南朝的宋、刘、梁,北朝的北魏、北周凡 10 个政权所反复争夺和控制,其间还夹杂着民族间的或部族间的你争我斗,战争频仍,灾祸不断,更是出现了满目疮痍。据《宋书·州郡志》记载,到孝武帝大明八年(464 年),今之巴渝地区和川东地区总共只有 4000 户,不足 2 万人,约相当于东汉巴郡人口的七十分之一,西晋太康初年同一地区人口的七分之一。这种惨状堪称超过明末清初。然而,清初的政府相继百年组织移民,"湖广填四川"的百万移民使巴蜀地区经济社会得以恢复发展,南北朝之后的隋、唐两朝政府却没有做过相同的事,致令今之重庆地区一直到北宋年间经济社会才得到恢复,南宋年间才得到发展。从三国正式开始的220年到北宋建国的960年,相距长达740年之久,今之重庆地区沦为蛮荒之地,贬谪之所,经济社会较之西之蜀、东之荆长期严重滞后,本土再也未曾出过董和、董允、甘宁那样杰出的人。

这一切恶果,肯定是740年间多种社会因素合力作用所造成的,单归咎于诸葛亮未免会过分偏颇。尽管如此,恶果的始因毕竟来自他的"用兵不戢,屡耀其武",以及他为蜀汉政权确立的先军政治,大可不必为之叫屈。对于他那种历史风流人物来说,政治道德、政治功业和个人品格,并不总能够与对人生、对社会、对历史变替的直接作用、间接影响、长期浸染相一致,只能一码归一码。重庆历史受他的害,远比受他的益要多。

成都武侯祠评诸葛亮的楹联当中,清人赵藩的那副最著名:"能攻心即反侧自消,自古知兵非好战;不审势则宽严皆误,后来治蜀要深思。"可以"深思"的,岂止"治蜀"者?

2010年10月17日于淡水轩

〔说明〕这是我给《红岩》文学双月刊写的系列历史散文的第一篇。

446

"黄葛"与"黄桷"

重庆的市树,叫"黄葛树",还是"黄桷树"? 重庆境内由之而得的若干地名,叫"黄葛×",还是"黄桷×"?

2010年最后一天下午,在市委宣传部所召开的一个会议开始之前,谭竹向我提出了相关问题。她说她正在写一本书,书里涉及相关树名和地名,弄不清该是"黄葛"或"黄桷",所以特地问我。我当即作出肯定的回答,只能是"黄葛",不能是"黄桷"。

同样的问题,早好几年就曾有人问过我,我曾经为之查阅过资料。查实之后,我还写过一篇文章,发表在《重庆日报》副刊上。记得那篇文章里,我引用过清人王尔鉴的一首诗,诗题就叫《川东道署古黄葛树长句》,凡七言二十八句。如今重读那首诗,较之当时,特别觉得有意思。

诗的前八句,欲写此而先写彼,王尔鉴先列举出"梗楠杞梓松柏桐"七种树木,称颂它们"资深栋"和"世所重"。但随之一转,即说它们"弗得其所难为用","酬林羞与凡材共"依稀暗藏着它们在重庆不如黄葛树形象突显的意思在。

次入句便以"惟兹黄葛钟气雄"起句,极力描画黄葛树"盘结魂磊俨神工,拔地本耸屹山岳,凭虚根起蟠虬龙"的伟岸形象,以及它那种"几经雨露与霜雪,柯古不改排长风,密叶天覆暖翁蔚,万间广厦青荫浓"的精神张力。今人只要随处临树(例如在南岸区的黄葛古道,例如在渝中区的人民广场)体验一下,就不难与前贤相通,感悟到黄葛树历来怎样与重庆人的精气神若一。

余下十二句断之以进,又写出三层意思。除第一层夸黄葛树"坚心不容蝼蚁穿,老干岂受风雷震"的非凡气质,第三层抒诗人自己"高枝凡鸟不敢栖,看擢椅梧待凤举"的人生追求外,值得注意的是其第二层。"为溯厥初不计年,疑历无怀与葛天,笑他蒲柳堪一折,拟彼灵椿寿八千",分明是说黄葛树种起源古远,历史悠久,生命绵长。其中的无怀氏与葛天氏,相传是与黄帝轩辕氏、炎帝神农氏同时代的中华民族人文始祖,我个人大胆推断"黄葛"二字的命名即由之而来。

中华民族历来讲究天人相应,巴渝先民究竟何时命名黄葛树,究竟何时开始借用黄葛树名来命名若干地名,现在典籍殊难考证。然而,至迟在南宋时期,"黄葛×"式的地名便已出现,最有力的证据是余玠的诗作《黄葛晚渡》。余玠为南宋著名抗蒙英雄,淳祐二年(1242 年)十二月受任四川安抚制置使兼知重庆府,次年春即设制置使司于重庆金碧山下(今渝中区解放东路)。那里邻近后之南纪门,下有黄葛渡,他据实写了那样一首诗:"龙门东去水和天,待渡行人暂息肩。自是晚来归兴急,江头争上夕阳船。"

今人彭伯通《重庆题咏录》为之笺注,先引明人曹学佺《蜀中名胜记》,指其中引《图经》说:"涂山之足,有古黄葛树,其下有黄葛渡。"然后说"黄葛渡即黄葛峡",如乾隆版《巴县志》所述:"黄葛峡在县西南,江面宽阔,中隔珊瑚坝,非如他峡之险。"由是可以判定,黄葛峡或黄葛渡,即指珊瑚坝下段一带长江水段。直到 20 世纪的 80 年代,那里犹有渡船往还,渝中区渡口为南纪门,南岸区渡口为现玛瑙溪。

自宋、元以降,旧传"巴渝八景"中即含"黄葛晚渡"一景。清乾隆年间,王尔鉴主持修《巴县志》,将旧传"巴渝八景"汰三增七,厘定"巴渝十二景",仍然保留"黄葛晚渡"。同一《巴县志》中,江北县(今渝北区)境内也有黄葛山,在"城东北三十里,高二里,岭长五里,多黄葛古树。"在在足以说明,由明至清以后,由黄葛树而得名的地名(包括峡名、山名)一概为"黄葛×"。

再延至民国年间,近人向楚主持修《巴县志》,相关地名仍沿其旧。

如今之"黄桷垭",在民国二十五年(1936年)出版的《巴县志》中,就写作"黄葛垭"。今之"黄葛古道",正能与之相应。

"黄葛垭"是怎么变成"黄桷垭"的?详情待考。但大体可以推定,是如俗话"四川人生得尖,认字认半边"所谓,由地方音将"角"读gé(音阁),与"葛"音同,由这半边认字,把木旁的"桷"同样读为gé,而在俗写当中也用"桷"代"葛"的。到20世纪50年代大倡简化字,笔画稍简的"桷"更乘势而上,渐次取代了原本的"葛"。不独"黄桷垭"如此,其他诸如"黄桷坪"、"黄桷镇"都亦复如此。

其实,在普通话语音里,"葛"与"桷"的读音迥异。"葛"自读gé,"桷"却读jué(音决),声母、韵母均不相同。而认半边的那个"角",普通话还多音,或读jué(音绝,用如角斗、角色),或读jiǎo,(音狡,用如牛角、边角)。如今在重庆,许多民众日常口语中的"黄桷×"的"桷"多发音gé,践行说普通话的电视主持人、官场讲话人,以及教师、学生人等,则将"桷"或发音jué,或发音jiǎo,衍生出了一字三音的混乱状况。

重庆直辖初,有外地来的文艺界的朋友问我,你们重庆的市树究竟是"黄葛树"还是"黄桷树"?你们重庆的好多"黄桷×"与市树有没有内在的关系?"黄桷×"的"桷"到底什么音?我曾据我所知,尽量作出回答。也不止一次写过文章,对"黄葛树"和"黄葛×"追本溯源。并且不惜数笔画,数出"葛"字为13画,"桷"字为11画,后者只比前者少2画,简化不到哪里去。从俗求简反而引生出混乱,影响到与市树相关的文化寻根,委实太不值得。

本土文艺界也有朋友大不以为然。记得有一次,余薇野就曾当面对我说过,无论"黄葛"、"黄桷"都行,无须乎太较真。我开玩笑道,野老夫子,假若有人把你的姓名"余薇野"简写成"余为也"你会认可吗?他瞪眼答道,那当然不行。于是一笑了之。

2004年底,我给市长王鸿举、常务副市长黄奇帆写了一份书面建议,吁请他们关注市树的用字及相关地名问题。大约三个月后,我得到了市园林局的书面回复,题为《关于重庆市树准确名称的说明》。现在我将全文抄出来,以冀更多的人对相关问题增进了解。

蓝老师:

您好!您给鸿举市长和奇帆副市长关于《请你们关注市树的用字及相关地名的问题》的建议,已转至我局函复。由于不同版本的书有不同介绍,我们专门请专家对市树的学名和拉丁名进行了印证,同时由于其他种种原因,今天才回复,请见谅。

根据1983年科学出版社出版的《中国高等植物图》第一册补编P152页介绍,我市市树的准确名称应是:黄葛树(Ficus Virens Ait Var. sublanceolata Comer)。

黄葛树:落叶大乔木,高15—26米。叶互生,坚纸质,椭圆状矩圆形或卵状矩圆形,长8—16厘米,宽4—7厘米,先端短渐尖,基部钝或圆形,全缘,侧脉7—10对;叶柄长3—5厘米。花序托单生或成对生于叶腋,或3—4个簇生于老枝上,近球形,无梗,径约5—8厘米,熟时黄色或红色;基部有包片3;雄花、瘿花和雌花生于同一花序托中;雄花花被片3,雄蕊1;瘿花及雌花被片4。瘦果微有皱纹。

目前把"黄葛树"误写成"黄桷树"的现象普遍存在,以黄葛树为地名的"黄葛×"也是"黄桷×",由此确实引起很多误解。为了市树用字的规范,我局可在新闻媒体上进行说明。而市内以"黄桷"命名的地名的更改,我局无此职能,应由市民政局负责(我们已将相关情况同时函告了市民政局)。特此说明。

重庆市林业局

二〇〇五年二月二十五日

市林业局言而有信,那之后不久,他们的确在《重庆日报》上发布过一段文字,就"黄葛树"的准确用字作出了公开说明。我注意到了,自那以后,重庆日报报业集团旗下的纸质媒体,写到"黄葛树"都是正确的。

　　然而,从那个"目前"到时下"目前",五六年过去了,更大范围内的混乱状况依然很少改变。像谭竹那样,肯开口问,问明白后随即表示要改过来的,先前我遇到的并不是没有,惜乎终是屈指可数。因而引发一点冲动,决计写出来,庶几还能够起到一点传播作用。

　　顺便提一提,市民政局是否已然有所理睬,我真不知道。或许本来就不当一回事,或许改地名实在太困难,不好改,不必改。只不过,五六年以来,市内地名更动的事并非绝无,好像还是不属做不到的事,该算不做到的事。

2011 年 1 月 22 日

"上帝鞭折钓鱼城"考辨

重庆中古历史上,发生于十三世纪中期的宋蒙(元)钓鱼城之战,无疑占据十分突出的重要地位。其间1259年7月,蒙古大汗蒙哥亲临城下督战,"为炮风所中,因成疾"[1],未久死于军中一事,尤其备受后人关注。在1989年召开的钓鱼城学术研讨会上,有与会者将其称为"上帝鞭折钓鱼城",认为其影响不仅限于宋蒙(元)之间,而是广及亚洲、欧洲、非洲,改变了当时世界格局。之后传得沸沸扬扬,名人题句,作家著书,媒体造势,企业附骥,仿佛当年钓鱼城那一炮果真"折断了上帝的雷霆之鞭","使得西亚、北非、欧洲的蒙古大军溃败,扭转了欧亚的险恶局势,极大地鼓舞了欧亚各国人民反侵略战争的斗志,改写了欧亚人民一度被蹂躏的历史"。[2] 十多年过去了,尽管此说一直未被全国学术界所采纳,却在重庆广为传播,致使不少人都信以为真,不知其假,因而需要加以廓清。

诚然,最早提出"上帝鞭折钓鱼城"说法的人,是有一点立说引子的。引子就在于,蒙古铁骑第二次西征欧洲末期,1241年4月,罗马教皇格列高利(或译格里高利、格烈果尔)九世曾经在一封信里,对于蒙军侵入欧洲用过"上帝之鞭"的比喻。然而,打从一开始,援引比喻的人就没有作过探究,教皇所喻究竟何所指,蒙哥其人与教皇所喻究竟有没有喻指的关系。言之者凿凿,听之者藐藐,连这个前提都未理清楚,就忙于描述重

---

[1] 明万历版《合州志》卷一《钓鱼城记》。

[2] 王群生《上帝鞭折钓鱼城》篇首语,第2页,重庆出版社1991年12月第一版。

大影响了。实则二十多年来,也少有人认真考索,蒙哥之死对当时欧洲格局究竟有无影响,对当时西亚格局究竟有多大影响,通常都只图说得痛快了事。如此这般,非理性想象支撑夸大其辞,"上帝鞭折钓鱼城"之说竟在重庆以假乱真。单是文艺创作犹可说也,历史研究、文化定位也大胆虚夸,实在令人不知其可。

为了梳理出历史真相,有必要简略回顾蒙古铁骑的第一次西征,及其后续相关事件。第一次西征始于 1219 年,起因在于花剌子模杀害了蒙古商人,成吉思汗极为震怒,即便亲率蒙军主力大举进攻花剌子模。灭掉花剌子模后,蒙军乘势越过高加索山,进入了顿河流域。1223 年 5 月,在卡尔卡河畔,蒙军击溃了突厥族的波洛伏齐人与罗斯王公们组成的联军,突进到第聂伯河和克里米亚半岛。正当其时,西夏趁蒙古国内空虚,大肆侵扰的讯息传来,成吉思汗断然决定班师东还,以进击西夏,第一次西征因之而结束。[1] 1227 年 8 月,成吉思汗在围攻西夏都城中兴府时因病去世,"一代天骄"告别人间。但他生前已建立了空前庞大的蒙古帝国,定都于喀喇和林,并将领土分封给四个儿子。"长子术赤(死后由其长子拔都受领)领有东自额尔齐斯河,西至咸海里海以北的广阔领土;次子察合台领有中央亚细亚一带、阿姆河以东的领土;三子窝阔台领有蒙古西部至新疆北部一带的土地;四子拖雷领有蒙古本部及中国北部"。[2] 这一次分封,划定了他的四个儿子及其谱系的势力范围,奠定了后来一大帝国、四大汗国的基本框架,也决定了每一谱系扩张领土的用兵方向,意义重大而深远。

窝阔台继任蒙古大汗时期(1229—1241),于 1235 年决定第二次西征欧洲。当时的俄罗斯尚无统一国家,分散为数十个大大小小的公国,最大的公国为基辅罗斯,因此,基辅罗斯成为主要征略目标。西征蒙军

---

[1] 蒋国维、向群、唐同明主编《世界史纲》上册,第 251 页,贵州人民出版社 1985 年 7 月第 1 版。

[2] 刘明翰主编《世界史·中世纪史》,第 235 页,人民出版社 1986 年 9 月第 1 版。

共15万人,由术赤长子拔都担任统帅,窝阔台长子贵由、拖雷长子蒙哥也都随军出征。1238年1月,蒙军攻占莫斯科,将全城及附近的村庄尽行焚毁。"1239年春,进取打耳班附近诸地……贵由、蒙哥二王奉帝命东还,于是年秋东行"。[1]1240年秋,拔都亲率军队围攻基辅,11月19日(一说12月6日)城陷,又施行了大规模的屠杀和掳掠。至此,罗斯全境几乎都被蒙军掠定。1241年春,蒙军分两路西进,一路由勃栾台率领进攻波兰,一路由拔都率领进攻匈牙利,攻陷了佩斯等城。匈牙利国王别剌边求救,边逃跑,被一部蒙军直追赶到亚得里亚海边;罗马教皇格列高利九世喻称的"上帝之鞭",就是彼时彼际出笼的。当年6月,蒙军主力又攻入捷克境内,遇到了捷军顽强抵抗。捷军在奥洛摩茨城外突袭蒙军,蒙军遭逢败绩,消减了继续西进之势。12月11日窝阔台死,其死讯于1242年2月传到拔都军中,拔都遂决定终止西进,回师东归。从东欧回到伏尔加河下游,拔都建立了钦察汗国(金帐汗国),首都设在莱萨(意为王宫)。[2]钦察汗国占有罗斯大部分领土,比当初成吉思汗给术赤的封地范围更大,其国祚延续到1480年,也比后来忽必烈建立的元朝存续时间还要长。

在这条历史链上,有三个环节须当充分注意。其一就是"上帝之鞭"。1241年4月,拔都亲率蒙军主力进攻匈牙利,势如迅雷,很快攻占了佩斯。据十八世纪瑞典历史学家多桑所著的《多桑蒙古史》记载,"匈牙利国王别剌虽求救于欧洲之君王,然无以兵至者"。[3]其深层背景在于,中世纪的欧洲,罗马教权与世俗皇权长期不睦,罗马教皇英诺森三世(1198—1216年在位)从1198年开始便竭力鼓吹"教皇权力至上","皇权来自教权",教皇是"真正的上帝的代理人",为此与德国皇帝、英国国王展开了激烈的权力之争。德皇腓特烈(或译菲烈德里、弗利德里希)二

---

[1] [瑞典]多桑《多桑蒙古史》,冯承钧译,第239页,中华书局2004年5月第1版。
[2] 刘明翰主编《世界史·中世纪史》,第236页,人民出版社1986年9月第1版。
[3] [瑞典]多桑《多桑蒙古史》,冯承钧译,第254页,中华书局2004年5月第1版。

世（1212—1250年在位）本是教皇加冕称帝的，但他从1220年起，力行中央集权，削弱贵族和教会势力，成为世俗皇权挑战罗马教权的领头人物，深为继后两任教皇格列高利九世（1227—1241年在位）和英诺森四世（1243—1254年在位）所刻骨嫉恨。别刺的使者瓦陈主教赶到意大利，向当时正在意大利的腓特烈二世求救，腓特烈二世只是敷衍了事，拒派援兵。瓦陈主教又"至罗马，呈其主之求援书于教皇。然教皇之答复亦类菲烈德里二世之答复，毫无要领。首先对于基督教徒之受鞑靼之害，表示悲悯之意，以为此事乃因人类之罪恶所招致之天灾。复次激励畏惧上帝而求其悲悯者，速抱赎罪之心。"经瓦陈主教恳切陈辞，格列高利九世终于给包括腓特烈二世在内的几个欧洲君主写信，敦促援匈。"教皇又致别刺书，励其盼望上帝之悲悯。上帝虽降灾以罚罪，终必易严烈为温和，先持罚罪之鞭，终伸慰抚之手。"①这些话即是所谓"上帝之鞭"的由来，很明显，全被倡其说者误读了；信其说者不知所以然，又轻易地误传了。还其本来面目，格列高利九世宣扬的上帝"罚罪之鞭"无非是借题发挥，渲染罗马教权，警戒世俗皇权。如果一定要坐实"鞭"的喻指对象，那么，总体上无疑应是蒙古铁骑，个体上则只能是指拔都。一则蒙哥和贵由一道，一年多前即已奉命"东还"了，未曾参与东欧战事，二则罗斯崇奉东正教，不在罗马教皇关照范围内，所以蒙哥与这条上帝的"罚罪之鞭"毫不沾边。

其二就是拔都为什么终止这一次西征。闻知窝阔台死讯，固然是一个直接动因，但既非全部原因，也不是根本原因。他回师东归，并没有回到亚洲争夺蒙古大汗权位，而是只撤到伏尔加河下游便不再动，随即在那里建立钦察汗国，自尊一方，就表明还有更加深层的内在原因。对此，当代俄罗斯历史学家索科洛夫作过中肯的分析："拔都率主力部队沿多瑙河谷及黑海沿岸返回伏尔加地区。军队返回的官方理由是，必须回去参加大汗去世后召开的诸王大会（大汗于1241年11月11日驾崩）。但

————————
① ［瑞典］多桑《多桑蒙古史》，冯承钧译，第255页，中华书局2004年5月第1版。

七
杂
说

是,真正的原因却是蒙古人不可能巩固对中东欧的占领。许多重要的要塞,拔都未能攻夺下来,许多欧洲国家的主力部队,拔都也未能将其击溃,而这些国家在面对蒙古人这一共同威胁时完全可能联合起来。"①他这样兼顾交战双方的力量消长和作战态势进行分析,较之于单讲蒙古铁骑如何势如破竹,如何所向披靡,如何横扫欧洲,显然要客观可信得多。事实上,当年的欧洲国家尽管猝不及防,遭到蒙古铁骑猛烈冲击和残酷蹂躏,波兰和匈牙利都形近不设防,但也有捷克军队打败蒙古军队的战例,蒙古军队并不是攻无不克,战无不胜。罗马教权虽然与世俗皇权长期争斗,积怨深沉,但教皇格列高利九世致信号召各国出兵救援匈牙利之后,欧洲国家的确有可能暂时性地联合起来抵御蒙古入侵,德皇腓特烈二世就要求为此组织十字军。识时务者为俊杰,拔都东撤到伏尔加河地区以求保存有生力量,应是一个适当选择。钦察汗国建立后,虽与波兰等国还有过战事,大规模的战略西征却是再也顾不上了,再也未发生了。蒙古人与俄罗斯人长期共处,虽为占领者,实亦两种文化相互渗透融合,直至 1480 年钦察汗国被莫斯科公国所取代,这种渗透融合都没有止息,因而现今的俄罗斯人中仍存留着蒙古血统。惟其如此,较之拔都终止西征晚了 17 年的蒙哥之死,对于 1259 年前后的古俄罗斯基本格局就注定没有任何影响。

由兹引到其三,认知 1259 年蒙哥之死前后的欧洲基本格局,除了看蒙古人建立的钦察汗国,及其占领的古俄罗斯,还得看固有的罗马教会和世俗国家。这后一方面,相对而言更关键。业已铸就的史实乃是,从 1096 年 2 月开始,在"向蛮族开战","援助东方兄弟"的圣战旗帜下,罗马教会与欧洲王室串通一气,用"耶路撒冷是世界的中心,土地肥沃,如同天堂,等待着你们去拯救"等说辞蛊惑民众,组织十字军,以西亚为主要目标展开了历时近 200 年的先后八次十字军东征。这当中,由德皇腓

---

① [俄罗斯]索科洛夫《影响人类历史的 100 场战争》,柳新军、彭文钊译,第 124 页,经济日报出版社 2005 年 7 月第 1 版。

特烈二世率领的第六次十字军东征始于1228年,终于1244年,时间正好跨越了拔都率领的蒙古铁骑第二次西征。由法王路易九世率领的第七次十字军东征始于1248年,终于1250年,与上一次东征结束相去未远。这两次十字军东征反映出,尽管罗马教权与世俗皇权长期不睦,但他们之间是有共同利益追求、共同战略目标的,征服西亚的既定方针并没有因蒙古铁骑第二次西征所造成的短暂冲击而有所改变。一旦蒙军向东退到伏尔加河地区,这些欧洲人就再没有把蒙古人当作一回事,仍然我行我素,放心大胆地按照既定方针办,持续进行十字军东征。讲欧洲基本格局,这就是基本格局,其他无复可言。1259年蒙哥之死,对这一基本格局根本没有产生丝毫影响,罗马教会和欧洲国家都无人顾及。从1270年开始,法王路易九世又率领十字军展开第八次东征,直到1291年才以失败告终。[①] 从整个中世纪世界历史看,较之于蒙古人先后两次从亚洲西征欧洲,欧洲人先后八次组织十字军东征西亚、北非,延续的时间更长,造成的影响更大。由之而形成的波及欧、亚、非的世界格局,虽然确曾插入成吉思汗第一次西征和拔都第二次西征的洪流,但至少对于欧洲而言,蒙哥之死毫无关系。

继贵由之后,蒙哥于1251年成为蒙古大汗,使蒙古王公贵族集团上层最高权力发生了从窝阔台谱系向拖雷谱系的转移。在那一场权力再分配的内部争夺中,术赤谱系的拔都力主拥立拖雷谱系的蒙哥,发挥的作用举足轻重,因而蒙哥上台以后,对拔都及其钦察汗国自然格外地尊重。在此之前,以当初成吉思汗分封给四个儿子的领地范围作为依据,除了拔都的钦察汗国,位于今咸海以西、里海以北,东起阿尔泰山、西至阿姆河的察合台汗国,以及鄂毕河上游以西至巴尔喀什湖的窝阔台汗国也已建立起来。三大汗国名义上接受蒙古大汗册封和管辖,实际上彼此独立,各自为政。这样,蒙哥的权力所及,主要还是在拖雷受封的领地范

① 张战、田微《世界中世纪宗教史》,第56—60页,中国国际广播出版社1996年11月第1版。

围内。是否又一次西征欧洲，那得由拔都决定，因为钦察汗国直接毗邻东欧。在钦察汗国与蒙古本土之间，还隔着察合台汗国和窝阔台汗国，蒙哥不能随心所欲。他要进一步扩张领土，除了继续南征灭宋之外（1271 年忽必烈建立元朝之后，不但加紧用兵灭宋，而且于 1274 年、1281 年两次出兵日本，1285 年、1288 年两次出兵安南，1283 年、1287 年两次出兵爪哇①，即为这一选择必然性的佐证），西征就必须另寻目标，另选路线。1252 年他在决定重兴灭宋之师的同时，任命其三弟旭烈兀担任统帅，率军远征西亚伊斯兰国家，揭开了蒙古铁骑第三次西征的序幕。

旭烈兀西征预订了三个战略目标：一是夺取伊朗北部伊斯玛仪派"阿萨辛"支派的领地，特别是其总部所在地阿拉木图；二是进攻逊尼派的中心巴格达，消灭阿拔斯王朝（黑衣大食）；三是进一步征服密昔儿（埃及）。1252 年 7 月，他派乃蛮人怯的不花担任先锋，率领 1.2 万人先期出发。1253 年 10 月，他亲自率领数万大军大举西进，次年夏天便平定土耳其斯坦。到 1256 年 11 月，旭烈兀大军攻占阿拉木图，消灭木次夷国，实现了其第一个西征目标。在破坏了伊斯玛仪派的中心之后，旭烈兀率军向巴格达挺进，于 1258 年攻占了巴格达，推翻了历时 500 余年、曾是中亚、西亚强大帝国的阿拔斯王朝，将其最高统治者哈里发残酷地整死，并在城内外大掠七日。就这样，实现了其第二个西征目标，占领了伊朗、阿富汗两河流域和阿姆河西南广大地区。旭烈兀志得意满，旋于当年在这一地区建立伊儿汗国，与先前三个汗国并列为四大汗国。1259 年，旭烈兀率军进攻埃及及其控制的叙利亚；次年 1 月 12 日攻占阿勒颇，3 月 10 日攻占大马士革。1260 年 5 月，旭烈兀正打算进攻埃及，传来了蒙哥死于钓鱼城之战的噩耗，遂派人去埃及招降，留下怯的不花率部守叙利亚，自己则率部东归。行至大不里士，闻知其兄忽必烈已于当年 4 月继任蒙古大汗，即驻兵不前。1260 年 9 月 3 日，怯的不花所部在阿因扎卢特（或译艾因扎特）被埃及军队歼灭，从而导致叙利亚也被埃及军队夺回，宣告

① 翦伯赞主编《中国史纲要》下册，第 132 页，人民出版社 1983 年 3 月第 1 版。

了旭烈兀西征的第三个目标未能实现。① 从这个意义上说,蒙哥之死对于第三次西征以未能完全实现既定目标而告中止,是有直接影响的,较之欧洲格局的确有所不同。

不过,蒙哥之死仅止导致西征蒙军一次战役的失败,并没有从根本上改变旭烈兀西征实现前两个战略目标后形成的西亚格局。对这一格局,以及相关军事力量的较量,中外历史学家都已梳理清楚。按照中国历史学家彭树智主编的《阿拉伯国家史》的记述,伊儿汗国建立后,旭烈兀的儿孙辈继续奉行西进扩张,从 1280 年到 1303 年又先后四次向埃及发动进攻。但当时的埃及正值马穆鲁克(或译马木鲁克、马木路克)王朝(1250—1517 年)鼎盛时期,那是一个强劲对手。特别是其第四任素丹拜伯尔斯(1260—1277 年在位)最为杰出,不仅于 1260 年 9 月战胜了蒙军将领怯的不花,为叙利亚与埃及重新合并开辟了道路,而且于 1263 年、1265 年、1268 年三次打败了留在西亚的欧洲十字军,连克卡拉克、雅法、安提俄克等城,大挫十字军锐气。其继任者盖拉温(1279—1290 年在位)同样强悍,1280 年率领埃军在霍姆斯大败蒙军,对十字军作战也战绩辉煌,被誉为"胜利之王"。盖拉温的儿子纳绥尔(1293—1340 年在位)也三次战胜蒙军,尤其是 1303 年战胜了由伊儿汗国合赞汗(1295—1304 年在位)亲自率领的蒙军,终于使得蒙古铁骑从那以后再没有西进争雄。② 英国历史学家弗朗西斯·鲁宾逊主编的《剑桥插图伊斯兰世界史》写道:"马穆鲁克一再地打败蒙古人,使他们未能征服叙利亚及埃及。1260 年他们在巴勒斯坦北部的艾因扎特战役中第一次战胜蒙古人之后,在 50 年中马穆鲁克一般能成功守住沿幼发拉底河与他们对阵的前线。这一时期的大部分时间里马穆鲁克也能成功地对十字军作战。"并且指出,"马穆鲁克在军事技能、战术以及装备等方面同蒙古人存在着惊人的相似之处。叙利亚历史学家阿布·沙马说过:'蒙古人是被与他们自己

---

① 刘明翰主编《世界史·中世纪史》,第 236 页,人民出版社 2004 年 3 月第 1 版。
② 彭树智主编《阿拉伯国家史》,第 99 页,高等教育出版社 2002 年 12 月第 1 版。

同类的一伙害人虫打败的。'"①从这些中外历史研究成果可以看出,蒙古征服埃及的战略意图历半个世纪未能实现,决定因素在于遭逢了埃及马穆鲁克王朝那样一个以前在亚洲、在欧洲都未遇到的强大对手,五次较量后略处下风,只好在 1303 年之后最终停止继续西进。但马穆鲁克也不可能消灭伊儿汗国,伊儿汗国仍然有实力与之维持战略均势,直至1352 年才被铁木尔帝国取代。在这样一个大的西亚格局当中,蒙哥之死造成的影响只是一段插曲而已,显然不宜肆意夸大。

事实上,蒙哥死于钓鱼城一事,不仅对于欧洲格局毫无影响,对于西亚格局只有短暂的局部影响,而且,对于宋蒙(元)之战以及双边格局,也只产生了阶段性的全局影响。因为从宋金之战开始,交战双方便对峙于三大主战场,即东部的江淮战场,中部的江汉战场,西部的四川战场。某一个作战阶段,某一个战场尤其吃紧,主要是由金或蒙(元)的战略主攻方向所决定的。1252 年蒙哥派遣旭烈兀远征西亚的同时,决定对南宋用兵,采用了"绕道西南,攻其腹背"的方针,因而四川战场成为交战重心。1258 年 2 月,蒙哥亲率西路军主力攻入四川,其二弟忽必烈则率中路军主力攻入湖北,两路蒙军意欲会师于鄂州(今湖北武昌),然后再东下攻占临安(今浙江杭州)。蒙哥于 1259 年 7 月意外地死于钓鱼城之战,忽必烈于 9 月闻知死讯,并没有立即退兵,而是于 11 月推进到了鄂州城下。直到南宋权相贾似道密派使者求和,表明"请称臣,输岁币",他才班师北归,与四弟阿里不哥争夺汗位。1260 年 4 月忽必烈取得蒙古大汗权位之后,蒙古王公贵族内部的派系之争、权力之争并未止息,阿里不哥直到 1264 年方才认输归顺。平定了内乱,巩固了后方,忽必烈始得扩充军队,修造战船,着手准备南下灭宋。② 因此,周勇主编的《重庆通史》评价蒙哥死于钓鱼城之战一事,只说"在一定程度上扭转了战局,推迟了南宋

① [英国]弗朗西斯·鲁宾逊主编《剑桥插图伊斯兰世界史》,安维华、钱雪梅译,第 50—51 页,世界知识出版社 2005 年 5 月第 1 版。

② 刘庆、毛元佑《世界中世纪军事史》,第 123 页、124 页,中国国际广播出版社 1996 年 11 月第 1 版。

王朝的灭亡"[1]，是实事求是，分寸得宜的。对中国历史进程的影响尚且仅此而已，却要大量充气注水，矫饰吹嘘为"改写欧亚历史"云云，实在是太不着边际。

　　不特此也，就连钓鱼城保卫战坚持到南宋覆灭之际，也需要顾及客观因素，不宜只讲主观一面。忽必烈主持灭宋大计，制定了以主力进攻襄（阳）樊（城），实施中路突破，然后顺江东下，直捣临安的战略方针，与蒙哥的战略方针颇不一样。1268 年，他命令中路阿术、刘整备师进攻襄阳；又命令西路汪良臣等进攻重庆、嘉定，东路董文炳于淮西筑城备战，以配合进攻襄阳。而南宋方面，吕文焕重兵防守襄阳，李庭芝、张贵等率军策应救援，双方攻防拉锯，襄樊之战持续六年之久。直至 1273 年 2 月 27 日，吕文焕降元，元军方才占领了这一屏障江汉的战略要地。[2] 尔后元军集中优势兵力于江淮战场，1276 年 2 月占领临安，1279 年 2 月占领崖山，苟延残喘的南宋小朝廷遂告灭亡。其间，西路元军于 1277 年 6 月占占涪州，10 月攻占万州，11 月攻占泸州，12 月攻破梁山军（今重庆梁平）和咸淳府（今重庆忠县），切断了重庆与长江上、下游之间的联系。1278 年 2 月重庆城破，张珏力战后弃城东走，被俘遇害。1279 年正月，钓鱼城守将王立为保军民生命，挈城投降，钓鱼城之战从此画上了句号。重庆及钓鱼城保卫战能够坚持到最后，固然是余玠、王坚、张珏等率领军民长期抗战的直接结果，但在间接原因上，也不能忽略忽必烈灭宋战略的主次先后。因此，周勇主编的《重庆通史》评价从 1235 年到 1279 年"长达 44 年之久，重庆成为南宋抗击蒙元战争最久和最后的基地"时，也只是强调"巴渝人民前仆后继、不屈不挠的抗争精神，成为中华民族精神的典范和象征，成为激励巴渝儿女奋发向上、顽强拼搏的力量源泉"[3]，而没有拉扯更远。这与"上帝鞭折钓鱼城"之说形成鲜明对照，究竟哪一说合乎

　　① 周勇主编《重庆通史》第一卷，第 162 页，重庆出版社 2002 年 7 月第 1 版。
　　② 刘庆、毛元佑《世界中世纪军事史》，第 125 页，中国国际广播出版社 1996 年 11 月第 1 版。
　　③ 周勇主编《重庆通史》第一卷，第 164 页，重庆出版社 2002 年 7 月第 1 版。

历史本原,可谓泾渭分明,真伪立见。

　　至于蒙哥个人,从历史发展的观点看,自然算得上一个留名于史册的杰出人物。但在蒙元前三代的领袖群里,论雄才大略、文治武功,他远不能及其祖铁木真(成吉思汗)和其弟忽必烈;论用兵打仗、开疆拓宇,他也比不过父辈的窝阔台,以及同辈的拔都和旭烈兀。《元史·宪宗本纪》说他"刚明沉毅,沉断而寡言,不乐燕饮,不好侈靡,虽后妃不许之过剩……性喜畋猎,自谓遵祖宗之法,不蹈袭他国所为"[①],属于守成有余而进取不足一类。较之先他成为蒙古大汗的堂兄贵由,他的作为略多些,但无论参加第二次西征,还是兴兵南下攻宋,都未曾取得过堪与堂兄拔都、胞弟忽必烈、旭烈兀比肩的实绩。所以,将他附会成所谓"上帝的雷霆之鞭",不仅与格列高利九世之说风马牛不相及,而且与他自己也极不相配。"上帝鞭折钓鱼城"之说在重庆喧腾了十多年,一直得不到市内、市外负责的历史学家推心认同,于大于小,于事于人,这诸多既成事实就是根由所在。立诚以述史,去伪以存真,还历史,也还蒙哥以本来面目,这件事情早该作了。从兹入手,实事求是地评价钓鱼城之战,重庆学界责无旁贷。

(原载于 2005 年第 12 期《重庆社会科学》)

---

① 《元史》第一册,第 54 页,中华书局 1976 年 4 月第 1 版。

后　记

　　原来没打算要写后记的。1 月 31 日下午收到宪光短信发来的《致同窗老友》一诗，即读一过，思潮喷涌。稍平静之后，便步韵凑成和诗，短信发还。不移时，宪光又发来短信：“和诗极佳，甚得我心！”窃自以为，前一句溢美了，后一句却千真万确。由兹引出往事回忆，遂决定了增写后记。

　　熊宪光是我半个世纪的同龄同窗挚友。半个世纪前，同年同月成为四川师范学院（今之川师大）中文系学生，逐渐相知相和。历经岁月大浪淘沙，我与他，以及廖文品、张万椿和赖光，仍是心气相通、同怀相期的淡水友朋。而由于古代文学共同志趣，与宪光的文事联系，又较廖、张、赖三友更多一些。今次小诗酬唱，短信交谈，即为其间一例。

　　酬唱诗发端，皆回溯到我们同窗求学的那个峥嵘岁月。“三年灾荒”（通常说成“自然灾害”，刘少奇在 1962 年中共中央召开的七千人大会上，点穿了是“三分天灾，七分人祸”）倒在其次，令我辈难堪的，首推当时特别强调的“家庭出身”（“文革”期间登峰造极，概括称为“老子英雄儿好汉，老子反动儿混蛋”）。我们五人中，赖光、万椿稍微好一点，文品、宪光落入“黑”类，我最糟，反正全都与“红”无缘。偏巧我的个性又不像他们那样驯顺，所以每当风吹浪打，我的日子总比他们更难过。

　　究其实，“家庭出身”哪里能够注定区分人的“红”与“黑”？连农民造反的始作俑者陈涉都曾说过，“王侯将相，宁有种乎”，某些号称信仰马克思主义的人反倒糊涂了。不，他们连马克思、恩格斯的“出身”都“不好”，也故意搞忘了。我这个具体的人，尽管确如他们所谓“出身不好”，但自从 1950 年在南充市首批系上红领巾，并在川北行署礼堂亲耳聆听

463

胡耀邦讲过为共产主义奋斗终生的正道后,我可以毫无愧色地说,六十年来,无论遇到过多少挫折,多少屈辱,都没有忘记和动摇过当年的宣誓。只不过,在学生时期,对为什么会有那样的是非混淆,从来没有弄醒豁。

我的学生时期,最严酷的转折出在 1957 年的夏天。初中毕业的那个暑假,身为民盟盟员、中学教师的父亲突然被划成了“右派分子”(十几年后我才搞清楚,我父亲只是在党组织的几次动员后,入了“引蛇出洞”之毂,在南充地委统战部召开的一次“帮党整风”会上,对他原先任教的那所中学的一个管总务的副校长提了两点工作上的具体意见,便落得一个在劫难逃),于是一夜之间,十五岁的我也就随之而成了“右派之子”。这顶“黑”帽子,如影随形地伴随了我二十多年,迄今思之依然不免“忆往昔峥嵘岁月稠”。

高中阶段的第一学年,班主任老师对我这个全班学生唯一的“右派之子”十分苛严,动不动冷眼训斥。二十多年后我才明白了,那是因为她的丈夫也被划成了“右派分子”,她不能不挣足表现以勉强自保。一些同学对我也敌视,一天晚上灭灯就寝后,竟把我反捆双手压在床上,声言批斗“右派之子”。多亏班长陶安琪迅速制止,才没有挨打。但是,当年整团时,陶安琪竟然被批,旋被撤去班长职务。那样的处境,令我深感“到处潜悲辛”,几度萌生弃学之念。

幸遇第二学年班主任老师换成了刘存真,她对我真如慈母一样关怀,呵护,引导,激励,使我如小学、初中一样重新发奋努力。志于学之余,我还开始读马列,《共产党宣言》、《反杜林论》、《唯物主义与经验批判主义》等经典便是当时读的,虽然是读得囫囵吞枣,不求甚解。高考时,我名列南充文科第一,成绩远超过当年北京大学文科录取线。可是读不成北大,预先的“政审”已经定了,而且多亏刘老师给了一个好鉴定,才有幸读一般性的师范学院。其间命运的无形之手还捉弄了我一下子,时至九月初,连不录取通知书都发完了,我却什么通知书都没有得到。

刘老师知道以后,立即报告校长廖志荣,廖校长迅即以学校名义向省招办发函讯问。九月十日后,我才得到省招办出具的一纸证明,急忙赶往成都去报到入学,川师开学已逾半个月。

独自等待的十来天里,心灵备受煎熬,我连冒暑参加劳动挣学费钱的心境也丧失了,成天泡在南充图书馆里读书,藉以忘却烦恼。迄今仍记得,当时读了苏联学者写的《马克思传》和《拿破仑传》,马克思和拿破仑所共具的那种认准目标,锐意进取,不避险阻,不畏挫折,力行己道,终身无悔的精神建构和人格魅力,异常深刻地震撼和感动了我。非曰能之,实向往之。其后至今逾半个世纪,那种特殊条件引生的特殊影响,对我个人而言,委实堪称无与伦比。中华民族的古圣今贤,对我也产生过不同形态不同程度的思想影响,但都无以过之。

参加高考前,我还作出了一样放弃。若讲个人天资禀赋,我的强项本在绘画。从小学伊始,我的人物画便在南充市和四川省的少儿美展多次获奖,山水也可信笔涂抹。初中时,几乎每个假期,南充群众艺术馆都要我去参加绘画活动,经常都有长少围观。进入高中,1958 年全民诗画热潮当中,我在市内若干街头画过十几幅壁画,还有单位把我找去画宣传画。特别是在国庆十周年前夕,学校令我画一幅毛主席像。当时少年轻狂,一口应承,依据《解放军画报》上的一张毛主席半身照,托格放大,用水彩画技法绘油画人像。一米多高的画像绘出来,居然老师同学都夸,挂在了南充高中办公楼的正门上。毕业前,本打算报考美术院校,好些老师说,你的成绩该报考北大,我当时听了话(因为家里穷,实际填的第一志愿是北京师大)。同年分别考入四川美术学院和西师美术系的三个同学,先前都时常看我作画。后来我的漫画受到牛文、马丁的好评,根基即在中小学。

不过,我仍无怨无悔。高中老师们的确为我好,我当年也不懂得,搞美术比搞文学更能扬名博利。更重要的是,川师四年,尽管个人遭逢的磨难较前更多,我迄今愿意重新提及的却是人间至真至善,至情至爱。

当时的传道授业解惑恩师，不少人不但是四川省的耆宿硕学，而且在全国学界享有盛誉。他们的德仪教范，耳提面命，真真切切长长久久导引了我怎样做人做学问，毕我一生受惠无穷。仅举一例，十九岁通读线装本《史记》，就是古代文学老师指的路径。临近毕业时，我和宪光都是恩师属意的留校从教人选，只是由于阶级斗争已经在"天天讲，月月讲，年年讲"了，留"红"不留"黑"，根本办不到。王仲镛先生惠赐《满江红·读〈南方来信〉》一词，我即依韵敬和，即为那种政治气候的扭曲产物。说来话长，不说也罢。

川师毕业分配，宪光、万椿、赖光都是重庆人，顺理成章回重庆。我是南充人，也能到重庆，不能不说是主持分配的政工老师，在当时那种政治气候下，对我作了他们能够作的最大呵护。由兹至今四十七年了，无论从教从文，也无论在职时退休后，我一直都在不懈地进取，不断地登攀，任随什么风雨侵凌也不肯丧志丧气，畏葸不前。同时，对于年近于我者，年后于我者，特别是青春年少才俊，总是尽心竭力地给予帮助扶持，宁肯把助人有成放在个人作为的前面，人果有成便会甘之如饴。这都是从师长们那里学过来的，尽管我个人性格、言行、交际当中确曾不乏偏失、疵病和昏误，但这样为人为学为文，的确敢说是一以贯之的。

如今身至望七之年，我念兹在兹，要将一辑《落红片片》送给半个多世纪施恩于我的所有人，无论他们年先于我还是年后于我，也无论他们已然仙逝还是仍然健在。除了父母亲，他们是：南充高中的师长刘存真、廖志荣、何少刚、黄国琦和同学陶安琪，四川师院的师长屈守元、王仲镛、王文才、雷履平、魏炯若、吴继先、杜道生、张振德、方夏、刘君惠、汤炳正、苏恒、郭祝崧、萧蔓若、张白珩、罗焕章、李万福，重庆教育界的老领导徐淮淳、李淑芬、刘厚福、刘厚荣、张富洁、马中和、方延惠、秦发苏、谭显殷，重庆宣传口的老领导刘文泉、张富籍、王觉、滕久明、何天祥、黄兴林、翁杰明，重庆政界的老同志张文澄、冯克熙，四川和全国文艺界的老领导或好朋友马识途、李致、高占祥、冯元蔚、李准、贺兴桐、任国维、杨长槐、刘鸿渝。毫无疑义,也要送给包括宪光、文品、万椿、赖光在内的,市内市外难以列举的诸多领域老、中、青朋友,以及我的所有亲人。

我特别要借此寄语方方面面的后之来者,你们比我和宪光,以及我们父辈那两代人幸运多了。当今中国,再也不兴黑红分种,"血统"论人。生在长在朝着富强、民主、文明、和谐的美好愿景开拓前进的民族复兴伟大时代,可以活得有尊严,可以追求个性自由和创造能力的充分发展,可以在不懈的进取和大胆的创新实践中博取人生的最优价值,太难得了。我羡慕你们,却不嫉妒你们,仅止想提醒你们:再壮美的人生也是要悄然易老的,因而务必要赶早,要给力,要有恒,要重行,一生一世珍惜年华,力求做到越十五、三十、四十、五十、六十、七十……而步步精进。每个人向老之期都会留下"落红片片",我衷心祝愿,许多人的"落红片片"能比我的阔大、丰厚、光鲜。

凑巧了,这一辑《落红片片》,正好是我第十二本个人著述。在中华民族传统数字里,十二,历来是一个大数和吉数,因而从取名伊始,我就一反先前不求耆宿题签的自定作法,思谋请人题写书名。反复思之,总难决断。连续好几天冷风细雨之后,2月13日上午忽然间春日载阳,我凭敞居淡水轩临窗北望,但见阳光洒在碧绿的嘉陵江上,禁不住涌出了意识流。牛翁,题《落红片片》,非牛翁莫属。牛翁长我二十岁,垂三十年风义兼师友,我尝以生肖属马,戏谓为马牛之遇。而深究其实,多在傲骨、狷心习相近。于是意识流动,即兴衍生八句,决意写出来,趁元宵佳节面呈牛翁乞字。一个电话打过去,牛翁慨然应允。有了牛翁题签书名,我的这本书,送得出手了。

2011 年 2 月 20 日于淡水轩